Magus Magellans Gezeitenwelt 2
Himmlisches Feuer

Roman von Hadmar von Wieser

Zu diesem Buch

Als am Himmel über dem fernen Serkan Katau ein neuer Stern aufgeht, deuten ihn die Mächtigen des Reiches voreilig als ein Zeichen, die von Legenden umrankten Blauen Götter anzugreifen. Es ist eine Faust aus kaltem Licht. Einzig die Hohepriesterin Lü hegt Zweifel, doch sie hütet sich, diese offen kundzutun. Während die Schlacht ihren unheilvollen Lauf nimmt, geht Himmlisches Feuer nieder. Der Kaiser flieht und läßt ein sterbendes Heer zurück. Zur selben Zeit nähert sich der entflohene Sklave Strolch dem Schlachtfeld. Noch ahnt er nicht, daß das Schicksal ihn an die Seite eines Blauen Gottes zwingt und einer Frau zuführt, die ebenso leidenschaftlich zu lieben vermag wie er …

Magus Magellan ist ein Pseudonym für die vier preisgekrönten deutschsprachigen Autoren Bernhard Hennen, Hadmar von Wieser, Thomas Finn und Karl-Heinz Witzko. In ihrem Epos über die Gezeitenwelt erzählen sie von der Wiedergeburt der Magie und fordern ihre Leser auf, ihnen in eine Welt zu folgen, in der Träume sich erfüllen und Legenden Wahrheit werden. Es liegen vor: »Der Wahrträumer«, »Himmlisches Feuer«, »Das Weltennetz«, »Die Purpurinseln« und »Das Traumbeben«.
Hadmar von Wieser, geboren 1963, studierte Mathematik, Jura und Psychologie und wurde zuletzt mit dem Deutschen Rollenspiele Preis als beliebtester Autor der Szene ausgezeichnet. Als Regisseur phantastischer Inszenierungen für Wirtschaft und Fernsehen überprüft er die Authentizität seiner Romane vorzugsweise mit Schwert und Kostüm. Der Autor hat drei Kinder und lebt in Salzburg. Weiteres zum Autor: www.hadmar.com

Magus Magellans Gezeitenwelt 2

Himmlisches Feuer

Roman von Hadmar von Wieser

Piper München Zürich

Vom Gezeitenwelt-Zyklus liegen bei Piper vor:
1 Der Wahrträumer (Bernhard Hennen; auch Serie Piper 6541)
2 Himmlisches Feuer (Hadmar von Wieser; auch Serie Piper 6542)
3 Das Weltennetz (Thomas Finn)
4 Die Purpurinseln (Thomas Finn)
5 Das Traumbeben (Karl-Heinz Witzko)

Dieses Buch widme ich jener Frau,
die mir die Höhen und Tiefen der Gezeiten zeigte
wie keine andere.

Ungekürzte Taschenbuchausgabe
Oktober 2004

Umschlagkonzept: Büro Hamburg
Umschlaggestaltung: Nele Schütz Design, München
Umschlagabbildung Frau: age fotostock / Mauritius
Umschlagabbildung Landschaft: Premium, Düsseldorf
Innenillustrationen: Caryad 2003
Karten: Franz Vohwinkel 2003
Satz: Satz für Satz, Barbara Reischmann, Leutkirch
Druck und Bindung: Clausen und Bosse, Leck
Printed in Germany ISBN 3-492-26542-1

www.piper.de

serkan katau
ozean des morgens
ozean des abends
taifunmeer
mangalische see
fontänenmeer
piratenreiche von mangala
weltenmauer
karadschurgjia
reich der tugend
turga
kilang klan
tschang pio tschar
nadelwüste
uramutscha
uranzu
urzurku
urischungu
tschong-hau leng
mantikor leng
mangalische küste
der unvollendete palast
die schwimmenden städte
der weg der helden
500 km
1000 km
1500 km
2000 km
2500 km

Soweit wir das erkennen können, ist es
die einzige Bestimmung des Menschen,
ein Licht der Bedeutung in der Dunkelheit
des menschlichen Seins zu entzünden.

(nach C. G. Jung, *Erinnerungen, Träume, Gedanken*)

Es ist das Wesen weltumspannender und welterschütternder Ereignisse, daß auch ihre Wurzeln sich über die ganze Welt erstrecken. Dies ist mir – in aller Bescheidenheit – als einer der Vier bewußter als jedem anderen. Denn einer von uns stammte von einem Ort, der nicht weiter entfernt liegen könnte: von der anderen Seite dieser Welt, deren Naturgesetze und Grenzen so katastrophal verändert wurden.

Dieser eine war es, der aufgrund seiner Eigenart Zeuge der Ereignisse vom frühen Beginn bis zum Ende war – wiewohl gerade er selbst später in Frage stellte, dergleichen denn wirklich erlebt zu haben. Dieser eine war vielleicht der unbestechlichste Zeuge eines Beginns, der weiter zurückreicht als alles, was von Menschen überhaupt bezeugt werden kann – und zugleich war er denkbar ungeeignet als Zeuge für diese Chronik, die sich der Aufgabe verschrieben hat, Erinnerungen festzuhalten: denn Erinnerungen, die schiere Vorstellung, daß etwas früher gewesen war, waren ihm fremd. Ja, dieser eine ist das beste Beispiel der vorliegenden Chronik für jenes Geheimnis, das Wahrträumer und wahr werdende Träume erzeugte – und zugleich ist seine Geschichte die größte Schwachstelle dieser Chronik, weil seine reine Erwähnung immer die Frage aufwirft, was ein Traum ist und ob er nicht selbst ein Traum war.«

SCHWESTER DOLORES, CHRONIK EINER VERLORENEN ZEIT, BD. 11, NIEDERGELEGT ZU CANTAMO IM 540. JAHR DER ABWESENHEIT GOTTES

Der Blaue Gott

Der Unvollendete Palast, *Serkan Katau,*
am Morgen des 22. Tages im Vierten Mond im Jahr 472
der Blauen Götter

Der Himmel hatte die Farbe alter Knochen. Ein steifer Südwind trieb die zerfetzten grauen Wolken gegen die fernen Gipfel der Weltenmauer. Zwischen den Wolkenhaufen war der neue Stern zu sehen, eine Faust aus kaltem Licht, die heller als ein zweiter Mond inzwischen auch bei Tag leuchtete.

Der Blaue Gott stand unbeweglich auf dem Ringwall – wie eines jener Standbilder, die in beinahe jedem Tempel des Kontinents zu finden waren. Sein Gesicht war einem Alptraum entsprungen, den Kinder in ganz Serkan Katau geträumt hatten. Die tellergroßen Augen waren wie im Wahn aufgerissenen. Das Maul wirkte riesig genug, einen Unterarm zu verschlingen – und niemand auf der Welt zweifelte daran, daß der Blaue Gott ebendies auch jederzeit täte, wann immer er die Gelegenheit dazu bekäme. Aus dem Unterkiefer ragten, Dolchen gleich, zwei Stoßzähne bis hinauf zu den Nasenlöchern, welche unaufhörliche Tobsucht zu blähen schien.

Es hätte selbstmörderischen Mutes bedurft, dem Blauen Gott so nahe zu kommen, um zu bemerken, wie seine Augen sich bewegten. Aus der Nähe aber war unverkennbar, daß der glotzende Blick über die Ebene unter ihm schweifte. Irrlichternd glitt er über das gewaltige Heer, das den *Unvollendeten Palast* von allen Seiten umgab.

Der Marschtritt der letzten Aufstellung nehmenden Einheiten war verklungen. Doch das Knattern der roten Fahnen im Wind, das Rumpeln und Quietschen der Belagerungsmaschinen und Geschütze, die zahllosen kleinen Geräusche Hunderttausender Harnische und Waffen und das nervöse Schnauben Zehntausender Streitrösser vereinigten sich zu einem beunruhigenden Rauschen, das so stetig war wie die Stimme des Windes.

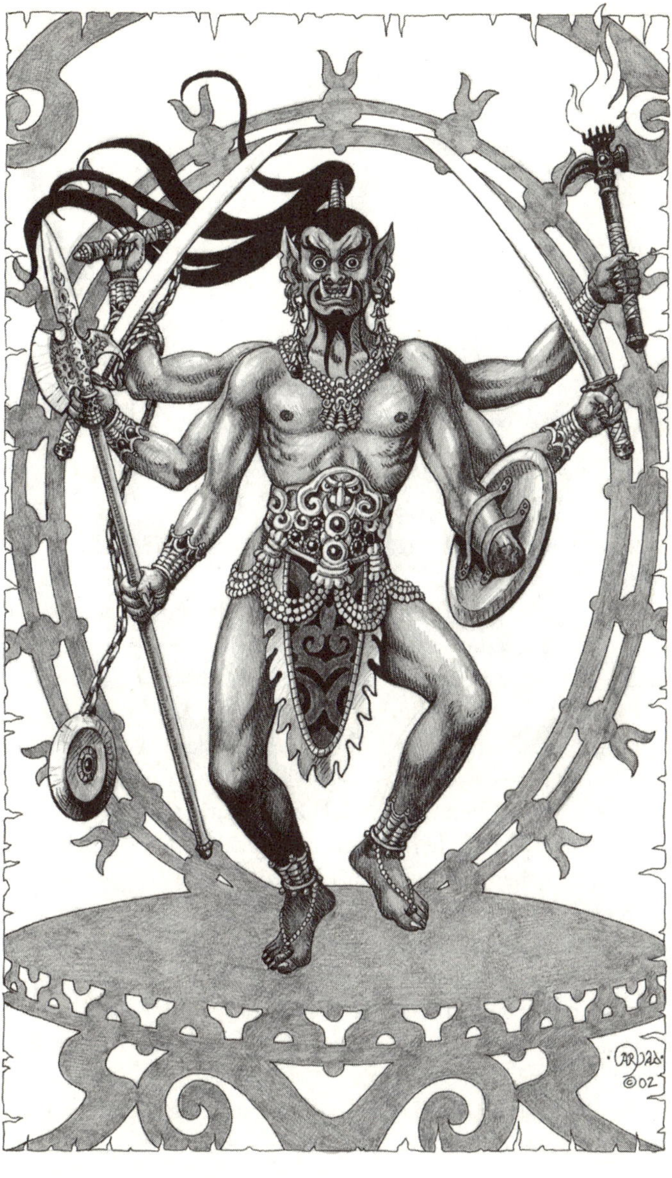

Schlagartig ging ein Ruck durch die kolossale Gestalt des Blauen Gottes. Sein metallener Lendenschurz klirrte. Die sechs Arme hoben drohend die monströsen Waffen. Und aus dem grotesken Maul dröhnte eine Stimme mit einer Lautstärke, die in der Tat geeignet schien, bis in die hintersten Reihen des feindlichen Heeres zu dringen: »Kommt nur her, ihr Wurmtreter, wenn ihr eine auf die Fresse haben wollt!«

Am Labyrinth

Grenzfestung Tartang Tung, das Labyrinth, Turga-Busch, nordöstliches Serkan Katau, nach der Großen Regenzeit im Jahr 471 der Blauen Götter, zehn Monate vorher

»Sie werden durchbrechen!« Die Stimme des Waffenmeisters unter dem roten Maskenvisier klang erregt.

»Nicht solange du lebst, Waffenmeister!« antwortete Hauptmann Kang streng, ohne den Blick vom Feind zu wenden. Stählerne Gewißheit lag in seiner Stimme. Er haßte es, wenn ein Offizier vor seinen Kriegern Unruhe zeigte. Zu oft hatte er erlebt, wie diese Unruhe in den Kriegern Widerhall fand. Und er wußte, daß es sein Vorbild war, welches wiederum den Wachtmeistern und Waffenmeistern Sicherheit gab.

Aber natürlich hatte der Krieger recht. Wenn ihm nicht bald eine überraschende Lösung einfiele, würden die berittenen Turga durchbrechen. Kang hatte seine Leute ehrgeizig weit auseinandergezogen: fünfhundert Krieger fast über ein *Läng* verteilt, eine Manneslänge zwischen jedem *Ziang*.

»Es ist nun einmal schon fast Tradition«, sagte Kang grimmig hinter seinem Visier, »daß sie angreifen, wenn der Boden nach der Regenzeit wieder fest ist.«

Ein Stamm der Turga war auf seinen struppigen kleinen Pferden und schmutzigen Kamelen in das Labyrinth eingedrungen.

Fast jedes Jahr beschloß ein Khan, die undurchdringlichen Mauern anzugreifen.

Irgendwann hatten die Buschreiter gemerkt, daß sie in die Falle geritten waren: Was wie eine Lücke zwischen zwei Festungen gewirkt hatte, war nichts anderes als eine Sackgasse innerhalb des Labyrinths. Nun sahen sie die Mauern, die sich dreitausend Götterfuß zur Linken und dreitausend Götterfuß zur Rechten erstreckten; vor ihnen ragte eine weitere Festung auf.

Kangs Faust bekam die gefährlichste Aufgabe zugeteilt: durch ein Tor hinaus zwischen die Mauern stürmen und eine Sperrlinie aus Lanzenträgern bilden. Es ging nicht darum, die Turga einzusperren, sondern sie aufzuhalten, bis die bereits verständigte Barbarenreiterei eintreffen und die Angreifer gegen die Mauern drängen würde, wo die Kreuzbogenschützen und Bambusschleudern die Horde zerschlügen.

»Hauptmann ...« Die Stimme des Ersten Wachtmeisters klang deutlich verunsichert.

Indessen griff die Unruhe von dem Glied auf den Finger über. Der turgische Kriegskhan hatte seine Brüder und Sippenhäuptlinge um sich geschart und beratschlagte – aber Kang wußte, daß die heißblütigen Buschreiter nie lange redeten. Gleich würde der Anführer den Ausbruch befehlen. Er hatte mindestens vierhundert Reiter hinter sich. Sie würden als Keil durch die katauekischen Lanzenträger fegen wie ein Kreuzbogenpfeil durch das Fell eines Kamels.

»Übernimm das Kommando, Erster Wachtmeister!« Kang gab seine Position auf, senkte die Standarte und schritt mit stolzen Kriegerschritten von seiner Linie fort.

»Komm her, Khan!« Kang klappte das Visier hoch und schrie so laut, daß ihn nicht nur die Turga, sondern auch möglichst all seine Leute hörten. »Oder bist du zu feige, allein gegen einen Lanzenkämpfer anzutreten?« Kangs Worte ertönten selbstverständlich in der Sprache des *Reiches der Tugend*; ein jeder Kataueke erwartete, daß man ihn verstand. Und der Khan hatte in der Tat genug verstanden, um sich mittels einiger Zügelhiebe aus dem

Pulk seiner Berater zu befreien. Mit einem schrillen »*Turga!*« ging er zum Galopp über.

Kang lief ihm entgegen. Ein Zweikampf mußte in ausreichender Distanz zu allen anderen Kämpfern stattfinden. Gleichgültig, wie er ausginge – er würde die Turga eine kostbare achtel Stunde lang beschäftigen. Sie liebten es, ihre Kraft, ihren Mut und ihre Ehre zur Schau zu stellen. Sie haßten es, wenn sie ihre Herausforderungen zu den Mauern des Labyrinths hinauf johlten und die disziplinierten *Ziangs* des *Länder überspannenden Feldes der Krieger* nicht einmal antworteten. Diesmal hatten sie ihre Antwort.

»*Turga!*« Der Khan sprengte heran wie ein gereizter Wasserbüffel – ein Wasserbüffel mit Lederhaube, Tätowierungen und Nasenring. Sein Umhang aus Hundefell flatterte im Wind. Am Zaumzeug des struppigen kleinen Pferdes hingen mindestens vier Skalps. Er hielt die Zügel zwischen den Zähnen und hatte Wurfspeer und Krummsäbel erhoben. Den Hornbogen jedoch hatte er stecken lassen. Er zeigte deutlich, daß er einen ehrbaren Kampf begehrte – soweit es Ehre gab für einen Reiter, der einen Fußkämpfer angriff. Aber der Fußkämpfer war ein Standartenträger im kaum durchdringbaren roten Harnisch der Kataueken.

Der Wurf kam früher als erwartet, aber mit erschreckender Kraft: Beinahe schnurgerade flog der Speer heran. Kang wandte sich aus der Hüfte heraus zur Seite und wehrte den Speer mit dem Schaft ab. Die Spitze schrammte am Kachelpanzer über seine Brust hinweg, und der Schaft dröhnte schmerzhaft gegen das Maskenvisier.

Betäubt schüttelte Kang den Kopf, als der Turga auch schon herankam, den Krummsäbel über seinem Haupt kreisend. Die Zügel in der Linken, riß er das Pferd mit einem brutalen Ruck zur Seite.

Doch die Spitze von Kangs Standarte hatte nicht, wie erwartet, auf die Brust des Pferdes gezielt. Die Turga beschimpften die Kataueken als Feiglinge, weil sie ihre Pferde töteten. Kang aber waren Turga-Ehre und Tierliebe gleichgültig; für ihn galt die Finte.

Der Zusammenprall raubte beiden fast das Bewußtsein. Die Klinge schlitzte dem Khan Oberschenkel und Hüfte auf und riß ihn aus dem Sattel, während der Säbelhieb Kangs Helm sprengte. Der Hauptmann raffte sich auf, in den gepanzerten Fäusten einen gesplitterten Standartenschaft; ein Keil aus Eisenblech riß ihm die Kopfhaut auf, Blut troff ihm in die Augen. Der Khan wand sich am Boden, unfähig, sich zu erheben, aber den schartig geschlagenen Krummsäbel noch immer wie den Stachel eines Skorpions gereckt.

Ohne über einen Waffenwechsel auch nur nachzudenken, sprang Kang hinzu. Das Stück Holz in seiner Hand wehrte den ersten Säbelhieb ab, dann traf sein Tritt den Ellbogen des Turga, und ehe der sich herumwerfen konnte, trieb ihm der Krieger den geborstenen Schaft in den Hals.

»Die acht Künste des Tötens, auch mit Stock, Bein und Faust«, knurrte Kang grimmig, ehe ihm schwarz vor Augen wurde.

Entlassen

Innere Kammer der Grenzfestung Tartang Tung, vier Tage später

»Tugend! Hauptmann Kang lauscht deinem Befehl!« Mit einer einzigen Bewegung riß sich der muskulöse Offizier den rotlackierten Helm mit dem Maskenvisier vom Kopf und warf sich auf die Knie. Hier im Labyrinth, an der Grenze zu den Barbaren, legte man weniger Wert auf Umgangsformen denn auf schnelle Reaktionen. Trotzdem ein bißchen zu heftig, dachte Kang; er fühlte, daß der frisch verbundene Schnitt am Scheitel wieder aufgebrochen war.

Der General betrachtete den vor ihm knienden Offizier mit einem Schweigen, dessen Dauer Kang überraschte. Es wäre gewiß nicht sehr tugendhaft, wenn ihm nun Blut über das Gesicht ränne …

»Der Edle kennt nicht nur die Tat, sondern auch den rechten

Augenblick dafür«, sagte der alte Luchs, wie die Heerschar den General nannte. Kang kannte das Zitat; wie so viele, die einen wahren Krieger beschrieben, stammte auch dieses vom *Kriegsherrn der Geheimen Kammer, der die Mantikoren bezwang und verspeiste.*

Selbstverständlich hatten ihm die Wundärzte gleich nach dem Aufwachen Bericht erstattet: Die Turga hatten nach dem Zweikampf gezögert, besonders beeindruckt davon, daß beide Kontrahenten wie tot dagelegen waren. Schließlich waren sie doch durch die Reihe der Lanzenkämpfer gebrochen, aber sie hatten so viel Zeit verloren, daß die Barbarenreiterei, bestehend aus ihren bereits unterworfenen Vettern aus der *Eroberung* Turgatan, sie hatte zurückwerfen können. Dem Kessel aus Lanzenkämpfern und Reiterei war höchstens ein Viertel der Feinde entkommen.

»Kang hua Schiang«, sagte der Kommandant, »du bist entlassen.« Die Stimme drang metallisch gellend aus der Mundöffnung seiner Maske, aber ihr Klang war eigentümlich versöhnlich.

Nur ein winziges Zucken, irgendwo zwischen den unergründlich schwarzen Augen und dem dreifach gegabelten Bart, verriet, wie sehr dieser Satz Kang traf. »Und du hast Post aus der Stadt der Mantikoren.« Mit diesen Worten hob der alte Luchs eine scharlachrote Schriftrolle empor.

Kang zögerte kurz: Wie hatte er zu reagieren? Sonst warf man dem Untergebenen die schriftlichen Befehle zu, vom Himmel zur Erde, wie die Macht fließt. Das Scharlachrot jedoch hatte er noch nie anders gesehen als von der Hand eines knienden Boten emporgereicht in die Hand eines kommandierenden Offiziers. Er erhob sich daher ruckartig, hielt den Helm mit der Linken umfangen und streckte die Rechte dem General entgegen.

Als Kangs sehnige Finger die Hülle fühlten, erschauderte er: Seide ... Rote Seide! Ein Schreiben direkt aus Mantikor Leng, wo der *Höchste Kriegsherr der Geheimen Kammer* das größte Reich der Welt regierte.

Der Plan des GÖTTERGLEICHEN

Hochtempel von Tschöng-Hau Leng, Serkan Katau, Westküste, ebenfalls im Sechsten Mond im Jahr 471 der Blauen Götter

»*Was* hat er getan?« Lü näng Huangos Stimme war schrill vor Verblüffung, wenn nicht gar Empörung. Ja, es war viel eher Empörung.

Nur einen Atemzug später wurde ihr bewußt, wie sehr ihr Ausbruch der Etikette zuwiderlief. Gefährlich – vor allem wenn man so über den direkten Willen des *Göttergleichen* sprach.

»Welch überaus überraschende Entscheidung des *Herrn der Unwandelbaren Ordnung*«, flötete sie, nun wieder gefaßter. Allein die hektischen Bewegungen ihres Fächers verrieten, welche Gefühle sie bedrängten. Nein, wie dumm. Nach all den Jahren des Aufstiegs sich angesichts dieser Nachricht solch eine Blöße zu geben …

»Und wie gedenkt der *Herr der Unwandelbaren Ordnung* …«, sie dehnte die Pause vor dem Zitat ins Unerträgliche, blickte versonnen aus dem Fenster und erkannte, daß dies nun wieder zu geringe Aufmerksamkeit zeitigte. Also schnellte sie herum und bemühte sich, so wenig anzüglich wie möglich zu fragen: »Wie gedenkt der *Herr der Unwandelbaren Ordnung* die Götter zu verspeisen?«

Fong-Kuoy näng Tschüeng war alles andere als ungefährlich. Und er war nicht bloß ein Bote aus Mantikor Leng, der Stadt der Mantikoren. Er war Lüs Vorgänger als Hoherpriester Tschöng-Hau Lengs gewesen. Bis zu jenem gnadenreichen Tag, als ihn die Berufung zum Gesandten der *Geheimen Kammer des Himmlischen Willens* erreicht hatte.

Lü war heute noch stolz auf ihre Intrige. Ja, sie hatte diesen Mann gehaßt: nicht nur für all die Abartigkeiten, die er ihr während ihrer Ausbildung zugemutet hatte, sondern auch dafür, daß er mit seinem feisten Leib jene *Kammer* besetzt hatte, nach der sie gestrebt hatte. Aber wie beseitigte man einen *Qengtan,* der fünfzehn Jahre mehr an Macht, Erfahrung und Verbündeten besaß und sich soeben damit abzufinden begann, daß die *Innere Kammer* des Hochtempels von Tschöng-Hau Leng Endpunkt seines Beamtenlebens sein würde?

Die Antwort war der Hohe Inspektor der *Geheimen Kammer* gewesen, der sich auf seiner Suche nach einer geeigneten Berufung dazu herabgelassen hatte, der Meinung einer begabten Herrin der *Dritten Kammer* Gehör zu schenken. Nun, er hatte mehr getan, als sich nur Lüs Meinung einzuholen. Lü dachte nur ungern an jene anderthalb Tage im *Garten der Freuden* zurück, wenn es auch der *Tugendhafte Weg des Himmlischen Willens* gewesen war, was dort geschehen war.

»Mit Macht«, riß Fong-Kuoys Antwort Lü aus ihren Gedanken. Ein gleichmütiges Lächeln lag über seinem rot geschminkten Gesicht. Täuschte sie sich, oder klang auch in seiner Stimme etwas Anzügliches mit? »Mit der überlegenen Macht seiner unbesiegten Heerscharen.« Nein, da war nichts Anzügliches. »Wie sein göttergleicher Ahnherr, der *Kriegsherr der Geheimen Kammer, der die Mantikoren bezwang und verspeiste*. Sein Name sei gesungen in jedem Wunsch, der zum Himmel steigt.« Wenn Fong-Kuoy Hintergedanken hatte bei diesem Satz, dann hatte er seine Stimme und seine Miene jedenfalls besser in der Gewalt als Lü.

»Natürlich wird der *Herr der Unwandelbaren Ordnung* nicht allein gegen die Blauen Götter kämpfen«, führte Fong-Kuoy weiter aus. Seine undurchdringlichen schwarzen Augen schienen Lü zu durchbohren. Bei ihren Ahnen! Er lauerte förmlich darauf, daß sie sich eine weitere Blöße gäbe.

»Die Kriegsherren der *Inneren Kammer* haben ihm acht mal acht mal acht mal acht Gefährten erwählt. Aus dem *Länder überspannenden Feld der Krieger* haben sie die würdigsten Helden ausgesucht, den *Höchsten Kriegsherrn der Geheimen Kammer* auf diesem Weg zu begleiten, so wie einst die acht Prinzen den *Kriegsherrn der Geheimen Kammer, der die Mantikoren bezwang und verspeiste*, begleiteten.«

Wie dumm, wie unsäglich dumm. Lü näng Huango begriff, in welche Falle sie geeilt war. Fong-Kuoy war mit dieser Neuigkeit nur zu einem Zweck nach Tschöng-Hau Leng gekommen: um sie zu prüfen – um zu sehen, wie sie bei dieser gleichermaßen erfreulichen wie unglaublichen Nachricht reagierte. Und sie hatte versagt. Sie hatte die Gewalt über sich verloren, war vom *Tugendhaften Weg des Himmlischen Willens* abgewichen und hatte gezeigt, daß sie nicht imstande war, eine Entscheidung von reichsweiter Bedeutung zu tragen und mit zu verantworten.

Aus! Fünfundzwanzig Jahre makellosen Aufstiegs umsonst. Vielleicht hatte sie soeben gar eine direkte Berufung in die Stadt der Mantikoren verspielt! Fong-Kuoy war nicht ihr Feind – ebensowenig, wie er ihr Freund war. Aber wenn er eine Verbündete für seinen Aufstieg in der Hauptstadt gesucht hatte, dann wußte er jetzt, daß sie nicht die geeignete wäre.

»Welchen Zeitpunkt«, fragte sie und hörte, wie verräterisch belegt ihre Stimme klang, »haben die Orakel bestimmt?«

Fong-Kuoys Lächeln blieb unverändert, ohne maskenhaft zu wirken. Lü mußte zugeben, daß er mit seinen über fünfzig Jahren eine überaus stattliche Erscheinung besaß: Er war feist wie die meisten Priester; seine runden Wangen unter der roten Schminke verliehen ihm den Ausdruck von Zufriedenheit. Die fleischigen Lippen verrieten Feinsinnigkeit und daß es für ihn nicht leicht war, Befriedigung zu finden. Mit der achtzackigen Schleierbandhaube wirkte er erhaben, dem Himmel ebensosehr verbunden wie der Erde. Lü fühlte erneut, wie tief sie diesen Mann gehaßt hatte.

»Die Orakel haben noch nicht endgültig gesprochen«, meinte Fong-Kuoy beiläufig, doch dann fügte er lauernd hinzu: »Natürlich bekunden sie alle das Wohlwollen des *Himmlischen Willens* für dieses bedeutende Unterfangen.«

»Das bedeutendste Unterfangen dieser Dynastie«, beeilte sich Lü zu ergänzen, »soweit ich das in aller Bescheidenheit beurteilen kann.«

»Dieser Dynastie – und der nächsten«, sagte Fong-Kuoy näng Tschüeng geheimnisvoll.

Lü hatte das Gefühl, sich wieder gefangen zu haben. Gleichmut, ermahnte sie sich. Nur nicht zu diensteifrig wirken. Aber das hörte sich nach höchster Politik an.

»Zweifellos wird diese Heldentat des *Herrn der Unwandelbaren Ordnung* auch die Annalen der nächsten Dynastie erleuchten«, bestätigte sie und ließ in den letzten Worten die Andeutung einer Frage erklingen.

Fong-Kuoys feiste Hand mit dem mächtigen Ringsiegel griff beiläufig nach der Teeschale. Vier Finger, vier Ringe, dachte sie. Das Siegel in Gestalt einer gravierten Jadeplatte überspannte die vier Finger der rechten Hand – so wie ihr eigenes. Seit Fong-Kuoy den Hochtempel betreten hatte, versuchte sie herauszufinden, ob er ein Zeichen der *Geheimen Kammer* trug. Sie streckte die Hand ebenfalls nach dem Tee aus.

»Es wird die Heldentat *seiner* Dynastie sein«, setzte Fong-Kuoy die Spiegelfechterei fort, »vielleicht sogar die begründende.« Er führte die zweite Hand zur Tasse, aber seine unergründlichen Augen durchbohrten Lü weiter. Diesmal war sie gefaßt. Eine neue Dynastie?

»Ist es das, was man in den *Geheimen Kammern* der Stadt der Mantikoren sagt?«

»Das ist, was man in den *Inneren Kammern* der Stadt der Mantikoren sagt.« Fong-Kuoys Lächeln schien um eine Winzigkeit breiter zu werden. Eine Schlag mit dem Fächer, begriff Lü langsam, mitten ins Gesicht. Dummchen, hatte er gesagt, das ist längst beschlossene Sache. Das weiß schon jeder leitende Beamte – außer denen, die so weit ab vom Schuß sind wie du. Er lachte sie aus. Aber das Lächeln hieß auch: Du hast ja mich. Du weißt es noch immer eher als die anderen Provinzpriester. Daher die wartende Teetasse.

Gehorsam umfaßte nun auch sie die Tasse mit beiden Händen. Sie haßte sich dafür. Fong-Kuoy hob seine Tasse und dankte der Erde in allen acht Himmelsrichtungen, bis er Lü zutrank. Ihre Bewegungen folgten seinen ohne erkennbares Zögern. Für einen Moment blitzte etwas in seinen dunklen Augen auf. Erinnerte er sich an die Lektionen, die er ihr erteilt hatte? Ja, darin war sie stets gut gewesen. Gehorsam und Anpassungsfähigkeit. Zuweilen hatten sie ihre Ambitionen so sehr verdeckt, daß Lü selbst sie vergessen geglaubt hatte. Aber die Leidenschaftlichkeit, die am Grund des Meeres ausharrte, hatte sich immer wieder Geltung verschafft.

»Der Himmlische Wille sei unser Wille«, sprach er den Priestersegen – und wie jedesmal gab er der Floskel einen Beiklang von Verheißung.

»Der Himmlische Wille sei unser Wille«, sagte auch Lü.

Gedanken

Innere Kammer des Hochtempels von Tschöng-Hau Leng, zwei Stunden später

»Endlich«, seufzte Lü, während der Pförtner hinter ihr die vier Vorhänge der *Inneren Kammer* schloß. Sie legte den Fächer beiseite und trat zum Erker. »Ich hatte erwartet, daß das Gelage mit Fong-Kuoy anstrengend sein würde.« Lü näng Huangos Blick schweifte über die Stadt unter ihr: ihre Stadt. Tschöng-Hau Leng mochte nur eine *Eroberung* am Rande des *Reiches der Tugend* sein, aber was die Küche anging, hatte sie Unvergleichliches zu bieten. Die Pfauenschiffe brachten die exotischen Waren der Barbaren aus dem fernen Ajuna geradenwegs hierher, in den Hafen von Tschöng-Hau Leng.

»Hattest du den Eindruck, daß der höchstehrwürdige Fong-Kuoy näng Tschüeng zufrieden war?«

»Höchstehrwürdige Lü«, sagte die alte Nühen, als sie hinter dem Wandschirm hervorkam, »was für eine Frage an eine alte Frau! Ist es nicht viel wichtiger, ob *du* zufrieden warst?«

»Er war gierig nach den bitter-süßen Speisen, mit denen er aufgewachsen ist, und niemand weiß besser als ich, was er am meisten liebt.« Lü verbesserte sich: »... was am meisten geneigt ist, in ihm einen Wunsch zu erzeugen, den er als Priester sofort zu stillen hat.« Die Hohepriesterin sog die würzige Meeresluft ein und dachte an das Gelage zurück. Geschmorter Storch mit

Duftreis und Zitronenmus – sein Lieblingsgericht. Ein Tisch mit Früchten, auf dem insbesondere die heimische Ananas und Granatäpfel aus dem Norden nicht fehlen durften. Dazu Wein aus dem Merkantilischen Imperium, verfeinert mit Muskat und Kirschblüten. Und am Ende statt feinster Köstlichkeiten einfache Reiskuchen, mit einer Prise Haschisch bestreut. Eine Erinnerung an seine Mutter, wie er ihr einmal in einem selten offenen Augenblick gestanden hatte, nach einer Nacht, in der sie ihm … Lü schüttelte unwillig den Kopf und trat vom Erker zurück in die *Innere Kammer.*

Ihr Blick fiel auf den mannshohen merkantilischen Silberspiegel. Sie betrachtete sich kritisch, drehte den Kopf, ohne ihr Gesicht aus den Augen zu lassen, und wandte ihren Körper ein wenig zur Seite. Die rote Schminke war makellos, und die weiß gemalten Himmelsbrauen verliehen ihrem Gesicht etwas Überirdisches. Das blaue Seidenkleid mit dem ausladenden Kragen ließ erahnen, wo ihr Leib weiblich weich war, ohne seine Schwächen zu offenbaren. Aber es war lange her, daß sie die Schleierbandhaube abgenommen und einem Mann ihr Haar enthüllt hatte.

»Nein«, sagte sie mit jäher Härte, »das Gelage ist *nicht* wie erwartet verlaufen. Fong-Kuoy machte mir ein Kompliment – weil es nicht tugendhaft gewesen wäre, eine Frau ohne eine Bestätigung ihrer Schönheit zu verlassen. Dann ließ er sich von zwei jungen Priesterinnen aufhelfen und ins Schlafgemach führen.«

Lü erschauderte unter dem Ansturm von Gefühlen: Kränkung, Erleichterung, Abscheu – und Panik. Ja, ein tödlicher Schatten der Angst fiel über ihre Seele – einer Angst, die sie bislang immer bezwungen hatte.

Sie warf sich selbst einen prüfenden Blick zu. Vor ihr lag ihr achtunddreißigster Frühling. Unwillkürlich glitten ihre Fingerspitzen über ihre Wangen. Auch die Ziegenmilchbäder und die mangalische Vulkanerde, die sie nun schon jeden Tag auflegte, konnten nicht länger verbergen, was ihre Finger überdeutlich fühlten. Sie begann alt zu werden.

Ihr Blick fiel auf die Hand mit dem Ringsiegel. Für dieses

Zeichen hatte sie viel geopfert. Die Rechte war steif geworden von den vier breiten Ringen, die das Siegel trugen. Aber ebendieses Siegel zeichnete sie als Herrin der *Inneren Kammer* aus und erlaubte nun *ihr*, all ihre Wünsche erfüllt zu sehen.

Und was war mit diesem ihren Wunsch: nicht alt zu werden? Eine Priesterin hatte keine unerfüllten Wünsche zu haben. Doch den Wunsch konnte ihr niemand erfüllen: kein Gläubiger, kein Priester, kein Blauer Gott.

Die Blauen Götter!

Lü fühlte, wie ein Schauder ihr Rückgrat hinabfuhr, halb heilig, halb voll Entsetzen. Der *Herr der Unwandelbaren Ordnung* würde im Frühling ausziehen, um die *Fangs,* die Blauen Götter, zu erschlagen.

»Ich habe noch nie einen *Fang* gesehen.« Tschöng-Hau Leng lag durch drei *Eroberungen* vom *Unvollendeten Palast* der Blauen Götter getrennt. Lü war nie ausgewählt worden, die *Roten Steine* der Mangalischen Küste zum Opfer zu bringen. In früheren Jahrhunderten, so hieß es in den Tempelchroniken, war der Hohepriester noch selbst ausgezogen, um dem Befehl der Götter Gehorsam zu leisten. Aber heutzutage wurde jeder rote Edelstein erst nach Mantikor Leng geschickt, der Stadt der Mantikoren.

Es war ein offenes Geheimnis, daß die *Kammern* der Geomanten, der Nautiker, der Astrologen, der Alchimisten, der Architekten und der Lebensdeuter ihren Anteil erhielten, ehe sie eine Karawane zusammenstellten. Mehrfach, so hieß es in den letzten Jahren, waren einfach nicht genug *Rote Steine* übrig geblieben, daß sich überhaupt eine Karawane gelohnt hätte.

Und die Blauen Götter hatten geschwiegen! Nein, eigentlich schlimmer: sie hatten geflucht. Sie hatten den Sterblichen üble Drohungen entgegengeschleudert. Doch dabei war es geblieben. Es war Jahrhunderte her, seit die *Fangs* zuletzt ausgezogen waren, um jeden Sterblichen zu erschlagen, der ihnen die *Roten Steine* vorenthielt. Das war noch zu Zeiten des ersten *Kriegsherrn der Geheimen Kammer, der die Mantikoren bezwang und verspeiste*, gewesen.

»Und nun dieser Auftrag«, stöhnte sie. »Ausgerechnet ich.« Lü blickte nach der silbern durchwirkten Klingelkordel. Sollte sie den Herrn der *Kammer der Ordnung* rufen und sich die Chronik bringen lassen? Sie unterdrückte ein Gähnen. Nein, nicht nach diesem Festmahl. Ihre Hände betasteten mißbilligend ihren Bauch. Sie hatte sich mit der Feder erleichtert, aber dennoch fühlte sie sich aufgebläht.

Hatte sie Wünsche? Routiniert erforschte Lü ihr Gemüt. Vielleicht sollte sie sich einen der jungen Priester kommen lassen. Der kleine Giung war niedlich – und respektvoll und leidenschaftlich dazu. Nein, sie wollte keinen Mann. Wie so oft hatte sie keine Wünsche. Alles, was sie fühlte, war diese hungrige Leere an einer Stelle ihrer Seele, die nicht einmal einen Namen hatte.

Die Straße nach Norden

Nördliche Königreiche, jenseits des Qiu, ebenfalls im Herbst des Jahres 471 der Blauen Götter

»Wasser!« Etwa fünfzig Schritt weiter gab es irgendeinen Aufruhr. Eine Sänfte war angekommen, von vier weißen Pferden getragen. Die Sklaventreiber, die eben noch bäuchlings am Boden gelegen hatten, liefen eilfertig herum und schrien: »Los, ihr nichtswürdigen Tiere! Schafft Wasser her!« Dabei schlugen sie mit den Geißeln auf jeden Sklaven ein, der sich in ihrer Reichweite befand.

Der Stiernackige, der am Abschnitt das Kommando hatte und vor dem auch die Sklaventreiber buckelten, war unvermutet selbst zum Wurm geworden. Das Gefährt war zu breit – oder vielmehr die Straße zu schmal. Die Arbeiter hatten noch Steinplatten auf der Straße gelagert, die in den nächsten Stunden verlegt werden sollten. Der Stiernackige wand sich wie ein Aal vor dem Würdenträger in der Sänfte, von dem lediglich die rechte Hand mit dem beeindruckenden, drei Finger bedeckenden Ringsiegel und eine hochrote Stirn zu sehen waren.

Strolch atmete auf. Wie jedem Sklaven war ihm jegliche Unterbrechung der Arbeit nur recht. Seite an Seite standen sie seit Wochen im Lehm und verbreiterten die Trasse, verlegten die Reismatten und richteten die Steinplatten darauf aus. Einige tausend Sklaven waren es gewiß – jedenfalls so viele, daß die Reihen von Strolchs Arbeitsplatz aus in beiden Richtungen bis zum Horizont reichten. Die Katauеken schienen beinahe alles in unüberblickbaren Scharen anzugehen. Früher hatte Strolch geglaubt, es könne niemals mehr Menschen geben, als sich im stolzen Maganta, der Hauptstadt des Merkantilischen Imperiums, zum Fest der Entrückung Gottes versammelten.

Aber gleichgültig, wie viele Arbeiter die Sklaventreiber zur Verfügung hatten: Strolch blieb immer der Ajunäer. Einen Kopf größer, mit abartig hellem, kurzem Haar und einer langen Nase, die zum Draufschlagen einlud. Was auch immer in seinem Glied falsch lief: Strolch bekam Knute oder Geißel dafür zu schmecken. Und abends, wenn die Aufseher besoffen vom Reisbier durch die Reihen der angepflockten Sklaven wankten, war es einerlei, wie finster es war oder wie sehr es regnete: Strolchs Haar war zwischen den schwarzen Zöpfen weithin zu erkennen und schien unwiderstehlich dazu aufzufordern, ihm mit Tritten, Flüchen und perversen Spielchen klarzumachen, daß er selbst unter Sklaven noch Abschaum war.

»Wasser, ihr Ratten!«

Wahrscheinlich wollten sie zumindest die Pferde tränken, wenn der Bonze schon warten mußte. So nannten die Kataueken ihre rotgesichtigen Schreiber.

Strolch setzte sich in Bewegung und versuchte zu erraten, wo die Aufseher sie hintrieben. Dann erwischten ihn die ersten Schläge. Strolch wurde mit den anderen zum Strom hinunter geprügelt. Sie waren mindestens hundert Mann, die als Kette ins Schilf getrieben wurden. Der Boden wurde sumpfig. Schilfstoppeln zerstachen ihnen die bloßen Füße, Blutegel krochen schleimig an ihren Waden hoch.

»Nimm das, Mißgeburt!« Natürlich war es der Ajunäer, dem sie den Eimer in die Hand drückten und den sie mit einem

Geißelhieb über die Schultern zum Wasser jagten. Strolch füllte den Eimer und reichte ihn dem nächsten Sklaven. Dann schlug er um sich in dem Versuch, sich die Stechmücken und die Blutegel vom Leib zu halten. Wenn man schnell genug zugriff, bissen sie nicht. Zuschlagen und klauben, zuschlagen und klauben. Zwischendurch kamen noch einige Eimer.

Dann biß der erste Egel. Strolch ging in die Knie, um ihn sich vom Fuß zu reißen. Während er im schmutzigen Wasser kniete und im Schlamm wühlte, um den Egel an seinem Rist zu packen, wurde ihm klar, daß die Sklaventreiber dieses Problem nicht hatten. Von denen war nämlich keiner im Schilf. Mindestens fünfzig Schritt trennten ihn von den Prügelknechten. So weit waren sie sonst nur abends weg, wenn er angepflockt war. Fünfzig Schritt durch kniehohen Schlamm und brusthohes Röhricht und durch mindestens ebenso viele Sklaven.

Strolch ließ sich ins Wasser fallen. Der Sklave hinter ihm kämpfte ebenfalls mit einem Egel. Zwei kräftige Ruderbewegungen mit den Armen. Strolch war in Maganta immer ein guter Taucher gewesen. Schilfstoppeln und Flußmuscheln zerkratzten ihm Bauch und Beine, als er losschwamm.

Dann fühlte er die Strömung. Wenn jetzt bloß nicht einer der anderen Sklaven schrie! Den Ajunäer verpfeifen, damit du nicht selbst den Stock zu spüren bekommst. Aber selbst wenn einer der Sklaven Alarm gegeben hätte, so hätte Strolch es unter Wasser nicht gehört. Und zurück konnte er ohnehin nicht. Ich wurde abgetrieben, Euer Blutrünstigkeit. Ehrlich, ich wollte nicht fliehen. Warum sollte ich? Es geht mir doch gut als Sklave. Nein, Strolchs Hafengaunereien zogen nicht bei dieser dünkelhaften Rasse, deren Sprache er kaum sprach.

Er tauchte erst auf, als Funken vor seinen Augen tanzten. Dann schwamm er mit der trägen Strömung weiter. Mindestens eine Viertelstunde an einförmigen Reihen von Sklaven entlang, die hundertfünfzig Schritt entfernt an der Straße schufteten. Möglichst weit hinaus in die Strömung, um schnell hier wegzukommen, aber nicht so weit, daß man seinen Kopf jenseits des Schilfes gesehen hätte.

Kurz erwog er, den Strom zu überqueren, aber der war so gigantisch wie alles in Serkan Katau. Dabei war es nur ein Zufluß des riesigen Stromes, den sie Qiu nannten. Das andere Ufer war ein verwischter gelber Strich am wolkenverhangenen Horizont.

Endlich war er frei – das erste Mal frei, seit er auf diesen gleichermaßen sagenhaften wie verfluchten Kontinent gekommen war! Der Blutegel an seinem Rist war inzwischen feist wie eine Pflaume. Und dem jungen Ajunäer wurde klar, daß sich ein, zwei Monde Fußmarsch in jede Richtung eine Kultur erstreckte, deren Volk ihn immer hassen, jagen und demütigen würde.

Die Stadt der Mantikoren

Mantikor Leng, zentrales Serkan Katau,
im Achten Mond im Jahr 471 der Blauen Götter

Endlich! Kang gab seinem Pferd die Zügel, als die Silhouette Mantikor Lengs aus dem diesigen Nachmittagslicht auftauchte. Fünf Wochen! Fünf Wochen auf den besten Straßen der Welt, vom Labyrinth zum Qiu und dann den Strom abwärts nach Süden – und nun lag sie vor ihm: die Hauptstadt des *Reiches der Tugend*. Aus den Augenwinkeln heraus hatte er unwillkürlich nach einem Hügel gesucht, um sich einen Überblick zu verschaffen: eine Gewohnheit aus zwanzig Jahren in fremdem oder feindlichem Land. Doch hier gab es keine Hügel – nur Reisfelder, Obstplantagen, flache Bauernhäuser, Kanäle und Straßen bis zum Horizont.

Die Palaststadt des größten Reiches der Welt benötigte keine Mauern und keinen Schutz. Der *Kriegsherr der Geheimen Kammer, der die Mantikoren bezwang und verspeiste*, hatte sie dereinst mitten in der Ebene des Qiu und nördlich der undurchdringlichen Regenwälder gegründet. Sie war das sichtbare Zeichen, daß der

Göttergleiche und all seine Nachfahren zur Herrschaft bestimmt waren: unangefochten von den Ungeheuern, die er erschlagen hatte, unangefochten von den Göttern, denen er seinen Tribut an *Roten Steinen* gezollt hatte, unangefochten von jedem anderen Volk Serkan Kataus und erst recht unangefochten von Königen und Häuptlingen, deren Blick nicht über den Rand ihres Stammlandes hinaus reichte.

Vierundzwanzig Jahre! So lange hatte Kang am Labyrinth gekämpft. Vierundzwanzig Jahre lang hatte er diese Stadt verteidigt und nicht begriffen, wie weit entfernt sie lag. Natürlich hatte er wie jeder Offizier gewußt, daß zwischen dem Labyrinth und Mantikor Leng drei *Eroberungen* lagen. Aber niemand, der nicht anderthalbtausend *Läng* geritten war, konnte diese Strecke begreifen. Vierundzwanzig Jahre in der Heerschar am Labyrinth – und nun war er entlassen worden.

Es schien, als schwebte die Stadt in einem Licht, das sie selbst hervorbrachte. Umgeben von einem goldenen Dunstschleier, beherrschte die Große Pagode von Gingang Gao das Panorama aus Palästen, Tempeln und *Kammern*, unzähligen Kasernen, Magazinen und Reisspeichern sowie das weit gefächerte Netz der Kanäle und Gärten.

Wieder trieb der Offizier seinen Schecken an. Aber die Stadt schien nicht näher zu kommen. Er hatte gewußt, daß sie groß war, und er hatte gesehen, welche Heerscharen und welche Mauern sein oberster Herrscher aufbieten konnte. Und er hatte gelernt, daß die Herren der *Kammer der Tugendhaften Ordnung* eine neue Zahl hatten erfinden müssen, um die Einwohner der Hauptstadt zu zählen. Aber keine seiner Erfahrungen hatte ihm wirklich verdeutlicht, welch unvorstellbare Macht die turmartig bis zu den Wolken aufragende Heimstatt seines Gebieters innehatte.

Kang passierte die erste Garnison. Wie in allen Städten, die er auf dem langen Ritt ins Zentrum durchquert hatte, hatte er die scharlachrote Hüllrolle eben erst gezogen, als sich der Wachtmeister bereits verneigte und ihm eigenhändig die Schranke öffnete. Für einen Moment tauchte am Rande seines Bewußtseins der argwöhnische Gedanke auf, welchen Mißbrauch der Besitz solch einer Botschaft ermöglichte. Aber nein, dachte Kang, wie könnte er je etwas anderes tun, als der Botschaft zu folgen, wie könnte jemand sie tragen, dem sie nicht bestimmt war.

Die neue Heerschar

Festung Gingang Tung, Mantikor Leng,
drei Wochen später

»Ihr seid die Helden des Reiches, welche die *Herren der Inneren Kammer des Krieges* auserlesen haben.« Die Stimme des grauhaarigen Generals schallte über den gewaltigen Kasernenhof von Gingang Tung. »Acht mal acht mal acht mal acht seid ihr an der Zahl. Ihr wurdet auserwählt, dem *Höchsten Kriegsherrn der Geheimen Kammer* selbst als Waffenknechte zur Seite zu stehen.«

Ein Krieg also, dachte Kang – ein Krieg, in dem der *Göttergleiche* mit eigener Hand streiten würde. Er fühlte, wie sein Mund feucht wurde von Kampfesgier.

Dieser Gedanke war es, der ihn und alle Krieger während der folgenden Tage beflügelte, während sie daran gingen, eine Heerschar zu bilden, wie sie die Welt noch nicht gesehen hatte. Kang mußte sich an die Gesichter seines Kommandanten und seiner Rangesgefährten gewöhnen. Wenn General Tüfang hua Hidong mit seinen acht Hauptleuten sprach, trug er nie eine Maske, und ebenso hielten sie es untereinander.

Ob der *Göttergleiche* ebenso unmaskiert focht? War es wahr, daß er unverwundbar war? Daß sein Gesicht im Kampf von göttergleicher Raserei entstellt wurde? Dies jedenfalls berichtete die Historie von seinem Ahnherrn, dem *Kriegsherrn der Geheimen Kammer, der die Mantikoren bezwang und verspeiste.* Und als Kang ein junger Rekrut gewesen war, hatte ihm ein Priester erklärt, daß sie alle Masken trugen, weil ihr Gesicht zugleich das des

Herrn der Unwandelbaren Ordnung war und ihr Zorn der des ersten *Kriegsherrn*, der das weltumspannende Reich von Serkan Katau geschaffen hatte.

Kang fühlte einen heiligen Schauder. Dann mußte der Zorn des *Göttergleichen* unermeßlich sein ... Kang hatte seine Heerscharen gesehen, ein ums andere Mal, wenn sie im Labyrinth in ihren unerschütterlichen Speerwäldern und treffsicheren Schützenreihen den Barbaren des Turga-Busches entgegengetreten waren. Die Turga waren tapfere Kämpfer auf wilden Pferden, halbe Tiere meist, gehüllt in Pelze und getrieben von den Zaubern ihrer unbekannten Ahnen. Aber kein Volk konnte es mit den Kriegern des *Reiches der Tugend* aufnehmen – nicht mit der tödlichen Effizienz der acht Künste des Tötens, nicht mit ihren kaum durchdringbaren roten Harnischen, nicht mit dem grausamen Zusammenspiel zwischen Lanzenträgern und Schwertschwingern, Kreuzbogenschützen und Katapulten, schwerer Reiterei und flinker Barbarenreiterei, und schon gar nicht mit der schieren Zahl an *Ziangs*, die der *Höchste Kriegsherr der Geheimen Kammer* aufbieten konnte.

Und nun würde das *Länder überspannende Feld der Krieger* ausziehen, angeführt vom *Göttergleichen* höchstselbst. Welcher Feind mochte solch gewaltige Aufmerksamkeit verdienen?

Fallobst

Irgendwo in den Nördlichen Königreichen, zu Winterbeginn im Jahr 471 der Blauen Götter

»Kommt doch, ihr stumpfnasigen Reisfresser. *Hugga Hugga!*« Strolch hüpfte von einem Bein aufs andere wie ein betrunkener Affe und wedelte dazu mit seinen dünnen Armen. Die Pflückerinnen glotzten von den Leitern herab, einige kicherten. Die Knechte setzten die Weidenkörbe ab und kamen näher.

»Ihr kriegt mich nicht, ihr kriegt mich nicht«, spottete Strolch.

Er führte die Hände an die Schläfen, um ihnen Eselsohren zu zeigen, aber als die Grasbüschel knisterten, die er um die Handgelenke gebunden trug, hielt er inne. Nicht nötig, dachte er, du siehst schon lächerlich genug aus. »*Hugga Hugga!*«

Einer der kräftigsten Knechte in vorderster Reihe rief etwas Kehliges zu seinen Gefährten. Weiter hinten antwortete einer mit wenigen Worten, aus denen sich eines hervorhob: »*Gingaling.*« Verrückt! Das erste Wort, das Strolch in Serkan Katau gelernt hatte – oder zumindest das, welches er wohl am häufigsten gehört hatte.

»Jaja, ihr Reisfresser, das verrückte Gespenst aus Ajuna ist da.«

Der bullige Obstpflücker in der ersten Reihe zog eine Sichel vom Gürtel und hob sie – eindeutig bedrohlich. Abstand halten, sagte sich Strolch. Er sprang einige Male nach links, dann zurück. Sehr gut, nun kamen auch die Pflückerinnen von den Leitern und folgten den Männern.

»*Wung Ling*«, rief er nun das Zauberwort. Er hoffte inständig, daß die Bauern ihn tatsächlich für einen Reisgeist hielten – oder zumindest so reagierten, wie sich das seine sauberen Spießgesellen ausgedacht hatten. Sein Blick glitt über die hinteren Reihen, in der Hoffnung, einen der Halunken auftauchen zu sehen. Dort hingen noch einige der fremden, orangefarbenen Früchte mit der harten Schale an den Bäumen.

»*Hy'ä!*« rief einer der Knechte. Tücke, dachte Strolch grimmig. Nein, *das* war das Wort, welches er am häufigsten gehört hatte: Hau ab! Hier bist du selbst als Reisgeist Ajunäer, fluchte er. Da flog die erste faulige Mandarine.

Strolch sprang schnell nach rechts und wich weiter zurück. Drei weitere Knechte bückten sich. Er wich erneut aus, aber schon traf ihn klatschend die erste Frucht. Und dann kam ein Stein daher!

»Verreckt doch alle«, kreischte Strolch, eher an seine Kameraden hinter den Obstbäumen als an die Angreifer gerichtet. Als er sich zur Flucht wandte, traf ihn ein Stein an der Schulter. Er schrie auf vor Schmerz und rannte geduckt los. Ein weiterer, tieffliegender Stein verfehlte ihn nur um Haaresbreite.

Nichts wie weg! Strolch schlug einige Haken zwischen den Bäumen. Hinter ihm prallte eine letzte matschige Mandarine auf. Er hörte Gelächter und ärgerliche Rufe. Dann gelangte er an den Rand der Plantage. Er machte einen Schwenk zur Seite und folgte dem Rain. Wie man sich verdrückte, hatte er in seinem miesen kleinen Leben nun wirklich gelernt. Nicht über freies Gelände laufen, solange sie noch so nahe sind. Am besten nicht auf Kontinente reisen, die nur aus freiem Gelände bestehen …

Hunger

Im einem nahen Wäldchen, in den Abendstunden

Das mußten sie sein! Strolch hörte fröhliche Stimmen im Unterholz. Es roch betäubend stark nach Melisse und Salbei. Sein Magen knurrte so laut, daß er glaubte, einen Tiger hinter sich zu haben. Entgegengehen oder warten? Egal, sie werden dich sowieso wie Abschaum behandeln. Hauptsache, was zu fressen.

Strolch bog die fremdartigen Farnwedel seines Verstecks zur Seite und bewegte sich auf die Gruppe zu, die sich aus der Abenddämmerung schälte. Narbenfresse ging vorneweg, Kudung scherzte gerade mit Schlampe. Keiner würdigte ihn eines Blickes. Sie stapften ins Innere des Wäldchens, wo sie den Buchsbaum ausgeholzt hatten. Einer nach dem anderen ließen sie sich hinfallen. Strolch suchte mit begehrlichen Blicken nach der Beute. Zwei der Strauchdiebe trugen ein zusammengerolltes Tuch schräg über dem Leib, in dem Strolch runde Formen auszumachen glaubte.

Einauge hatte orangefarbenes Fruchtfleisch im Bart hängen. Sie hatten also schon gegessen! Er wandte sich um und besah sich die anderen genauer. Auch Narbenfresse schien satt zu sein.

»Was willst du?« herrschte Kudung ihn auf katauekisch an. Strolch bemerkte, daß er in der Mitte des Lagers stand. Unwillkürlich hatte er sich breitbeinig aufgebaut. Doch jetzt wagte er nicht, Kudung in die Augen zu sehen, daher irrte sein Blick über die bronzegelben Gesichter der anderen.

»Essen«, sagte er, »Obst!«

Kudung gab eine abfällige Antwort, die Strolch nicht ganz verstand. Früh weglaufen? Narbenfresse knurrte irgend etwas wie üblich Unverständliches und deutete vorwurfsvoll auf sein Tragetuch. Zu wenig Beute? Wollten sie ihm jetzt einreden, er sei zu früh geflohen? Strolch fühlte die Schwellung auf seiner Schulter pochen.

»Ich essen«, wiederholte Strolch und riskierte einen Blick auf Kudungs kräftiges Kinn. »Gesetz.« Einauge stimmte ein höhnisches Gelächter an. Klar, falsches Wort bei einem Gesetzlosen. »Bande Gesetz«, verbesserte sich Strolch.

»*Hy'ä!*« herrschte ihn Kudung mit der Geste eines Gutsbesitzers an, der einen Sklaven entläßt. Dann griff er nach Schlampe, die zu kichern begann. Er vergrub seinen Kopf an ihrer Schulter und tat etwas, das sie quieken ließ. Als er sich umblickte, schien er überrascht, daß Strolch noch immer da stand.

»Narbenfresse!« rief er befehlerisch. Narbenfresse tat kurz so, als ob er bereits eingeschlafen wäre. Als Kudung nichts weiter sagte, hob er vorsichtshalber den Kopf. Kudung nickte in Strolchs Richtung. Grunzend griff der Kataueke in sein schmutziges Tragetuch. Dann warf er Strolch eine bräunliche Mandarine zu, die in seinen Händen sofort zerplatzte.

»Mehr!« rief Strolch. Narbenfresse gab wieder ein Geräusch von sich wie eine Sau am Trog und griff betont widerwillig in das Tuch. Dann überlegte er es sich, warf Strolch den Beutel vor die Füße und drehte sich zur Seite.

Strolch lauschte in seinen Bauch hinein, in diesen dumpfen Knoten aus Hunger, Demütigung, Wut und Verzweiflung. Zwei zermatschte Mandarinen und eine steinhart getrocknete Kante Reisbrot, die Narbenfresse wohl nach dem Einbruch in der Windmühle vor zwei Wochen einfach vergessen hatte – und dafür hatte der junge Abenteurer sich anderthalb Stunden angeschlichen, mit Steinen bewerfen lassen und dann bis zur Dämmerung auf die anderen gewartet. Vor Verzweiflung hatte er angefangen, mit befeuchteten Fingern Ameisen aufzupicken und zu schlucken.

Strolch konnte sich nicht erinnern, wann er sich das letzte Mal wirklich satt gegessen hatte. Narbenfresse konnte halbwegs mit Schlingen umgehen und brachte, wenn sie einige Tage verweilten, manchmal ein Kaninchen, ein Moschustier oder eine Springratte mit – aber sie verweilten selten länger als bis zum ersten Überfall. Einauge behauptete, Fische speeren zu können, aber die zwei Mal, da er einen erlegt hatte, hatte er nur Kudung etwas abgegeben.

Wiederholt hatten sie Schlangen mit Steinen erschlagen. Schlampe hatte sie geöffnet, ausgenommen, mit Steinen gefüllt und dann in die Glut eines verlöschenden Feuers geschoben. Irgendwie garten die heißen Steine dann das Fleisch. Aber auch davon hatte Strolch stets nur die Schwanzenden mit Unmengen von Wirbeln abbekommen.

Und nun lag der Winter vor ihnen. Strolch war sich angesichts der fremden Pflanzen und der unbekannten Feldfrüchte nicht sicher, was sie erwartete, aber es war deutlich, daß es kälter und trockener wurde. Jedenfalls kälter als in Maganta um diese Zeit. Die Baumreihen, die die Pflücker an diesem Tag abgeräumt hatten, waren die letzten der Plantage gewesen und die Früchte durchwegs überreif. Nicht, daß es im Herbst so viel einfacher gewesen wäre, an Nahrung zu gelangen: Die Kataueken hatten überall Feldhüter stehen, und ständig waren berittene Aufseher unterwegs, um entlaufene Sklaven aufzuspüren.

Genau das war er: ein entlaufener Sklave. Auch wenn sie ihn auf dem Schiff nicht gebrandmarkt hatten, genügte sein Aussehen, um ihn zu verraten. Seit er bemerkt hatte, wie die Kataueken auf sein straßenköterblondes Stoppelhaar reagierten, versuchte er es morgens stets mit der Kohle des Lagerfeuers zu schwärzen. Aber seine Nase – für hiesige Verhältnisse ein echter Zinken – und sein langes, hageres Gesicht konnte er ebensowenig verbergen wie seine langen Arme und Beine, die selbst für einen Ajunäer schlaksig wirkten. Ganz davon zu schweigen, daß er größer war als Kudung, der in der kleinen Bande durchaus als kräftig gewachsen galt.

Was hast du Esel erwartet? Wie jeden Abend zermarterte Strolch sich den Kopf. Was, bei der Kakerlakenkutsche des Buckligen, hatte ihn dazu gebracht, sich auf die Nauke zu schleichen? Er konnte sich beim besten Willen nicht mehr erinnern. Dabei hatte er es über Wochen hinweg geplant. Damals hatte das sagenhafte Serkan Katau in buntesten Bildern vor seinem geistigen Auge gestanden. Aber Strolch konnte die Bilder nicht mehr sehen. Alles, was er sah, wenn er nun die Augen schloß, waren die vertrauten Gassen von Magantas Hafen, die ihm noch vor einem Jahr so unerträglich erschienen waren.

Es war nicht der Schmutz gewesen und nicht einmal der Hunger, dem er hatte entfliehen wollen. Nein, was er nicht ertragen hatte, war der Spott gewesen. Daß die Bürger, Handwerker und Soldaten ihn wie einen Straßenhund betrachteten, daran hatte er sich gewöhnt. Aber daß ihn selbst die anderen Tagelöhner und Tagediebe stets nur Strolch genannt hatten …

Am schlimmsten war sein Vater gewesen. Wenn er überhaupt sein leiblicher Vater war! Das hatte ihm der alte Hurenbock immer wieder hinterhergeschrien, seit Verachtung, Haß und Prügel Strolch keinen Laut mehr hatten entlocken können.

Nun gut, seine Mutter hatte mit anderen Männern geschlafen – bisweilen auch für Brot, Wein oder einige ungelochte Münzen. Meistens war es im Winter gewesen. Er zitterte beim Gedanken an die Kälte … wie sie ihn mitten in der Nacht aus dem Bett geholt und er sich zu seinen zwei Schwestern ins andere Bett gedrückt hatte. Und während ihn Ellbogen und Knie in eine fügsame Wurst verwandelt hatten, die halb aus dem Bett gehangen und sich halb an die Schwester geklammert hatte, hatte er gelauscht. Seine Schwestern hatten stets behauptet, nichts davon zu wissen, aber er kannte den fremdartigen Klang, den Hunger und Schnaps und eine seltsame Erregung der Stimme seiner Mutter verliehen hatten. Und obwohl die fremden Männer meist nur gegrunzt und gestöhnt hatten, hatte sie leise zu ihnen mit dieser seltsamen Stimme gesprochen.

Nein, die meisten waren gar keine fremden Männer gewesen. Dann und wann hatte sie einen katauekischen Seemann mitgebracht, der stets einige gelochte Münzen dagelassen hatte. Einmal war es auch ein Bürger in feinem Tuch gewesen; aber da hatte es gleich Streit gegeben, weil er der Frau nichts hatte geben wollen. »Ich habe schon den Braten bezahlt«, hatte er immer wiederholt. Doch die anderen Männer waren Schauerleute und Träger wie sein Vater gewesen.

Im Herbst, wenn die Nauken zurück nach Serkan Katau segelten, verödete der große Hafen von Maganta. Die Krämer der Nachbarstädte und die einheimischen Fischer hatten vergleichsweise kaum Ladung und vor allem kein Geld. Dann mußten die Männer losziehen. Manche gingen landeinwärts, um in den Bergwerken und Wäldern zu schuften. Manche hatten zu dritt oder viert ein eigenes Boot, mit dem sie auf das Weiße Meer zum Fischen hinausfuhren. Die anderen lungerten in den Tavernen und Spelunken herum und versuchten sich mit Wein zu betrinken, der so gewässert war, daß nicht einmal die Kinder davon einschliefen, wenn sie vor Hunger weinten. Und manch einer ging dann eben mit einer Frau mit, die noch einsamer war als er – auch wenn es die Frau eines Freundes war.

Und Strolchs Vater – der Hurenbock? Der Junge hatte nie erfahren, wie er diese Winter verbrachte. Die Eltern hatten ständig darüber gestritten. Im Nebelmond hatte der Vater von seinen unfehlbaren Plänen »mit den anderen Jungs« erzählt. Einmal wollten sie einen Wal fangen, dann einen Schatz heben, der nach der Götzenschlacht vergraben worden war. Dann war wieder von einer gescheiterten Nauke die Rede, deren Seidenballen, Gewürzsäcke, Haschischfladen und Zuckerkisten man nur noch am Strand einsammeln mußte. Manchmal sprachen sie darüber, sich mit den Schmugglern und Erpressern der *corona* einzulassen.

Aber schon im Wolkenmond war er wieder dagewesen, meist mit »guten Freunden«, die er im Vorjahr noch nicht gekannt hatte. Mutter hatte ihn angefleht, etwas zum Essen vorbeizubringen, aber meist hatte der Tag damit geendet, daß er die paar Münzen, die Mutter mit dem Gießen ranziger Talglichter verdient hatte, auch noch mitgenommen hatte. Im Schneemond war er dann wieder wochenlang unterwegs gewesen – aber die »guten Freunde« waren immer häufiger zu Besuch gekommen. Doch die einzigen, die jemals Geld ins Haus gebracht hatten, waren die Katauekeu gewesen.

Strolch konnte sich noch genau an den Tag erinnern, als er begriffen hatte, wie unvorstellbar reich die Fremden sein mußten ... Er war elf Jahre alt und stand mit seinen Freunden am Hafen, wo eine Nauke vor Anker lag. Bei ihnen saß der alte Stumpfbein-Mateo, der in der Flotte des Merkantilischen Imperiums als Seesoldat gedient hatte, bis er bei einem Gefecht gegen Galeeren der Ehernen Liga ein Bein verloren hatte.

Mateo erklärte Strolch, wie so eine Nauke gebaut war und wie sie betrieben wurde: der kastenförmige Rumpf mit den Aufbauten in der Mitte, die seltsamen Ausleger, die roten Pfauenfächersegel.

»Und das ist der Kapitän?« fragte Strolch, plötzlich atemlos, als ein Kataueke in weißem Leinen das Fallreep hinaufstieg. Der Junge kannte den Mann. Der schwarze Zopf, das bronzegelbe Gesicht, die schmalen Augen, die weiße Kleidung – all das wäre verwechselbar gewesen. Aber um den Hals trug der Mann ein großes Amulett aus Silber und rotem Edelholz, das ein fremdartiges Ungeheuer darstellte. Dieses Amulett kannte Strolch: Er hatte es vergangene Nacht in der Dunkelheit angestarrt, während der Mann atemlos auf seiner Mutter gelegen hatte.

»Der Kapitän?« Stumpfbein-Mateo schmunzelte. »Ach was, das ist ein einfacher Seemann.« Dabei deutete er auf den Mann, der auch schon am Hauptmast aufenterte, um die Vertäuung der gerefften Pfauensegel zu überprüfen.

Doch Strolch hatte nur das glückliche Lächeln seiner Mutter vor Augen, die in der Früh mit drei achteckigen Silbermünzen gespielt hatte, in der Mitte gelocht wie alle katauekischen Münzen. Und als er mittags nach Hause gekommen war, hatte die ganze Hütte geduftet von dem Eintopf, den seine Mutter gekocht hatte, mit echtem Hammelfleisch und frisch gebackenem Brot ...

Vorzeichen

Hochtempel von Tschöng-Hau Leng,
im Zehnten Mond im Jahr 471 der Blauen Götter,
zu Beginn der Kleinen Regenzeit

Mit dem Vergnügen einer geübten Intrigantin stellte Lü näng Huango fest, daß sie immer deutlicher Veränderungen in Tschöng-Hau Leng wahrnahm, die ihr ohne Fong-Kuoy näng Tschüengs Nachrichten entgangen wären.

Auf den Kais des riesigen Hafens wurde zunehmend darüber gesprochen, daß man nach der Regenzeit keinen Reis zum Handel mit Ajuna laden werde, weil der Reispreis so gestiegen sei, genauer gesagt der Preis für Reismehl – wie man es benötigte, um ein großes Heer zu versorgen.

Da und dort erschienen Viehhändler aus den zentralen *Eroberungen*, die den großen Schweinemästern die Tiere gleich herdenweise abkauften und diese noch im Koben schlachten ließen. Das Fleisch wurde eingesalzen und auf ihre Karren verladen; die Häute spannten sie darüber. Das ergab nur Sinn, wenn man das Fleisch weiter transportieren wollte, als es sonst üblich und einträglich war, und wenn man mit bereits vorgegerbtem Leder dort ankommen wollte.

Immer häufiger erschienen Offiziere oder stolze Mütter der Kriegerkaste im Hochtempel, weil die Schwertweihe ihres Sohnes ein halbes Jahr vorverlegt worden war. Nervöse junge Männer brachten ihr Erstopfer als Zeichen, daß sie nun ein Mann waren.

Mehrere Male spendeten wohlhabende Tempelbesucher, die um ein Orakel baten, so großzügig, daß Lü beschloß, eigenhändig die Eingeweide des Opfertiers zu deuten.

Der eine war ein Händler. Eigentlich gehörte er zur Kaste der Bonzen, aber er hatte nie ein Amt innegehabt. Schon sein Vater war mit Karawanen an der ganzen Mangalischen Küste zu Reichtum gekommen, und der Erbe hatte nie anderes getan, als die Güter Tschöng-Hau Lengs gegen die der benachbarten *Eroberungen* zu handeln. Er wollte wissen, ob er im neuen Jahr an

Bord einer Nauke gehen sollte, mit einer Ladung Zucker, Seide, Haschisch und Tee, um sie bei den Barbaren Ajunas gegen Wein, Salz, Eisen und Glas zu tauschen.

Im Kreis der brodelnden Kessel, die die *Halle der Himmlischen Mächte* mit betäubendem Parfümgeruch erfüllten, konnte Lü ihm guten Gewissens raten, statt dessen »Räder zu kaufen« und weit den Tschöng-Strom aufwärts zu schicken, wo hunderttausend Hände des *Höchsten Kriegsherrn der Geheimen Kammer* darauf harren würden, genährt zu werden.

»Ist mir im kommenden Jahr der Blauen Götter bestimmt, meine Ehre zu mehren?« fragte Hauptmann Kapaung, dessen Katapulte die Hafenfestungen von Tschöng-Hau Leng verteidigten. »*Lauzöng*, o *Lauzöng*, Tugendwächter, weise mir den *Tugendhaften Weg des Himmlischen Willens*.«

Lü fand auf dem Weg zum weißen Orakelaltar, die heiligen Lorbeerblätter kauend, mit Hilfe weniger Fragen im Plauderton heraus, daß der Krieger einen Versetzungsbefehl zu einer neuen Einheit erhalten hatte. Wahrscheinlich grübelte er nun, ob er die Anzeichen für einen Heerzug richtig deutete und wie er hier, an der seit zwei Menschenleben befriedeten Mangalischen Küste, Heldentaten vollbringen sollte. Daß er in vollem Harnisch erschienen war, bestätigte Lüs Einschätzung.

Und ihre Einschätzung war alles, was sie hatte. Als sie den Himmel anrief, fühlte sie sich einsam und ungehört wie immer. »Der Himmlische Wille sei mein Wille«, deklamierte Lü. Dann setzte sie dem Widder mit der rotgefärbten Wolle die Sichel an die Kehle und durchtrennte sie mit einem Schnitt. Das Tier versuchte entsetzt zu blöken und taumelte, während sein Leben auf den mit *Roten Steinen* verzierten Altar sprühte.

Lü stellte fest, daß es eine Weile her war, daß sie zuletzt geopfert hatte – zumindest ein Tier; der Schnitt war nicht ganz sauber gewesen. Doch der Hauptmann hatte einen ganzen Gürtel Gold bezahlt, den Sold eines Mondes, und durfte würdige Behandlung erwarten. Auch das Tier war prachtvoll: gehörnt, wie es den oberen Kasten zustand, und die Wolle rot eingefärbt wie der Harnisch, mit dem sich die Krieger bewehrten.

»Gut war der Tod des Tieres«, deklamierte Lü den zweiten Ritualspruch. Dann öffnete sie den Bauchraum des Widders und trennte Herz, Lunge, Magen, Leber, Nieren, Milz, Gedärme und Hoden heraus. Jedes der acht Organe wurde in eine dafür vorgesehene Schale gelegt, begleitet von Lüs traditionellen Lobrufen. Dann nahm sie die acht Kännchen und begoß jedes Organ mit den acht Ölen: Myrrhe, Rose, Zirbel, Moschus, Wal, Safran, Kampfer und Lavendel. Feierlich beugte sie sich über die Schale und starrte in die Schlieren aus Öl und Blut auf dem Fleisch, in denen sich das Licht der Lampions in allen Regenbogenfarben spiegelte und brach.

»Du solltest mit deinen männlichen Säften weniger verschwenderisch umgehen«, begann sie streng. Ein Rat, mit dem sie ihr ganzes Priesterleben jeden Mann getroffen hatte, ob er seinen Samen nun einer Frau überließ, die ihm gerade den Verstand vernebelte, den *Wartenden Mädchen* oder dem Stroh seines Lagers.

»Verschwende keine Gedanken daran, einen Sohn zu zeugen.« Der Hauptmann war bekannt genug, daß der Hochtempel über ihn eine Schriftrolle angelegt hatte. Daher wußte Lü, daß er eine Gattin und eine Konkubine hatte und von letzterer nur eine Tochter. Und ein Mann, der in den Krieg zog, bestieg seine Weiber unweigerlich mit dem Gedanken, sich Unsterblichkeit in Gestalt eines Sohnes zu verschaffen.

»Die Kraft deines Mannesstammes mündet in dir.« Auch ein Klassiker: er würde sich in jedem Fall geschmeichelt fühlen – und wenn er heimkehrte und sie ihm wider Erwarten doch einen Sohn geboren hatten, würde er diesen als den Ozean betrachten, in den sein Mannesstamm gemündet war. Außerdem erlaubte ihr diese Überleitung, ihn nun wirklich mit Ratschlägen für den Krieg zu beeindrucken.

»Du stehst vor dem größten Gegner deines Lebens.« Lü stellte erstaunt fest, daß tatsächlich in den Falten des Magens – der traditionell für Konflikt stand – zu sehen war, daß der Mann bis ans Lebensende übermächtigen Feinden gegenüberstehen würde. Sie fühlte, wie der Krieger auf der anderen Seite des Altars gespannter verharrte.

»Euer entscheidender Kampf findet auf festem Boden statt.« Die Frage, die ihn letztlich beschäftigte, war die Natur seines Gegners. Jetzt konnte er zumindest davon ausgehen, daß er nicht gegen irgendwelche mangalischen Seeräuber kämpfen würde. »Du wirst viele Gefährten haben. Und die Zahl der Feinde wird überraschend gering sein.« Theatralisch hob sie den Kopf und blickte ihm direkt ins Gesicht. Sie verspürte einen Hauch von Betroffenheit, als sie die kindliche Erwartung in den Augen dieses starken Mannes sah. »Aber unterschätze deinen Feind nicht – nicht für einen einzigen Augenblick.«

Die Stimme des Hauptmanns war rauh, als er sprach. »Werde ich ... bestehen?« Eine gute Frage, dachte Lü und vertiefte sich in den Verlauf der Gedärme. Eine auffällig dicke Ader, ungewöhnlich für ein so rein ernährtes Tier. Eine Prüfung, kein Zweifel.

Lü war beeindruckt, wie sehr jedes Organ dieses Tieres das gleiche besagte: Die bevorstehende Entscheidung war eine absolute – ganz oder gar nicht. Was sollte sie einem Mann sagen, der vermutlich gegen die Blauen Götter kämpfen würde, vielleicht aber auch nur seine Stadt bewachte, während andere *Ziangs* wirklich in den Krieg zogen?

Sie blickte auf das Walöl, das sich auf Lunge und Hoden am längsten gehalten hatte. Dieser Mann war stark.

»Du wirst alle Kraft brauchen, die du aus deiner Ehre und deiner Pflicht sammeln kannst«, dehnte sie die entscheidende Antwort, »und du wirst sie haben, wenn ...« – urplötzlich war Lü eine wundervolle Formulierung in den Sinn gekommen – »die längste aller Wachen beginnt.« Sie hob den Blick wieder und begegnete dem des Kriegers. Sein Gesicht wirkte entspannt. Er schien sich bekräftigt zu fühlen, aber dennoch hoffte er auf einen deutlicheren Rat.

»Greife nicht als erster an«, sagte Lü. Sie war selbst überrascht, wie fürsorglich ihre Stimme klang. »Warte, bis die Gefahr über deinem Haupt am größten ist – und dann kämpfe wie noch nie!«

»Der Himmlische Wille sei mein Wille«, stieß der Mann erregt hervor und beugte das Haupt, bis seine Stirn den roten Marmorboden berührte. Er erhob sich mit klirrendem Harnisch, machte mit einem zackigen Ausfallschritt kehrt und verließ den Hochtempel. Seine Haltung war die eines Mannes, zu dem die Götter gesprochen hatten.

Lü entzündete an einer blauen Räucherfratze ein Feuerstäbchen, um damit das Fleisch in den Schalen in Brand zu setzen. Dabei fiel ihr sinnender Blick nochmals auf jene dicke Ader. Die Priesterin fühlte sich schuldig. Sie hatte ihm nicht gesagt, daß die Ader, sich ständig verbreiternd, bis zum Ende des Dickdarms führte …

Götterfresser!

Festung Gingang Tung, Mantikor Leng, im Elften Mond im Jahr 471 der Blauen Götter

»Tu-gend!« Hauptmann Kangs Befehl hallte über den Paradeplatz. Acht mal acht mal acht Krieger erstarrten zu roten Wächtern.

»*Hoi!*« dröhnte ihre Antwort und vermengte sich mit dem gehorsamen Brüllen der sieben anderen Menschenblöcke. Kang wandte sich im Ausfallschritt um. Das Bewußtsein, daß die sieben anderen Hauptleute ohne einen Lidschlag Verzögerung das gleiche taten, erfüllte ihn wie immer mit Stolz.

General Tüfang hua Hidong stand kurz unbewegt da, und Kang ahnte, daß sein Blick hinter der Maske ebensolchen Stolz ausdrückte. Dann vollführte auch der General Ausfallschritt und Wendung.

Kang überlief ein Schauer. Es gab nur zwei Situationen im Leben eines *Ziang*, wo eine ganze Heerschar und ihr General sich in die gleiche Richtung wandten: wenn sie dem Feind gegenüberstanden oder einem Vorgesetzten, für den auch ein General nur ein Krieger war. Und noch waren sie nicht im Feld …

Der *Herr der Unwandelbaren Ordnung!* In Kürze würde Kang hua Schiang den *Höchsten Kriegsherrn der Geheimen Kammer* erblicken – den *Göttergleichen*, für den er seit über zwanzig Jahren focht. Kangs Kopf hinter der metallisch roten Maske war unbewegt, sein Blick ruhte auf der Empore am Kopfende des Platzes. Die zwei roten Mantikorenstatuen ließen keinen Zweifel, wem dieser Platz vorbehalten war. Die rot-blau-weißen Fahnen wehten im sanften Ostwind, der die Ebene so fruchtbar machte, und die kunstvoll gestickten Schriftzeichen sangen das Lob des *Kriegsherrn der Geheimen Kammer, der die Mantikoren bezwang und verspeiste*, und seiner Nachfahren, die das *Reich der Tugend* so begnadet regierten. Ja, der Wille des Himmels war ohne Zweifel mit diesem Herrscher und seinem Volk, und selbst die Blauen Götter waren ihm Freund.

Wenn nur die zwei Turga im Vierundsechzigsten Glied still stünden! Kang hätte niemals gewagt, die Entscheidung der *Herren der Inneren Kammer des Krieges* in Frage zu stellen – aber er fand es kaum annehmbar, daß man ihm die zwei Barbaren mit den Nasenringen zugeteilt hatte. Sie waren außergewöhnliche Helden, daran bestand kein Zweifel; das war jeder Krieger, der zu dieser neuen Heerschar abkommandiert worden war.

Aber Turga waren Barbaren, die nach Senf und Zwiebel, nach Leder und dem Urin ihrer Pferde rochen. Die Haltung und die Disziplin der Krieger des *Reiches der Tugend* waren ihnen fremd. Kang hatte im Lauf der Jahre an der Grenze mit seinen eigenen Händen und Waffen drei Dutzend von ihnen erschlagen: Ihr furchtloser und unbeherrschter Reitersturm war an den Lanzen seiner *Ziangs* zerschellt. Sie waren von ihren aufgespießten Pferden gesprungen und hatten mit ihren schnellen Bewegungen, den schrillen Schreien und kurzen Säbelhieben versucht, den *acht Künsten des Tötens* zu widerstehen. Und mit jedem Turga, den Kang getötet hatte, hatte er wieder erkannt, daß diesen Barbaren fehlte, was das *Länder überspannende Feld der Krieger* unbesiegbar machte …

Freilich, *diese* Turga stammten aus der *Eroberung* Turgatan. Ihre Sippen hatten sich schon vor fünfzig Jahren dem *Herrn der Un-*

wandelbaren Ordnung unterworfen. Ihre Reiterhorden dienten als leichte Reiterei, als Plänkler und als Aufklärer. In so manchem Feldzug gegen ihre ungezähmten Vettern in der Steppe waren es ihre Voraussicht und ihr Mut gewesen, die den nächsten unvermeidlichen Sieg herbeigeführt hatten.

Nein, Kang hatte keinen Grund, am Mut und an der Treue dieser zwei Männer zu zweifeln. Aber sie waren geborene Reiter – und Kang hatte die Aufgabe, bis zum Frühling aus ihnen Krieger einer Fußtruppe zu machen, die keine Macht der Welt verrücken konnte.

»Ihr werdet keine Faser eures gestählten Leibes bewegen«, hatte er den acht mal acht mal acht Mann entgegengerufen, die man ihm unterstellt hatte, »ob der Qiu vor euch über seine Ufer tritt, ob alle Turga der Steppe auf euch zugaloppieren oder ob ein Brutskorpion in euren Harnisch kriecht. Wir sind die Waffenknechte, die an der Seite des *Höchsten Kriegsherrn der Geheimen Kammer* kämpfen werden. Auf seinen Befehl werden wir zu Sturm und Steppenfeuer, Donner, Blitz und Tod. Ohne seinen Befehl sind wir Standbilder aus rotem Eisen, vor denen die Enkel unser Enkel noch beten werden.«

Seine Männer waren allesamt Helden; jeder von ihnen hatte ein Dutzend Feinde erschlagen, allein ein Dorf verteidigt oder einem Offizier das Leben gerettet. Jeder seiner Lanzenträger oder Schwertschwinger hatte die Wahl gehabt, Waffenmeister in seiner Stammtruppe zu werden oder seinen gewöhnlichen Rang beizubehalten, um in dieser Heerschar zu dienen; wohl keiner hatte bei seiner Entscheidung auch nur einen Augenblick gezögert.

Die meisten der acht Wachtmeister und der Waffenmeister hatten wie Kang im Labyrinth gedient und gegen die Barbaren des Turga-Busches gekämpft. Und weil sie die Turga kannten, hatte man ihnen die zwei unterstellt.

Während der letzten Wochen auf dem Kasernenhof hatte Kang sie seinen eisernen Willen fühlen lassen – bis zu jener Nacht vorgestern, die sie zu dritt auf dem Hof verbracht hatten, angetreten in vollem Harnisch und unbewegt, bis der Morgentau von ihnen getroffen war.

»Wenn einer von euch nur zuckt«, hatte Kang ihnen versprochen, »während der *Höchste Kriegsherr der Geheimen Kammer* morgen auf uns herabblickt, werde ich euch beide eigenhändig erschlagen, ehe ich mir selbst mein Säbelschwert durch Eingeweide und Herz stoße.«

Der Schlag eines mächtigen Gongs dröhnte über den Paradeplatz, rollte entlang der Kasernen und Türme und kehrte schwingend zurück. Auf der Empore, hinter den roten Mantikoren, nahmen acht Priester in blauen Gewändern Aufstellung. Paarweise bauten sie übermannslange Schallhörner auf, und während jeweils der eine die Mündung an Seidenbändern anhob, blies der andere darauf, was zweifellos das *Lied der Geheimen Kammer der Tugendhaften Ordnung* war. Weitere Tugendwächter mit Schleierbandhauben traten würdevoll neben die beiden Statuen.

Leibwächter in rot, blau und weiß lackiertem Harnisch formierten sich. Dahinter erahnte Kang Wedel- und Sänftenträger. Er fragte sich später oft, wie es hatte geschehen können, daß seinem geschärften Kriegerblick das Wichtigste nicht sogleich ins Auge gesprungen war: Denn unvermutet stand zwischen den Mantikoren die Thronsänfte, die seidenen Vorhänge beiseite geschlagen, und auf den seidenen Kissen saß in machtvoller Schönheit der *Herr der Unwandelbaren Ordnung*. Ein Mantel von strahlendweißem Brokat floß aus der Sänfte. Eine ebenso weiße Hand hielt das Lanzenszepter, eine zweite senkte einen Fächer aus Federn in den Reichsfarben.

Keine Maske! Kang fühlte einen Schauder der Ehrfurcht über seinen Rücken wogen. Dies war das Gesicht, das sie alle trugen. Doch keine göttergleiche Raserei entstellte dieses Antlitz, das leuchtend rot war, blühend jung und von einzigartigem Adel. Herrisch, so ahnte Kang, schwangen sich die Augenbrauen empor.

»Krieger!«

Kang vermochte einen Gegner in kürzerer Zeit zu töten, als er nun brauchte, um zu begreifen, daß die Stimme, die ihn erreichte, zu jenem Mann auf der Empore gehörte. »Ihr Herren

Ziang.« Näselnd, dem Singsang eines Weibes gleich, legte sich diese Stimme über das makellose Bild der Herrschaft. Was, fragte sich Kang, hatte ich erwartet?

»Der Himmlische Wille ist unser Wille«, deklamierte die weibische Stimme, »und dem Himmlischen Willen hat es gefallen, dem *Reich der Tugend* acht mal acht Jahre ohne Kriege zu geben.« Kang hörte Worte und Sätze – aber sein Geist schien nicht zu begreifen.

Keine Kriege? Kang hatte vierundzwanzig Jahre lang geblutet und getötet. Männer, die länger an seiner Seite gewesen waren als sein zu den Ahnen gegangener Vater, waren gefallen – in etwas, das kein Krieg war?

»... so wie einst die acht Prinzen den *Kriegsherrn der Geheimen Kammer, der die Mantikoren bezwang und verspeiste,* begleiteten.« Unverzeihlich! Kang waren die weiteren Worte des *Herrn der Unwandelbaren Ordnung* entgangen. Er befahl seinem Geist, sich gehorsam der Stimme zu öffnen. Doch der Geist war nicht gehorsam wie der Leib, der einer eisernen Statue gleich verharrte.

»Mit der Macht der *Unwandelbaren Ordnung*, die meine Ahnen mir zu vererben die Gnade hatten, verleihe ich euch hiermit den Namen Götterfresser.«

Wie? Kang fühlte sich, als ob der steinerne Boden unter seinen Stiefeln aufbräche. Was hatte der *Höchste Kriegsherr der Geheimen Kammer* gesagt? Die Mantikoren, die sein Ahnherr getötet hatte. Und nun ... die Blauen Götter?

Die Schallhörner rissen Kang zurück in die Wirklichkeit. Eine sonore Männerstimme klang nun von der Empore herab: eine Stimme, die zu befehlen gewohnt war. Es war der Priester neben der rechten Mantikore.

»Im Geiste der Acht Elemente!« rief er, »ihr Herren hua Katau, sprecht mir nach.« Der Klang einer Zimbel klirrte über den Paradeplatz.

»Bei meiner Ehre, die die Ehre meiner Ahnen ist ...« Ein Eid! Sie legten einen Kriegereid ab – zum zweiten Mal in ihrem Leben, im Antlitz des *Höchsten Kriegsherrn der Geheimen Kammer!*

Kangs Kehle und seine Zunge kannten nichts als Gehorsam.

Sie sprachen die heiligen Worte, die aus einem jungen Mann einen Teil des *Länder überspannenden Feldes der Krieger* machten. Doch seine Gedanken rasten wie eine Schar Turga, die sich im Labyrinth gefangen sah, eben noch Angreifer und nun von allen Seiten von waffenstarrenden Mauern umzingelt. Die Blauen Götter ...

Ein Plan

Irgendwo in den Nördlichen Königreichen,
im Winter des Jahres 471 der Blauen Götter

»Wie viele Finger, sagtest du, *Strolk*?« Schlampe konnte seinen Namen noch immer nicht richtig aussprechen. Strolch hob als Antwort drei Finger. Dabei hätte er diese Zahl nun wirklich auf katauekisch sagen können. Staunen und Neugier machten ihn stumm.

Die Bande diskutierte nun seit beinahe einer Viertelstunde. Dies war bereits das dritte Mal, daß Schlampe ihm eine Frage stellte. Und was das eigentlich Erstaunliche war: Strolch verstand inzwischen genug, um zu erkennen, daß die Fragen von Kudung kamen, der es nur unter seiner Würde fand, sie selbst an den verrückten Ajunäer zu richten.

Strolch hatte Kudung noch nie so viele zusammenhängende Sätze sprechen hören. Einauge schien geradezu erregt zu sein. Selbst Narbenfresse hatte mehr als seine üblichen Grunzer beigesteuert.

Das Ganze hatte anscheinend damit zu tun, daß Strolch gestern abend Schlampe von dem fetten Schreiber in der Pferdesänfte erzählt hatte. Nun ja – davon gestammelt hatte.

Kudung hatte zunächst übellaunig darauf reagiert, daß Schlampe angefangen hatte, sich abends mit Strolch zu unterhalten. Aber wie alle Männer schien er im Grunde erleichtert zu sein, daß nicht er allein ihr ständiges Geplapper ertragen mußte. Strolch hingegen war froh darum. Er fühlte sich zum ersten Mal seit über einem Jahr so, als ob er wenigstens nur mehr bis zum Hals in Fischabfällen steckte …

Strolch mußte sich eingestehen, daß er anfing, Schlampe zu mögen. Nicht daß sie ein Mädchen gewesen wäre, nach dem er sich in den Gassen von Maganta umgedreht hätte. Kein Vergleich mit Carmelina. Schlampe war winzig klein wie anscheinend alle Katauekinnen. Ihre Nase war platt. Sie hatte allerdings geheimnisvolle Augen – abgesehen von der Lidfalte, die sie schräg und schmal erscheinen ließen. Auch die verlorenen Finger an der Rechten, die anscheinend ihr Leben ruiniert hatten, machten sie nun wirklich nicht schöner.

Aber sie war da. Sie sprach mit ihm und behandelte ihn nicht wie ein ekliges Geschwür. Und, bei den Locken der heiligen Sarmantha, sie hatte einen wirklich süßen Hintern in ihrem von Mond zu Mond zerschlisseneren Kleid.

Nun gut, Strolch machte sich nichts vor: Selbst wenn Narbenfresse ihn gefragt hätte, hätte er vom Straßenbau zu erzählen begonnen.

Was war nun für Kudungs Halunken an der Straße so interessant? Bei den unflätigen Götzen vom Rand der Welt, was hatte Strolch diese Straße verflucht!

»*Gingaling!*« Die Limonenschale klatschte in Strolchs Gesicht und riß ihn aus seinen Gedanken. Tücke! Kudung, Einauge und Narbenfresse starrten ihn an.

»Was für *Ziang*?« wiederholte Schlampe eine Frage, die in Strolchs Nacken echote.

»Lang Waffe«, kauderwelschte er und versuchte, eine Lanze zu zeigen. »Handwerker. Axt?« Mit den Händen imitierte er die Zugbewegung einer Säge.

»Schanzbauer«, brummte Narbenfresse – oder zumindest beschloß Strolch, daß das Wort Schanzbauer heißen mußte.

Drei Finger – das hatte der Bande Eindruck gemacht. Der Bonze hatte einen Siegelring getragen, der drei Finger bedeckte. Und sein Gesicht war rot geschminkt gewesen. Ihren Reaktionen und den paar Worten zufolge, die Strolch verstanden hatte, mußte der Schreiber aus einer ganz wichtigen Stadt kommen, wenn nicht vom legendären Kaiser von Katau selbst. Und die Krieger, für die sie die Straße verbreitert hatten?

Strolch versuchte zu verstehen, was Einauge nun sagte. Großes Heer? Der Bandit machte die Geste des Kopfabschlagens. Kudung antwortete mit seiner Lieblingsgeste: wie er gelochte Münzen auf eine Schnur fädelte. Narbenfresse brummte irgend etwas Selbstbewußtes, worauf die anderen mit dem Gelächter von Männern reagierten, die endlich einen aussichtsreichen Plan hatten. Die Spießgesellen seines Vaters, des alten Hurenbocks, hatten zu Beginn des Winters immer so gelacht, wenn sie in der Taverne davon geredet hatten, einen Wal zu erlegen oder einen Schatz zu finden.

Alte Schriften

Geheime Kammer des Himmlischen Willens, *Mantikor Leng, im Dreizehnten Mond im Jahr 471 der Blauen Götter*

»Das ist unbrauchbar, ehrwürdiger Fong-Kuoy!« Hoherpriester Hüang näng Lüoging rollte die Schriftrolle zusammen und warf sie routiniert in die Brandschale neben sich. »Prophezeiungen, Aberglauben, seltsame Traditionen, einige bemerkenswerte Vorkommnisse. Amüsant, gewiß – aber nichts, aus dem sich mehr machen ließe, als eine einzelne *Eroberung* zu beeindrucken.« Mit einem hörbaren Ploppen griffen die Flammen auf das Reispapier über.

»Wie bedauerlich, höchstehrwürdiger Hüang«, antwortete der feiste Priestergesandte. »Die Gesandte Daido hat fast die Hälfte der nasenberingten Häuptlinge der Turga besucht, um diesen Bericht zu erstellen. Damit scheint auch die Idee mit den Nachbarvölkern im Sande zu verlaufen.«

Hüang näng Lüoging blickte angestrengt auf den schwarzen Aschehaufen, der die glühenden Kohlen einen Finger hoch bedeckte. Drei Stunden Lesen hatten nicht einmal einen Ansatzpunkt erbracht. Ganz zu schweigen davon, daß die Berichte die vergeblich gesammelte Arbeit von drei Dutzend Vertrauten, Fachleuten und Spitzeln waren.

»Es ist das gleiche wie mit deinen Berichten«, wechselte der Hohepriester zu einem Unterton, in dem Anerkennung und Tadel einander erwürgten. »Du hast mir von der Mangalischen Küste wertvolle politische Informationen geliefert: Einschätzung der Ambitionen des Statthalters und einiger Präfekten, Schwachpunkte unmoralischer Generäle oder bestechlicher Nautiker und Stimmungsbilder der Bevölkerung der großen Hafenstädte.«

»Ja«, antwortete Fong-Kuoy eine Spur zu eifrig, »aber die mangalische Seefahrerkultur mit ihren teils barbarischen, teils raffinierten Bräuchen und Überlieferungen zeigte keine einzige erhoffte Augenfälligkeit.«

»Jetzt bleiben noch die Expeditionen in den Norden.« Hüang stellte nebenbei fest, daß Fong-Kuoy erstaunt die Augenbrauen hob. Ja, es war wichtig, auch diesen Mann immer wieder darauf hinzuweisen, daß Hüang stets noch einige Pläne auf Vorrat besaß. »Aber weder der Geomant, dessen Expedition in die Weltenmauer vorgedrungen ist, noch der Nautiker, der auf dem östlichen Seeweg über das Rochland versuchen sollte, die Länder jenseits der Weltenmauer zu erreichen, haben seit Monden ein Lebenszeichen von sich gegeben.« Hüang griff nach einem Schürhaken und zerkleinerte die letzten Aschefetzen. »Es mag sein, daß all ihre Brieftauben Raubvögeln zum Opfer gefallen sind – aber wahrscheinlicher ist, daß die Raubvögel bereits an meinen Kundschaftern nagen ...«

Hüang näng Lüoging stellte fest, daß er nervös zu fächeln begonnen hatte. Ja, langsam hatte er Grund, nervös zu werden. Er blickte auf die merkantilische Pendeluhr, eine Kostbarkeit, die Hüangs Zeit in einer Genauigkeit einteilte, die kaum sonst jemand kannte. Aber es waren nicht die Stunden, die ihm davonliefen, es waren die Monde!

»Wir benötigen dringend ein Zeichen des Himmlischen Willens.« Hüang sprach nichts Neues aus – aber er pflegte seine Ziele stets zu formulieren, wenn er ein neues Netz knüpfen mußte, um noch tiefer im Trüben zu fischen. »Es muß zumindest in Mantikor Leng für große Teile der Priester und Bonzen unübersehbar sein. Die Tugendwächter, Lebensdeuter und Astrologen, die Alchimisten und Architekten, die Dammwarte, Kanalmeister und Straßenwarte – sie alle müssen den Eindruck gewinnen, daß die Entscheidung des *Herrn der Unwandelbaren Ordnung* ein Akt der Offensichtlichkeit ist.«

Fong-Kuoy nickte. »Ja, sie alle müssen erfüllt und begeistert sein von der Erkenntnis, daß das Unglaubliche glaubhaft geworden ist. Daß es nicht nur möglich, sondern vorbestimmt ist ... daß die Menschen ausziehen und die Götter erschlagen.« Selbst das Gesicht dieses rücksichtslosen Karrieristen aus dem Westen zuckte, als er den Plan in Worte faßte.

»Wir haben dem *Reich der Tugend* befohlen, ein Heer zu versammeln, dessen Stärke sich erstmals in der Geschichte der *Unversammelbaren Zahl* annähert. Wir haben den Müttern und Frauen befohlen, all ihre Söhne und Männer in den Krieg ziehen zu lassen. Aber wenn das *Länder überspannende Feld der Krieger* zuschlägt, dann muß jedem Menschen, der Macht über einen anderen hat, klar sein, daß dies ein Akt unbezweifelbarer Weisheit und Wahrheit ist.«

Hüang klatschte mit dem Fächer in die offene Hand. »Bei so einer Angelegenheit, ehrwürdiger Fong-Kuoy, genügt es nicht, wenn ein Adler dem *Herrn der Unwandelbaren Ordnung* im Garten einen Fisch aus dem tausend *Läng* entfernten Ozean auf den Tisch wirft oder wenn die Rösser des *Höchsten Gestütes* blutige Tränen weinen ...«

»Diese Expeditionen in die Weltenmauer«, kam Fong-Kuoy auf die vorige Enthüllung zurück. Hüang sah ihm an, daß er beunruhigt war über die Erkenntnis, daß noch ein weiteres Spitzelnetz für den Hohenpriester tätig war. »Ich nehme an, es geht um die Verlorenen Städte? Shaitang mit den Eisernen Türmen und Xang Na Tang?«

»Es geht um die Lehre der Magier der Eisernen Türme von der Acht. Das Geheimnis der Unsterblichkeit ist untrennbar mit der Acht verbunden: nur wer die acht Tugenden, die acht Elemente, die acht Wege meistert, kann die Unsterblichkeit erringen.«

»Ich verstehe«, antwortete Fong-Kuoy mit überaus konzentriertem Blick. »Du bist der Unsterblichkeitsberater des *Herrn der Unwandelbaren Ordnung*. Und da der Angriff auf die Blauen Götter letztlich seiner Unsterblichkeit dienen soll, sollte auch das Zeichen, das dazu aufruft, mit der Unsterblichkeit in Zusammenhang stehen.«

Fong-Kuoy verstand wie immer. Scharfsinnig hatte er Hüangs erste Maske durchschaut – doch er ahnte nicht einmal, daß dahinter die zweite Maske saß. Hoherpriester Hüang näng Lüoging hatte das Amt des Unsterblichkeitsberaters nicht übernommen, weil er, wie so viele seiner Vorgänger, selbst an ein ewiges Leben glaubte.

Dieses Amt, vereint mit dem des Hohenpriesters, erhob ihn über die anderen sieben Tugendwächter in der *Geheimen Kammer des Himmlischen Willens*. Es machte ihn, soweit das Hofzeremoniell das überhaupt zuließ, zum persönlichen Vertrauten des *Herrn der Unwandelbaren Ordnung*. Und es machte ihn traditionsgemäß auch noch zum Ersten Hüter der *Seidenen Bibliothek*.

Das Amt hatte nur einen Nachteil: Es gab ebenso traditionsgemäß einen eigenen Henker, dessen Aufgabe es war, den Unsterblichkeitsberater im Augenblick des Todes des *Herrn der Unwandelbaren Ordnung* hinzurichten.

»Mit der Vollkommenheit der Acht, ehrwürdiger Fong-Kuoy, läßt sich so vieles begründen. Ich wurde in die *Geheime Kammer* berufen, weil es mir gelang nachzuweisen, daß das *Reich der Tugend* und damit das älteste Reich der Menschen 4096, also acht mal acht mal acht mal acht Jahre besteht. Damals, Fong-Kuoy, stellte ich fest, daß die alten Seidenschriften den legendären Herren der Ersten Dynastie durchweg übermenschliche Lebensdauer zusprachen – nicht zuletzt um diese magische Arithmetik zu erreichen.

Ich selbst war es, der die Deutung einfügte, der zufolge eine Dynastie acht mal acht mal acht Jahre dauert. Damit steckte ich einen Rahmen, der den legendären Begründer des *Reiches der Tugend* und unseren *Herrn der Unwandelbaren Ordnung* als ersten und letzten der achten Dynastie aufzeigt.«

»Was dem *Herrn der Unwandelbaren Ordnung* die Gelegenheit gibt, durch einen historisch einzigartigen Akt eine neue Dynastie zu begründen.« Fong-Kuoy nickte wieder.

»Womit ich ihm zumindest historische Unsterblichkeit verschaffe.« Hüang näng Lüoging lächelte. Er liebte es, so intelligenten Gefolgsmännern wie Fong-Kuoy zwei Achtel seiner Pläne hinzuwerfen und sie die nächsten zwei Achtel vermeintlich selbst entdecken zu lassen.

»Abgesehen davon«, fügte Hüang mit diabolischem Lächeln hinzu, »daß ich deutliche Indizien dafür entdeckte, die Behauptung, unser Herrscher gehöre zur Blutlinie des *Kriegsherrn der Geheimen Kammer, der die Mantikoren bezwang und verspeiste*, sei eine nachträgliche Bereinigung der Geschichte.«

»Ein Bastard?« fragte Fong-Kuoy, der schon immer eine Vorliebe für Frivolitäten gezeigt hatte. »Oder ein Usurpator?«

Hüang lachte, so laut es der *Tugendhafte Weg des Himmlischen Willens* einem Hohenpriester überhaupt erlaubte. »Von den Lenden des *Kriegsherrn der Geheimen Kammer, der die Mantikoren bezwang und verspeiste*, ehrwürdiger Fong-Kuoy, trennen ihn mindestens drei Thronräuber und zwei der Untreue bezichtigte Erste Gemahlinnen.«

Fong-Kuoy antwortete mit einem äußerst schlüpfrigen Glucksen.

»Ehrwürdiger Fong-Kuoy«, sagte Hüang nun plötzlich sehr ernst, »die Notwendigkeit eines Zeichens zwingt mich, dir als meinem wichtigsten Spitzel endlich klarzumachen, daß die Informationen, die du sammelst, nicht Teil eines Elfenbeinmosaiks sind, sondern Teil eines ... Eintopfs.«

Die Augen des Priestergesandten verengten sich; unwillkürlich verbarg er seinen Mund hinter dem Fächer.

»Fong-Kuoy, Geschichte ist nicht, was geschehen ist, sondern was die Gegenwart darüber schreibt. Der *Tugendhafte Weg des Himmlischen Willens* ist denn auch keine reine Offenbarung aus der Vorzeit, sondern eine Aneinanderreihung aufeinander aufbauender Interpretationen, Verzerrungen und … glatter Fälschungen.«

Hüang erhob sich, trat zu der mit weißem Porzellan gekachelten Wand und drückte einem der zahllosen aufgemalten roten Mantikoren ins Auge. Ein Geheimfach öffnete sich. Hüang holte eine in Seide eingeschlagene Kupferplatte hervor.

»Diese Platte ist über tausend Jahre alt.« Fong-Kuoy sprang auf und nahm sie mit einer Verbeugung entgegen. »Seit dem, was wir heute die Sechste Dynastie nennen, hat niemand mehr in Kupfer graviert – von einer Ausnahme abgesehen, die ich anschließend ausführen werde.«

Der feiste Priestergesandte schlug ehrfürchtig die Seide beiseite.

»Ich habe diese Platte in den Katakomben der *Seidenen Bibliothek* gefunden. Das Problem, wie du weißt, ist nicht, daß dort Schriften verborgen wären. Das Problem ist, daß dort seit Jahrhunderten alles aufbewahrt wird, was die *Geheimen Kammern* des *Reiches der Tugend* irgendwann auslagern. Das Problem, Fong-Kuoy, ist, diese Platte unter einer fast *Unversammelbaren Zahl* anderer Dokumente zu finden.

Ich nehme an, daß dein Altkatauekisch gut genug ist, um zu erkennen, daß dies eine alte Offenbarung des *Himmlischen Willens* ist, welche die Welt noch als Garten mit vier Weltgegenden beschreibt. Meine persönliche Theorie, über die ich naturgemäß bisher nie mit jemandem gesprochen habe, besagt, daß die Gestalt der Welt als Kugel des *Himmlischen Willens* erst im Zuge der Entdeckungsfahrten der Nautiker erkannt wurde. Und wie es mir scheint, hat vor etwa 120 Jahren ein anderer Hoherpriester die Anweisung gegeben, alle früheren Beschreibungen der Weltform dieser neuen Erkenntnis anzupassen. Doch haben die Schreiber, denen die buchstäblich weltumspannende Tragweite ihrer Arbeit nicht immer klar war, bisweilen Erwähnungen in älteren Texten übersehen. Und der Himmel allein weiß, welch ketzerische Kartenwerke noch in der *Geheimen Kammer der Nautik* aufbewahrt werden mögen, aus einer Zeit, als sie ihre Fahrten über die zwei Ozeane antraten in der Annahme, dabei irgendwann das Ende dieser Ozeane zu erreichen.«

Ja, die alten Seidenrollen, Elfenbeintafeln, Stelen und Kupferplatten ließen viel Spielraum für Auslegungen. Dies war Hüang näng Lüogings bevorzugtes Spiel. Manchmal war es so einfach.

Er mußte nur irgendeine alte Quelle ausgraben. Dann konnte er sie bei Hof präsentieren – mit einer Folgerung, die stets eine Forderung war. Mit der Selbstverständlichkeit, mit der man Fliegen mit dem Gazellenschweif verjagte, protestierten die anderen Herren der *Geheimen Kammer.* Und dann legte Hüang näng Lüoging mit dem kalten Lächeln des Gebildeten die Texte einiger Vorgänger und Staatsphilosophen der letzten zwei bis drei Jahrhunderte auf den Elfenbeintisch des *Herrn der Unwandelbaren Ordnung*: einen Konservativen mit einem besonders guten Namen, der die alte Quelle erwähnte, ohne sie zu zitieren; einen Fortschrittlichen mit einer aus dem Zusammenhang gerissenen These, die genau Hüang näng Lüogings Forderung darstellte; und eine Wort für Wort perfekte Schrift, die eine Brücke zwischen den beiden schlug – weil Hüang näng Lüoging sie zwei Wochen zuvor hatte schreiben und künstlich altern lassen.

Hüang näng Lüoging war insgeheim stolz auf die Fachleute, die er im Lauf der Jahre versammelt hatte. Zwei Dutzend Schreiber durchforsteten Woche für Woche die *Seidene Bibliothek*, jeder nur über ein Wort informiert, das ein gesuchter Text zu enthalten hatte. Fünf Schriftenhüter sortierten die Texte aus, die alle gesuchten Begriffe enthielten, ohne zu wissen, worum es ging. Erst seine drei Sekretäre machten sich dann daran, gezielt nach Beweisen für gewisse Thesen zu suchen, sie zusammenzutragen und fehlende zu ergänzen. Der blinde Qungtueng schließlich war ein Meister darin, eine eben erst getrocknete Schriftrolle mit Urin, Schwefel, Hefe, einem Backofen und einem haarfeinen Silberdrahtpinsel so zu behandeln, daß sie unter den Fingern des Lesenden so brüchig war wie eine aus der Fünften Dynastie.

Auch Hüang näng Lüogings andere Handlanger waren Meister ihres jeweiligen Fachs: Er hatte Alchimisten, die Opferfleisch in unlöschbarem Feuer aufgehen, Wände vor blutenden Glyphen triefen und Menschen im Drogenrausch wahrsagen, nachplappern oder lügen lassen konnten. Er hatte Aufrührer, die ganze Städte seine Geschichten weitererzählen ließen oder sie dazu brachten, tobend vor Begeisterung oder Zorn die Einsetzung oder den Tod gewisser Priester und Beamten zu fordern. Er hatte Schauspieler, die dafür sorgten, daß wichtige Persönlichkeiten vor hundert Zeugen gewisse Dinge sagten und taten, ohne davon zu wissen, ehe es ihnen Hüang näng Lüoging mitteilte – meist wenige Stunden vor ihrer Hinrichtung.

Es hatte Jahre gedauert und einigen Vorgängern das Leben gekostet, Leute zu finden, die diese Arbeit intelligent verrichteten, ohne so intelligent zu sein, alle Möglichkeiten und Bedeutungen zu erkennen, und dabei so verschwiegen, daß sie weder im Pfeifenrausch, Fieberwahn, Liebestaumel noch in Lebensgefahr darüber ein Wort verloren.

Dennoch wußte Hüang näng Lüoging: Sobald dieses einzigartige Unternehmen seine akzeptable Begründung gefunden hätte, würde er die meisten Väter dieser Begründung mit durchgehenden Ochsenkarren und besonders gewürzten Gerichten zum Schweigen bringen. Und vermutlich würde Fong-Kuoy einer davon sein. Aber vorher mußten sie erst einmal ein Zeichen setzen, das rechtfertigte, die Blauen Götter anzugreifen!

Unsterbliche Helden

Die Nekropole, Mantikor Leng, am Mantikorentag zwischen den Jahren 471 und 472 der Blauen Götter

Gespenstisch hallte der Marschtritt der Heerschar in ihren neuen Harnischen von den Wänden des unergründlichen Gewölbes wider. Über viertausend *Ziangs* marschierten in Achterreihen zwischen den roten Säulen einer düsteren Halle, die acht Mal mehr Männern Platz bot. Und diese Männer waren da!

Kang hua Schiang hatte bislang nur Kriegersagen von diesen Männern gehört, aber nun konnte er sie im Schein der Feuertöpfe beiderseits des Säulengangs erahnen. Nichts hätte den Hauptmann dazu bringen können, den Blick zur Seite zu wenden, nicht Neugier und nicht das seltsame Gefühl von Tod und Bestimmung, das dieses Gewölbe erfüllte. Kangs Blick ruhte auf den Kriegern, die vor ihm marschierten.

Der Hauptmann führte wie immer die Dritte Faust. Vor ihm, in angemessenem Abstand von acht Götterfuß, marschierten die letzten acht Krieger der Zweiten Faust. Links und rechts, außerhalb der Formation, außerhalb des Trittes, schritten zwei Priester mit Schleierbandhauben. Beide trugen auf der nach außen gewandten Schulter einen Feuertopf.

Ein eigentümlich metallischer Geruch drang durch sein Maskenvisier. An der Bewegung der Feuertöpfe vor ihm erkannte Kang, daß die ersten tausend Mann zur Seite schwenkten. Acht mal acht Götterfuß nach rechts, dann schwenkten sie wieder geradeaus. Ein Platz ... So bewegte sich eine Heerschar, wenn sie rings um einen Platz Aufstellung nahm. Sie hatten das Herz des Gewölbes erreicht!

Kang hatte keinen Zweifel, daß die Totenpriester, die sie führten, genau bemessen hatten, wie die Heerschar zu stehen hatte, um Platz zu finden. Nein, korrigierte sich Kang, bereits die Architekten des *Kriegsherrn der Geheimen Kammer, der die Mantikoren bezwang und verspeiste*, hatten dies bemessen.

Das Grabmal! Kang sah, wie vor ihm die Decke stufenartig

anstieg. Die Säulen waren hier mindestens dreimal so hoch wie zuvor. Durch verborgene Schächte drangen trübe Lichtbahnen, in denen rostfarbener Staub tanzte. Gewaltige Statuen von Ungeheuern erhoben sich in diesen Bahnen aus Licht und Dunkelheit. Und in der Mitte stand der Sarkophag. Kang ahnte im Feuerdüster, daß es die Fußsohlen sein mußten, die sich über ihm erhoben.

Dann schwenkte auch er zur Rechten. Aus dem Marschtritt hörte er die leichte Unregelmäßigkeit: das Scharren von Stiefelnägeln, als einige Krieger weiter ausschreiten und einige fast auf der Stelle treten mußten, damit das Glied hinter ihnen den Schwenk vollziehen konnte. Vor sich sah Kang das gleiche Schauspiel: ein Glied aus acht *Ziangs*, die nach links schwenkten und sich dann wieder, als letzte, an ihre Faust fügten.

Die Stille kam wie ein Schlag. Sie standen rings um den Sarkophag: General Tüfang hua Hidong mit der Ersten Faust am Kopfende, die Zweite bis Vierte Faust zur Linken der gewaltigen Gestalt, die da oben lag, die anderen vier Fäuste wohl spiegelbildlich auf der anderen Seite und am Fußende.

Die Stille – und dann das Atmen! Sie waren nicht allein. Ja, freilich, da war das sanfte Rauschen, das der Atem von viertausend Mann hinter ihren roten Eisenmasken erzeugte. Es mochte etwas heftiger sein in der beklemmenden Staubigkeit, mochte lauter klingen im Echo des Gewölbes. Aber dieses Geräusch war Kang so vertraut, daß er es nicht wahrnahm.

Nein, da draußen in der Finsternis atmeten ... sie! Die Helden der Geschichte. Es war der Atem der Zauberei: selten, quälend selten, aber wenn, dann mit einer noch viel qualvolleren Stärke.

Fünfundzwanzigtausend Helden sogen zugleich die staubige Luft des Gewölbes ein und stießen sie wieder aus. Regelmäßig, im Takt der *Unwandelbaren Ordnung*, Stunde um Stunde, Tag um Tag, Jahr für Jahr, Jahrhundert für Jahrhundert.

»Zweite Aufstel-lung!« Die Stimme des Generals war gedämpft und klang dennoch wie eine Peitsche durch die atmende Halle. Sie galt auch nur den acht Hauptleuten. Kang hob die Faust und machte eine zirkelnde Geste. Als er sich umwandte, vollendeten auch seine Leute die halbe Drehung. Sie alle blickten nun in die Düsternis des Gewölbes.

»Frei-er Schritt!« kam nun der ungewöhnliche Befehl des Generals, auf den sie alle gewartet hatten. Eine leichte Bewegung ging durch die Helmfederbüsche vor Kang. Es war das vereinte Zögern von Männern, die jeden Befehl gewohnt waren und auch das Handeln außerhalb der Formation – aber nicht, was nun von ihnen erwartet wurde.

Ein Wachtmeister drängte sich vorwärts, zunächst selbst noch zögernd. Langsam kam Bewegung in die Truppe. Dreier- und Vierergruppen, noch immer Schulter an Schulter, schritten langsam in die Dunkelheit – auf die Gestalten zu, die da knieten.

Kang ging ebenfalls los: der über Jahrzehnte gewachsene Impuls eines Offiziers, der wußte, daß nur sein Vorbild Männer bewegen konnte. Er schritt auf die haarige Gestalt vor ihm zu; das war zweifellos der kommandierende Offizier dieser Abteilung der *Unsterblichen Heerschar* – gewesen.

Kang wußte nicht, was ihn weitergehen ließ. Später redete er sich gern ein, daß seine Männer ebenfalls tiefer in die Reihen der Helden einzudringen hatten – daß es sein Vorbild verlangte. Aber in Wahrheit schauderte er, war noch nicht bereit, einem Helden der *Unsterblichen Heerschar* ins Antlitz zu blicken.

Mit Fersen, die bei jedem Schritt am Boden festzuwachsen schienen, ging Kang hua Schiang durch die Reihen. Sein Blick schweifte zusehends nach links und rechts, und wegen der Maske blieb ihm nichts anderes übrig, als auch den Kopf zu wenden. Eine schwarze Haarsträhne wellte sich schlangengleich in seinen Weg.

Kangs Blick tastete sich daran entlang, empor. Kopfhaar – unvorstellbar! Das Haar wucherte in mächtigen Wellen über die Schultern des Lederharnisches, struppig, staubig wie … wie nichts, was Kang je gesehen hatte. Es mußte Jahrhunderte gedauert haben, damit Haar so sehr wuchs.

Respektvoll wandte sich Kang dem knienden Helden zu. Er erahnte das Profil unter den zottigen Strähnen. Instinktiv glitt sein Blick hinab zu den Händen. Wenn ein Krieger die Augen seines Gegenübers nicht sehen kann, dann sieht er die Hände. Es waren kraftvolle Finger, die auf den Oberschenkeln ruhten, bedeckt von braunen Altersflecken.

Doch Kang hatte nur Augen für die Krallen. Sie krümmten sich spiralförmig beiderseits des Beines hinab. Der Nagel des Mittelfingers hatte sich gar durch die Hose gegraben und wühlte unter dem Leder weiter, dem Knie entgegen.

Die Zehen! Bei den Ahnen ... Die schweren braunen Lederstiefel waren mürbe geworden. Die aufgenagelte Sohle war abgeplatzt wie bei einem der einarmigen Veteranen, die vor den Festungen des Labyrinths herumlungerten. Und aus dem klaffenden Schuhmaul krümmten sich die Krallen, lang wie Sicheln.

Unwillkürlich wandte Kang sich ab und ging weiter. Eine seltsame Unruhe hatte ihn erfaßt. Er ging schneller. Sein Blick schweifte suchend über die Reihen der knienden Helden. Wieder ein Atemzug! Wie das Stöhnen eines vieltausendköpfigen Ungeheuers. Kang glaubte kurz, etwas wiederzuerkennen. Er hatte dieses Atmen schon gehört ...

Die Halle mußte doch ein Ende haben! Zur Rechten setzte sich ein Feuertopf in Bewegung. Ein Priester kam mit feierlichen Schritten heran. Er wurde schneller, als der Feuerschein auf die Seidenbänder auf Kangs Helm fiel: drei Bänder in ebenso vielen kupferroten Ringen. Respektvoll trat er hinzu, den Feuertopf an der Stange erhoben.

Im verstärkten Lichtschein schienen die Helden beinahe aufzuspringen. Überall sah Kang Bewegungen, um dann zu erkennen, daß es nur zuckende Schatten waren.

Der letzte! Einem plötzlichen Entschluß folgend, eilte der Hauptmann voran; das Flackern folgte ihm diensteifrig. Kang wollte einen Krieger in der letzten Reihe sehen. Da ... die Wand des Gewölbes! Undeutlich nahm der Offizier Reliefs war, die Krieger, Streitrösser und Streitwagen zeigten und dazwischen reich gewandete Zauberer mit herrischen Gesten.

Links kniete ein Krieger der Vergangenheit, rechts ein anderer. Unschlüssig schweifte Kangs Blick hin und her. Der flackernde Lichtschein streifte ihn, als der Priester zu ihm aufschloß. Kang fühlte sich unangenehm berührt. Er war wortlosen

Gehorsam gewohnt, aber die diensteifrige Bereitschaft eines Dieners war ihm als *Ziang* fremd.

Dann sah er das rote Seidenband am Oberarm des Helden zur Linken. Ein Ehrenzeichen der Verwundung? Kang trug selbst zwei am linken Arm, auf der Höhe des Herzens.

Einem spontanen Impuls folgend, kniete Kang nieder. Er wandte dem Helden Gesicht und Brust zu. Einige Reihen hinter sich hörte er ein Klirren, als kurz nacheinander zwei weitere Krieger auf die Knie fielen. Ja, zwischen diesen fünfundzwanzigtausend Helden verlor sich sogar die Heerschar der Götterfresser.

Sie gehörten jetzt zu den *Zwiefach Vereideten* – zu den Garden des *Höchsten Kriegsherrn der Geheimen Kammer.* Seit Jahrhunderten war es geheimer Brauch, daß die Garden bei ihrer Initiation in die Nekropole geführt wurden, an das kolossale Grab des Mannes, der das *Reich der Tugend* begründet hatte.

Dies war eines der vier Privilegien, die einen *Zwiefach Vereideten* über andere Angehörige der Kriegerkaste erhoben: der Besuch des Grabes des *Kriegsherrn der Geheimen Kammer, der die Mantikoren bezwang und verspeiste,* dann die Hautbilder mit den Symbolen der Aufgabe, der sich der Krieger geweiht hatte, ferner die Einladung zur jährlichen Mantikorentötung des *Höchsten Kriegsherrn der Geheimen Kamme*r in den Gärten von Hüanging Gar und dereinst die Bestattung auf dem Heldenfriedhof rings um das Grab ihres *Herrn der Unwandelbaren Ordnung*.

»Geht in die große Halle der Nekropole und erwählt euch einen der Helden der *Unsterblichen Heerschar* zum Paten eures Eides«, hatte der Hohepriester bei der Vereidigung in der Festung Gingang Tung gerufen.

Der Hauptmann schauderte beim Anblick des alten Helden. War es nicht vielmehr dieser Mann gewesen, der ihn erwählt hatte? Wie sollte ein Krieger anders als gehorchen und erschaudern angesichts makelloser Ehre und vollendeter Treue!

Dieser Mann kniete hier, um das Grab seines Kriegsherrn zu bewachen. Er kniete hier, während seine Kleidung mürbe und seine Waffen rostig wurden, und er würde hier knien, wenn sie nur mehr Staub wären. Ja, selbst wenn das Undenkbare geschähe und das *Reich der Tugend* in Trümmer und Asche zerfiele wie die sechzehn eroberten Reiche, auf denen es begründet worden war, würde er hier ausharren.

Kangs Blick fiel wieder auf das rote Ehrenzeichen der Verwundung. Gleich in seinem ersten Jahr hatte ihn der Wurfhaken eines Turga von der Mauer des Labyrinths geholt. Kang hatte den Sturz überlebt, und ehe der Barbar zu dem berüchtigten Schleifritt hatte wenden können, hatte ihn ein Kreuzbogenpfeil von der Mauer getötet. Kang hatte das Pferd erbeutet und sich damit aus dem Kampfgetümmel retten können.

Welche Dummheit hatte wohl dieser Held unter dem *Kriegsherrn der Geheimen Kammer, der die Mantikoren bezwang und verspeiste,* überlebt?

Denn man mußte ziemlich dumm sein – jung und unerfahren –, um sich auf einer elf Götterfuß hohen Vormauer vom Wurfhaken eines Reiters treffen zu lassen, und noch dümmer, um sich dann nicht einfach niederzuwerfen und sich von den Kameraden festhalten zu lassen. Aber wer so eine Dummheit überlebte, war ein besserer Krieger: er würde nie wieder dergleichen tun oder zulassen, daß es ein Untergebener täte. Das drückte das Ehrenzeichen aus.

»Ja, ich half, das Reich zu bewahren«, flüsterte Kang unter seiner Maske, »das du aufzubauen halfst.« Der Held der *Unsterblichen Heerschar* antwortete nicht. Dunkel glommen seine Augen unter dem Schopf aus staubigem, verfilztem Haar, das sein Haupt so stark umwucherte, daß es ihm bis weit in die Stirn hing. War da nicht eben ein Glänzen gewesen?

»Welche Kämpfe«, fragte Kang heiser, »hast du seinerzeit bestanden, damals, als der *Göttergleiche* gegen den Widerstand von Königen, Göttern und Ungeheuern das Reich erschuf?«

War da nicht doch ein Glitzern in den Augen des alten Unsterblichen? Nein, es mußte wohl eine Spiegelung des Feuertopfes hinter ihnen gewesen. Kang fühlte wieder, daß er sich von dem Totenpriester belästigt fühlte. Solche Feinheiten waren ihm sonst fremd. Er beschloß, den Patenritus zu sprechen.

»O *Ziang*«, begann er die Formel, die sie alle hatten lernen müssen, »dies ist mein Leben, dies ist mein Leib, dies ist mein Wille, dies ist mein Weg. Ich weihe sie dem *Höchsten Kriegsherrn der Geheimen Kammer* und der Aufgabe, die er mir bestimmt hat: ein Götterfresser zu sein.«

Kang verharrte kurz und holte Luft. Sein Herz klopfte heftiger. Er konnte sich an seinen ersten Kriegereid erinnern, den er als Jüngling abgelegt hatte. Damals war er nervös gewesen. Er hätte nicht gedacht, daß ihm das in seinem Alter noch widerfahren könne. Aber auch in der Festung Gingang Tung, beim Eid vor dem *Göttergleichen*, hatte ihm das Herz bis zum Hals geschlagen.

»O *Ziang*«, vollendete Kang die Formel, »Held der *Unsterblichen Heerschar*, sei Zeuge und Pate meines Eides. Sei mir Leitbild. Und wenn ich strauchle auf dem *Tugendhaften Weg des Himmlischen Willens*, sei dein Geist es, der mich niederstreckt.« Der Hauptmann verbeugte sich und berührte mit der linken Hand – der Hand des Herzens – das rote Amulett über dem Herzpunkt des schweigenden Kriegers. Auf den Fingerspitzen fühlte er fettigen Staub.

Als Kang den Kopf wieder hob, fiel sein Blick erneut auf die Augen seines Gegenübers. Doch, da war Feuchtigkeit! Mehr als zuvor. Diese Augen weinten …

Im selben Moment erkannte Kang das Geräusch mit der unaufhaltsamen Macht, mit der die Nacht die letzten Strahlen der Sonne verschlingt. Er erinnerte sich, was sein erster Eindruck gewesen war, als sie die große Halle der Nekropole betreten hatten: er hatte an ein Schlachtfeld gedacht, an die Zeit nach der Schlacht, wenn er zwischen den Opfern der Schlacht einherschritt. Und dieses gequälte Atemholen, stockend, mit verzweifelter Kraftanstrengung, war jenes, auf das keines mehr folgte. Was die Helden der *Unsterblichen Heerschar* von sich gaben, war der letzte Hauch des Sterbenden – aber sie taten es alle, immer wieder, seit Jahrhunderten …

Auf dem Marsch

Irgendwo in den Nördlichen Königreichen,
im Frühling im Jahr 472 der Blauen Götter

»Die Luft ist rein.« Schwer atmend kam Strolch an die Oberfläche. Gleichzeitig versetzte er Narbenfresse, der noch mit geschlossenen Augen unter Wasser lag, einen leichten Hieb. »*Gingaling*«, gönnte er sich eine katauekische Beleidigung, solange die Bande ihn noch nicht hörte. Sie lagen alle vier unter Wasser, die Bambusstäbe im Mund, und bekamen nichts mit.

Während Narbenfresse langsam reagierte, kletterte Strolch bereits bäuchlings den Damm hinauf. Am Rand der Straße liegend, blickte er den Soldaten nach. Hinter ihm kamen prustend und keuchend die Katauеken aus dem Wasser.

»Wunderbar«, lachte Schlampe. Narbenfresse knurrte etwas Zustimmendes. Doch Kudung war natürlich viel zu arrogant, um etwas zuzugeben. Ja, die Schnorchel funktionierten! Jetzt mußten sie endlich nicht mehr über die Dämme schleichen.

Die katauekischen Dörfer waren meist nur eine halbe Meile voneinander entfernt, und dazwischen lagen die überfluteten Reisfelder. Marschieren hieß für Gesetzlose entweder die kaiserlichen Straßen nehmen, wo jederzeit ein Botenläufer oder eine berittene Patrouille auftauchen konnte, oder aber die Dämme, auf denen die geringste Unregelmäßigkeit von den Bauern im nächsten Dorf bemerkt wurde. Vor Soldaten konnten sie sich mit einem Sprung in die Reisfelder verstecken – die Bauern machte das besonders aufmerksam und wütend. Aber da die Soldaten lebensgefährlich waren, hatten sie sich bislang stets mit den Bauern angelegt.

Seit mindestens zwei Monden ging das nun schon so. Sie waren binnen eines Tages oft nur gerade mal sechs, sieben Meilen weit gekommen, weil sie ständig in Wasserbecken hechten und dann vor kreischenden Bauern Reißaus nehmen mußten. Keiner der Kegelhüte lief weiter als bis zum nächsten Dorf, aber mehrfach waren sie dort gleich in die nächste Horde geraten.

Auf die Idee mit dem Bambus war Strolch schon am zweiten Tag gekommen. Es hatte eine Woche gedauert, bis er ein geeignetes Rohr gefunden und mit einem dünneren Stab gereinigt hatte. Dann aber hatte es Wochen gedauert, bis er Kudung überzeugt hatte.

»*Gingaling*«, war Einauges ständige Antwort gewesen. Die Verrückten seid ihr, dachte Strolch mit grimmigem Grinsen. Wie kann man Wochen lang im Wasser liegen, japsen, nach Atem ringen und wieder untertauchen und sich fürchten, weil irgendwo am Horizont einige Bauern ihre Ferkel treiben? Aber sie machten ja nicht einmal die Augen auf unter Wasser.

»Wahrscheinlich könnt ihr nicht mal schwimmen, ihr Wassertreter«, kicherte Strolch auf Merkantilo. Er fühlte eine tiefe, bösartige Befriedigung in sich aufsteigen.

Narbenfresse ließ sich wie ein nasser Sack neben ihn fallen. Der junge Ajunäer wandte ihm das Gesicht zu. Der bullige Bandit starrte den Soldaten nach. Seine schwarzen Augen wirkten überraschend hell, ein beinahe sehnsüchtiger Ausdruck lag darin. Dann trafen sie den Blick des Merkantiliers.

»Viele Soldaten«, grunzte der Bandit auf katauekisch und deutete mit dem Kinn in ihre Richtung. Feiertag, dachte Strolch. Narbenfresse hat gerade mehr als ein Wort gesprochen – und zwar mit mir.

»Viele Soldaten«, grinste er und hoffte, daß er es halbwegs richtig aussprach.

Ja, die Soldaten waren überall – und sie marschierten alle in die gleiche Richtung. Natürlich begegneten ihnen dann und wann berittene Patrouillen, die südwärts oder entlang der Seitenstraßen ritten. Aber auch die kamen binnen eines halben Tages wieder zurück. Die Heerscharen zogen allesamt nach Norden.

»Heerschar?«, fragte Strolch nach.

Narbenfresse gab einen zustimmenden Rülpser von sich. Strolch hatte versucht zu zählen, aber weiter als bis hundert kam er nie. Acht Mann nebeneinander, acht Reihen in einer Formation. Das machte … sechsundfünfzig? Egal, jedenfalls marschierten von den Formationen wieder acht hintereinander und vor jeder Formation zudem die Unteroffiziere.

»Beim Schwert des heiligen Malachias!« flüsterte Strolch. »Diese Einheit muß fast so groß sein wie das, was in unserem Imperium *turma* heißt. Wird von einem *coronel* kommandiert.« Unwillkürlich schüttelte er den Kopf. Nein, Strolch hatte in seinem Leben höchstens zweimal einen *coronel* gesehen. So jemand trat prinzipiell nicht ohne Gefolge auf.

»Soldat Boß«, kauderwelschte Strolch. Boß war das erste Wort, das ihm Kudung eingebleut hatte. »Drei ...?« Er zeichnete mit der Hand drei Seidenbänder, die am Helm wehten.

»Hauptmann«, stieß Narbenfresse ehrfürchtig hervor.

»Hauptmann«, echote Strolch. Wenn er diese Affensprache schon lernen mußte, dann ordentlich. Ordentlich – ja, das waren die Kataueken. Langsam durchschaute er das System. Der Schreiber hatte drei Ringe gehabt – der Bonze. Der Offizier hatte drei Ringe mit Bändern am Helm – der Hauptmann. Je mehr Ringe, desto mächtiger.

Bei der Knute des heiligen Chrysantho! Dieser Bonze in der Pferdesänfte mußte fast schon so etwas wie Bürgermeister gewesen sein. Deswegen war Kudung so angesprungen. Solche mächtigen Herren setzten sich nur in Bewegung, wenn sie der Kaiser von Katau schickte. Und wo auch immer solche Herren vorbeizogen, gingen tausendmal mehr Soldaten und Diener und mit ihnen Nahrung und Geld mit. Und diesen folgten die Ratten – Ratten, wie Kudung und Strolch es waren ...

Waffen

Festung Gingang Tung, Mantikor Leng,
im Ersten Mond im Jahr 472 der Blauen Götter

»Ich kann die Weisheit dieses Befehls nicht erkennen«, sagte Kang steif. Die Bemerkung war ihm peinlich, denn er haßte es, wenn Anweisungen hinterfragt wurden – ob er sie nun gab oder zu befolgen hatte. »Ich bin doch von allen acht Hauptleuten zweifellos am wenigsten geeignet, mit einem Gesandten der *Geheimen Kammer des Himmlischen Willens* zu sprechen. Warum hat der höchstehrwürdige General Tüfang hua Hidong ausgerechnet mir diese Führung übertragen?«

»Hochehrwürdiger Kang, alter Eisenfresser«, antwortete Hauptmann Schiheng hua Tagau, »das ist doch offensichtlich. Es wird Zeit, daß du die Barbarengrenze aus dem Kopf bekommst. Du bist jetzt ein *Zwiefach Vereideter.* Wir werden neben dem *Herrn der Unwandelbaren Ordnung* stehen. Dafür brauchst du noch etwas Feinschliff ...«

Kang fühlte sich wie ein treues, aber angerostetes Schwert, als er durch den Torbogen hinaus auf den Kasernenhof schritt.

»Höchstehrwürdiger Fong-Kuoy näng Tschüeng, hochehrwürdige Herren ... und Herrinnen ...« Kang stockte. Es befremdete ihn, ohne Helm und ohne Maske zu sprechen, umso mehr, als die rotgeschminkten Gesichter und die Fächer vor ihm ihrerseits wie Verteidigungswälle waren. »Herren und Herrinnen der *Kammer des Himmlischen Willens*, der *Kammer der Geomantie*, der *Kammer der Dichtkunst*, der *Kammer der Metallbildnerei* und der *Kammer der tugendhaften Musik.*«

Die Inspektion war viel größer als erwartet: fast dreißig Priester und Bonzen, etliche davon Frauen. Sie waren ein tuschelnder, lächelnder, Fächer wedelnder Schwarm von Pfauen, von dem ein betörender Duft herüberwehte. Allein die Sänften, die Träger, Leibwächter und Dienstboten füllten beinahe schon den vordersten der Kasernenhöfe von Gingang Tung.

Neben den blau gewandeten Priestern sah Kang zahlreiche

Herren der *Kammern* in Weiß. Er biß die Zähne zusammen und hoffte, daß er keine *Kammer* zu begrüßen vergessen hatte.

»Ehrwürdiger Hauptmann«, brach der feiste Priestergesandte Fong-Kuoy mit einem unergründlichen Lächeln etwas, das anscheinend peinliche Stille war, »zeig uns doch einfach eure sagenhaften Götterfresser. Wir alle fiebern danach, jene Männer zu sehen, die der *Herr der Unwandelbaren Ordnung* für diese unerhörte Aufgabe ausgewählt hat. Insbesondere unsere Priesterinnen können kaum mehr erwarten, einen leibhaftigen Götterfresser – darf ich es wagen zu sagen – in die Finger zu bekommen.« Hinter Fong-Kuoy kicherten mehrere rotgeschminkte Schönheiten und fächelten vergnügt. Der Priestergesandte machte eine affektierte Geste, die, wie es Kang schien, ihn zum Geschenk anbot.

Kang hatte sich einige erklärende Sätze zurechtgelegt, aber Fong-Kuoy hatte ihn längst überrannt.

»Folgt mir bitte, höchstehrwürdiger Herr, hochehrwürdige Herren und Herrinnen.« Kang machte auf dem Stiefelabsatz kehrt und schritt dem Zentrum des riesigen Kasernenhofes entgegen. Hinter ihm folgten seidenraschelnd und plaudernd die Priester und Bonzen.

»... gesprächig ist er jedenfalls nicht«, hörte Kang einen halblauten Satz hinter einem Fächer hervorwehen.

»Ja, diese Wildheit«, erklang eine unverkennbar weibliche Stimme. »... wahrscheinlich aus den Nördlichen Königreichen ...«

Waren die Höflinge bei aller Tugend so unverschämt, hörbar über ihn zu sprechen, oder unterschätzten sie einfach das Gehör eines Mannes, der vierundzwanzig Jahre lang Nacht für Nacht Wache gestanden und auf das Schleichen von Spähern vor dem Labyrinth gelauscht hatte? Bei seiner Tugend, sie hatten Heerscharen von Bauern gehabt, die täglich vor den Mauern daran gearbeitet hatten, das Gelände frei von Dornicht zu halten und den Boden zu glätten, damit am Morgen Spuren von Spähern entdeckt werden konnten ...

»Erlaubt eine Frage, hochehrwürdiger Hauptmann, die ich schon immer stellen wollte.« Kang brauchte eine Weile, um in dem Schwarm roter Gesichter den Fragesteller ausfindig zu machen. Es war ein junger *Qengtan* mit arrogant hochgezogenen Augenbrauen. »Warum stehen die Kämpfer des *Länder überspannenden Feldes der Krieger* stets so im Zickzack? Das sieht so … ungeordnet aus.« Er blickte mit einem gekünstelten Lachen zu den Umstehenden und erntete ebensolches.

Kang blickte auf seine Faust, die für die Vorführung angetreten war. Er benötigte noch länger, um die Frage zu verstehen. Zickzack?

»Hochehrwürdiger Herr«, antwortete er schließlich steif, »acht Krieger mit einem Waffenmeister daneben bilden ein Glied. Acht Glieder zu acht Kriegern mit einem Wachtmeister daneben bilden einen Finger. Acht Finger bilden die Dritte Faust, die meinem Kommando untersteht.« Endlich begriff er die Frage. Diese Leute hatten nie in ihrem Leben gekämpft. »Glieder, Finger und Fäuste stehen jeweils in der traditionellen Achterformation: drei vorne, zwei in der Mitte, versetzt, drei in der letzten Reihe. Dadurch bilden sie eine Einheit, können sich aber bewegen und vor allem ihre Waffen einsetzen.«

Das war der ideale Einstieg. Kang fühlte wieder Boden unter den Füßen. Sie wollten seine Männer sehen – er würde sie ihnen zeigen.

»Die ehrwürdigen Herren der *Kammer der Ingenieurskunst*, die Meisterschmiede, Lanzenschäfter, Bogner und Lederer des *Reiches der Tugend* haben den Götterfressern acht neue Waffen geschaffen – perfektioniert für den einzigen Zweck, damit Götter zu töten.« Kangs Stimme erstarkte vor Kriegerstolz. »Da sind für den Fernkampf Kreuzbogen der Schmerzen, Bola, Bullenpeitsche und Harpune und für den Nahkampf Feuerlanze, Hellebarde, Schlachterbeil und Pflock.« Ohne nachzudenken, hob Kang die Hand und formte bei jedem Waffennamen mit Faust oder Hand die zugehörige Kommandogeste.

»Jeder Götterfresser wird an einer dieser neuen Waffen ausgebildet. Jedes einzelne Glied ist mit jeweils acht gleichen Waffen ausgestattet, und jeder Finger bildet daher einen eingespielten Stoßtrupp mit allen acht Waffen.«

»Und du, hochehrwürdiger Hauptmann, womit kämpfst du?« War das dieselbe Frauenstimme, die in ihm vorher einen halben Barbaren aus den Nördlichen Königreichen vermutet hatte? Jedenfalls war es eine üppige Priesterin, die deutlich sichtbar ihr dreifaches Ringsiegel trug.

»Die Offiziere«, antwortete Kang, ohne sich auf ihren Unterton einzulassen, »kämpfen traditionsgemäß mit der Standarte, einer besonders langen Hellebarde, an der je nach Größe des Gefolges ein bis vier lange Wimpelbänder flattern, so daß sich die Einheit darum scharen kann.« Kang fühlte sich plötzlich nackt. »Ich habe die Standarte ausnahmsweise abgelegt ...« Weil Schiheng hua Tagau ihm geraten hatte, die Höflinge nicht waffenstarrend zu empfangen. Dann klopfte er an das Gehänge an seiner Seite. »Jeder Krieger führt außerdem das gewohnte Säbelschwert, welches das *Länder überspannende Feld der Krieger* seit Generationen von Sieg zu Sieg geführt hat.« Kang wandte sich auf dem Absatz um. »Ihr Herren vom Kreuzbogen der Schmerzen, seid ihr bereit?«

»Kreuzbogenschützen bereit. *Hoi!*« Das achte Glied jedes Fingers trat vor, acht mal acht Mann bezogen im Laufschritt Stellung zur Rechten. In angemessener Entfernung hatten halbwüchsige Jungkrieger übermannsgroße hölzerne Zielschieben errichtet.

»Der Kreuzbogen«, erklärte Kang, während die Schützen im Hintergrund mit Zielschießen begannen, »ist seit Jahrhunderten Quelle des tödlichen Pfeilregens, der dem *Reich der Tugend Eroberung* um *Eroberung* einbrachte. Der *Kriegsherr der Geheimen Kammer, der die Mantikoren bezwang und verspeiste*, so die Sage, hat die Waffe selbst ersonnen.«

Die zwei schräg gekreuzten Bogen aus verdrillten Eibenastkernen schleuderten mit der Doppelsehne handspannenlange Bolzen oder pflaumengroße Steine über vierhundert Götterfuß weit. Die dazu nötige Waffe war von Hand gar nicht zu spannen; vielmehr mußte der Schütze sie auf den Boden richten, an ihrer Spitze in eine Schlaufe treten und dann einen Hebel ansetzen und mit vollem Körpereinsatz umlegen.

»Die Götterfresser beschlossen nach mondelangen Versuchen, auf Reichweite und Durchschlagskraft zu verzichten und dafür eine Waffe zu führen, die mit zwei Händen schnell gespannt und geladen werden kann.« Kang bemerkte, daß einige Bonzen gelangweilt tuschelten.

»Die Bolzen«, fuhr er unbeirrt fort, »sind mit Eisenspitzen versehen, in die Rillen gefräst sind. In diesen lauert das Gift der Kletterviper, wie es die Schlangenkrieger der Königin von Tschang Po Tschar für ihre Blasrohre benutzen.« Kang wandte sich wieder um und gab ein Handzeichen.

»Lauf los, Nichtswürdiger!« rief ein Waffenmeister der Hilfstruppen und ließ eine Peitsche knallen.

»Acht zum Tode verurteilte Deserteure und Befehlsverweigerer«, erklärte Kang. Es war ihm peinlich zuzugeben, daß es in der unüberblickbaren Zahl von Heerscharen immer wieder Krieger gab, denen Disziplin fremd war. Aber er erkannte an den leuchtenden Blicken und dem heftigen Fächeln der Zuschauer, wie gebannt sie beobachteten, was sich hinter seinem Rücken abspielte. »Wenn einer von ihnen den Torbogen erreicht, wird er begnadigt.«

Bei jedem Peitschenknall rannte ein Verurteilter los. Der beste Schütze jedes Fingers lief ebenfalls los und versuchte, die Flucht zu verhindern. Acht Mal schnalzte eine doppelte Sehne, acht Mal stöhnte oder schrie ein Mann auf. Das Viperngift ließ die Adern sich derart erweitern, daß sie an manchen Stellen barsten, und den Hals so zuschwellen, daß die Opfer mit hervorquellenden Augen erstickten. Keinem Flüchtling gelang es, nach dem Treffer mehr als hundert Schritte zu machen.

Viele der Zuschauer falteten die Fächer zusammen und ließen sie mit deutlicher Anerkennung auf die flache Hand klatschen.

»Gut geschossen, achtbare Herren«, rief Kang. »Aber vergessen wir nicht: wir wissen nicht, ob die Blauen Götter überhaupt Blut haben, das wir vergiften können.«

Dann hob er erneut die Hand. »Ihr Herren von der Bola, seid ihr bereit?«

»Bolawerfer bereit. *Hoi!*«

»Diese erstaunlich einfache Waffe«, erläuterte Kang, »wurde von den Turga übernommen und perfektioniert: eine mannslange Schnur aus gedrehten Büffellederstreifen, mit zwei dunklen Eisenkugeln mit Stacheln und Widerhaken beschwert. Die Reiter des turgischen Busches gebrauchen die Waffe, um auf der Jagd entfliehende Gazellen zum Straucheln zu bringen oder ihre halbwilden Pferde und Kamele wieder einzufangen.«

Kang verzichtete darauf hinzuzufügen, daß die Waffen der Götterfresser so gebaut waren, daß sie Arme und Beine nicht nur fesselten, sondern sich förmlich darin verbissen. Und daß die Männer eine eigene Wurftechnik hatten entwickeln müssen, um die Bola trotz der langen Federn auf ihren Helmen über dem Kopf kreisen lassen zu können.

»Räuber und Diebe, denen der *Herr der Unwandelbaren Ordnung* die Gnade gewährt, dem *Reich der Tugend* nützlich zu sein.« Im Hintergrund taten Kangs Leute, was sie seit Wochen getan hatten: sie hetzten die Sträflinge durch die Schaukampfhöfe, bis sie auf vierzig Götterfuß Entfernung ein Opfer als blutig verschnürtes Bündel zu Fall brachten.

»Bei aller Tugend«, rief ein Priester, »man könnte meinen, ihr geht auf die Jagd, hochehrwürdiger Hauptmann!«

»Von Jagd spricht man, hochehrwürdiger *Lauzöng*, wenn die Beute, mag sie auch wehrhaft wie ein Tiger oder Krokodil sein, stets zu fliehen trachtet«, korrigierte Kang ihn grimmig. »Was wir jagen werden, hat noch nie jemand zu jagen versucht. Und es ist sehr wahrscheinlich, daß sie kämpfen werden.« Nach einer sehr kurzen Pause riß er die Hand hoch. »Ihr Herren von der Bullenpeitsche, seid ihr bereit?«

»Peitschenschwinger bereit. *Hoi!*« Im Hintergrund traten mit lautem Knallen die nächsten Götterfresser an, ihre Kunst zu zeigen.

»Die Büffelreiter von Karadschurgjia«, berichtete Kang nun, »benutzen bei den Herden und im Kampf lange Peitschen, aber noch nie hat jemand zehn Götterfuß lange Lederriemen geschwungen. An der Spitze sitzt ein Schnäpper aus scharf geschliffenem Kamelknochen.«

Diesmal wurden acht kriegsgefangene Barbaren losgelassen, die allesamt die Hauptwaffe ihrer Kultur führten. Die Könner in der Heerschar, die allesamt Karadschurgjiter waren oder bei ihnen gelernt hatten, sprangen vor. Sie trafen ihre angreifenden Gegner mit dem Schnäpper, der die Haut aufplatzen ließ; wenn dann der Rest der Peitsche aufschlug, fraß er sich bis auf die Knochen durch.

»Niemand, so haben unsere Übungen in Gingang Tung gezeigt, kann eine Waffe festhalten, wenn sein Arm von einer überschweren Bullenpeitsche getroffen wird. Niemand jedenfalls«, so unterbrach Kang den aufkommenden Beifall, »niemand, von dessen Art das *Reich der Tugend* bereits Gefangene gemacht hat ...«

»Du scheinst mir in diesen historischen Kampf ein wenig ... skeptisch zu gehen, hochehrwürdiger Hauptmann.« Ein Priester mit einem besonders zynischen Unterton in der Stimme hatte sich zu Wort gemeldet. »Glaubst du nicht an euren Sieg?«

Für einen Augenblick war Kang sprachlos. Was dachte dieser vollgefressene Genießer eigentlich, worum es hier ging?

»Es ist nicht meine Aufgabe, an unseren Sieg zu glauben, hochehrwürdiger Tugendwächter.« Kangs Stimme war eiskalt – die einzige Möglichkeit, seine Wut im Zaum zu halten. »Es ist meine Aufgabe, den Sieg zu erkämpfen oder dabei zu sterben. Und das erste, was ein Mann lernt, der auch nur einen Kampf gekämpft und überlebt hat« – die Ohrfeige traf den Zivilisten zwischen atemlos lauschenden Standesgenossen –, »ist, daß den Feind zu unterschätzen der sicherste Weg ist, den Sieg zu gefährden. Die Tugend des *Ziangs* verlangt, den Gegner wertzuschätzen.«

Von mehreren Zuhörern kamen zustimmende Bemerkungen.

»Ihr Herren von der Harpune, seid ihr bereit?« Kangs Arm schnellte zackig in die Höhe.

»Harpunenwerfer bereit. *Hoi!*« Im Hintergrund wurden acht muhende Wasserbüffel herangetrieben.

»Die Harpune«, begann der Hauptmann die nächsten Ausführungen, »ist eine Erfindung der Wilden der Jaguarinseln auf der anderen Seite der Welt, welche die ajunäischen Barbaren dann verbesserten. Im Merkantilischen Imperium jagt man Wale mit diesem Wurfspieß mit der langen Metallspitze, deren Widerklingen aus dem Fleisch des Opfers nur mehr herausgeschnitten werden können. Die Schnur aus gedrilltem Hanf daran sorgt dafür, daß die getroffene Kreatur nicht entkommen kann.«

»Unser ehrwürdiger Hauptmann«, ergriff Fong-Kuoy näng Tschüeng das Wort und trat vor sein Gefolge, »liefert uns hier ein weiteres Beispiel der Kriegertugend, auch die Barbarenvölker nicht zu gering zu achten. Wie vielleicht bekannt sein dürfte, gehört es zu meinen Aufgaben, das Wissen der *Kammer des Himmlischen Willens* über die Barbaren auf dem neuesten Stand zu halten.« Die Enthüllung des feisten Gesandten klang selbstgefällig und lieferte den erwarteten Beifall.

»Was auch der ehrwürdige Hauptmann nicht wissen kann, ist, daß die Kundschafter der *Kammer der Nautik* erst im Winter mit dieser Waffe zurückgekehrt sind. Katauekische Lochmünzen erkauften den Unterricht bei hungrigen Walfängern, die ihre Bedenken ignorierten, ihr Handwerk den beherrschenden Seefahrern der Welt zu verraten – und eine katauekische Meuchelklinge sorgte dafür, daß keiner der Lehrer erzählen konnte, daß ihre Schüler darauf bestanden hatten, statt Wasserkreaturen durchwegs Rinder und Maultiere zu harpunieren.« Er lachte blasiert und erntete weiteren Beifall. »Ich hoffe, ich habe eurer nächsten Vorführung nicht den Stachel der Überraschung genommen.«

»Keineswegs, höchstehrwürdiger Fong-Kuoy näng Tschüeng«, verneigte sich Kang. »Was wir hier vorführen, sind Übungen, die wir ohnehin zu vollführen haben.« Hinter ihrem Hauptmann zeigten die Götterfresser, daß sie indessen alle gelernt hatten, sich, wenn einer ihrer Harpuniere Erfolg hatte, mit ihm ins Seil zu werfen, um das Opfer aus dem Gleichgewicht zu bringen.

»Die eine Hälfte unserer Waffen dient dazu, Götter zu fangen. Das ist unsere Aufgabe. Aber wir machen uns nichts vor. Unsere Gegner werden fast sicher angreifen, und sie werden fast ebenso sicher durch unsere Jagdwaffen nur in ihrem Tun verlangsamt.

Wir brauchen noch einmal so viele Waffen, um unsere Gegner niederzukämpfen.« Einige der Priesterinnen zeigten deutliche Langeweile. Kang hingegen fühlte das charakteristische Vergnügen eines Kriegers, der eben erst sein halbes Arsenal gezückt hatte.

»Ihr Herren von der Feuerlanze, seid ihr bereit?«

»Feuerlanzenträger bereit. *Hoi!*« Mit lautem Fauchen wurden acht mal acht Brandsätze gezündet, jeder an einem zehn Götterfuß langen Bambusholm. Die Wände des Kasernenhofes rauschten vom Echo, als die Männer in enger Formation vorrückten.

»Eine Erfindung der *Kammer der Alchimie*«, versuchte Kang das Fauchen zu überschreien. »Der Brandsatz ist nicht heiß genug, um schweres Gerät zu entzünden. Aber Stichflamme und Funkenregen sind gefährlich genug, um ein Dutzend Angreifer auf einer Belagerungsleiter dazu zu bringen, lieber ins Verderben zu springen, als noch einen Augenblick standzuhalten.« Die Feuerlanzenträger waren inzwischen auf fünfzehn Schritte herangekommen, und selbst Kangs laute Stimme war kaum mehr zu verstehen. Die Bonzen und Priester wurden unruhig. Alle wirkten erleichtert, als Kang die Männer wenden ließ.

»Die Aufgabe der Feuerlanzenträger ist es vor allem, einen heranstürmenden Blauen Gott auf Distanz zu halten oder in die Enge zu treiben, damit die anderen Waffen zum Einsatz kommen können.«

»Überaus beeindruckend, hochehrwürdiger Hauptmann«, meldete sich ein Bonze und lockerte den Kragen seines weißen Brokatmantels. »Wenn ich richtig informiert bin, seid ihr viertausend Götterfresser?«

»Viertausendsechsundneunzig«, verbesserte Kang. »Wie jede Heerschar auf Garnisonsstärke.«

»Ihr seid gewiß nicht wie jede Heerschar. Wie, meine Herren«, wandte er sich an die Umstehenden, »sollten die Blauen Götter diesen Helden widerstehen?« Allgemeiner Beifall brandete auf.

»Hochehrwürdige Herren und Herrinnen«, hob Kang beide Hände, um die Begeisterung zu dämpfen. »Ihr habt bis jetzt keine Waffe gesehen, mit der man vermutlich einen Blauen Gott töten könnte. Offen gesagt habt ihr keine Waffe gesehen, die mit Sicherheit einen Götterfresser aufhalten könnte.«

Überraschtes Schweigen war die Antwort.

»Was ist mit diesen Giftpfeilen?« fragte ein jüngerer Bonze. Kang lächelte und klopfte nur auf Brustplatte, Armschienen und Beinplatten seines roten Harnischs.

»Nun sind wir aber doch gespannt«, meldete sich der zynische Priester, der zuvor Kangs Moral angezweifelt hatte, »*wie* ihr die Götter zu töten gedenkt.«

»Sehr einfach«, kündigte Kang mit einem grimmigen Lächeln an, »sehr einfach und sehr blutig! – Ihr Herren von der Hellebarde, seid ihr bereit?«

»Hellebardiere bereit. *Hoi!*« Den Männern, die bislang nicht vorgetreten waren, sah man auch am Harnisch an, daß sie kräftiger gebaut waren.

»Der *Fang no Tuheng* ist eine eigens für den Götterkampf entworfene Stangenwaffe von etwas mehr als Mannslänge. An der Spitze sitzt eine Stoßklinge mit zwei Widerhaken, die nur mehr die Kraft eines Büffels aus dem Leib des Opfers reißen kann; darunter ist eine Schneide, mit der ein starker Mann auf eine Entfernung von drei Götterfuß mit einem Schwung einen Arm abtrennen kann.«

Auf dem Kasernenhof wurden nun kettenklirrend mehrere wilde Tiere frei gelassen. Die Götterfresser rammten ihre Waffen in das Fleisch von Bären und Büffeln. Zum Abschluß wurde auf den besten Hellebardier ein Riesenaffe aus dem Dschungel von Tschang Po Tschar losgelassen. Noch im Todeskampf war er nicht imstande, sich die Stoßklinge aus dem Leib zu reißen.

»Ihr Herren vom Schlachterbeil, seid ihr bereit?«

»Beilschwinger bereit. *Hoi!*« Ohne Übergang warfen sich wiederum acht Männer in den Kampf und stürzten sich auf die verwundeten Tiere.

Im Getümmel wurde ein Krieger, das schwere Spaltbeil zum Schlag erhoben, vom Tatzenhieb eines bereits verstümmelten Bären getroffen. Mit klirrender Rüstung ging er zu Boden. Kang beschloß, den Mann später ausgewählt zu bestrafen – aber es gab keinen Grund, ihn vor den Zuschauern zu demütigen.

Die hellen Steinplatten des mächtigen Kasernenhofes waren von zuckenden Tierleibern bedeckt. Es stank nach Blut. Kang und seine Männer waren das gewohnt, aber einigen hektisch fächelnden Priestern und Bonzen schien sehr unwohl zu sein.

»Ihr Herren von Pflock und Hammer, seid ihr bereit?« Es hatte nichts mit Schaustellerei zu tun, daß Kang seine Befehle nun Schlag auf Schlag gab. Im Gegenteil, es war nur logisch, den Schaukampf so zu Ende zu bringen, wie es in Wirklichkeit geschah: schnell und gnadenlos und mit der Ahnung des Blutrausches, den jeder Krieger kennt.

»Pflockträger bereit. *Hoi!*« Die acht mal acht Mann aus dem ersten Glied jedes Fingers hoben die wohl merkwürdigsten Waffen.

»Der mit Blech beschlagene Pflock aus Eisenholz und der Hammer wurden in dieser Form wohl noch nie im Kampf eingesetzt«, rief Kang über das Röcheln und Keuchen der Kämpfenden hinweg. »Lediglich von den Barbaren aus dem fernen Kurjameos ist bekannt, daß die Reiter der Kriegselefanten dieses Werkzeug mit sich führen. Wenn sich der Elefant, wie es oft geschieht, verwundet oder erschreckt zur Flucht wendet und in den eigenen Reihen Entsetzen und Verwüstung anrichtet, dann treibt ihm der Reiter knapp hinter dem mächtigen Schädel den Pflock in den Nacken und tötet ihn so überraschend schnell.«

Auf Kangs Zeichen traten wiederum acht ausgewählte Krieger zwischen die Kreaturen. Jeder setzte Pflock und Hammer an.

»Ähnlich werden die Pflockträger erst zum Einsatz kommen, wenn ein Blauer Gott, von Gift und Wunden zu Boden geworfen, von Harpunen und Peitschen am Boden gehalten, darnieder liegt, um ihm dem tödlichen Stoß ins Herz zu treiben. Vorausgesetzt, daß so ein Gott ein Herz hat. Sonst, ihre Herren, nehmt die Gurgel, den Nabel, ein Auge, was immer. Jedenfalls nagelt ihm das Leben aus dem Leib!« Fast gleichzeitig krachten acht Hämmer auf die Pflöcke.

Die Inspektion machte sich zum Abschied bereit. Trotz der roten Schminke sah man mancher Priesterin und manchem Bonzen an, daß sie bleich waren. Völlig gleichmütig hingegen lächelte der Priestergesandte Fong-Kuoy näng Tschüeng, als er auf Kang zutrat.

»Ehrwürdiger Hauptmann Kang«, sprach er feierlich. »Es ist uns offensichtlich und eine Freude, daß die Götterfresser wohlüberlegt an ihre einzigartige Aufgabe herangehen. Ehe ich nun in den Hochtempel und die *Innere Kammer des Himmlischen Willens* zurückkehre, um Bericht zu erstatten, erlaube mir noch eine Frage: Ihr habt überzeugend vorgeführt, wie ihr Räuber und Feiglinge, Büffel und Affen tötet. Was, Hauptmann Kang, werden deine Männer tun, was wirst du tun, wenn ihr vor den Wesen steht, die anzubeten ihr ein Leben lang gelernt habt?«

Kang blickte wortlos in die unergründlichen Augen des Tugendwächters. Schiheng hua Tagau hatte ihn gewarnt, daß Gespräche in Mantikor Leng so gefährlich waren wie die Kämpfe im Labyrinth und daß ein Mann von Rang in dieser Stadt mehr Feinde hatte als ein katauekischer Hauptmann im Turga-Busch. Aber Kang sah keinen Grund, dieser Frage auszuweichen – und auch keine Möglichkeit. Er war kein Mann, der sich einer Herausforderung entzog – und diese Frage, nein, eine Antwort auf diese Frage zu finden war eine Herausforderung.

»Ich weiß es nicht«, gab er schließlich zu. »Das ist eine Frage, die keiner beantworten kann. Keiner kann sagen, was er tut, wenn das Ende seines Lebens vor ihm steht. Ich kann nicht für die anderen Götterfresser sprechen. Ich kann dir nur sagen, höchstehrwürdiger Fong-Kuoy, daß mich persönlich nichts davon abhalten kann, es herauszufinden.«

Strolch im Dorf

Irgendwo in den Nördlichen Königreichen,
im Frühsommer des Jahres 472 der Blauen Götter

»Vorwärts, Sklave!« Einauge riß an dem dünnen Strick, und Strolch folgte ihm widerwillig. Er haßte diesen Teil des Planes. Aber immerhin war er bislang unbehelligt geblieben.

Das hektische Treiben des Marktes rings um sie ließ selbst ihn nicht gar so auffällig erscheinen. Er hatte die blonden Haare mit besonders viel Ruß geschwärzt, aber es gab keine Möglichkeit zu verbergen, daß er Ajunäer war.

»Da drüben«, sagte Kudung und bog seitlich ab. Strolch versuchte vorherzusehen, wie Einauge ihm folgen würde, um den nächsten Ruck des Strickes zu mildern.

Der Strick war es, der den Unterschied machte. Kudungs Bande sah abgerissen aus. Wenn ein entlaufener Sklave zu ihnen gehörte, waren sie vermutlich alle entlaufene Sklaven. Wenn sie jedoch einen Sklaven besaßen, waren sie Sklavenhändler, Diener eines Großgrundbesitzers oder was immer, jedenfalls jemand, den die Bauern nicht gleich mit Schweinemist und Lehmklumpen bewarfen.

»Wieviel?« fragte Kudung und deutete auf ein Ferkel, das mit zusammengebundenen Beinen am Wagen eines Bauern hing. Als er den Preis hörte, blaffte er etwas Abfälliges und ging weiter. Strolch bereitete sich auf den nächsten Ruck vor.

Kudung war offensichtlich bester Laune. Sie alle waren es. Dabei war der Markt nun wirklich nur eine Anhäufung einiger Dutzend Stände und Wagen. Verglichen mit dem Hafen von Maganta eine einzelne, schäbige Seitenstraße. Ganz zu schweigen von dem Sklavenmarkt von Tschöng-Hau Leng …

Nein, daran wollte Strolch jetzt nicht denken. Sklave, Sklave, Sklave – immer wieder. Eben noch hatte auch er Spaß an dem bunten Treiben gehabt – nach all den Monden in Ginkgowäldern, Bambushainen und Schilfgürteln, in Straßenschmutz und Uferschlamm, in wortlosem Elend und schweigender Einsamkeit.

Rede dir doch nichts ein, Nichtsnutz, dachte er bitter. Du *bist* ein Sklave! Jetzt bist du eben der Sklave einer Bande aus Strauchdieben, Deserteuren und unverheiratbaren Huren.

»Schöne Dame!« Schlampe lachte affektiert. Sie hatte einen einfachen braunroten Fächer gefunden und spielte nun eine der Frauen, die wohl in den Palästen und Tempeln einer Großstadt wie Tschöng-Hau Leng lebten. Auch sie träumte von einem Leben, das ihr für immer versperrt bleiben würde.

»Tücke!« fluchte Strolch so laut, daß sich Einauge umwandte. Prompt riß er unwirsch an dem Strick an. Einauge genoß das, da war sich Strolch sicher. Er wurde zusehends eifersüchtig. Da Narbenfresse meist seinen Mund hielt, war Einauge immer Kudungs Ratgeber gewesen – soweit sich der gedrungene Anführer überhaupt etwas sagen ließ. Seit Strolch angefangen hatte, über Schlampe als Übersetzerin Vorschläge zu machen, sah Einauge sich wohl bedroht. Nicht daß Kudung dem Ajunäer etwas anderes als wortlose Verachtung entgegengebracht hätte: aber die Bambusschnorchel, der Marsch auf den neuen Straßen, die ganze Idee, den Heerscharen zu folgen – all das war von Strolch ausgegangen.

»Wohin gehen die Heerscharen?« Schlampe hatte noch mehr gesagt, aber das waren die Worte, die Strolch verstanden hatte. Endlich hatte sie Erfolg. Schlampe hatte den Fächer zurückgelegt und kokettierte mit dem Krämer, der dünne Seidenbänder, Haschischpfeifen, Parfüm, Schmuck und Amulette feilbot und etwas, das wohl der getrocknete Penis eines sehr kleinen Norga-Wales war.

Strolch versuchte angestrengt, dem Gespräch zu folgen, aber er verstand bloß immer wieder »Heerscharen« und dieses unglaublich lange Wort, das die Kataueken gebrauchten, wenn sie von ihrem Kaiser sprachen. Die Leute hier pflegten schon wieder einen anderen Dialekt.

Natürlich konnte Strolch, was man an allen Küsten Ajunas Hafen-Katauern nannte. Er beherrschte die Zahlen und wußte, daß man statt bis zehn nur bis acht zählte, ehe man die nächsthöheren Münzen brauchte. Er konnte »wieviel?«, »mehr«,

»weniger«, »gut« und »schlecht« sagen. Er kannte die verschlungenen Formeln, mit denen man die auf Höflichkeit erpichten Händler zu begrüßen hatte, mit denen man ein Geschäft besiegelte und sich zum Abschied bedankte. Er wußte, wie man Reis maß, Zucker, Haschisch und Gewürze und kannte die Worte für Fuhre, Sack, Maß und Skrupel – die Maßeinheiten, die die Kataueken den Händlern weltweit vorschrieben. Er kannte die Namen der zwei Ozeane und jener fernen Länder, die nur die Kataueken besuchten: Belabadangbarad, Esanuk, Eulykien, Mangalien, Ekim-P'Par, die Purpurinseln und die Pfefferinseln. Und er kannte jene seltsame Formel der Ehrerbietung, die man als Merkantilier einzuflechten hatte, wann immer man den Unwillen eines Katauekеn erregte – wenn man jemals wieder etwas bei einem Kataueken kaufen wollte.

Es gab Städte im Merkantilischen Imperium, die seit 100 Jahren von den Kataueken nicht angelaufen worden waren, weil, so hieß es, dort einmal ein Krämer jene Formel nicht aufgesagt hatte. Und das waren durchweg Städte, die keine *mercatoren* aufwiesen und die im Imperium nichts mehr zu sagen hatten; Städte am Weißen Meer oder an der Grenze zur Ehernen Liga, Städte, die arm geblieben waren.

Ja, es hatte so einladend und vielversprechend gewirkt, sich auf diese katauekische Nauke zu schleichen. Nach Serkan Katau fahren und reich werden. Zurückkommen und all denen ins Gesicht lachen, die Strolch ausgelacht hatten. Vor allem dem alten Hurenbock ...

Reich! Strolch mußte bitter lachen. Jetzt, dachte er, bist du ein entlaufener Sklave, der sich als Sklave verkleidet, um die Reste irgendeines Feldzuges einzusammeln. Obwohl der Plan tatsächlich der erste Lichtblick war, seit er auf diesem verfluchten Kontinent war.

Seit Strolch von dem Straßenbau erzählt hatte, folgten sie dem Aufmarsch. Ein halbes Dutzend Mal hatten sie aufgelassene Lager vorgefunden, wo wiederholt eine durchziehende katauekische Heerschar genächtigt hatte. Kudung trug seither Stiefel, zwei Einzelstücke mit durchgelaufenen Sohlen, die er binnen drei Tagen aus einem Strauch und einem Graben gezogen hatte. Sie hatten einen kleinen Sack Reis gefunden, bei dem nur die oberste Handbreit schimmelig gewesen war. Und einmal hatten sie ein Faß erbeutet, indem noch genug Reisbier gewesen war, daß sich die drei Männer einen Mund voll genehmigen konnten. Strolch natürlich nicht.

Aber er hatte eine abgerissene Gürtelschnalle gefunden, einige Haken und einen kleinen Bratspieß. Vielleicht konnte er den Schrott bei einem Schmied verkaufen. Inzwischen spielte er mit dem Gedanken, alles zu sammeln, was er als Einbruchswerkzeug gebrauchen konnte. Hier auf dem Land – auch in diesem größeren Dorf – schien es keine versperrten Türen zu geben, aber zumindest in Tschöng-Hau Leng hatte er Villen mit Türschlössern gesehen. Und so viel wußte Strolch aus den Gassen von Maganta: Wer Eisen kaufte, um Türen zu sichern, hatte dahinter Gold liegen …

Der UNVOLLENDETE PALAST

Im Bergland nördlich des Reiches der Tugend,
im Dritten Mond im Jahr 472 der Blauen Götter

»Worauf, denkst du, warten die Krieger?« murrte der Festungsbauer Tüengtöng in der kehligen Sprache der Berglandbewohner der Nördlichen Königreiche.

»Du willst wohl wieder die Rute spüren?« spottete Dongkök. Sein Akzent verriet ihn als das, was man hier Südländer nannte, obwohl er lediglich aus dem Reich Hüane kam. »So was haben wir nicht zu fragen.«

»Ich will aber wissen, wie oft ich diese Pfähle noch hauen muß«, maulte Tüengtöng und deutete anklagend auf den vier Schritt langen Zedernstamm, dessen Spitze er bearbeitete. »Du bist erst seit einem halben Jahr da. Ich aber habe die ersten Pfähle schon im letzten Herbst eingerammt. Nach der Kleinen Regenzeit mußte ich sie ersetzen, und als die Bäume blühten, schon wieder.«

»Ihr Provinzler«, lachte Dongkök, »ihr hättet eben gleich Bambus nehmen sollen.« Er setzte erneut die Säge an dem fremdartigen Rohr an. Die Kamele brachten es in langen Karawanen aus dem Süden, und die Handwerker, die es bearbeiteten, waren von ebenso weit her angereist.

»Die Belagerung war nicht unsere Idee«, protestierte Tüengtöng. »Der ganze Krieg war nicht unsere Idee. *Ihr* seid zu uns gekommen mit euren *Lauzöngs* und *Qengtans* und *Ziangs.*« Die Kastennamen kamen ihm schwer über die Zunge. Obwohl die Nördlichen Königreiche seit Generationen *Eroberung* waren, machte die Bevölkerung nur den Priestern, Beamten und Aufsehern gegenüber vom Katauekischen Gebrauch – oder wenn sie, wie Tüengtöng, unerwartet mit Fremden zusammenarbeiten mußten.

»Und ich hab dir schon acht mal acht Mal gesagt«, seufzte Festungsbauer Dongkök und fing an zu sägen, »daß ich aus dem Reich Hüane stamme. Außerdem hab ich keine Ahnung, wo all die Bonzen herkommen. Mantikor Leng ist, wie mir mal ein alter Leibwächter sagte, von Hüane so weit weg, daß er als junger Mann losging, mit den ersten grauen Haaren dort ankam und als alter Mann zurückkehrte.«

»Und worauf warten wohl … *sie*?« Tüengtöng blickte scheu in die Mitte des Belagerungsringes, wo der *Unvollendete Palast* stand. Er hatte wie alle Festungsbauern versucht, sich an den Anblick zu gewöhnen, und war gescheitert: der fremdartige Ringwall, verkleidet mit rötlichem Gestein und dennoch unregelmäßig wie gewachsener Fels, der Graben und die Altäre davor, das *Tor der sechs Knäufe* in dem Wall und die bizarren Türme des geheimnisumwitterten roten Bauwerks, die hinter dem Wall aufragten … und auf dem Ringwall die mächtigen blauen Standbilder, von denen die Priester sagten, daß es keine Standbilder seien …

»Ich glaube, du willst wirklich Schwierigkeiten bekommen«, zischte Dongkök. »Es sind schon Leute tot umgefallen, die nur hingesehn haben. Das hat mir ein Priester erzählt.«

Aus den umliegenden Wäldern des weitläufigen Tales schallten die Äxte und Sägen der Festungsbauern. Auch wenn das *Länder überspannende Feld der Krieger* wartete, war es nicht untätig. Die Stellungen wurden seit Monden ausgebaut. Korbflechter und Schaufelträger hatten Körbe aus Weidenruten gefertigt, mit Erde gefüllt und zu Barrikaden aufgetürmt. Steinbrecher und Ziegler hatten sie mit Felsbrocken, Backsteinen und Kies befestigt. Männer wie Tüengtöng und Dongkök waren dafür zuständig, darauf und davor Palisaden aus mörderisch zugespitzten Zedernstämmen und Bambusrohr zu errichten.

»Ich war hier«, beharrte Tüengtöng trotzig, aber dennoch zur Sicherheit nur halblaut, »als die Herren der *Kammer der Geomantie* die Meßlatten aufstellten. Da ist niemand tot umgefallen. Sie verboten uns nur, näher ranzugehen.«

Der innere Belagerungsring hatte einen Durchmesser von beinahe einem *Läng*. Alle fünfzig Götterfuß stand ein mächtiger Holzturm und bildete den vorderen Eckpunkt einer Stellung. Dahinter erstreckten sich eine Wegstunde weit andere Bauten: ein befestigtes Heerlager nach dem anderen, dazu die Zeltstädte der Festungsbauern und Troßleute, die Magazine, Stallungen, Garküchen und Feldlager für die Verwundeten, verbunden durch Reiterstraßen und Feldwege, getrennt durch Wassergräben und weitere Mauern.

»Ja, die Priester und die Herren der *Kammer*«, sinnierte Dongkök. »Ich hab einen Bonzen sagen hören, daß sie acht Tage brauchen, um den ganzen Verhau abzuschreiten.«

»Ja«, höhnte nun Tüengtöng, »in ihren Sänften!«

Aber es stimmte, daß die Befestigungsanlagen unüberblickbar waren.

»Die Festungsbaumeister«, versuchte nun Tüengtöng etwas Kluges zur Unterhaltung beizusteuern, »haben eigens Straßen in die benachbarten Täler angelegt, um Holz, Steine, Erde und Sand herbeischaffen zu können.«

»Ihr Provinzler«, lachte ihn Dongkök wieder aus. »Sie haben neue Straßen bis ins Reich Hüane und nach Turgatan gebaut. Was denkst du denn, wie all die Heerscharen hierhergekommen sind?«

»Ich hab noch nie so viele Menschen auf einem Haufen gesehn, schon gar nicht bewaffnete.«

»Noch nie, so haben die Priester verkündet«, ereiferte sich Dongkök weiter, »noch nie hat der *Herr der Unwandelbaren Ordnung* ein solch gewaltiges Heer versammelt.«

»Dabei haben die Heerscharen noch lange nicht all ihre Stellungen bezogen. Als wir mit den Holzfällern auf die Hügel hinaufgezogen sind, haben wir noch mal so viele befestigte Lager in den benachbarten Tälern gesehn.« Tüengtöng fragte sich, ob man sie dem Feind noch nicht zeigen wollte oder ob die Einheiten einander einfach im Weg gestanden hätten.

»Außerdem heißt es, daß noch immer Heerscharen aus dem Süden, aus der Hauptstadt, von der Mangalischen Küste und vom Turga-Busch im Anmarsch sind. Das hat mir ein Krieger gesagt«, wußte Dongkök zu berichten.

»Warum sollte ein Krieger mit *dir* sprechen?« meinte Tüengtöng skeptisch. Der eingeborene Festungsbauer blickte wohl zum tausendsten Mal hinüber zu dem gewaltigen *Tor der sechs Knäufe*. Es wurde von sechs kupfernen Knäufen geziert, zwei in Kopfhöhe, zwei so hoch, daß Männer zu Pferd sie noch erreicht hätten, und zwei so weit oben, daß Menschen wohl einen halben Holzturm besteigen müßten. Aber dieses Tor war nicht für Menschen bestimmt.

»Ich kann mir einfach nicht vorstellen«, begann Tüengtöng schaudernd ein neues Gespräch, »daß es jemand gibt, der diese sechs Knäufe gleichzeitig drehen kann – egal, was die Priester und Krieger erzählen.«

»Jeder der drei ehernen Riegel dahinter«, wußte Dongkök zu berichten, »wiegt soviel wie ein Wasserbüffel. Das haben die Ingenieure errechnet, hat mir unser Festungsschmiedemeister erzählt.«

»Wie lange braucht ihr zwei da noch?« blaffte der Vorarbeiter herüber.

Tüengtöng nahm sich vor, nicht mehr so viel zu schwatzen. Er dankte dem Himmel, daß er nicht direkt im Abschnitt vor dem Tor arbeiten mußte, wo die Götterfresser auf ihren Einsatz warteten. Die Offiziere hatten keinen Zweifel daran gelassen, daß dort eine Stellung errichtet werden mußte, die einem geradezu unvorstellbaren Ansturm standzuhalten hatte. Die Vorarbeiter hatten die Handwerker dort besonders geschunden; obwohl die Befestigung seit Monden so gut wie vollendet war, wurde täglich daran gearbeitet. Jeden Morgen gingen die Inspektoren der *Kammer des Krieges* die Stellung ab. Und wenn sie mit ihrem Fächer auf einen Pfahl, einen Erdhaufen oder einen Knoten deuteten, dann wurde dieser ausgetauscht, selbst wenn das Holz noch grün, die Erde noch feucht oder der Knoten noch geschmeidig war.

Die Kriegsherren, so hatte es geheißen, wollten verhindern, daß auch nur ein einziger Feind entkäme ...

»Wie geht die Sage mit der alten Schmiede noch einmal?« flüsterte Tüengtöng. Er spürte Angst aufsteigen – und wenn er Angst verspürte, mußte er sprechen. ›Die alte Schmiede‹ ... so hieß die Ruine unweit des Ringwalls, deren verfallene Mauern als Fundament der Stellung dienten.

Dongkök warf ihm kurz einen verächtlichen Blick zu und schaute dann verstohlen zu dem Vorarbeiter. Aber er konnte der Versuchung nicht widerstehen. »Einst, als ... *sie* auf die Welt herabgestiegen waren«, raunte er zurück, »entführten sie drei Brüder aus dem Reich des Jadethrones, die die besten Schmiede ihrer Zeit waren.« Er rückte verschwörerisch näher. »Und sie zwangen sie, hier unvergleichliche Waffen für die ... für *sie* zu fertigen.«

Tüengtöng fühlte sich alles andere als beruhigt von dem Wissen, ausgerechnet an dieser Stelle zu arbeiten. Wieder blickte er scheu über die grasbedeckte Ebene zu dem Ringwall mit dem Graben ringsum. Nahe der Mauer, im Schatten einiger Schirmpinien, standen die Altäre. Generationen von Priestern und Bonzen hatten hier den Tribut der *Roten Steine* erbracht.

Heute gab es keine *Roten Steine* mehr. Jedenfalls kannte Tüengtöng niemanden, der je einen gefunden hätte. Aber seine Großmutter hatte ihm noch von dem Korbflechter Füengqo erzählt, der im Lehm des Flußbettes einen *Roten Stein* von der Größe eines Daumennagels entdeckt hatte und dann die Tochter des Dorfvorstehers geheiratet hatte.

Tüengtöng blickte hinüber zu den Lagern der Bogenschützen, der Schleuderer und der Maschinenbesatzung. Er fragte sich, ob diese Männer Angst hatten. Daß die Krieger mit den roten Masken keine Angst kannten, war klar. Gemeinhin hieß es, die Angehörigen der Kriegerkaste erschlügen alle ihre Kinder, die Angst zeigten. Aber die Hilfstruppen, wie die *Ziangs* sie abfällig nannten, schienen normale Männer zu sein: kräftiger natürlich als ein Reisbauer und viel erfahrener, hatten sie doch in *Eroberungen* im ganzen *Reich der Tugend* gedient. Aber hinter den rotlackierten Lederharnischen steckten Menschen – und Tüengtöng an ihrer Stelle hätte Angst gehabt. Ach was, Tüengtöng *hatte* Angst.

Ja, dachte er, das alles ist nicht mein Belang. Mein Belang ist es, Zedernstämme anzuspitzen: unten so, daß sie ins Erdreich oder in die mit Erde gefüllten Körbe gerammt werden können; oben so, daß sie dem Ansturm eines Ochsen standhalten können. Die Vorarbeiter sprachen immer von Ochsen. Aber sie alle wußten, wen sie wirklich meinten.

Das LÄNDER ÜBERSPANNENDE FELD DER KRIEGER

In den Hügeln um den Unvollendeten Palast, *am Nachmittag des 20. Tages im Vierten Mond im Jahr 472 der Blauen Götter*

»Und das? Was ist das?«

Strolch zuckte zusammen, als ihm Narbenfresse mit der flachen Hand auf den Schädel schlug, und ging wieder in Deckung. Das war schon das dritte Mal. Aber auch die rüde Unterbrechung konnte seine Begeisterung nicht dämpfen.

»Was ist das?«, wiederholte er und deutete auf die seltsamen Gerätschaften.

Narbenfresse knurrte ein Wort. Tücke, knurrte Strolch stumm zurück, wieder ein neues Wort statt einer Erklärung. Aber irgendwie hatte Narbenfresse begriffen, daß er Strolch heute antworten mußte, wenn er Ruhe haben wollte. Er drehte sich auf den Rücken und vollführte mit dem rechten Arm eine schleudernde Bewegung. Mit der linken Faust machte er eine Abwärtsgeste, die in Ajuna eher in ein Bordell gepaßt hätte. Aber Strolch begriff:

»Schleudermaschine!« Er pfiff durch die Zähne. Aber wo war das Gegengewicht?

»Was ...?« fragte er und wiederholte die Bewegung mit der Faust.

»Hundert Leute«, brummte Narbenfresse mit einem Ton, der klarmachte, daß er für die nächste Stunde genug gesprochen hatte. Die Männer in den einfachen roten Lederwämsern, die hinter den Maschinen Steine aufschichteten, waren das Gegengewicht? Das wollte Strolch sehen.

»Wann greifen an?« murmelte er, im Satz langsam verstummend. Keiner würde ihm antworten. Keiner von ihnen hatte mehr als eine Ahnung, was hier überhaupt geschah. Strolch war gespannt wie nie zuvor – ja, noch nie in seinem Leben hatte er etwas ähnlich Aufregendes beobachtet. Nicht, als er als Junge nach dem Fest der Segel die ersten Nauken hatte einlaufen sehen. Nicht einmal, als er in jener Nacht im Hafen gelegen und auf die einzige Gelegenheit gewartet hatte, sich an Bord zu schleichen. Und ganz gewiß nicht, als er, gerade das Oberdeck mit einer Strohbürste scheuernd, den Ruf des Ausgucks vernommen hatte: »Serkan Katau!«

Was immer es war, dort draußen auf der Ebene – es war einfach gigantisch. Das war Serkan Katau, wie er es sich vorgestellt hatte. Noch nie hatte der junge Ajunäer so viele Menschen gesehen – und sie waren zudem alle bewaffnet. Strolch konnte nicht einmal die Soldaten einer einzigen katauekischen Einheit errechnen, die Narbenfresse Heerschar nannte; jedenfalls war sie größer als eine *turma* des Merkantilischen Imperiums, vermutlich eine ganze Armee. Und von diesen Heerscharen standen so viele in der Ebene, daß Strolch wiederum keine Zahl dafür kannte. Er hatte zunächst noch versucht, eine zu finden, wie ein Kind, das mit den Murmeln in seiner Hand prahlt; aber eine größere Zahl als tausend kannte er nicht einmal in seiner Muttersprache.

Die meisten Heerscharen hatten ein klar erkennbares Lager oder eine Stellung. Jedes Lager war so groß wie eines der Dörfer, die wie ein Netz um Maganta lagen und es ernährten. Die Kataueken selbst siedelten viel zerstreuter und befestigten die kleinen Siedlungen nicht. Doch diese Heerlager waren mit Palisaden umgeben, und dazwischen ragten riesenhafte Türme auf. Hölzerne Türme auf Rädern. Jetzt wußte Strolch, wo die Wälder geblieben waren …

Seit sie sich durch die Wildnis schlugen, hatten sie entlang der Straße die Holzfäller und Rohrschneider gehört und gesehen.

»Was bauen die?« hatte Strolch gefragt, wenn sie unterwegs wieder einen Zug zottiger zweihöckriger Kamele oder Fuhrwerke, beladen mit armdicken Bambusrohren aus dem Süden, gesehen hatten.

»Was bauen die?«, wenn ein halbes Hundert Sklaven, wie er es gewesen war, aus einem Wald eine Eibe geschleppt hatten, die selbst in diesen urtümlichen Bergwäldern in einzigartiger Größe hervorgestochen haben mußte.

Mit dem Holz, das die Kataueken entlang der Strecke fällten, hätte man eine Stadt verbrennen oder einen Scheiterhaufen errichten können, der den Himmel in Brand setzte. Aber Strolch hatte genug Zeit in der großen Werft von Maganta verbracht, um Brennholz von Bauholz unterscheiden zu können. Niemand fällte Bäume und schleppte sie, entastet, aber ungeschält, aus dem Wald, wenn er sie nicht als Schiffskiel, Mast, Säule oder Balken verwenden wollte.

Ein Haus also, ein Tempel? Das war Strolchs zweite Vermutung gewesen. War der Kaiser von Katau so mächtig und so verrückt, tief in der Wildnis einen Palast errichten zu lassen?

Es mußte fast einen Mond her sein, daß sie die letzten Reisfelder hinter sich gelassen hatten. Und auch die waren einfache kleine Becken im Bergland gewesen, primitiv und ärmlich, verglichen mit den endlosen Landschaften aus Dämmen und Feldern am Qiu, durch die Strolch das letzte halbe Jahr gezogen war. Da und dort hatte er geglaubt, Ähnlichkeiten zu seiner Heimat zu finden. Die Bauern im Bergland bauten Kürbisse, Gurken und Erbsen an, und abseits der Flüsse färbte ein fremdartiges Getreide, dessen verzweigte Ähren Strolch an Hirse erinnerten, die Felder sommerlich gelb.

Aber je näher sie den Bergen gekommen waren, desto klarer war dem jungen Weltreisenden geworden, daß er nun noch viel weiter von zu Hause entfernt war. Es wurde kühler. Obwohl Hochsommer war, konnte man in der prallen Sonne marschieren. Es gab nicht einmal mehr Palmen oder Agaven. Die Bäume ähnelten mächtigen Pinien, und die Laubbäume mit den weichen Blättern wuchsen hier höher als jeder Baum, den Strolch je gesehen hatte. Nichts erinnerte an die vertraute Schwüle des Sommers, die ihm in Ajuna wie auch in Serkan Katau den Schweiß aus der Haut getrieben hatte. Hier war es trocken. Abends wehte von Norden her ein sanfter Wind, wie ihn Strolch allenfalls im Sturmmond aus den Bergen am Weißen Meer kommend erlebt hatte.

Die Berge! Schlampe hatte ein Wort verwendet, das Strolch als »die Mauer am Ende der Welt« verstanden hatte. Strolch hatte geschmunzelt. Er kannte die Berge auf der Halbinsel von Maganta. Nun, er war nie dort gewesen. Aber er hatte zugehört, wenn die Männer im Winter darüber gesprochen hatten, in die Minen und Wälder nahe den Bergen zu gehen … wenn sein Vater wieder einmal von einem Leben als Holzfäller, Schatzsucher oder in den Verstecken der *corona* geträumt hatte.

Strolch lachte verächtlich. Der alte Hurenbock! Hier hätte er sich in die zerrissene Hose gemacht. Ja, das hier waren echte Berge. In den drei Wochen, die sie gewandert waren, waren sie kaum näher gekommen. Dann und wann hatte sich ein einzelner Gipfel, auf dessen Spitze bereits keine Bäume mehr wuchsen, aus dem Verband gelöst, war näher gekommen und hatte sich als kleiner Wachturm erwiesen.

Da hinten, die echten Berge, die bewegten sich nicht. Ganz oben, das ahnte Strolch mehr, als daß er es sah, leuchteten sie weiß. Ob sie ans Licht des Himmels stießen? War der Fels so nahe an der Sonne, daß er bleichte wie Knochen in der Hitze? Oder war das jenes Salz des Himmels, von dem ihm der alte Seesoldat Stumpfbein-Mateo erzählt hatte?

»Gehen wir weiter!« Eine eigentümliche Unruhe hatte Strolch aus seinen Gedanken hochgepeitscht. Er hob den Kopf und begegnete Kudungs Blick. Strolch fühlte, wie sein Herz raste. Kudung antwortete nicht. Er wirkte lässig, aber sein Blick war bohrend. Schließlich wandte sich Strolch ab. Es war das dritte Mal gewesen, daß sie einander mit Blicken maßen. Im Frühling hätte ihm Kudung noch einfach eine Backpfeife versetzt.

Strolch ärgerte sich. Er wollte näher an diesen Berg heran, den die Kataueken belagerten. Was würde Kudung diesmal tun? Der bullige Räuber war unberechenbar. Einmal hatte er einen Tag lang nicht erlaubt, daß sie weiterzogen, nachdem Strolch es vorgeschlagen hatte. Einmal hatte er genau diesen Befehl gegeben, um den Strolch gebeten hatte – natürlich nach einer würdevollen Pause.

Was ging da vor? Strolch blickte hinüber zu Schlampe. Nein, zuerst hatte sie *ihn* angesehen – und er hatte ihren Blick erwidert. Ihre schmalen, schwarzen Augen waren unergründlich. Für einen Augenblick verspürte Strolch das unsinnige Bedürfnis, sich auf sie zu stürzen. Er fühlte, wie sich zwischen seinem Bauch und dem bewachsenen Kies, auf dem er lag, etwas rührte. Noch ärgerlicher wandte er sich ab und konzentrierte seinen Blick auf den Berg.

Was hatten die Kataueken vor? Was hatte der Kaiser vor? Sie hatten inzwischen wiederholt mit Dörflern gesprochen. Die Scharade mit dem Sklavenstrick hatte sich bewährt. Im letzten Mond war es ohnehin leichter geworden, sich zwischen den Untertanen des Kaisers zu bewegen. Die Berglandbewohner waren zwar mißtrauischer als die Bauern in der Ebene des Qiu, aber zugleich waren sie nicht so feindselig gegenüber allem, was ihre Ordnung störte. Und derzeit waren ohnehin überall Fremde. Die Soldaten, die Schanzbauer, die Viehtreiber und Krämer, die ihnen folgten – sie alle kamen aus fernen Provinzen. Sie waren seit Monden unterwegs, auf dem Marsch, den der Kaiser befohlen hatte – und der sie alle an diesem dunklen Berg zusammenführte.

Die Nacht vor der Schlacht

Vor dem Unvollendeten Palast, *Nacht des 21. Tages im Vierten Mond im Jahr 472 der Blauen Götter*

Die Sommernacht war wie die letzten drei von einem Zauber, der einem einfachen Krieger das Herz schwergemacht hätte. Aber Kang war kein gewöhnlicher Krieger, und was in ihm bereit war zu fühlen, sagte ihm, daß der Himmel ihrem Unternehmen lachte. Der *Schweifende Stern* war fast so groß wie eine Faust, doch sein Licht besaß nicht den Bann des silberhellen Vollmondes. Die Sternschnuppen waren mit jeder Nacht häufiger geworden. Wenn man eine achtel Stunde lang zum Himmel blickte, konnte man drei oder vier zählen. Sie alle kamen aus derselben Richtung, von Nordosten, etwas mehr gegen Osten, aus der unüberblickbaren Weltenmauer. Manche verglühten beim Zusehen, doch die meisten verschwanden am westlichen Horizont. Bisweilen wünschte sich Kang, einer der Hohenpriester würde ihm erklären, was die Zeichen besagten. Vielleicht morgen, ehe die Schlacht begann …

Die neue Heerschar lagerte zwei *Läng* – eine Viertelstunde Schnellschritt – vor dem *Unvollendeten Palast* in einer Ruine, einem der letzten dem Verfall ausgesetzten Zeugnisse der sagenhaften Nördlichen Königreiche. Kang versuchte sich zu erinnern, was die Sage von deren Zerstörung berichtete. War es nicht der *Kriegsherr der Geheimen Kammer, der die Mantikoren bezwang und verspeiste,* selbst gewesen, der diese Reiche zerschlagen hatte? Oder waren es die Blauen Götter gewesen, damals, als sie erstmals die *Roten Steine* begehrt hatten? Oder war die Vernichtung der Feinde ihr Geschenk an jenen ersten *Höchsten Kriegsherrn der Geheimen Kammer* gewesen, nach Abschluß jenes Paktes, den der *Höchste Kriegsherr der Geheimen Kammer* morgen kündigen würde? Kang fühlte Scham. Die Historie war nie seine Stärke gewesen. Aber ein *Ziang*, wies er sich selbst zurecht, hatte ohnehin nicht zu fragen, warum er kämpfte.

Aus dem Lager der turgischen Leichten Barbarenreiterei erklangen rhythmische Gesänge, in die sich schrille Rufe aus einem Dutzend Männerkehlen und das kreischende Lachen von Frauen mengten. Die Turgas hatten sich einen Wagenzug voll *Wartender Mädchen* in ihr Lager geholt, das an die Ruine angrenzte.

In anderen Stellungen grölten Betrunkene, und dort, wo Stille herrschte, kreisten vermutlich die Traumpfeifen. Jeder normalen Heerschar standen vor einer Schlacht acht mal acht Fäßchen Reisbier zu. Aber die Wachtmeister hatten darüber gesprochen, welche Generäle an diesem Abend auch Reisbranntwein, Ginsengschnaps, Arrak oder Palmbrand ausgaben.

Kang hua Schiang schnaubte verächtlich. Sich den Geist zu vernebeln und das Blut zu verderben war die sicherste Art, morgen schwächlich zu sein. Keiner der Götterfresser hatte seit einem halben Jahr eine Frau angerührt. Die Lehre von den Acht Elementen verlangte, daß ein *Ziang* seine Säfte und Kräfte sammelte, ehe er in die Schlacht zog. Kang wußte, wie er sich fühlte, wenn er bei einer Frau gelegen hatte: erschöpft und zufrieden. Ein Krieger durfte nicht erschöpft sein und auch nicht zufrieden. Und ein Götterfresser hatte über der Gier der sterblichen Säfte und Kräfte zu stehen – wenn er sich daran machte, die überirdischen Säfte und Kräfte eines Blauen Gottes zu bezwingen …

Ja, sie waren jetzt Götterfresser. Kang fühlte das leichte Spannen über seiner Brust und seinem Bauch. Die Ornamente waren verheilt, aber der Körper hatte sich noch nicht vollständig an die Fäden aus feinstem Silberdraht und blauer Seide gewöhnt.

»Du bist der vierte«, hatte der Herr der *Dritten Kammer der Seidenstickerei* gesagt. Als dritter Hauptmann nach General Tüfang hua Hidong war er all seinen Offizieren und Kriegern vorangegangen. Die Prozedur hatte selbst Kangs gestählte Vorstellungen von Schmerz zu neuen Grenzen getrieben; daran hatten auch die vielen Traumpfeifen kaum etwas geändert. Zwei Seidenstickerinnen, ein Fadenweber, ein Seidenmaler, ein Heilkundiger und eine Dienerin hatten insgesamt fast drei Wochen lang an seinem Körper gearbeitet. Stich für Stich, Faden für Faden, Linie für Linie war der Blaue Gott auf seinem Körper gewachsen. Zunächst war das Bild rostrot von Blut gewesen; erst nach vielen Heilbädern und Einreibungen mit Balsam und Salböl hatte es seine prachtvoll glänzende blaue Farbe gezeigt.

Nicht alle Krieger hatten die Initiation in die Heerschar der Götterfresser vollbracht. Bei einem Waffenmeister und zwei Kriegern hatten sich die kunstvollen Nähte derart entzündet, daß man die Fäden wieder hatte ziehen müssen. Keiner würde die Gelegenheit in diesem Leben wohl ein zweites Mal bekommen. Der Offizier hatte sich sein Säbelschwert ins Herz gestoßen. Und ein dritter Krieger war dem Wundfieber und Blutverlust erlegen.

Aber alle, die das Bild des Feindes jetzt auf ihrer Haut trugen, waren Götterfresser.

Kang hatte sich erhoben, einem Impuls folgend, der ihn dreißig Götterfuß in die Nacht hinausgeführt hatte, ehe er ihm bewußt wurde. Er war auf das Lager der Turga zugegangen.

Unvermittelt lastete die Fremdheit dieser Nacht auf seinem Gemüt – die Fremdheit seines Lebens. Er blickte zurück auf die Krieger der Dritten Faust, die er ausgebildet hatte. Sie saßen um die Feuer, voller Würde. Wenige sprachen, niemand lachte. Dann und wann stimmte jemand die neue Hymne der Götterfresser an, und die Krieger sangen voll pflichterfüllter Stärke mit.

Seine Wachtmeister und Waffenmeister saßen dazwischen, auch sie von der Würde ihres Ranges von den einfachen Kriegern abgehoben. Kang hätte nicht gewußt, was er mit ihnen hätte reden sollen. Sie hatten ihre Ausbildung und Befehle, sie alle wußten, worum es morgen ging und was zu tun war in acht mal acht undenkbaren Fällen. Seine Unteroffiziere waren Fremde.

Die anderen sieben Hauptleute? Fremde – ebenfalls. Was hätte er mit ihnen zu bereden? Da war nicht einmal die heimliche Rivalität, die im Labyrinth dann und wann ein Wortgefecht voll Witz und Härte hatte entflammen lassen.

Und General Tüfang hua Hidong, der nun in seinem Zelt saß? Kang hätte sich wie ein Knabe mit einer vollen Windel vor seinem Vater gefühlt, wenn er ohne Befehl vor seinen Vorgesetzten getreten wäre.

Wieder hallte der schrille Refrain eines turgischen Stammesliedes herüber. Eine seltsame Klaue griff schmerzhaft nach Kangs Herzen. Er kannte diese Melodien und den Rhythmus, in den die Rufe dazwischengellten. Wie oft hatte er sie von den Mauern des Labyrinths aus gehört – von der südlichen Seite, wo die Söldner ihre Lager hatten, und von der Nordseite, wo in der Weite des turgischen Busches eine weitere, unbezwungene Sippe sich bereit machte, an den verhaßten Mauern zu sterben oder sie zu überwinden.

Kang versuchte den Gedanken nicht wahr werden zu lassen, aber er hatte längst verloren: Seine Feinde, die Feinde des *Höchsten Kriegsherrn der Geheimen Kamme*r, waren ihm weniger fremd als die Männer, die er morgen in die Schlacht führen würde …

Die Schrift an der Wand

Hochtempel von Tschöng-Hau Leng, vor dem Morgengrauen des 22. Tages im Vierten Mond im Jahr 472 der Blauen Götter

»O Hohepriesterin!« Das wiederholte Rühren des Gongs vor der *Inneren Kammer* war zu heftig, um noch als tugendhaft zu gelten. Lü näng Huango knüpfte hastig die Bänder ihres blauen Überkleides. Der *Tugendhafte Weg des Himmlischen Willens* verbot ihr zu antworten, ohne ihr Gesicht zu zeigen. Und um ihr Gesicht zu zeigen, mußte sie es erst anlegen.

Heute nicht! Sie würde ungeschminkt vor die Untergebenen treten, die so drängend nach ihr verlangten. Das sollte zeigen, welche Bedeutung sie dem Ruf beimaß.

»Sprich!« Ein Zug an der Klingelkordel signalisierte dem Pförtner, nach und nach die vier Vorhänge der *Inneren Kammer* zu öffnen. Mit der Rechten hielt sie den Fächer, den sie nun huldvoll vom Gesicht senkte.

»Hochehrwürdige Hohepriesterin Lü näng Huango!« Der Sekretär, der bereits kniend gewartet hatte, warf sich bäuchlings zu Boden. »Ich heische Vergebung! Ein Zeichen! Es hat ein Zeichen gegeben! Gestatte mir, dich zu führen!«

Während Lü dem Priester folgte, zupfte sie Ärmel und Kragen zurecht. An den folgenden Toren standen zunächst zwei, dann fünf weitere Priester, dahinter Diener und Leibwächter. Ja, das war dringend! Die Boten, die nach ihr begehrten, hatten stets den Höchstrangigen weitergesandt, wenn einer ihrer Leibdiener und Sekretäre sie in Empfang genommen hatte.

Als Lü die mächtige *Halle der Himmlischen Mächte* betrat, hatte sie bereits ein Gefolge von zwei Dutzend, von dem ein jeder die gleiche Hast zeigte. Der üppig schwere Duft der Brandöle, des Weihrauchs und der Opfergaben schlug ihr entgegen: die betäubende Würze von Myrrhe und Lavendel, die geile Schwere von Moschus und Safran, das heitere Stechen der Harze, der Hauch der Rose und darüber das unauslöschlich Ranzige vom Wal.

Die *Halle der Himmlischen Mächte* summte vom erregten Flüstern von etwa siebzig blau gewandeten Priestern, zu denen ständig neue hinzustießen. Für einen Augenblick fühlte sich Lü nackt mit ihrem weißen Gesicht, das sie hinter dem Fächer nur andeutungsweise verbergen konnte. Die Priester drängten sich am Kopfende, vor den Standbildern und Altären, aber schon bildete sich eine Gasse. Lü hätte auch ohne Führer keinen Zweifel gehabt, wo man ihrer bedurfte.

Kein Priester hätte gewagt, mit den Fingern zu deuten und seine Erregung zu verraten. Aber da waren Dutzende von heimlichen, scheelen Blicken – hinauf zur Stirnwand. Lü erahnte die Statue des ersten Blauen Gottes zu ihrer Linken mehr, als daß sie

sie sah. Feierlich trat sie vor die drei weißen Hauptaltäre und stellte schließlich die von allen ersehnte Frage:

»Was wollt ihr mir zeigen?«

Drei Hände richteten sich auf die Wand zwischen den zwei Götterstatuen. Welch ein Bruch der Formen! Sie wandte sich langsam um. Kurz wog sie ab, ihr Erstaunen zu verbergen oder aber zu zeigen; schließlich beschränkte sie sich auf ein einziges fingerbreites Zucken des Fächers. Ihre nächsten Untergebenen, die zugleich ihre zukünftigen Feinde waren, sollten ahnen, daß sie überrascht war. Die Masse hinter ihr, die jungen Priester und jene, die die Treppen nie ersteigen würden, sollte hingegen ihre Unerschütterlichkeit bewundern – angesichts des Unvorstellbaren.

Die Glyphen, jede groß wie der Schild eines Kriegers, glänzten im Licht der hastig herbeigetragenen Lampions. Blut troff in fingerbreiten Bahnen über die Alabasterkacheln herab.

Wie von einem spontanen Impuls himmlischer Ehrfurcht überwältigt, warf Lü sich zu Boden. Sie fühlte den kalten Marmor unter ihrem Bauch. Das hatte sie lange nicht mehr machen müssen! Auf der ganzen Welt gab es seit ihrer Berufung zur Hohenpriesterin niemanden mehr, der drei Stufen über ihr stand.

Befriedigt hörte Lü das Geräusch von hundert feisten Leibern, die neben und hinter ihr seidenraschelnd auf den Boden klatschten. Sie verharrte und genoß das Gefühl, in dem sich Macht und ein wenig Ehrfurcht mengten – und fragte sich, wieso da überhaupt noch Ehrfurcht in ihr war. Doch ja, diese Halle, diese Standbilder, das Zeremoniell – all das war ihr insgeheim noch immer heilig. Auch wenn die Hohepriesterin, die sie zu sein hatte, es besser wußte …

Lauzöng war das erste Schriftzeichen ganz rechts. Tugendwächterin! Sie war angesprochen. Sie alle – da waren die Bei- und Vorstriche für Mehrzahl und höfliche Herablassung. Eine Herablassung, die sie soeben anerkannt hatte. Lü kniete nun und zwang all ihre Untergebenen damit, weiterhin mit dem Gesicht auf dem Boden zu liegen.

»O ihr meine Priester«, las sie salbungsvoll, Vorsilbe und Deklination feierlich zelebrierend. »Den Blauen Göttern entreißet ...« Sie machte eine Kunstpause. Natürlich wußte jeder, daß sie den Text längst gelesen haben mußte. Aber ihn auszusprechen hieß, ihn zu verkünden. »... die Macht über (mich) den *Tugendhaften Weg des Himmlischen Willens.*« Ja, die drei Glyphen, die das heiligste aller Wörter bildeten, trugen den Beistrich, der die erste Person bezeichnete: den Sprecher.

Das Bild war vollkommen. Es gab keinen Zweifel, wer hier sprach und was er befahl. Das Blut aus der Glyphe für Priester troff dem Blauen Gott zur Rechten auf die Schulter, das aus den letzten Wörtern »Himmlischer Wille« besudelte das weiße Brokatkleid des Götzen zur Linken. In der Mitte rann das Blut in breiten Bahnen herab, aber über dem Standbild des *Herrn der Unwandelbaren Ordnung*, der die zwei Mantikoren in Ketten hielt, wich es sanft zur Seite – als wäre es auf einen unsichtbaren Bogen aus Harz gestoßen.

»Öffnet alle Tore des Hochtempels«, befahl Lü und erhob sich. Sie freute sich darauf, wenn die ehrwürdigen Herren der *Kammern* und die Krieger das lasen und die niedere Kaste der Bauern Tschöng-Hau Lengs sich die Schriftzeichen buchstabieren ließ. Sie wünschte sich nur, sie selbst hätte diese Ehrfurcht teilen können. Wenn ihr Fong-Kuoy näng Tschüeng wenigstens nicht den genauen Text zugesandt hätte, als er seine mündlichen Anweisungen vom letzten Herbst ergänzt hatte ...

Der Gesang der Priester

Vor dem Unvollendeten Palast, *im Morgengrauen des 22. Tages im Vierten Mond im Jahr 472 der Blauen Götter*

»Die Götter sind tot!« triumphierte Hoherpriester Musang näng Kadeng. »Jetzt herrschen wir. Und die Jahre gehören nicht mehr ihnen.«

»Es ist wenig weise«, antwortete Hüang näng Lüoging mit öliger Stimme, »den Sieg zu feiern, den erst deine Fingerspitzen berühren.« Er gestand sich ein, daß er übellaunig war, und ärgerte sich, daß allein die frühe Stunde seinem Leib dieses Gefühl diktierte. Er war ein disziplinierter Mann, sonst hätte er es zwischen all den vergnügungssüchtigen Priestern nicht zum Hohenpriester gebracht. Aber die Stunde, um die die Krieger aufstanden, um einander zu erschlagen, war einfach knochenzermürbend. Das letzte Zupfen der Leibdiener an seinem blauen Ornat war ihm ebenfalls lästig, und das Lorbeerblatt, das er zu kauen hatte, machte seinen Kopf schwer.

»Was, ehrwürdiger Hüang näng Lüoging, sollten sie *dem* hier entgegensetzen?« Musangs Arm beschrieb eine großartige Geste in Richtung der Truppen, die sich bis zum Horizont erstreckten. Seine feiste Hand, so schien es, strich zärtlich über die Kreuzbogenschützen und Lanzenträger und liebkoste die Geschütze.

»Sie sind nicht mehr als vier mal acht an der Zahl. Wir haben eine Heerschar für jeden einzelnen von ihnen.« Besitz, das drückte die Geste letztendlich aus. »Wir haben die Götterfresser. Und wir wissen, daß sie nicht unverwundbar sind. Wir kennen die alten Elfenbeintafeln und die Schriftrollen aus der Zeit des *Kriegsherrn der Geheimen Kammer, der die Mantikoren bezwang und verspeiste*. Eisen schnitt ihre Haut, Pfeile durchbohrten sie. Wenn sie kamen, die *Roten Steine* zu holen, konnten wir sie verwunden.«

Er sagt tatsächlich *wir*, dachte Hüang näng Lüoging. Als hätte er je ein Säbelschwert geführt. Nein, keiner von ihnen wußte, was kämpfen bedeutete. Ihre Macht waren das Wort und das

Wissen. Hüang näng Lüoging dachte an all die Schriftrollen, die er hatte umschreiben lassen. Unwillkürlich zog er die Augenbrauen hoch – was die Arbeit der Maskenbildnerin, die sie eben mit geölter Eibenasche nachzog, nicht einfacher machte.

»Der einzige Grund«, setzte Musang näng Kadeng salbungsvoll fort, »warum wir sie damals nicht erschlugen, war, daß sie uns stets überraschend angriffen. Niemals standen wir zusammen, um sie abzuwehren. Doch niemand – niemand und nichts – kann dem *Länder überspannenden Feld der Krieger* widerstehen.«

Hüang spitzte die Lippen, damit die Maskenbildnerin sie bemalen konnte. Wann waren die Elfenbeintafeln wohl entstanden? Nach den Zusammenstößen mit den Blauen Göttern? Hundert Jahre später, als man begann, die Furcht der Gläubigen zu mindern? Oder – so hätte er, Hüang näng Lüoging, es gemacht – vor den Kämpfen, als es galt, den Kriegern Mut zu machen für einen Kampf, in dem acht mal acht fallen mußten, damit einer siegte?

»Fertig?« Die Maskenbildnerin nickte unterwürfig. Hüang näng Lüogings Blick fiel auf den *Schweifenden Stern* am Himmel: das unmißverständliche und unübersehbare Zeichen, das er benötigt hatte. Heute, so hatten die Sterndeuter der *Inneren Kammer der Astrologie* errechnet, würde er größer und heller sein als an jedem anderen Tag. Hüang selbst hatte alte Seidenschriften entdeckt, in denen von solchen *Schweifenden Sternen* die Rede war, aber ihm blieb ein Rätsel, wie man einen Tag errechnen konnte, an dem sie erstrahlten. Nicht, daß es ihn interessiert hätte …

Schließlich wandte er sich dem *Unvollendeten Palast* zu. Sein Blick fiel auf die Götterfresser. Er fühlte einen Schauder, als er die roten Rüstungen sah und den blauen Schimmer darüber, der aus achttausend langen blauen Schmuckfedern entstand.

»Wie, ehrwürdiger Fong-Kuoy«, wandte er sich an seinen Berater, der etwas abseits stand, »war noch einmal dein gelungener Weisspruch über die Götterfresser?«

»Ich sagte, höchstehrwürdiger Hüang«, verneigte sich der feiste Gesandte mit einem selbstzufriedenen Lächeln, »daß ich noch nie eine Gruppe von Menschen getroffen habe, die so grimmig entschlossen sind, eine Waffe zu sein.«

»Ja, hochehrwürdiger Musang«, lächelte nun auch Hüang, »vermutlich hast du recht. Wir haben acht mal acht mal acht mal acht Krieger, die sterben werden für jeden, der einen Gott erschlägt. Ein Heer von Ameisen kann einen Tiger töten – wenn es der Ameisenkönigin gleichgültig ist, wie viele Ameisen zerdrückt werden.«

Hüang kaute ein wenig und spuckte dann den heiligen Lorbeer in die Schale neben sich. »Der Himmlische Wille sei unser Wille«, deklamierte er – und wenn es der *Tugendhafte Weg des Himmlischen Willens* zugelassen hätte, dann hätte er breit gegrinst.

Mit einem letzten Blick überzeugte sich Hoherpriester Tengfu, daß Hüang und die anderen sechs Hohenpriester ihre Position eingenommen hatten. Als Ältester würde der hagere Siebenundsiebzigjährige die Zeremonie leiten. Hüang näng Lüoging hätte ihm diese Funktion abjagen können, hatte aber darauf verzichtet. Er bevorzugte die Rolle des Mannes, dessen Rat unverzichtbar und daher Befehl an den Vorgesetzten war. Tengfu würde nicht mehr lange leben, und wenn Hüang ihn in den letzten Monden ausgebootet hätte, so hätte er nur einen zusätzlichen Feind in der *Geheimen Kammer des Himmlischen Willens* gehabt.

Der Todesschrei eines Menschen erklang: ein turgischer Kriegsgefangener, Symbol für den Nordosten, die erste Himmelsrichtung. Für die Menschenopfer waren acht ausgewählte Priester der *Inneren Kammer* verantwortlich, die sich alle Hoffnung auf den Aufstieg in die *Geheime Kammer* machen konnten.

»Ooooy«, stimmte Hoherpriester Tengfu den Gesang an; die sieben anderen höchsten Tugendwächter fielen ein. Was sie gleich singen würden, beruhte ohnehin auf seinen Kompilationen. Hoherpriester Musang näng Kadeng hatte die endgültige liturgische Komposition der Zeremonie übernommen, die selbst in der Geschichte des *Reiches der Tugend* einzigartig bleiben würde. Hüang blühten deswegen einige schwierige Passagen: Musangs Ambition war, als größter Komponist von Liturgien in die Geschichte einzugehen.

Deswegen hatte der Hohepriester auch die lauten Instrumente hinzugefügt. Freilich: traditionsgemäß standen vorn an der Zeremonialterrasse acht Priester mit den weithin sichtbar glänzenden *Zimbeln des lautlosen Klanges*. Nur die *Lauzöngs*, so hieß es, konnten den Klang dieser Instrumente hören und daraus den *Tugendhaften Weg des Himmlischen Willens* erkennen. Eine äußerst ergiebige Tradition, wie Hüang oft dachte, wobei sich ein süffisantes Lächeln auf seine Lippen stahl.

Doch heute stand die *Unversammelbare Zahl* von Kriegern und Festungsbauern bereit, die Blauen Götter vom Thron zu werfen – oder vielmehr vom Platz hinter dem Thron, den Hüang begehrte –, und sie alle sollten hören, was die acht Hohenpriester gen Himmel riefen und was er ihnen antwortete.

Hüang freute sich auf die Passage im letzten Achtel. Er hatte sich die Textstelle reserviert, die die Antwort des Himmels für jene Sterblichen formulierte, die sie nicht direkt gehört hatten. Der Priester des Feuers würde die Drachenpfeile zünden und himmelwärts schicken. Und während sie die feurigen Blumen an den Himmel malten, die außer den Höflingen Mantikor Lengs und ihren Alchimisten noch kaum ein Mensch gesehen hatte, würde Hüang singen – und dem ganzen *Reich der Tugend* bis hinauf zum *Herrn der Unwandelbaren Ordnung* unmißverständlich klarmachen, wer die Worte des Himmels sprach.

»... tugendhaft bescheiden erflehen wir ...«, sang Tengfu. Seine Stimme wurde von den zwei Metallschirmen schaurig verstärkt, so daß sie lauter war als der Todesschrei des ersten Opfers, der zuvor verklungen war. Ein kühler Wind von den Bergen spielte mit den Schleierbändern seiner Haube. Ja, Bescheidenheit wußte der Alte zu beherrschen: Hüang hatte noch nie jemanden getroffen, der so wenig Macht zu begehren behauptete und so viel davon besaß. Gegen ihn zu kämpfen hatte Hüang viel gelehrt.

Vor der Terrasse kreischte das zweite Opfer auf, als der Priester den Ritualdolch in sein Herz stieß. Das mußte der Barbar aus der Nadelwüste gewesen sein – Symbol für den Osten.

Acht mal acht Gongs wurden beiderseits der Zeremonialterrasse gerührt, sanft zunächst, dann immer kraftvoller, bis ihr metallisches Dröhnen durch das Morgengrauen hallte wie das entfesselte Sehnen der gesamten Menschheit.

Das zweite Achtel. Während Hüang Arme und Gesicht wieder himmelwärts hob, sah er aus den Augenwinkeln die Ebene mit den abertausend Wachfeuern, die langsam niederbrannten.

Die *Unversammelbare Zahl* – sie hatten es beinahe vollbracht. Acht mal acht mal acht mal acht mal acht mal acht mal acht Menschen, bereit, das größte Menschenwerk zu vollbringen, von dem die Geschichte noch in Jahrhunderten künden würde. Zunächst war es gemeinsamer Ehrgeiz der Tugendwächter und Kriegsherren gewesen, die Zahl nur mit *Ziangs* zu versammeln. Zwei Millionen siebenundneunzigtausend und noch etwas mehr, behaupteten die Mathematiker der *Kammer der Tugendhaften Ordnung*. Nicht einmal Mantikor Leng, die größte Stadt der Welt, hatte so viele Einwohner – die Zahl galt eben als unversammelbar.

Nach der herrschenden Lehre, so wie Hüang es verstanden hatte, gab es nur noch eine Zahl, die größer war: die *Himmlische Zahl*, die endgültige Perfektion, die entstand, wenn man die Acht acht Mal mit sich selbst multiplizierte. Deswegen war es auch verboten, alle Einwohner des *Reiches der Tugend* zu einer Summe zu addieren; jede *Eroberung* mußte getrennt gezählt werden, weil die Summe sonst noch über der *Himmlischen Zahl* gelegen hätte.

»Seid nur gewiß, daß *ihr* das versteht«, hatte Hüang seinerzeit zu dem Mathematiker gesagt. Hüang liebte die Überlegenheit, die in großen Zahlen lag, aber er mußte sich nicht den Kopf darüber zerbrechen. Als sich abgezeichnet hatte, daß nicht einmal das *Reich der Tugend* imstande war, eine *Unversammelbare Zahl* von Kriegern aus den *Eroberungen* anzufordern und von den Grenzen abzuziehen, sie gemeinsam in Marsch zu setzen und mit Reis, Wasser, Stiefeln, Zelten, *Wartenden Mädchen* und Wundärzten zu versorgen, war es Hüang gewesen, der erklärt hatte, daß die Summe aller Krieger *und* ihrer Troßleute die *Unversammelbare Zahl* erreichen konnte.

Ja, es war eine gewaltige Leistung gewesen, das Heer zu versammeln, dem sie nun den endgültigen Befehl des Himmels übermittelten.

Wieder kreischte ein Mensch seinen letzten Schrei: ein Wilder aus dem fernen Rochland im Südosten. Die übermannslangen Schallhörner erklangen, die einen Bläser und einen Träger benötigten. Sie leiteten zum dritten Achtel über. Kurz ließ Hüang seine Augen über die Ebene rings um den *Unvollendeten Palast* schweifen. Zwei Millionen warteten da draußen, da unten, gehorsam, treu, ehrfürchtig – bereit zu töten, bereit zu sterben.

Die Herren der *Geheimen Kammer der Architektur* hatten die Zeremonialterrasse ein *Läng* von den Mauern entfernt angelegt: die nächste tugendhafte Zahl, die garantiert außer Reichweite aller vorstellbaren Katapulte und Drachenpfeile war. Hinter den Hohenpriestern lag der Zeltpalast des *Herrn der Unwandelbaren Ordnung*: sie sprachen für ihn. Und sie sprachen zum Heer, das sich noch vom Feind abwandte. Da unten standen die schweren Geschütze und die Götterfresser mit den jeweils sieben Heerscharen, die sie unterstützten, und im Umkreis um den belagerten Ringberg über zweihundertfünfzig weitere Heerscharen!

Schlagartig stand der Himmel in Flammen. Etwas wie ein plötzlich erblühender Sonnenuntergang loderte über den Himmel, fast senkrecht, ein wenig gen Nordosten und weit über der Weltenmauer – und es bewegte sich sanft. Ein lautlos glühender Schwelbrand ergriff Besitz vom morgendlichen Himmel. Selbst der *Schweifende Stern* verblaßte inmitten der Flammen, die ihn umloderten.

»Weitersingen!« zischte Hüang. Der dritte Hohepriester war verstummt. Sein feistes Kinn hing herab, seine perfekt umrahmten Augen glotzten aus einem roten Gesicht, auf dessen Ölschminke sich das himmlische Rot spiegelte. Sie glotzten alle …

»Ooooy«, stimmte Hüang den Gesang erneut an, und Hoherpriester Tengfu fiel beinahe sofort ein. Hüangs Gedanken rasten. Für einen kurzen Augenblick hatte er sich an den Gedanken geklammert, die Feuerwerker hätten zu früh gezündet. Aber – Hüang fühlte, wie seine Kehle sich verkrampfte und seine Stimme schrill wurde – das war kein Drachenpfeil acht mal acht Götterfuß über ihnen. Das war hundertmal höher und größer. Das war ... wirklich am Himmel!

»Wir danken dir, ehrfürchtig erschauernd danken wir ...« Hüang sah die leichte Unruhe in der Haltung der anderen Hohenpriester, als er den achten Teil vorweg nahm. Aber die Sicherheit, mit der er sang, riß sie mit; schnell fielen sie ein und sangen die sieben Begleitstimmen.

Ja, es war die richtige Entscheidung – und er hatte sie getroffen. Die Passagen vier bis sechs enthielten nur noch zusätzliches unterwürfiges Flehen – völlig unpassend jetzt, wo die Antwort des Himmlischen Willens so unübersehbar war. Und die verbliebenen fünf Menschenopfer? Nein, auch weitere Geschenke waren unangebracht. Hoherpriester Tengfu würde vermutlich vorschlagen, sie nach der Zeremonie diskret zu erwürgen; aber Hüang überlegte, ob es nicht besser wäre, sie als heilige Zeugen im Hochtempel von Mantikor Leng leben zu lassen. Schade um das siebte Achtel mit Musangs direkter Frage und der besonders kunstvollen Fistelpassage – aber nur ein Idiot hätte eine Frage gestellt, auf die er bereits ein Ja erhalten hatte, das den halben Himmel in Feuer tauchte.

In diesem Moment fühlte Hüang die Windbö, die sein Gesicht traf – von oben. Der Hohepriester sang weiter, obwohl ihn der Wind zwei Verse lang die eigenen Worte nicht hören ließ. Und er sang sogar weiter, als das grausame Dröhnen vom Himmel herabstürzte wie bleierner Regen und selbst die Erde unter der Antwort des Himmels erzitterte.

Büffelreiter und Panzertürme

In der Stellung der Götterfresser, nur wenig später

»Die Kriegsherren postieren die Büffelreiter schräg vor uns«, erklärte Kang und deutete nach Nordosten und Nordwesten. Seine acht Wachtmeister standen in einer Linie an der Brüstung des mächtigen Holzturmes, Ellbogen an Ellbogen; die Plattform war genau für diese Höchstzahl bemessen. Sogar das Dach war hoch genug für die Helmbüsche. »Wenn es wahr ist, daß die Blauen Götter so groß sind, werden uns die Tiere die nötige Deckung geben, damit wir angreifen können.«

Kein Laut drang aus den acht Helmvisieren. Kang hatte auch keine Fragen erwartet. Sie alle standen noch im Bann des Feuers, das die Täler bis zur fernen Weltenmauer in loderndes Licht getaucht hatte, sowie des unheimlichen Donnerbebens. Sie blickten hinüber zu den mächtigen, fahlgrauen Tieren, die soeben aufgeputzt wurden: bunte Metallbänder und stählerne Spitzen an den Hörnern und schweres Zaumzeug voll schmückender Fratzen.

»Haben ganz schön zu tragen«, bemerkte einer der Wachtmeister. Keiner reagierte, und der Offizier ahnte, daß er gegen eine der neuen, nie ausgesprochenen Regeln der Götterfresser verstoßen hatte.

Die Büffelreiter hingegen schienen sich nur mit Schreien zu verständigen. Es waren gewiß tausend Söldner aus Karadschurgjia dabei, aber die Mehrheit der Reiter kam aus den benachbarten Nördlichen Königreichen und dem Sturmland, wo die Büffelreiterei ebenfalls barbarische Tradition war.

»Was trinken sie da?« fragte der Erste Wachtmeister Zuang-Zu mißtrauisch. Von einigen Fuhrwerken waren Fässer abgeladen worden, die nun eingeschlagen wurden. Ja, merkwürdig, dachte Kang. Die Festungsbauern hatten doch sogar Wassergräben angelegt, als Hindernis, aber auch, damit jede der Heerscharen in ihrem Lager und in ihrer Stellung versorgt war.

»Maulbeersaft«, erklärte ein Wachtmeister, in dessen Stimme der kehlige Klang einer der einheimischen *Eroberungen* mit-

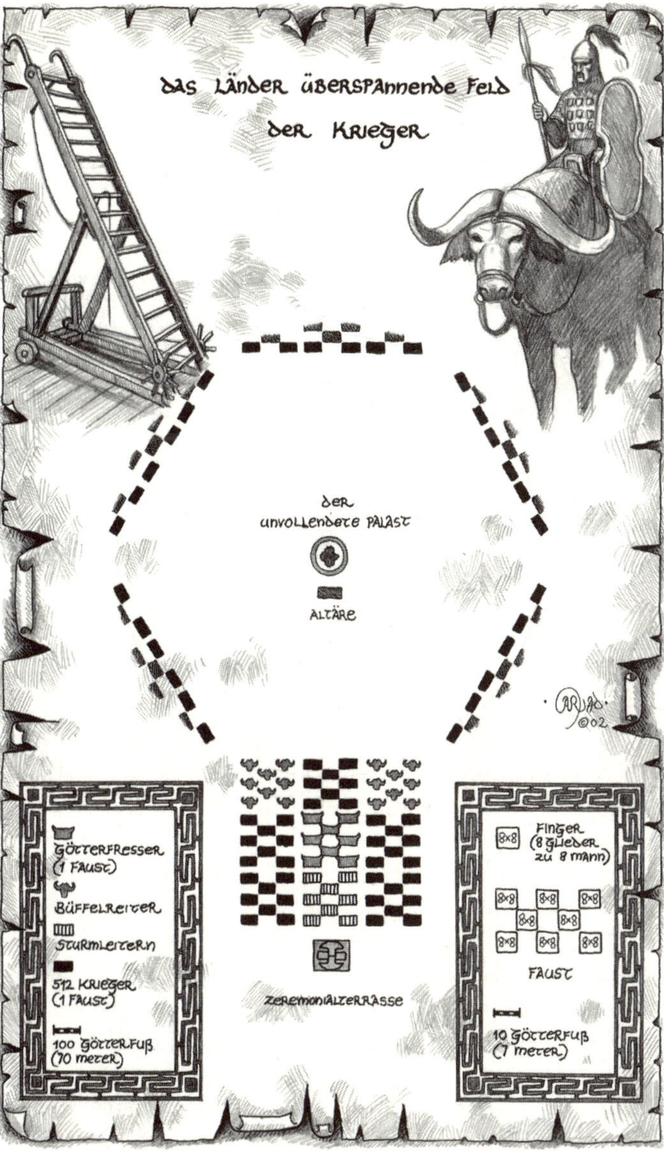
DAS LÄNDER ÜBERSPANNENDE FELD
DER KRIEGER
DER
UNVOLLENDETE PALAST
ALTÄRE
ARVAD ©02
GÖTTERFRESSER
(1 FAUST)
BÜFFELREITER
STURMLEITERN
512 KRIEGER
(1 FAUST)
100 GÖTTERFUß
(70 METER)
ZEREMONIALTERRASSE
FINGER
(8 GLIEDER
ZU 8 MANN)
8×8
FAUST
10 GÖTTERFUß
(7 METER)

schwang. »Vergoren. Das macht die Büffel mutig und kampfgeil.« Zwei oder drei Offiziere schnaubten; vielleicht war es auch ein Lachen. Am Labyrinth, dachte Kang, wären jetzt gewiß einige derbe Scherze gefallen.

»Folgt mir!« Kang hua Schiang wechselte zur Rückseite des Turmes. Ruckartig wandten sich alle acht Männer um und nahmen an der gegenüberliegenden Brüstung Aufstellung. Auf ihren Harnischen glänzten Spangen aus weißem Silber, die für die Tugend standen.

»Die Leitern, meine ehrwürdigen Herren *Ziang!*« Gleich zweihundert Götterfuß hinter den Götterfressern stand eine Heerschar Ingenieure mit leichten und schweren Sturmleitern. »Haltet eure Männer bereit. Wenn General Tüfang hua Hidong den Befehl gibt, gehen die Götterfresser gemeinsam über die Mauern. Nur gemeinsam!«

Allesamt so bemessen, daß sie bis zum Rand der Mauern reichten, konnten die leichten Leitern von zwei Mann getragen werden, während die schweren Sturmleitern formvollendete Holztreppen auf vierrädrigen Gefährten waren. Sie wurden von je vier Maultieren gezogen und von einem weiteren Fahrzeug begleitet: einem schwenkbaren Kran mit einem schweren Schild von der Größe einer Kammerwand, der die aufsteigenden Krieger gegen den jeweils heftigsten Beschuß decken konnte.

»Was denkst du, ehrwürdiger Hauptmann?« fragte der vierte Wachtmeister. »Wird der *Höchste Kriegsherr der Geheimen Kammer* es nicht vorziehen, die Mauer mit den gemeinen Heerscharen zu überschwemmen?«

Die Frage war natürlich berechtigt. Die anderen Heerscharen, die um die Götterfresser, die Büffelreiter, die Sturmleitern und die Geschütze standen, ja der überwiegende Großteil des unüberblickbaren Ringes, der um den *Unvollendeten Palast* lag, waren Lanzenträger und Pikenträger. Die dreifache Schlachtreihe, in der die hintereinander gestaffelten Speerspitzen auch die vorderste Reihe schützten, und die unerschöpfliche Masse des *Länder überspannenden Feldes der Krieger* waren immer noch die sicherste Waffe: gegen Barbaren, gegen Büffelreiter – gegen Götter.

»Haltet eure Männer bereit«, wiederholte Kang barsch. »Wenn man es uns befiehlt, werden die Götterfresser die Speerspitze sein, die in den *Unvollendeten Palast* eindringt.«

Ein wenig zu lange herrschte Schweigen auf dem Turm, dann deutete Kang nach Südosten und Südwesten, zwei Großstellungen weiter. »Und schließlich, meine ehrwürdigen Herren *Ziang*: die überschweren Belagerungswaffen, die hinter den Geschützen warten!« Vierhundert Götterfuß entfernt standen dort die Belagerungstürme, über zwanzig Götterfuß hoch, gepanzert mit glänzenden neuen Kupferplatten. Es brauchte eine ganze Faust von vierundsechzig Ingenieuren, um so ein Ungetüm zu bewegen. Unscheinbar wirkten dazwischen die sechsrädrigen Panzerrammen, die Torbrecher und Sturmböcke, obwohl es Maschinen waren, an denen ebenfalls sechzehn oder zweiunddreißig Mann arbeiteten.

»Wir wissen nicht, ob es gelingen wird, den Graben zuzuschütten, ob diese Waffen jemals den Ringwall erreichen werden und ob sie die Mauern brechen können. Aber wenn es gelingt, dann sind sie der Schlüssel der Götterfresser zum *Unvollendeten Palast*.«

»Wenn die Turga am Labyrinth so etwas gehabt hätten«, meinte Wachtmeister Pang-So nachdenklich, »dann herrschte im Feldreich jetzt ein Khan.«

»Nun ja, ehrwürdiger Wachtmeister«, stimmte der Hauptmann grimmig zu, »zumindest hätten sie im Busch ein paar tausend feldreichische Skalps mehr.«

Kang fühlte den neuen Harnisch, der wie eine zweite Haut um ihn lag – wie eine dritte, denn wenn er kurz verharrte, konnte er auch die zweite Haut spüren, die man ihm aufgestickt hatte. Wirklich schwer jedoch wog die Verantwortung, sich dieses himmlischen Zeichens als würdig zu erweisen.

»Ehrwürdige Wachtmeister, meine Herren *Ziang*«, sprach Hauptmann Kang feierlich, »ihr kennt die Doktrin. Jeder von euch wird mit seinen acht mal acht Kriegern einen Gott erwählen und töten. Das gesamte *Länder überspannende Feld der Krieger* wird uns decken und gegen sie kämpfen. Unsere Aufgabe ist es nur, die Götter zu töten – damit der *Höchste Kriegsherr der Geheimen Kammer* speisen kann, wie es sein Vorfahre einst tat.«

»Tugend!« riefen die Offiziere.

Kang und die Offiziere machten sich an den Abstieg. Die Wachtmeister würden nun ihre Waffenmeister instruieren. Die Doktrin der *Geheimen Kammer des Krieges* verlangte, daß jeder Finger der Götterfresser einen Blauen Gott anzugreifen hatte; jeder Wachtmeister hatte sich also einen Gott als Ziel zu erwählen und seine Krieger mit den acht mal acht Waffen gegen ihn zu führen.

Kang hua Schiang fühlte Ehrfurcht bei dem Gedanken, daß die direkten Berater des *Höchsten Kriegsherrn der Geheimen Kammer* Monde lang abgewogen hatten, ehe sie diesen Befehl ausgegeben hatten. Aber zugleich wußte der Veteran in ihm, daß diese Doktrin nur Theorie war. Oder, wie General Tüfang gesagt hatte: »Kein Befehl überlebt die Begegnung mit dem Feind.« Mehr als einmal war Kang erstaunt gewesen über die Offenheit seines neuen Generals. So wie er seinen Hauptleuten bei Beratungen stets das Gesicht zeigte, gewährte er ihnen Einblick in die oft schockierenden Wahrheiten seiner Pflichten, die zugleich ihre waren.

Kang war zunächst verwirrt gewesen über diesen Vorgesetzten, der so anders war als der alte Luchs, unter dem er zwölf Jahre im Labyrinth gedient hatte. Er war es gewohnt gewesen, daß Gesicht, Worte und Empfindungen seines Generals Eisen waren – und nun waren sie Feuer: sichtbar, ungreifbar und vermutlich viel gefährlicher. Wenn der General am Labyrinth ein Luchs gewesen war, dann war der General der Götterfresser ein Tiger. Seine Schliche, seine Vorsicht und seine Grausamkeit waren so offensichtlich, daß kein Zweifel daran bestand, wieviel mehr davon hinter der Offenheit des Gesichts lauern mußte. Kang war außerstande zu fühlen, ob er zuversichtlicher war, unter einem Tiger zu kämpfen.

»Tugend!«

Endlich war die gesamte Heerschar angetreten. Die frisch gefetteten Rüstungen glänzten blutrot, auch die Waffen blitzten vom Waffenfett. Mit den aufgebogenen Schulterblechen und den langen Federn am Helm sahen sie wie stolze Echsen oder

Vögel aus. Sie würden sich ihrer Farbe würdig erweisen: die Farbe des Krieges; rot wie das Blut, das sie vergießen würden, rot wie der Himmel, der über ihnen gebrannt hatte.

»Götterfresser – bereit!« Für einen Augenblick übertönte ihr entschlossener Ruf den Lärm des größten Heeres, das Menschen jemals versammelt hatten …

Der HERR DER UNWANDELBAREN ORDNUNG

Auf der Zeremonialterrasse vor dem Unvollendeten Palast, *etwa zur gleichen Zeit*

»Fast wolkenlos«, schwärmte Hoherpriester Musang näng Kadeng, »das verspricht wieder ein prachtvoller Sommertag zu werden.«

»Wie bedauerlich«, meinte Hüang näng Lüoging lakonisch, »daß es für so viele Kataueken wohl der letzte sein wird.« Wie oberflächlich war dieser dekadente Hohepriester eigentlich? Hüang hielt sich für einen Mann, der seine Gefühle so vollständig beherrschte wie seine Untergebenen. Aber er brauchte alle Kraft, um nach der Himmelserscheinung die Maske tugendhaften Gleichmuts zu wahren.

»Die Sonne strahlt so ungezähmt.« Musang schien die Bemerkung überhört zu haben. »Man vergißt beinahe, daß das hier im Norden nicht selbstverständlich ist. Nur einige wenige Wochen lang, so haben mir die einheimischen Priester berichtet, hat die Sonne hier jene Kraft, die unsere zentralen *Eroberungen* um Mantikor Leng das ganze Jahr über, von den zwei Regenzeiten abgesehen, erglühen läßt. Auch das Blau des Himmels ist ein anderes hier: man nennt es Azur und nicht Indigo.«

»Wie gewaltig das *Reich der Tugend* ist«, meinte Hüang, »daß es *Eroberungen* umfaßt, in denen selbst die Ordnung des Himmels eine andere ist.«

»Ich denke doch«, antwortete Hüangs Verbündeter und Rivale ölig, »daß diese Sternschnuppen über dem gesamten *Reich der Tugend* zu sehen sind.« Also doch! Musang näng Kadeng hatte ihn schon wieder mißverstanden; er war offensichtlich selbst in Gedanken, welche die Maske seines genußsüchtigen Gesichts verbarg. Aber er hatte recht. Mittlerweile sah man selbst bei Tag Sternschnuppen, die einen dünnen, weißen Rauchfaden hinter sich herzogen.

»*Kinder des Schweifenden Sterns* heißen sie auf den alten Elfenbeintafeln der *Seidenen Bibliothek*«, sagte nun Hüang mit einem Unterton, in dem etwas Genießerisches lag. Ohne Zweifel kamen die Sternschnuppen aus der gleichen Himmelsregion wie der neue Himmelskörper, der, weniger strahlend als die Sonne, aber glanzvoller als der Mond, im Ostnordosten stand.

Das Zeichen, das Hüang gebraucht hatte, übertraf all seine Erwartungen. Selbst er fragte sich im stillen, welches Zeichen der Himmel den Sterblichen da gab.

»Wie auch immer«, fügte er nun wieder forsch hinzu, »es ist an uns, die Bedeutung dessen festzulegen, was das gesamte *Reich der Tugend* sieht.«

»Ja, es ist höchste Zeit«, pflichtete Musang näng Kadeng zu. »Es wurde zunehmend mühselig, für den *Herrn der Unwandelbaren Ordnung* einen offiziellen Besuch nach dem anderen zu organisieren. Er hat längst jede Statthalterei und jeden Hochtempel nördlich des Qiu inspiziert.«

Der *Herr der Unwandelbaren Ordnung* hielt sich – ebenso wie sein Hofstaat und die meisten Herren der *Geheimen Kammern* – bereits seit nahezu drei Monden in den *Eroberungen* am oberen Qiu auf. Noch nie hatte ein *Herr der Unwandelbaren Ordnung* im Rahmen eines Feldzuges so viel Zeit fern der Hauptstadt verbracht. Aber er befand sich letztlich auf einem Feldzug – auch wenn alle bemüht waren, dies zu verhehlen.

Während Hüang näng Lüoging – ebenfalls abgeschnitten von der *Seidenen Bibliothek* – ein Zeichen nach dem anderen verwarf und auf eines hoffte, das den Angriff auf die Blauen Götter rechtfertigen konnte, mußte er den Herrscher in Reichweite seiner wartenden Truppen halten. Die Herren der *Geheimen Kammer der Tugendhaften Ordnung* hatten in den Nördlichen Königreichen Einweihungen, Hofbälle und Jagden organisieren und den zunehmend reisemüden *Herrn der Unwandelbaren Ordnung* bei Laune halten müssen. Auch zwei neue Konkubinen von erlesener Schönheit, Prinzessinnen aus Tamarindien und Tschang Po Tschar, hatten den verwöhnten jungen Mann kaum mehr davon ablenken können, daß er wie ein antechambrierender Höfling zu warten hatte, bis ihm der Himmel ein Zeichen der Tugend gab.

Aber Hüang näng Lüoging hatte geahnt, daß ein geeignetes Zeichen schnelles Handeln erfordern mochte. Es wäre unmöglich gewesen, die hundert Tage abzuwarten, die die Pferdesänfte des *Göttergleichen* und sein Riesen-Troß aus Sekretären, Dienern, Leibärzten, Sicherheitsbeamten, Leibwachen, Spitzeln und Konkubinen benötigten, um von Mantikor Leng den gesamten Qiu aufwärts bis zum *Unvollendeten Palast* zu reisen. Und selbst in der schnellsten Reisekutsche hätte der Herrscher dreißig Tage benötigt, nach denen er wohl mehr tot als lebendig angekommen wäre.

Und dann war der *Schweifende Stern* erschienen und binnen zwei Wochen zur vollen Größe erblüht. Hüangs Sterndeuter hatten nur einige Stunden gebraucht, um anhand alter astronomischer Kupferplatten und Seidengemälde vorhersagen zu können, daß der Himmelskörper deutlicher, ja unübersehbar werden würde. Der Hohepriester selbst hatte einige weitere Stunden benötigt, um gemeinsam mit der *Geheimen Kammer des Himmlischen Willens* zu erklären, daß dies das Zeichen des Himmels sei, jenen Feldzug zu beginnen, dessen Planung jeder bei Hofe leugnete. Selbst da hatte es noch vier Tage und Nächte gebraucht, den *Herrn der Unwandelbaren Ordnung* aus seinem nördlichsten Jagdschloß hin zum *Unvollendeten Palast* zu geleiten.

Dabei war die eigentliche Kriegserklärung bereits vor vier Monden erfolgt, am *Mantikorentag*, jenem einzigartigen Feiertag, der im katauekischen Kalender ein neues Jahr mit dreizehn Monden zu jeweils 28 Tagen einleitete. Als *Herr der Unwandelbaren Ordnung* mußte der Nachfolger des *Kriegsherrn der Geheimen*

Kammer, der die Mantikoren bezwang und verspeiste, jährlich den Vertrag mit den Blauen Göttern erneuern. Und dies war heuer zum ersten Mal nicht erfolgt.

Wie erwartet hatten die *Fangs* nicht reagiert. So, wie sie in den letzten zwei Jahrhunderten nicht reagiert hatten, wenn die jährlichen Karawanen immer weniger *Rote Steine* zum Opfer gebracht hatten; wie sie in den letzten Jahrzehnten nicht reagiert hatten, wenn die Karawanen immer häufiger ganz ausgeblieben waren, weil die *Roten Steine,* ohnehin immer seltener gefunden, in den *Geheimen Kammern der Geomantie, der Nautik, der Astrologie, der Alchimie, der Architektur, der Lebensdeutung* und *der Ingenieurskunst* verwahrt wurden.

Damit hatten sie, was Hüang betraf, ihr Todesurteil unterschrieben. Vor fünf Jahren war sein ehrgeiziger Plan geboren worden, den Blauen Göttern die Macht zu entreißen. Drei Jahre hatte er damit verbracht, die Seidenschriften und Kupferplatten der ihm unterstehenden *Seidenen Bibliothek* zu durchforsten, dann war er sich sicher gewesen.

Hüang erinnerte sich an den entscheidenden Disput in der *Geheimen Kammer des Himmlischen Willens.* »Aber, o hochehrwürdiger Hüang«, war der erste Einwand der anderen Hohenpriester gewesen, »die Blauen Götter haben einst die Nördlichen Königreiche zerschlagen, weil diese den Tribut der *Roten Steine* verweigerten.«

»Dies, hochehrwürdige Herren der *Geheimen Kammer*«, hatte Hüang geantwortet, »ist unwahr. Selbst in den ältesten Schriften jener Zeit heißt es nur, daß die Nördlichen Königreiche vom Zorn des Himmels zerschlagen worden seien. Erst später wurden sie von den Blauen Göttern heimgesucht.«

»Aber, hochehrwürdiger Hüang«, hatte sodann Musang näng Kadeng eingewandt, »es heißt, daß die Blauen Götter unverwundbar seien.«

»Dies, hochehrwürdiger Musang«, war Hüangs wohl vorbereitete Antwort gewesen, »ist ebenfalls unwahr. Das altkatauekische Wort in den Seidenschriften ist ›unbesiegbar‹. Die Dokumente berichten lediglich, daß es damals selbst dem *Kriegsherrn der Geheimen Kammer, der die Mantikoren bezwang und verspeiste,* unmöglich war, sie zu besiegen.«

»Aber, hochehrwürdiger Hüang«, hatte nun Hoherpriester Tengfu das Wort ergriffen, »wie sollte jemandem, der heute lebt, gelingen, was dem nicht gelang, der die beiden Ströme zum Qiu, dem *Einen Strom*, vereinte, der die gewaltige Pagode von Gingang Gao erbaute und der die Sterne neu erschuf?«

»Es kann keinen Zweifel geben«, hatte Hüang eingeräumt, »daß niemand die riesenhaften Bauwerke im Herzen Mantikor Lengs zu erklären vermag – oder die Nekropole mit der *Unsterblichen Heerschar* darin. Aber ebensowenig Zweifel kann es geben, daß die Blauen Götter, die heute den Tribut der *Roten Steine* mit derben Flüchen entgegennehmen und sich dann wieder hinter die Mauern des *Unvollendeten Palastes* zurückziehen, wenig gemeinsam haben mit jenen überirdisch starken Kriegern, die sich allein ganzen Heerscharen stellen konnten und deren Waffen Feinde bereits am Horizont erschlugen.«

Darauf hatte Hüang von den alten Sagen berichtet und wie wenig sie dem entsprachen, wie die Welt heute war. Keiner der Nautiker, die die Ozeane des Morgens und des Abends durchmessen hatten, hatte jemals die Hydra oder den Vogel Roch erblickt, von denen ihre mangalischen Vorfahren während Sturmfahrten und in düsteren Hafenkaschemmen erzählt hatten. Kein Geomant, der die Weltenmauer erkundet hatte, hatte je auch nur eine Spur der Verlorenen Städte Shaitang und Xang Na Tang gefunden, obwohl die Magier der Eisernen Türme einst durch alle *Eroberungen* gewandert sein sollten, um den Sterblichen die Lehre von der himmlischen Ordnung und der Heiligkeit der Acht zu predigen. Selbst die Bauern fürchteten sich heute noch vor den *Wung Lings* und opferten ihnen zweimal jährlich von den ersten Feldfrüchten, obwohl noch nie jemand einen Reisgeist gesehen hatte. Und natürlich hatte noch kein lebender Katueke jemals eine Mantikore gesehen, deren Statuen in Gingang Gao zu Hunderten standen …

»Freilich«, war Hüang sich damals mit feinem Lächeln selbst ins Wort gefallen, »denn wir wissen ja, daß der *Kriegsherr der*

Geheimen Kammer, der die Mantikoren bezwang und verspeiste, sie alle eigenhändig erschlagen hat ...«

Dieser Feldzug war, wenn man es streng betrachtete, der Bastardsohn zweier verfeindeter Intrigen. Die Hohenpriester hatten dem jungen *Herrn der Unwandelbaren Ordnung* zu vermitteln versucht, daß er ein Reich des Friedens geerbt hatte und daß die Vorstellungen der Herren der *Kammer des Krieges* entsprechend untergeordnete Bedeutung hatten. Kriegsherr Kengsau hua Gilang hatte es verstanden, in dem Herrscher den Wunsch zu wecken und zu nähren, sich einen Ehrennamen zu verdienen, der im Krieg geschmiedet worden war: in einem einzigartigen Krieg.

Sowohl den Kriegsherren wie den Hohenpriestern war klar, daß ein Krieg fast unvermeidbar war, um die Statthalter und Präfekten in Zaum und Zügel zu halten. Zu groß war das Reich, zu fern lagen die Hauptstädte, um den Provinzherren den Marschtritt nicht mit der Peitsche vorzugeben.

Eifersüchtig hüteten einzelne *Eroberungen* ihre Geheimnisse wie Purpur, Seide und Porzellan, über die nur der gebieten konnte, den sie fürchteten und ehrten.

Alle zwei *Läng* standen die Klausen der Botenläufer, die jede Nachricht keuchend in der Stafette weitergaben. Und dennoch brauchten Nachrichten bis zum Labyrinth mehr als zwei Tage und bis zur Grenze von Karadschurgjia beinahe sieben. Das bedeutete zwei Wochen des Wartens, ehe die *Qengtan* in der Stadt der Mantikoren wußten, ob ein Befehl eingetroffen war, und zumindest weitere fünf Wochen, ehe ein Inspektor aus Mantikor Leng überprüfen konnte, ob der Statthalter und seine Beamten tatsächlich den Anweisungen folgten.

Das hieß auch, daß plündernde Turgas, die das Labyrinth umgangen hatten, oder mordende Karadschurgjiter am Oberlauf des Qiu bereits seit einer Woche durch brennende Dörfer ritten, wenn die *Innere Kammer des Krieges* das erste Mal davon Kunde erhielt. Und was alles geschehen konnte, während ein Entsatzheer über zwei Monde lang heraneilte, das wollte kein *Qengtan* wirklich wissen.

Nur ein einzigartiger Krieg würde den Feinden des *Reiches der Tugend* – sowohl den Barbaren und Kopfjägern an seinen Grenzen als auch den regionalen Bonzen, die von ihren eigenen Reichen träumten – unmißverständlich klarmachen, daß Serkan Katau noch immer kraftvoll war wie vor acht mal acht mal acht Jahren: eine Reich gewordene Urgewalt, geführt von den obersten Dienern des Himmels, verteidigt von den besten und zahlreichsten Kriegern der Welt.

»Der *Herr der Unwandelbaren Ordnung* erscheint!« Die Zeremonialterrasse bildete nun die freie Fläche, hinter welcher der Herrscher wie auf einer Bühne Hof hielt. Das Palastzelt stand an einem kleinen, künstlichen See. Der Weg vom Palastzelt zum Thron war mit neu geknüpften Seidenteppichen ausgelegt, denn der *Göttergleiche* durfte in der Öffentlichkeit nichts betreten, worauf schon ein anderer vor ihm den Fuß gesetzt hatte.

Für die Dauer des Aufenthalts des *Höchsten Kriegsherrn der Geheimen Kammer* im Feld war das Hofzeremoniell außer Kraft gesetzt durch jenes, das von seinem ersten Vorfahren überliefert war. Herren der *Geheimen Kammern* durften sprechen, ohne ihr Leben verwirkt zu haben, weil der *Göttergleiche* sein Lanzenszepter nicht auf sie gerichtet hatte. Niederere Herren der *Kammern* und höchste Offiziere durften die letzten vier mal acht Götterfuß vor dem Thron auf den Knien zurücklegen und nicht auf dem Bauch, wie es in der Stadt der Mantikoren Brauch war.

Nun erschien der glockenförmige Thronhimmel aus weißer Seide, groß wie eine Trauerweide, an gebogenen Stangen getragen von acht Herren der *Kammer der Tugendhaften Ordnung*. Der *Höchste Kriegsherr der Geheimen Kammer* hatte auf die drei Mäntel verzichtet; nur zwei Diener trugen die Schleppe des roten Kriegsmantels, der an das vergossene Blut der sieben Brüder des Mantikorentöters erinnerte. Falls es sieben Brüder gewesen waren, dachte Hüang näng Lüoging.

Das weiße Brokatkleid des Herrschers wurde von einem ebenfalls weißen Bund gehalten, dessen lange Bänder weitere zwei Träger erforderten. Der mächtige Kopfputz aus weißem

Filigran ließ den *Göttergleichen* überlegen groß erscheinen und zugleich wie einen angriffslustigen Zwerg mit riesigem Kopf. Natürlich war sein Antlitz kunstvoll enthaart und bemalt wie immer: die rote Farbe des kraftvoll tobenden Kriegers, die edel geschwungenen Brauen des Herrschers, der gemalte Gabelbart des Edelmannes.

In den Händen hielt er das Lanzenszepter und den Fächer in den drei Reichsfarben. Das Szepter war lediglich ein ellenlanges Geflecht aus feinem Golddraht. Mehr hätte der feingliedrige junge Herrscher auch kaum tragen können. Das traditionelle Szepter, das aus der Stoßlanze des *Kriegsherrn der Geheimen Kammer, der die Mantikoren bezwang und verspeiste,* hervorgegangen war, wurde weiter hinten im Zug von einem Herrn der *Kammer der Tugendhaften Ordnung* getragen; behängt mit den nachgebildeten Köpfen und Kronen all der besiegten Könige, verlangte es einen äußerst kräftigen Träger.

Dem *Göttergleichen* folgten die Eunuchenprinzen mit den eroberten Herrschaftssymbolen, und dahinter kam der traditionelle Zug der Leibdiener und Leibgarden.

»Rot, weiß, blau«, philosophierte Hüang, noch immer unter dem Eindruck des größten Zeichens, das sich ein Priester erhoffen konnte. »Blut des Leibes, Tugend des Geistes und die Ewigkeit des Himmels. Hochehrwürdiger Musang, verdeutliche dir das: Der Himmel selbst hat uns gezeigt, daß unter dem Rot unserer Krieger seine Farbe … vergeht.«

Das Ultimatum

Auf der Zeremonialterrasse vor dem Unvollendeten Palast,
eine Dreiviertelstunde später

»O *Herr der Unwandelbaren Ordnung*, der Unterhändler ist ... zurück.« Der Höchste Schwellenhüter stockte unüberhörbar. Es war klar, daß seine Botschaft unerfreulich war – und vermutlich die des Unterhändlers ebenfalls.

Ein dezentes Fächeln des *Göttergleichen* ließ den Zeremonienmeister der *Kammer der Tugendhaften Ordnung* rufen: »Der ehrwürdige Herr möge vortreten.«

»Ich eile, o *Herr der Unwandelbaren Ordnung*, damit man ihn bringe.«

»Bringen?« flüsterte Hüang näng Lüoging mit einem süffisanten Lächeln hinter seinem Fächer. »Das dürfte unterhaltsam werden.«

Der feiste Fong-Kuoy näng Tschüeng nickte, ein noch dezenteres Lächeln auf den Lippen.

Der Mann lebte anscheinend noch. Vier Sklaven trugen ihn auf einer Sänfte herein, die sein Zustand wie eine Bahre erscheinen ließ. Sein Oberkörper war ein unbegreifliches, blutig rotes Gewirr aus Fetzen des Brokatmantels, verkrümmten Gliedmaßen und hastig aufgelegten Verbänden.

Eine weitere Fächergeste des Herrschers ließ nun den Herrn der *Geheimen Kammer der Tugendhaften Gesandtschaften* sprechen: »Hast du das Ultimatum vorgetragen, ehrwürdiger Hoher Gesandter?« Der Zustand seines direkten Untergebenen war ihm sichtbar peinlich.

»Wie klug es war«, flüsterte Hüang näng Lüoging dem Hohenpriester Musang zu, »diese Aufgabe auf die *Kammer der Tugendhaften Gesandtschaften* abzuschieben.«

»Es ist immer erfreulich«, wisperte Musang zurück, »zu sehen, wie jemand anders mit einer Aufgabe scheitert, die keinen Ruhm und nur Ärger einbringen kann.« Außenpolitik genoß im *Reich der Tugend* wenig Ansehen und Einfluß. Nach seinem Selbstverständnis gab es keine ebenbürtigen Herrscher, nur Länder, die noch nicht der Ordnung des *Tugendhaften Weges des Himmlischen Willens* unterstanden. Die Reiche der Barbaren sahen das naturgemäß anders.

Der Gesandte brauchte einen Arzt, um sich aufzurichten. Allein mit seiner eisernen Disziplin und Ehrfurcht war es zu erklären, daß er laut genug sprach.

»Sie sind von unvorstellbarer Unhöflichkeit, o *Herr der Unwandelbaren Ordnung*«, preßte der Mann hervor. Die Schweißperlen von seiner Stirn ließen seine rote Schminke in widerlichen Bahnen verrinnen. Oder war das noch mehr Blut? »Ich hatte eben erst die Anrufung deines Namens im Namen der Acht Elemente begonnen, als sie in Wut gerieten. Sie riefen, daß Acht keine Zahl sei. Sie stürzten sich auf uns ...«

»Wie konnte es dazu kommen?« unterbrach ihn Hüang näng Lüoging mit peitschender Schärfe. Selbst Musang neben ihm versteifte sich. Für einen Augenblick herrschte peinlichste Stille. Der Hohepriester und Unsterblichkeitsberater hatte soeben einen direkten Bericht an den *Herrn der tausendzweihundertdreiundzwanzig Kammern* unterbrochen. Mehr als acht mal acht Augen richteten sich auf den Herrn auf der Thronsänfte zwischen den Mantikorenstatuen. Eine winzige Geste des Fächers zeigte, daß die Frage willkommen war – zumindest von dem Mann, der sich soeben unverkennbar als der Mächtigste neben dem Thron erwiesen hatte.

»Habt ihr denn nicht angemessen Abstand gewahrt?« setzte der *Göttergleiche* nach, als der Schwerverletzte nicht antwortete.

»Sie sprangen von der Mauer«, stieß der Mann hervor, fassungslos über das Erlebte – oder die Gnadenlosigkeit der Befragung. »Sie sind schnell wie Tiger. Sie ... sie machten meine Ehrengarde nieder.« Er begann zu zittern und krallte sich am Arm des Arztes fest. Dieser gab ihm einen Schluck von etwas zu trinken, was den Verwundeten sich aufbäumen ließ.

»Sprich weiter!« ermunterte ihn der Heilkundige dann, fürsorglich und streng zugleich.

»Ich frage dich erneut«, beharrte der Herr der *Geheimen Kam-*

mer der Tugendhaften Gesandtschaften. »Hast du das Ultimatum vorgetragen?« Der oberste Diplomat ahnte natürlich, in welchen Schwierigkeiten er war.

»Sie trafen mich mit einem Wurfhaken«, keuchte der Hohe Gesandte. Seine Augen weiteten sich. Verzweifelt suchte er den Blick des Arztes – vergeblich. »Sie holten mich ein wie einen Fisch. Und dann ...« Er röchelte und versuchte einen Arm zu heben – und es war mehr als ein Arm, was sich da bewegte.

»Ich denke, es ist deine Aufgabe, die Antwort unserer Feinde zu erklären, hochehrwürdiger Herr der *Geheimen Kammer der Tugendhaften Gesandtschaften*!« Hüang hatte absichtlich erst am Ende des Satzes hinzugefügt, wem er die prekäre Verantwortung zuschanzte. »Wie haben die Blauen Götter das Ultimatum des *Herrn der Unwandelbaren Ordnung* beantwortet?« Hüang hätte den Herrscher in dieser Frage niemals als *Höchsten Kriegsherrn* tituliert: Dies war kein militärisches Ultimatum und kein Eroberungskrieg. Dies war der Griff nach der Macht über Erde und Himmel zugleich.

Der Herr der *Kammer* versuchte gleichmütig zu wirken, als er zu seinem Untergebenen auf der Sänfte trat. Aber die Larve, die Barbarenkönige und Häuptlinge täuschen gelernt hatte, konnte vor Hüang nicht verbergen, daß der Mann innerlich bebte. Nach einem langen Blick wandte er sich dem *Göttergleichen* zu.

»Sie haben die Kapitulationsaufforderung nicht entgegengenommen. Die rüde Unterbrechung der Rede unseres Gesandten soll uns sagen, daß wir keine Forderungen zu stellen haben.« Er fächelte heftig. »Darüber hinaus haben sie unsere Gesandtschaft erschlagen und den überlebenden Sprecher in einer Art zugerichtet, die uns wohl sagen soll, daß Menschen überhaupt nicht zu ihnen zu sprechen haben.«

»Beschreibe uns, was sie getan haben.« Hüang liebte Situationen wie diese: er selbst als unübersehbarer Wortführer vor dem *Göttergleichen*; ein Konkurrent öffentlich gedemütigt; und eine Antwort, die jedem Zeugen klarmachen würde, wie elementar, gnadenlos und unvermeidlich der Konflikt war, für dessen Eröffnung der Hohepriester stand.

Der Herr der *Kammer* warf einen letzten Blick auf das Bündel Mensch vor sich. Dann beschrieb er mit belegter Stimme:

»Wie es scheint, haben sie die Arme zweier anderer Gesandter ... mit Lederriemen ... an seinen Leib genäht.« Er fächelte noch heftiger. »Sie haben uns einen Sechsarmigen zurückgeschickt. Das einzige, fürchte ich, was mit ihnen sprechen und das überleben darf.«

»Ehrwürdiger Hüang näng Lüoging, ehrwürdiger Rong hua Zischang!« Die Fistelstimme des *Herrn der Unwandelbaren Ordnung* klang ratsuchend. Während seine beiden mächtigsten Berater vor die Thronsänfte traten, bildeten acht Herren der *Kammer der Tugendhaften Ordnung* einen Paravent aus ihren Fächern. Wie schön, dachte Hüang, wir unter uns: mein Herrscher und ich – und der Konkurrent, den ich in den nächsten zwei Jahren beseitigen muß.

»Mein Herr *Lauzöng*, mein Herr *Ziang*«, sagte der junge Herrscher halblaut. »Ich nehme an, daß ich jetzt den Angriffsbefehl geben muß?«

»Die *Fang*«, verneigte sich Hüang, »haben den Kampf eröffnet und damit den alten Pakt des *Kriegsherrn der Geheimen Kammer, der die Mantikoren bezwang und verspeiste,* gebrochen. Wir sind der Verpflichtung ledig, ihnen den Tribut der *Roten Steine* zu entrichten und ihnen zu huldigen. Und neben dir, o *Herr der Unwandelbaren Ordnung*, hat niemand zu stehen, der den *Tugendhaften Weg des Himmlischen Willens* verweigert.« Ich habe es vollbracht, dachte Hüang, ich habe es tatsächlich vollbracht zu sagen, daß die Blauen Götter nicht mehr den Willen des Himmels tun.

»Die Blauen Götter«, erklärte Kriegsherr Rong hua Zischang, jedes einzelne Wort betonend, »sind die Verkörperung unstillbarer Kriegswut, wie es die alten Heldensagen berichten. Wir dürfen diesen Feind nicht in Serkan Katau dulden. Jetzt, o *Höchster Kriegsherr der Geheimen Kammer*, heißt es kämpfen wie noch nie.«

Rings um die Thronsänfte begann ein Zeremoniell abzulaufen, das die Hälfte der Würdenträger gemeinsam aus den Richtlinien des *Tugendhaften Weges des Himmlischen Willens* und historischen Schriften erstellt hatte; die andere Hälfte des Hofes war dazu da, als Zeugen die Nachricht hinauszutragen, daß die

Kriegserklärung des *Reiches der Tugend* an den *Unvollendeten Palast* eine Handlung von makelloser Tugend gewesen sei.

Während ringsum Chöre, Gongs und Schallhörner erklangen und aus der Ebene Kriegsposaunen, Pauken und Heerscharen antworteten, schritt Hüang im Kreise der anderen sieben Hohenpriester wieder zur Zeremonialterrasse. Auf dem Weg winkte er den Arzt herbei.

»Pflegt den unwürdigen Herrn gesund«, befahl er. »Ich will, daß er ausreichend bei Kräften ist, wenn er dem Schmetterlingstod unterworfen wird.«

GROSSE MASCHINEN

Vor dem Unvollendeten Palast, *etwa zur gleichen Zeit*

»Da sind sie!« Der Ringwall starrte nun von ungeheuerlichen Gestalten. Alle paar Schritt ragte einer dieser blauen, sechsarmigen Riesen auf.

»Sie bewegen sich tatsächlich«, bemerkte Hauptmann Kapaung beeindruckt.

»Wie groß sind sie?« fragte sein Erster Wachtmeister.

»Schwer zu schätzen!« meinte Kapaung. »Das *Tor der sechs Knäufe*, sagen die Kundschafter, ist achteinhalb Götterfuß hoch. Die Mauer, siehst du, ist doppelt so hoch. Demnach messen sie – der Himmel steh uns bei – fünf, sechs oder gar sieben Götterfuß.« Schätzen und rechnen konnten die meisten Offiziere der Geschütze.

»Das sind zwei Mannslängen!«

Kapaung schwieg. Aber in seinem Kopf erklangen die Worte der Hohenpriesterin von Tschöng-Hau Leng: »Du stehst vor dem größten Gegner deines Lebens.«

Die Kriegsposaunen gellten nun von allen Seiten, und die Pauken grollten wie ein entfesseltes Gewitter.

»Die Sicht ist schlechter als gestern«, stellte der Erste Wachtmeister mit einem Blick zum zunehmend diesigen Himmel fest. »Findest du es nicht beunruhigend, daß wir alle Probewürfe, Plänkeleien und andere Methoden, den Gegner, seine Zahl, seine Befestigung und die Wirkung der eigenen Waffen zu messen, unterbleiben lassen mußten?«

Hauptmann Kapaung sah seinen Offizier nicht an. »Die Hohenpriester haben entschieden, daß selbst ein einzelner Wurf gegen den *Unvollendeten Palast*, um die Reichweite zu prüfen, bereits einen Angriff darstellen würde. Wir haben anzugreifen, wenn es der Wille des Himmels ist.«

»Ich zweifle die Weisheit der Hohenpriester nicht an«, sagte der Erste Wachtmeister vorsichtig, aber er war ein schlechter Lügner.

»Immerhin wissen wir, daß wir ... nichts wissen«, brummte Kapaung und kratzte sich am Kinn. »Kundschafter haben sich nächtens bis zu dem eigentümlichen runden Ringwall geschlichen, um den Stein zu untersuchen. Und es heißt, daß man den ersten die Zunge herausreißen ließ, weil ihre Berichte so unbrauchbar waren: ein unbekanntes Gestein, vielleicht auch ein Metall, kalt und glatt, fugenlos. Aber jeder Kundschafter kam mit dem gleichen Bericht zurück.«

»Was«, murmelte der Wachtmeister verschwörerisch leise, »hat es mit der Geschichte mit den Tunneln auf sich?«

Hauptmann Kapaung bleckte die Zähne. »Es scheint, daß die Priester *das* nicht als Angriff werteten. Die Schanzbauern begannen schon im Frühling, Tunnel auf den Ringwall zuzutreiben. Dann müßte man heute nur die Stützbalken weghauen und ...« Er schüttelte den Kopf. »Hatte aber wohl keinen Erfolg. Die Ingenieure stellten anscheinend fest, daß der Boden rings um den *Unvollendeten Palast* auf einem seltsamen Fels steht, an dem sogar die besten Meißel aus ajunäischem Eisen zerbersten.«

Wie eine verebbende Welle verstummten die Kriegsposaunen und Pauken. Schweigen pflanzte sich den Ring entlang fort. Dann erklang der riesige Kriegsgong auf der Zeremonialterrasse. Jaulend stieg ein Drachenpfeil auf, ein, zwei, drei Baumhöhen, und zerbarst mit einem weithin hallenden Knall.

»Tu-gend!« erschallte der Befehl von mehr Offizieren, als ihn jemals zuvor gemeinsam gerufen hatten, verwischt, mit scheinbaren Echos von der anderen Seite des Belagerungsrings.

»*Hoi!*« dröhnte die Antwort aus einer Million Kehlen. Und es war wohl keiner unter den Anwesenden, der nicht erschauderte im Angesicht dieser geballten Kraft.

Von den Mauern des *Unvollendeten Palastes* kam eine Antwort: ein urtümliches Brüllen, in das sich ein Fauchen wie von entweichendem Dampf mischte. Die Blauen Götter! Ihre Antwort war nicht halb so laut wie der Ruf des *Länder überspannenden Feldes der Krieger* – aber irgend etwas in diesem Brüllen ließ das heilige Schaudern in eisiger Kälte erstarren.

»Ihr ehrwürdigen und würdigen Herren an den *Großen Maschinen!*« rief Hauptmann Kapaung seinen Männern zu. Die wohlriechende Hohepriesterin hatte es vorhergesagt: Er stand zweitausend *Läng* von der Mangalischen Küste entfernt bereit, um mit seinen Schleudergeräten eine Festung anzugreifen. Gewöhnlich war es ihre Aufgabe, die Hafenfestungen Tschöng-Hau Lengs vor Seeräubern zu verteidigen. Doch seit den Überfällen der Mangalier und ihren gewaltsamen Ansiedelungen, die der Küste ihren Namen gegeben hatten, waren mehrere Generationen vergangen. Kapaung hatte vor fünfzehn Jahren ein einziges Mal erlebt, daß er sein Geschütz auf ein Auslegerschiff von den Inseln hatte werfen lassen.

Der General der vereinigten Geschütztruppen gab ein Zeichen mit seinem Fächer, und der Hauptmann gab den Befehl weiter: »Werft eure Lasten – jetzt!«

»*Wu Teng!*« Acht Finger zu acht mal acht Mann warfen sich in die Taue. Ihr gemeinsamer Ruck ließ den langen Wurfarm senkrecht hochschnellen. Krachend schlugen die Balken gegen die Dämmung, knatternd fielen sie zurück. Die acht Salven flogen auf den Ringwall zu. Und sie waren Tropfen eines Regens, der von den anderen Geschützstellungen aufstieg und auf den *Unvollendeten Palast* niederging.

Gute Ingenieure, dachte Kapaung. Fünf seiner Salven gingen über den Ringwall hinweg und schlugen mit vernehmlichem

Knirschen in den *Unvollendeten Palast* ein. Zwei trafen bereits jetzt die Mauer. Nur eine Salve schlug fünfzehn Götterfuß vor der Mauer in den Graben.

»Erster Wachtmeister, laß Wachtmeister Giö-Piang ausrichten, wenn der nächste Wurf wieder so kurz geht, werde ich ihn auf die übernächste Salve binden.«

»Nicht viel zu sehen«, meinte der Hauptmann wenig später, als sein Adjutant zurückgekehrt war. Die ersten Mauertreffer seiner Einheit hatten so wenig sichtbare Spuren hinterlassen wie die der anderen.

»Nun, höchstehrwürdiger Hauptmann, das war nach dem, was du sagtest, wohl zu vermuten.« Sie hatten alle erwartet, daß die ersten Salven lediglich dazu dienen würden festzustellen, welcher Beschuß die größte Wirkung zeigte. Die *Großen Maschinen*, deren Baupläne angeblich von den sagenhaften Magiern von Shaitang und Xang Na Tang stammten, hatten noch ganz andere Munition auf Vorrat: Eisenkugeln und Fettbomben, um härtesten Stein zu sprengen, und siedendes Öl und glühende Steine, um die Mauern in weitem Umkreis in ein flammendes Inferno zu verwandeln.

Viele andere Waffen, mit denen das *Reich der Tugend* die Barbarenvölker bezwungen hatte, blieben ungenutzt. Es erschien den Kriegsherren sinnlos, die Götter mit Knalltöpfen zu erschrecken, mit Weidenkörben voll Giftschlangen zu bewerfen oder betäubenden Rauch aus dem *Geist des Senfkorns* mittels Blasebälgen auf die Mauern zu treiben.

»Nun, selbst wenn wir ihren Wall nicht so schnell knacken wie ein mangalisches Piratenschiff«, meinte Kapaung etwas lässiger, als er sich fühlte, »werden wir sie auf jeden Fall so beschäftigen, daß die Schützen und Schleuderer vorrücken können.«

Ringsum begannen jetzt die Heerscharen der Fernkämpfer mit ihrem Vormarsch. Da sah man die Schleuderer der Kilang Klan, federgeschmückte Söldner in ihren Lederkilts, die versuchen würden, auf hundert Götterfuß an den Wall heranzukommen, um ihn mit Donnerkugeln und Bleikugeln zu bedecken. Die große Masse machten die Kreuzbogenschützen aus, die nun die Sehnen auf ihre Waffen zogen. Sie griffen vor allem im Süden an, nicht, weil hier das *Tor der sechs Knäufe* lag, sondern wegen des vorherrschenden Südwindes in ihrem Rücken. Auch sie mußten zumindest auf zweihundert Götterfuß an den Ringwall herankommen.

Dahinter rückten die Bambusschleudern vor. Man sah den Männern in den rotlackierten Lederwämsern der Hilfstruppen nicht an, wie gefährlich die Waffen auf ihren Karren waren. Die senkrecht befestigten Bambusstäbe konnten, wenn sie waagerecht herabgezurrt wurden, ihre Munition vierhundert Götterfuß weit schleudern: große Donnerkugeln, brennende Pechtöpfe, glühender Sand oder scharf geschliffene Steintrümmer.

»Ich bin gespannt«, lachte Hauptmann Kapaung, »was sie jetzt ...« Da stürzte sein Erster Wachtmeister, wie von einer Faust ins Gesicht getroffen, nach hinten und blieb regungslos liegen.

Der GÖTTERGLEICHE *tafelt*

Auf der Zeremonialterrasse vor dem Unvollendeten Palast, *etwa drei Stunden nach Tagesanbruch*

»... und schließlich, als vierundsechzigster Gang, werden wir mit dem Willen des Himmels reichen: Fleisch vom Blauen Gott, zubereitet wie angemessen.« Keiner der vielen hundert Höflinge ließ sich die Erregung anmerken, als der Hochküchenmeister der *Kammer der Tugendhaften Ordnung* den entscheidenden Punkt der heutigen Speisenfolge erreicht hatte – aber dennoch war die Spannung rings um den Thron greifbar.

»Der Himmlische Wille ist unser Wille«, deklamierte der *Herr der Unwandelbaren Ordnung* formvollendet. Beeindruckend, dachte Hüang näng Lüoging, *ihm* merkt man wirklich keine Regung an. War der junge Herrscher so naiv, wie Hüang dachte? Oder war doch etwas von dieser überirdischen Kraft in ihm, die Unvorstellbares ungerührt befehlen konnte?

Während sich der Hochküchenmeister auf seinen Knien auf den vier mal acht Götterfuß langen Rückweg machte, begannen die Fachleute der *Kammer des Krieges* mit dem Aufbau des Fernrohres aus cornischem Glas. Die Barbaren waren den Kataueken in den meisten Künsten unterlegen, aber im Schleifen von Glas war das ferne Monte Flora unübertroffen.

»O *Höchster Kriegsherr der Geheimen Kammer*, kannst du den Ringwall erkennen?« Kengsau hua Gilang hatte die ehrenvolle Pflicht an sich gerissen, dem Herrscher, während dieser durch das Fernrohr blickte, die einzelnen Elemente des Angriffs zu beschreiben. Bemerkenswert, dachte Hüang, in der *Geheimen Kammer* tobten unübersehbar dieselben Intrigen. Wieviel geeigneter wäre doch Kriegsherr Rong hua Zischang gewesen; doch der zweifellos beste Stratege, umgeben von Beratern und Botenläufern, war natürlich damit beschäftigt, den Angriff zu leiten, den sein Verbündeter und Rivale nun beschrieb.

»Jetzt sehe ich sie, ehrwürdiger Kengsau«, verkündete der *Göttergleiche*, im Selbstbewußtsein, für den ganzen Hof zu sprechen. »Sie sind über die Maßen ungestalt!«

»Dahinter, o *Höchster Kriegsherr der Geheimen Kammer*, kannst du die roten Türme des *Unvollendeten Palastes* erkennen. Schierer *Roter Stein*, wie wir vermuten müssen.« Bleib bei deinem Gebiet, Krieger, dachte Hüang finster.

»Wo sind die Götterfresser?« fragte der Herrscher wie ein verwöhnter Knabe.

»Im Zentrum, o *Höchster Kriegsherr der Geheimen Kammer*«, beeilte sich Kriegsherr Kengsau hua Gilang zu erklären. »Erlaubst du, daß ich das Fernrohr darauf ausrichte?«

»Nicht so einfach für den hochehrwürdigen Kriegsherrn«, wandte sich Hüang mit giftigem Lächeln zu Musang. »Die Götter und die Götterfresser. Was sonst sollte den *Herrn der Unwandelbaren Ordnung* interessieren?«

»Ein hübsches Detail für die Dokumente über diesen Tag«,

murmelte Musang hinter dem Fächer. »Ich werde das gleich einfügen lassen.«

»Du hast, hochehrwürdiger Musang«, hob Hüang überrascht die Augenbrauen, »die Siegesschriften bereits schreiben lassen?« Der Unsterblichkeitsberater mußte feststellen, daß es selten gelang, ihn an Zynismus zu übertreffen.

»Du und Kriegsherr Kengsau sind nicht die einzigen«, lächelte Musang kalt, »die diesen Tag für ihre Selbstdarstellung benutzen. Wenn der *Herr der Unwandelbaren Ordnung* mit dir die Eßstäbchen ergreift, um den vierundsechzigsten Gang zu beginnen, werde ich das Dokument deklamieren, mit dem wir alle in die Geschichte eingehen.«

Hüang fühlte einen unangenehmen Geschmack im Mund. Das hatte er tatsächlich vergessen. Als Unsterblichkeitsberater war Hüangs Leben mit dem seines Herrschers verbunden, und so hatte er das Privileg, als einziger Mensch mit dem *Herrn der Unwandelbaren Ordnung* zu speisen, gleichzeitig und ebenfalls alle acht mal acht Gänge.

Fleisch vom Blauen Gott, zubereitet wie angemessen. Der bedauernswerte Hochküchenmeister zermarterte sich also wohl derzeit den Kopf, wie er Fleisch zubereiten sollte, das noch nie zuvor ein Mensch gesehen hatte.

»O *Höchster Kriegsherr der Geheimen Kammer*, ich erstatte Bericht!« Ein Herr der *Dritten Kammer des Krieges* warf sich vor den Mantikorenthron nieder. In der Hauptstadt war er ein Mann, der über einige Tausend Beamten gebot und mit einer längeren Seidenschrift einen General zerstören konnte. Aber jetzt zeigte sich die Anspannung in seiner kauernden Gestalt und seinem Gesicht, das er ehrfürchtig dem Herrscher entgegenhob.

»Wir haben von dreiundzwanzig Generälen gleich lautende Meldungen über ...« Der Mann unterbrach sich und räusperte sich betreten, bis er erkannte, daß sein Schweigen die Peinlichkeit seiner Nachricht noch verstärken mußte. »Unerklärliche Verluste, o *Herr der Unwandelbaren Ordnung*. Die Soldaten fallen tot um. Bisweilen zwei hintereinander Stehende.« Er blickte hilfesuchend in die Reispapiere mit seinen Notizen. »Sie haben Bolzen aus schwarzem Erz im Schädel oder einfach nur Löcher.«

Der *Höchste Kriegsherr der Geheimen Kammer* gab die Frage mit deutlicher Geste an seine Berater weiter und bemühte sich, durch das neu justierte Fernrohr zu spähen.

»Aber es steht doch keine Heerschar auch nur in Geschützreichweite«, protestierte Kriegsherr Sadong mit dem weinerlichen Ton eines Mannes, der sein Leben lang Verantwortung abgeschoben hatte.

»Wie viele Soldaten?« Die Frage von Kriegsherr Rong hua Zischang war zielsicher wie immer. Ja, er war zweifellos der beste Stratege.

Erneut blickte der Herr der *Dritten Kammer* in seine Aufzeichnungen: »Dreihundertsiebenundvierzig zuletzt. Besonders bei den Geschützen. Aber es kamen bereits wieder Boten, als ich die *Wandernde Kammer* verließ.«

»Das sind die *Unspannbaren Eisenbogen!*« Drei Dutzend Augen richteten sich auf Hüang näng Lüoging. Er stellte befriedigt fest, daß die Kriegsherren instinktiv einem Hohenpriester die Antwort zutrauten. Damit hatte er Gelegenheit, das Problem bereits wieder zu seinen Gunsten zu nutzen. »Dann sind die Legenden aus der *Seidenen Bibliothek* wahr. Zwei Seidenschriften zufolge trugen die Blauen Götter zur Zeit des *Kriegsherrn der Geheimen Kammer, der die Mantikoren bezwang und verspeiste*, auch Schußwaffen mit drei Bogen aus schwarzem Eisen. Sie konnten, so heißt es, schon von den Hügeln aus auf die Krieger in den Städten schießen. Einer Elfenbeintafel zufolge wurde eine dieser Waffen erbeutet. Man nannte sie die *Unspannbaren Eisenbogen.* Nach ihrem Vorbild gestalteten die Herren der *Kammer der Ingenieurskunst* später die ersten Kreuzbogen.«

»Wie konntest du es versäumen, dies dem *Höchsten Kriegsherrn der Geheimen Kammer* und seinen Herren der *Kammer des Krieges* mitzuteilen?« Kengsau hua Gilang war kampfbereit wie immer. Für andere mochte der Krieg draußen auf der Ebene toben – ihm war klar, daß er hier vor dem Thron geschlagen wurde.

»Verzeiht meinen Übermut, daß ich es getan habe«, antwortete Hüang mit einer Verneigung vor den versammelten Kriegsherren, die das amüsierte Blitzen in seinen Augen nicht verbergen konnte. »Ich verlas seinerzeit persönlich die Tafel der Acht Weisheiten der *Seidenen Bibliothek* zum Kriegsplan des *Herrn der Unwandelbaren Ordnung*. Die zweite Weisheit riet ausdrücklich, die Soldaten außerhalb der Reichweite von Geschützen aufmarschieren zu lassen.«

Hüang erinnerte sich daran, was ihn diese Expertisen gekostet hatten. Er hatte zwei Herren der *Kammern* hinrichten lassen müssen, zwölf Gürtel roten Goldes bezahlt und vierzehn Nächte selbst über den endgültigen Formulierungen gebrütet: Formulierungen, die, obwohl nur aus Märchen aus den Archiven und Hausverstand geflochten, vor dem *Höchsten Kriegsherrn der Geheimen Kammer* und all seinen Ratgebern als gesammelte Weisheit der Ahnen präsentiert werden konnten und die, obwohl in Elfenbein graviert, flüssig waren wie Honig, der im Munde süß schmeckt, aber auf den Kleidern des Unachtsamen haftenbleibt.

»Die Soldaten stehen außerhalb der Reichweite aller bekannten Geschütze, Schleudern und Drachenpfeile!« Kriegsherr Sadong versuchte wieder die Verantwortung abzuschieben. Kengsau hua Gilang neben ihm – das zeigte sein Gesicht – sah die Falle zuschnappen.

»Außerhalb der Reichweite aller *euch* bekannten Geschütze, Schleudern und Drachenpfeile!« Hüang näng Lüoging ließ den Satz wirken wie ein schleichendes Gift aus Viperzähnen. Zwei Hohepriester legten den Vorwurf genauer dar – damit ihn auch der *Herr der Unwandelbaren Ordnung* begriff.

Mit solchen Trivialitäten hielt Hüang sich nicht mehr auf. Meine Beute, dachte er, der Tag fängt gut an. Er wandte sich ab und blickte scheinbar interessiert auf das Schlachtfeld. Keiner hier vor dem Mantikorenthron machte sich größere Gedanken über einige Hundert durchschossene Schädel. Die Kriegsherren würden schnell eine Lösung finden. Und da draußen würden heute noch hunderttausend fallen …

Das letzte Tauchen

Im Ozean des Abends, nördlich von Ajuna, östlich von Esanuk, zur gleichen Zeit, Vormittag

Der Norga-Wal zog eine blutige Spur hinter sich her. Wie ein Schleierband wehte sie an der schwarz-weißen Flanke entlang, verwirbelte in den heftigen Schlägen der mächtigen Schwanzflosse und verwehte, zwei Leibeslängen weiter hinten, in einem Hauch, der das Meer noch immer färbte.

Der Norga atmete einmal in jeder Minute – ein gehetztes Hecheln für ein Tier, das seinen Atem eine halbe Stunde für sich behielt, wenn es selbst jagte. Ja, er war das machtvollste Raubtier dieser Welt – außer dem, was ihm folgte.

Es war nicht das erste Mal, daß ihn die *Luftschatten* jagten. Sein verkraterter Rücken zeugte davon, genau wie die Narbe über der Stirn. Drei Wurfzähne staken in verknöcherten Wunden in seinem Rücken und seinen Flanken: schwarzer Obsidian der *Abendsonnenhäutigen auf den kleinen Luftschatten* und Stahl der *Bleichen Schreier auf den großen Luftschatten.*

Dreimal hatten sie ihn überrascht und ihm ihre Wurfzähne in den Leib geschleudert. Beim ersten Mal, vor langer, langer Zeit, war er mit dem entkommen, was der Norga konnte wie kein anderes Lebewesen: Schnelltauchen.

Doch beim zweiten Mal hatte ihn der Schmerz gehindert – und das seltsame Tanggeflecht, das den Wurfzahn mit dem großen *Luftschatten* verband. Damals hatte er zu kämpfen begonnen. Er hatte gekämpft, wie er mit den anderen Bullen seiner Rasse gekämpft hatte, ja wilder noch. Der Rammstoß hatte seine Stirn aufplatzen lassen, aber er hatte festgestellt, daß die Knochen der *Luftschatten,* hundertfach nebeneinanderliegend, brüchig waren wie alte Korallen.

Der große *Luftschatten* war wieder näher gekommen. Pfeifend atmete der Norga aus und versuchte, seinen erlahmenden Schwanz in heftigeren Schlägen zu bewegen. Vergeblich!

Denn diesmal hatten ihn nicht die *Luftschatten* verletzt. Die

Wunde in seinem Rücken, die Länge einer Brustflosse von dem kraftvoll pumpenden Herzen entfernt, aber viel zu nahe neben dem riesenhaften Rückgrat – diese Wunde hatten die Sterne geschlagen.

Heute Nacht hatte er an der Wasseroberfläche gelegen und zu den Sternen gesungen, wie es die Norgas in so vielen Nächten taten – und noch viel mehr, seit der neue Stern am Himmel stand. Ein altes Lied war aus dem Urgrund seines Herzens aufgetaucht, ein Lied, das er trotz seines Alters niemals selbst gesungen haben konnte. Aber der Norga wußte, daß ebensosehr, wie die Norgas die Lieder sangen, die Lieder die Norgas singen ließen.

Der große, alte Norga hatte die Sternenblitze gezählt. Jede Nacht waren es mehr geworden. Grellweiße Linien, so perfekt gerade wie nichts, das im Meer wuchs, lag oder sich bewegte. Vor zwei Nächten hatte der Norga einen das Wasser erreichen gefühlt. Seine Augen hatten die aufgischtende Fontäne kaum erahnt. Aber seine Haut hatte die seltsame Welle unter Wasser gespürt: merkwürdig, von einem so winzigen Punkt ausgehend und so kraftvoll wie keine, die er kannte. Sein Gehör schließlich hatte ihn die Gewalt begreifen lassen: ein kochender, zischender Aufschlag, der ihn so viel später erreichte. Der Norga war es gewohnt, daß ihn die Flossenlaute der Beute verzögert erreichten – und die Lieder der Brüder hörte er oft Stunden, nachdem sie gesungen worden waren. Dieser Einschlag war eine halbe Stunde entfernt gewesen – und das war gefährlich nahe für etwas von dieser Kraft.

Die *Bleichen Schreier!* Sie waren wieder näher gekommen. Anscheinend verständigten sie sich nur mit diesen Möwenschreien; sie hingen in den Flügeln der *Luftschatten* und schrien. Erschaudernd erinnerte er sich an die früheren Jagden: Sie schrien, wenn er die Richtung änderte, und ihre Schreie hallten aus allen Flügeln wider; sie schrien dumpf, wenn er tauchte. Doch dieser Fluchtweg war ihm verwehrt. Die Wunde am Rückgrat zwang ihn hoch, sie machte schon die Krümmung zum Abtauchen zu siedendem Schmerz. So blieb ihm nichts als die Flucht geradeaus, mit halb versteiftem Oberleib und zunehmend erlahmender

Schwanzflosse, halb über Wasser, wo er am schnellsten war – und am verwundbarsten.

Verwundbar! Heute nacht hatte ihn der Himmel verwundet. Andächtig hatte er gesungen und emporgeblickt zu dem neuen Stern, der beinahe so groß wie der Mond geworden war. Und dann war der Blitz gekommen. Einen halben Augenblick zuvor hatte ihn das Allauge, tief eingebettet über seiner Stirn, erahnt. Dann hatte jener grausame Schlag ihn getroffen.

Was immer ihn verwundet hatte, war kleiner als ein Heringsauge. Er konnte es fühlen; viel zu tief war es in sein Fleisch gedrungen, zu tief für etwas, das so klein war. Und nichts von dieser winzigen Größe hätte sein Fleisch so grausam aufreißen dürfen, schlimmer noch als die feindseligen Oktopoden. Die Lunge litt mit jedem Atemzug, aber der Balg war unverletzt; so viel wußte der Norga. Der Blubber, die enorme Fettschicht, die ihn in der Eiseskälte der Tiefsee schützte, hatte den Schlag aufgenommen. Irgend etwas in ihm blutete, etwas, das seinen Magen sich verkrampfen ließ. Und irgend etwas war in ihn eingedrungen – etwas, das nicht lebte und nicht tot war, etwas Fremdes und doch seltsam Vertrautes.

Wieder ein Schrei! Es war der Schrei, der in größeren Abständen wiederkehrte, solange er in gerader Linie floh: zufrieden, gierig, triumphierend. Vier Körperlängen noch!

Ein neuer Schrei, tiefer und bestimmend. Schon begannen sie aus seiner Fluchtlinie auszuscheren. Sie setzten sich neben ihn: rechts, da, wo er bereits blutete. Der Norga mußte nicht zurückblicken, er mußte sich nur erinnern: jetzt standen die *Bleichen Schreier* an der linken Seite des *Luftschattens*, die Wurfzähne erhoben, bereit für seinen schwarz-weißen Rücken.

Kämpfen? Wenden und Rammen – das hatte ihn zweimal gerettet. Die *Luftschatten* schienen eher Vogel als Fisch zu sein, denn wenn ihre geborstenen Leiber das Wasser aufnahmen, versanken sie wie sterbende Albatrosse.

Die *Bleichen Schreier* hatten damals noch länger gekämpft. Er hatte sie zunächst für die Brut der *Luftschatten* gehalten, vielleicht auch deren Begleiter, wie die Pilotfische, die manchen seiner

Brüder folgten, um ihnen die Hautparasiten abzunagen. Aber sie waren eher wie die Giftfäden der Riesenqualle gewesen, unscheinbar, weithin verteilt – doch tödliche Waffen. Also hatte er weiter gekämpft. Mit Schwanzhieben zunächst. Als er gemerkt hatte, daß sie ohne Wurfzähne fast wehrlos waren, beinahe unbeweglich dazu, da hatte *er* zu jagen begonnen. Sie hatten genau die richtige Größe: wie Thunas, wie kleine Haie, wie junge zehnarmige Kalmare – wie das, was er fraß, ob in den lichten Obergewässern oder in der Tiefsee, wo nur noch Ohren, Haut und Allauge die Beute entdeckten …

Nein, er konnte nicht wenden. Sein Rückgrat war steif wie eine Koralle. Und den Aufprall seiner Stirn hätte er nicht ertragen. Aber die Wurfzähne …

Zwei Längen noch! Die Schreie gellten hin und her. Tauchen – unerträglich. Wenden – unmöglich. Weiterschwimmen – tödlich!

War dies das letzte Tauchen? Er hatte so oft davon gesungen: als seine Mutter, deren Zitze ihn genährt hatte, sich auf den Weg zum Walfriedhof gemacht hatte; als die Muhme, auf deren Rücken er ins Meer gekommen war, die ihn in den ersten Stunden getragen hatte, während seine Mutter und er geblutet hatten, ihrer Schwester gefolgt war, um zu sterben; als das Kind, das er gezeugt und beschützt hatte, gestorben war, fiebrig heiß, mit verklebten Augen; und als – nach und nach – die drei Gefährtinnen, die er in Nächten voll Sternengesang umworben hatte, mit denen er, Bauch an Bauch, das Spiel des Lebens vollzogen hatte, zum Walfriedhof gezogen waren.

Wer würde für ihn singen? Nur noch jene Brüder und Schwestern, die ihn als Stimme kannten, eine besonders kraftvolle Stimme, die irgendwo in den Weiten des Ozeans Lieder sang, welche die jüngeren noch nicht kannten. Wie das Lied vom neuen Stern, das er als einer der ersten angestimmt hatte.

Der große, alte Norga fühlte ein Lied in sich erwachen. Zunächst glaubte er ein Lied des Friedens zu fühlen; etwas, das ihn drängte, der Erschöpfung nachzugeben. »Laß dich sinken. Nimm die Wurfzähne an. Versinke im Schmerz. Finde Frieden!«

Aber da war noch etwas anderes. Etwas flüsterte in ihm. Es flüsterte in dem Allauge in seinem Schädel, das ihn auf der Jagd und auf den Reisen das Weltennetz ahnen ließ – und es flüsterte in der Wunde, tief unten, an der Stelle, wo das saß, was nicht lebte und nicht tot war. Und es flüsterte ein Lied des Erschaffens, der Wiederkehr vergangener Größe – einen Ruf!

»Gib nicht auf! Du mußt mich singen!« flüsterte es. »Wenn du jetzt aufgibst, wirst du mich nie singen.« Ein Schrei entrang sich seiner mächtigen Brust. Aus dem Atemloch drang ein gewaltiger Stoß und ließ das gischtende Fahrtwasser aufsprühen.

Erkennen! Für einen kurzen Augenblick flackerte ein Eindruck von bereits Erlebtem in ihm auf. Sein Allauge schien anzuschwellen, verwandelte sich in einen glühenden Feuerball.

Nicht in seinem Schädel … Am Himmel! Über dem Meer! Das rechte Auge des Norgas quoll beinahe hervor. Dort am Horizont – unterhalb der Morgensonne!

Dann schrien die *Bleichen Schreier* …

Sternenblitz! Was immer ihn heute Nacht getroffen hatte – es war ein Krebschen neben einem Wal, verglichen mit …

Der große, alte Norga warf sich herum. Nach rechts, obwohl sein Rückgrat zu brechen schien; obwohl der *Luftschatten*, dessen Bahn er kreuzte, fast seinen Schwanz berührte.

Der ganze Horizont war eine Wand aus weißem Wasser. Ein Schlot, der sich ins Meer bohrte, eine Wand aus Regen, die emporwuchs, der Sonne entgegen, und rings herum das gequälte Meer, das beiseite gedrängt wurde von einer Macht, die – für diesen Augenblick – selbst ihm hundertfach überlegen war.

Die Welle! Wenn seine Haut diese Welle fühlen würde, in erschreckend kurzer Zeit, dann mußte er viel Wasser um sich haben.

»Tauche!« flüsterte die Stimme nahe seinem Rückgrat. Der Norga zog Luft und krümmte sich – abwärts. Etwas, das ihm während der letzten Stunde, selbst im Angesicht des Endes, unerträglich gewesen war. Der Schmerz war wie ein ferner Traum. Da war nur mehr das vertraute Gefühl der eigenen Macht: die Luft, welche die Lunge bis zum Bersten blähte, der Schwanzschlag, der ihn abwärts trieb, und der Druck in den Luftkammern und Schädelknochen, der stetig anstieg.

Nein – schlagartig! Der Hieb kam von allen Seiten zugleich, es war das Gefühl der Tiefe. Aber sonst brauchte er eine Viertelstunde kraftvollsten Tauchens, um dies zu fühlen! Die Last des Ozeans über ihm! Ein halber Ozean stürzte auf ihn.

»Wach auf!« Luft! Auftauchen. Etwas hatte ihm die Luft aus den Lungen gepreßt – und das Bewußtsein aus der Seele. Hinter ihm war das Nichts des Vergessens, tiefer als jeder Schlaf.

Der Schmerz! Der Norga quälte sich empor, dem Licht entgegen. Sein ganzer Leib war Schmerz; die Wunde, die Wirbelsäule, die geschundenen Muskeln, die eine Stunde lang ihr letztes gegeben hatten, die Lunge, die nun auch noch einen Tauchgang ertragen hatte.

Luft! Fauchend fuhr die verbrauchte Luft aus dem Atemloch. Nein, er war nicht tief getaucht. Der unvorstellbare Druck war nicht die Tiefsee gewesen, sondern die Welle. Aber die Luft hatte er verbraucht, während er bewußtlos getrieben war da unten.

Das Meer war Schaum bis zum Horizont. Die ganze Luft war voll Sprühregen. Der Norga schmeckte Blut unter seiner kolossalen Zunge. Die Stirnhöhlen, die Kieferknochen, die Ohren – alles blutete.

Dann kam das Heulen. Vom Himmel herab drang ein Klang, der mit nichts vergleichbar war. Im Gehirn des Norga fügten sich die Sinneseindrücke zusammen, wie das nur bei ihm möglich war: der Schall – eine Viertelstunde Entfernung. Die Druckwelle im Wasser war als nächstes gekommen. Der Sturm vertoste bereits am Horizont. Beide, Sturm und Welle, würden heute und morgen jeden Bruder und jede Schwester auf dieser Welt erreichen – nicht mit der Gewalt, die nur ein Norga überleben konnte. Aber kein Norga würde Zweifel daran haben, daß heute etwas einzigartig Schreckliches diese Welt getroffen hatte.

Rings um den Norga regneten Sardinen und Heringe herab. Muscheln und Korallenbruchstücke prallten auf seine dicke Haut, die lange nichts mehr fühlen würde.

Instinktiv stimmte der Norga einen kurzen Ruf der Suche an. Dort drüben! Treibholz bedeckte die Fläche eines Tangfeldes. Kaum ein Stück gab mehr Echo wider als eine Makrele.

Zwanzig Norgas, tobsüchtig vor Schmerz und Zorn, hätten den *Luftschatten* nicht so zurichten können. Wäre die Welle geringer gewesen, hätte sie den *Luftschatten* fortgerissen. Aber der Einschlag war so nahe gewesen, daß das sich aufbäumende Wasser förmlich über sie hereingebrochen war. Dies war nicht der Schlag der verdrängten Wassermassen gewesen, sondern der Aufprall dessen, was in die Luft gepeitscht worden war.

Fast spielerisch schwamm der Norga durch die Trümmer. Da und dort driftete ein *Bleicher Schreier*; manche unversehrt, manche verstümmelt, ihre Gliedmaßen, ja selbst Köpfe fortgerissen.

Und sie würden lange so treiben, dessen war sich der große Norga sicher. Heute würden keine Möwen kommen und keine Haie. Im Umkreis eines halblauten Liedes konnte keine Kreatur mehr leben außer einem Norga.

Und selbst er hatte heute nur überlebt, um noch mit letzter Kraft den Walfriedhof zu erreichen. Kurz versenkte er sich in die Empfindungen seines Allauges. Dann wandte er sich nach Südwesten.

Hinter ihm war Schweigen – und das Flüstern in seinem Rücken, zu dem sich nun ein fernes, aber viel kraftvolleres Flüstern vom Meeresgrund mengte …

Die Rampe

Vor dem Unvollendeten Palast,
in der vierten Stunde nach Tagesanbruch

»Nichtswürdige, seid ihr bereit?«

»Jawohl, grenzenlos ehrwürdiger Herr der *Ersten Kammer*«, rief Besenbinder Möng-Han aus Leibeskräften – und mit ihm die unüberblickbare Masse der anderen Reisigschneider. Möng-Han hatte mindestens drei Rutenhiebe eingesteckt, während sie allein diese Anrede für den hohen Beamten geübt hatten. Und sie hatten noch sehr viel mehr lernen müssen und sehr viel mehr Hiebe eingesteckt.

Nichtswürdig – ja, das waren sie. Unwürdiger als Schweine, denn Schweine konnte man wenigstens schlachten. Aber einen Besenbinder konnte der Dorfvorsteher nicht schlachten, wenn er seine Steuern nicht bezahlte.

»Die Bündel packt – hooooch!« Der rotgesichtige Bonze reckte seinen Fächer empor. Ohne nachzudenken, stürzte Möng-Han los. Er war kräftig und ein schneller Läufer – deswegen war er hier. Dennoch war er nicht unter den ersten, die den Berg aus Reisigbündeln erreichten. Wochenlang hatten sie geschuftet, um den Berg aufzutürmen – und nun war der Augenblick gekommen, diesen Berg zu bewegen.

Fauchend atmete Möng-Han aus, als er sein Bündel hochstemmte. Er warf es sich auf die Schultern und trabte gebückt los. Hundert andere drängten sich vor ihm in das Spalier der Aufseher: Korbflechter und Mattenflechter, Holzfäller und Bambusschneider, Wasserträger und Torfstecher, Botenläufer, Laufburschen und Schweinehirten – allesamt ausgewählt für diesen einen Lauf.

Möng-Han fühlte die Last – und daß sie leichter wog als die Schuld. Nun konnte er von Nutzen sein. Es war so demütigend gewesen, als er im zweiten Jahr in Folge vor dem Dorfvorsteher gestanden hatte und nicht hatte abliefern können, was dem *Herrn der Unwandelbaren Ordnung* zustand. Er hatte viel gearbeitet, aber er war wohl kein guter Besenbinder. Vor zwei Jahren hatte der Dorfvorsteher befohlen, daß er seine Steuern nicht mehr in Besen und Bürsten, sondern in gelochten Silbermünzen zu bezahlen hatte. Zweiunddreißig Stück Silber, eine halbe Schnur, war er schuldig – und im ganzen Jahr waren ihm dreizehn geblieben.

»Rein mit dir, Bursche!« Ein Rutenhieb traf Möng-Hans linken Arm. Sofort begann er wieder zu traben. Das Spalier verengte sich zu einer Gasse, breit genug für einen Mann mit breiter Last auf den Schultern. Möng-Han folgte dem Mann vor ihm und stellte fest, daß dieser schnell lief.

Er war sechsundzwanzig oder siebenundzwanzig Jahre, genau wußte er das nicht – und noch unverheiratet. Gern hätte er die zweite Tochter des Karpfenzüchters seines Dorfes zur Frau genommen. Aber dafür hätte er mindestens zwei Schnüre Silber bezahlen müssen. Und weil er keine Frau hatte, hatte er auch keine Kinder, die er in die Sklaverei hätte verkaufen können. Also mußte er seine Schuld selbst abarbeiten.

»Renn so schnell du kannst!« Ein weiterer Rutenhieb fegte ihm über das Gesäß. Unerwartet war das Spalier zu Ende. Vor ihm lag die Ebene, über die die Kette der Reisigschneider rannte.

Möng-Han fühlte einen Knoten in seinem Bauch, aber seine Beine stampften in weiten Schritten dahin. Vornüber gebeugt, wie er lief, ahnte er die Mauer mehr, als daß er sie sah. Der Schweiß sickerte ihm in die Augen, sein Atem ging stoßweise. Das sommerliche Straußgras war hier gemäht. Andere Arbeiter wie er hatten die Gasse angelegt.

Zu seiner Linken kam ihm der erste Mann entgegen. Sie liefen zurück! Sie kamen durch! Plötzlicher Mut wallte in Möng-Han auf und erfüllte seine Beine mit neuer Kraft. Er konnte es schaffen.

»Ein halber Acker Land für dich, Bauer Möng-Han«, würde der Dorfvorsteher sagen. Jeder, der von diesem Dienst zurückkehrte, war von seiner Schuld befreit, ob es Steuer, Trunksucht oder Fortlaufen war, und würde zudem Land bekommen.

Pfeifend ging Möng-Hans Atem. Seine Schultergelenke waren wie glühende Steine, und seine Beine wurden taub. Die Mauer wuchs vor ihm empor. Da lag einer! Möng-Han setzte über ihn hinweg und trat ihm dabei auf den Arm. Den störte es nicht mehr.

Da lagen noch zwei. Auf denen hockten schon die Krähen, die sich nicht mal von der Reihe der Läufer stören ließen. Das Straußgras stand jetzt oberschenkelhoch. So weit waren die Grasschneider also gekommen …

»Helft mir, o *Wung Ling*«, rief Möng-Han japsend die Reisgeister an. Rote Funken tanzten vor seinen Augen. Da vorne lief einer in die Höhe. Gleich! Gleich würde er am Graben sein. Sein Vordermann taumelte den Berg empor. Ein Berg aus Reisigbündeln wie jenes, das er trug.

Nun war auch Möng-Han heran. Die Zweige stachen in seine nackten Fußsohlen. Ein Dutzend Mal war er auf einen Reisigberg gestiegen während der letzten Tage – aber noch nie war er dabei gerannt. Er stolperte bergan. Wie viel die Kameraden bereits aufgetürmt hatten …

Die Mauer vor ihm war gewaltig, fugenlos, wie aus gewachsenem Stein. Ein Bündel kollerte herab, gefolgt von seinem Träger. Sein Gesicht, das kurz vorbeirollte, war eine einzige rote Wunde.

Möng-Han sprang beiseite und geriet ins Straucheln. Der Berg war schon so hoch wie ein zweistöckiges Haus und reichte noch immer nicht zur Mauerkrone. Aber Möng-Han mußte nicht bis zur Mauerkrone kommen. Er mußte sein Bündel nur auf der obersten Stufe niederwerfen. Noch drei Schritte!

Der Stich in die Seite kam unerwartet. Möng-Han wollte dem anderen Träger ausweichen, der ihm wohl sein Reisigbündel in die Seite gestochen hatte. Aber da war niemand.

Ein Ruck raubte dem Besenbinder den Rest seines Atems. Sengend fuhr der Schmerz durch seine Seite und die Rippen entlang. Unwillkürlich zappelten seine Beine, als sie keinen Boden mehr unter sich fühlten.

Möng-Han schlug gegen die Wand und spürte, wie ihn etwas weiter emporzog. An der Wand unter ihm floß eine rote Spur dahin. Möng-Han wand sich – und selbst als er das Seil sah, begriff er erst langsam, daß er am Haken hing wie ein Fisch.

Sie! Sie hatten ihn gefangen. Möng-Han wurde um eine ganze Mannslänge emporgerissen, dann noch einmal, und hatte somit die Mauerkrone erreicht. Stärker als der Schmerz war das Staunen. Der Kataueke sah blaue Hände nach ihm greifen: eine Hand, in der sein ganzer Unterarm verschwand, eine Hand, die sich wie ein frisch geschlachtetes Stück vom Ochsen über sein Gesicht legte.

Als er wieder sehen konnte, war ihm schwindelig. Er hatte nicht gewußt, daß so viele Reisigschneider liefen; die Kette der ockerfarbenen Leiber zog sich über die Ebene dahin. Und er hatte nicht gewußt, wie unüberblickbar das Heer war. Fast dankbar fühlte er, wie ihn die Arme emporhoben.

Dann rissen sie ihm den Wurfhaken aus dem Leib. Der Schmerz war wie ein tobendes Feuer, aber der Leib, in dem es tobte, schien nicht mehr zu Möng-Han zu gehören. Schließlich verspürte er einen noch viel stärkeren Ruck, als ihn sechs Arme zugleich in die Tiefe schleuderten.

Hatte er geschlafen? Ein Acker. War das sein Acker? Daß so viele Käfer in diesen Reisigbündeln waren … Prasselnd schlug Möng-Han etwas Schweres in Kreuz. Ein Reisigbündel. Die nächste Schicht! Er war so müde. Er wollte schlafen. Aber sie ließen ihn nicht schlafen. Wieder trampelte ein Reisigschneider auf ihn, glitt aus und warf sein Bündel auf ihn.

Nein, dies war nicht sein Acker. Dies waren seine Steuern, die er dem *Herrn der Unwandelbaren Ordnung* schuldete.

»Eine Rampe«, hatte der Bonze gesagt, »ihr werdet eine Rampe bauen. Mit eurem Schweiß, mit eurem Blut, und wenn es sein muß, mit euren Leibern.«

Das letzte, was Möng-Hans brechender Blick wahrnahm, war die riesige Fackel, die von der Mauerkrone oben auf die Reisigbündel fiel. Nein, sie hatten keine Rampe errichtet – sondern einen Scheiterhaufen!

Geschosse am Himmel

In den Stellungen um den Unvollendeten Palast, *nur wenig später*

»Die Weisheit der Herren der *Geheimen Kammer des Krieges* sei gepriesen«, rief Hauptmann Kapaung triumphierend. »Die Herren sagten vorher, daß *sie* die Rampe selbst anzünden würden, ehe sie uns darüber stürmen ließen. Wenn die Hitze die Mauer nicht knackt, werden wir es tun.«

»Geschütze ausrichten auf die Rampe!« kommandierte der neue Erste Wachtmeister. Kapaung hatte ihn eben erst ernannt und bereute seine Wahl auch schon. Der Mann war ihm etwas zu eifrig.

Im Osten brandeten Schreie auf, die sich von den disziplinierten Rufen der katauekischen Heerscharen abhoben. Hilfstruppen? dachte Kapaung. Vielleicht turgische Reiter? Nein, das waren Angstschreie ...

Der Hauptmann stieg auf den sechzehn Götterfuß hohen Aussichtsturm, den die Festungsbauern für jede Heerschar errichtet hatten.

»Dort, höchstehrwürdiger Hauptmann«, rief der Wachtmeister. Seine Finger zeigten auf eine weiße Linie, die sich im Osten über den Himmel zog. Nein, sie führte schräg abwärts, mitten in eine Heerschar, deren Lanzen sich hektisch hin und her bewegten. Die Krieger liefen auseinander!

Geschütze? Instinktiv schnellte Kapaungs Kopf nach links, und sein Blick wanderte die Mauern des *Unvollendeten Palastes* entlang. Nein, die Blauen Götter hatten keine schweren Waffen auf den Mauern stehen. Und falls sie im Inneren Katapulte abfeuerten ... Nein, was immer es gewesen war, es war von oben gekommen.

Er blickte himmelwärts. Wieder! Kapaung vermeinte einen Lichtblitz wahrgenommen zu haben, aber das einzige, was er tatsächlich sah, war wieder eine weiße Linie.

Kurz erwog er, einen Läufer zu den Kriegsherren zu entsenden. Aber das war nicht seine Aufgabe. Das *Länder überspannende Feld der Krieger* verfügte über ganze Heerscharen von Kundschaftern und darunter Experten für Vogelflug, Wetter, Feuervögel, Flugdrachen, Geister und was immer sich noch am Himmel zeigen mochte. Alles, was nicht mit offensichtlichem feindlichen Geschützfeuer zu tun hatte, hatte ihn nicht zu kümmern.

»Nächste Salve!« rief Hauptmann Kapaung und hob den Fächer. Ohne jede Warnung raubte ihm ein Schlag den Atem. Gleichzeitig hörte er ein berstendes Knacken. Er fühlte, wie sein Aussichtsturm in sich zusammenstürzte. Etwas grauenerregend Hartes war gegen seinen Rücken geschlagen. Ein Himmel voll Schindeln, Holzsplittern und Fetzen drehte sich um Kapaung. Dann schlug er rücklings auf.

Er starrte in den Himmel. Er konnte seine Beine nicht mehr bewegen. Was immer es war – *sie* hatten zugeschlagen. »Greift nicht als erster an«, hatte die Hohepriesterin von Tschöng-Hau Leng gesagt. Hatte er das getan?

Seine Beine. Wieso wollten seine Beine nicht gehorchen? Lagen Balken des eingestürzten Turmes darauf? Ein Schatten fiel auf sein Gesicht. Der Erste Wachtmeister. Sein Gesicht war bleich vor Entsetzen.

Kapaung fühlte Dreck auf den Lippen und schämte sich. Ein Hauptmann des *Reiches der Tugend* hatte, auch wenn er verletzt wurde, ein Vorbild zu sein. Er wollte nach seinem Rücken tasten, aber der Arm hing bleischwer an seinen Schultern.

Der Wachtmeister starrte noch immer. Keine Meldung – nur Entsetzen. Welch eine Memme! Seine tastenden Finger fanden seinen Gürtel. Wieso lag der da? Was war dieses eklige weiche Zeug? Bei den Ahnen, er lag doch nicht etwa im Pferdemist? Schon in Tschöng-Hau Leng hatte er wiederholt Anweisung gegeben, den Mist der Zugtiere zu entfernen, wenn die Geschütze verankert wurden.

»Wachtmeister«, stieß er hervor. Er wollte kommandieren, aber da schien kein Atem zu sein, um seinen Befehl zu tragen. Der Offizier kniete nieder und beugte sich über ihn – wie über einen Sterbenden. »Hilf mir auf«, zischte Kapaung. Das Entsetzen im Gesicht des Mannes wurde noch unverhohlener. Welche Schande!

Erst als der Wachtmeister das wütende Funkeln in den Augen seines Befehlshabers sah, griff er in dessen Nacken und hob seinen Kopf an. Kapaung sah die Reste des Turmes, dessen oberes Drittel an einen vom Blitz getroffenen Baum erinnerte. Teile der Plattform lagen innerhalb der Stellung, das Schindeldach mit den aufgebogenen Giebeln war zersplittert. Einige Balken ragten in Kapaungs Richtung, aber keiner war näher als eine Körperlänge; ein zweiter Soldat lag darunter begraben.

»Warte, bis die Gefahr über deinem Haupt am größten ist – und dann kämpfe wie noch nie!« Ja, die Hohepriesterin Lü hatte ihn gewarnt. Über seinem Haupt. Jetzt – kämpfen! Erst bei diesem Gedanken bemerkte der Hauptmann, was fehlte.

Da waren keine Beine. Da war nicht einmal ... Seine tastende Hand fand lange weiche Schlingen, die sich fast bis zu den Trümmern des Turmes hinzuziehen schienen. Und was dort lag, das war kein zweiter Soldat: das war sein Unterleib.

Kapaungs Kopf fiel kraftlos zurück. Da war gerade noch genug von diesem Pochen in seinem Kopf für einen letzten Gedanken. Nein, die wahre Prophezeiung waren nicht die letzten Worte der Priesterin gewesen. Jetzt begriff er den ersten Satz, den sie gesagt hatte – aber bei allem guten Glauben konnte er nicht annehmen, daß sie selbst ihn verstanden hatte, als sie ihn ausgesprochen hatte:

»Du solltest mit deinen männlichen Säften weniger verschwenderisch umgehen ...«

Himmlisches Feuer

In den Hügeln um den Unvollendeten Palast,
an diesem Vormittag

Bei den Locken der heiligen Sarmantha, was war das? Strolch reckte den Hals, um mehr zu sehen. Diesmal hielt Narbenfresse ihn nicht zurück. Sie alle glotzten.

Immer mehr von diesen Rauchschwänzen erschienen. Der ganze Himmel war voller weißer Fäden, die langsam dicker wurden. Wenn man besonders harzreiches Holz ins Feuer warf, gab es manchmal pfeifende Ausbrecher und Querschläger, die ähnliche Kräuselrauchspuren hinterließen. Aber doch nicht am Himmel!?

Auf Strolchs ständiges Drängen hin hatte sich Kudungs Bande in der Nacht noch eine Hügelreihe näher an die Heerscharen herangewagt. Jetzt, wo unüberhörbar die Schlacht begonnen hatte, galt die Aufmerksamkeit der Krieger dem belagerten Hügel, dem Berg, der Festung – was immer es war. Aber es war klar, daß die katauekische Armee kein aufgeregter Haufen Kinder war, die sich um ein Spektakel drängten. Immer noch ritten Patrouillen über die Straßen jenseits der Stellungen. Karawanen und Wagenzüge brachten Güter heran. Holzfäller, Kundschafter und Jäger stiegen in den Hügeln auf und ab.

»Du sehen roten Himmel?« Strolch versuchte, den Katauecken irgendeine Reaktion zu entlocken, aber alle vier starrten nur vor sich hin: Kudung und Narbenfresse mit verbissener Anstrengung, Einauge mit offenem Mund, Schlampe die Hände vor den Mund geschlagen. Das Bild dieses Morgens hatte sich auch in Strolchs Geist eingebrannt. Die Ebene, das gesamte Tal, selbst die fernen Flanken der Berge waren von einem unirdisch roten Licht beleuchtet gewesen. Das Dröhnen war verklungen, das Himmlische Feuer erloschen, aber nun formten sich seltsame Zeichen am Himmel: Lanzen, Schlangenlinien, Spiralen, Hände und noch fremdartigere Gebilde.

Mehrmals war es Strolch, als ob er verschiedene Himmel zugleich über sich erblickte. Der brennende Himmel, daran gab es keinen Zweifel, lag weit jenseits des Wolkenhimmels. In den Weiten dazwischen schienen die Sternschnuppen zu jagen. Die Rauchfäden hingegen, auch daran bestand kein Zweifel, zogen sich bis zur Erde hinab; da und dort sah Strolch sie vor Berggipfeln, Felswänden oder sogar Hügelwäldern stehen.

Noch viel verwirrender waren die Geräusche. Das vielhunderttausendstimmige Geschrei schien durch die Entfernung verweht zu sein. Strolch kannte das, wenn auch viel schwächer, von einlaufenden Schiffen, auf denen die ganze Mannschaft johlte. Aber das infernalische Kreischen, das bisweilen vom Himmel fuhr, schien in keinem Zusammenhang mit den Rauchfäden und den Blitzen zu stehen. Immer wieder ließ ein Heulen Strolch herumfahren und in die Berge blicken, aber stets stand dort nur ein Rauchfaden. Dazu kam ein fernes Echo von den Felswänden, ein dumpfes Rollen ohne hörbaren Ursprung.

»Leute, ich weiß nicht, was eure unbesiegbare Armee da gerade ausbrütet«, stellte Strolch auf Merkantilo fest, »aber ich schätze, daß ihr große Schwierigkeiten habt.«

Sturmangriff

In der Stellung der Götterfresser, eine Stunde vor Mittag

»Es sieht so aus, höchstehrwürdiger Hauptmann, als ob wir sie von der Mauer vertrieben hätten.« Wachtmeister Zuang-Zu gehörte nicht zu den Leuten, die leicht triumphierten; seine Feststellung war ruhig und beherrscht.

Der Ringwall schien in Flammen zu stehen. Siedendes Öl und kochendes Fett troffen von der Mauer herab. Die Blauen Götter hatten erschreckend lange inmitten des tobenden Infernos gestanden – ungerührt, wie es schien. Doch dann waren sie ziemlich schnell von der Mauer verschwunden.

»Es sieht so aus, ehrwürdiger Wachtmeister«, wiederholte Kang skeptisch. Soweit Kang es von seinem Turm aus beurteilen konnte, herrschte rings um den *Unvollendeten Palast* noch die Ordnung der Doktrin. Die erste Linie, bereits in Reichweite der Altäre, bildeten jetzt Heerscharen von Lanzenträgern und Pikenträgern in dreifacher Schlachtreihe. Die Schützen und Schleuderer hatten sich dahinter zurückgezogen, bereit, ihren Beschuß fortzusetzen. Dahinter drängten weitere Heerscharen nach. Da sie alle einem Zentrum zustrebten, wurde der Platz hundert bis zweihundert Götterfuß von der Mauer entfernt sehr eng. Nur ausgesuchte Generäle konnten in dieser Enge vorrücken, ohne die eigene Formation oder die einer benachbarten Heerschar zu brechen.

Was hatten die Himmelserscheinungen zu bedeuten? Der neue Stern war groß wie nie. Dünne Streifen zogen wie ferner Rauch quer über das Firmament. Die wenigen Wolken jagten dahin wie bei Sturm, aber kein nennenswerter Lufthauch war zu fühlen. Im Osten und Nordosten stiegen zwei Rauchsäulen wie von brennenden Häusern auf. Immer wieder wurde das erschreckende Heulen laut.

Von vorn erklangen Signale von Kriegsposaunen. Gegnerischer Angriff! Kang hob die Hand über die Augen. Das *Tor der sechs Knäufe!* Die mächtigen Torflügel flogen förmlich auf, und aus dem Portal quoll ein Pulk blauer Leiber mit blitzenden Waffen.

»Kein Befehl überlebt die Begegnung mit dem Feind«, zitierte Kang seinen General. Der Hauptmann glaubte seine Augen von einem Traumpfeifenrausch betrogen. Er hatte zwanzig Jahre in belagerten Stellungen verbracht, in den Festungen des Labyrinths, vor dessen Mauern die Horden der Turga tobten. Seine Erfahrung sagte ihm, daß ein Ausfall fast sicherer Selbstmord war.

Die Blauen Götter liefen durch das Straußgras, das den Reisigträgern bis zu den Oberschenkeln reichte, als wäre es eine Blumenwiese. Doch erst als die etwa vierzig Gestalten sich den Reihen ihrer Gegner näherten, begriff Kang langsam, wie groß die Götter waren. Es war wie an den freien Tagen, wenn die Krieger die Festung verließen und sich durch das Gewimmel der Kinder drängten, die vor den Toren spielten, auf ihre Väter warteten, bettelten oder einfach die *Ziangs* bewundern wollten. Doch dies waren keine friedfertigen Krieger auf Freigang …

»Wachtmeister Zuang-Zu! Die Männer sollen sich für einen Eillauf bereithalten.« Kangs Stimme war völlig ruhig. Es war eine routinemäßige Vorsichtsmaßnahme. Falls die *Fangs* irgendwo zu den Schützen durchbrächen, wäre es sinnvoll, eine starke Einheit in die Bresche zu werfen. Kang wollte eben vom Turm steigen, um sich selbst kampfbereit zu machen, als die Schreie aus dem Zentrum herüberwehten.

Es waren beinahe fünfhundert Götterfuß bis zur ersten Linie – gewesen. Die zwei Heerscharen, in die die Blauen Götter eingebrochen waren, waren nur noch ein wirrer Haufen schwankender Lanzen. Eine weiße Rauchspur bohrte sich vom Himmel abwärts in die Truppe.

Kang hatte gelernt, das Spiel der Piken zu lesen. Wenn sie im Kampf hochgingen, waren die vorderen Reihen gebrochen, und verwirrte Männer hoben sie an, um ihre zurückdrängenden Kameraden nicht zu gefährden. Das war strengstens verboten, und doch hatte Kang es zweimal bei Einbrüchen der turgischen Reiterei gesehen. Wenn aber die Piken plötzlich umfielen wie Strohhalme, dann warfen die Männer sie weg, um rennen zu können. Und da vorne rannten eben über achttausend Männer um ihr Leben!

Kang hastete hinab und eilte hastig zu seinen Waffen. Zwei ganze Heerscharen. Dahinter nur Schützen. Die nächste Linie war noch immer über dreihundert Götterfuß entfernt. Zwischen dieser Linie und den Götterfressern mußten zumindest vier der besten Heerscharen der Welt stehen. Es war einfach nicht vorstellbar, daß …

»Grenzenlos ehrwürdiger Hauptmann! Wo will er Blaue Götter hin, denkst du?« Einer der zwei Turga, die Bola wurfbereit zwischen den Schulterblechen! Dieser Barbar mit seinem Nasenring wollte ihn wohl zum Wahnsinn treiben. Wie konnte er es als einfacher Krieger wagen …?

»Dafür stehst du eine Nacht auf dem Kasernenhof, *Ziang* – sobald wir diesen Kampf geschlagen haben!« Aber die Frage war berechtigt. Wem galt dieser irrwitzige Ausbruch? Fürchteten die Blauen Götter die Geschütze, deren Geschosse allein imstande waren, diese Ungeheuer niederzuwerfen? Hatten sie die Götterfresser als ihre gefährlichsten Feinde erkannt? Oder war ihnen all dies gleichgültig? Griffen sie vielmehr den *Herrn der Unwandelbaren Ordnung* an, der hinter dem Zentrum residierte?

Kang hatte eben seine Standarte ergriffen, als im Südosten ein gewaltiges Donnern erklang. Ein schwarzer Baum aus Rauch wuchs in die Höhe, an der Krone wie ein Kopftuch, das sich in sich selbst verwickelte.

»Das Drachenpfeillager!« rief Wachtmeister Pang-So. »Das Feuer vom Himmel! Es muß irgendwie die Drachenpfeile entzündet haben!«

Kang blickte hinüber. Glühende Holztrümmer regneten in weitem Umkreis herab. Heulend fuhren feurige Pfeile in alle Richtungen, viele auch so tief, daß sie waagerecht über ein oder zwei Heerscharen jagten, ehe sie in ihren Reihen einschlugen. Tausende von Menschen schrien durcheinander. Was der immer noch wachsende Rauchpilz wie Laub in die Höhe trug, waren mannsgroße, brennende Zeltfetzen. In seiner Mitte loderten Flammen turmhoch empor. Und tatsächlich stand wieder eine dieser weißen Rauchspuren am Himmel, wie eine verwehende Lanze in entfesseltem Glühen steckend.

»Dritte Faust! Hört meinen Befehl!« schrie Kang. Aber was immer er befehlen wollte, ging in einem muhenden Brüllen unter. Die mächtigen Wasserbüffel der Barbaren gingen durch, hinter sich das knisternde Dröhnen des brennenden Drachenpfeillagers, vor sich die Stellung der Götterfresser.

Fünfarm!

In der Stellung der Götterfresser, kurz vor Mittag

»Götterfresser! *Wu Teng!*« Kang hob die Standarte. Das Chaos übertraf sämtliche Schlachten am Labyrinth, die er je erlebt hatte. An mehreren Stellen der Ebene brannte das sommerliche Straußgras lichterloh. Die kunstfertig errichtete Stellung der Götterfresser war ein Gewühl aus schnaubenden Büffeln, fliehenden Lanzenträgern und schwer gepanzerten roten Männern, die sich gegen die Fluten stemmten. Ringsherum war die Lage schier unüberblickbar. Marschkolonnen von hinten drängten noch immer, der Doktrin folgend, vorwärts, während eilig verlegte Heerscharen in sie hineinliefen und die Männer zerschlagener Einheiten sich einen Weg durch ihre Reihen bahnten. Mancherorts schlugen brüllende Hauptleute mit ihren Waffen auf fremde Deserteure ein.

Die Heerschar der Lanzenträger, welche die Götterfresser zu decken hatte, war nicht mehr. An lebenden Speerwäldern wie diesen waren Hunderte von Angriffen turgischer Reiter, karadschurgjiatischer Sichelwagen und der Dschungelkrieger von Tschang Po Tschar verreckt.

Doch als Kang den ersten Blauen Gott auf sich zustampfen sah, wußte er, warum das nicht reichte. Dieser Riese hieb mit vier Armen zugleich die Lanzenschäfte beiseite und auseinander, hackte sich einen Weg frei und brach in die Formation ein, ohne daß ihn auch nur eine Waffe getroffen hätte. Selbst ein Dolchkämpfer war nicht so wehrlos wie ein Lanzenkämpfer, dessen Lanze man unterlaufen hatte, und so ging auch im letzten Glied aus acht mal acht Mann das Gemetzel los.

»Feuerlanzen nach vorne!« rief Kang.

Fauchend wurden die Waffen entzündet und bildeten eine deutliche Linie aus ellenlangen Stichflammen, aufsteigendem Rauch und bedrohlichem Lärm. Das würde die Blauen Götter nicht aufhalten – dafür aber die Deserteure, die sonst die Schlachtlinie der Götterfresser gebrochen hätten. Vielleicht.

Kang sah aus dem Augenwinkel, wie mehrere Götterfresser waffenlose Pikeniere, die ihnen entgegendrängten, ohne Befehl niedermachten. Sehr gut. Das waren die Götterfresser – und *jeder,* der ihnen entgegentrat, war ein Feind.

Da waren sie! Sechs Blaue Götter kamen auf die Dritte Faust zu, dreimal so viele im Westen auf andere Einheiten der Götterfresser. Schnalzend flogen die ersten Bolzen und schlugen in die riesenhaften Leiber ein. Bolas wirbelten. Keiner der *Fangs* wurde auch nur langsamer. Kang sah zwei Harpunen fliegen. Links vorne brach der erste Koloß in die rote Linie ein. Dann verengte sich Kangs Gesichtsfeld. Das Kriegsfieber hatte ihn gepackt. Der Hauptmann wußte, daß er selbst kämpfen mußte – und er wußte, gegen wen.

In dem gewaltigen blauen Leib schien kein Platz mehr zu sein, um noch einen Pfeil hineinzuschießen. Mit zwei Armen schwang der Blaue Gott eine eiserne Kette über dem monströsen Schädel. Die Schwungscheibe daran kreiste so schnell, daß sie brummte wie ein angriffslustiger Bär.

Er hob das Bein zu einem Tritt – und ruckartig flogen drei oder vier Götterfresser Kang entgegen. Der zuoberst liegende Krieger, mit eingedelltem Harnisch, rührte sich nicht mehr. Mit zwei Riesenschritten war der *Fang* in der Lücke. Die Hellebarde fuhr herab und spaltete einen roten Maskenhelm. Die zwei überlangen Säbelschwerter schwangen gleichzeitig, wie von zwei weiteren Männern geführt, nach links und rechts und vergrößerten die Lücke. Und darüber dröhnte die Schwungscheibe, bereit, jeden zu treffen, der in diese Lücke sprang.

Bei den Ahnen … Das waren Götterfresser, die da mit einem einzigen Hieb zu Boden gingen!

»Standhalten!« schrie Kang und drängte vorwärts. Zu viele Hellebardiere und Beilschwinger waren vor ihm.

Jählings stak eine Harpune in den Rippen des Blauen Gottes. Das lange Hanfseil daran straffte sich; fünf oder sechs Götterfresser hatten es ergriffen.

Der Blaue Gott warf einen kurzen Blick auf die Waffe. Dann hackte er mit einem einzigen Hieb den Stiel der Harpune ab. Er stieß ein Brüllen aus, in dem blindwütiger Zorn und zugleich eiskalte Erfahrung von Jahrhunderten schwangen.

Die Hellebarde stieß zu, und ein Peitschenschwinger, der eben noch ausgeholt hatte, taumelte zurück, die Hände gurgelnd auf seinen Hals gepreßt. Ein Götterfresser sprang vor, über die Leiber zweier Kameraden, und stieß dem Riesen die Feuerlanze in die Fratze. Der schwere Rundschild wischte den Kämpfer beiseite.

Kang versuchte seine eigenen Leute zu umgehen und geriet in das benachbarte Glied, das ebenfalls herandrängte. Schnell schwenkte er den Kopf herum, um trotz der Maske etwas Überblick zu haben. Mindestens drei Götter kämpften bereits innerhalb der Stellung, einer massakrierte soeben einen Wasserbüffel. Von der siebten und achten Faust war überhaupt nichts zu sehen, dort hasteten nur fliehende Pikeniere umher.

»Popelfresser, hinterfotzige!« brüllte eine Stimme, wie Kang sie noch nie gehört hatte. Er zuckte herum. Ein Götterfresser taumelte ihm entgegen, einen Armstumpf gegen einen geplatzten Brustpanzer drückend. Zwischen Kang und dem Blauen Gott standen nur mehr acht Männer. Ein neunter stürzte sich, das Beil erhoben, von hinten auf den Koloß, aber der schien selbst dort Augen zu haben. Mit einem brutalen Rückhandschwung seiner todbringenden Brandfackel traf er den Beilschwinger und zerrte ihn vor sich wie ein Fleischer ein Stück Braten. »Wohl wahnsinnig geworden, ihr Blechgimpel?«

Kang fühlte, wie seine Hände sich um die Standarte verkrampften. Wie konnte jemand noch derart fluchen, während er mit sechs Armen um sich schlug – und das seit mindestens einer halben Stunde? Wieder ging ein Mann zu Boden, den Helm so widerlich verformt, daß unvorstellbar war, wie darunter eben noch ein Schädel gewesen sein konnte.

»Auf meinen Befehl!« schrie Kang jetzt. »Zu-sammen.« Sechs Mann warfen sich nach vorn. Für einen Augenblick verschwand der Unterkörper des Blauen Gottes zwischen roten Rüstungen. Ein Götterfresserschwert fuhr dem Riesen über die Brust – und hinterließ nur einen eben sichtbaren Schnitt.

»Rappelköpfe, versoffene!« grölte die Stimme. Die Schwungscheibe kam gefährlich tief und pfiff knapp an Kang vorbei. Zwei Riesenfäuste mit Schwertknäufen fuhren herab, und zwei Männer brachen in die Knie.

»*Turga!*« Irgendwo neben Kang gellte ein turgischer Schrei. Eine Bola wickelte sich pfeifend um den Arm, der eben die Hellebarde zum Stoß erhob.

»Nahkampf!« rief Kang, wohl ahnend, daß ihn in diesem Gemetzel keiner mehr hörte. Er ließ die Standarte fahren und zog das Säbelschwert.

Der Rundschild des Riesen schob zwei Mann beiseite. Die Brandfackel hatte den nächsten Götterfresser getroffen. Zappelnd wie einen Fisch zog ihn der *Fang* hoch und schlug mit seinem Körper die beiden anderen Männer nieder.

Kangs Schwert fuhr senkrecht herab und traf die göttliche Hand – und den Mann darunter. Mann, Fackel und Hand blieben liegen, ein blauer Armstumpf zuckte hoch. Im nächsten Augenblick sah Kang ein blaues Knie hochfahren, dann traf ihn etwas mit furchtbarer Wucht an der Hüfte.

»Ja, hast du fünf Arme gemacht, Hauptmann!« rief der Turga.

»Fünfarm!« nahmen mehrere Krieger den Ruf auf, »Fünfarm!« Aber das Gemetzel ging weiter …

Der GÖTTERGLEICHE *zieht sich zurück*

Auf der Zeremonialterrasse vor dem Unvollendeten Palast, *eine Viertelstunde später*

Die *Kinder des Schweifenden Sterns* rissen Löcher in die Wolken und zogen qualmende Schweife hinter sich her, in denen ein trügerisches Leuchten glomm. In den zerfetzten Wolken bildeten sich Gesichter. Obgleich die Sonne noch immer schien – gedämpft zwar von einem dichter werdenden Schleier –, tobte weit droben ein Gewitter. Blitze zuckten waagerecht zwischen Wolken, die sich dem Anschein nach nicht entscheiden konnten, in welche Richtung sie flüchten wollten.

Rings um die Zeremonialterrasse atmeten zwei Millionen Menschen ihr Entsetzen, als sie begriffen, daß sie sich gegen die größte Macht der Welt versündigt hatten. Was, fragte sich Hüang näng Lüoging, werden sie, was werden die Priester dieses Reiches, was werden wir, die wir den Befehl gaben, in dieses vielstimmige Heulen und Fauchen des Himmels hineindeuten?

Das Drachenpfeillager im Osten war, einem Vulkan gleich, noch immer eine Rauchsäule mit einem glosenden Sockel. An mindestens vier weiteren Stellen loderten Brände. Das Zentrum der Schlacht war ein Knäuel aus brüllenden und sterbenden Menschen, das mit jedem Schrei näher kam. Und rings um den Thron standen einige Hundert Höflinge, die immer drängender nur einen Wunsch hatten.

»O *Herr der Unwandelbaren Ordnung*«, verneigte sich Kengsau hua Gilang, zur Linken des Herrschers stehend, »ich schlage vor, daß du einen anderen Ort aufsuchst.« Wäre die Situation weniger tödlich gewesen, hätte Hüang gelacht: es war so bezeichnend, daß der Kriegstreiber den *Göttergleichen* nun nicht mehr als *Höchsten Kriegsherrn der Geheimen Kammer* ansprach.

»Fliehen, hochehrwürdiger Kengsau?« fauchte Musang, der Hüangs Humor anscheinend nicht teilte. »Sprich es doch aus. Aber wohin?« Ein Schwenk seiner feisten Hand umschrieb die gesamte Landschaft zwischen den Bergen. »Siehst du hier einen Ort, den die Blauen Götter mit ihrem Himmlischen Feuer nicht heimsuchen?«

Trotzdem waren sich die Berater und der General der Leibgarde schnell einig. Obwohl jeder einzelne Würdenträger voller Hektik war, bildete sich der Prozessionszug mit quälender Langsamkeit. Als der *Herr der Unwandelbaren Ordnung* unter seinem weißen Thronhimmel abzog, dem General folgend, mußte er einen peinlichen Bogen schlagen, um an das hintere Ende der Zeremonialterrasse zu gelangen, wo seine Pferdesänfte wartete. Und der Bonze mit dem alten Szepter und die Eunuchenprinzen mit den Herrschaftssymbolen der *Eroberungen* wirkten nun nicht mehr wie die Erben eines Überirdischen, der einen halben Kontinent bezwungen hatte, sondern wie furchtsame Krämer auf einem sinkenden Schiff, die ihre Schatzschatullen zusammenrafften.

Nur wenig später schlug ein Strahl im Palastzelt ein. Im Innern splitterte Holz, Edelmetall klirrte. Fauchend beulten sich die Wände aus feinstem Tuch. Im Decktuch klaffte ein kaum sichtbares Loch, von dem aus sich knisternd Feuer ausbreitete. Bonzen, Leibwächter und Diener rannten durcheinander. Bis sich eine Eimerkette zu dem künstlichen See gebildet hatte, stand eine Zeltbahn von der Fläche eines Naukensegels in Flammen, und es sollte eine halbe Stunde dauern, bis das Feuer gelöscht war.

»Vielleicht, hochehrwürdiger Hüang, wäre es doch weise, die fünf verbliebenen Gefangenen zu opfern?« Musang schritt an Hüangs Seite über die Rampe der Terrasse hinunter. Priesterschreiberlinge mit geweiteten Augen schwirrten um sie herum, um ihre letzten Anweisungen zu erfüllen.

»Freilich, veranlasse das ruhig, hochehrwürdiger Musang«, antwortete Hüang großzügig, »aber mach dir keine Hoffnungen. *Diesen* Hunger« – der Unsterblichkeitsberater deutete zum Himmel – »stillen wir nicht mit fünf Todesschreien.«

»Ich hätte nicht gedacht ...«, begann Musang näng Kadeng zögernd, als sie endlich in der Sänfte saßen.

»... daß die Blauen Götter derart mächtig sind?« setzte Hüang näng Lüoging mit einem schlangenartigen Lächeln fort. Aus irgendeinem Grund genoß er die mühsam unterdrückte Panik in den Augen seines Verbündeten und Rivalen. »In den alten Schriften ...«

»... steht viel geschrieben«, fiel ihm nun Musang ins Wort. Die Konversation gehorchte nur mehr wenig dem *Tugendhaften Weg des Himmlischen Willens*. Und in den Augen des eitlen Hohenpriesters war deutlich zu lesen: Wir beide wissen, daß du etliches davon selbst geschrieben hast.

»In den alten Schriften steht ausdrücklich«, insistierte Hüang auf seiner Kompetenz als Hüter und Kenner der historischen Texte, »daß die Blauen Götter seinerzeit die Nördlichen Königreiche mit Sturm und Feuer zerstörten. Erst der *Kriegsherr der Geheimen Kammer, der die Mantikoren bezwang und verspeiste,* konnte sie mit dem Tribut der *Roten Steine* beschwichtigen und für sich gewinnen.«

»Und warum, hochehrwürdiger Erster Hüter der *Seidenen Bibliothek*, hast du dann den Plan aufgebracht, die Blauen Götter anzugreifen?«

»Weil ich, hochehrwürdiger Hoherpriester, dachte, die alten Schriften seien nicht immer wörtlich zu nehmen – so wie du.«

Nach einem kurzen Blickkontakt wandten sie sich einig um und blickten durch den Vorhang zurück auf das Schlachtfeld, auf dem das *Länder überspannende Feld der Krieger* in Sturm und Feuer zerschlagen wurde. Und darüber am Himmel stand, gleichermaßen hell scheinend wie scheinheilig, der *Schweifende Stern.*

Die Welle

Innere Kammer *des Hochtempels von Tschöng-Hau Leng,*
am späten Nachmittag desselben Tages

»Ob die Schlacht ... schon geschlagen ist?« Lü näng Huango fand sich wohl zum achten Male auf der Terrasse wieder, den Blick zum Himmel gewandt. Eigentlich wäre ihr Blick nach Norden geglitten, wo in so unvorstellbarer Weite die Weltenmauer und der *Unvollendete Palast* lagen. Aber die Terrasse der *Inneren Kammer* war, wie der ganze Hochtempel, nach Süden ausgerichtet, auf den Hafen und den Ozean des Abends hinaus.

»Höchstehrwürdige Lü«, murmelte Nühen hinter dem Wandschirm, »was für eine Frage an eine alte Frau.« Sie raschelte mit den Reispapieren, die sie sortiert und gebündelt hatte, und kam dann langsam hervor.

»Der *Unvollendete Palast*«, flüsterte Lü. Sie fühlte einen Stich in ihrem Herzen. »Ob sie die Heimstatt der Blauen Götter ebenfalls zerstören werden?« Sie wußte, daß Nühen hinter ihr stand und sie anblickte. »Der Ort, den ich nie gesehen habe.« Für einen seltsamen, umnebelten Augenblick sah die Hohepriesterin sich durch die roten Ruinen eines Palastes gehen.

Verwirrt schüttelte Lü den Kopf. Die brütende Schwüle des Tages mußte ihr zu Kopf gestiegen sein. Dieses Gefühl von Wehmut begleitete sie den ganzen Tag, seit sie in der Früh die blutigen Glyphen ›entdeckt‹ hatte. Nein, diese roten Trümmer, das fühlte sie, waren die Trümmer ihres Lebens und all dessen, woran sie noch immer glaubte.

Sie hatte ein dreiviertel Jahr Zeit gehabt, sich auf diesen Tag vorzubereiten. Länger als erwartet. Ursprünglich hatte Fong-Kuoy näng Tschüeng davon gesprochen, daß der Angriff im Frühjahr stattfinden solle. Seit mehr als drei Monden hatte sie gehofft, die letzten Anweisungen würden nie eintreffen. Dann aber hatte die Schriftrolle in der Hülle aus herrschaftlichem Scharlachrot sie doch noch erreicht.

»Komm, Nühen«, beschloß Lü unvermittelt, »laß uns eine der Terrassen auf der Westseite aufsuchen.« Auf ein Klingelzeichen öffnete der Pförtner die vier Vorhänge. Der Sekretär vor der *Inneren Kammer* sah verwirrt aus, als die Hohepriesterin an ihm vorbeirauschte, und die zwei Leibwächter hatten – ebenso wie Nühen – Mühe aufzuschließen, ohne in ungebührlichen Laufschritt zu verfallen.

»Von der Handelsverwaltung aus müßte man einen halbwegs brauchbaren Blick nach Norden haben«, rief Lü über die Schulter. Doch ihre Gedanken wurden schon wieder schwer. Fong-Kuoys Anweisungen waren verschlüsselt gewesen. Während er noch Hoherpriester Tschöng-Hau Lengs gewesen war und Lü eine vielversprechende Karrieristin in der *Dritten Kammer*, hatte Fong-Kuoy seine geheimen Anweisungen innerhalb des Netzes seiner Vertrauten im Alt-Katauekisch der sagenhaften Vorzeit verfaßt, mit blumigen Umschreibungen, zu deren Deutung man stets drei frühere intime Gespräche kennen mußte, und sie vor allem so formuliert, als wäre der Text ein Bericht über bereits Geschehenes – was Fong-Kuoy damit zu verwirklichen befahl.

»Macht Platz für die grenzenlos ehrwürdige Hohepriesterin«, hatte einer der Pförtner noch eben Zeit zu rufen, als Lü bereits in die Schreibstuben der *Dritten Kammer* eilte. Einige Priester wirkten regelrecht ertappt, während sie sich erhoben.

»Das sollte ich öfter machen«, wisperte Lü hinter dem Fächer ihrer alten Lehrerin zu. »Wenn ich daran denke, was ich alles trieb, als ich noch Herrin der *Dritten Kammer* war ...«

Doch das war nichts verglichen mit dem, was sie heute Nacht zwei Vertrauten befohlen hatte. Lü hatte lange gegrübelt, wen sie heranziehen konnte. Sie hatte einen Mann gebraucht, der sich auf das Handwerk verstand und das Gerüst montieren und entfernen konnte, ohne Spuren zu hinterlassen. Der zweite Mann mußte ein hervorragender Kalligraph sein und schwindelfrei obendrein.

Die ganzen letzten Monde hindurch hatte sie einen Kandidaten nach dem anderen zu sich gerufen – Priester, die ihr bereits besondere Dienste erwiesen hatten, die wie sie hungrig nach Aufstieg waren und klug genug, das zu verbergen. Spannendster Augenblick des Spieles war es stets gewesen, wenn sie dem Priester befohlen hatte, auf der Terrasse auf die Brüstung zu steigen.

»Wenn du hoch hinauswillst«, hatte sie feinsinnig lächelnd erklärt, »dann zeige mir, was du fühlst, wenn du oben im Wind stehst.« Einen Schreiber hatte Lü einen Fächertanz vollführen lassen, während ein nahender Regensturm an seinen Gewändern gezupft hatte. Sie alle hatten geglaubt, eine Mutprobe von großer symbolischer Bedeutung abzulegen. Aber nur bei einem Mann hatte die Hohepriesterin den Eindruck gehabt, daß er imstande war, im Halbdunkel einer nächtlichen Halle aus einem besonderen Gemisch von Stierblut und ajunäischem Walöl Glyphen an die weiße Wand zu malen, ohne vom Gerüst zu stürzen. Dabei aber hatte sie noch nicht geahnt, daß während dieser seltsamen Arbeit vergangene Nacht auch noch ein Erdstoß den Balanceakt erschweren würde ...

»Über die Maßen ehrwürdige Hohepriesterin!« Die Terrasse der Handelsverwaltung des Hochtempels war voll von Priestern, stellte Lü mißbilligend fest – und Nautikern. Die Tugendwächter, die eben noch heftig diskutierend zum Himmel gedeutet hatten, verbeugten sich. Einige Schreiber der *Zweiten Kammer* fielen auf die Knie, ebenso die Nautiker, deren Ringe durchwegs nur Zeige- und Mittelfinger überspannten. Eine auffällig junge Frau, der man das wilde Blut ihrer mangalischen Vorfahren ansah, warf sich auf den Bauch.

»Berichtet mir, würdige Herren!« Lüs Befehl kam leicht unwirsch. Innerlich rümpfte sie die Nase. Sie hatte gehofft, hier ungestört ihren Gedanken nachhängen zu können. Untergebene waren schon störend genug, aber nun auch Tempelfremde, die zudem noch einem unterworfenen Volk angehörten! Und die ungeschminkte Nautikerin mit dem barbarischen Haarschopf war ihr aus irgendeinem Grund sofort zutiefst verdächtig.

Lü hatte durchwegs nur mit Männern zusammengearbeitet. Das hatte sie von Fong-Kuoy gelernt; der hatte nämlich stets nur Priesterinnen zur Ausführung seiner privaten Intrigen herangezogen. O ja, das fleischliche Band war stark – erschreckend stark. Durch Lüs Geist huschten Schattenbilder der Dinge, die sie getan hatte, weil der *Tugendhafte Weg des Himmlischen Willens* vorgab, daß ein Priester stets ohne Wünsche zu sein hatte. Und so sehr sie abstieß, was Fong-Kuoy von ihr verlangt hatte, so wenig konnte sie leugnen, daß irgend etwas an ihm sie faszinierte.

»Sternschnuppen, o über die Maßen ehrwürdige Hohepriesterin!« Einer der Tugendwächter verneigte sich. »Sieben in der letzten Stunde, und sie erscheinen zunehmend häufiger.« Lüs Blick folgte dem Fingerzeig. Sie sah einige dünne, weiße Rauchfäden im wolkenschweren Sommerblau des Himmels.

»Wie geheimnisvoll«, antwortete Lü, »zunächst der *Schweifende Stern* und nun dies. Dazu das nächtliche Beben, das Himmlische Feuer im Morgengrauen und das über den Himmel rollende Dröhnen am Vormittag ... und natürlich die Schrift an der Wand.« Sie fragte sich, ob sie sich verdächtig gemacht hatte, als sie um ein Haar das scheinbar wichtigste Zeichen vergessen hätte. »Und unsere würdigen Gäste von der *Kammer der Nautik*?« Lü fächelte scheinheilig freundlich, aber der Priester ahnte ihre Feindseligkeit.

»Wir hielten es für weise, unsere Aufgabe der Deutung des Himmlischen Willens zu erleichtern, indem wir Sterndeuter hinzuzogen. Die Herren der *Kammer der Astrologie* sind allesamt zu den Sternwarten in den Hügeln aufgebrochen. Doch die *Kammer der Nautik* war so freundlich, uns mit drei erfahrenen Seereisenden auszuhelfen.«

Erfahren? Lüs hoch ins Gesicht gemalte Augenbraue fuhr skeptisch noch höher. Ihr Blick fiel eisig auf die Mangalierin, die gerade mal zwanzig Jahre zu zählen schien.

»Und was, würdige Herren und Frau«, fragte die Hohepriesterin mit galligem Unterton, »ist die Meinung der erfahrenen Seereisenden zu dieser Himmelserscheinung?«

Der älteste der drei Nautiker schickte sich an zu antworten, doch da waren aus der Unterstadt Schreie zu hören. Welch untugendhaftes Verhalten! Nur an den höchsten Festtagen der *Wung Lings* veranstalteten die Bewohner solch einen Lärm, der bis zu den Terrassen des Hochtempels emporstieg. Nun wurde im Hafenviertel auch noch ein schwerer Gong gerührt. Mangalische Muscheltrompeten und weitere Gongs folgten.

»Das Meer!« rief die junge Nautikerin. Die meisten Bonzen kehrten den Blick nun nach Süden. Widerwillig wandte auch die Hohepriesterin sich um. »Das Meer entflieht!«

»Welch untugendhafter Unfug ist das?« entfuhr es Lü heftig fächelnd. Das Mädchen stand an der südlichen Brüstung der Terrasse. Auch die anderen drängten jetzt auf die Südseite – und niemand machte der Hohenpriesterin Platz!

»Du hast recht, ehrwürdige Nautikerin«, rief ein specknackiger Priester aus. »Seht nur!«

»Platz für die höchstehrwürdige Lü näng Huango«, erinnerte ein Tugendwächter mit grauem Dreifadenbart an den *Tugendhaften Weg des Himmlischen Willens*. Schnell bildete sich eine Gasse bis zur Brüstung. Auch die Nautikerin trat beiseite.

»Seht, höchstehrwürdige Hohepriesterin«, machte sich ein

Priester der *Dritten Kammer* wichtig. Seine feiste, dreifach beringte Hand wies auf das Hafenbecken. Weit über acht mal acht Nauken lagen da, schief, an gespannten Haltetauen – auf hellem Sandboden! Einige kleinere Boote hingen steil von den Piers herab. Matrosen und Kulis waren ins Hafenbecken gesprungen und liefen durch den Schlick. Selbst ein Viertel *Läng* weiter draußen, jenseits der Deiche, steckten Boote im Wasser fest, das den umherlaufenden Schiffern nur mehr bis zu den Waden reichte.

»Das ewige Meer«, sprach Lü mit einem Ton, der ebenso feierlich wie nachdenklich war, »der Ozean des Abends. Trocken wie das Flußbett im Hochsommer, versiegt wie ein Bächlein in der Hitze. Was sagt uns dieses Zeichen – an diesem Tag, der an Zeichen schon so reich war?« Die Hohepriesterin wußte selbst nicht, ob sie wirklich eine Antwort wollte, die das Geheimnis enthüllte.

»Die Seevögel sind verstummt, hochehrwürdiger Liän«, sagte der älteste Nautiker in die Stille hinein, »doch kein Sturm zeigt sich da draußen.« Welche Untugend, nur einen Angehörigen seiner *Kammer* anzusprechen! Der Sommerhimmel war von tiefem Indigo, die weißen Wolken, die bereits die nahende Regenzeit ankündigten, aufeinandergehäuft zu Türmen, Schiffen und Fabelwesen, die unbeweglich in größter Höhe standen.

»Ein Zeichen, hochehrwürdige Brüder und Schwestern in der Tugend«, spekulierte der wichtigtuerische Priester, »uns vom Meer abzuwenden – dem Festland zu?«

»Der Ozean«, widersprach der Graubärtige, »ist Symbol der Ewigkeit wie der Himmel selbst.«

»Wir bekommen Schwierigkeiten!« rief die junge Mangalierin, die Augen zu Schlitzen verengt. Auch die zwei anderen Nautiker starrten nun auf den Horizont – die Küste nach Westen entlang!

»Beim *Purpurherz* von Coleopa«, rief nun der älteste Seefahrer mit zunehmender Erregung, »holt die Leute aus dem Hafenbecken!«

»Wovon sprecht ihr, würdige Herren und Frau?« Lü konnte ihren Unmut kaum noch verbergen.

»Der Himmel sei mit uns!« rief nun auch ein Priester. Dann sah es Lü selbst.

Der weiße Strich kroch die Küste heran wie ein Alptraum. Der ganze westliche Horizont war weiß: auf dem Meer und auf dem Land bis zu den Hügeln! Von den Masten einiger Nauken erschallten Warnrufe. Von einem der Hafentürme erklang wiederum ein Gong. Im Schlick des Hafenbeckens begannen einige Matrosen zu laufen, aber noch immer zog es andere von den Hafenanlagen hinab. Ein dumpfes, dröhnendes Rauschen drängte der Stadt entgegen.

Es war eine fauchende Bestie, deren gischtender Leib am Horizont in die Höhe wuchs, von so entsetzlicher Geschwindigkeit, daß sich der Verstand weigerte, sie zu begreifen. Eben noch waren zwei kleine Dörfer verschwunden, da war die Welle schon an den Mauern von Tschöng-Hau Leng angelangt. Eine Sturmbö peitschte Lü und den anderen entgegen. Feine Gischttropfen erfüllten die Luft.

»Zwei mal acht Götterfuß hoch«, kreischte ein Priester. Lü sah zwei Türme der Hafenbefestigungen zerbersten und sich in wirbelnden Trümmerfluten auflösen. An den großen Forts entlang des Hafens explodierte das Wasser förmlich und gischtete himmelhoch, Flaggen und Schindeln in die Lüfte wirbelnd.

Im Hafenbecken jedoch hemmten keine Mauern den Ansturm. Die Nauken auf den trockengefallenen Reeden verschwanden unter einer Wasserwand. Die Kräne im Hafen wurden weggefegt wie Strohhalme von einem Eimer Wasser. Masten und Ladebäume ragten noch kurz aus dem tobenden Wasser, ehe sie im nächsten Augenblick wegknickten.

Schiffsrümpfe, Bootsschuppen und Rampen schoben sich wie Treibgut in der Flut die Hafenmole entlang, zunehmend in die ersten Gassen drängend. Ganze Häuser wurden wie Spielzeug ostwärts getragen, bis die Dächer schließlich doch in den stürmenden Fluten versanken und zerbrachen. Reisspeicher wurden pulverisiert. Zwei Kasernen hielten kurz stand, während das Wasser mit Hochdruck aus allen Fenstern und Toren schoß und Menschen und Waffen ins Freie schleuderte.

»Wir sind ...« Ehe auch nur ein Satz vollendet wurde, hatte die Wasserwand bereits die Oberstadt erreicht. Tschöng-Hau

Leng war wie die meisten Städte der Mangalischen Küste aus einer Hügelfestung entstanden, die die Überfälle der mangalischen Piraten vor 250 Jahren überstanden hatte.

Wie ein hungriges Raubtier sprang die tosende Gischt die drei Hügel empor und peitschte an den inneren Mauern senkrecht empor. Das Wasser brach fauchend durch die Handelstore. Boote, Bäume, gesplitterte Balken, Masten und Menschenleiber prasselten gegen Handelskontore, Wachtürme und Villen. Dennoch war es nur Sprühregen, der den Palast des Statthalters und den Hochtempel traf.

Hinter den Hügeln aber preschte die Riesenwelle weiter nach Osten. Die äußeren Ringmauern der Stadt brachen noch ein halbes *Läng* landeinwärts an mehreren Stellen. Maulbeerbäume und Tamarinden wurden mitgerissen wie Grasbüschel. Eine halbe Wegstunde landeinwärts, fast außerhalb der Blickreichweite, gurgelten die Ausläufer der Woge dahin und verwüsteten die Teefelder. Im Flußbett des Tschöng-Stroms und in seinen Kanälen tobte die Welle weiter landeinwärts, Lastkähne und Fischerhütten mit sich reißend, bis sie im Nordosten den entsetzten Blicken der Überlebenden entschwand.

Die auf das Festland geworfenen Wassermassen fluteten zurück und hatten dabei noch immer eine Gewalt und Ausdehnung, als hätte der Hochwasser führende Tschöng-Strom sich über die gesamte Küste ausgebreitet. Zertrümmerte Dächer und Nauken krochen dem Meer entgegen, und nur wenige blieben an ruinierten Mauern hängen. Aus dem Boden gerissene Bambushütten und brüllendes Vieh wurden mitgerissen. Leere Fässer, Dachschindeln, Holztrümmer und Leichen wurden fortgesogen und bildeten einen Teppich aus Treibgut, der sich schnell bis zum Horizont erstreckte.

Im Hafen gab es keine Deiche oder Piers mehr. Viele Mauern und Häuser im Hafenviertel waren direkt über den Grundsteinen abgerissen: Ruinen, in denen das Wasser wie in großen Becken stand. Von den Bambushütten der ärmeren Viertel fand sich keine einzige mehr. Die Steinbauten waren durchwegs abgedeckt und ramponiert. Überall glitzerten Pfützen und Priele.

Wohin das Auge reichte, landeinwärts und draußen am Meer, dümpelten dunkle Trümmer, die einmal die Unterstadt und ihre Bewohner gewesen waren …

Ein feiner Nebel aus herabsprühender Gischt raubte den Bewohnern der Oberstadt noch mehrere Minuten lang den Atem. Scheinheilig erstrahlte im Westen, jenseits des Hochtempels, ein Regenbogen.

Vor dem Auge ihres aufgepeitschten Geistes glaubte Lü zu sehen, wie die Welle an der Südseite des Hochtempels das silberne Tor erreichte und zerschlug. Schiffstrümmer und zappelnde Menschenleiber schwappten über den roten Marmorboden. Die letzten Zungen des rachsüchtigen Meeres erlahmten zu Füßen der zwei blauen Statuen. Einige gischtende Wasserschleier spritzten empor zu der Wand und leckten an der frevelhaft blutigen Inschrift auf dem weißen Alabaster.

»Der Himmel sei mit uns!« stöhnte Lü. »Was haben wir getan? Was, im Namen des Himmlischen Willens, haben wir getan?«

Götterjagd

Vor dem Unvollendeten Palast, *gegen Abend*

»Verluste?« Hauptmann Kang hua Schiang sah seinen Ersten Wachtmeister nicht an; sein Blick schweifte über die behelfsmäßige Stellung. Seine Männer verkeilten einige Baumstämme zwischen den Troßwagen der Geschütze.

»Tugend, Hauptmann«, fiel der Offizier auf die Knie. »122 Tote, 19 Sterbende, 63 schwer Verletzte, 44 noch Vermißte oder Versprengte.« Kang nickte grimmig. Über ein Drittel – falls alle Versprengten zurückkehrten. Von den acht Wachtmeistern waren zwei gefallen, bei den Waffenmeistern sah es am übelsten aus. Ja, so waren die Götterfresser – und so war ihr Feind. Ein Götterfresser wich nicht zurück – und wo ein Blauer Gott zuschlug, überlebte selbst ein Götterfresser nur selten. Seine Hüfte, wo ihn das Knie des *Fangs* getroffen hatte, war noch immer taub.

»Zwei Spähtrupps ein *Läng* nach Osten und Westen«, befahl er. »Bote an General Tüfang hua Hidong: Dritte Faust hält Vorposten nordwestlich. Verluste melden. Blaue Götter anscheinend Rückzug in *Unvollendeten Palast.* Kein Zugriff. Ehrfurcht, Kang.«

Der Erste Wachtmeister Zuang-Zu erhob sich bereits und setzte den Helm mit den langen Federn auf, als Kang noch nachsetzte:

»Und sobald wir sie entbehren können: ein Spähtrupp zu den Büffelreitern, den Geschützen und diesen Spießträgern da drüben. Ich will wissen, ob wir mit denen noch rechnen können.« Die Geschütze jedenfalls waren ein wirrer Haufen aus Rauchsäulen und lodernden Flammen. Und so weit Kang blicken konnte, sah er keine Gruppe aus mehr als vier Büffelreitern.

Und die anderen 250 Heerscharen? War der Belagerungsring noch geschlossen? Drüben im Osten sah er vereinzelt Schildwälle oder ausgerichtete Speerreihen. Aber eine Schlachtordnung war das nicht mehr ...

»Tugend, Hauptmann!« Kang drehte sich angriffslustig um. Das war keine Stimme eines seiner Offiziere. Vor ihm stand dieser Turga mit dem Nasenring.

»Krieger Rürek«, meldete er, »achter Finger, zweites Glied. Ich bin zurück.« Kang hob die Augenbrauen unter seinem Visier. Was, bei den Ahnen, war das? Gut, der Wachtmeister des achten Fingers war gefallen ...

»Wo ist dein Waffenmeister?«

»Säbelschwert von Blauer Gott, grenzenlos ehrwürdiger Hauptmann«, antwortete der Barbar mit treuherzigem Blick. »Ist er tot.« Er trug die Bola über die aufragenden Schulterbleche gehängt, eine Stachelkugel vorne, eine hinten. Die Turga hatten bei der Ausbildung die Herren der *Kammer* überzeugt, daß die traditionelle Art in ihrem Fall auch die wirkungsvollste war. Trotzdem lag etwas unerlaubt Lässiges in der Art, wie der Buschreiter die Waffe seiner Ahnen trug.

»Was meldest du?« fragte Kang gereizt. Er konnte nicht glauben, daß er den Bericht eines einfachen Kriegers entgegennehmen sollte, während da draußen die Welt zerbrach.

»Der Fünfarm, Hauptmann«, sagte der Mann mit dem Nasenring stolz. »Ist er da draußen. Rürek ist er ihm gerennen, wenn Hauptmann Kang hat geschlagen die Hand.«

»Sprich klar, *Ziang*«, herrschte Kang ihn an. Er fühlte, wie der Kampfrausch in ihm wieder erwachte.

Der Turga deutete einfach nach Südwesten: »Laufen er Blauer Gott dort. Laufen er weg von Schlacht und alles.«

Kang war zu beherrscht, um seinen Blick nach dem Fingerzeig zu richten, aber er fühlte, wie sein Herz zu fliegen begann. Er wandte sich ab und ließ einen Blick über die Zinnen des *Unvollendeten Palastes* gleiten.

Du bist Hauptmann, sagte eine Stimme. Du mußt mit der Dritten Faust bereit stehen, falls der *Höchste Kriegsherr der Geheimen Kammer* den Angriff auf den Palast befiehlt. Aber das würde er doch nicht wagen …

Die Doktrin der *Geheimen Kammer* befahl, daß jeder Wachtmeister mit seinen 64 Kriegern einen Gott zu erwählen und zu töten hatte. Kang mußte einen Wachtmeister zur Verfolgung entsenden. Aber er hatte diesem Gott bereits gegenübergestanden. Er wußte, was die Doktrin nicht wußte: Keiner seiner Wachtmeister hätte diesem Gott standgehalten …

»Hat er mein Wachtmeister gesagt: Andere Krieger werden sie kämpfen. Unsere Aufgabe ist er nur, die Götter töten.« Kang schnellte herum. Fünfundzwanzig Jahre Dienst sagten ihm, daß er die Respektlosigkeit einer direkten Anrede zu bestrafen hatte. Aber das waren Kangs eigene Befehle, die der Barbar da radebrechend wiedergab.

»Dafür, *Ziang*«, befahl Kang streng, »wirst du nochmals eine Nacht lang auf dem Kasernenhof von Gingang Tung stehen … sobald wir diesen Blauen Gott erlegt haben.« Die Augen des Kriegers glühten, als Kang ihn entließ.

»Wachtmeister Zuang-Zu! Bote an General Tüfang hua Hidong«, befahl Kang. »Versprengter Blauer Gott entdeckt. Bereits verwundet. Dritte Faust nimmt Verfolgung auf. Ehrfurcht, Kang.«

Strolch am Schlachtfeld

Vor dem Unvollendeten Palast*, in der folgenden Nacht*

»Nun gib schon her! Du brauchst es nicht mehr.« Strolch zuckte unter dem Klang seiner eigenen Stimme zusammen. Viel zu laut schallte sie über das grabesstille Schlachtfeld, über dem nur mehr das Winseln des Windes lag. Selbst das Stöhnen des sterbenden Geschützmeisters war verklungen.

Noch einmal zerrte der junge Mann an der silbernen Kette, die im Flackern der Brände am Horizont glitzerte. Es half nichts: er mußte den Schädel anheben, wenn er die Kette darüberziehen wollte. Das, was von dem Schädel übriggeblieben war, verbesserte er sich und unterdrückte das drängende Gefühl in seiner Magengrube. Irgend etwas hatte dem Soldaten glatt den Großteil des Kopfes abgetrennt. Helm, Maske und Schädel waren von einer messerscharfen Fläche durchschnitten.

Etwas! Strolch kroch die Gänsehaut wie ein Schwarm Spinnen über den Rücken hinauf bis zur Kopfhaut. Er hatte nicht erkennen können, wogegen die Kataueken gekämpft hatten. Er wußte nur, daß die Feinde so unheimlich waren, daß selbst Kudung nicht von ihnen sprach.

»Mach schon«, riß Strolch sich selbst aus den düsteren Gedanken und zerrte wieder an der Kette. Diesmal machte der Klang seiner Stimme in der Totenstille ihm Mut. Er unterdrückte den Brechreiz und hob den blutigen Nacken des Soldaten an. Als die Kette endlich über den Kopfstumpf glitt, streifte die daran hängende Schwertscheide den Rest der gespaltenen roten Metallmaske ab. Für einen Augenblick glitt das Licht der Laterne über den grotesken Rest eines Schnauzbartes, einen einzelnen Mundwinkel mit Haarresten, über dem nur noch feuchtes Rot schimmerte.

Was für ein Schwert war das, das Helm und Maske eines katauekischen Soldaten glatt durchschnitt? Was für ein Arm hatte diese Kraft?

Instinktiv blickte er zum Himmel, wo drohend der neue Stern stand. Einzelne graue Wolken jagten daran vorbei. Noch nie hatte Strolch Wolken gesehen, die sich so schnell bewegten; dabei hatte der Sturm auf dem Schlachtfeld deutlich nachgelassen. Kein Sterblicher hatte je solche Wolken gesehen. Oder irgend etwas von dem, was vor einigen Stunden über Serkan Katau hereingebrochen war.

»Ihr Esel!« zischte Strolch – vorsichtshalber im merkantilischen Gassenmund. Aber hier hätten auch die katauekischen Worte keinen Hörer mehr gefunden, der sich beleidigt gefühlt hätte. Und Kataueken waren schnell beleidigt. Strolch lachte bitter, als er an all die Peinlichkeiten und Widrigkeiten dachte, in die er auf diesem Kontinent geraten war. Jedes Wort war falsch bei diesen aalglatten Krämerseelen, diesen pompösen Hochseefürsten und diesen stolzen Kriegern, die alle das gleiche Gesicht trugen. Aber jetzt lagen sie da in ihrem Blut, und Strolch tat ungestraft, was auch auf Ajuna zu den schlimmsten Beleidigungen gehörte: er plünderte ihre Leichen.

»Esel!« fluchte Strolch wieder, diesmal auf den Soldaten bezogen. Dann steckte er Kette und Scheide in die große Lederdecke, die er zum Tragen benutzte, und hob suchend die Laterne. Das Licht glitt über glänzende Kachelpanzer, gesplitterte Lanzenschäfte, Lederbeutel und Strohsäcke und über ein halbes Dutzend weitere Leichname. Leichen bis zum Horizont. Ein Acker des Grauens – und das ideale Arbeitsfeld für einen Leichenfledderer.

Angewidert spuckte Strolch aus. Wer hätte sich träumen lassen, daß er einmal so enden würde?

Alle, ohrfeigte er sich selbst, alle außer mir. »Nichtsnutz«, hatten sie ihn sein ganzes junges Leben lang genannt, »Tunichtgut, Strolch.« Selbst seine Freunde nannten ihn Strolch. Meine Kameraden, verbesserte er sich wieder. Freunde hatte er keine gehabt. Außer Carmelina natürlich. Ach was, auch die hatte ihn für einen Versager gehalten. Alle – sein Vater, seine älteren Schwestern, die Handwerker des Hafenviertels von Maganta und die Gardisten der Stadtwache – hatten ihm hundertmal prophezeit, daß er so enden würde. Aber Strolch hatte ja geglaubt, es besser zu wissen.

Da glitzerte es wieder silbern! Die Laterne beleuchtete nur seinen mageren Unterarm. Strolch stieg mit vorsichtigen, weit ausholenden Schritten über die dunklen Schatten am Boden. Er wollte gar nicht wissen, ob es die Strohsäcke der Barrikaden waren, weitere Krieger oder die Zugpferde der Katapulte. Sie hatten wirklich alles niedergemacht.

Der Wind wehte kurz einen stechenden Geruch an Strolch vorbei. Bleiern, metallen. Er hatte diesen Geruch auf seinem langen Weg über das Schlachtfeld heute nacht schon mehrfach wahrgenommen. Aber in Wind und Dunkelheit hatten ihn weder Nase noch Augen zum Ursprung führen können. Nicht, daß Strolch wirklich wissen wollte, was diesen Geruch verströmte. Der Zorn des Himmels, das war es, kein Zweifel. Vor seinem geistigen Auge tauchten kurz Schreckensbilder von geschmolzenen Rüstungen auf, von Kriegern, die im eigenen Panzer gebraten worden waren. Irgend so etwas mußte es sein.

Strolch hatte die Katastrophe nur aus der Entfernung erlebt. Besser gesagt: den Kern der Katastrophe. Denn das himmlische Schauspiel schien sich bis zu jedem Horizont zu erstrecken. Wieder fuhr einer der roten Blitze herab, weit drüben im Osten, jenseits der Berge. Ob die Sonne jemals wieder aufgehen würde? Unfug, schalt Strolch sich. Natürlich.

»Ein völlig normaler Fall von Rache des Himmels«, sagte er halblaut und versuchte über den schlechten Witz zu lachen. Das Lachen war ihm ziemlich vergangen auf diesem Kontinent der fremdhäutigen Krämer, Seefahrer und Krieger.

»Tücke!« fluchte er. Das Glänzen war wieder eine Panzerzier. Diese geizigen Kataueken. Alles, was wertvoll war, trugen sie genietet und genagelt am Leib. Er hatte sich drei Fingernägel abgebrochen und das billige Kupfermesser verbogen bei dem Versuch, solche Silberspangen von den Rüstungen der toten Offiziere zu brechen. Die Kataueken hielten ihren Reichtum noch im Tod fest. Genauso wie ihre Münzen.

Strolch war mit den gelochten Münzen aufgewachsen – auch wenn er sie als Gassenjunge nur aus der Entfernung gesehen hatte; jemand wie er bekam bestenfalls die merkantilischen Provinzmünzen aus Bronze und Kupfer in die Hand. Ein halbes Dutzend Mal hatte er einen Silberdenar besessen. Nie sehr lange. Die reichen Bürger vor allem in den Hafenstädten schmückten sich wie die katauekischen Seefahrer mit den Schnüren um den Hals, an denen die silbernen und goldenen Münzen aufgefädelt wurden.

»Wenn ich einmal eine Schnur habe ...«, das war der häufigste Satz in den Gossen gewesen. Jeder Stadtstreicher träumte davon, einmal mit dem Reichtum eines katauekischen Kapitäns ausgesorgt zu haben. Und dann das hier! Strolch unterdrückte den Wunsch, dem Offizier einen Tritt zu geben, und stieß den Fuß statt dessen in die Erde. Kein einziger Krieger trug sein Geld mit sich. Wahrscheinlich irgendein obskures Gesetz irgendeines längst verstaubten Kaisers. Vermutlich bekamen die Krieger ihren Sold nur ausgehändigt, wenn sie Urlaub oder Abschied nahmen. Die katauekischen Beamten!

Da drüben: wieder ein Katapult! Auch dieses war ein zertrümmertes Gerüst, von dem beißender Qualm verwehte. Was nicht ihre roten Blitze zerschmettert hatten, hatten sie in Brand gesteckt, und was sie nicht in Brand gesteckt hatten, hatten sie zerschlagen.

Strolch blickte hinüber zu dem unheimlichen Berg. Er glaubte, ein rötliches Schimmern zu erahnen. Aber heute nacht schienen keine Sterne, und der Mond hatte sich schamvoll verborgen. Das einzige Licht kam von den brennenden Grasländern ringsum. Doch das entschwindende Glühen des neuen Sterns am Horizont machte klar, wer diesen Kontinent beherrschte.

Die Hand

Vor dem Unvollendeten Palast,
drei Stunden später

»Gib es mir, Langnase!«

»*Hy'ä!*« rief Strolch instinktiv. »Geh! Meines.«

»Zeig es mir!« beharrte Kudung, die Laterne auf Strolch gerichtet, die freie Hand fordernd ausgestreckt. Obwohl er flüsterte, war sein Ton barsch und selbstsicher wie immer.

»Nein! Du nehmen.« Strolch war selbst erstaunt über seinen Mut. Er drückte die riesige Hand gegen die Brust. Eben hatte er noch überlegt, ob er mit dem gruseligen Fundstück irgend etwas anfangen konnte.

»Was hast du gefunden, Langnase?« Kudung hob die Laterne noch höher, so daß sie Strolch blendete. Eben wandte er den Blick ab – da zog Kudung die Laterne mit einem Ruck zurück, der sie quietschen ließ. Strolch sah gar nichts, aber er hörte Kudungs gepreßten Atem.

»Was hat der Kleine?« fragte Einauge, der mit etwas Schwerem über den Schultern heranstapfte. Vor den lodernden Flammensäumen am Horizont wirkte er geradezu bedrohlich.

»*Fang!*« zischte Kudung mit unüberhörbarer Ehrfurcht. Einauge verharrte beinahe im Schritt und warf dann seine Last lässig zu Boden. Ein alter Sack, in dem Leder rumpelte?

»Unheil«, schnaubte Narbenfresse – oder zumindest klang es so. Kudung hob wieder die Laterne. Diesmal wandte Strolch rechtzeitig den Blick ab.

»Eine Hand«, preßte Kudung zwischen den Zähnen hervor. »Von den *Fang* ...« Strolch hatte ihn noch nie so überfordert gesehen.

»Wirf sie weg!« fauchte Einauge. »Hauen wir ab.« Narbenfresse brummte zustimmend.

»Woher ... woher hast du sie?« fragte Kudung, wie im Bann einer unvorstellbaren Macht.

Die lag da so rum, wollte Strolch schon großspurig sagen.

Aber irgend etwas ließ ihn Atem holen. Dann antwortete er langsam und genießerisch: »Sie liegen zu acht mal acht Krieger. Tot. Viele Waffen. Viele … Wagen.« Ihm fehlte das Wort für die Schleudermaschinen. Er erinnerte sich daran, wie er in Maganta kleineren Kindern abends Angst gemacht hatte. »Alle tot.«

Die anderen schwiegen. Strolch hörte, wie in der Dunkelheit Schlampes Zähne klapperten. Einauge trat zu Kudung und flüsterte ihm etwas zu.

»Ja«, knurrte der Anführer – aber er klang eher wie ein Waschbär, der in der Falle saß, »deswegen frage ich ja. Wo die Hand ist, kann der *Fang* dazu nicht weit sein …«

Für einen schrecklichen Augenblick verstummten sie alle. Nur der Wind winselte wie eine Kreatur, die sich vor Entsetzen zu verkriechen suchte. Und dann hallte ein unmenschlicher Schrei über die Ebene – ein Schrei, in dem ein dumpfes Leiden lag, und doch war es ohne Zweifel das, vor dem sich der Wind verbergen wollte. Strolch und die anderen Strauchdiebe bemerkten nicht einmal, wie sie losrannten.

Die schieren Ausmaße der Katastrophe am UNVOLLENDETEN PALAST machen es unmöglich, sie zu begreifen. Bis heute, ein Menschenleben später, hat sich nicht einmal die sonst so unerschütterliche katauekische Bürokratie daran gewagt aufzuzeichnen, wie viele Krieger an diesem grauenvollen Tag zu Tode kamen.

Eines jedoch ist gewiß: Die Niederlage der Katauken war eine des Geistes. Die reine Masse des LÄNDER ÜBERSPANNENDEN FELDES DER KRIEGER konnten weder die Blauen Götter noch die Himmelsblitze zerschlagen. Aber die Heiden hatten Hand an die Wurzel gelegt, aus der das mächtigste Reich dieser Welt gesprossen war. Und so wie ein Baum verdorrt, dessen Wurzeln man kappt, so begann auch das Reich der Tugend zu sterben. Der HERR DER UNWANDELBAREN ORDNUNG hatte am Tag der Götterschlacht beim UNVOLLENDETEN PALAST nicht nur seine Unbesiegbarkeit verloren, sondern auch seinen Anspruch darauf. Und die Priester hatten das offensichtlichste Zeichen der Welt falsch gedeutet.

Während der Norden brannte und weiter südlich die Große Regenzeit begann, zogen Strolch, der Blaue Gott und die Götterfresser, einander auf der Spur, südwärts. Kein Zeuge und keine Quelle kann erklären, wie jenes Geschöpf, das die katauekischen Heiden einen Gott nannten, Strolch so unbeirrbar zu folgen vermochte. War der junge Ajunäer so auffällig, daß jeder Reisbauer, den der Blaue Gott anbrüllte, ihm zitternd die richtige Richtung wies? Verband den Blauen Gott als magisches Wesen ein unsichtbares Band mit seiner abgeschlagenen Hand? Bediente sich dieses Geschöpf widernatürlicher Magie, die es ihm erlaubte, jemanden zu finden, der seine Überlegenheit in Zweifel stellte? Oder zeigte sich hier erstmals Strolchs an einen Fluch gemahnende Eigenart, von der ich später berichten werde?

SCHWESTER DOLORES,
CHRONIK EINER
VERLORENEN ZEIT,
BD. II, NIEDERGELEGT
ZU CANTAMO IM
540. JAHR DER
ABWESENHEIT
GOTTES

Augen in der Nacht

An der Nordgrenze der Nördlichen Königreiche, in der Mitte der Großen Regenzeit, zwei Wochen später

»Bleib mir vom Leib!« Strolch war hochgeschnellt. Er konnte sich nicht erinnern, das Messer gezogen zu haben – er erinnerte sich nicht einmal daran, eingeschlafen zu sein. Kudung war ein düsterer Schatten, der sich zurückzog.

»Du Sau!« Strolch hatte begonnen, Merkantilo zu sprechen, wann immer er Kudung beleidigen wollte. »Du tust nicht mal mehr so, als ob du zufällig da rumkriechst. Aber du kriegst sie nicht.« Strolch fühlte, wie sich seine Hand verkrampft hatte, die die Beute Nacht für Nacht gegen seine Brust drückte. Er hatte eine Lederschnur gefunden und sie nach etlichen Fehlschlägen so zwischen den mächtigen, sehnigen Fingern verkreuzt, daß er die Hand um den Hals tragen konnte.

»Nicht haben!« blaffte Strolch lauter in die Dunkelheit, nun wieder auf katauekisch. »*Gingaling!*«

Strolch lauschte seinem rasenden Herzen, das lauter trommelte als der Regen draußen vor der primitiven Laubhütte. Aber gleichzeitig fühlte er die Müdigkeit, die ihn umklammerte wie … wie die schwüle Düsternis, die seit der Schlacht über dem Land lag. Die letzten Tage verwischten zu Nässe, Schwitzen, Lauern, Marschieren und kostbaren Augenblicken des Schlafes, aus denen ihn Alpträume oder Kudungs Tücke hochschrecken ließen.

»Ihr macht euch doch noch mehr ins Hemd«, knurrte Strolch. Sie hatten *ihn* seit Tagen nicht mehr gehört. Aber keiner der Strauchdiebe hatte die Schreie vergessen: dreimal, auf dem Schlachtfeld und in den zwei folgenden Nächten.

»Dort, in dem Wald«, hatte Kudung gesagt, »das ist ein guter Platz.« Sie hatten zunächst vorgehabt, das Schlachtfeld Nacht für Nacht, im Licht der fernen Steppenbrände, aufzusuchen und die Beute in einem der wenigen Hangwälder zu sammeln, die die Schanzbauer stehen gelassen hatten. Zwei Stunden Fußmarsch von den westlichen Rändern des Massakers zu einem sommerlichen Eibenwald – das war ihnen sicher genug erschienen.

»Er sucht uns«, hatte Schlampe gewimmert und sich an Kudungs Brust geklammert. Die Männer hatten nur starr dagesessen und gelauscht. Und nie hatte jemand protestiert, wenn Kudung kurz darauf aufgesprungen war und befohlen hatte: »Das ist kein guter Platz. Weiter!«

Als das Unterholz in den Hügeln nächtens undurchdringlich geworden war, waren sie nach Süden geschwenkt: drei Nachtmärsche durch Stechpalmen und Ginster. Denn es war ja nicht nur die schreckliche Stimme, vor der sie sich verbergen mußten. Immer wieder sahen sie Patrouillen: Gruppen von acht Reitern, die in zielstrebigem Trab nach etwas – oder jemandem – zu suchen schienen, Spähtrupps, die in dem fremden, büschelig wachsenden Gras Spuren zu lesen versuchten, manchmal Streifscharen, die in einer Kette von fünfzig Mann die Ebene durchkämmten. Dazu kamen galoppierende Botenreiter, langsam dahinrumpelnde Fuhrwerke, oft voll toter Soldaten, und Züge mit schwer bepackten Kamelen und Maultieren, die ebenfalls von Soldaten angeführt wurden. Manchmal sahen sie auch Gruppen von verschieden Bewaffneten und Gerüsteten, die ohne Disziplin und Anführer herumstreunten. Deserteure?

»Keine acht Mann«, brummte Narbenfresse wiederholt, »keine acht mal acht Mann.« Strolch hatte mehrfach zählen müssen, um zu begreifen: alle Einheiten waren dezimiert. Wieso machte ihn das so betroffen?

»Warst du bei... das *Länder spannende Feld die Krieger*?« Strolch hoffte, daß er den komplizierten Begriff richtig aussprach. Narbenfresse antwortete nicht. Seine Augen glänzten im fernen Widerschein der Lagerfeuer einer einzelnen Heerschar: ein Teppich aus einem halben Tausend Funken, die sich mit den umliegenden Wachfeuern eine Meile im Radius erstreckten.

Sie marschierten wohl südwärts, und die Bande folgte ihrer Spur. Diesmal ging es nicht um Beute, sondern darum, daß es nahe hinter einer Heerschar anscheinend die wenigsten Patrouillen gab.

»Tücke!« zischte Strolch. Er hatte eine Art Beziehung zu Narbenfresse entwickelt. Aber seit er die Hand besaß, ignorierte ihn der Bandit. Hin und wieder spürte Strolch scheele Blicke. Die drei Männer belauerten ihn Tag und Nacht. Seit gestern wurde Strolch nicht einmal mehr zur Wache eingeteilt. Früher hatten sie ihn regelmäßig die härteste Zeit von Geisterstunde bis Dämmerwache übernehmen lassen. Jetzt *wollten* sie, daß er einschlief ...

Das rote Würgetuch

Geheime Kammer des Himmlischen Willens, *Mantikor Leng, am 29. Tag im Fünften Mond im Jahr 472 der Blauen Götter, zum Ende der Großen Regenzeit*

»Wie erfreulich es ist, daß du wieder in Mantikor Leng bist, über die Maßen ehrwürdiger Hüang«, sagte Miai-Wong, offizielle Konkubine dritten Ranges. Draußen entluden die Monsunwolken einen stäubenden Wasserteppich auf das dichtgrüne Blätterwerk der Pisangstauden und Mangobäume. Miai-Wong legte ihre elfenbeinfarbene Hand vorsichtig auf Hüangs Unterarm: ein Ärmel aus zitronengelber Seide auf einem Ärmel aus priesterblauem Brokat. Die Hände des Hohenpriesters ruhten auf der Balustrade – und wer so genau beobachten konnte wie die Konkubine, sah, daß die Hände sich an dem gekachelten Geländer festhielten. »... auch wenn die Umstände deiner Rückkehr so überaus bedauerlich sind«, fügte sie vorsichtig hinzu, als er nicht reagierte.

»Welch einzigartige Sonnenuntergänge uns der Himmel beschert«, sagte der stattliche Tugendwächter, scheinbar tief in Gedanken versunken. Der große Hüang romantisch? So hatte sie ihn noch nie erlebt. Aber der Sonnenuntergang war tatsächlich von seltener Schönheit: Im Westen glühte es rubinrot, der halbe Himmel war ein Flammenmeer aus lachsroten und silbernen Wolkenzungen.

»Ja«, antwortete sie, wie immer auf einer Gratwanderung zwischen zu wenig und zu viel Nähe, »seit über einem Mond ...« Sie verstummte, als sie erahnte, in welches Wespennest sie stach.

»Seit 35 Tagen«, korrigierte er, und sie sah einen bitteren Zug um seinen Mund. Er wandte sich ihr zu. »Jeden Abend, während die Kutsche irgendwo auf der Reise anhielt, habe ich sie gesehen. Und es gibt keine tausend Himmelskundigen in Serkan Katau, die begriffen haben, daß es das Würgetuch eines Meuchelmörders ist. Das Opfer erlebt seine letzten Augenblicke durch das Tuch hindurch ebenfalls in tiefem Rot.«

»Manche sagen«, wisperte die Gespielin, noch vorsichtiger, »daß es der Widerschein des Feuers im Norden ist. Ist das wahr?«

Hüang lachte freudlos. »Der gesamte Turga-Busch, so sagen unsere Kundschafter, steht in Flammen. Waldbrände verheeren zwei der Nördlichen Königreiche und das Grünland. Vier Hauptstädte wurden durch Großbrände fast vollständig eingeäschert. Auch weiter südlich gab es Flächenbrände, aber dort rettete uns die Große Regenzeit.«

Wieder sah er sie an mit diesem Blick, dem es Freude zu machen schien, sie mit der Aufzählung der Katastrophen zu verletzen. »Ja, der Norden geht im Himmlischen Feuer unter. Aber: nein, die Sonnenuntergänge sind keine Wirkung des Feuers. Sie sind das trügerisch schöne Bastardkind der Wolken, die uns die Sonne rauben. Jetzt hat die Große Regenzeit begonnen, und der Himmel steht ohnehin voll fetter, fruchtbarer Wolken. Aber darüber, fürchten meine Himmelsdeuter, liegt noch immer jenes Würgetuch.«

Hüang faßte an sein Kinn und öffnete die Schleierbandhaube. Als er sie abnahm, bemerkte Miai-Wong, wie grau das Haar des Hohenpriesters geworden war, seit er sich diese Formlosigkeit das letztemal in ihren Armen gegönnt hatte.

»Ich habe inzwischen verstanden«, erklärte er mit dem Unterton eines Mannes, der mit einem Abschnitt seines Lebens abschließt. »Der brennende Himmel war nicht die Antwort des Himmels auf die Zeremonie, die wir acht Hohenpriester zelebrierten. Es war die Antwort der Götter auf eine Machtdemonstration: ›So, ihr habt also ein Heer bis zum Horizont‹, sagten sie. ›Ihr habt also Geschütze und Götterfresser. Ihr sprecht also mit dem Himmel. Uns …‹, so erwiderten sie, ›uns gehört dieser Himmel. Er ist unser Heer bis zum Horizont, unser Geschütz, unsere Stimme – unser Menschenfresser!‹ Das Rot allen Menschenblutes reicht nur aus, um den Himmel für einen Augenblick zu verfärben.«

Miai-Wong fröstelte. Für einen Augenblick wünschte sie sich, der Hohepriester nähme sie in den Arm. Sie hob die Hand und deutete nach Westen.

»Und der *Schweifende Stern?*« Der neue Stern war so viel schneller geschmolzen, als er erstanden war. »Was sagte er? Und warum kommen die *Kinder des Schweifenden Sterns* noch immer aus dem Osten?«

Hüang schnaubte verächtlich und stützte sich schwer auf das Geländer. »Woher soll ich das wissen? Ausgerechnet ich?«

»Hochehrwürdiger Hüang«, flüsterte sie mit unverhohlener Betroffenheit, »es erschüttert mich, dich so etwas sagen zu hören.« Hüang betrachtete sie mit seinem kalten Lächeln, bis die Fassade zerbarst. Er ging ins Innere der großen Schlafkammer, aber seine Geschwindigkeit verriet ihr, daß sie ihm folgen sollte.

»Ich, ehrwürdige Miai-Wong, ich bin es, der erschüttert ist«, seufzte er. Dann ließ er sich auf das seidene Bett fallen. Das blaue Priesterkleid war halb geöffnet. Mit spontanem Ekel betrachtete er seine Hände und seinen Bauchnabel. »Und daß es möglich ist, mich zu erschüttern, diese Tatsache erschüttert mich noch viel mehr.« Er verbarg das Gesicht in den Händen, aber auch damit konnte er nicht verhindern, daß ihm die Gedanken stoßweise aus dem Mund quollen.

»Ich hatte geglaubt, verstanden zu haben. Ich wähnte mich in der Rolle des einzigen, der unbestochen von Aberglaube, Angst und Vorurteilen erkannt hat, was die alten Schriften sind, ja, was unsere tugendhafte Religion ist.« Hüang schnaubte voll Verachtung.

Schließlich hob er den Kopf und sah sie an. »Ich weile seit zwölf Stunden in der Stadt der Mantikoren, und keine Stunde ist vergangen, in der nicht neue Schreckensmeldungen eingetroffen sind. Die gesamte Mangalische Küste wurde von zwei Flutwellen getroffen. Keiner kann derzeit sagen, in welchem Zustand die katauekische Flotte ist. Glücklicherweise heißt das wohl auch, daß die Kilang Klan und Karadschurgjia getroffen wurden. Und die mangalischen Piraten ... nun, alles, was die Mauern von Tschöng-Hau Leng überspülen kann, sollte auf den Inseln kein Gebäude stehen gelassen haben. Die Flutwellen drangen in einigen Kanälen der ersten Ordnung bis zu tausend *Läng* tief ins Binnenland vor. Dörfer, deren Bewohner noch nie das Meer gesehen hatten, ertranken im Salzwasser.

Im Reich Hüane überfiel meine Kutsche ein Hagelsturm; die Hagelkörner waren nußgroß. Ich saß in der Kutsche, meine Leibwache trug ihre Harnische; aber in dem Dorf, in dem wir Rast machen mußten, wurden durch die Schilfdächer hindurch kleine Kinder erschlagen.«

Miai-Wong blickte Hüang näng Lüoging fassungslos an. War das noch der Hohepriester und Unsterblichkeitsberater, der mächtigste Mann nach dem *Herrn der Unwandelbaren Ordnung*? Sein herrisches Gesicht verzerrte sich jäh zu einer Fratze aus Schmerz und Zorn. Er packte sie an beiden Oberarmen und schüttelte sie.

»Begreifst du, Weib?« schrie er heiser. »*Ich* habe den *Herrn der Unwandelbaren Ordnung* dazu gebracht, die Blauen Götter anzugreifen. *Ich* habe fünf Jahre lang eine Schrift nach der anderen gefälscht, um die Hohenpriester und die Kriegsherren zu überzeugen. Ich habe die Geschichte förmlich neu geschrieben. Und der Himmel sandte mir ein Zeichen, das ich einfach annehmen mußte ...«

Abrupt ließ er sie los und verbarg den Kopf wieder in den Händen. Er verharrte so lange in dieser Pose, bis Miai-Wong, von einer plötzlichen Gemütsaufwallung ergriffen, nach seinen Händen faßte. Sanft zog sie sie von seinem Gesicht weg. Hüangs Antlitz war von einem unnennbaren Schmerz zerfurcht, aber seine Augen glühten in jenem Stolz, dem das *Reich der Tugend* Tag für Tag zu gehorchen hatte.

Ihre Blicke trafen sich. Siedend heiß fühlte Miai-Wong, wie sein Blick wieder hart wie Stahl wurde. Er griff in ihren Nacken, bog sie zurück und drückte sie mit seinem ganzen Körper in die seidenen Laken.

Draußen prasselte der abendliche Monsun. Die Kacheln der Balustrade klirrten förmlich unter den schweren Regentropfen und dem fernen Donner.

Hüang und Miai-Wong waren zur Ruhe gekommen. Die Frau lag auf dem Rücken, die langen schwarzen Haare wie ein Spinnennetz über die Kissen gebreitet. Sie fragte sich, ob diesem Mann irgend jemand widerstehen konnte. Und sie fragte sich, wie gefährlich für ihn war, was er ihr erzählt hatte. Hatte er gegen Gesetze des Himmels verstoßen oder gegen solche der Menschen? Hatte er ihr nicht beigebracht, daß die beiden eben nicht identisch waren, auch wenn er wie jeder Tugendwächter dies öffentlich stets behauptete? Gefälscht – das klang nicht ... Sein Gesicht war unerwartet über ihr, erschreckend nah. Seine Augen waren wie Stahl, wie fast immer, sein Gesicht ein gleichmütiges Lächeln – wie immer.

»Ich bedauere, was ich dir erzählt habe«, erklärte er sanft. Seine Finger glitten durch einige Strähnen ihres Haares und spielten mit ihrem zitronengelben Seidenmantel. »Du wirst es für dich behalten müssen.«

»Hochehrwürdiger Hüang«, erklärte sie feierlich, aber mit dem Nachdruck, der etwas sicherstellen sollte, »ich schweige über alles, was du mir anvertraust.« Sie griff nach seiner Hand, die nun mit dem seidenen Gürtel spielte. Seltsam, er hatte ihn doch vorher bereits geöffnet, als er wie ein kalter Wintersturm über sie hergefallen war.

»Ja«, antwortete er zärtlich und entzog sich ihrem Griff. Sein Gesicht näherte sich wieder dem ihren. »Du wirst über alles schweigen.« Als sie begriff, daß die Finger an ihrem Hals keine Zärtlichkeit schenkten, war es zu spät.

Mit einem Ruck drückte er den Gürtel hinab, die Fäuste links und rechts ihres Halses. Miai-Wong versuchte sich aufzubäumen, aber er lag wieder mit dem gesamten Gewicht auf ihr. Er denkt immer an alles, dachte sie entsetzt. Ihre Hände versuchten noch, nach dem Gürtel zu greifen, als sie längst wußte, daß es keine Rettung gab. Und tatsächlich war das letzte, was sie sah, Hüangs Gesicht und die *Kammer*, die sich in immer tieferes Rot verfärbten.

Die Trophäe

Irgendwo in den Nördlichen Königreichen,
ebenfalls am Ende der Großen Regenzeit

»Erlaubst du, daß ich mich zu dir setze, hochehrwürdiger *Strolk*?«

Strolch blickte überrascht auf.

»*Schüe!*« bejahte er dann grinsend. »So aussehen, daß ich einzigen Platz habe heute nacht nicht unter Wasser rinnen.« Er hatte sich während der letzten Wochen angewöhnt, sich auf große Äste zu legen. Erstens kam die Feuchtigkeit da nur von oben, und zweitens fiel er regelmäßig herunter, wenn er zu tief schlief.

»Tücke!« fluchte er auf Merkantilo, als er mit dem Kopf gegen die Lederdecke stieß und prompt einen Eimer angesammelten Wassers abbekam. Wenigstens war es nicht kalt. »Ihr Katauaeken besser wissen sollt wie Unterschlupf bauen für Großen Regen«, zischte er, leiser werdend, als Kudung herüber sah.

Endlich hatte er einen Platz neben sich freigeräumt. »Willkommen, hochehrwürdige … Schlampe.« Als er es aussprach, wurde ihm klar, wie peinlich es war, ihren Gossennamen mit den Umgangsformen aus den Städten zu verbinden. Aber Schlampe kicherte nur. Dann griff sie nach seinem ausgestreckten Arm – bemüht, die Rechte mit den fehlenden Fingern durch die Linke zu verbergen. Strolch zog sie mit übertriebenem Ächzen hoch.

»Weiber!« spuckte Einauge aus und wickelte sich in seine durchnäßte Decke. Aber es war Kudungs Blick, auf den Strolch achtete. Diesmal sah er nicht weg, bis Schlampe die Spannung löste, weil sie mit einem erneuten Kichern gegen ihn stieß.

»Ich kann da nicht sitzen«, beschwerte sie sich und drehte sich auf dem schrägen Ast. Sie stützte sich jetzt gegen den Stamm der Zeder in ihrem Rücken. Strolch fühlte die unbeabsichtigte Berührung noch an der Körperseite. Wieder rollte Donnergrollen über den wolkenschweren Nachthimmel.

Kudung begann laut über das Wetter zu fluchen, und Einauge pflichtete ihm bei.

»Und der Regen brennt auf der Haut«, versuchte Schlampe sich am Gespräch auf der anderen Seite des Unterschlupfes zu beteiligen.

»*Gingaling!*« spottete Einauge. »Du bist eine Pfirsichtochter!« Das klang eigentlich nett, dachte Strolch, aber es hieß wohl irgend etwas wie ›übertrieben empfindlich‹.

»Aber ist richtig«, kam er ihr zu Hilfe, »Regen brennt in Augen. Dunkler Dreck bleibt auf Haut von Regen. Und du selbst hast sagen, daß Hagel sonst nicht rot in Serkan Katau.«

»Unheil«, schnaubte Narbenfresse, von dem alle dachten, er schliefe bereits. Das war seit Wochen sein einziger Kommentar zu fast allem. Das Gespräch versandete, und bald war das Trommeln des Dauerregens auf den zwei gespannten Lederdecken das einzige Geräusch in der Nacht.

»Glaubst du«, flüsterte Schlampe, »... *er* folgt uns noch immer?« Wie sie sich da auf der Astgabel zusammenkauerte, hätte Strolch sie gern in den Arm genommen. Aber er wußte nicht, was sie dazu sagen würde – oder Kudung.

»Nicht fürchte«, antwortete er und versuchte das Bedürfnis zu unterdrücken, die Felldecke einzuwickeln und sofort wieder loszumarschieren. »Es ist vier Tage jetzt«, zählte er an den Fingern ab, »daß ich ihn gesehen von Baum aus. Er geht langsamer als wir.«

»Aber warum holt er uns dann immer wieder ein?« fragte das Mädchen eindringlich, geduckt vor Angst.

»Ich glaube«, starrte Strolch in die Dunkelheit des Wäldchens, »daß er rennt ... wenn er hat wieder wissen, wo wir sind.« Wie immer er das macht, fluchte Strolch stumm. Norden! Bei den unflätigen Götzen vom Rand der Welt! Er selbst starrte schon wieder nach Norden. Dort mußte *er* sein. Konnte es sein, daß der Riese es ebenso machte? Hastig schlug er den Gottesstern über seiner Brust. »Wir müssen schneller gehen als er einfach«, erklärte Strolch und blickte Schlampe in die Augen. »Kurven und Haken gehen nicht bringt Hilfe, wir haben gesehen.« Bei den Locken der heiligen Sarmantha, mit welchem Vertrauen sie ihn ansah. »Du besser suchst dir jetzt Platz zu schlafen.«

Er wickelte die Steinschleuder von seinem Arm. Sie hatten auf den Wegen der Heerscharen so viele Lederriemen gefunden, daß Strolch beschlossen hatte, sich eine Schleuder zu bauen. In den Gassen von Maganta war er gut damit gewesen …

»Wie bist du nach Serkan Katau gekommen?« erklang Schlampes Stimme überraschend warm.

»Das erzähle ich dir doch schon«, lachte er achselzuckend, »vor einem Mond, vor drei, vor fünf.«

»Aber beim ersten Mal habe ich nicht viel verstanden.«

»Danke! Du sagst, daß ich nicht kann sprechen damals.«

Sie griff mit der Linken kurz nach seinem Knie und zuckte dann zurück. »Du hast schnell gelernt.«

»Ich hatte gute Lehrerin.« Kurz traf sich ihr Blick, und beide schauten schnell weg. Er mußte an die Brocken Katauekisch denken, die die Matrosen und Sklaventreiber in ihn hineingeprügelt hatten.

»Es war perfekter Plan.« Strolch lehnte sich an den Ast und blickte empor. Er genoß, wie die Geschichte diesmal von seinen Lippen floß. »Es war *gingaling*«, korrigierte er sich lachend. »Ich weiß nicht, was ich denke damals. Serkan Katau. Der *Kaiser* von Katau.« Er gebrauchte das ajunäische Wort, das hier keiner kannte. Auch so eine Überraschung. »Wie *gingaling* von mich. Hm, wie *gingaling* von ganz Ajuna. Es gibt keinen *Kaiser* von Katau. Wie sagt ihr? Noch mal sagen.«

»*Herr der Unwandelbaren Ordnung?*« fragte sie.

Strolch wiederholte den Begriff einmal, zweimal, aber er verstand die einzelnen Wörter noch immer nicht.

»Also: der Plan«, seufzte er. »Ich gehe auf die Nauke. Acht Masten. Nacht in Hafen von Maganta. Fast alle Matrosen weg … bei Frauen von Maganta.« Er sah kurz hoch, aber Schlampe konnte nicht ahnen, was er bei diesem Satz fühlte. Ja, Mädchen, dachte er, du bist vielleicht eine verstoßene Handwerkertochter, unverheiratbar und unerwünscht. Aber ich bin ein Hurensohn. Als die junge Katauekin ihn nur erwartungsvoll ansah, sprach er weiter.

»Ich gehe in … Innenseite von Nauke?« Schlampe entschuldigte sich, weil sie den Begriff ebenfalls nicht kannte. »Landratte«, lachte er auf Merkantilo. Dann erzählte er weiter und stellte dabei fest, wie viele Worte ihm noch immer fehlten. »Ich verstecke mich zwischen Fässer von … Öl von *Norga* und … Steine für machen Feuer für Erz?«

»Schmiedekohle aus Ajuna?« versuchte sie zu helfen.

»Wegen riechen. Ich denke, kein Matrose geht wo riecht Öl von *Norga*.«

»Was für eine Pflanze ist das?«

Strolch lachte so laut auf, daß Einauge aus dem Schlaf schreckte. »Ist Fisch. Größter Fisch von alle. Schwarz und weiß. Zähne wie … *er*.« Er versuchte lässig nach Norden zu deuten, doch die Stimmung war weg.

»Aber ich brauche essen. Nach drei Wochen ich gehe in andere … hm, Zimmer von Nauke. Matrosen kommen mich verschlagen. Mich schleppen zu Nauke Boß. Nautiker?«

»Nautiker sind die Schiffszauberer.«

»Ach?« machte Strolch. Was die Katauеken alles hatten. War das die Erklärung, wie sie als einzige den Weg über das Meer fanden? Zauberei? Es hieß in Maganta allgemein, daß die *camera secreta* einen Mann, der den Katauеken das größte ihrer Geheimnisse – die Fahrt über den *Ozean des Abends* – zu entreißen vermochte, mit Gold aufwöge. Aber es hieß auch, daß die Katauеken östlich von Custadoro ein ganzes Dorf an der Küste entlang hatten aufspießen lassen, weil einer der Einwohner das Geheimnis herausgefunden hatte.

»Boß mich ansieht. Gibt befehlen ich arbeiten auf Nauke. Ich viel verschlagen und wenig essen. Aber zufrieden weil ich denke bald in Serkan Katau lande. Dann Boß mich in Hafen von

Tschöng-Hau Leng verkauft Sklave.« Bei allen Schandtaten des Buckligen, wie weh das heute noch tat! Und dann die ganze Pein als Straßensklave …

»Tschöng-Hau Leng«, sagte Schlampe träumerisch. »Von dort fahren die Nauken in alle Welt.«

»Du doch nicht denkst, selbst über das Meer zu gehen fort von alles?«

»Du bist so anders. Sind alle Menschen in Ajuna so?«

»*Gingaling*«, lachte er. »Ajuna ist Scheiße. Was denken du, warum ich gehe fort von Maganta? Aber auch Serkan Katau ist Scheiße. Alles Land ist Scheiße, wenn ich arm bin.«

»Warum gibst du die Hand nicht Kudung, hochehrwürdiger *Strolk*?« Strolch fühlte einen Stich im Herzen. Was für eine Schlampe! Sie führte dieses ganze Gespräch über Schlafplätze, den *Fang* und die Überfahrt nur im Auftrag Kudungs. Oder war da Fürsorge in ihrer Stimme gewesen? War der Respekt der Anrede echt?

»Warum willst du wissen?« fragte er kühl und spielte wieder mit der Steinschleuder.

»Hast du keine Angst vor dem *Fang?*« Meinte sie das ernst? Hielt sie es ernsthaft für möglich, daß er nicht genauso zitterte?

»Nein«, log er, ohne nachzudenken. »Da!« Er streckte die flache Hand aus. »Ich ruhig. *Fang* kann kommen.« Schlampe schwieg, aber die Art, wie sie ihn im Dunkeln betrachtete, gefiel ihm.

»Hinter dieser Hand«, brummte unerwartet Narbenfresse, »werden sie alle her sein, solange du lebst.« Strolch war wie vom Schlag gerührt. Der kräftige Deserteur war die ganze Zeit wach gewesen. Und er hatte einen vollständigen Satz gesprochen …

»Ich weiß ihr alle wollt Hand haben«, fauchte Strolch und sprang vom Ast herunter. Er warf Mörderblicke in die Dunkelheit, auf Narbenfresses Schatten, zurück zu Schlampe auf dem Ast und in Richtung Kudungs, der anscheinend wirklich schlief. »Ich nicht weiß warum ihr alle wollt Hand haben. Aber ich habe erstes Mal Schatz, alle haben wollen.« Er wurde noch hitziger und wechselte impulsiv ins Merkantilo. »Nur über meine Leiche, ihr gelben Affen! Ob ihr mir jetzt bis zur Brust reicht oder doppelt so groß seid wie ich: nur über meine Leiche!«

Strolch stürmte hinaus; sogleich stürzte sich der Regensturm auf ihn, kaum gedämpft durch die wenigen Baumkronen über ihm. Dennoch lief er aus dem Wäldchen. Mehrere verästelte Blitze erhellten gleichzeitig die fetten schwarzen Wolken, die den ganzen Himmel wie eine Herde unheimlicher, schnell dahinziehender Tiere erscheinen ließen.

»Was, bei den Goldsäcken der heiligen Narcissa, wollt ihr alle damit?« Er fummelte umständlich unter seinem nassen Hemd herum und zog schließlich die Trophäe hervor. Die Haut fühlte sich grobporig und ledrig an. Für einen Augenblick flackerte die Hand im Schein eines weiteren Blitzes blau auf, und Strolch glaubte, sie sich bewegen zu sehen. Aber da war nichts – weniger als bei einem getrockneten Schweinsohr. Sie hatte noch immer keinen Geruch, auch an der Schnittfläche war keine Veränderung zu sehen.

»Das ist doch nur eine Hand«, sagte er laut in das Donnergrollen hinein. »Ihr spinnt wohl alle.« Wie war er bloß darauf gekommen, daß der *Fang* die Hand zurückhaben wollte? »Der will mich einfach kaltmachen. Aber dafür muß er mich erst mal kriegen.«

Der nächste Blitz erhellte die Szenerie: das Wäldchen und die Hügel ringsum. Ragte da nicht eine riesenhafte Gestalt auf? Nein, das war ein einzeln stehender Ginkgobaum, eine Ruine, die solch ein Blitz Jahre zuvor getroffen hatte; die verbliebenen Zweige bogen sich in den kurzen Sturmböen.

Er könnte jetzt einfach loslaufen. Kudungs unfähiger Haufen würde ihn nie wieder finden. Was hielt ihn noch bei diesen verkommenen Strauchdieben? Und wenn ihn der *Fang* doch einholte? Allein?

»Mach dir nichts vor, Strolchilein«, knirschte er. Er hatte gesehen, was diese blauen Ungeheuer mit einer Schlachtreihe gepanzerter Soldaten angestellt hatten. »Da kommt es auf die Fäuste von Kudung und Narbenfresse auch nicht mehr an. Der hat ja allein so viele Arme wie wir zusammen«, lachte Strolch humorlos. Damit erübrigte sich auch der zweite Gedanke, der in seinem Hinterkopf rumorte: Kudung geben, was er wollte. »*Gingaling!* Der macht uns alle kalt, egal, wer die Hand hat.« Blieb noch der dritte Weg: beides zusammen. Kudung die Hand geben und abhauen.

»Klar«, kicherte er, »dafür quäle ich mich jetzt seit zwei Jahren herum. ›Wie war denn Serkan Katau so?‹ – ›Och, nett. Hab eine Hand von so 'nem Riesen gefunden, aber dann wieder liegen lassen.‹« Nie wieder würde er sich sagen lassen, daß er verrückt war. Diese Hand würde er allen in Maganta zeigen: den Kumpanen von damals, Carmelina, seiner Mutter, dem alten Hurenbock, den Priestern, den Soldaten, sogar den *mercatoren*. Vorher mußte er nur herausfinden, was es damit auf sich hatte. Und was ihren Vorbesitzer anging ...

Er hob die Trophäe mit zwei Händen empor. »Hörst du mich, du blaues Ungeheuer? Wenn du deine Hand haben willst, dann hol sie dir doch!« In diesem Augenblick schlug keine zweihundert Schritt entfernt ein Blitz in die Hügel. Strolch fühlte einen pelzigen Geschmack auf der Zunge und eine Gänsehaut auf seinem Rücken.

Auf der Spur

Nachtlager der Dritten Faust der Götterfresser, in den Nördlichen Königreichen, ebenfalls zum Ende der Großen Regenzeit

»Der hochehrwürdige Bonze Giu näng Qöngeng begehrt dich zu sprechen, Hauptmann.«

»Er möge herantreten«, antwortete Kang, ohne den Blick vom Lager zu nehmen. Es war ihm angenehme Gewohnheit geworden, abends im warmen Regen von einem Hügel aus auf die Zelte seiner Männer zu schauen und den Blick über den Horizont streifen zu lassen. Das Werkzeug – und die Aufgabe.

»Höchstehrwürdiger Hauptmann!« Der Bonze hatte unter der

roten Schminke ein verlebtes Gesicht mit ausgeprägten Tränensäcken. Ein Sklave hielt einen seidenen Regenschirm über sein Haupt. Der Bonze atmete heftig, und seine Stimme klang herrisch und vorwurfsvoll. Kang war sicher, daß am Fuß des Hügels eine Sänfte stand und der Mann ihn bereits verfluchte, weil er ihm seine Aufwartung zu Fuß zu machen hatte – und im strömenden Regen. »Ich habe mir erlaubt, deine karge Behausung aufzusuchen ...«

»Unser Feldlager, ehrwürdiger Giu näng Qöngeng«, trat Kang der Frechheit entgegen. »Wir sind auf einem Eilmarsch.«

»Fußtruppen, wie ich verstehe«, drückte der feiste Bonze mit einer Bewegung seines Fächers seine Geringschätzung aus. »Wieso hat einer deiner Wachtmeister sich dann angemaßt, achtzehn meiner Pferde beschlagnahmen zu lassen?«

»Dies tat er, ehrwürdiger Giu näng Qöngeng«, schnarrte Kang, »weil *ich* mir angemaßt hatte, ihm den Befehl dazu zu geben – und weil er nicht mehr als achtzehn Pferde auf deinem Gut vorfand.«

»Ich besitze«, ereiferte sich der Mann, »in aller Bescheidenheit *dreiundzwanzig* Rösser. Edelste Seidenmähnen.«

»Wir rüsten der Doktrin der *Geheimen Kammer des Krieges* zufolge nur vollständige Glieder von acht Kriegern und einem Waffenmeister aus. Mit den überzähligen Rössern konnten wir nichts anfangen.«

»Bei aller angemessenen Höflichkeit«, erklärte der Mann mit gepreßter Stimme, »du weißt anscheinend nicht, wer wir sind. Das Haus näng Qöngeng stellt mehrere Herren der *Inneren Kammern* der Nördlichen Königreiche. Wir werden nicht hinnehmen, daß Fußtruppen, die anscheinend nicht einmal dieser *Eroberung* angehören, hier ihre Willkür treiben.«

»Hast du, ehrwürdiger Giu näng Qöngeng, das Siegel erhalten, das mein Wachtmeister deinem Ersten Viehhüter übergab?«

»Das habe ich allerdings«, fauchte der Bonze, faßte in seinen Seidenmantel und zog die Scheibe aus rotem Marmor hervor. »Du denkst doch nicht, höchstehrwürdiger Hauptmann, daß du damit achtzehn Seidenmähnen entgelten kannst!«

»Offensichtlich weißt du, ehrwürdiger Giu näng Qöngeng, nicht, wer *wir* sind. Wir sind *Zwiefach Vereidete*: eine der Garden des *Höchsten Kriegsherrn der Geheimen Kammer*. Wir gehören weder den Nördlichen Königreichen noch einer anderen *Eroberung* an. Wir verteidigen das gesamte *Reich der Tugend*. Mit unserem Siegel kannst du dich an die *Innere Kammer des Krieges* in Mantikor Leng wenden, um dir Genugtuung zu verschaffen. Ich werde für meine Entscheidung die Verantwortung tragen.«

»Das wirst du, höchstehrwürdiger Hauptmann!« Er spuckte die Anrede beinahe aus. »Du glaubst mich abschrecken zu können, wenn du mich zweieinhalbtausend *Läng* weit nach Mantikor Leng verweist. Aber das Haus näng Qöngeng hat auch Verwandte im Süden. Wir werden deine absurde Behauptung entlarven. Gegen welchen Feind wollt ihr das *Reich der Tugend* verteidigen, hier, am oberen Qiu, tausend *Läng* und zwei *Eroberungen* von allen Barbaren entfernt?«

»Das, ehrwürdiger Giu näng Qöngeng, werde ich dir nicht sagen. Danke deinen Ahnen, daß ich dich mit dieser Nachricht verschone. Wachtmeister Zuang-Zu! Geleite den ehrwürdigen Giu näng Qöngeng zu seiner Sänfte.«

»Wir sehen uns wieder, höchstehrwürdiger Hauptmann!« rief der Bonze erregt.

Das bezweifle ich, dachte Kang. Es sei denn, fetter Mann, du stehst im Morgengrauen auf, wenn wir weiterziehen.

»Wachtmeister Zuang-Zu! Laß alle Wachtmeister aus ihrem Finger die besten Reiter auswählen; dann bildet aus ihnen zwei Glieder. Ebenso den besten Reiter unter den Waffenmeistern als Anführer. Und als Ersten Reiter nehmt ihr diesen Turga mit dem Nasenring aus dem achten Finger.«

»Ich weiß, wen du meinst, höchstehrwürdiger Hauptmann«, antwortete Zuang-Zu mit schiefem Lächeln.

Die erste Nachtwache war noch nicht zu Ende, als die ausgewählten Reiter in den Pfützen vor Kangs Zelt niederknieten.

»Tugend! Wachtmeister Guangqo und die Reiter lauschen deinem Befehl!«

»Ihr Herren *Ziang*«, erklärte der Hauptmann verbindlich. »Wir haben wiederholt die Spur des Blauen Gottes verloren. Nach den Aussagen der Bauern und Hirten, die wir befragten, scheinen wir ihm mehrmals näher gekommen zu sein und haben den aufgeholten Weg wieder eingebüßt. Jetzt, wo die Regenzeit ihren Höhepunkt erreicht hat, wird das immer schwerer. Ihr werdet ab morgen als Spähtrupps im Zwei-Tages-Radius ausschwärmen, nach Spuren suchen und die Dorfvorsteher befragen. Irgendwelche Fragen dazu?«

»Es wird nicht schwer sein, die Antwort zu bekommen«, antwortete Wachtmeister Guangqo grimmig. »Dieser … Fünfarm ist nicht zu übersehen. Aber die Bauern fragen uns immer, was sie da gesehen haben. Was geben *wir* zur Antwort?«

»Sagt ihnen das gleiche«, meinte Kang mit einem kaum unterdrückten Grinsen, »was ich heute dem ehrwürdigen Bonzen antwortete, dessen Pferde ihr reitet. Sagt ihnen, sie sollen ihren Ahnen danken, daß wir sie mit dieser Antwort verschonen.« Aus den zwei Gliedern kam grimmiges Lachen.

»Hast du schon gesehn so einer Himmel, grenzenlos ehrwürdiger Hauptmann?«

»Ihr kundschaftet nicht nach dem Wetter, *Ziang*«, erwiderte Kang barsch, »sondern nach der Spur des Gottes. Und dem folgen wir auch, wenn wir die Sonne nicht mehr sehen und uns der Schlamm bis zu den Schenkeln steht.«

Der Turga hatte natürlich recht. Kang hatte noch nie so einen Himmel gesehen. Dabei lernte jeder Offizier am Labyrinth, das Wetter zu kennen. Wenn während der Regenzeit der Himmel sich verdunkelte, wenn der Regen fiel, aber nicht zu dicht war, und an den seltenen Tagen, wo Nebel über dem Busch hing – da kamen die Turga. Dann waren es keine Stämme, die mit schrillen Schreien einfielen, sondern junge Krieger, in Dutzenden oder sogar einzeln, oft noch ohne Tätowierung und Nasenring, die versuchten, sich an durchnäßten Wachen vorbeizuschleichen und den erschlafften Sehnen der Kreuzbogen zu entgehen.

Aber das hier war keine gewöhnliche Regenzeit. Wenn der Wind einmal die schweren Regenwolken auseinandertrieb, sah man auch darüber den Himmel nicht. Die Truppe hatte drei überraschende Stürme erlebt, die sie in ein Notlager gezwungen hatten. Mehrere Männer waren bestraft worden, weil ihre Rüstungen rosteten – aber es zeichnete sich immer mehr ab, daß nicht mangelhafte Pflege der Grund war, sondern der Regen der ersten Tage, der unter den Masken sauer gerochen hatte.

Der Qiu

Am Nordufer des Einen Stromes, in den Nördlichen Königreichen, fünf Wochen nach der Schlacht

»Jetzt sitzen wir in der Falle«, blökte Einauge gehässig.

»Der Qiu«, kratzte sich Kudung an seinem stoppeligen Kinn, von dem der Regen tropfte. »Wenn wir stromabwärts ziehen, erreichen wir vielleicht eine Stadt mit einer Fähre. Im Grünland liegt doch die Schwimmende Brücke …«

»Haken gehen nicht bringt Hilfe«, wiederholte Strolch den Satz, den er gelernt hatte, »*Fang* kommt nur schneller nahe.« Es hatte eine ganze Weile gebraucht, bis er ebendies den Kataueken klargemacht hatte: im Weglaufen hatten sie anscheinend nicht so viel Erfahrung. Wenn dein Verfolger ständig auf dich zugeht, schenkst du ihm bloß eine Abkürzung.

»Und wie sollen wir hinüber, Langnase?« Kudung hatte Strolch direkt gefragt. Er klang vorwurfsvoll, aber er konnte nicht verbergen, daß er auf eine Antwort hoffte.

»Ihr nicht könnt machen Weg über Wasser?« Er begleitete die Frage mit Schwimmbewegungen.

Tatsächlich. Sie kamen alle mit Ausflüchten, aber keiner traute sich zu, den durch die Regenzeit ungeheuerlich angeschwollenen Strom zu durchschwimmen. Nicht daß Strolch sich darauf eingelassen hätte ohne einen vier Schritt messenden Totschläger im Rücken …

Er sah sich die Baumgruppen am Ufer an, von denen viele im Hochwasser standen; die Überschwemmung reichte über eine Meile weit ins Land.

»Welche Tiere sind in Strom in Serkan Katau?« fragte er dann. Er bereute die Frage sofort: Wenn sie sich jetzt noch mehr fürchteten, wäre seine Lösung schon wieder fast undenkbar. Sie fabulierten eine Weile herum, und Strolch ließ sich die Tiere kurz beschreiben. Krokodile vermutlich, bissige Fische – aber genau wußten sie es nicht.

»Narbenfresse, wie gut Axt von Schlachtfeld schneidet Baum?« Der kräftige Deserteur zog die Axt aus dem Gürtel, prüfte demonstrativ die Klinge mit dem Finger und knurrte dann etwas Zustimmendes.

»Noch wichtiger ist Schnur.« Er deutete auf einen der Lederriemen, den Kudung um das Handgelenk trug, dann auf mehrere der Bäume im Ufergebiet. In den letzten Wochen auf dem Weg südwärts hatte die Landschaft wieder Ähnlichkeit mit dem Norden Ajunas bekommen. Zunehmend tauchten Stechpalmen auf; auch die Bäume, die Strolch nicht kannte, hatten wieder ledrig-harte oder glänzende Blätter, wie er es von Agaven, Ölbäumen, Akazien und Lorbeerbäumen kannte. Auch Hibiskus und Oleander waren ihm als Merkantilier vertraut.

Strolch hatte in seiner Jugend mehr als ein Floß gebaut. Oft war er mit seinen Kumpanen zu den Inseln vor Maganta gefahren, wo sie tagelang von Fischfang und Vogeleiern gelebt hatten. Nun staunte er, wie fügsam die Kataueken seinen Anweisungen folgten. Kudung und Narbenfresse wechselten sich mit der Axt ab, Einauge entfernte mit seinem Messer die kleineren Zweige. Sie hatten beschlossen, die unterarmdicken Stämme von Palmen, Zypressen und einer dritten Baumart zu verwenden, weil keiner wußte, welches Holz am besten schwamm. Aber zum Glück sah man das sofort, wenn der Stamm ins Wasser schlug.

»Dieser da!« Strolch und Schlampe wateten durch das knietiefe braune Wasser auf der Suche nach Ruten und Palmbast.

»Wieviel brauchen wir?« fragte Schlampe.

»Für jeden Stamm gleiches viel von Schnur von Baum«, radebrechte Strolch. Die Frage, Schätzchen, dachte er, ist nicht, wieviel wir brauchen, sondern wieviel wir finden, ehe der *Fang* auftaucht. Eigentlich sollte einer von uns oben auf den Hügeln Schmiere stehen.

»Über die Querbalken müssen noch viel mehr Stämme«, behauptete Kudung nach einer Weile und bemühte sich, sicher zu klingen.

»Nein, nein, wir nehmen Decken auch für Floß«, rief Strolch. Kudung hatte zuvor schon diskutieren wollen, ob sie ihr Marschgepäck am Leib oder am Floß befestigen sollten. Strolch, der soeben die Tragfähigkeit der ersten vier verbundenen Stämme prüfte, machte sich nichts vor. Sie hatten nicht die Zeit, etwas zu bauen, auf dem sie alle bequem Platz fänden. »Machen Decken offen«, befahl er. Wie gut die Gruppe zusammenarbeitete! Kudung schmollte zwar bisweilen, aber ihnen allen saß die Angst im Nacken, und Strolchs Plan war der einzige, den sie hatten. »Und jetzt werfen über Floß hinten.« Die schweren Lederdecken hatten sie aus dem Troß des zerschlagenen Heeres geplündert. Während der nächtlichen Regenstürme bildeten sie das unverzichtbare Regendach – und nun würden sie die Liegefläche des Floßes verlängern.

Die Lederriemen waren bald verbraucht, der Palmbast saugte sich zu schnell voll, und die Ruten von diesen akazienartigen Bäumen waren für Knoten zu brüchig. Strolch blickte auf sein Handgelenk. Nein, die Steinschleuder würde er behalten. Er übte seit Tagen während des Marschierens und war inzwischen wieder so gut wie vor zwei Jahren.

»Noch mal!« rief er. »Kudung und Narbenfresse.« Sie warfen sich dieses Mal zu dritt auf den Rahmen und lagen sofort eine Spanne tief im Wasser.

»Da kann ich ja gleich schwimmen«, maulte Einauge.

»Du kannst gleich noch eine Palme machen ohne Ast«, befahl Strolch streng.

»Welche sollen wir nehmen?«

Strolch blickte sich um. Das Wasser reichte hier bis zu den Oberschenkeln. Der stetige Regen malte Tausende von Ringen darauf. Aber es stand beinahe still, und die herausragenden Bäume und Büsche verrieten, daß sie auf etwas standen, was die meiste Zeit des Jahres Wiese war. Bis zur Strömung waren es noch dreihundert Schritt. Ringsum wuchsen keine geeigneten Bäume. Die nächste Palme stand fünfzig Schritt uferwärts. Und weit dahinter, in den gelben Hügeln …

»Der *Fang!*« schrie Strolch. Selbst bei diesem Regen, auf diese Entfernung, gab es keine Zweifel: nichts sonst war so blau – und so groß. Ohne nachzudenken packte der junge Ajunäer das Seil, das er aus Ruten gewunden hatte. »Kudung, Narbenfresse – heben!« Kudung zögerte kurz; anscheinend wollte er sein Gepäck noch holen. Narbenfresse hingegen war es offensichtlich gewohnt, Befehle zu befolgen.

Sie stapften los. Strolch zog sich das Seil über die Schulter und legte sich ins Zeug. Die Krallen der Hand gruben sich in seine Brust, als seine eigenen Arme dagegen drückten. Strolch überlegte fieberhaft. Die Hügelkette – das waren etwa anderthalb Meilen. Sie hatten über eine Viertelstunde gebraucht, bis sie halbwegs im Wasser gewesen waren. Wie lange würde der *Fang* dafür brauchen?

Er wandte sich um und zog rückwärts. Kudung und Narbenfresse hatten das Floß vorne angehoben, Schlampe und Einauge schoben an den Auslegern, über die das Leder gespannt war. Das Mädchen kam mit dem nassen Kleid um die Beine jetzt schon kaum mit.

»Gehen, Leute!« rief Strolch. Tücke, da hinten trampelte er bereits den Hang herunter – mit Riesenschritten. Bei diesen Beinen würde ihn das Hochwasser kaum behindern.

Strolch warf sich wieder herum. Sie waren kaum weiter gekommen. Vor ihnen lag eine Viertelmeile bis zum eigentlichen Ufer. Wenn dort bloß die Strömung griff …

»Schneller!« keuchte Kudung. »Schlampe, Einauge, macht schon!« Tücke, dachte Strolch. Das Mädchen war nicht kräftig genug, und das Wasser reichte ihr schon bis zu den Hüften.

Er warf sich wieder herum und zog rückwärts. Da hinten spritzte das Wasser. Beim Schwert des heiligen Malachias, das war der gleiche Sturmlauf, mit dem sich die Blauen auf das riesige Heer der Kataueken gestürzt hatten.

»Schlampe!« keuchte er. »Nicht mehr schieben. Nur rennen. Und Kleid hinauf!« Sie nahm sofort die Hände vom Floß; kurz sah sie ihn sehr merkwürdig an. Dann zog sie sich schwer atmend das Kleid bis zu den Hüften hoch und versuchte es zu verknoten. Wahnsinn, dachte Strolch, da hinten stürmt der Weltuntergang heran, und ich schaue ihr zwischen die Beine.

»Wir können machen«, feuerte er die anderen an. Konnten sie das wirklich? Seine Stiefel versanken im zunehmend aufgeweichten Boden. Das auch noch! Der Riese war inzwischen bei den ersten Bäumen angelangt, an denen Strolch und Schlampe Ruten geschnitten hatten. Ich kann schwimmen, dachte er kurz. Ich könnte mich einfach …

»Andalo, andalo!« verfiel er nun in den gröbsten magantäischen Gossendialekt. Wie oft hatten sie das gerufen, wenn die Stadtgarde kam. Das Schlimmste, was ihnen damals als Dieben gedroht hatte, war eine abgeschlagene Hand gewesen. Hier hatte alles mit einer abgeschlagenen Hand begonnen …

»Der Strom!« schrie Kudung. Endlich hatten sie die Linie der letzten Bäume erreicht. Hoffentlich kam ihnen jetzt die Strömung zu Hilfe. Da draußen sah es ja hoffnungsvoll aus. Die vorbeitreibenden Bäume erschienen in der Tat verheißungsvoll.

Er trat in Schlamm, fiel vornüber und schluckte Wasser. Als er hochkam, war das Floß fast über ihm. Der *Fang* war noch immer eine Viertelmeile entfernt. Aber er lief so schnell, daß seine Füße aus dem gischtenden Wasser auftauchten. Und die sechs Arme mit den blitzenden Waffen waren bereits zum Kampf erhoben.

»Vorwärts, Langnase!« kommandierte Kudung.

»Auf Floß!« kommandierte Strolch zurück. »Kudung, Narbenfresse außen. Einauge, Schlampe hinten Füße in Wasser.« Und er vorne in der Mitte. Tücke! Er hatte die Stange zum Staken vergessen. Der junge Mann stemmte sich hoch. Unter dem Gewicht der beiden Männer versank das Floß sofort wieder.

»Alle gleich!« schrie er noch. Dann legte er sich bäuchlings ins Wasser. Das Floß drängte sich ihm von unten vertrauenerweckend entgegen. Strolch begann mit beiden Armen zu rudern. Aus dem Geräusch folgerte er, daß Kudung und Narbenfresse es ihm gleichtaten.

Quälend langsam entfernten sie sich von den Bäumen. Schmutziges Wasser unter dem Kinn, noch mehr Wasser vom Himmel. Und das Schlimmste war, nicht zu wissen, wie nahe der *Fang* hinter ihnen war. Wo war die Strömung?

»Ho humm!« warf Strolch den Kopf hoch und gab den Rhythmus vor. »Ho humm! Ho humm!« Narbenfresse schien schwächer zu paddeln. Das Floß schwenkte leicht zur Linken. Nein, es konnte nicht sein, daß Kudung kräftiger war als Narbenfresse und Einauge zusammen.

»Die Strömung«, rief Strolch auf Merkantilo. Die Antwort war ein röhrendes Brüllen hinter ihm.

»Ho humm! Ho humm! Ho humm!« übernahm Narbenfresse. Strolchs Lunge war ein einziges Stechen – und die Klauenhand unter ihm schien sich durch seine Brust hindurch in die Lunge zu graben. Noch immer viel zu langsam. In der Mitte, nochmals zweihundert Schritt entfernt, trieb wieder eine entwurzelte Platane vorbei. Dort mußten sie hin.

Wieder ein Brüllen! Strolch glaubte platschende Schritte zu hören. Seine Arme waren schwer wie Blei. Keiner von den Männern hatte jetzt noch Kraft zu schreien.

Strolchs Ellbogen stieß schmerzhaft gegen den vordersten Stamm des Floßes. Wie das? Er hatte sich nicht bewegt.

»Tücke!« zischte er halblaut. Der Balken trieb rechter Hand davon, einige Ruten hingen ins Wasser. Das Floß löste sich auf. Strolch wandte den Kopf nach rechts. Kudungs Gesicht war aschfahl. Und er hielt bereits den zweiten Stamm fest, der ebenfalls davontreiben wollte. Andere Seite? Narbenfresse bemerkte noch nichts. Er ruderte mit stumpfsinnigem Blick. Strolch hatte keine Kraft, nach den anderen zu sehen.

Sein Gesicht klatschte kraftlos in Wasser. Er riß den Kopf panisch hoch und rang nach Luft. Der Stechpalmenbusch vor ihnen trieb gleich schnell wie sie, und das Treibholz zur Rechten überholte sie nicht mehr. Sie waren in der Mitte des Stromes angelangt!

Strolchs Arme fühlten sich an wie das Holz, das sie vergeblich umklammerten. Es war nur noch sein Gewicht, das verhinderte, daß die Stämme unter seinem Bauch, seiner Brust und seinem Kinn auseinanderdrifteten.

Indessen hatte es zu dämmern begonnen. Im Westen färbten sich die Regenschleier blutrot. Sein Mund schmeckte nach Erde. Treiben lassen, dachte er, einfach treiben lassen, weg von allem, weg von den Schmerzen, weg von …

»Der *Fang*«, krächzte er. »Wo ist der *Fang*?« Er wandte sich zur Linken. Narbenfresse starrte geradeaus. Hinter ihm, halb an seinen Beinen, wie ein Hund, der bei der Paarung erschöpft aufgegeben hatte, hing Einauge. Am Ufer war nichts Ungewöhnliches zu sehen. Die gelben Hügel wirkten fremd und vertraut zugleich. Palmen, Platanen und diese unbekannten Bäume standen in Gruppen im Hochwasser.

»Leute«, keuchte er und wandte sich wieder auf Kudungs Seite, »wir müssen von Strom.« Kudung glotzte ihn mit blauen Lippen an. Er hing bereits mehr zwischen den auseinandergetriebenen Balken als darauf. Strolch drehte den Kopf noch weiter nach hinten.

»Wo ist Schlampe?« fragte er krächzend. Kudung antwortete, indem er ebenfalls einen müden Blick nach hinten warf.

»Schlampe?« fragte er dann. Strolch warf sich auf den Rücken, obwohl er fühlte, wie sich die Balken unter ihm weiter auseinanderbewegten. »Einauge, wo ist Schlampe?« fragte Kudung.

Einauges verbliebenes Auge sah sie gleichmütig an. »War irgendwann weg.« Dabei umklammerte er Narbenfresses Beine, als wäre das ebenso selbstverständlich.

»Schlampe!« Strolch stemmte sich hoch, aber das Leder unter ihm gab sofort nach. Er wälzte sich das Floß entlang. Sie konnte doch noch nicht weit sein … Der hintere Ausleger trieb bereits fast einen halben Schritt tief. Strolch tastete im schmutzigen Wasser das Ledertuch entlang. Kudung holte laut Luft und tauchte den Kopf unter Wasser.

Da hinten? Da trieb … ein weißer Fetzen. Ein Sack, ein Segel? Jedenfalls nichts in der Farbe von Schlampes zerschlissenem Kleid.

»Einauge, warum hast du nichts gesagt?« Der Strauchdieb sah ihn ungerührt an, und Strolch begriff, daß er Merkantilo gesprochen hatte. »Du nur mußt sagen, daß Schlampe weg. Warum nicht?«

»War mit mir beschäftigt«, murmelte er. Narbenfresse hob ein Bein und trat nach Einauge. Der ließ gefügig los und hielt sich unter Wasser an dem Leder fest.

»Dafür«, kam plötzlich heiser Kudungs Stimme, »mach ich irgendwann *tüeng quodok* mit dir!«

Götter

Am Südufer des Einen Stromes, im Reich Hüane, wenige Tage später

»Wie war ihr Name wahr?«

»Weiß ich nicht mehr«, antwortete Kudung mit zusammengepreßten Lippen. »Sie hat es mir einmal gesagt.«

»Du hast geschlafen mit ihr.«

Kudung lachte kurz auf. »Ich habe mehr getan als mit ihr geschlafen.« Aha, das hieß also auf katauekisch nicht das gleiche. »Mach dir nichts vor, Langnase. Sie war eine Schlampe.«

»Sie war nicht«, protestierte Strolch und blickte auf den Strom, dem sie seit Tagen folgten – trotz des Erlebten. »Sie nur nicht konnte machen Heirat, weil ihre Finger kein Mann nehmen. Dann sie weggehen von Vater.«

»Hättest du sie geheiratet?« Es sollte zynisch klingen, aber Strolch wußte, daß Kudung sie vermißte. So wie Strolch. Gleichzeitig sagte etwas in ihm, daß er einer seltsamen Bedrohung entgangen war, als Schlampe versank; dasselbe Etwas verbot ihm, über diese Bedrohung nachzudenken.

Es war eigentümlich. In seiner Trauer hatte Strolch vor allem gefürchtet, nun wieder in Schweigen leben zu müssen. Aber seit Schlampes Verschwinden war Kudung ziemlich gesprächig geworden. Einauge hatte nicht mehr viel zu melden. Wann immer er eine seiner gehässigen Bemerkungen anzubringen versuchte, fuhr ihm Kudung über den Mund.

»Du weißt, was der *Fang* mit dir macht, wenn er uns einholt?«

»Nein«, antwortete Strolch. »Du weißt?«

»Nein«, gab Kudung grimmig zu, »das können wir uns wohl alle nicht vorstellen.«

»Willst du haben die Hand?« Sie beide wußten, daß die Frage nicht ernst gemeint war – und daß sie trotzdem in der Luft lag.

»Nein!« sagte Kudung und machte eine abschwörende Geste. »Du behältst sie.«

»Was ist ein *Fang?*«

»Du weißt das wirklich nicht? Habt ihr ... in Ajuna keine *Fangs?*«

»Nein«, lachte Strolch. »Nein«, wiederholte er dann ernst. »Ich nicht höre.« Er dachte nach. Im *Theatro* sah man manchmal gräßliche Ungeheuer: den Riesen, die Medusa, den Riesenvogel. Aber die gab es nicht mehr, weil sie von den Heiligen erschlagen worden waren. Darum ging es ja immer im *Theatro*. »Und weil sie beide gestorben sind, leben sie heute nicht mehr.« Und sonst? Natürlich gab es Seeungeheuer. Damit war Strolch aufgewachsen; jeder Seemann erzählte davon. Aber an Land? In Belabadangbarad gab es angeblich im Dschungel schreckliche, menschenfressende Bestien mit langen Zähnen. Aber Strolch war sich nicht einmal sicher, ob Belabadangbarad in Ajuna lag. Und in Eulykien hatten sie eine Sphinx. Ein Ungeheuer, halb Wolf, halb Frau, oder so. Aber die war ja weise, man konnte sie befragen; irgendwie hatte das mit dem Orakel zu tun. Strolch ärgerte sich, daß er so wenig wußte. »Nein«, wiederholte er. »In Ajuna ist kein *Fang*. Was ist ein *Fang?*«

»Ein *Fang* ... ist eben ein *Fang*«, räusperte sich Kudung. Die Frage schien ihm peinlich zu sein. »Sie waren schon immer da. Oder, Einauge?«

»Natürlich«, meinte der hämisch. »Blöde Frage!«

»Dann beantworte du sie doch«, explodierte Kudung. »Der einzige, der hier blöd ist, bist du!«

Narbenfresse grunzte etwas Unnachahmliches.

»Also: ein *Fang.*« Kudung raufte sich die Haare, rieb sich mit beiden Händen das Gesicht und schien wirklich nachzudenken. »Der erste *Herr der Unwandelbaren Ordnung* hat irgendwie gegen sie gekämpft. Oder mit ihnen gegen die Menschenfresser? War da nicht ein Pakt? Narbenfresse?«

Die Antwort war wieder das unvermeidliche Grunzen. Als alle warteten, raffte der Deserteur sich auf. »Mein Vater hat mir beigebracht: ›Darüber redet man nicht.‹«

»Was soll denn das mit den Menschenfressern?« spottete Einauge weiter. »Hab ich ja noch nie gehört.«

»Was soll's«, ärgerte sich Kudung, »das hat mir meine Großmutter erzählt. Jedenfalls stehen sie in jedem Tempel. Ich war früher öfter dort.« Kudung hatte wohl auch schon bessere Zeiten gesehen.

»Mit deiner Großmutter«, ätzte Einauge weiter. »Bei den Menschenfressern in den Tempeln?« Unglaublich, was er sich herausnahm.

»Bei den *Fangs! Gingaling!*«

»Die *Fangs*«, wiederholte Strolch vorsichtig, da er es sich nun wirklich nicht mit Kudung verscherzen wollte, »stehen im Tempel?«

»Ja. Die sehen genauso aus.« Von hinten kam ein zustimmender Grunzer von Narbenfresse. »Sie sind natürlich aus Edelstein ... oder Stein? Man darf sie nicht berühren.«

»Ich nicht verstehe.« Jetzt raufte sich Strolch die Haare. »Die *Fangs* stehen im Tempel? Und die Kataueken gehen ... Geschenke geben und ... Bitten sprechen?«

»Ja.«

»Und warum der *Herr der Unwandelbaren Ordnung*« – ja, Schlampe sei Dank, er hatte es das erste Mal richtig ausgesprochen – »angreifen mit Heerscharen die *Fangs?*«

»Na ja«, antwortete Kudung, als wäre das nun wirklich keine Frage. »Weil er der *Herr der Unwandelbaren Ordnung* ist!«

Strolch schwieg und lauschte dem Trommeln des Regens auf den Lederdecken. Dieser ständige Regen machte ihn krank. In der Ferne kollerten zwei Truthähne; aber zum Jagen hatten sie morgen keine Zeit: sie mußten weiter.

Was die Katauenken ihm erzählt hatten, paßte vorne und hinten nicht zusammen. Eigentlich war es Strolch peinlich, weiter zu fragen; es schien allen Menschen peinlich zu sein, über solche Fragen zu sprechen. Aber Kudung schien Strolchs Standpunkt zu teilen: Wenn ein leibhaftiger *Fang* hinter dir her ist, dann ist es nicht unbedingt das Dämlichste herauszufinden, was ein *Fang* ist.

Fangs waren also Statuen, denen man opferte und vor denen man betete. Und es gab sie wirklich. Dann waren sie also Heilige?

»Waren *Fangs* Menschen in anderer Zeit?« bohrte Strolch weiter.

Kudung hatte sich wohl schon auf die Nachtruhe eingestellt und schreckte hoch. »Nein, natürlich nicht!«

»Aber du gehst in Tempel und machst Bitte um Gutes vor *Fangs?*«

»Nein«, lachte Kudung säuerlich. »Die *Fangs* bittest du einmal im Jahr, daß sie die Welt nicht vernichten.« Strolch fühlte, wie sich sein Magen verkrampfte. Das waren ja einzigartige Aussichten! »Wenn du dir etwas wünschst, mußt du zu den *Wung Lings* beten.« Das waren die Reisgeister, soweit Strolch das verstanden hatte. Deswegen hatten sie ihn mehrmals als Reisgeist in die Haine geschickt. Warum hatte er dann meist Prügel geerntet?

»Wenn du zu *Wung Lings* ... betest, dann wird wahr?«

»Nein«, lachte Kudung. »Na ja, manchmal. Oder?« Narbenfresse knurrte wieder. Aber Strolch ahnte inzwischen, daß der Bursche mehr zuhörte, als man meinte.

Und wenn man zu den *Fangs* betete? Nun, bis jetzt hatten sie die Welt nicht vernichtet. Sofern man sie nicht angriff.

»Was ist dieser Berg von *Fangs?* Woher kommen die *Fangs*?«

»Ich glaube, dieser Berg ist der Ort, wo die *Fangs* vom Himmel gestiegen sind.«

»Was du sagst?« Strolch fühlte unvermutet eine fremdartige Bedrohung.

»Die *Fangs* kommen vom Himmel. Wo sollen sie denn sonst herkommen?«

»Unheil«, sagte Narbenfresse sehr deutlich.

Eingeholt!

Irgendwo im Reich Hüane, im Sechsten Mond im Jahr 472 der Blauen Götter, bereits nach dem üblichen Ende der Großen Regenzeit

»Sehr schön«, freute sich Kudung und warf sein Bündel auf den niedrigen Holztisch. »Endlich ein Dach über dem Kopf.«

»Halbes Dach«, stellte Strolch fest und begutachtete die Rückseite der Bambushütte. Am Boden stand eine Pfütze, in die der Regen schwarze Kreise malte. Die Stürme des letzten Mondes, vielleicht auch der ungewöhnlich heftige Hagel, hatten mehrere Stangen eingedrückt. Herabhängende vertrocknete Palmwedel und Stroh zuckten unter dem Prasseln der schweren Regentropfen. »Wo sind Bauern bleiben?«

»Sind wohl für die Schlacht eingezogen worden«, meinte Kudung, während er die Feuerstelle untersuchte, »und dabei *mongkök pudu*.«

»Oder«, ergänzte hämisch Einauge, der noch im Eingang unter dem Reisschnurvorhang stand, »sie hatten alle die Feuchten Pocken – und wir sind die nächsten.«

Narbenfresse knurrte unwillig und warf seine Lederdecke neben die von Kudung.

»Was ist das?« fragte Strolch. Rechter Hand, hinter einem Stützbalken, schloß ein zweiter Raum mit einem Trog an. Es stank nach Mist.

»Der hochehrwürdige Wasserbüffel wohnt herunten«, erklärte Kudung, »die Familie unter dem Dach.« Er deutete mit dem Daumen auf eine Leiter, die zu einem einfachen Dachboden führte. »So ist das im Reich Hüane.« Diesen Ausdruck hatte Kudung schon einige Male verwendet.

»Hüane? Ich denke, wir hier in *Reich der Tugend*?« fragte Strolch und scharrte mit dem Stiefel in dem faulenden Stroh.

»Das Reich Hüane ist eine *Eroberung*.« Kudung stocherte in der Feuerstelle. »Einauge, such Feuerholz. Das *Reich der Tugend* besteht aus vielen *Eroberungen*: das Reich Hüane, das Reisland,

Schang La Pur, die Nördlichen Königreiche. Keiner weiß, wie die alle heißen.«

»Das Reich des Lotoskönigs«, murmelte Narbenfresse merkwürdig romantisch, während er die Leiter zum Dachboden ausprobierte.

»Warum ist Platz für Schlafen unter Dach nur halber Weg?« deutete Strolch hinauf.

»Manche Bauern hängen über dem Stall die Käfige mit den Hühnern ins Dach.« Kudung war wirklich gesprächswillig geworden.

»Die hier«, spottete Einauge, »haben keine Hühner, nicht einmal Käfige.« Tatsächlich wirkten die wenigen leeren Dachsparren verlassen und ärmlich – abgesehen von dem Loch im Dach, das verriet, daß die Hütte schon einige Wochen verlassen war.

»Einauge, du sollst Feuerholz suchen!« Kudung klang streng.

»Ich gehe da nur noch mal hinaus, wenn Narbenfresse mitkommt.« Ein naher Donner machte seinen Wunsch verständlich, und Narbenfresse stieg widerwillig von der Leiter herab.

»Unser Affengesicht!« spottete Kudung. Die Palmwedel und das Stroh aus dem Stall brannten stark genug, um das Klaubholz langsam zu trocknen. Im Schein des Feuers war es fast heimelig geworden. Sie hatten die erbeuteten Stiefel ausgezogen. Strolch war es noch immer nicht gewohnt, Schuhe zu tragen. Die Männer hatten beschlossen, sich wieder einmal zu rasieren.

»Unsere Affenärsche!« gab Strolch zurück. Die Kataueken kratzten nach fast zwei Wochen durch einige dünne Stoppeln, während der junge Ajunäer bereits wieder einen stattlichen Vollbart zu schneiden hatte.

»Ich werde mir einen vornehmen Bart stehen lassen«, beschloß Kudung. Immerhin brachte er am Kinn die ersten Stummel jener drei Fäden zusammen, die die meisten Kataueken als Bart bezeichneten; Einauge hatte auch so etwas. Wenn die wüßten, dachte Strolch, was in Ajuna als Bart gilt! Während der trockenen Monde hatten sie sich immerhin alle zwei, drei Tage rasiert, aber die Regenzeit war derart ungemütlich, daß keiner von ihnen Lust gehabt hatte, unter tropfenden Bäumen auch noch das Messer anzusetzen.

»Mistfeuer«, fluchte Einauge und ging zur Rückwand, um wieder einen der vertrockneten Palmwedel abzuschneiden.

Mit einem Bersten, das jeden Donner übertönte, zersplitterte die Rückwand. Armdicke Bambusrohre wurden beiseite geschoben und kippten in den Stall.

»Wo ist die Hand, Stummelköpfe?« brüllte eine Stimme, laut wie eine Kriegsposaune und dröhnend wie eine Trommel. In der Bresche, teilweise in der Lücke im Dach standen vier Schritt blaue Tobsucht, ein halbes Dutzend monströse Waffen zum Töten erhoben; eine davon war eine lodernde Fackel.

In der Ferne erklang Donner. Die folgende Stille war trotz des Plätscherns fast schmerzhaft. Einauge reichte dem Riesen eben bis zum Gürtel mit dem metallblitzenden Lendenschurz. Das Messer noch in der Rechten, ließ er den abgeschnittenen Palmwedel fallen. Die zwei am Tisch waren aufgesprungen, Narbenfresse auf dem Trog im Stall gab keinen Laut von sich.

»Die Hand hat er«, krächzte Einauge. Seine Linke zeigte anklagend auf Strolch.

»Dann geh beiseite, Hemdenschisser!« brüllte der *Fang* und wischte den Strauchdieb mit Rundschild und Säbelschwert beiseite. Einauge schlug irgendwo hinten im Stall dumpf in den Mist.

Das Ungeheuer duckte sich, hieb zwei Dachsparren vor seinem Hals durch und kam näher. Allein sein Kopf war so groß wie ein Faß. Unter dem Dachboden, der ohne die Querstreben bereits bedrohlich ächzte, hätte er nicht einmal kniend Platz gefunden. Aber die Spitze seiner Hellebarde hatte bereits den Tisch erreicht.

Ruckartig reagierte Kudung. Er warf sein Messer, griff nach seinem Lederbündel und wandte sich zur Flucht. Der Sechsarmige schlug das Messer mit einer absurd schnellen Bewegung seines Säbelschwertes beiseite und stieß schräg seitlich zu. Kudung ächzte gurgelnd, im Eingang stehend, die Hellebarde im Rücken. Das Bündel fiel zu Boden. Der Bandit riß den Reisschnurvorhang mit sich, als er vornüber in den Regen kippte.

»Bring den Fetzen her, Aschensitzer!« dröhnte zwischen zwei mächtigen Hauern die Stimme des *Fangs*. Strolch legte sein Messer betont langsam auf den Tisch. Er fühlte sich wie ein Kaninchen im Käfig, vor dem der Metzger stand.

Ein dumpfer Schrei kam vom Stall. Narbenfresse war aufgesprungen. Er lief zwei Schritte, seine Axt hochgerissen, und sprang den Riesen an. Die Vorstellung, er könnte ihn erreichen, währte nicht einmal einen Herzschlag lang. Der Arm mit der Brandfackel schnellte nach hinten und traf den Kopf des Deserteurs. Er drehte sich im Sprung und ging wie ein Sack zu Boden.

Das überlange Säbelschwert mit Einauges Blut schwang vor und fuhr knirschend in den Tisch. Strolch zuckte zurück, aber er wäre bereits tot gewesen, hätte der Schlag ihm gegolten. Der *Fang* ließ die verkeilte Klinge los. Er brauchte nur einen halben Schritt und packte Strolch an der Seite. Der junge Mann zappelte mit den Beinen, als ihn der Riese aus der trügerischen Enge des Wohnraums hochhob.

Strolch rang nach Luft; wie eine Zange bohrten sich die Klauen in seinen Rücken und seinen Bauch. Undeutlich bemerkte er, wie sich das Ungeheuer aufrichtete, den Schildarm hochriß und einen Teil des Strohdachs beiseite schob. Halme und Regentropfen prasselten auf Strolchs Gesicht.

»Gib mir die Hand!«

Strolch fühlte, wie irgend etwas, das ihn in den Straßen von Maganta hatte überleben lassen, die Antwort gab: »Ach, das ist deine Hand?« Der Dieb kicherte dümmlich, ohne dabei das krampfhafte Grinsen in seinem Gesicht zu verlieren. »Ja ... natürlich. Klar. Daher auch diese Ähnlichkeit ...«

Die riesige Fratze kam seinem Gesicht noch näher. Bei allen acht Hochheiligen, aus den Nasenlöchern quoll Dampf! Die Reißzähne klafften auseinander: »Die Hand, Sabberlippe!«

»Ja, ja, freilich«, wand sich Strolch im Griff des Ungeheuers. »Hör mal, ich habe deine Hand gerade nicht ... zur Hand. Ich mache dir einen Vorschlag: Du läßt mich runter, und ich hole sie dir.«

Zu Strolchs eigener Überraschung setzte ihn der Sechsarmige wieder ab. Als sich die Pranke um seinen Leib öffnete, war es wie eine Erlösung. Der *Fang* machte keine Bewegung: keine Drohung, keine Vorbereitung für einen tödlichen Stoß, falls Strolch fliehen sollte.

Das Herz des Abenteurers raste. Er blickte knapp über die Schulter, wo er Kudungs Beine sah, und ging dann betont langsam rückwärts. Diese Leere in seinem Kopf! Die irrsinnigen, rollenden Augen gaben ihn nicht frei. Strolch wußte schlagartig, daß er einem Gott gegenüberstand. Zwischen Himmel und Erde konnte es nichts geben, was wilder und mächtiger war als dieses Geschöpf. Dieser Gott brauchte keine Drohung und keine Vorbereitung. Alles, was er brauchte, war diese Hand.

Unwillkürlich griff Strolch nach seiner Brust. Er glaubte, die Hand unter seinem Hemd könne jeden Augenblick erwachen. Zeit gewinnen, rief sein Gosseninstinkt. Er tastete mit dem Fuß nach hinten. Tücke, das mußte Kudungs Fuß sein.

»Wofür ...«, krächzte Strolch, ohne nachzudenken, »wofür brauchst du die Hand?« Tot, fuhr es ihm durch den Kopf. Welch eine Frage! Er tastete über Kudungs Leib und fand das Lederbündel. Von dem Banditen kam ein leises Stöhnen. Dennoch konnte Strolch den Blick nicht von dem Blauen Gott wenden.

Der *Fang* antwortete nicht. Er stand da, im Dach der halbzerstörten Hütte, die Waffen dort, wo sie ihre letzte tödliche Bewegung beendet hatten; das Säbelschwert hatte er wieder aus dem Tisch gerissen. Seine blaue Haut glänzte im eindringenden Regen. Das Lodern der Fackel ließ Lichter auf seinen Muskeln spielen.

»Ich meine«, quetschte Strolch hervor, obwohl ihm jedes Wort wie die Bitte um den tödlichen Hieb erschien, »was tust du mit der Hand, wenn du sie hast?«

Der Blaue Gott starrte Strolch an, mit glühenden Augen, die allein imstande schienen, einen Menschen zu töten. Stille. Der Regen prasselte stetig nieder, als ginge ihn all dies nichts an. Feuerstelle und Brandfackel knisterten. Von Kudung kam ein erneutes Röcheln. Bei den Totenliedern der heiligen Sarmantha, von den zwei anderen war überhaupt nichts zu hören: Narbenfresse und Einauge mußten sofort tot gewesen sein.

»Keine Ahnung, Schleimklumpen!« Die Antwort peitschte durch den Raum.

Strolchs Gedanken wirbelten durcheinander wie eine Gasse voll streunender Katzen, in die man zugleich einen Hund und eine Maus geworfen hatte. Er blickte hinauf zu dem Arm mit dem Schild, der noch immer einen Teil des Daches hielt. Ein Armstumpf …

»Ist das«, deutete er dezent hinauf, »der Arm, von dem … die Hand … abgeschlagen wurde?«

»Ja!« antwortete der Blaue Gott. Er grölte noch immer, aber es klang dennoch nicht nach Weltuntergang. »Wo ist die Hand?«

Irgend etwas in Strolch versetzte ihn in eine Erregung, die nichts mehr mit Todesangst zu tun hatte. Hastig schlug er den Gottesstern über seiner Brust. Dann öffnete er sein Hemd und holte die Hand hervor. Er hielt sie an Zeigefinger und kleinem Finger fest.

»Läßt du sie wieder anwachsen?« Strolch wußte selbst nicht, was er mit dieser Frage bezweckte. Vielleicht wollte er es wirklich einfach nur wissen.

»Wie geht das, Steißkriecher?« kam knurrend die Gegenfrage.

Du kannst hier rauskommen, flüsterte es in Strolch. Alles, was du finden mußt, ist ein Grund, warum er dich braucht. »Wer bin ich«, preßte er hervor, »um einem Gott Ratschläge zu geben?« Der *Fang* schien noch immer abzuwarten, was er zu erzählen hatte. Strolch seufzte. Eine Geschichte, dachte er fiebrig, eine Geschichte muß her. »Ich kenne auf der ganzen Welt nur einen Ort, wo man so eine Frage beantworten kann.«

Der monströse blaue Schädel beugte sich herab und kam bedrohlich näher. Das Gesicht schien noch immer von Wut verzerrt, aber verglichen mit vorher, da oben im Dach, war es … nun ja, jetzt nur noch ein schneller, grausiger Tod.

»Was«, drang ein Knurren aus tiefster Kehle, »ist das für ein Ort?«

Heiliger Malachias, steh mir bei, erschauderte der junge Ajunäer, was könnte das für ein Ort sein? Malachias – der hatte Belabadangbarad erobert. Die Länder im Süden. Da war doch …

»Das Orakel von Thalliopê!« stieß Strolch hervor. »Das weiß alles.«

Die Fratze kam so nahe, daß Strolch eine fremdartige Kälte fühlte. »Wo ist dieses Orakel von Thalliopê?«

»Ich weiß nur«, keuchte Strolch, »daß man durch das Meer des Schlafes fahren muß und daß es noch weiter südlich liegt als die Länder der Flachnasen.« Nein, nein, das war keine gute Antwort. »Aber ich kann es finden. Ich bin ja auch von Ajuna nach Serkan Katau gekommen ...«

»Gut, Popelfresser«, dröhnte der Gott, »gehen wir!«

Nach der Welle

Tschöng-Hau Leng, im Sechsten Mond im Jahr 472
der Blauen Götter, etwa zur gleichen Zeit

»Ehrwürdige Herren und Herrinnen *Lauzöng*, *Qengtan* und *Ziang*, ich bitte um eure Berichte.« Der Statthalter klang erschöpft. Auch Lü näng Huango fühlte die Erschöpfung derer, die die Verantwortung für die Katastrophe trugen. Die *Große Halle des tugendhaften Empfangs* der Statthalterei summte leise vom Geflüster der wartenden Priester, Bonzen und Hauptleute. Die *Innere Kammer*, die der Geheimhaltung angemessen gewesen wäre, war außerstande, die Ratsversammlung der höchsten Würdenträger Tschöng-Hau Lengs zu beherbergen.

»Höchstehrwürdige Hohepriesterin, höchstehrwürdiger Statthalter, höchstehrwürdiger General«, verbeugte sich ein Herr der *Dritten Kammer der Tugendhaften Ordnung*. »Ich erstatte Bericht über die eilends durchgeführte Volkszählung. Dieser zufolge hat Tschöng-Hau Leng 176 341 Einwohner verloren – über ein Drittel.« Der Mann räusperte sich mit einer Geste der Verlegenheit. Der Statthalter wußte ebenso gut wie Lü, wie zweifelhaft diese Zahlen waren. Das Meer hatte die meisten Leichen mit sich genommen. In den Tagen nach der Katastrophe waren Abertausende Flüchtlinge aus den zerstörten Städten und Dörfern in die vermeintliche Sicherheit der Stadt gezogen, und der Strom hielt noch immer an.

»Die großen Städte im Westen der Mangalischen Küste sind allesamt fast völlig zerstört. Dort hat die Flutwelle, aus Westen kommend, ungehemmt zugeschlagen. Vierundachtzig Dörfer der *Eroberung* sind … einfach verschwunden.«

Es folgten Berichte der *Kammern der Schiffahrt, der Geomantie, der Architektur, der Ingenieurskunst* und *der Astrologie* sowie der Dammwarte, Kanalmeister und Straßenwarte. Der Flutwelle am frühen Abend war zu Sonnenuntergang eine zweite, viel schwächere gefolgt. Noch nie hatte jemand von so etwas gehört. Alte Seidenschriften berichteten von einzelnen Flutwellen in der Geschichte; die *Kammer der Schiffahrt* vermutete, daß Vulkanausbrüche auf den Mangalischen Inseln derartige Wellen auslösten. Aber nie hatten sie eine solche Gewalt gehabt – und welche Naturkatastrophe schlug zweimal zu?

»Viele der größeren Gebäude sind einsturzgefährdet oder baufällig«, folgten die nächsten Trauerbotschaften, »die Wände verschoben, geborsten oder unterspült.«

»Die Brunnen und Quellen der Stadt und der Küste werden noch wochenlang versalzen bleiben.«

»Die Kanäle und Staubecken am Tschöng-Strom sind zwei Tagesreisen weit verschlammt, verschüttet oder zusammengebrochen. Es wird Monde dauern, das Netz wieder zu schließen, und Jahre, allein die Kanäle sechsten Ranges wieder auf die vorgeschriebene Tiefe auszugraben.«

»In welchem Zustand, hochehrwürdiger Herr, ehrwürdige Herren und Herrinnen,« fragte der Statthalter sorgenvoll, »ist die katauekische Flotte?«

»Hochehrwürdiger Statthalter«, setzte der Herr der *Inneren Kammer der Schiffahrt* zu einem Bericht an, »die Nauken in den Häfen der Mangalischen Küste sind allesamt zerstört. Manche Wracks wurden eine Wegstunde weit im Binnenland gefunden, manche in den Kronen dreißig Götterfuß hoher Sykomoren.«

Ein vielfaches Fächeln zeigte die Erregung der Versammelten an. Sie alle hatten solch morbide Anekdoten zuhauf gehört.

»Der Großteil der Flotte«, setzte der oberste Seefahrer fort, »handelt wie jedes Jahr entlang der Küsten Ajunas. Die Fachleute der *Dritten Kammer der Schiffahrt* befürchten, daß Flutwellen dieser Stärke auch den Nachbarkontinent erreicht haben.« Er machte eine Geste zu einem glatzköpfigen Nautiker, dessen Hand einen dreifachen Ring trug.

»Höchstehrwürdiger Statthalter, ich selbst habe die Route vierzehn aufeinanderfolgende Doppeljahre befahren«, begann der Mann mit fester Stimme. »Viele von uns hoffen, daß die Schiffe um diese Jahreszeit die Barbarenreiche bereits wieder verlassen haben und, beladen mit Eisen, Marmor, Steinkohle, Glas und Wein, auf hoher See unterwegs sind.«

Ein Seefahrer, bei dem man wie beim Nautiker unter der roten Schminke das wettergegerbte Gesicht erahnte, hob den Fächer, um zu sprechen, aber der Statthalter warf ein: »Was, im Namen des Himmlischen Willens, hülfe uns das angesichts einer Woge, die sich bis zu den Pfauensegeln einer Nauke auftürmt?«

»Die zu Rate gezogenen Seidenschriften«, kam der Herr der *Inneren Kammer der Schiffahrt* dem Nautiker mit Beamtenwissen zu Hilfe, »erweckten den Eindruck, daß die früheren Flutwellen auf hoher See kaum bemerkt wurden. Anscheinend werden sie erst an den Küsten zu jenen aufgetürmten Ungeheuern.«

»Bei aller Tugend, höchstehrwürdige Herren«, ergriff nun endlich der andere Seefahrer das Wort, »niemand hat jemals von solchen Flutwellen gehört. Zudem werden die meisten Schiffe, drei Monde nach Beginn der Handelszeit, noch entlang der Küsten der Salamar und der Saphirküste gesegelt sein. Ich rate von allzu großen Hoffnungen ab.«

Lü bemerkte, daß ihre Gedanken abschweiften. Zu viele Schreckensnachrichten hatten sie in den letzten Wochen in eine dumpfe Taubheit gestoßen. Und der gemeinsame Rat mit dem Statthalter und dem Garnisonskommandanten war ohnehin größtenteils Scharade: Jeder von ihnen hatte gewiß jeden dieser Berichte bereits von seinen eigenen Beamten und Spionen zusammentragen lassen. Aber der *Tugendhafte Weg des Himmlischen Willens* verlangte nun einmal, daß *Eroberungen* von den dreifarbigen Mächten geleitet wurden: der Garnisonskommandant im Rot des Blutes stand für die Verteidiger der Stadt, der Statthalter im Weiß der Tugend für die Verwalter und die Hohepriesterin im Blau des Himmels für die Tugendwächter.

Lü fragte sich, wie sie mit der Schuld leben sollte. Auch wenn von Woche zu Woche klarer wurde, daß nicht nur ihre Stadt von der Strafe getroffen worden war, schwärte jener Befehl, mit dem sie die frevelhafte Schrift hatte anbringen lassen, in ihr wie eine üble Wunde.

Lü betastete ihren Bauch. Langsam wurde sie eine alte Frau. Sie hatte niemals ein Kind empfangen, ausgetragen und geboren. Kinderlosigkeit wurde von einer Priesterin stillschweigend erwartet, wenn sie in die höheren *Kammern* vordringen wollte. Und auch wenn das Privileg der Wunschlosigkeit einer Tugendwächterin erlaubte, ja geradezu vorschrieb, jeden ihrer Wünsche umgehend zu befriedigen, gehörte eine Schwangerschaft nicht zu den tugendhaften Wünschen. Lü verstand sich wie die meisten Priesterinnen auf alle Geheimnisse der Frauenkunde, um eine Empfängnis zu vermeiden.

Sie blickte hinaus in den Garten der Statthalterei. Der niederprasselnde Regen wusch das Salz von Mimosen und Mispeln. In den Hafenvierteln erklangen die Sägen und Hämmer der Baumeister. Es hieß, daß die Reisgeister nach einer Katastrophe besonders viele Kinder gebären ließen.

Vielleicht erwartete sie einfach zu viel vom Leben. Immerhin war sie Hohepriesterin einer der größten Städte der Welt und keiner der Leichname, die noch immer in den Ozean des Abends hinaustrieben.

Essen

Irgendwo im Reich Hüane, im Sechsten Mond im Jahr 472 der Blauen Götter, anderthalb Tage später

»Ich muß etwas essen.« Strolchs Knie waren schwach, und der Hunger war schließlich stärker geworden als die Angst vor dem Blauen Gott, der ihn die ganze Nacht und den ganzen Tag vorangetrieben hatte.

»Warum, Jammergestalt?«

»Weil ich Hunger habe. Weil«, Strolch rang die Arme, »jeder Mensch einmal am Tag essen muß. Weil ich sonst tot umfalle ... und dann kommen wir nie zum Orakel von Thalliopê.«

»Gut, Hungerleider. Dann iß was ... Wo gehst du hin?«

»Etwas zu essen suchen«, wand sich Strolch, »das ist nicht so einfach. Es ist Regenzeit: da wachsen fast keine Früchte mehr. Außerdem bin ich nicht von hier.«

Strolch bog in Richtung der bewaldeten Hügel zu ihrer Rechten ab, gefolgt von dem Blauen Gott. Seit einigen Wochen bewegte er sich wieder durch Kulturland. Die Flanken der sanften Hügel waren mit Reisfeldern terrassiert, so daß sie aus der Ferne wie grau glitzernde Treppen aussahen. Auf dem Rücken der Hügel zogen sich zumeist Trampelpfade dahin. Um zu dem nächsten Höhenzug zu gelangen, mußten sie sich durch ein Labyrinth abwärts und aufwärts führender Ochsensteigen bewegen, die mit Saumpfaden entlang der Reisbecken verbunden waren. Die meisten dieser Wege waren rutschig oder morastig oder standen unter Wasser. Aber wenigstens hielt der Regen die Bauern in ihren Dörfern.

»Du mußt also einmal jede Stunde rasten«, rumpelte die Stimme oberhalb von Strolchs Kopf, »weil du sonst tot liegen bleibst. Du mußt einmal jeden Tag essen, weil du sonst tot umfällst. Du mußt zweimal am Tag ins Gebüsch, weil du sonst platzt, und dabei ist nur dein Kopf zu sehen. Und wenn es Nacht ist, mußt du schlafen, weil du es sonst bei Tag tust.«

»Ja«, seufzte Strolch. Bei allem, wovon der Junge in Maganta geträumt hatte, hatte er sich natürlich nie gefragt, wie es war, einem Gott zu begegnen. Ganz gewiß hätte er es sich so nicht vorgestellt.

»Das sind wilde Litschi«, rief Strolch, »die kenne ich.« Er trat näher an den Strauch, aber er sah sogleich, daß er zu spät kam. Was da noch hing, war faulig und voll pelzigem Schimmel. »Nein, das kann man nicht mehr essen.«

»Und du?« grollte es.

Was wollte das Ungeheuer jetzt? Ach so. Man! »Nein, ich kann das auch nicht mehr essen.«

»Warum nicht?«

»Weil ich sonst kotzen muß.« Diese Antwort kostete Strolch über hundert Schritt lang weitere Erklärungen. Dann fand er einige verdächtig aussehende safrangelbe Pilze. Ganz auf sich gestellt, ohne einheimischen Rat, wagte er nicht, sie zu kosten.

»Und was ist mit dir?« fragte der junge Abenteurer, vom Hunger mutig geworden. »Ißt du eigentlich nichts?«

»Was denn?«

Alles, dachte Strolch, alles – solange es keine Menschen sind.

»Ein Grasfrosch«, rief er dann begeistert aus. Narbenfresse hatte ihm gezeigt, wie man die fing und briet. Er rannte hinter dem hüpfenden Frosch her, aber auf dem feuchten Boden und zwischen Farnen, Wolfsmilch und Weißdorn war das Tier im Vorteil.

»Geh mal da weg«, bellte der Blaue Gott. Strolch konnte sich eben noch beiseite werfen, da stieß die drei Schritt lange Lanze bereits zu.

»Wundervoll«, murmelte der hungernde Landstreicher. »Eigentlich wollte ich ihn braten und nicht als Brei von einer Klinge kratzen. Aber wer bin ich, um einem Gott Ratschläge zu geben?«

Was bist du?

In der folgenden Nacht

Strolch schreckte aus dem Schlaf. Der Blaue Gott glotzte ihn noch immer an, einer Statue gleich am selben Platz stehend, wo er sich bei Einbruch der Nacht aufgestellt hatte. Erbarmen, dachte der junge Abenteurer, wie soll ein Mensch schlafen, wenn ihn so ein Ungeheuer ständig mit Telleraugen anstiert? Strolch krümmte sich unter der Lederdecke, die als Zeltdach diente. Es war stockfinster; er hatte höchstens vier Stunden geschlafen – so lange, wie die Erschöpfung stärker war als die Angst.

Irgendwann begann er, sich der Unausweichlichkeit des Blickes zu stellen und seinerseits den Blauen Gott zu betrachten. Durch die Bäume sickerte Mondlicht; die dichten Wolken der Regenzeit verschwanden wohl langsam. Um die männlich schmalen Hüften trug der Koloß einen breiten, mit Juwelen besetzten Gürtel. Davon herab hingen ein Lendenschurz, dessen Tuch in Gold und Silber gefaßt war, und Ketten aus Goldperlen. Bei den Goldsäcken der heiligen Narcissa, dachte er, mit dem Klunkerzeug hätten Strolch und Kudung ausgesorgt gehabt.

Strolch bedauerte, daß er Kudung, Narbenfresse und Einauge nicht einmal hatte begraben können. Gut, Einauge war ein Schandmaul gewesen, Kudung ein arroganter Sack und Narbenfresse zu dämlich, um ein Gespräch zu führen. Aber daß sie jetzt in einer Reisbauernkate von Ratten gefressen wurden, hatten sie nicht verdient.

»Warum schläfst du mit offenen Augen, Sackpfeifer?«

Strolch zuckte zusammen. Erwischt! Tücke, wenn ihn der Riese jetzt bloß nicht zwang, bei Nacht weiterzumarschieren. Gleichzeitig glomm eine Hoffnung in ihm auf: dieser Blaue Gott war so … nichtsahnend.

»Ich brauche noch zwei Stunden Schlaf«, stieß Strolch hervor, heiser vor Müdigkeit. »Aber ich habe schon genug geschlafen, um auch einmal wachsam um mich zu blicken … wie du.«

Der Riese sprach nicht mehr, und die irrsinnigen Augen hatten Strolch schon zuvor nicht verschont.

»Darf ich dich etwas fragen?« räusperte sich der Abenteurer.

»Frag, Stammelbruder!«

Ein Dutzend Fragen blitzten durch Strolchs Kopf. Die Schlacht. Schon seit sie begonnen hatten, den Heerscharen zu folgen, war ihm alles ein Rätsel.

»Worum ging es bei ... dieser Schlacht?«

»Die Eitergesichter wollten uns tot machen, da haben wir sie tot gemacht.« Danke, dachte Strolch, welch eine Antwort.

»Warum wollten euch die Kataueken erschlagen? Ihr seid doch ... ihre Götter? Oder?«

»Keine Ahnung, Schleimklumpen!«

Wußte er nicht, warum sie gekämpft hatten – oder ob sie ihre Götter waren? Strolch sortierte die Gedanken, die wie Moskitos durch seinen Kopf schwirrten. Es war wundervoll, endlich wieder Merkantilo sprechen zu können, wieder in der eigenen Sprache zu denken, kein stotternder Trottel mehr zu sein. So viele Fragen – und jede einzelne, so schien es, konnte tödlich sein oder der Weg zu einem Geheimnis, das einer Reise um die halbe Welt würdig war.

»Was ich eigentlich wissen will ...«, erklärte Strolch unternehmungslustig, »was bist du?«

Der Blaue Gott glotzte ihn an, als ob er ihn jeden Augenblick mitsamt dem ganzen Wald einstampfen könnte. Als er das Maul öffnete, klang die Antwort stolz:

»Die Schlitzaugen in den roten Blechbüchsen sagten: Fünfarm.«

In Serkan Katau wurde wie in weiten Teilen der Welt erst am Ende der Großen Regenzeit offensichtlich, daß die unnatürliche Bewölkung des Himmels anhielt: Auch als die tiefhängenden, schweren dunklen Schläuche der Regenwolken verschwanden, verdüsterten höher hängende, kaum bewegte graue Wolken Sonne und Mond, die stets nur hinter einem blassen Schleier erschienen. Der Weiße Wanderer war verschwunden, so schnell vermutlich, wie er gekommen war, doch darüber streiten die Sterndeuter bis heute. Denn die wahre Erschütterung der Welt zeigte sich Nacht für Nacht, wenn der Himmel sternenlos blieb.

Fünfarm und Strolch bewegten sich südwärts. Es ist mir als Chronistin nicht klargeworden, warum diese Reise so lange dauerte. Für die tausend Meilen vom UNVOLLENDETEN PALAST zum Qiu hatte Strolch keine sechs Wochen benötigt. Vermutlich, weil die Strauchdiebe wußten, daß ihnen ein tobsüchtiger Gott folgte, und weil Kudungs Bande doch genug Ortskenntnis in den Nördlichen Königreichen besaß. Für die etwas mehr als tausend Meilen vom Qiu zur Mangalischen Küste benötigte Strolch fast fünfzehn Monde. Wie konnte das geschehen, wo ihn der Blaue Gott zweifellos mit seiner einzigartigen Zielstrebigkeit vorantrieb? Gelang es dem jungen Mann, seinem Begleiter zu vermitteln, daß sie sich vor der geballten Macht des REICHES DER TUGEND verbergen mußten? Oder nutzte er das Unverständnis des Gottes für menschliche Belange aus, um den Weg in die Länge zu zögern, an dessen Ende nur weitere Fragen stehen konnten, auf die er, Strolch, keine Antworten zu geben vermochte?

Was ich aus den alten Quellen entnehmen kann, ist, daß die beiden im Süden des Reiches Hüane dem Tschöng-Strom abwärts folgten, der Mangalischen Küste entgegen. Und es scheint mir sicher, daß weder Fünfarm noch Strolch – sosehr sie wohl den Patrouillen und

Festungen auswichen – ahnten, wer ihnen auf der Spur war.

Hauptmann Kang jedenfalls entsandte regelmäßig Boten, zunächst an General Tüfang hua Hidong, später vielleicht direkt an die INNERE KAMMER DES KRIEGES in die Stadt der Mantikoren. Ihm wurde wohl klar, daß seine selbstauferlegte Aufgabe viel mehr Zeit erfordern würde als angenommen. Der Gedanke, die Verfolgung abzubrechen, lag ihm gewiß fern, und gegenteilige Befehle hätten ihn nicht erreicht.

Bezeichnend für die Denkweise dieses Mannes ist ein Brief, den er anläßlich des Mantikorentages, der katauekischen Jahreswende, nach Mantikor Leng sandte. Die Einladung zur jährlichen Mantikorentötung des HÖCHSTEN KRIEGSHERRN DER GEHEIMEN KAMMER in den Gärten von Hüanging Gar war eines der vier Privilegien, die die Zwiefach Vereideten über andere Angehörige der Kriegerkaste erhoben. Für Kang hua Schiang war die Einladung vor allem eine Verpflichtung, der er und seine verbliebenen Götterfresser der Dritten Faust nicht nachkommen konnten. Dementsprechend sandte er eine Schriftrolle, in der er den Fortschritt seiner Mission beschrieb und die Verantwortung dafür übernahm, daß er 292 Götterfresser von ihrer Repräsentationspflicht abhielt. Was hätte er wohl geschrieben, wenn er gewußt hätte, welche Stimmung in Mantikor Leng siebeneinhalb Monde nach der Katastrophe am UNVOLLENDETEN PALAST herrschte und wie jeder Kriegsherr, Bonze und Hohepriester versuchte, nicht nur jegliche Verantwortung, sondern auch jede Erinnerung an die Ereignisse zu tilgen? Ich vermute, daß Kang den gleichen Brief geschrieben hätte …

SCHWESTER DOLORES,
CHRONIK EINER
VERLORENEN ZEIT,
BD. II, NIEDERGELEGT
ZU CANTAMO IM
540. JAHR DER ABWESENHEIT GOTTES

Vor Tschöng-Hau Leng

An der Mangalischen Küste, am Nachmittag des 14. Tages im Zehnten Mond im Jahr 473 der Blauen Götter

»Wir können da nicht rein!« Unwillkürlich hatte Strolch den Kopf zwischen die Schultern gezogen.

»Warum nicht, Hemdenschisser?«

»Sieh mal, ich hasse es, derjenige zu sein, der es dir sagt«, wand sich Strolch, »aber du bist … irgendwie … kein Mensch.« Diese Augen! Der Blaue Gott glotzte auf Strolch herab, als ob er Unkraut wäre. Aber immerhin rupfte er ihn nicht aus …

»Mann, begreif doch!« Strolch hob leidenschaftlich die Arme: »Du bist … ein Ungeheuer. Vier Schritt groß. Eine Fresse wie ein …«

»Das da ist die Stadt, von der du erzählt hast?« Fünfarm schwenkte seinen Blick. Rot, grün und weiß erstreckten sich die gestaffelten Bauten.

Wie lächerlich, dachte Strolch: Die Maulbeerbäume, hinter denen sie sich verbargen, waren kaum größer als der Gott.

»Wir können da nicht rein!« beharrte er.

»Warum nicht, Hemdenschisser?« Hatten sie dieses Gespräch nicht eben geführt?

»Weil sie uns kaltmachen!« rief Strolch, außer sich angesichts so viel Unverstandes. »Wie kann jemand so dämlich sein?« Strolch zuckte zusammen und staunte, daß er noch immer lebte. »Schau dir die Mauern an. Die Tore. Die haben da mindestens zwei *turmae* Soldaten oder Heerscharen oder wie immer sie ihre roten Totschläger nennen.«

»Dann werden wir kämpfen!«

Strolch kreischte vor Zorn: »Das ist eine Stadt! Wir können doch nicht eine Stadt …« Strolch stockte. Er wußte plötzlich, was der Blaue Gott dachte – was er gleich sagen würde. »Sieh mal, Großer. Ich komme aus der größten Stadt Ajunas. Aber ich habe in meinem ganzen Leben nicht so viele Menschen auf einem Haufen gesehen, wie die verrückten Kataueken zusammengetrommelt haben, nur um dich und deine Kumpels fertig zu machen.«

»Wir haben sie besiegt«, sagte Fünfarm mit einem überraschenden, absurd sanften Ton.

Nein, nein, schrie es in Strolch. Dieses ganze Gespräch nimmt eine Wendung in die Katastrophe.

»Ja, klar! Nein, eigentlich nicht. Was weiß ich.« Strolch fuhr sich mit beiden Händen durch die Haare und lehnte den Kopf erschöpft an den Stamm vor ihm. Dann wandte er sich wieder dem Blauen Gott zu. Der starrte ihn noch immer an.

»Fünfarm! Ihr habt doch nur gewonnen, weil ihr diese Feuerblitze auf sie geschossen habt. Ihr habt den Himmel in Brand gesetzt. Ich meine, meinetwegen, wenn du das wieder machst ...«

Bloß nicht weiterreden, schrie Strolchs Instinkt. Du machst alles noch schlimmer. Was war nun los?

Der Blaue Gott schwieg, erstarrt zu einem Standbild kriegerischer Urgewalt. Die Schwungscheibe an der langen Kette pendelte leicht hin und her. Strolch fühlte eine Gänsehaut. Der Gott dachte nach! Und irgendwie machte das Strolch mehr Angst als alles andere ...

»Das waren nicht wir!«

Strolch versuchte sich einzureden, daß er nicht wußte, wovon der Blaue Gott sprach. Wovon er schwieg ...

»Mach dich nicht lächerlich!« platzte der junge Abenteurer heraus. Du bist tot, gleich bist du tot. Der Gott schien unerwartet verändert. Da war etwas in dieser harten blauen Fratze, irgend etwas um die muskelstraffen Wangen, das weich wirkte.

»Das war nicht Fünfarm!« Die dröhnend tiefe Stimme war rauh, aber leise.

»Ja, wer denn sonst?« Strolch versuchte zu lachen – aber da war nichts Lächerliches. »Wer sonst soll denn ... ich meine, das war das Ende ... der Weltuntergang ... das war ...« Strolch fühlte, wie sein Magen zu einem fremden Tier wurde, das sich aus seiner Kehle winden wollte. Vor seinem inneren Augen fauchten die roten Feuerblitze. Er sah die lodernden Flammen, die bis zu jedem Horizont Gemälde aus Schwarz und Rot malten. Stahl, Rauch, Feuer, Blut. Und die Schreie …

»Egal!« preßte Strolch hervor. »Ich will so etwas nie wieder sehen.« Seine Gedanken rasten wie die Ratten, die sie in den Gossen von Maganta in die Enge getrieben hatten, um sie zu erschlagen – manchmal aus Grausamkeit, manchmal aus Hunger. Da war eine Wand, durch die er nicht denken konnte.

»Das ist der Ozean?« Der Blaue Gott hatte seine rollenden, irrsinnigen Augen wieder südwärts gewandt.

»Äh, ja«, schreckte Strolch aus düsteren Erinnerungen hoch. Schon bereute er die Antwort.

»Dahinter liegt das Orakel.« Diesmal war es eine Feststellung.

»Ja, ja, aber …«

»Wir gehen jetzt in die Stadt!« Der Stamm vor Fünfarm zersplitterte, als der Gott losging – mitten durch den Maulbeerbaum hindurch.

In Tschöng-Hau Leng

Eine Viertelstunde später

»Stehenbleiben!« Die Hand des Wachtmeisters hob sich mit einer Routine, die Strolch – zu jeder anderen Zeit, unter anderen Umständen – für gebieterisch gehalten hätte. Aber selbst auf die zehn Schritt Entfernung sah der junge Ajunäer, daß die Hand des Offiziers zitterte. Ja, bitte, bleib doch stehen, flehte Strolch.

Noch immer gellten die Befehle durch das doppelte Tor, über die Türme daneben und über die Mauern. Genagelte Stiefel knallten über die Kacheln der Straße. Die Fratzen darauf waren rote Ungeheuer – und blaue Götter.

Fünfarm blieb nicht stehen.

»Fünfarm geht in die Stadt!« dröhnte seine Stimme wie eine Kriegstrompete. Das Gesicht des Wachtmeisters unter dem hastig heruntergeklappten Maskenvisier war nicht zu sehen. Er wartete bis zum letzten Augenblick. Zu seiner Linken senkten einige Soldaten ihre Spieße, die zur Rechten strömten noch immer die Treppe herab und versuchten, Aufstellung zu nehmen.

Dann sprang der Mann beiseite. Strolch hielt sich im Windschatten des Blauen Gottes. Nervös schob er seine Handfläche unter das Bündel über Schultern und Brust und fühlte unter dem Hemd die mächtige Hand. Beim Schwert des heiligen Malachias, was für ein breites Kreuz dieser Gott hatte. Blaue Muskelstränge beiderseits einer Wirbelsäule, die wie ein knotiger Baum war. Und mit den Juwelen an dem breiten Metallgürtel könnte ich mir ein Bürgerhaus kaufen: in Tschöng-Hau Leng, in Maganta, überall auf der Welt.

»Ein *Fang tscho'e söngking* die Stadt!« rief der Wachtmeister heiser. Das Wort dazwischen kannte Strolch noch nicht. Aber die Soldaten nahmen alle Haltung an. Unwillkürlich mußte Strolch grinsen.

»Ja, Großer«, flüsterte er grimmig hinter dem gewaltigen Rücken. »Du schaffst es.« Schlagartig überfiel Strolch die Erinnerung an das letztemal, als er dieses Tor durchquert hatte – in Ketten. Die Kacheln mit den Ungeheuern und Göttern waren alles gewesen, was er gesehen hatte, als er hinausgetrottet war in eine Zukunft als Straßenbausklave. Und nun ging vor ihm ein leibhaftiger Gott ...

»Bei der Knute des heiligen Chrysantho!« Strolch war an Fünfarms Seite geeilt – an seine Hüfte, um es richtig auszudrücken. »Du hast es geschafft. Diese widerlichen gelben Affen springen, wenn du kommst. Tücke!« Die letzte Bemerkung galt der Eskorte, die ihnen folgte: zwei Offiziere mit je acht Mann, beiderseits der Allee, die sie nun entlangstapften.

Unter mächtigen Schirmfeigen mit aus der Krone herabbaumelnden Luftwurzeln boten Gewürzkrämer, Obsthändler und Porzellanbrenner ihre Waren feil – auf der Straße sitzend. Waren, die im Merkantilischen Imperium als Inbegriff von Luxus galten. In Strolch tobten die Erinnerungen: Wie sehr hatte er von diesem Reichtum geträumt! Was für ein Dummkopf er gewesen war hierherzukommen. Und jetzt? Jetzt war der größte Augenblick seines Lebens. Nicht einmal als Carmelina sich das erste Mal hatte küssen lassen, hatte sein Herz so gerast.

»Wie sie glotzen!« triumphierte er halblaut, mit belegter Stimme. Wasserträger traten, schwankend unter ihrer Last, vorsorglich unter die Bäume, Schubkarren rumpelten in die Kniekehlen weniger Achtsamer, und die Gasse vor dem Blauen Gott öffnete sich immer schneller. Manche Krämer verbeugten sich und berührten die Kacheln der Straße mit der Stirn. Frauen verharrten, die Hände vor den Mund, bisweilen gar vor die Augen geschlagen. Eine Entenhirtin versuchte, ihre quakende Herde in Sicherheit zu bringen.

»Bei den Nüssen des heiligen Guelfo, schau dir das an, das wird ein Auflauf!« Aber Fünfarm wandte sich nicht um zu den Kindern, die sich hinter der Eskorte sammelten. Der Blaue Gott schritt dahin mit seinen panthergleichen Riesenschritten, schmalhüftig, breitschultrig, die Waffen in den Fäusten – unverkennbar eine Urgewalt, die jeden Augenblick Tobsucht und Tod säen konnte.

Zusehends wurden die Straßen jetzt von Marktständen gesäumt. Dazwischen standen Pferche und Käfige, in denen Schweine, Truthähne, Schildkröten, Eichhörnchen, Schlangen und Heuschrecken feilgeboten wurden. In manchen Straßen hing der Duft der Gewürze wie in stehenden Wolken. In flachen Körben stapelten sich reife Mandarinen, Pfirsiche, Mangos und ein halbes Dutzend anderer Früchte, deren Namen Strolch noch nicht kannte.

»Warte«, bat er, als sein Bauch sich schmerzhaft verkrampfte, »ich habe Hunger.«

»Dann pflück was, Schnarchsack!« röhrte der Blaue Gott hilfreich, ohne seinen Schritt zu verlangsamen.

Strolch räusperte sich, aber das hielt Fünfarm nicht auf. »Wir sind in einer Stadt«, meinte er dann. »Da kann man nichts pflücken. Da muß man etwas kaufen.«

»Was heißt kaufen?« Der Riese blieb so abrupt stehen, daß die halbe Straße zusammenzuckte.

»Man muß Geld für das geben, was man haben will. Aber das kann ich nicht.«

Ebenso ruckartig, wie er stehengeblieben war, wandte sich der Gott zur Seite. Mit drei Schritten überquerte er die halbe Allee und trat vor einen Obststand, der ihm kaum zur Brust reichte. Der mandeläugige Mann mit dem Strohhut dahinter taumelte an die Stoffbahn, die als Rückwand des Standes diente.

»Strolch hat Hunger«, grölte Fünfarm. Es war sein üblicher Plauderton – aber Strolch erinnerte sich daran, was er gefühlt hatte, als er ihn das erste Mal gehört hatte.

Der Obsthändler klappte den Mund auf und zu wie ein sterbender Fisch. Strolch warf einen beunruhigten Blick auf die achtzehn Soldaten, die hinter ihnen angehalten hatten. Sie hielten respektvollen Abstand, aber wenn er in seinem Leben etwas gelernt hatte, dann war es, den Abstand zu Stadtwachen einzuschätzen.

»Ich habe kein Geld«, raunte er halblaut, den Kopf hinauf zu Fünfarm gewandt, die Augen weiter auf der Eskorte ruhend.

»Strolch hat kein Geld«, johlte Fünfarm. Strolch krallte die Hand in sein Gesicht vor Peinlichkeit. Zum Glück, fiel ihm dann ein, sprach Fünfarm Merkantilo; der Kataueke würde kein Wort verstehen ... Doch!

»*Schüe!*« dienerte der Händler, warf sich auf die Knie und füllte hastig einen flachen Korbteller mit Früchten, die wie gelbgrüne Mandarinen mit Knubbeln daran aussahen. Ja? Ja war gar kein Ausdruck! Der Mann rutschte ernsthaft auf Knien um seinen Stand herum und warf sich dann der Länge nach vor Fünfarm auf den Bauch. Der Korbteller landete derart perfekt vor den krallenbewehrten Füßen des Gottes, daß klar wurde, wie oft der Mann das geübt hatte – im Tempel? Das war wohl die einzige Erklärung.

»Iß das Zeug!« knurrte Fünfarm, wandte sich um und schritt weiter. Strolchs Diebesinstinkt ließ ihn zugreifen und loslaufen, ehe er sich klarmachte, was sie eben getan hatten.

»Bei den Goldsäcken der heiligen Narcissa! Bei der Knute des heiligen Chrysantho! Bei allen Heiligen, die mir jetzt nicht einfallen! Bei den unflätigen Götzen vom Rand der Welt! Heiliger Sonnenschein!« Strolch jubelte seit einer halben Meile, sofern er nicht gerade den Mund voll hatte. Er hielt den Korbteller mit einem Arm vor der Brust und fühlte, wie sich die Fingernägel der blauen Hand in seine Rippen bohrten. Begeistert fuchtelte er mit der freien Hand herum und nagte an der dicken Schale der Früchte. Sie schmeckte ebenso sauer wie die der Mandarinen, und der Herumtreiber spuckte sie nach links und rechts. Das grünliche Fruchtfleisch war ebenfalls säuerlich, zart und saftig. Strolch fühlte, wie ihm der Saft das Kinn herabtropfte. »Wonne, o Wonne! Du hast es geschafft, Fünfarm.« Das hatte er heute doch schon mal gesagt? »Ich dachte schon, ich müßte mir was stehlen, aber mit dir ...«

»Was heißt stehlen?« Fünfarm war wieder ansatzlos stehen geblieben. Strolch glaubte zu fühlen, wie sein Herz aussetzte. Ganz schwerer Fehler, dachte er. Wenn du ein Dieb bist, sprich nicht übers Stehlen. Schon gar nicht mit jedem zufällig dahergekommenen Gott. Vor allem nicht, wenn du seine Hand gestohlen hast ...

Fünfarms Kopf drehte sich mit erschreckender Langsamkeit. Strolch sah es genau kommen. Der Gott wandte den Kopf zur Seite und senkte ihn dann. Der Blick der wahnwitzigen Augen traf den jungen Dieb wie ein Lanzenstoß. »Antworte, Schlotterbauch!«

»Äh ja, nun«, stammelte Strolch und fuchtelte mit einer angebissenen Frucht umher. Bloß nichts darüber sagen, daß man Körperteile stehlen konnte. Was hatte nichts mit Fünfarm zu tun? Geld. Das hatten sie ja eben gesehen. »Also, wenn jemand Geld für etwas gibt, gehört es ihm; wer es ihm nimmt, ohne Geld dafür zu geben, der stiehlt – der ist ein Dieb.«

»Fünfarm ist ein Dieb.« Der Gott ging wieder weiter. War da ein leicht befriedigter Unterton gewesen?

»Nein ...« Strolch versuchte wieder Schritt zu halten. Der Fruchtsaft hatte seine Brust erreicht und brannte in den kleinen Kratzern, die die Hand ihm beim täglichen Marschieren zufügte. »Der Mann hat es dir freiwillig gegeben.« Na ja, sofern irgend jemand etwas freiwillig tat, wenn vier Schritt Weltuntergang vor ihm standen. »Ein Dieb nimmt heimlich. Eher noch war es … Raub.« Strolch sah bereits die nächste Zwangslage dräuen, aber irgend etwas ließ ihn weitersprechen. Er fühlte sich so lebendig wie noch nie – und noch nie hatte er offen darüber geredet, was es bedeutete, ein Dieb zu sein. »Wer jemanden bedroht, damit dieser ihm etwas gibt, ist ein Räuber. Aber das paßt auch nicht. Der hat dir das gegeben, weil er dich für …« Strolch rang nach Worten. Das war nicht bloße Angst gewesen. Der Mann hatte deutliche Ehrfurcht gezeigt – in ritueller Form.

»Rede weiter, Hemdenschisser!« kam von oben die Anweisung. Wenigstens sah der Gott ihn nicht an dabei.

»Du bist ein Gott!« platzte Strolch heraus. »Die Kataueken haben hier …« Wieder suchte er nach Worten. »Also, Tücke, soweit ich das verstanden habe, haben die hier Tempel, wo sie dich und deine … Kumpels anbeten.« Bei den Locken der heiligen Sarmantha, war das widersinnig. Erst jetzt, als Strolch es aussprach, wurde ihm wirklich klar, was er seit Wochen erlebte.

»Fünfarm ist ein Gott«, stellte der Blaue Gott wieder mit diesem seltsamen Ton fest.

»O ja, beim Abwesenden Gott«, rief Strolch, unwillkürlich den Blick zum Himmel hebend. Graue Wolken, wie immer seit jenem Tag. »Du bist wirklich ein Gott. Ich meine, das ist unvorstellbar. Du könntest vermutlich machen …«

»Wer ist das?« O nein, nicht schon wieder. Fünfarm war wieder stehengeblieben. Zum dritten Mal hörte Strolch das leise Kommando des rechten Offiziers, das die Eskorte ebenfalls zum Stehen brachte. Was war nun wieder? Strolchs Kiefer spannte sich an.

»Wer ist was?« fuchtelte der Gassenstreuner leicht verzweifelt. Du hättest abbeißen und das Maul halten sollen.

»Fünfarm ist ein Gott – beim Abwesenden Gott?«

»Tücke, nein!« Strolch lachte, aber es klang wie ein Röcheln. »Ja … doch! Was weiß ich? Man sagt das so.«

Fünfarms Kopf schwenkte einmal nach links und einmal nach

rechts. Die Telleraugen waren wie schwarze Speere, die über die Allee flogen. Irgendwo ging kreischend eine Korbflechterin in Deckung. Ein angeleinter Hund jaulte.

»Hier ist kein zweiter Gott. Wo ist er?« Fünfarms Fratze ruckte herum und fixierte Strolch. Die Nasenflügel hatten sich aufgebläht. Gleich würde wieder Dampf hervorquellen ...

»Nein!« krächzte Strolch. Er war ja nun wirklich nicht gläubig. Aber es so einfach auszusprechen schnürte ihm den Hals zu. »Der ist nicht da. Deswegen ... also, ich glaube, deswegen heißt er ja auch Abwesender Gott.«

»Fünfarm ist hier«, stellte der Gott fest. »Nicht nicht da.« *Bei!* Jetzt begriff Strolch. Er hatte ›beim Abwesenden Gott‹ gesagt. Fünfarm hatte das wörtlich genommen. Wie lächerlich. Wie ... beunruhigend. Konnte es sein, daß das für einen Gott eine sinnvolle Frage war? Wo, bei allen Heiligen, war der Abwesende Gott wirklich, den ganz Ajuna anbetete?

Lü und der Blaue Gott

Im Hochtempel von Tschöng-Hau Leng, zur selben Zeit

»... und im Reich Hüane sollen im Hochtempel die silbernen Hauer der größten Statue ausgefallen sein.«

»Danke«, antwortete Lü und entließ den Priester mit einer huldvollen Bewegung des Fächers. Als der Vorhang zur *Geheimen Kammer* sich geschlossen hatte, seufzte sie. Sie stand auf und schritt zu dem seidenen Paravent.

»Was hältst du von den Zeichen?« fragte sie.

»Höchstehrwürdige Lü«, wisperte Nühen hinter dem Wandschirm, »was für eine Frage an eine alte Frau.« Die Dienerin erhob sich langsam und deckte das Reispapier zu, auf dem sie mitgeschrieben hatte. Als sie auf Lü zutrat, faßte sie mit knochigen Fingern nach ihrem Ärmel. »Lautet deine Frage nicht vielmehr:

Wie hättest du, wie hätten die Hohenpriester in Mantikor Leng anders entscheiden können bei all diesen Vorzeichen?«

»Du gehst zu weit, ehrwürdige Nühen.« Lü wandte sich rasch ab und fächelte sich frische Luft zu. Sie fühlte sich unendlich einsam. Nühen war ihre erste Schriftlehrerin gewesen. Die alte Priesterin war vermutlich der einzige Mensch, der sie und ihre Geheimnisse in diesen seelenlosen Hallen kannte. Sie hatte ihr die Seelenpein nicht verheimlichen können, die ihr der Weg im Schatten Fong-Kuoy näng Tschüengs bereitet hatte, ebenso wenig wie den Schmerz, als die Hohenpriester beschlossen hatten, die Götter anzugreifen.

Aber niemals hätte sie ihr anvertraut, daß sie selbst die blutigen Glyphen in der *Halle der Himmlischen Mächte* hatte anbringen lassen. Und so mußte sie seither auch allein stehen mit ihren Gedanken. Seit Wochen trafen aus allen *Eroberungen* Nachrichten über andere Vorzeichen ein. In jeder *Eroberung* hatte es in der jeweiligen Hauptstadt ein Zeichen gegeben. Manche waren wenig beeindruckend, vielleicht auch nur für das jeweilige Volk erschütternd; andere ließen keinen Zweifel an ihrem überirdischen Charakter. Sofern man nicht wußte, was Lü wußte.

»Höchstehrwürdige Hohepriesterin!« Heftiges Rühren des Gongs riß Lü näng Huango aus ihren Gedanken. Solch tugendlose Ungeduld hatte sie nicht mehr gestört seit ... jenem Tag. Aber damals hatte sie den Aufruhr selbst inszeniert.

»Komm mit, Nühen!« befahl sie und zog an der silbernen Klingelkordel. Der Pförtner riß die vier weißen Vorhänge beinahe gleichzeitig empor. Draußen vor der *Inneren Kammer* lag der Sekretär bereits bäuchlings auf dem Marmor. Wie ungewöhnlich!

»Ich heische Vergebung!« sprudelte es viel zu schnell aus dem Mann hervor, um dem *Tugendhaften Weg des Himmlischen Willens* zu genügen. »Etwas Unvorstellbares! In der *Halle der Himmlischen Mächte!* Ich wage nicht, es auszusprechen.« Er stammelte! »Gestatte mir, dich zu führen!«

Lü schritt so schnell, wie es ihr Mantelkleid erlaubte. Sie kannte den Mann. Sie wußte, wie beherrscht er gewesen war, als die blutigen Glyphen an der Wand befohlen hatten, die Blauen Götter anzugreifen. Und seine dringende Aufwartung war auch voll Tugend gewesen, als er die Nachricht von der Katastrophe am *Unvollendeten Palast* überbracht hatte.

Hinter Lü trappelten die Priester, Sekretäre und Leibwächter her. Eiligen Schrittes betrat sie die von Düften geschwängerte Haupthalle des Hochtempels. Am Kopfende, vor den zwei blauen Götterstatuen, vor der des *Herrn der Unwandelbaren Ordnung* und vor den drei Altären, drängten sich die Dutzend Priester und – das war beunruhigend – mehrere Tempelwächter mit schräg gesenkten Rituallanzen. Es war totenstill in der mächtigen *Halle der Himmlischen Mächte*. Und das Bedenklichste war: Kaum die Hälfte der Gesichter wandte sich ihr zu, als sie eintrat.

Lü passierte die letzte der weißen Porzellansäulen.

»Bist du die Hohepriesterin, Rotschnepfe?« grollte eine Stimme, die die Porzellanschätze der ganzen Halle klirren ließ. »Oder mußt du auch wieder jemand zu Hilfe rufen?« Lü näng Huango erstarrte – ihr Geist weigerte sich zu akzeptieren, was sie sah.

In der Mitte der *Halle der Himmlischen Mächte* stand, den zwei blauen Statuen gleich und doch unübersehbar ehrfurchtgebietender und lebendiger, ein Blauer Gott. Im Gegensatz zu den Statuen war er schwer bewaffnet.

»Ich dulde das nicht«, stieß Lü unwillkürlich hervor, wenn auch nicht so laut, daß alle Anwesenden sie hörten. Diese Erscheinung mußte doch eine Fälschung sein. Wer wagte es? Wie war das möglich?

»Heb dich hinfort, Trugbild!« rief die Hohepriesterin schrill. »Und verflucht sei, wer diesen Trug errichtet.«

»Wohl wahnsinnig geworden, Furunkelgesicht!« donnerte die Stimme so laut, daß die Priester körperlich zurückgestoßen wurden. Aus Maul und Nüstern fuhr eine Dampfwolke, und in der Luft lag ein Knistern, als würde sogleich ein Blitz einschlagen.

Seine Größe war unbegreiflich! Die *Halle der Himmlischen Mächte*, die stets überdimensioniert wirkte, wenn man nicht direkt vor den Statuen stand, war unvermutet die natürliche Umgebung für diesen überirdischen Leib.

»Das ist die Rache«, flüsterte Lü, das Gesicht hinter dem Fächer verborgen. Die blaue Haut glänzte im Licht der Lampions. Wie erschreckend schön er war! Die Hohepriesterin fiel auf die Knie. Zwei Stufen. Über ihr standen nur noch die Herren der *Geheimen Kammer* und über denen der *Herr der Unwandelbaren Ordnung* – und die Blauen Götter waren diesem ebenbürtig.

»Über die Maßen ehrwürdiger *Fang*«, rief Lü, inbrünstig und mit bebender Stimme, »ich bin Lü näng Huango, Hohepriesterin von Tschöng-Hau Leng. Deine Dienerin!« Eine abtrünnige Dienerin! Siedend heiß fiel ihr ein, daß sie die Schrift nach der Niederlage nicht hatte entfernen lassen. Hinter ihr prangte in blutigen Glyphen: »Den Blauen Göttern entreißet die Macht über (mich) den *Tugendhaften Weg des Himmlischen Willens.*«

»Was wollen wir noch mal von ihr?« brüllte der Gott. Lü war verwirrt. Dieser rechtschaffene Zorn, der wie ein niemals endender Vulkanausbruch von ihm auszugehen schien …

Erst als der junge Mann antwortete, bemerkte Lü den Begleiter des Gottes. Es war ein fremdartig aussehender Mann, mit hellem Haar und noch viel hellerer Haut. Er sprach leise, es mußte die Sprache des Merkantilischen Imperiums sein. Lü konnte Merkantilo in Grundzügen lesen, hatte die Sprache aber bislang nur von Lehrern wie der alten Nühen gesprochen gehört.

»Richtig, Krümelkopf«, dröhnte wieder die Stimme. »Wir brauchen ein Schiff, Hohepriesterin. Bring Fünfarm zum Orakel von Thalliopê.«

Am Kai

Im Hafen von Tschöng-Hau Leng, etwa eine Stunde später

»Ein paar Stunden warten«, schimpfte Strolch. »Die wollen uns hineinlegen. Du wirst sehen: In ein paar Stunden kommt kein Schiff für uns, sondern die ganze Stadtgarde.«

»Und die Stadtgarde«, fragte Fünfarm knurrend, »bringt uns nicht zum Orakel?«

»Nein, gewiß nicht«, antwortete Strolch zynisch. »Kein Hochheiliger weiß, was die mit uns machen.«

»Vorher hast du Plapperkopf gesagt, daß wir auf das Schiff warten müssen.«

»Ja. Nein. Was weiß ich.« Strolch ärgerte sich. Fünfarm hatte recht. Als die Hohepriesterin sie vertröstet hatte, hatte der Blaue Gott darauf bestanden, sofort ein Schiff zu besteigen. Und Strolch war es gewesen, der ihm erklärt hatte, wie lange es brauchte, ein Schiff für eine Fahrt zum nächsten Kontinent klarzumachen.

»Wenn die Stadtgarde kommt«, beschloß Fünfarm, »machen wir sie nieder, diese Popelfresser.«

»Nein, nein, beim Schwert des heiligen Malachias!« raufte sich Strolch die Haare. »Du kannst nicht die ganze Stadtgarde massakrieren …«

»Fünfarm kann!«

»Die geben uns bestimmt eine Nauke«, versuchte Strolch ihn abzulenken. Der Blaue Gott nahm immer alles so wörtlich. »Das dauert einfach eine Weile.« Der junge Abenteurer stellte fest, daß es besser war, sich keine Sorgen zu machen – sonst hatte er wirklich welche. »Weißt du, vor zwei Jahren glaubte ich noch, wie jeder Merkantilier, daß die Nautiker Serkan Katau und damit die Weltmeere beherrschen. Aber es sind die Schreiber!«

Strolch hatte diese Gesellschaft noch immer nicht durchschaut. Wer nicht schreiben und lesen konnte, war in Serkan Katau nichts. Und Strolch konnte nicht einmal seine eigene Sprache lesen. Er hatte immer gedacht, die Bürger Magantas seien Popanze, denen Amtskette, Siegelring und andere Würden über alles gingen. Aber neben den Katauеken erschienen sie als Horde fellbekleideter Wilder, wie sie manchmal aus den Bergen am Weißen Meer in die Städte zum Handeln herabstiegen.

Sie gingen weiter am Kai entlang. Nur wenige Nauken ankerten an den Piers. Dazwischen lagen Hunderte, wenn nicht Tausende lange, schmale Boote, in denen Bauern ihre Waren anboten: Reis und Fisch, Lauch und Muscheln, Mandarinen und Pomeranzen.

»Als ich damals hier an Land ging«, sinnierte Strolch, »erschien mir alles fremdartig und feindselig. Aber wenn ich es jetzt betrachte, finde ich es merkwürdig, wie viele Dinge in jeder Hafenstadt gleich sind und wie viel doch ganz eigen ist.« Der junge Weltreisende blickte kurz empor zu dem Blauen Gott, aber der glotzte auf das Meer. Der Himmel war von hellstem Grau. Es war zweifellos Hochsommer, auch wenn die Sonne nicht einmal jetzt mehr als ein heller Schein jenseits der Wolken war.

Überall flüchteten die Leute. Krämer schaufelten, wo Fünfarm kam, panisch Früchte und Gewürze in Körbe, um den Weg frei zu machen. Garköche versuchten, glühende Roste und kochende Kessel beiseite zu schaffen. Ein reicher Kaufmann ließ seine Gehilfen und Leibwächter gleichermaßen Seidenteppiche einsammeln. An einem Ort stoben zwei Dutzend kichernde Mädchen mit bunten Regenschirmen auseinander. Sie trugen geschlitzte Kleider mit Blumenkränzen und billige Fächer. Das mußten die *Wartenden Mädchen* sein, von denen Kudung und Einauge erzählt hatten. In Ajuna hatten sie safranfarbene Gewänder an. Oder sie warteten zu Hause, zwischen ihren hungernden Kindern ...

Tschöng-Hau Leng hatte zweifellos dreimal so viele Einwohner wie Maganta. Trotzdem war es merkwürdig, wie leer der Hafen war. »Wer hätte gedacht, daß die Stadt so heruntergekommen ist.«

»*Wo* ist die Stadt hingekommen, Dummschwätzer?«

»Herunter«, seufzte Strolch. »So ein riesiger Hafen. So viele Fische und Händler und so wenig Schiffe. Kaum Gebäude am

Ufer. Und dort ...« Das waren steinerne Fundamente, aus denen einige Balken ragten. Strolch ließ den Blick schweifen. Davon gab es hier ziemlich viele. Und bei genauerer Betrachtung war diese Fläche nicht als Marktplatz gedacht. Da hatten einmal Gebäude gestanden – vor gar nicht langer Zeit.

»Nein, hier muß irgend etwas Schreckliches geschehen sein«, korrigierte sich der Magantäer. »Ein Überfall von Seeräubern? Ein Großbrand?«

Dann sah er die eisernen Ketten in den im Boden eingelassenen Ringen. Er kannte diesen Ort. Aber die hölzerne Tribüne war weg, ebenso wie die Schuppen ringsum.

»Hier!« kam es kehlig aus Strolchs Mund. »Hier haben sie mich versteigert.« Er fühlte, wie seine Magengrube sich senkte und etwas in seinem Herzen sich verkrampfte.

»Ich dachte, ich hätte die Überfahrt abgearbeitet mit der mondelangen Schufterei.« Sie waren näher herangekommen. Kein Zweifel. Auf einer Länge von fünfzig Schritt waren da die Ketten im Boden eingelassen.

»Sie holten mich auf Deck.« Strolchs Stimme klang düster. »Sie entkleideten mich, wuschen mich, rasierten mich und ölten mich ein. Ich begriff nicht, warum sie vor der Einfahrt in den Hafen so einen Aufwand betrieben – mit einem blinden Passagier.«

»Wieso warst du blind, Dumpfschädel?« Der Riese hörte also doch zu.

»Ich hatte mich an Bord geschmuggelt. Das nennt man blinden Passagier. Vielleicht weil man unter Deck nichts sieht.« Strolch spuckte aus. Wo waren die Hafenanlagen geblieben?

»Ich dachte kurz, daß ich es geschafft hätte: daß sie mich als Ehrengast aus dem fernen Maganta herzeigen wollten. Ich sah mich schon am Hof des Kaisers von Katau. Und dann stießen sie mich in einen Pferch. Gleich nebenan grunzten diese komischen gefleckten Schweine, die sie hier haben, und die großen Vögel mit dem roten Fetzen am Schnabel. Truthahn heißen die.«

Strolch und Fünfarm waren stehengeblieben. Sofort wichen die Menschen hinter ihnen zurück. Niemand kam näher als eine Steinwurfweite heran. Doch dahinter drängten sich die Neugierigen.

»Ja, glotzt nur!« rief Strolch plötzlich halblaut und in Merkantilo. »Genauso haben sie geglotzt. Sie standen um die Tribüne. Ich wurde am nächsten Morgen hinaufgetrieben, gemeinsam mit einigen Wilden in kurzen Fellschurzen und einigen mageren Kataueken, die beschriftete Holztafeln um den Hals trugen. Dann schnatterten sie laut herum, der Kerl mit dem Fächer und der Peitsche heroben und einige im Gewühl. Und irgendwann begriff ich, daß dieser rotgesichtige Bonze mich und alle anderen gekauft hatte. Sie trieben uns …«

»Dann muß Fünfarm dich also zurückgeben?« bellte der Blaue Gott.

»Wieso?«

»Du hast gesagt, wenn jemand Geld für etwas gibt, gehört es ihm; wer es ihm nimmt, ist ein Dieb. Fünfarm hat dich nicht gestohlen. Aber du gehörst nicht Fünfarm.«

Entscheidungen

Im Hochtempel von Tschöng-Hau Leng, zur selben Zeit

»Es ist undenkbar!« Lü fächelte nervös, und jede Handbewegung war eine Zurückweisung des eben Gesagten. »Bei aller Tugend kann doch niemand erwarten, daß ich diese Reise antrete.«

»Ich widerspreche in aller Tugend, höchstehrwürdige Hohepriesterin«, verbeugte sich ihr Berater Kiöng. »Bei aller Tugend muß Tschöng-Hau Leng eben genau das erwarten. Seine Worte waren: ›Bringe Fünfarm zum Orakel von Thalliopê‹. Dies ist ein Befehl zweithöchster Ordnung.«

»Ehrwürdiger Kiöng«, antwortete Lü mit bedrohlich gepreßter Stimme, »es ist über die Maßen überflüssig, mich darauf hinzuweisen, welchen Rang der Befehl eines *Fangs* hat.«

»Sprechen wir doch, höchstehrwürdige Lü näng Huango«, kam ihr der stets pragmatische Priester Qohing zu Hilfe, »darüber, *was* der Befehl des *Fangs* ist. Was er wünscht, ist ein Schiff.«

»Und, bei aller Tugend«, warf nun der verschlagene Gohudong ein, »können wir nicht mit Gewißheit sagen, *wer* dieser Fünfarm ist, den du zum Orakel von Thalliopê bringen sollst.« Einige Unmutslaute wisperten durch die *Innere Kammer.* Es schien, daß keiner der anderen Berater diese Spitzfindigkeit teilte.

»Hochehrwürdiger Gohudong«, schnaubte der konservative Kiöng, »wenn ein sechsarmiger *Fang* mit einer fehlenden Hand vor dir steht und von einem Fünfarm spricht, kannst du doch nicht ernsthaft daran zweifeln, wen er meint.«

»Vor allem, höchstehrwürdige Lü näng Huango«, kam Qohing auf seine Argumentation zurück, »gilt es doch zu klären, ob wir bereit sind, den Befehl des *Fangs* entgegen seinem Wunsch auszulegen. Ob wir, in aller Offenheit, bereit sind, die unstillbare Kriegswut eines *Fangs* zu wecken.« Er blickte auf einen der Räuchertöpfe in Gestalt eines Götterkopfes, dem der Weihrauch aus Maul und Nasenlöchern quoll.

Lü war aufgestanden und blickte aus dem Terrassenfenster auf das offene Meer. Dann wandte sie sich so ruckartig um, daß ihr brokatener Mantel gegen den Türrahmen peitschte.

»Meine ehrwürdigen Herren *Lauzöng*, ich danke für euren Rat. Ich werde meine Entscheidung in einer Viertelstunde in der *Halle der Himmlischen Mächte* verkünden. Der Himmlische Wille sei unser Wille.« Die acht Priester zogen sich unter Verbeugungen zurück, aber es lag eine ungelöste Spannung in der weihrauchschweren Luft der *Inneren Kammer.*

»Hilf mir, Nühen«, sagte Lü halblaut, als die vier weißen Vorhänge herabgefallen waren. »Was soll ich tun?«

»Was für eine Frage an eine alte Frau, höchstehrwürdige Lü«, murmelte die alte Lehrerin und kam hinter dem seidenen Wandschirm hervor. »Lautet die Frage nicht vielmehr, was dich von dieser Reise abhält? Scheust du die Mühsal? Scheust du, dein Amt für ein ganzes Jahr übergeben zu müssen?«

»Nühen«, erklärte Lü traurig, »wenn ich diese Reise antrete, kann ich vielleicht nie wieder in den Hochtempel zurück. Ich mache mir nichts vor. Da draußen, in der *Dritten Kammer*, lauern acht Meuchelmörder. Manche sind mit mir verbündet, manche intrigieren heimlich, manche bekämpfen mich offen. Aber sie alle sind Meuchelmörder, die nach meiner *Kammer* gieren – wie ich eine Meuchelmörderin war.«

»Dann«, stellte Nühen mit feinem Lächeln fest, »mußt du dir darüber klarwerden, ob du die Priesterin des Tempels oder des Gottes bist.« Lü sah sie ratlos an. »Höchstehrwürdige Lü, ist es vielleicht so, daß du die Möglichkeit scheust, dein größter Traum könnte wirklich werden?«

Lü blickte verblüfft in die dunklen Augen der Frau, die aus ihr, Lü, eine Priesterin gemacht hatte. »Was, Nühen, wäre dieser Traum?« flüsterte sie dann mit belegter Stimme.

Nühens knochige Finger faßten nach Lüs Hand. Die ungewohnte Berührung war unangenehm und uralt vertraut zugleich. »Du standest vor deinem achten Geburtstag«, erzählte die Lehrerin. Ihre rote Schminke konnte nicht verbergen, wie faltig die Lippen und wie runzlig die Stirn geworden war. »Du saßest dort unten in der *Halle der Himmlischen Mächte*, zu Füßen der Standbilder. Du knietest nie vor dem Standbild des *Herrn der Unwandelbaren Ordnung* – stets vor einem der zwei *Fangs*.« Ihre Hand faßte fester zu. »Ich habe viele hundert Schülerinnen ausgebildet, Lü. Aber keine hat jemals mit diesem Blick zu den *Fangs* emporgesehen.«

Lü hob instinktiv den Fächer, um ihr Gesicht halb zu verbergen. Sie versuchte sich zu erinnern, aber ihre Kindheit war ebenso ausgelöscht wie die Jahre in den Diensten des feisten Fong-Kuoy näng Tschüeng.

»An dem Tag«, sagte Nühen sanft, »als du die Nachricht erhieltest, daß das *Länder überspannende Feld der Krieger* den *Unvollendeten Palast* angriff, hast du in der *Halle der Himmlischen Mächte* Lobpreis gesungen. Doch in der *Geheimen Kammer* hat deine Seele geweint.« Nühen trat noch näher, und der Fächer konnte ihren Blick nicht abwehren. »Warum?«

»Weil ich fürchtete«, flüsterte die Hohepriesterin wie ein kleines Mädchen, »niemals, nie wieder einen leibhaftigen *Fang* zu sehen.«

»An dem Tag«, setzte Nühen drängender fort, »als du die Nachricht erhieltest, daß das *Länder überspannende Feld der Krieger* vom Himmlischen Feuer zerschlagen worden war, hast du in der *Halle der Himmlischen Mächte* Wehklagen gesungen. Doch in der *Geheimen Kammer* hat deine Seele gelächelt. Warum?«

Lü vermochte nicht zu antworten. Wie konnte sie das Scheitern des Planes des *Herrn der Unwandelbaren Ordnung* erfreuen?

»Und was«, wandte sich Nühen ab und blickte ihrerseits hinaus auf die Terrasse im Regen, hinter der der Ozean des Abends rollte, »was, hochehrwürdige Lü, ist dein größter Traum?«

»Ich werde einen Sänftenschrank für meine Kleider und Mäntel mitnehmen müssen. Und mindestens zwei Leibwächter, die gut schwimmen können. Und eine der Ziegen ...«

Kurs

Im Hochtempel von Tschöng-Hau Leng, einige Stunden später

»Verstehe ich richtig, würdige Herrin?« Die Stimme der Hohenpriesterin war spitz wie eine Lanze. »Du hast noch nie eine Nauke nach Ajuna geführt?«

»Nein, über die Maßen ehrwürdige Hohepriesterin, für die *Große Passage* hatte ich noch keine Gelegenheit.« Kiaora näng Singua versuchte selbstbewußt zu klingen, aber diese Lü näng Huango hatte die beunruhigende Eigenschaft, auf jemanden, der vor ihr kniete, wie auf ein ekliges Insekt herabzusehen.

»Über die Maßen ehrwürdige Hohepriesterin«, ergriff nun Schiffsführer Schaung näng Nohei das Wort für seine Nautikerin. »Die hochehrwürdige Kiaora entstammt einer langen Ahnenreihe bewährter Nautiker. Ihr Vater ist einer der wenigen, der das Hungermeer überlebte.«

»Dann sollte uns wohl besser ihr Vater als Nautiker dienen.«

»Mein Vater, der höchstehrwürdige Gijao näng Singua, brach vor beinahe drei Jahren zu einer erneuten Forschungsexpedition in den Ozean des Morgens auf, durch das Hungermeer und über die Fjorde des Rochlandes. Keiner kann sagen, wo er sich befand, als die Flutwellen die Ozeane und Meere der Gezeitenwelt durcheilten. Seine Nauke gilt als verschollen.«

»Ja«, entgegnete die Priesterin feierlich, »wir mußten große Opfer bringen im letzten Jahr.« War das Mitgefühl, fragte sich Kiaora, oder Hohn?

»Wegen dieser Opfer«, verneigte sich der ebenfalls kniende Schaung näng Nohei, »wegen der Verluste in unseren Reihen wurde die hochehrwürdige Kiaora in die *Zweite Kammer der Nautik* aufgenommen und auf meine Nauke beordert. Aber ich versichere, daß sie dieser Pflicht trotz ihrer Jugend gewachsen ist. Wir sind erst letzte Woche von einer dreimonatigen Reise zu den südlichen Ausläufern der Mangalischen Inseln zurückgekehrt ...«

»Hochehrwürdiger Hafenmeister«, unterbrach ihn die Hohepriesterin mit einem skeptischen Unterton, »du versicherst mir, daß die *Vollendete Harmonie* die einzige Nauke ist, die morgen nach Ajuna aufbrechen kann?«

»Dem Himmel sei es gedankt«, antwortete der Bonze, »wie es scheint, hat die Flotte die Flutwellen – verglichen mit unseren Häfen – doch wenig beschadet überstanden.« Kiaora konnte sich an die Aufregung erinnern, als der größte Konvoi aus dem westlichen Merkantilischen Imperium um Maganta heimgekehrt war. Die Nautiker hatten die Flutwellen auf hoher See als »eigentümliche Erhebungen des Wassers« notiert, die die Schiffe mehrere Minuten lang anhoben. Die Forscher rätselten noch, warum ebendiese Wellen an den Küsten so hoch wie die Türme der Stadt gewesen waren.

»Fast jede Woche kehrt eine verschollene Nauke zurück, die an einer Küste Nordajunas oder Esanuks, der Saphirküste oder der Salamar gestrandet war, bis die Mannschaft sie mit örtlichem Holz, Tuch, Tauzeug und Flechtwerk flottmachte. Viel mehr dieser Nauken aber werden wohl nie mehr heimkehren. Jedenfalls konnten wir im Zehnten Mond wie jedes Jahr den nächsten Konvoi nach Ajuna entsenden. Aber dadurch ist in unserem zerstörten Hafen kaum eine größere Nauke verblieben. Laut der Doktrin der *Geheimen Kammer der Schiffahrt* hat eine Nauke für die *Große Passage* zumindest drei Masten zu haben, volle Mannschaftsstärke und einen Bilgenstand von höchstens einem halben Götterfuß. Das einzige Schiff, das diese Bedingungen erfüllt, ist die *Vollendete Harmonie*. Und sie bis zur Morgenflut mit ausreichend Proviant und Material auszustatten wird die Hafenmeisterei die ganze Nacht beschäftigen.«

Die Hohepriesterin ließ Hafenmeister, Schiffsführer und Nautikerin aus der *Inneren Kammer* führen und empfing ihre Berater. Das gab Kiaora die Gelegenheit, sich vorzubereiten. Sie rollte einige der mitgenommenen Karten auf einem Tisch mit elfenbeinernen Intarsien aus.

»Das ist deine Gelegenheit, hochehrwürdige Kiaora«, stellte Schaung fest. »Ich weiß von keinem anderen Nautiker, der die *Große Passage* zum ersten Mal in deinem Alter angehen durfte. Ganz zu schweigen von einer Frau. Aber als die Tochter des höchstehrwürdigen Gijao näng Singua an Bord meines Schiffes kam, wußte ich, daß sie es weit bringen würde.«

»Du bist allzu freundlich, hochehrwürdiger Schaung, wie immer.« Irgendein Geheimnis verband den alten Seefahrer mit ihrem Vater. Vielleicht das Hungermeer? Kiaora war noch ein Mädchen ohne Seidenkleid gewesen, als ihr Vater als einer der wenigen Überlebenden heimgekehrt war, und kannte die grausige Geschichte nur aus den seltenen Erzählungen, wenn ihr Vater einmal Landurlaub gehabt hatte.

Kiaora pinselte einige schnelle Berechnungen auf ein Blatt Reispapier.

»Würdiger Schiffsführer, wie lange wird diese Reise dauern?« Die Hohepriesterin war unübersehbar beschäftigt. Fast ständig waren hochrangige Priester in der *Inneren Kammer* ein und aus gegangen, ehe die Seefahrer wieder hineingerufen wurden.

Sie spricht wirklich nur mit ihm, dachte Kiaora. Schaung näng Nohei gehörte – wie beinahe alle Schiffsführer, die eine mehrmastige Nauke befehligten – der *Zweiten Kammer der Schiffahrt* an. Er und Kiaora hatten also den gleichen Rang. Aber natürlich war er um die fünfzig und sie eben erst zwanzig. Und Kiaora war Mangalierin …

»Du erlaubst, über die Maßen ehrwürdige Hohepriesterin, daß ich diese Frage weitergebe? Berechnungen von Route und Fahrtzeit unterstehen der *Kammer der Nautik.*«

»Was, würdiger Schiffsführer«, ignorierte die Hohepriesterin seine Bitte ebenso wie Kiaora, »ist dann deine Aufgabe?«

»Der Nautiker bestimmt den Weg. Der Schiffsführer bestimmt, was Schiff und Mannschaft tun müssen, um diesen Weg zu verfolgen.« Er verneigte sich, wie man es als bereits Kniender tat, wenn man etwas möglicherweise Unhöfliches von sich gab. »Man hat mich auf der Schule der *Kammer der Schiffahrt* gelehrt, daß dies nach dem Vorbild des *Reiches der Tugend* erfolgt, wo die Priester den *Tugendhaften Weg des Himmlischen Willens* deuten und die Bonzen all die nötigen Schritte überwachen, damit das Reich diesen Weg geht.«

Ja, das hat gesessen, dachte Kiaora. Sie bewunderte den alten Schiffsführer, der trotz all der Jahre auf See sich auch in den höheren *Kammern* durchsetzen konnte. Er war eben Kataueke – wie die meisten Schiffsführer. Für jemand, in dem das heiße Blut der eingeborenen Mangalier brannte, war diese Beherrschung stets ein Rätsel.

»Nun, würdige Nautikerin, bist *du* imstande, mir zu sagen, wie lange diese Reise dauern wird?« Die Hohepriesterin klang deutlich pikiert.

»Das kann ich, über die Maßen ehrwürdige Hohepriesterin!« Kiaora verneigte sich ebenfalls. »Die großen Konvois nach Ajuna fahren zwar jährlich ab, aber für jede einzelne Nauke wird ein Doppeljahr veranschlagt. Auch mit den vorherrschenden Rückenwinden dauert es meist über fünf Monde, Maganta zu erreichen, und beinahe sieben bis nach Eulykien. Wir gehen davon aus, daß wir zweimal acht Tage handeln werden, ehe wir uns auf die Heimfahrt machen.« Kiaora verneigte sich nochmals, um zu zeigen, daß dies Lüs Entscheidung vorbehalten bliebe, aber im Grunde erwartete sie keinen Einwand.

Sie legte die Hauptkarte auf den Jadetisch der *Inneren Kammer*, griff nach einem Elfenbeinstäbchen und deutete auf die ausgerollte Karte. »Die weitere Fahrt gestaltet sich aufwendiger, weil wir südöstlich von Ajuna vor den Nordwinden kreuzen, uns dann mit der Singenden See messen und schließlich wieder vor deren Ostwinden kreuzen müssen, um über Tschang Po Tschar und die Kilang Klan Tschöng-Hau Leng zu erreichen.«

Die Hohepriesterin schwieg einige Zeit. In ihren Augen glänzte es geheimnisvoll.

»Werden wir während all dieser Zeit ... auf See sein?«

Kiaora zeigte auf die Mangalischen Inseln. Sie stellte zufrieden fest, daß sie gut vorbereitet war. »Wir werden nicht die *Große Weite* nördlich von Uranzu nehmen. Das ist wegen des beständigen Ostwindes die einfachste Route. Daher werden dort die meisten mangalischen Piraten lauern. Wir fahren südlich von Uranzu durch das Fontänenmeer.«

»Heißt es nicht«, wandte Schaung ein, »daß viele neue Vulkane erwacht sind?« Es war der übliche vertrauliche Ton zwischen ihnen beiden – wie seltsam, ihn auf Knien zu pflegen.

»Eben«, antwortete Kiaora. »Es ist auch unsere Aufgabe, die Karten der *Kammer der Nautik* auf den neuesten Stand zu bringen.« Sie hoffte, daß sie sich nicht zu weit vorgewagt hatte. Aber sie hatte die Anweisungen ihrer *Kammer*. Sie bemühte sich, mit selbstverständlicher Sicherheit weiterzusprechen. »Auf den Meerschauminseln von Mahia Matai können wir Wasser und Proviant aufnehmen. Ebenso können wir unsere Handelshäfen in Belabadangbarad anlaufen. Und natürlich lassen wir die *Vollendete Harmonie* in Thalliopê überholen und neu ausrüsten.« Kiaora glaubte, die Hohepriesterin aufatmen zu hören. Zu früh, dachte sie. Jetzt kommt der harte Teil – auch für mich.

»Die Rückfahrt aber bedeutet zwischen sechs und neun Monden auf hoher See. Wenn die Winde sehr ungünstig sind, können wir auf halbem Weg wieder die Meerschauminseln anlaufen, aber dann müssen wir hart an den Ostwinden nordwärts kreuzen und dabei den Gürtel der Mangalischen Inseln durchbrechen.«

Die VOLLENDETE HARMONIE

Im Hafen von Tschöng-Hau Leng, am nächsten Morgen

»Da kommen sie!« Strolch rappelte sich von den zwei halbleeren Reissäcken hoch, auf denen er geschlafen hatte. »Was für eine neue katauekische Tücke ist das?«

Die Prozession hatte sich auf der unnatürlich großen Hafenfläche zunächst verloren, aber inzwischen waren die Reihen blau gewandeter Priester, Sonnenschirmträger, Wedelträger und Tempelwachen unübersehbar. Vorneweg gingen Männer mit Geißeln; die Seeleute, Fischer und Krämer bildeten ein Spalier und drängten dann hinter den Würdenträgern her.

Der Blaue Gott stand noch immer wie am Vorabend da, breitbeinig, die Waffen bereit, die wahnsinnigen Augen auf das blaugrüne Meer gerichtet.

»Über die Maßen ehrwürdiger *Fang*, erlaube uns, dir die gewünschte Nauke zu präsentieren!« Strolch verstand die Anrede nicht, aber das Verhalten ließ keine Zweifel. Neun Priester hatten sich in ihren blauen Brokatmänteln niedergeworfen, auf dem Kopf die seltsamen Mützen mit den Bändern daran. Die vorne kniende Hohepriesterin trug einen vierfachen Ring, die anderen auf dem Bauch liegenden hinter ihr alle dreifache Ringe. Strolch erinnerte sich, welchen Eindruck der eine Bonze mit seinen drei Ringen auf Kudungs Bande gemacht hatte. Vor dem hatten selbst die Aufseher beim Straßenbau auf dem Bauch gelegen. Und nun lagen acht von diesen Mächtigen ihrerseits vor Fünfarm auf dem Bauch. Ganz zu schweigen von der halben Hundertschaft Gefolge und den Unmengen einfacher Leute. In den hinteren Reihen, etwa hundert Schritt entfernt, gab es noch immer welche, die unerwartet ein Meer von Liegenden vor sich sahen und sich daraufhin selbst niederwarfen.

»Ich erlaube gar nichts, ihr Staublutscher«, grölte der Blaue Gott in den Morgen. »Und ihr sollt mir den Zuber nicht präsentieren, sondern so hinstellen, daß wir abrudern können.« Strolch hatte keine Lust, das Mißverständnis aufzuklären. Das sollten die dämlichen Kataueken ausbaden.

Der junge Abenteurer reckte sich. Welch ein Tagesanfang! Als es Nacht geworden war, hatte Fünfarm sich geweigert, den Platz zwischen dem großen Verwaltungsgebäude und den wenigen Nauken zu verlassen. Also hatte sich Strolch die Reissäcke besorgt und sich darauf schlafen gelegt. Die Nacht war warm genug gewesen. Und nach etlichen Monden glaubte er langsam wirklich, daß er, solange Fünfarm die ganze Nacht neben ihm stand, nicht in Gefahr war – nicht einmal in einer der größten Städte der Kataueken.

»Bei allen Heiligen, das kann doch nicht wahr sein!« Inzwischen mußten es Tausende und Abertausende sein, die sich auf den Bauch geworfen hatten. Selbst auf den Nauken und auf einigen der langen Marktboote hatten sich die Seeleute niedergeworfen. Strolch sprach mehr zu sich selbst: »Bleibt ihnen auch sonst nichts übrig. Wenn ihre Priester auf dem Bauch liegen, müssen sie es wohl alle.«

Die Prozession geleitete sie feierlich zu der Nauke. Strolch hatte bereits in der Nacht keinen Zweifel gehabt, daß es dieser Dreimaster sein würde – sofern sie tatsächlich ein Schiff bekämen. All die vergangenen Stunden über waren Bonzen, Handwerker und Schauerleute zwischen der Nauke, der Verwaltung und einigen einfachen, neu errichteten Magazinen hin und her gelaufen. Man hatte Alleen mannsgroßer Bambusfackeln aufgestellt. Selbst auf Deck hatten Dutzende Lampions gebrannt, obwohl die Kataueken gewiß von Feuer auf Schiffen ebensowenig hielten wie die Merkantilier. Von unter Deck hörte man jetzt noch die Sägen und Hämmer der Werftarbeiter.

»Über die Maßen ehrwürdiger *Fang*«, sprach die Hohepriesterin mit großer Geste, »dies ist die tugendhafte Nauke Dritten Ranges *Vollendete Harmonie* aus der Flotte der *Kammer der Nautik* von Tschöng-Hau Leng. Sie wurde ausgestattet, dich aufzunehmen, und wird dich deinem Wunsch gemäß nach Eulykien zum Orakel von Thalliopê bringen.«

»Im Hafen von Maganta«, raunte Strolch Fünfarms Hüfte zu, »gilt so etwas schon als größeres Handelsschiff. Hier haben sie Nauken bis zu acht Masten. Aber dafür sind unsere großen Galeeren noch gefährlicher.« Der junge Magantäer betrachtete den Vordersteven zur Rechten, der traditionsgemäß mit einem kunstvoll geschnitzten Vogelkopf geschmückt war. Augen aus Edelsteinen, Bartfedern aus gediegenem Silber. Der gesamte Bugspriet hatte die Gestalt eines Raubvogels mit bogenförmig gespreizten Flügeln, weil hinter dem Steven eine schwere Arcuballista angebracht war.

»Ich bin so mit diesen Schiffen aufgewachsen«, flüsterte Strolch, »daß es mir jetzt vorkommt, als ob das ein Schiff aus der Heimat wäre.« Er fühlte, wie ihm etwas die Kehle zuschnürte. »Der erste vertraute Anblick auf diesem verfluchten Kontinent der Wunder.«

Die Handwerker hatten über den Steuerbordausleger eine Landebrücke gebaut, die breit genug war, zwei Mann nebeneinander an Bord gehen zu lassen – oder einen Blauen Gott. Das Geländer aus Tauen war mit blauen Seidenbändern umwunden.

»Bei den Goldsäcken der heiligen Narcissa«, murmelte Strolch, als er der Hohenpriesterin folgte. Die Frau zog eine betäubende Duftwolke hinter sich her. Und zehn Schritt von diesen Bändern, und er wäre damals in den Gassen von Maganta für einen Mond König gewesen.

Mit umnebeltem Geist ging der junge Weltreisende auf den bunt bemalten Rumpf zu: Kraken, Seeadler, riesige Fische, Norga-Wale, etwas wie ein Bündel verknotete Seeschlangen und ein Riesenvogel, der einen Norga in den Klauen trug. Wie oft hatte er sich in Maganta an so einen Rumpf herangestohlen, die Bilder betrachtet und davon geträumt, nach Serkan Katau zu fahren. Und nun … schenkten sie ihm beinahe so ein Schiff.

Sie betraten das Deck. Vor ihnen lagen die zwei Forts: zwischen den Masten war das Mitteldeck hochgezogen und befestigt. Das hintere Fort war über Nacht nochmals angehoben worden – und Strolch kannte nur eine Erklärung, eine Decke vier Schritt hoch anzulegen. Die Brüstung der Forts war mit weiteren Lampions und Seidenbändern verziert. Auf dem vorderen Fort lagen zwei weitere Würdenträger auf dem Bauch: der Kapitän und sein Steuermann vermutlich. Strolch konnte nur ihre Kopfbedeckungen sehen, aber Fünfarm blickte auf sie herab.

Die Hohepriesterin trat vor das Fort. Am Fockmast – oder wie immer die Kataueken den ersten Mast nannten – befand sich ein Schiffsaltar. Immerhin mannsgroß, waren die Figuren darauf jeweils über einen Schritt groß: zwei Blaue Götter, ein Kataueke, der zwei rote, löwenartige Ungeheuer an Ketten hielt, und zwei deutlich kleinere Adler mit gefächerten Flügeln.

»Über die Maßen ehrwürdiger *Fang*«, hatte sich die Hohepriesterin schon wieder niedergeworfen. Die Frau war, so imposant sie wirkte, wirklich hingebungsvoll. »Schiffsführer und Nautikerin der *Vollendeten Harmonie* gehören der *Zweiten Kammer der Schiffahrt* und *der Nautik* an. Da sie unwürdig sind, mit dir zu sprechen, werde ich dich – deinem Wunsch gemäß – nach Eulykien begleiten.«

Fünfarms' Wunsch gemäß? Strolch blickte zu seinem Begleiter empor, der jedoch ungerührt auf das Meer starrte. Richtig, Fünfarm hatte im Tempel etwas wie »Bring mich zum Orakel« gesagt. Aber das hatte er doch ... Ein Gedanke, der Strolch nicht zum ersten Mal irritierte, tauchte ab wie ein Norga-Wal.

»Feiern können sie nicht, die Kataueken«, grinste Strolch, zwischen Blauem Gott und Reling stehend, »aber von Pomp verstehen sie was.« Ein Chor aus über fünfzig Mädchen – sicher wieder etwas mit acht, aber so gut konnte Strolche einfach nicht rechnen – sang kreischend-traurig. Strolch verstand die Wörter *Fang*, Tschöng-Hau Leng und Meer, aber die meisten Teile des Liedes sagten ihm noch nichts.

Der Hafen war inzwischen bis zu den erhaltenen Gebäuden weit hinten mit Kataueken gefüllt. Anscheinend lief die halbe

Stadt zusammen. Sie alle starrten schweigend auf das Schiff. Die hintersten, dachte Strolch, konnten doch gar nicht mehr mitbekommen, was hier geschah.

Die acht Priester verabschiedeten nun ihre Vorgesetzte. Dann ging ihr persönliches Gefolge an Bord: eine alte Vertraute, vier Dienerinnen, von denen eine eine Ziege hinter sich herzog, und zwei Leibwächter. Der Morgenwind trieb wieder einen schweren Hauch von Parfüm zu Strolch. Alle Rotgeschminkten schienen eine Duftwolke zu verbreiten, aber die stärkste ging von der Hohenpriesterin aus.

Ein Dutzend Träger schleppten mannshohe Koffer an Schultertragestangen die Brücke herauf. Die Hohepriesterin bezog mit ihrem Gefolge und ihrem Gepäck ihr Quartier, das anscheinend ebenfalls unter dem zweiten Fort untergebracht war.

»Würdige Herren Seefahrer«, rief nun der Kapitän vom ersten Fort, »seid bereit.«

»Tugend!« erschallte es aus einigen hundert Kehlen. Jetzt übernahmen die Seeleute. Es war verblüffend, wie ähnlich das Zeremoniell beim Klarschiffmachen war. Außerdem, dachte Strolch, habe ich es ja jedes Jahr wieder gehört.

Einige schwitzende Träger schafften noch einen mächtigen Korb Pfirsiche und einige amphorenartige Krüge an Bord. Eine Frucht fiel auf das Deck und kollerte bis zum Fort. Der Hungerleider in Strolch ließ ihn loslaufen und den Pfirsich aufheben, ehe er nachdenken konnte. Die Frucht fühlte sich pelzig an.

Peinlich berührt blickte er sich um. Nein, die Seeleute waren alle mit den Vorbereitungen fürs Ablegen beschäftigt und die Priester im Quartier. Niemand hatte ihn gesehen.

Ohne zu wissen warum, wandte er den Kopf und legte ihn dann in den Nacken. Über ihm, auf dem Fort, stand eine Frau mit einer Stirnbandmütze aus rotem Leopardenfell. Sie hatte schwarze Mandelaugen, in den es spöttisch blitzte – und ihr ein wenig brutales Gesicht war ungeschminkt. Die Nautikerin.

»Ehrwürdiger Hafenleinenmeister!« rief da der Kapitän. Vom Ufer her antwortete ein Mann. Auf seinen Befehl lösten ein Dutzend Männer die Halteleinen.

»Ehrwürdige Segelmeister!« kam der nächste Ruf; den folgenden Befehl verstand Strolch nicht. Aber er hatte es so oft gesehen: Ratternd wurden an jedem Mast die zwei waagerechten Spreizmasten ausgeklappt.

»*Hoi, Hoi, Hoi*«, riefen die Matrosen, als sie mit kräftigen Seilzügen die Pfauensegel auffächerten. Der morgendliche Ostwind blähte die scharlachroten, mit Ornamenten geschmückten Flügel. Masten und Deck knarrten, laufende und stehende Taue sirrten, als die Kraft des Windes die Nauke langsam in Bewegung setzte. Die Leute des Hafenleinenmeisters setzten lange Stangen an den Rumpf und drückten dagegen. Mit rhythmischen Rufen legten sich die Männer zweier Bugsierboote in die Riemen und schleppten die *Vollendete Harmonie* ins Hafenbecken.

Unwillkürlich war Strolch zum Vordersteven gegangen. Falls sie kein Vorsegel setzten, stand er hier nicht im Weg und hatte einen wundervollen Blick. Er schaute auf das Meer und auf die zerstörten Hafenmauern, die langsam seitwärts davonglitten. Tschöng-Hau Leng, dachte er. Serkan Katau. Hätte ich mir sparen können.

»Endlich geht es heimwärts«, sagte Strolch zu dem Vogelkopf. Aber er ahnte, daß er sich etwas vormachte.

Am Kai

Im Hafen von Tschöng-Hau Leng, wenige Stunden später

»Und wohin fährt sie, hochehrwürdiger Hafenmeister?« fragte Kang erschöpft. Es war unvorstellbar! Der Gott hatte sich ein Schiff verschafft.

Der ältliche Bonze, der eben noch auf die Nauke gedeutet hatte, wandte sich von der Terrasse der Hafenmeisterei zu seinem Schreibtisch. Er griff nach einem Stapel Reispapier und hob das oberste Blatt.

»Verzeih mir, hochehrwürdiger Hauptmann«, antwortete er dann umständlich. »Dem Frachtbrief zufolge ist die *Vollendete Harmonie* im Auftrag des Hochtempels unterwegs. Ohne Erlaubnis der höchstehrwürdigen Hohenpriesterin darf ich dir keine Auskunft geben. Und die höchstehrwürdige Hohepriesterin befindet sich an Bord dieser Nauke ...«

Kang wandte sich um und stützte sich schwer auf die Brüstung der Terrasse. Die Müdigkeit eines ganzen Jahres senkte sich über ihn wie ein schwerer Mantel. Über zehn Monde, fast zweitausend *Läng* – nur um hier am anderen Ende des Kontinents zu stehen und einem am Horizont entschwindenden Schiff nachzublicken.

Eigentlich war es ein Anblick voll Schönheit. Die Pfauensegel waren eine rote Blume, die selbst im Zwielicht des Morgens leuchtete. Das Meer! Kang hatte noch nie zuvor das Meer gesehen. Zwar reichte das Labyrinth vom Lauf des Qiu bis zum östlichen Meer. Aber auf dem etwa hundert *Läng* messenden Festungsabschnitt, auf dem Kang seine Jugend und sein halbes Mannesalter verbracht hatte, war das Meer immer nur ein Wort gewesen.

»Zwei Stunden, sagtest du?« Kang blickte nur halb hinter sich, ins Innere der *Kammer*.

»Ja, hochehrwürdiger Hauptmann, vor zwei Stunden. Mit der Morgenflut.«

So knapp. Er hatte die Truppe die ganze Nacht marschieren lassen. In den letzten acht Wochen, während sie den Tschöng-Strom abwärts gezogen waren, hatte es kaum noch Zweifel gegeben, wohin der Blaue Gott unterwegs war. Mehrere Bauern hatten berichtet, daß der Diener des Gottes gezielt nach dem Weg nach Tschöng-Hau Leng gefragt hatte.

Der Diener! Wo hatte der Blaue Gott ihn her? Vor etwa einem halben Jahr hatte ihn das erste Mal ein Wegzeuge erwähnt. Die Beschreibungen widersprachen sich: Manche behaupteten, er sei selbst ein Riese, manche, er sei dürr wie ein Skelett; andere beschrieben ihn als Halbwesen mit dem Haar und Gesicht eines Kamels.

»Tugend! Wachtmeister Zuang-Zu berichtet.« Kangs erster Offizier kam mit knallenden Stiefeln auf die Terrasse. »Vier Glieder strategisch im Hafen verteilt. Die anderen vier durchkämmen die Stadt. Die Reiterei muß die ruinierten Stadtmauern bereits abgeritten haben.«

»Warum«, fragte Kang, »hat Wachtmeister Guangqo ihn nicht aufgespürt? Was denkst du?« Kang hatte die Reiterei vor vier Tagen vorgeschickt. Sie waren zweimal zurückgekehrt und waren auch schon in der Provinzhauptstadt gewesen.

»Irgendwie hat er es wieder geschafft, die letzten zwei Tage unbemerkt zu marschieren.«

Kang blickte hinunter in den Hafen. Rote Harnische, blaue Federn. Er hatte noch immer 292 Mann. Für einen Augenblick fragte er sich, wie viel Garnison eine derart riesige Stadt wie Tschöng-Hau Leng hatte.

Ruckartig wandte sich Kang um, marschierte in die *Kammer* zurück und blieb vor dem Bonzen stehen. »Hochehrwürdiger Hafenmeister«, erklärte er bestimmt, »hier ist das Marmorsiegel der Heerschar der Götterfresser. Du wirst mir jetzt sagen, wohin diese Nauke segelt. Anschließend kannst du das Siegel an die *Innere Kammer des Krieges* in Mantikor Leng senden und mich wegen Tempelfrevel anzeigen.«

Die Schritte Kangs und Zuang-Zus knallten über die Steine des Hafenbeckens. Kang ließ den Gong zum Sammeln schlagen. Inzwischen war auch die Reiterei eingetroffen. Während der Hauptmann beobachtete, wie sich aus allen Bereichen des Hafens die roten Marschkolonnen auf ihn zubewegten, kam eine tänzelnde Seidenmähne näher.

»Mußt er Rürek jetzt schwimmen lernen?«

»Dafür, *Ziang*«, knurrte Kang, »wirst du drei Nächte lang auf dem Kasernenhof von Gingang Tung stehen ... sobald wir diesen Blauen Gott erlegt haben.«

Und dann verkündete er deutlich lauter, so daß es auch die umstehenden Krieger hörten: »Nein, du mußt nicht schwimmen lernen. Wir nehmen eine Nauke.«

Zweifel

An Bord der Vollendeten Harmonie,
in der Mangalischen See, eine Woche später

»Wie fühlst du dich, höchstehrwürdige Lü?«

»Als ob jemand mein Innerstes nach außen gekehrt hatte.« Lü näng Huango hatte sich so oft übergeben, daß sie vergessen hatte, wie es war zu essen. Während der ersten zwei Tage in Sichtweite der Küste war es noch halbwegs erträglich gewesen. Aber als sie die ersten großen Buchten passiert hatten und mehrere Stunden lang auf offenem Meer gefahren waren, hatte die Seekrankheit überhand genommen. Seltsam! Lü hatte nach den Jahren der Spiele mit den alten Priestern im Hochtempel geglaubt, daß es nichts mehr geben könne, wobei sie sich übergeben müsse.

Die Dienerinnen waren auch keine Hilfe. Bei aller Treue war keine imstande, die Schalen voll Galle aus dem Quartier zu tragen, ohne selbst unter dem Gelächter der Matrosen an die Reling stürzen zu müssen. Nur die alte Nühen erwies sich als überraschend gelassen.

»Worauf habe ich mich da eingelassen, Nühen?« stöhnte Lü auf ihrem seidenen Lager. »Eingesperrt in einem hölzernen Kasten, durchgeschüttelt bis zum Erbrechen für endlose sechs Monde.« Was für eine Art, ihren vierzigsten Frühling zu erleben …

Sie starrte an die niedrige Decke der eigens für sie eingerichteten *Inneren Kammer*. Nun, eigentlich hatte man das hintere Fort für den Blauen Gott angehoben. Aber dabei war auf der linken Seite auch ein zweistöckiges Quartier für die Hohepriesterin entstanden. In der unteren Kabine, neben dem Gepäck, schliefen die Diener und Leibwächter, hier heroben Lü und ihre Vertraute.

Nühen schwieg. Darin war sie sehr geschickt. Lü war es nicht mehr gewohnt, ihren Schlafraum teilen zu müssen, schon gar nicht unter so kargen und beengten Bedingungen. Aber in der *Inneren Kammer* des Hochtempels verbrachte die alte Vertraute den Großteil des Tages neben der Hohenpriesterin.

»Was sagte die würdige Nautikerin? Zwei oder drei Monde bis

zu den Meerschauminseln von Mahia Matai? Wie soll ich das ertragen, Nühen?« Lü erinnerte sich daran, wie oft sie die Namen der Inseln, Meere und Reiche, die auf dieser Reise lagen, selbst ausgesprochen hatte, ohne zu fühlen, was sie – als Reisende – nun fühlte: ein Gemenge aus Fernweh, Neugier und blanker Angst angesichts der Entfernungen. Ganz zu schweigen, daß sie derzeit vor allem Übelkeit verspürte …

»Was für eine Frage an eine alte Frau«, lächelte die Schriftlehrerin. »Lautet die Frage nicht vielmehr, *warum* du das ertragen sollst?«

Lü setzte sich ruckartig auf und bedauerte es sofort. Dann blickte sie scheu auf die frisch eingesetzte Zypressenholzwand zu ihrer Linken. Dahinter lag die *Göttliche Kammer.* Noch nie hatte ein katauekisches Schiff eine solche *Kammer* benötigt.

»Weil der über die Maßen ehrwürdige *Fang* es mir befohlen hat.« Sie blickte in Nühens faltiges Gesicht und wußte, daß dies nicht die richtige Antwort war.

»Er ist so … wild, so ungebärdig.« Lü ließ sich zurücksinken und starrte wieder an die Decke. »Denkst du, daß der *Herr der Unwandelbaren Ordnung* ebenfalls so mit seinen Untertanen spricht? Heißt es nicht, daß er sich durch besonders tugendhafte Sprache auszeichnet?«

Sie setzte sich wieder auf. »Nühen, ich frage mich, ob ich richtig handle. Wie kann dieses … grauenerregend unhöfliche Wesen einer der höchsten Diener des *Tugendhaften Weges des Himmlischen Willens* sein?«

»Wie, höchstehrwürdige Hohepriesterin«, widersprach Nühen sehr förmlich, »kann er es *nicht* sein?«

»Er sieht«, stellte sie träumerisch fest, »wie eines der Standbilder in der *Halle der Himmlischen Mächte* aus. Lediglich der edle Rock aus weißem Brokat, den ich als Hohepriesterin den Standbildern jährlich neu um die Hüften lege, wirkt … unpassend, sobald man diesen kostbaren, breiten Gürtel und den mit Edelsteinen besetzten Lendenschurz gesehen hat.«

»Du hast ihn sehr genau betrachtet«, meinte Nühen.

»Ja. Saphire und Rubine – an seinem Gürtel und an seinem

Lendenschurz. Blau und rot – von den dreifarbigen Mächten fehlt nur das Weiß der Tugend.«

Lü blickte zu einem der Räuchertöpfe in Gestalt eines *Fang-Kopfes*, den sie mitgenommen hatte. Wenn man darin Weihrauch entzündete, quoll der Figur der Rauch aus Maul und Nasenlöchern. Ehrfurchtgebietend – aber zugleich doch irgendwie … merkwürdig.

»Kann es sein, der Himmel verzeihe mir, daß er irgend etwas anderes ist … als ein Gott?«

Die Khane der See

Im Fontänenmeer, südlich von Uranzu,
zu Beginn der Kleinen Regenzeit, zwei Wochen später, vormittags

»Du bist der Khan der Khane der See, Churraku!« Die Stimme Unais überschlug sich vor Begeisterung. Der Fahrtwind blies ihm den Regen ins Gesicht, obwohl die Brücke von einem einfachen Verdeck aus geöltem Tuch geschützt war.

»Noch nicht, kleiner Bruder«, täuschte Churraku Besonnenheit vor, aber die Art, wie er seinen zum Zopf gebündelten Kinnbart zurechtzupfte, verriet, daß er sich geschmeichelt fühlte. »Wir haben die größte verbliebene Dschunke an der Ostküste von Uranzu. Wir haben vierhundert Mann, die uns bis ins Herz eines Taifuns folgen würden. Jetzt müssen wir nur noch ausreichend Beute machen.«

»Und dann rufst du dich zum Khan von Uranzu aus?« drängte Unai weiter. Er trug längst den Schädel rasiert und das verbliebene Haar zum Pferdeschwanz gebunden, wie es jeder mangalische Seekrieger tat, der sich bewährt hatte. An seinem Waffengurt hingen zudem zwei Skalps. Aber im Herzen war er noch immer der neun Jahre jüngere Bruder. Churraku wußte, daß Unai ihn bewunderte – und das zu Recht.

»Wenn der Gott der Seeadler mit uns ist: ja«, erklärte er mit einem bösartigen Grinsen, »und bis jetzt war er mit uns.«

»Mit dir!« rief Unai leidenschaftlich. »Was haben uns die Schiffsführer von West-Uranzu vor zwei Jahren verlacht, als wir uns der großen Rotte anschließen wollten. Und jetzt sind sie alle Fischfutter – mitsamt ihren Dschunken.«

»Ja«, antwortete Churraku grimmig. »Ich habe immer gesagt, daß wir die wahren Nachfahren des Mangarkhan sind. Die Häfen an der Ostküste stammen alle aus seiner Zeit.« Er wandte sich seinem Bruder zu und legte ihm die Hand auf die Schulter. Churrakus Blick war unvermutet ernst.

»Du hast nicht erlebt, wie es war, als wir noch das Fontänenmeer bis zum Festland beherrschten. Als ich so alt war wie dein Sohn jetzt, erzählte mir unser Vater von den Raubzügen gegen die Küste. Was denkst du, warum sie die ›Mangalische Küste‹ heißt? Damals, zur Zeit unserer Ahnen, lauerten wir nicht hier zwischen den Inseln auf die Naukenzüge. Da plünderten wir die Städte der Kataueken, wie es uns beliebte.«

Sein Blick schwenkte wieder in die Ferne und wurde hart. »Aber dann kamen die Kataueken mit ihren verfluchten Achtmastern und schossen unsere Festungen in Brand. Bei ihrem letzten Angriff verbrannte unsere Mutter bei lebendigem Leib. Vater verbot mir, sie noch einmal zu sehen. Und zwei Jahre später, du konntest gerade dein erstes hölzernes Krummschwert halten, versenkte eine Eskortnauke Vaters Schiff.«

»Verflucht seien sie«, stieß Unai hervor. Dabei schielte er nach seinem Bruder. Er wußte nicht recht, wie er nun zu reagieren hatte.

»Ich habe zwanzig Jahre Dienst auf den Dschunken von Verwandten getan«, brütete Churraku weiter. Er schien Unais Bemerkung nicht einmal gehört zu haben. »Ich habe Fischerboote vor Karadschurgjia gekapert und Dörfer der Kilang Klan überfallen. Aber alles, wovon ich immer träumte, war das hier.« Er schlug mit der Faust krachend auf die Bambusreling.

»Nauke in Nordost«, rief der Ausguck oberhalb des Fächersegels. »Westkurs. Drei Masten.«

»Sie wagen sich wieder hinaus«, rief Churraku zähnebleckend.

»Und du hattest wieder recht«, stieß Unai die Faust in die Höhe, »sie versuchen sich durchzuschwindeln, wo die Dampfschwaden am dichtesten sind.«

»Drei Masten«, fletschte Churraku gierig die Zähne. »Wird eine Forschungsnauke sein. Voll mit Landvermessern und Steinesuchern. Nicht so viel Ladung, aber wertvolle Geräte und Karten.«

»Die *Zorn des Haies*«, kam nun von hinten eine dritte Stimme, »ist vor drei Jahren von einer Forschungsnauke in Brand geschossen worden.« Zorgua, den der Hieb eines katauekischen Säbelschwertes das halbe Ohr gekostet hatte, ließ die Brüder mit seiner Besonnenheit oft explodieren, aber an seinem Mut zweifelte niemand.

»Tümmulai war dumm wie ein Wrackbarsch«, rief Unai, »und seine Männer hatten den Mut von Seeigeln.«

»Wird nicht so leicht wie Makrelen fangen«, knurrte Churraku, ohne daß das Blitzen in seinen Augen nachließ. »Aber wir haben mindestens doppelt so viel Mann wie die. Und bei dem Wetter können sie mit ihren Drachenpfeilen nichts anrichten. Unai, laß die Entermannschaft auf der Brücke die metallenen Brustplatten anlegen. Zorgua, ab in die Wanten – und spart euch die Bogen; die werden nur schlaff.«

»Sonst wie üblich?« fragte Unai, der kaum noch still stehen konnte.

»Wie üblich«, grinste Churraku, »du an der Brücke, Zorgua an den Enterhaken, ich mit der Haupttruppe. Holen wir uns ihre parfümierten Skalps!«

Piraten!

An Bord der Vollendeten Harmonie, *zur selben Zeit*

»Mangalische Dschunke auf fünfeinhalb«, kam die Meldung des Ausgucks, der über den beiden Forts auf dem Hauptmast saß. »Abfangkurs.«

»Was denkst du, hochehrwürdige Herrin der *Kammer der Nautik*«, wandte sich Schiffsführer Schaung zur Pforte der *Geheimen Kammer*, »können wir ihnen ausweichen?«

»Wir werden es versuchen, hochehrwürdiger Schaung«, antwortete Kiaora im Innern der Kabine und sah zweifelnd auf die mit schwarzer und roter Tusche gemalte Seidenkarte der Meerenge vor sich. »Aber die Mangalier sind meist ebenso schnell wie wir. Und vermutlich kreuzen sie seit Wochen hier und kennen die neuen Fontänen und Strömungen genau. Wir müssen die Meerenge in jedem Fall durchqueren.«

»Ehrwürdiger Mannschaftsführer, gebt Waffen aus«, befahl der Schiffsführer ansatzlos, »Klingen für die Matrosen der *Kleinen Kammer*, Keulen für die Matrosen der *Großen Kammer.*« Während der Offizier bereits loseilte, wandte der Schiffsführer sich nochmals seiner Nautikerin zu. »Wirst du einen Drachenpfeil freigeben, hochehrwürdige Kiaora?«

Kiaora griff nach dem Schlüsselamulett um ihren Hals. »Ich werde jedenfalls einen bereitmachen. Aber bei diesem Wetter solltest du nicht darauf hoffen.«

»Ich hatte nach euer beider Ausführungen doch gehofft, ehrwürdiger Herr, ehrwürdige Herrin, daß die Piraten nicht mehr genug Schiffe haben, uns aufzulauern.« Lüs Stimme aus der *Inneren Kammer* klang ernst, aber wenn darin einerseits Vorwurf oder andererseits Sorge lag, dann bemerkte Kiaora es nicht.

»Das, höchstehrwürdige Herrin«, verneigte sich der Schiffsführer formvoll, »hatten wir alle gehofft. Es handelt sich, so fürchte ich, um ein Schiff der Häfen an den Ostküsten, die nicht von der Welle getroffen wurden.«

»Höchstehrwürdiger Schiffsführer, über die Maßen ehrwürdige Hohepriesterin!« Der Mannschaftsführer dienerte erregt, als er die Treppe des Forts emporkletterte.

»Sprich!« befahl der Schiffsführer. Was hatte der Mann zu melden, daß er die Hohepriesterin ansprach?

»Der Blaue Gott wünscht ...«

»Schleich dich, Peitschenknecht!« Zwei blaue Pranken hatten den Mann beiseite geschoben, ehe er den Satz zu Ende sprechen konnte. »Was ist nun, Schifferonkel? Waffen ziehen oder absegeln?«

Schaung näng Nohei ging auf die Knie, und Kiaora tat es ihm nach. Tugendgemäß zweifellos nicht richtig, aber für eine Niederwerfung war auf dem Fort einfach nicht genug Platz.

»Grenzenlos ehrwürdiger *Fang!*« stieß der Schiffsführer hervor. »Wir machen uns für den Kampf bereit, aber versuchen ihn zu vermeiden.«

»Schleimstammler!« brüllte der Koloß. »Greift uns das Dümpelfloß nun an oder nicht?«

Kiaora warf einen kurzen Blick über die Reling. Die Dschunke war bereits so nahe, daß man die Waffen blitzen sah. Sie kamen in spitzem Winkel heran und versuchten, der Nauke den Weg zu versperren. Reling und Wanten starrten von Bewaffneten und Männern mit kahlen Schädeln und mächtigen Pferdeschwänzen über Stirnbändern aus Fell.

»Soweit möglich, grenzenlos ehrwürdiger *Fang*, gibt es daran keinen Zweifel!« gab der Schiffsführer wieder gefaßter zur Antwort.

»Dann hauen wir ihnen aufs Maul. Ranmachen!«

Entern!

An Bord der Piratendschunke, nur wenig später

»Sie stellen sich!« Churraku fletschte wieder die Zähne. »Haben eingesehen, daß sie uns mit der überschmückten Nauke nicht entkommen.« Von den Männern ringsum kam gehässiges Gelächter.

»Bereit zum Rammstoß!« kommandierte Churraku. Noch während er nach einem Stag griff, stieß der Bug der Dschunke bereits gegen den linken Ausleger der Nauke. Mit einem hölzernen Kreischen ritt die Dschunke auf, dann brach der bootförmige Hilfsrumpf der Nauke ab. Splitter flogen durch die Luft. Die Dschunke wurde leicht abgelenkt, und mit erstaunlich wenig Wucht stießen die beiden Hauptrümpfe gegeneinander.

»Enterbrücke!« rief Churraku, aber auf seinen Bruder war Verlaß. Mit heulenden Seilwinden krachte die Brücke bereits herab. Eiserne Pflöcke hackten in die Bambusreling der Nauke.

»*Mangarkhan mahuru!*« erhob sich ein hundertstimmiges Kriegsgeschrei, als die Entermannschaft mit schwingenden Pferdeschwänzen auf die Brücke drängte. Gezackte Säbel und lange Spieße wurden geschwenkt, Muscheltrompeten dröhnten.

»Haupttruppe bereithalten!« rief Churraku und ließ den Blick über seine Männer kreisen. Nach dem, was er an Deck der Nauke gesehen hatte, würde es heftig werden, aber eindeutig. Da war kein Dutzend *Ziangs* an Bord, die Matrosen trugen keine Rüstungen, viele waren nur mit Holzkeulen bewaffnet.

Ein ungewöhnliches, vielstimmiges Brüllen ließ Churraku herumfahren. Vorn an der Enterbrücke! Nein, das war eine einzelne Stimme, die brüllte – und viele Stimmen, die darauf antworteten: mit Angstschreien.

Beiderseits der Enterbrücke stürzten Mangalier ins Wasser. Sie flogen in einem Bogen, als ob sie freiwillig sprängen, aber ihre Körperhaltung war seitlich, verkrümmt – ganz gewiß nicht freiwillig.

»Zorgua, was siehst du?« rief Churraku in die Wanten hinauf.

Der Stummelohrige antwortete nicht. Er starrte, den Zackensäbel erhoben, zum anderen Schiff.

»Ein Ungeheuer!« drängelte sich ein Mann von der linken Bordwand herüber. »Irgend etwas Riesiges …«

In dem Moment sah Churraku es selbst. Es hatte anscheinend die ersten Reihen der Enterbrücke freigekämpft und stand nun selbst darauf. *Das!* Churraku hatte es kurz vorher auf dem Fort gesehen, hinter den Kreuzbogenschützen. Churraku hatte es für eine der bunten Zierfiguren gehalten, die Nauken bisweilen an Deck trugen. Aber dieses Ding lebte!

»Zurück!« – »Standhalten!« – »Helft uns!« Die Schreie von der Enterbrücke gellten durcheinander – und sie klangen alle hysterisch. Die ersten Mangalier sprangen kopfüber von der Brücke. Einer prallte brutal gegen die Trümmer des Auslegers. Was ließ einen Mangalier blindlings ins Wasser hechten?

»Beim Gott der Seeadler!« Churraku bemerkte seine Anrufung nicht einmal. Wie viele Arme hatte dieses Monstrum? Wieder fuhren zwei dieser überlangen Säbelschwerter herab, und Churraku sah einen Kopf ins Wasser fliegen. Und dann auch noch die Bolzen! Die Kreuzbogenschützen auf dem Fort nahmen die Enterbrücke nun gezielt unter Beschuß. Auch in den hinteren Reihen fielen die ersten Männer.

»Hilfe!« In der Mitte wandten sich die Männer zur Flucht; nun begriffen auch diejenigen, die noch an Deck der Dschunke standen. Und dieses blaue Ungeheuer, das Churrakus Männer mannshoch überragte, stampfte voran und mähte sich durch die Reihen von Unais Stoßtrupp.

»Unai!« rief Churraku. Rücksichtslos prügelte er sich durch seine Männer. Die Haupttruppe wich zurück, der Stoßtrupp kam ihm entgegen. Da und dort drängten einzelne Anführer dagegen, Muscheltrompeten an den Lippen.

Der blaue Riese hatte die halbe Enterbrücke erobert. Die zusammengedrängten Männer fielen nun in Trauben von der regennassen Brücke. Und was noch absurder war: hinter dem Ungeheuer stand nicht ein *Ziang*. Es kämpfte allein! Für einen lächerlichen Augenblick überlegte Churraku, ob das Ungeheuer wohl beide Schiffe angriff. Fürchteten die Kataueken sich ebenso?

»Runter, ihr Narren!« schrie der Pirat. Schlagartig war ihm auch sein Bruder egal. Er mußte verhindern, daß diese Naturkatastrophe sein Schiff erreichte. Vor sich sah er die rechte Seilwinde und die Halterung der Brücke. Und dann hörte er die Stimme: »Ihr glatzzopfigen Popelgesichter! Ihr habt das Schiff kaputtgemacht!«

Ein Gott an Bord

An Bord der Vollendeten Harmonie,
zur selben Zeit

»Heiliger Malachias, steh uns allen bei!« Strolch stand auf halbem Weg auf der Treppe des Forts, so daß er über das Getümmel der Matrosen an der Reling hinweg etwas sehen konnte. Aber sein verkrampfter Magen sagte ihm, daß es besser wäre, es nicht zu tun. Bei den Locken der heiligen Sarmantha, das waren Menschen, die da wie zerfetzte Puppen zur Seite flogen. Das Geschrei der Seeleute war laut, das Johlen der Piraten lauter – aber nichts konnte die widerlichen Geräusche übertönen, mit denen Fünfarms Säbelschwerter durch die Leiber der Angreifer fuhren.

»Angreifer«, schnaubte Strolch, »so habt ihr euch das vorgestellt.« Ein gellendes, metallisches Knallen ertönte. Unvorstellbar! Für Fünfarm war selbst der schwere Schild, den er sich auf den verstümmelten Arm geschnallt hatte, eine Waffe. Mit einer Geste, mit der Strolch in den Gossen Magantas eine streunende Katze von einem Faß voller Fischabfälle geprügelt hatte, fegte der Blaue Gott einen Mann seitlich von dem Steg. Die kreisende Schwungscheibe, die Fünfarm an kurzer Kette führte, spaltete noch in der dritten Reihe Schädel.

»Tugend!« ertönte die Stimme des Kapitäns vom Fort. »Bereithalten!« Was war das? Erst jetzt sah Strolch, daß keiner der *Ziangs* mit den schweren Lanzen und der Matrosen mit den kurzen Säbelschwertern Anstalten machte, Fünfarm zu folgen. Sie ließen ihn allein kämpfen.

»Feiges Pack«, knurrte Strolch und wickelte ohne nachzudenken die Steinschleuder von seinem Armgelenk. Keine Munition! Kurz tastete er nach der Tasche, wo er den rotschwarzen Stein vom Schlachtfeld trug. Nein, den nicht.

An der Reling! Da hatte er doch vor einigen Wochen einen Stapel Steine gesehen. Strolch lief das Deck entlang, wo sich kaum ein Matrose aufhielt. Richtig – da! Ballast zum Trimmen des Rumpfes? Munition für ein Katapult? Gleichgültig. Strolch griff sich eine Handvoll Steine, legte den ersten ein und lief zurück zur Reling.

»*Hy'ä!* Verschwinde!« versuchte er sich durch die dicht stehenden Reihen der Matrosen mit den Holzstöcken zu drängen, die sonst als Griffe an den Winden benutzt wurden. Kein Durchkommen!

»Fellmützler! Grindköpfe!« dröhnte Fünfarms Stimme über das Gewühl hinweg. Unvermittelt sprang Strolch auf die Reling. Mit der Linken hielt er sich an den feuchten Stagen aus Palmbasttauen fest, die den Vordermast stabilisierten, und balancierte über den schenkeldicken Bambus der Reling.

»*Gingaling*«, hörte er wieder einmal. Aber alle Matrosen an der Reling senkten zumindest die Waffen, um ihm Platz zu machen.

Welch ein Gemetzel! Fünfarm hatte inzwischen fast den ganzen Laufsteg freigekämpft. Im Wasser trieben mindestens vier Dutzend Leiber. Manche versuchten zum Piratenschiff zurückzuschwimmen, einige hielten sich an den Trümmern des Auslegers fest, aber die meisten bewegten sich nicht mehr.

»Fünfarm!«

Strolch hatte gerufen, ohne nachzudenken. Sah der Gott den Mann mit dem imposanten Schulterpelz nicht, der mit dem Zackensäbel auf das Taubündel am Fuß der Brücke einhieb? Und die Männer weiter hinten, die baumlange Ruder emporhoben und zur Reling trugen ...

Nein – Fünfarm war damit beschäftigt, die Piraten voranzutreiben. Einige bildeten vor ihm noch einen zurückweichenden Kern, aber der Rest befand sich auf wilder Flucht: durch die Kameraden hindurch, über ihre Leiber hinweg, am Bug hängend, an der Reling entlang, kopfüber ins Wasser. Alles war besser, als auf dieser Brücke zu bleiben ...

»Zurück, Fünfarm«, schrie Strolch, »die kappen die Brücke!« Doch die Warnung ging in einem vielstimmigen Aufschrei unter: In diesem Augenblick erschütterte ein Ruck den Steg. Sechs, sieben, acht Piraten fielen von der Brücke, die nun leicht schräg hing. Fünfarms Hiebe schleuderten zwei weitere hinterher. Diejenigen mit den schwereren Rüstungen tauchten nicht einmal mehr auf.

»Fünfarm! Du fällst ins Wasser!« Strolchs Herz stockte kurz. Konnte dieser Koloß überhaupt schwimmen? Abgesehen davon, daß er im Wasser den Bogenschützen der Piraten völlig ausgeliefert wäre ...

Wo war der Anführer? Er kommandierte wild herum. Die Riemen tauchten beiderseits des Schiffes ins Wasser. Sie wollten sich von der *Vollendeten Harmonie* lösen. Das andere Taubündel! Inzwischen hackten zwei weitere Piraten auf das letzte Stück ein, das die Brücke hielt. Strolch versetzte die Steinschleuder in kreisende Bewegung.

»Fünfarm! Du Riesentrottel!« Keine Aussicht. Hunderte Männer, die viel kräftiger als Strolch waren, schrien ihre Befehle, ihre Angst oder ihre Schmerzen hinaus. Strolch schoß und sah, wie der rechte der zwei Piraten zurücktaumelte, sich an den behelmten Kopf faßte und dann im Gewühl unterging. Da brach die Brücke endgültig ab.

Zwanzig Mann stürzten und schlitterten ins Wasser. Falls Fünfarm das Gleichgewicht verlor, so bemerkte man es kaum; er schlitterte mit den Füßen voran mitten in die Masse der treibenden und herabhängenden Leiber. Unbeirrt droschen seine Arme weiter auf die Piraten ein, auf denen er stand.

Dann rissen auch die Enterhaken der Brücke, und sie schlug mit einem dumpfen Knall auf das Wasser. Das Piratenschiff setzte sich schwerfällig in Bewegung – rückwärts.

»Ein Seil!« rief Strolch. Er balancierte die Reling weiter entlang und schrie in die Menge der Matrosen: »Viele Seile! Schnell!« Zwei Obermatrosen gaben den Befehl weiter. Dort vorne: eine ganze Rolle. Mit einem schnellen Schwung wickelte Strolch die Steinschleuder um den Arm und drängte sich am Rand des Schiffes weiter.

»Müllschiff!« erschallte Fünfarms Stimme. »Fällt von selbst in Trümmer!« Der Blaue Gott stand nun wieder auf der Brücke, die unter seinem Gewicht zusehends sank. Er ließ die Schwungscheibe in voller Länge kreisen, stapfte mit schweren, aber unnatürlich sicheren Schritten durch das Wasser, das ihm bis zu den Knien reichte, und ließ die Scheibe dann knirschend in die Bordwand der *Vollendeten Harmonie* einschlagen.

Strolch half, das Tau über Bord zu werfen. Hinter Fünfarm gaben ein halbes Dutzend schwer verletzte Piraten den Halt an der sinkenden Brücke auf und versuchten, zu ihrem Schiff zu gelangen. Aber es war klar, daß sie es nicht erreichen würden. Die Riemen, an denen jeweils drei Mann pullten, hatten das Schiff in stetige Bewegung versetzt. Der Bug war bedeckt von einer Traube aufenternder Piraten und solcher, die sich kraftlos an herabhängenden Tauen festhielten. Zwischen den beiden Schiffen, heckwärts driftend, war das Meer von Leibern bedeckt, und wo man das Wasser sah, hatte es eine widerliche Farbe.

Piratenträume

An Bord der Piratendschunke, am Nachmittag desselben Tages

»Was, bei den heulenden Seegeistern von Urumtschu, war das?« Zorgua starrte nach Westen, wo die Nauke zwischen Dampfschwaden aus dem Meer und Regenvorhängen verschwunden war.

»Wen interessiert, was das war?« schnappte Churraku. Seit Stunden wagte kaum jemand in seiner Nähe zu sprechen. »Ich will wissen, wo mein Bruder ist!«

»Ich habe dir doch gesagt«, ließ Zorgua sich zum dritten Mal auf dieses Gespräch ein, »daß von den Männern aus den ersten Reihen keiner zurückgekommen ist. Sie trugen doch alle schwere Kachelpanzer …«

»Dafür werden sie bezahlen«, brütete Churraku mit dumpfer Stimme. »Dafür lassen wir ihre Städte wieder brennen.« Churraku erhob sich schwerfällig und hieb dann entschlossen auf die Bambusreling. »Ja, so wie es unsere Vorfahren getan haben. Wir sind die Khane der See. Das Fontänenmeer gehört uns, seit uns der Mangarkhan auf die Inseln führte. Wir haben uns lange genug von den Kataueken verdrängen lassen.«

»… mit ihren immer neuen Waffen«, setzte Zorgua sarkastisch fort, »mit ihren überschweren Kreuzbogen, mit denen sie unsere Männer aus den Wanten schießen, den Feuerlanzen, mit denen sie unsere Entertrupps abwehren, den Fettbomben, mit denen sie unsere Decks in ein Flammenmeer verwandeln, den Drachenpfeilen, mit denen sie schon, ehe sie uns schreien hören, die Schiffe in Brand schießen, oder mit dem, was sie heute auf uns losgelassen haben …«

Für einen Augenblick sah es so aus, als ob Churraku einen seiner Wutausbrüche bekäme. Dann stützte er sich mit hängenden Schultern auf der Bambusreling auf.

»Der Gott der Seeadler hat uns verraten«, brütete er dumpf. »Die Alten erzählten, wie er dem Mangarkhan voranflog. Doch während meiner ganzen Jugend waren das bloß Märchen. Ich habe erst wieder daran geglaubt, als im letzten Jahr aus so vielen Häfen von Wundern berichtet wurde. Seeadler und Albatrosse, die den Priestern Zeichen gaben. Im obersten Vogeltempel von Uranzu, sagt man, erschien nach all den Jahren wieder der Weiße Seeadler, um sich mit der Priesterin zu paaren.« Die Männer schwiegen ehrfürchtig; nur das stetige Prasseln des Regens auf dem Verdeck über der Brücke war zu hören.

»Und die Mächte des Meeres haben uns beileibe genug geprüft.« Churraku setzte sich wieder auf das Deck der Dschunke. »Ihr habt mit mir die Orte an der Westküste gesehen, wo einmal unsere Häfen waren. Ihr habt die Strände gesehen, wo es ein halbes Menschenleben dauern wird, bis dort wieder Palmen stehen. Ihr habt die Wasserleichen gesehen, die Monde lang mit der Flut angeschwemmt wurden. Ihr habt die Dschunken gesehen, die eine halbe Wegstunde tief im Dschungel lagen.«

»Nauke in Nordost«, erschallte wieder der getragene Ruf des Ausgucks. »Westkurs. Fünf Masten.«

»Noch eine heute?« reagierte Zorgua überrascht.

»Die soll doch fahren, bis sie vom Rand der Welt herunterfällt«, knurrte Churraku. Widerstrebend richtete er sich auf und blickte nach Nordosten.

»Fetter Vogel«, pfiff Zorgua durch die Zähne.

Churraku glaubte, die Stimme Unais neben sich zu hören. *Du hast tatsächlich den richtigen Riecher, großer Bruder.* Er fühlte die Leere neben sich fast körperlich. Und dann begann sein mangalisches Blut zu kochen wie das Fontänenmeer.

»Dafür werden sie bezahlen«, preßte er zwischen den Zähnen hervor. »Die holen wir uns«, rief er laut, »und keine Gefangenen diesmal!«

»Bist du sicher?« meinte Zorgua. »Das ist ein ziemlich großer Vogel. Die haben ihre Mannschaft und gewiß noch einige *Ziangs* dazu.«

»Katauekische Matrosen können gerade mal ihre Knüppel halten. Und wir haben noch immer dreihundertfünfzig Mann ...«

»Und wenn sie wieder ...«

Churraku lachte häßlich. »Denkst du, daß die Kataueken jetzt auf jeder Nauke so eine Götterstatue haben, die sie beleben können?«

»Nein, das hätten wir wohl von anderen Schiffen gehört.«

»Du weißt doch, daß sie kaum noch *Ziangs* haben«, knurrte Churraku. »Ihre Häfen liegen in Trümmern wie unsere. Und ihre Nauken ...«

»Ihre Nauken sind letztes Jahr unbeschadet aus Ajuna zurückgekehrt, sie waren wohl auf hoher See. Außerdem reichten die Flutwellen ja wohl kaum bis nach Ajuna.«

»Tschöng-Hau Leng jedenfalls steht noch«, mengte sich jetzt Külyua ein, ein ziegenbärtiger Veteran, der seine Gelegenheit sah, sich als neuer dritter Anführer zu etablieren. »Was immer die Mangalische Küste abbekommen hat, sie ist daran nicht verreckt – wie halb Mangalia.«

»Und ich weiß nichts davon«, warf Zorgua ein, »daß sie kaum noch *Ziangs* haben. Es heißt, daß sie im Norden eine riesige Schlacht verloren haben – gegen ihre eigenen Götter.«

»Glaube das, wer will«, schnaubte Churraku. »Kannst du dir vorstellen, daß ausgerechnet die blutlosen Kataueken ihre Götter angreifen?«

»Nun, wie es scheint, haben sie ihre Götter jetzt sogar an Bord.« Zorguas Entgegnung ließ alle für einen Augenblick schweigen. Einen halben Tag nach der verheerenden Begegnung saß ihnen noch immer das Entsetzen in den Knochen.

»Und wenn die Nauke besser bewaffnet ist als vermutet?« wandte Külyua ein. »Wenn sie trotz des Regens einen Drachenpfeil auf uns abschießen?«

»Wenn, wenn, wenn«, explodierte Churraku nun endgültig. »Wenn der Mangarkhan so oft ›wenn‹ gesagt hätte, wären unsere Ahnen von den Sturmgöttern erschlagen worden, und kein einziger hätte überlebt.«

Kang und der Pirat

An Bord der Piratendschunke, keine Stunde später

»Das ist er Khan, Hauptmann!« Die zwei Götterfresser stießen den Piratenhäuptling vor Kang. Der Rechte trat ihm in die Kniekehlen, damit er vor dem Hauptmann niederkniete. Er Khan. Schon wieder dieser Turga. Er schien eine gute Nase zu haben – trotz des Ringes daran.

Kang öffnete sein Maskenvisier und blickte auf den Gefangenen. Die Fellmütze, eigentlich ein Stirnband, war naß und blutig. Der Mangalier trug wie fast alle seine Leute den Schädel glatt rasiert bis auf einen schräg aufragenden Pferdeschwanz. Es war beinahe die gleiche Tracht, die auch der Nautiker von Kangs Nauke trug, allerdings deutlich wilder. Die Haut glänzte von Regen und Schweiß. Ein breites Fell über den Schultern mit gravierten Bronzescheiben über Schulterblättern und Sonnenpunkt verstärkte den Eindruck des Barbaren. An den Metallteilen hingen mindestens vier Skalps: langes schwarzes Haar.

»Hauptmann Kang«, meldete der Erste Wachtmeister mit einer Verbeugung, »wir haben die Überlebenden im Mittelschiff zusammengetrieben und entwaffnet. 187 Mann, darunter 41 Schwerverletzte.«

»Laß das Schiff unter Deck durchsuchen, Wachtmeister Zuang-Zu«, befahl Kang, ohne die Augen von dem Piratenhäuptling zu nehmen. »Gib jedem einen Matrosen mit und einen Piraten, der halbwegs Katauekisch kann. Sucht Deserteure, Geiseln, Schätze, Verstecke. Ruft den Schiffsführer, den Nautiker und einen Schreiber.« Kangs Blick glitt kurz über die einfache Sturmhaube mit dem Fellkranz in seiner Hand. Sein behandschuhter Daumen fuhr über eine Delle, in der sich Regenwasser sammelte.

»Kannst du mich verstehen?« wandte er sich an den knienden Häuptling. Der Mann funkelte ihn an. Dann machte er eine undeutliche Geste der Zustimmung.

»Wie heißt du, Pirat?«

»Churraku, Sohn des Tschugua«, knurrte der Mangalier heiser.

»Wieviel Mann hattest du?«

»Vierhundert. Etwas mehr.« Churrakus Akzent war schwer.

»Etwas mehr?« Kangs Stimme wurde schneidend. »Das heißt, du weißt es nicht?« Der Krieger beugte sich leicht vor. »Ich bin Hauptmann Kang hua Schiang. Als ihr die *Verdienstvolle Tatkraft* angegriffen habt, habe ich 292 Götterfresser unter meinem Kommando. Jetzt sind es noch 288. Und ich weiß, wie viele Leute *du* noch hast.« Kang näherte sich dem Gesicht des Piraten. Die zwei Krieger dahinter hoben sichernd ihre Säbelschwerter. »Könnte es sein, Churraku, daß wir euer Schiff genommen haben, weil Katauеken immer wissen, wie viele sie sind?«

»Ihr hatte Harnisch über das ganze Körper«, stieß der Häuptling hervor. »Seefahrer von Mangala trage keine schwere Rüstung. Wir nicht konnte wissen, daß so viele *Ziangs* in Nauke.« Sein Kinnbart mit dem Zöpfchen zuckte beinahe beleidigt.

Kang lachte grimmig und richtete sich wieder auf. »Ihr hättet damit rechnen müssen, Mangalier. Der *Höchste Kriegsherr der Geheimen Kammer* verteidigt sein Reich.« Kangs Blick fiel wieder auf die Sturmhaube. Warum hatte er sie aufgehoben?

»Warum war dein Schiff beschädigt, Churraku?« Der Pirat schien darüber schweigen zu wollen. »Gegen wen habt ihr gekämpft?« Der Mann rang mit sich. Der Regen tropfte über sein Gesicht, ein feiner Blutfaden von seiner Schläfe verrann.

»Habe Katauеken auf jede Nauke geheime *Ziangs?*« stieß Churraku dann bitter hervor.

Kang schlug ansatzlos zu. Der Panzerhandschuh hinterließ vier tiefe blutige Furchen in der Wange. »Antworte, Pirat!«

Für einen Moment lag Auflehnung im Blick des Mangaliers, dann wurde er stumpf.

»Eine Nauke mit drei Mast. Heute vormittag. Aber sie hatte eine ...« Er suchte nach dem richtigen katauekischen Wort. »Tempel? Figur von Tempel an Bord. Wenn wir angreife, Figur wird lebendig.«

»Höchstehrwürdiger Hauptmann Kang, ich gratuliere zu deinem großartigen Sieg.« Das waren Schiffsführer Fudang und der

Nautiker, die mit Wachtmeister Zuang-Zu hinzugetreten war. »Womit kann ich dienen?«

»Ehrwürdiger Schiffsführer, ehrwürdiger Nautiker«, fragte Kang, behielt aber noch immer Churraku im Auge, »wie verfahrt ihr auf See üblicherweise mit Gefangenen?«

Es war der Nautiker, der antwortete. »Die Befehle der *Geheimen Kammer der Nautik* sind von eindeutiger Klarheit: Jede Nauke hat im Rahmen der Möglichkeiten ihrer Bewaffnung Piraten zu bekämpfen. Auf gefangene Piraten wartet der Feuertod.«

Kang betrachtete wieder die Sturmhaube und nahm Wachtmeister Zuang-Zus Bericht der Durchsuchung des Schiffes entgegen.

»Was für eine Figur, Mangalier?«

Churraku hob den Kopf, als ihn Kang unvermittelt ansprach. Er hatte den Gesichtsausdruck eines Mannes, der etwas beantworten sollte, was sein Gegenüber längst wußte.

»Seeungeheuer«, stieß er voll Abscheu hervor. Falsches Wort, dachte Kang. Vermutlich haben die Mangalier nur ein Wort für alles Monströse. »Wie ein Mann. Wie zwei Mann. Wie drei Mann. Groß wie Mast. Sechs Arme.«

»Wo ist er jetzt?« Kangs Stimme klang sachlich, fast gelangweilt.

Churraku deutete nach Westen. Der Turga hinter ihm hob bei der Bewegung sofort das Schwert.

»Hatten sie Verluste? Ist die Nauke beschädigt?

Churraku lachte humorlos. »Eine Beischiff wegbrechen. Aber wir seien nie gekommen auf Nauke.«

»Das ist er Gott, Hauptmann«, rief der Turga unter seiner Maske.

»Vier Nächte«, befahl Kang beiläufig und warf die Sturmhaube aufs Deck.

»Wachtmeister Zuang-Zu! Laßt Ladung, Proviant und Wasser aus dem Schiffsraum bergen. Der ehrwürdige Nautiker wird dir sagen, was noch wertvoll ist. Laßt die Gefangenen in Vierergruppen an die Masten und Aufbauten fesseln. Die Ersatzsegel und das Bauholz beiderseits der Bordwand aufstapeln und mit dem

Öl und dem Teer überschütten. Denkt an den Regen.« Von Schiffsführer Fudang kam ein befriedigtes Murmeln.

»Wählt acht Piraten aus. Keine Anführer, unverletzt und kräftig, möglichst jung. Laßt sie auf der Stirn brandmarken. Baut ein Floß für sie mit Proviant und Wasser für acht Tage.«

»Höchstehrwürdiger Hauptmann Kang«, räusperte sich Schiffsführer Fudang irritiert, »ihr wollt sie begnadigen?

»Höchstehrwürdiger Hauptmann«, beteiligte sich nun auch der Nautiker, »sie sind des Todes. Wie ich sagte, die Befehle der *Geheimen Kammer der Nautik* ...«

»Diese Männer«, fiel ihm Kang ins Wort, und sein Ton machte klar, daß er keinen Widerspruch mehr erwartete, »haben eine einzelne katauekische Nauke angegriffen, obwohl ihr Schiff kleiner und bereits beschädigt war. Es interessiert mich nicht, ob sie es aus Übermut oder Verzweiflung getan haben. Für diese Tat sind sie des Todes. Aber meine Aufgabe ist es, das *Reich der Tugend* zu verteidigen. Wo auch nur ein Götterfresser steht, *ist* das *Reich der Tugend*. Diese Männer haben das *Reich der Tugend* angegriffen. Wenn wir sie alle töten, wird nie jemand erfahren, was das für Folgen hat.«

»Ich schlage vor«, beharrte Schiffsführer Fudang kühl, »daß ihr ihnen wenigstens eine Hand abschlagen laßt. Und warum müssen es so viele sein?«

»Acht Mann, weil das die Zahl der Tugend ist. Eine größere Gruppe, weil nur die sicher bis zum Festland durchkommt; es ist mir gleichgültig, wenn sie auf der Fahrt vier ihrer Kameraden verspeisen müssen. Ich lasse ihnen keine Hände abschlagen, weil sie rudern müssen. Und sie sind jung, weil sie besonders lange leben werden, um von ihrer tugendlosen Tat zu berichten.«

»Dafür unsere Söhne euer Städte zerstören!« brüllte Churraku, als ihn die beiden Götterfresser zum Hauptmast schleppten.

»Wachtmeister Zuang-Zu! Zwei Glieder Bordwache mit Brandfackeln ausstatten. Der Rest geht von Bord.«

Welche Sprache sprichst du?

An Bord der Vollendeten Harmonie, *im Fontänenmeer, einen Tag später*

»Über die Maßen ehrwürdiger *Fang*!« Draußen vor dem Vorhang war eine Frauenstimme zu hören. »Darf ich, deine Dienerin Lü näng Huango, eintreten?«

Strolch blickte zu Fünfarm, der unerschütterlich in der Mitte der *Kammer* stand – trotz des stetigen Seegangs. Ebenso befremdlich war der Ruck, mit dem er mit zwei Schritten bei dem blauen Vorhang war und ihn mit zwei riesenhaften Pranken beiseite riß.

»Du mußt hier nicht eintreten, Aschensitzerin!« johlte er, daß die *Kammer* dröhnte. »Das ist ein Vorhang. Da kommst sogar du Kümmergestalt durch.« Strolch konnte ein breites Grinsen nicht unterdrücken. Aber als er die Hohepriesterin sah, schwang er die Beine von seinem Bett und erhob sich.

Die Frau zwängte sich an dem Blauen Gott vorbei, das Gesicht hinter dem Fächer verborgen, ohne emporzublicken, und fiel sofort wieder auf die Knie. Fünfarm nahm wieder seine Position wie eine Statue in der Mitte der *Kammer* ein. Die Hohepriesterin schwieg. Verbot ihr die Etikette zu sprechen? Strolch schien es eher, daß sie nach Worten rang. Die Stille wurde peinlich und peinlicher. Dreimal hörte man draußen Rufe von Segelmeistern.

Strolch bemerkte, wie Parfüm langsam den Raum erfüllte. Fremdartige Früchte und etwas, was Strolch höchstens einmal in der Zuckerbäckergasse Magantas gerochen hatte.

»Über die Maßen ehrwürdiger *Fang!*« Die Frau in dem prachtvollen Brokatkleid verneigte sich raschelnd. Sie zögerte noch einmal. »Erlaube deiner Dienerin, dir für die überirdische Verteidigung unserer Nauke zu danken.« Strolch sah irgend etwas in ihren Augen glänzen, was überhaupt nicht zu ihrem steifen Verhalten paßte.

»Fünfarm erlaubt!« dröhnte es von oben. »Welche Dienerin, Plapperkopf?« Unter der roten Schminke der Priesterin zuckte es kaum merklich.

»Ich heische deine Verzeihung, über die Maßen ehrwürdiger *Fang*!«

Strolch verstand kaum ein Wort der höflichen Floskeln. Für einen Augenblick glaubte er, sie wolle die Arme um Fünfarms Unterschenkel schlingen. »Ich habe gezweifelt«, rief sie mit überraschender Inbrunst, »an deiner Göttlichkeit. Aber kein Wort kann die Macht beschreiben, mit welcher du unsere Feinde heimsuchtest. Wir alle haben gezweifelt an der Göttlichkeit der *Fangs*.« So viele neue Worte! Wie anders Katauekisch aus ihrem Mund klang. Was machte sie so verzweifelt?

»Es ist so schwer zu glauben, wenn man ein Leben lang nichts sieht als eure Standbilder. Aber die schreckliche Strafe, die der Himmel über das *Reich der Tugend* warf, hat uns gezeigt, wie sehr wir vom *Tugendhaften Weg des Himmlischen Willens* abgewichen sind.«

Tugend? Das hatten doch immer die Krieger gerufen!

»Tschöng-Hau Leng hat bezahlt. Und ich flehe dich an, über die Maßen ehrwürdiger *Fang*, in meinem Namen und im Namen derer, die mir unterstehen, uns nicht mehr heimzusuchen mit dem rechtschaffenen Zorn der *Fangs*.« Es klang, als ob sie um Gnade für Tschöng-Hau Leng oder etwas in der Stadt flehte.

Fünfarm stand da und glotzte mit aufgerissenen Augen auf die Hohepriesterin herab. Strolch war nicht überrascht. Er wußte nach all der Zeit noch nicht, wann der Blaue Gott antwortete; jedenfalls tat er es fast gewiß nicht, wenn man ihm keine Frage stellte. Strolch fühlte, wie sein Herz zu rasen begann. Wie mußte er die Hohepriesterin ansprechen?

»Tugend!« sagte er mit belegter Stimme und versuchte sich so steif zu verbeugen, wie er es bei den Katauеken gesehen hatte. »Viel viel hochehrwürdige Lü!« So ähnlich hatte Schlampe gesprochen. Die Frau bewegte nicht einmal die Augen, aber ihre sorgfältig getuschte rechte Augenbraue hob sich leicht. »Was in Tschöng-Hau Leng hat geschehen? Warum Hafen ist fort?«

Die Hohepriesterin verneigte sich nochmals vor Fünfarm. »Über die Maßen ehrwürdiger *Fang*, welchen Rang hat dein Diener?« Welchen was?

»Strolch hat keinen Rang«, bellte Fünfarm – auf Merkantilo. »Strolch hat keine sechs Arme. Strolch hat keine Waffen. Strolch hat gar nichts.« Der junge Mann fühlte etwas wie Wärme in sich aufsteigen, daß der Blaue Gott mit *ihm* sprach. Die Katauekin konnte das wohl nicht verstehen.

»Über die Maßen ehrwürdiger *Fang*, wie soll ich deinen Diener ansprechen, wenn er keinen Rang hat?« Doch. Die Hohepriesterin hatte verstanden. Nun, das machte die Sache natürlich viel einfacher.

»Hochwohlgeborene Hohepriesterin«, grub Strolch sein feinstes Merkantilo aus. Sie hatten sich in den Gossen immer vorgestellt, wie es wäre, zu den *mercatoren* zu gehören. »Verstehe ich Euch recht, das Ihr mich nur ansprechen könnt, wenn Ihr meinen Rang kennt?«

Sie reagierte nicht – überhaupt nicht. Ignorierte sie ihn – oder verstand sie doch kein Merkantilo? Irgend etwas war hier sehr seltsam. Da war wieder dieser Gedanke. Das war nicht das erste Mal … Dieser Obsthändler hatte Fünfarm ebenfalls verstanden, obwohl er Merkantilo gesprochen hatte. Und überhaupt: Warum sollte ein katauekischer Gott mit Strolch Merkantilo sprechen?

Der ungeheuerliche Schädel schnellte herum. »Welchen Rang hast du, Nasenaffe?«

Strolch fühlte, wie der Boden unter ihm nachgab. Da war dieses Gespräch vor vielen Monaten gewesen. Damals hatte Strolch den Blauen Gott gefragt, was *er* sei. Und was war er, Strolch, eigentlich?

»Ich bin ein Dieb«, stellte er in seiner Muttersprache fest, bitter und halblaut. »Ein Leichenfledderer. Der letzte Abschaum aus den Gossen von Maganta.« Während er das sagte, fühlte er Trotz und Stolz.

»Ich bin Strolch.« Sein Katauekisch war laut und deutlich. »Ich bin der geht mit Fünfarm. Ich bin der führt Fünfarm zu Thalliopê.« Er sah auf die kniende Hohepriesterin hinab und merkte, daß er wütend wurde.

Der junge Weltreisende riß sein Hemd auf und zog an der

Schnur die Hand heraus. Die Augen der Hohenpriesterin folgten jeder seiner Bewegungen. Sie konnte also schauen, wenn sie wollte. Mit beiden Händen hielt er seine Trophäe an Zeigefinger und kleinem Finger hoch.

»Ich bin der trägt Hand von Fünfarm.«

»Ehrenvoller Träger der Hand des Blauen Gottes, ich grüße dich!« Die Hohepriesterin verneigte sich leicht in seine Richtung. Es klang wie eine Ernennung; deutliche Erleichterung lag in der Luft.

Gefahren des Meeres

An Bord der Vollendeten Harmonie,
im Ozean des Abends, etwa eine Woche später

»Ehrenvoller Träger der Hand des Blauen Gottes, die höchstehrwürdige *Herrin der Kammer der Nautik* begehrt dich zu sprechen.« Das konnte nicht wahr sein. Der Mann lag auf den Knien vor ihm! Strolch hatte nur schnell zum morgendlichen Abtritt gehen wollen, und nun lag da ein Mann, der vorgestern unübersehbar Matrosen kommandiert hatte. Strolch folgte dem Obermaat – so wäre wohl sein merkantilischer Titel gewesen – zur Treppe des vorderen Forts.

Als er hinaufstieg, stand er vor der Nautikerin mit der Leopardenmütze. Sie war für eine Katauekin ziemlich groß, reichte ihm aber natürlich nicht einmal bis zur Schulter. Morgenwache, dachte er. Der Kapitän nützt wohl seine kostbaren acht Stunden Freiwache.

»Ich bin Kiaora näng Singua und heiße dich willkommen auf der *Vollendeten Harmonie.*« Sie verbeugte sich. Das hieß, daß er höher stand? Jedenfalls trug sie Siegelringe über Zeigefinger und Mittelfinger. Zweiter Rang. Strolch verneigte sich sicherheitshalber – und sicherheitshalber nicht so tief wie sie.

»Ehrenvoller Träger der Hand des Blauen Gottes«, fragte sie mit einer Stimme von sprühender Kraft, »willst du mir Gesellschaft leisten heute morgen?«

Der Himmel war noch immer voller Regenwolken, aber seit sie die Mangalischen Inseln hinter sich gelassen hatten, fiel der Regen nur mehr um die Mittagszeit. Doch jenseits der dunklen Wolken hing jener graue Schleier, hinter dem die Sonne verschwunden war.

»*Schüe*«, nickte Strolch. Ihr Gesicht wirkte überhaupt nicht brutal; es war eher ungezähmte Wildheit, die über diesen Zügen lag. Die Hohepriesterin hatte seine Kaste – das war das Wort, das sie für Rang verwendet hatte – anscheinend schon verkündet. »Du weißt heute, wie zu mir Ajunäer sprechen, der hat keinen Kaste?«

»*Schüe*«, antwortete nun sie, und ein Schmunzeln erschien auf ihrem sinnlichen Mund. »Der grenzenlos ehrwürdige *Fang* ist unerreichbar für uns. Wir niederen und mittleren Ränge sind unwürdig, ihn anzusprechen. Und keiner wußte, wie ein Ajunäer, der keiner Kaste angehört, zu behandeln ist, wenn er Leibdiener eines *Fangs* ist. Aber wir Nautiker sind da etwas freier als die Priester.« Sie schmunzelte erneut und verneigte sich sanft.

»Wenn erstes Mal fahren von Ajuna nach Serkan Katau«, erzählte Strolch und fragte sich zugleich, warum er es tat, »ich schlafe noch in Frachtkammer.« Beim heiligen Guelfo, dachte er. Sie kann kaum älter sein als ich. Und sie ist schon – wie hatte Schlampe es genannt? – Schiffszauberer. »Und nun ich habe ein gutes Bett in *Kammer* mit *Fang*.«

Sie schwieg. Hatte er etwas Falsches gesagt? Trottel, schalt er sich. Du stehst vor der ersten echten Frau in diesem Land und sprichst sofort über dein Bett. Er täuschte vor, nach den Segeln zu schauen, und schielte zu ihr hinüber. Sie trug jetzt kein Seidenkleid mehr, sondern ein knielanges, tailliertes Kleid aus glänzend schwarzem Leder, das mit kupfernen Kugelnieten verstärkt war. An der Seite hing ein kurzes Säbelschwert. Wie sagte man wohl in ihrer Heimatstadt, wenn man ...

»Was in Tschöng-Hau Leng geschehen?« fragte er, einem Impuls folgend. »Warum ist der Hafen so ... geschlagen?«

Sie sah ihn an, als ob er gefragt hätte, ob das Wasser naß sei. »Wo immer du herkommst, Ehrenvoller Träger der Hand des Blauen Gottes: Du mußt doch von den zwei Flutwellen gehört haben.«

»Flutwellen?« echote er. Er versuchte das Wort zu übersetzen. »Großes Wasser?«

»Es heißt, daß es die Strafe für den Angriff auf den *Unvollendeten Palast* der *Fangs* war.«

»Ich war dort«, antwortete Strolch und blickte zum grauen Horizont. Vor seinen Augen flackerte wieder das Bild des Tales mit dem rot flammenden Himmel. »Die dort haben bekommen ihre Strafe.«

»Was willst du damit sagen?« Ihre schwarzen Mandelaugen suchten direkt seinen Blick. »Wo warst du?«

»Bei *Unvollendeter Palast* – an dieser Tag, wenn die Heerscharen angreifen.«

Sie sah ihn fassungslos an. Und du hast überlebt? schien sie zu fragen. Mußte sie nicht annehmen, er sei damals schon der Diener Fünfarms gewesen?

»Was ist mit diese ... Flutwellen? Warum sie sagen sind die Strafe von *Fangs*?«

Ihr Mund mit den ausgeprägten Lippen verzog sich wieder, als hätte er etwas Offensichtliches gefragt. »Weil es am selben Tag geschah.«

»An diesem Tag, wenn der *Herr der Unwandelbaren Ordnung Unvollendeter Palast* angreift, wenn der Himmel brennt, Tschöng-Hau Leng wird geschlagen von Flutwelle?« Kiaora verzog den Mund, nickte dann aber. »Ich gehe acht, neun Monde für den Weg.«

»Nicht nur Tschöng-Hau Leng«, entgegnete sie und blickte nun ihrerseits zum Horizont, wo Ozean und Himmel in grauem Düster verschmolzen. »Die ganze Welt – soweit die Nautiker des *Reiches der Tugend* sie kennen.«

»Aber nicht Ajuna?«

»Besonders Ajuna.« Sie blickte ihn wieder an. »Die Flotte des *Merkantilischen Imperiums* existiert nicht mehr.«

Ein Kloß machte sich in Strolchs Hals breit. »Was ... was ist mit Maganta?«

»Die Stadt steht noch, habe ich gehört. Das ist mehr, als man von den Städten an der Salamar sagen kann.«

Sie standen eine Weile schweigend, die Hände auf die Reling des Forts gestützt.

»Du hast Erfahrungen mit überirdischen Wesen, Ehrenvoller Träger der Hand des Blauen Gottes?« Womit? Er brauchte drei Rückfragen, bis er die neuen Begriffe verstanden hatte. War es diese Frage, warum sie ihn zu sich geholt hatte? Kiaoras Katauekisch klang wieder anders als Schlampes Dialekt, anders auch als die getragene Hochsprache der Hohenpriesterin. Einerseits sprach sie kehlig, andererseits zog sie die Laute am Ende der Wörter in die Länge.

»Sage über überirdische Wesen«, stellte er sicherheitshalber eine Gegenfrage.

»Das Meer ist voller Ungeheuer.« Sie bedeutete ihm zu folgen. Sie stiegen vom Fort und gingen zur Backbordreling. Interessant, dachte er, ein merkantilischer Steuermann durfte die Brücke nicht verlassen, wenn er allein Wache hatte. Kiaora deutete hinunter, auf den über zwanzig Schritt langen Ausleger, der neben dem Hauptrumpf durch das Wasser pflügte. Die Ausleger waren es, die einer Nauke ihr unverkennbares Aussehen gaben – und ihre Segeleigenschaften, wie die Merkantilier neidvoll zugeben mußten.

»Der Qiöngeqeng-Fisch.« Sie deutete auf eine der bunten Malereien auf dem Ausleger und machte eine sägende Geste mit der Hand. »Er sägt die Bordwand auf und läßt die Nauke versinken.«

Dann deutete sie auf ein unglaublich fettes, schweineartiges Ungetüm mit senkrechten Hauern. »Das *Auf seinen Zähnen wandelnde Seepferd*. Die Wilden in Esanuk jagen es, obwohl es einen Mann mit seinen Zähnen in zwei Stücke spalten kann, aber es ist so fett, daß ein ganzer Stamm von seinem Speck satt wird.«

Strolch sah die Nautikerin an und fragte sich, warum sie ihm das erzählte. Frauen, dachte er, müssen anscheinend immer über irgend etwas reden. Nicht, daß Kiaora Ähnlichkeit mit irgendeiner Frau hatte, die der junge Ajunäer kannte. Am linken Ohr, stellte er fest, trug sie einen silbernen Ohrring mit einem getrockneten orangeroten Seepferdchen.

»Tief unten im Schwarz des Ozeans wohnt der Acht-Arm.« Die junge Frau lehnte sich nun über die Reling und deutete auf den Schiffsrumpf weiter hinten. Auch Strolch beugte sich weit hinaus. Die Flanken der Nauke waren mit nassen Ochsenhäuten bespannt, um gegen Feuer geschützt zu sein. Die wasserfesten Ölmalereien darauf hatte Strolch von klein auf bewundert. Ein riesiger Oktopus, dachte er. Ja, den trugen wohl alle Nauken.

»Bei uns in Maganta sagen sie, der Acht-Arm« – Strolch sprach das katauekische Wort, das auch sie gebraucht hatte, mit gelehriger Betonung nach – »geht in Nacht bei Vollmond an Land und frißt Leute in Dörfern.«

Sie sah ihn sehr merkwürdig an und zeigte ihm dann ein Meereseinhorn. Dieses Tier kannte Strolch zumindest aus den Erzählungen: es war wohl so etwas wie ein kleiner Wal mit einem Horn.

»Aber der schrecklichste ist der Gingang-Fisch«, setzte Kiaora fort. »Schwarz und weiß und mit Zähnen, so lang wie mein Unterarm.« Sieht deutlich nach einem Norga-Wal aus, dachte Strolch; der war auch auf jeder Nauke abgebildet. Er hatte in Maganta einmal einen gesehen, an Bord eines einlaufenden cornischen Walfängers, gewaltig groß, aber bereits halb zerteilt. »Zumeist ist er nur halb so groß wie unsere Nauke. Aber sie wachsen ihr ganzes Leben. Die ganz Alten tragen acht Harpunen im Rücken und können eine Nauke mit einem Rammstoß versenken.«

»Ich gut schlafe auf Nauke, wenn ich jetzt weiß«, sagte Strolch. Kiaora sah ihn überrascht an und lachte dann.

Sie folgten der Reling bugwärts. »Nein«, schüttelte sie den Kopf, »das schrecklichste ist die Hydra.« Strolch mußte sich weit in das sprühende Fahrtwasser beugen, um das große Gemälde zu überblicken. Ja, das Bündel verknoteter Tentakel mit Augen … Darüber hatten ihm weder seine Mutter noch der alte Stumpfbein-Mateo, weder die versoffenen alten Seebären noch die Priester, die sich manchmal um die Hafenkinder kümmerten, etwas erzählen können.

»Eine riesige Seeschlange«, erläuterte sie und machte eine schlängelnde Armbewegung. »Sie holt sich die Matrosen von der Nauke. Mutigen *Ziangs* gelingt es oft, ihr den Kopf abzuschlagen. Doch damit erst erschaffen sie die Hydra. Denn jeder Kopf, den man ihr abschlägt, wächst zweifach nach.« Kiaora zeigte mit den Fingern, wie sie immer mehr wurden, und machte schließlich mit beiden Händen eine wimmelnde Geste.

»Warum malt ihr Ungeheuer auf Nauke?«

»Es heißt, daß sie einander fürchten. In den alten Zeiten, als nur die mangalischen Piraten zur See fuhren, wurden die Dschunken viel häufiger angegriffen. Bei unseren Nauken kommt das sehr selten vor.« Hört, hört, dachte Strolch. Kein Wunder, daß kaum ein merkantilisches Segelschiff, das sich auf den Ozean hinaus wagte, zurückkam.

»Doch auch von oben droht Gefahr.« Sie gingen noch weiter vor, wo sich der Rumpf der Nauke im vordersten Segment zum Bug verjüngte. »Im Süden von Serkan Katau, südlich noch der Nadelwüste, liegt das Rochland. Es ist die Grenze zwischen dem Ozean des Morgens und dem Ozean des Abends. Es hat seinen Namen vom Vogel Roch oder Rok, einem Geier oder Adler, der so gewaltig groß ist, daß er Nauken erbeutet.« Sie zeigte Strolch das Gemälde, das sich bis zu der Vogelfigur am Bug hinzog. »So, wie der Adler die Schildkröte ergreift und sie auf den Klippen zerschmettert, um an ihr Fleisch zu gelangen, trägt der Vogel Roch die Nauke ins Rochland. Dort läßt er das Schiff auf die messerscharfen Klippen stürzen und pickt dann die Seeleute aus den Trümmern.«

Das war Strolch nun zuviel. Ein Vogel, der ein Schiff wie die *Vollendete Harmonie* tragen konnte? Das war ja wie das Märchen, in dem die Wilden im Samen Gottes auf großen Kampfvögeln ritten und sie auf Schlachtfeldern weiden ließen. Oder daß Malachias allein gegen achtzehn Riesenaffen gekämpft hatte, die die Könige von Belabadangbarad waren. Die Frau verschaukelte ihn doch. Andererseits wußte er, daß es Mörderhaie und Norgas gab. An Tintenfischen gab es keinen Zweifel. Und von Sägefischen und Seeschlangen hatte er oft genug gehört, um daran zu glauben. Er fragte sich erneut, warum sie ihm das alles erzählte.

Sie führte ihn wieder auf das Fort. Als sie die steile Treppe hochstieg, erhaschte er einen Blick auf ihre Oberschenkel unter dem Lederkleid. Ruckartig drehte sie sich um; Strolch verharrte ertappt im letzten Schritt.

»Die *Nau Ke Ling* sind erwacht, Ehrenvoller Träger der Hand des Blauen Gottes!« Strolch versuchte auf ihrem Gesicht zu lesen, was sie empfand, aber sie schien ihrerseits etwas von ihm zu erwarten.

»Ich bin Ajunäer«, antwortete er schließlich.

»Wenn ein Baum gefällt wird und aus seinem Holz eine Nauke entsteht, lebt sein *Ling* weiter.« Ihr Gesicht kam verschwörerisch nahe. »Auf den Werften von Tschöng-Hau Leng werden heimlich noch die alten mangalischen Bräuche gepflegt. Man läßt das Holz das Blut von Vögeln trinken, ehe man es verarbeitet.«

Sie wandte sich wieder zur bugwärtigen Reling und sprach so leise weiter, daß Strolch sich neben sie stellen mußte, um sie zu verstehen. »Seit wir die Küstengewässer verlassen haben, erzählen die Matrosen der *Großen Kammer*, daß die *Nau Ke Ling* im Frachtraum umgehen. Heute morgen hat mir der Frachtmeister bestätigt, daß sie unruhig sind. Das Porzellan, das wir in Eulykien verkaufen werden, wird gemeinsam mit Tee verpackt, damit es nicht zerbricht. Aber irgend jemand zerschlägt es ...«

Strolch fühlte sich erneut ertappt. Spielte sie auf seine Überfahrt als blinder Passagier an – im Frachtraum? Konnte sie davon wissen? Trottel, dachte er, ich habe ihr doch selbst davon erzählt.

»Warum fragst du mich, hochehrwürdige Kiaora?«

Sie sah ihn erstaunt an. Falsche Anrede – oder falsche Antwort? »Ich dachte, du könntest mit den *Nau Ke Ling* sprechen, Ehrenvoller Träger der Hand des Blauen Gottes.« Sie schien nachzudenken, während sie sprach. »Sie beruhigen oder sie zumindest finden ... ehe sie uns den Purpur über die Seide schütten oder das Haschisch wegrauchen.«

Porzellan, Seide, Haschisch und Purpur. Obwohl dies ein Forschungsschiff war, hatten sie die Schätze Serkan Kataus geladen, wegen der er vor fast drei Jahren ausgezogen war. Für einen Augenblick sah Strolch sich das Schiff kapern und nach Maganta entführen. Eine Nauke voll Purpur. Strolch wäre schneller *mercator*, als er die Ladung verkaufen könnte. Wenn du, fiel ihm dann ein, vorher einen tobsüchtigen Gott los wirst …

»Wir haben Purpur geladen?« fragte er mit belegter Stimme. »Aber wir waren doch gar nicht auf den Purpurinseln?«

Kiaoras Augen wurden schwarz. »Du glaubst doch nicht, daß ich dir das größte Geheimnis des *Reiches der Tugend* auf die Nase binde. Die *Kammer des Purpurgeheimnisses* ließe dich und mich dem Schmetterlingstod überantworten.«

Strolch hatte die Antwort nicht ganz verstanden, aber er fühlte, daß das Gespräch beendet war. Er verließ die Brücke mit einem unguten Beigeschmack. Hatte ihn die kleine Nautikerin nur auf das Fort geholt, weil sie ihn für einen Experten für sechsarmige Ungeheuer hielt, der auch beiläufig Klabautermänner verscheuchen konnte?

Die Meerschauminseln

Im südlichen Ozean des Abends, am Vormittag des 7. Tages im Ersten Mond im Jahr 474 der Blauen Götter

»Insel dritter Größe auf sechseinhalb.« Die Rufe des Ausgucks kamen inzwischen im Abstand von Viertelstunden. Hunderte kleine Inselchen lagen wie zerbrochene Kunstwerke aus weißem Porzellan und grüner Jade im türkis leuchtenden Wasser.

»Das muß Mia Taî sein«, stellte Kiaora fest, über die ausgerollte Seidenkarte gebeugt. »Das im Westen Mahâmi. Und dann kommt zur Rechten als nächstes Hatawaî.«

»Nun, hochehrwürdige Kiaora, was für ein Gefühl ist es, erfolgreich eine Nauke zu den Meerschauminseln von Mahia Matai navigiert zu haben?« fragte Schaung näng Nohei mit väterlich verschmitztem Unterton.

Kiaora war in ihren zwanzig Jahren weiter gereist als die meisten Menschen im ganzen Leben. Schon mit acht Jahren hatte sie ihr Vater zehn Wochen lang den Tschöng-Strom aufwärts mitgenommen. Seit sie die Prüfung der *Kammer der Nautik* bestanden hatte, hatte sie die gesamten anderthalbtausend *Läng* der Mangalischen Küste gesehen, die bunten Kreidefelsen der Kilang Klan, die Mangalische See, deren Winde eine Rückkehr zum Kunststück machten, die Westküste des Verbotenen Reiches Tschang Po Tschar und schließlich die brodelnden Gewässer um Urtschungu.

»Hochehrwürdiger Schaung«, antwortete sie mit blitzenden Augen, »keines der Wunder im südwestlichen Serkan Katau ist vergleichbar damit, nach zwei Monden auf hoher See dieses Diadem einsamster Inseln zu erreichen.« Nein, Worte konnten nicht ausdrücken, was sie fühlte. Dieser Tag, dieser Anblick gehörte ihr, das würde ihr nie jemand nehmen können. Kiaora kannte die Geschichte der katauekischen Nautik: Die mangalischen Seefahrer in Diensten des *Reiches der Tugend* hatten, den vorherrschenden Winden folgend, bereits Ajuna erreicht und sogar die Purpurinseln von Coleopa besetzt. Aber erst die Erfindung der Nauke vor 150 Jahren erlaubte, im südlichen Ozean des Abends kreuzend, dieses Archipel zu entdecken.

Im Laufe einiger Stunden wurden die Inseln größer und die Berge auf ihnen höher: mächtige grünende Kegel vor zartblauem Himmel, um die sich bisweilen vereinzelte Wolkenfahnen sammelten. Ja, der Himmel war so wolkenlos, daß man oft tagelang vergaß, wieviel intensiver sein Blau hätte sein können. Selbst der *Fang* war aus der *Göttlichen Kammer* getreten und stand, einer Statue gleich, breitbeinig vor dem Altar am ersten Mast, keine vier Schritt vor Kiaora.

Porzellan und Jade. Jede Insel war von einem weißen Kranz umgeben, wo sich die Gischt der sanften Brandung und der weiße Sand vereinten. Dahinter wiegten sich Palmen im leichten Nordostwind. Fremdartige Vögel kreisten über der Küste und stürzten sich bisweilen in die Brandung. Die Gewässer schienen so fischreich zu sein, daß manche Vögel mit ausgebeulten Hälsen auftauchten, die Schnäbel an der Kehle sackartig erweitert.

Kiaora stieg vom Fort und ging, respektvoll und vorsichtig dem *Fang* ausweichend, zur Reling. Das Wasser war glasklar, so daß man die Sonne um Felsen spielen sah, die frischgrün von Algen waren. Vorne, neben dem Vogel am Bug, stand der Diener des *Fangs*, hellhäutig, hochgewachsen. Wie eigentümlich lang seine Arme und Beine waren. Und seine Schultern waren viel zu schmal für einen Mann. Aber er hatte … interessante Haare, dachte Kiaora, struppig wie bei einem Hund am Markt, aber von einer Farbe wie Palmbast, die die Nautikerin noch nie auf einem Menschenkopf gesehen hatte.

Sie wandte sich dem Meer zu. Im glasklaren Wasser spielten Schwärme von Fischen, die bunter waren als jedes Seidengemälde: gestreift und gefleckt, schreiend orange, gelb und türkisblau.

Schließlich kehrte sie zum Fort zurück. Die Segel der *Vollendeten Harmonie* waren zart durchsonnte, rote Blütenblätter. Wenn sie die Inseln richtig erkannt hatte, benötigten sie noch über einen Tag bis zur Hauptinsel.

Am Strand

Auf der Insel Mahia Matai, am Nachmittag des 8. Tages im Ersten Mond im Jahr 474 der Blauen Götter

»Erde unter Füßen geht hin und her.« Der Ehrenvolle Träger der Hand des Blauen Gottes lachte Kiaora ins Gesicht. Noch nie hatte ihr ein Mann beim Lachen so viele Zähne gezeigt. Ja, für jemanden, der die See nicht gewohnt war, mußte es seltsam sein, wieder Boden unter den Füßen zu haben. Auch die über die Maßen ehrwürdige Hohepriesterin bemühte sich verzweifelt, sich auf den Beinen zu halten. Aber ihr Rang versagte es, daß ihr irgend jemand einen stützenden Arm bot.

»Es wird nicht lange dauern, Ehrenvoller Träger der Hand des Blauen Gottes«, nickte die Nautikerin dem Ajunäer zu.

»Ich weiß«, antwortete er mit wildem Blick. Welch ein seltsamer Mensch.

Die Anlage von Mahia Matai konnte man wahrlich nicht als Hafen bezeichnen. Der Statthalter hatte aus Palmholz einen Steg bauen lassen, der fast ein halbes *Läng* in die Lagune hinausreichte – so flach war das Wasser. Weit draußen sah man Insulaner, die mit Netzen und Spießen zu den zahlreichen Vorinseln des Atolls wateten und unterwegs Krabben fingen. Die *Vollendete Harmonie* hatte die breite Bauchflosse einziehen müssen, die im zentralen Segment durch den Schiffsboden geführt wurde und die Fahrt auf hoher See stabilisierte. Aber auch bei Flut hätte die Nauke nicht sehr viel näher an den Strand herauffahren können.

Die Hohepriesterin und der *Fang* folgten dem jungen Herrn der *Kammer*, der sie ungeschminkt und mit offensichtlich hastig angelegtem Seidenmantel erwartet hatte. Dahinter gingen Schaung, Kiaora und der Ajunäer, gefolgt von der Dienerschaft.

»Wir wollen sehen«, neigte sich der Schiffsführer seiner Nautikerin zu, »ob sie überhaupt imstande sind, unseren beschädigten Ausleger zu reparieren.« Aber Kiaora sah an dem Blitzen in seinen Augen, daß er scherzte.

»Ja«, lachte sie zurück, »ich dachte nicht, daß diese *Eroberung* so fern von der Ordnung des *Reiches der Tugend* liegt.«

Zwischen den Palmenhainen lag etwas, was hier wohl als großes Dorf galt. Feste Häuser schien es keine zu geben, nur breite Unterstände mit Palmwedeldächern. Lediglich die Statthalterei im Zentrum war ein seltsames Bastardgebäude mit Mauern aus groben Steinblöcken, einem vierfach gestuften Dach mit acht Ecken und aufgebogenen Dachsparren und Vordächern, die ebenfalls nur aus Palmwedeln bestanden.

»Über die Maßen ehrwürdiger *Fang*, hochehrwürdige Hohepriesterin von Tschöng-Hau Leng, ich heiße euch willkommen in der *Eroberung* der Meerschauminseln von Mahia Matai.«

Der Statthalter war ein abenteuerlich anmutender Mann um die Sechzig. Aber der Blick, den er dem *Fang* zuwarf, war der eines Mannes, der aus süßem Traumpfeifenrausch erwacht und sich einem Räuber gegenübersieht. Er trug vier Ringe – zweifellos weil eine Kolonie, die so bedeutend für die katauekische Seeherrschaft war, einen Statthalter verlangte. Aber ebenso offensichtlich war er kein Mann, der andernorts auch nur der *Zweiten Kammer* für würdig befunden worden wäre. Auch er war ungeschminkt und trug einen sichtbaren Bartschatten. Noch während Kiaora über den Steg gelaufen war, hatte sie zwei halbnackte Insulanerinnen erspäht, die dem Bonzen den Seidenmantel zurechtgezupft hatten. Es machte ihr Freude, jemanden zu sehen, der sich noch weniger in die tugendhafte Ordnung des *Reichs der Tugend* fügte als die Mangalier.

Am Rand der Lagune waren einige Hundert Insulaner zusammengelaufen. Ungeniert deuteten sie auf den riesenhaften Besucher und schlugen ungläubig die Hände vor den Mund. Doch schon bald darauf kehrte das Lachen auf ihre Gesichter zurück. Die Männer und Frauen trugen allesamt Blumengirlanden um die Hüften geschwungen und Blüten im langen schwarzen Haar. Keiner der Männer hatte auch nur ein Haar auf der Brust. Die Frauen trugen zwar Blumenkränze um den Hals; es schien sie nicht zu stören, wenn ein Mann ihre Brüste sah. Auf einen Wink des Statthalters trafen die Eingeborenen Vorbereitungen für ein Festmahl für die gesamte Mannschaft.

»Ihr seht mich völlig überrascht.« Der Statthalter redete viel zu viel, war aber fröhlich und ungezwungen. Nach und nach versammelten sich etwa tausend Insulaner am Strand. Schweine, Papageien und Fische wurden am Feuer geröstet und auf Palmblättern ausgebreitet. Noch eine Stunde später trafen Kanus mit blütengeschmückten Insulanern ein, die sich ungezwungen zu dem Festmahl gesellten.

Jene Matrosen, die die Passage schon erlebt hatten, wurden schnell so locker, wie man Kataueken sonst selten sah. Aber allenthalben erblickte man auch Seeleute, die, gehorsam in den Sand gekniet, merkwürdig steif der Dinge harrten, die diese

Inseln ihnen boten. Kinder reichten ausgehöhlte Kokosnüsse und Riesenfrüchte, die an Melonen erinnerten. Die Kataueken der oberen Kasten fanden allesamt eine frische Vanilleblüte darauf.

»Über die Maßen ehrwürdiger Statthalter«, unterhielt sich Schaung näng Nohei mit dem Herrn der *Eroberung* und wirkte neben ihn zum ersten Mal steif und übertrieben beherrscht. »Die Meerschauminseln wurden von den Flutwellen nicht getroffen, soweit ich weiß?«

»Nein, würdiger Schiffsführer. Wißt ihr«, antwortete er schwärmerisch und zerteilte mit bloßen Händen eine Frucht, aus der Saft spritzte, »hier gelten selbst die Gesetze des Himmels nicht alle. Die Bewohner von Mahia Matai sind das einzige Volk ohne jede Kultur. Sie sind wie Kinder. Ein Tag ist hier wie der andere – und jeder Tag ist gut.«

Schaung näng Nohei drängte auf Reparaturen und Vorräte, aber es zeichnete sich schnell ab, daß dies beim Temperament der Eingeborenen mehrere Tage in Anspruch nehmen würde.

Was man am Strand findet

Mahia Matai, zwei Tage später, am Vormittag

»Ich danke für dein Geleit, Ehrenvoller Träger der Hand des Blauen Gottes.« Kiaora verneigte sich. Sie überlegte kurz, ob sie dem jungen Ajunäer erklären sollte, daß sie als Nautikerin auch allein in der Wildnis zurechtzukommen hatte. Aber dann beschloß sie, daß es ihr Spaß machte, die katauekische Frau zu spielen, die des Schutzes eines Mannes bedurfte. Zwischen Palmen und Hibiskus mußte sie innerlich schmunzeln.

Schweigend folgten sie dem kristallklaren Fluß. Der Wald war voll fremdartiger Orchideen und vieler Trompetenblüten, die Kiaora nicht kannte. Aber an manchen Bäumen und Stauden hingen auch bereits die Früchte in teils mannsgroßen Trauben und Haufen. Da und dort standen aus Stein gehauene oder aus Holz geschnitzte Figuren von Wesen mit riesigen Augen und breiten, lächelnden Mündern. Von irgendwo her erklang der Gesang einer Insulanerin.

»Ehrwürdige Kiaora näng Singua.« Der Ajunäer sprach ihren Namen in einem Zug aus, wie ein Wort, und seine Stimme war rauh. Sie blieben stehen. Im Hintergrund stürzte ein enorm hoher Wasserfall von den Hügeln, die sich bis zum zentralen Inselberg immer mehr auftürmten. Kiaora sah den Fremden erwartungsvoll an. Es war nicht üblich, eine Anrede ohne zugehörigen Satz auszusprechen.

»Sind das die Purpurinseln?«

Verblüfft hob sie die Augenbrauen. Das hatte er doch nicht wirklich fragen wollen? War es möglich, daß er ein Spion war?

»Ich sagte bereits, Ehrenvoller Träger der Hand des Blauen Gottes«, erwiderte sie kühl, »daß die Lage der Purpurinseln das größte Geheimnis des *Reiches der Tugend* ist und wir eine eigene *Kammer des Purpurgeheimnisses* haben, die darüber wacht.« Er sah so erschrocken aus, daß sie ihre schroffe Reaktion bereute. »Selbst wenn ich es wüßte«, fügte sie sanfter hinzu, »würde ich es dir nicht sagen.«

Er blickte hinauf zu dem Berg, als suchte er etwas. Dann wandte er sich um. Er hatte blaugraue Augen: so etwas hatte Kiaora noch nie gesehen. Es war, als ob sie in den Ozean blickte. Wieder hatte sie etwas anderes erwartet. Auf dem Fort damals war er doch gesprächiger gewesen.

»Ehrenvoller Träger der Hand des Blauen Gottes«, sagte sie, als das Schweigen peinlich wurde. »Wie heißt du?«

»Strolch!« schoß es aus ihm hervor wie ein Drachenpfeil.

»*Strolk*«, wiederholte sie und verneigte sich leicht. Es klang, fand sie, wie das Fauchen eines Fuchses.

»Warum siehst du anders aus als Kataueken?« Wieder staunte Kiaora. Wie konnte er so etwas fragen? Er war so … anders.

»Das ist mein mangalisches Blut«, antwortete sie langsam. Sie wandte sich dem Meer zu. Von hier konnte man die *Vollendete*

Harmonie in der Lagune sehen. Kiaora ging ein Stück bergauf, um einen besseren Blick zu haben. »Meine Ahnen waren unter den Seeräubern, die die Küste Serkan Kataus überfielen und besiedelten. Später kam das *Reich der Tugend* und eroberte das Land; deswegen heißt die *Eroberung* heute noch Mangalische Küste. Die meisten Nautiker sind von mangalischem Blut. Auch der Großteil unserer Matrosen stammt von den Seeräubern ab.«

»Und die Hohepriesterin?«

Kiaora bemerkte, daß die Frage sie störte. Sie drehte sich wieder fort und betrachtete die Nauke. Ihre Nauke.

»Die über die Maßen ehrwürdige Hohepriesterin ist Katauekin. Alle Priester, Bonzen und Offiziere in Tschöng-Hau Leng sind Kataueken.«

»Ihr Mangalier seid erobertes Volk?«

Sie warf ihm einen schnellen Blick zu. Seine Augen ließen sie nicht los. Ja, er hatte etwas von einem kleinen Raubtier.

»Mein höchstehrwürdiger Vater hat mich gelehrt, mich als das Beste aus zwei Welten zu sehen. Wir tun, was wir immer getan haben: zur See fahren. Und wir tun es mit den Schiffen, den Waffen und dem Wissen des mächtigsten Reiches der Welt.«

Strolch faßte sich ans Kinn, als wäre ihm ein Gedanke gekommen. Er hatte sich frisch rasiert, stellte Kiaora fest. »Du sagst, Kataueken in Ajuna sind gar nicht Kataueken?«

Kiaora lachte. »Nein. Die Nauken der Kataueken, die jedes Jahr nach Ajuna fahren, werden nicht von Kataueken gesteuert, navigiert und betrieben. Aber das sagen wir den Barbaren natürlich nicht.«

Sie beschlossen, den Weg zur oberen Seite des Wasserfalls zu suchen, und stiegen weiter bergan. Der junge Ajunäer fragte weiter, und Kiaora stellte fest, daß sie gern Antwort gab. Sein Akzent war nicht schwerer als der mancher Söldner der Kilang Klan oder mangalischer Seeräuber. Es war erstaunlich, wie viele Wörter er kannte, aber ihm fehlte noch das Verständnis für die Anhauchlaute und Betonungen, die diese Wörter abwandelten zu Vergangenheit und Bezweiflungsform, Ehrerbietung und Herablassung.

Nach längerem Aufstieg erreichten sie den Hügelrücken, von dem der Wasserfall hinabstürzte. Die Aussicht war atemberaubend. In der Ferne sah man die nächsten Inseln.

Kiaora war noch mit den Sagen von der Alten Heimat aufgewachsen, die auf den Inseln von Mangala erzählt wurden. »Es heißt, daß unsere Vorfahren aus einem Land kamen, das so weit war, daß niemand es in einem Leben durchwandern konnte. Doch dann wurden unsere Vorfahren so zahlreich, daß die Sturmgötter herabstiegen, um sie zu erschlagen. Und da baute der Mangarkhan das erste Boot und segelte mit den Seinen über das Meer.«

Sie verstummte und erinnerte sich, daß die Geschichten ihr damals schon widersprüchlich erschienen waren. Verwirrt hatte sie ihre Großmutter gefragt: Aber wenn die wilden mangalischen Piraten erzählen, daß sie von jenseits des Meeres stammen, und wir von den Inseln kommen ... dann sind wir hier in Tschöng-Hau Leng doch in der Alten Heimat? Doch ihre Großmutter hatte nur gemeint, Mädchen sollten nicht so viel nachdenken, und hatte ihr Reiskuchen mit Haschisch gebacken.

»Schön«, sagte er und deutete hinunter auf die Nauke. In der Lagune war ein seltsames rundes Floß aufgetaucht, das ein einzelner Insulaner stakte. Als es näher kam, sahen die beiden, daß es lauter Kokosnüsse waren, die mit einem Netz zusammengehalten wurden.

»Sie bringen die Vorräte.« Kiaora überlegte, wie lange sie wohl noch auf Mahia Matai bleiben würden. Der Großteil der Mannschaft war mit den Insulanern unterwegs, um Riesenschildkröten zu fangen. Im Laderaum auf den Rücken gelegt und übereinander gestapelt, würden sie noch mondelang leben und frisch bleiben.

»Da«, sagte Strolch, »ich habe schenken für dich.« Er nahm einfach ihre Hand und legte etwas hinein. Sie löste sich von seinem Blick und betrachtete es. Es war ein Stück rote Koralle, verzweigt wie eine Wurzel, aber abgeschliffen von der Meeresbrandung. Und es war schweißnaß. Er mußte es den halben Aufstieg über in der Hand gehabt haben. Rot, überlegte sie. Hatte er deswegen nach den Purpurinseln gefragt?

»Schön«, antwortete sie. »Ich danke dir, Ehrenvoller Träger der Hand des Blauen Gottes Strolch.«

Die junge Mangalierin sah hinunter auf den weißen Strand und die idyllische Bucht. Hatte er es dort gefunden? Dann fiel ihr Blick auf den Vogelsteven an der Nauke. Auch er gehörte zu den mangalischen Vogelkulten. Die Mangalier waren alle Vögel: Seeadler und Möwe galten als besonders heilig. Was davon einem Mangalier näherlag, war wichtig, fiel ihr ein – vor allem, wenn er einem Fuchs begegnete.

Wo sind wir?

An Bord der Vollendeten Harmonie, *im Ozean des Abends, südlich von Belabadangbarad, in der Mitte des Zweiten Mondes im Jahr 474 der Blauen Götter*

»Hast du, hochehrwürdige Kiaora, mir heute etwas zu berichten?« Schiffsführer Schaung wartete vor der *Geheimen Kammer*, wie es der *Tugendhafte Weg des Himmlischen Willens* verlangte, aber seine Stimme war fordernd. Die junge Nautikerin versuchte dem Blick des Schiffsführers standzuhalten, aber ihr Versagen ließ sie die Augen abwenden.

»Nein, hochehrwürdiger Schaung.« Der Vorhang hinter ihr fiel hinab.

Der Schiffsführer wandte sich zu seinem Tisch um und blickte auf die Seidenmalereien, die das südliche Ajuna und den Ozean des Abends zeigten. »Nach deinen Berechnungen müßten wir also bereits vorgestern die ersten Inseln von Belabadangbarad gesichtet haben.«

Als die junge Nautikerin nicht antwortete, folgte der Schiffsführer mit dem Finger der Linie silberner Nadeln, die ihren bisherigen Kurs markierten – den vermeintlichen Kurs. »Der Nordost schlug wiederholt auf Nordnordost um. Vielleicht sind wir drei- oder vierhundert *Läng* zu weit südlich.«

»Ohne Sterne ...«, begann Kiaora.

»Ich weiß«, kam er ihr entgegen. »Seit anderthalb Jahren hat kein Seefahrer mehr einen Stern gesehen. Also wissen wir nicht, auf welchem *Unsichtbaren Seidenband der gleichförmigen Sternenbahn* wir segeln. Und jetzt versagt auch meine Nautikerin.«

»Die Bilder sind ... verwischt.« Kiaora fühlte, wie die Scham sie überwältigte. Auf der Nautikerschule hatte sie die Steinbilder dieses Meeres wie die der ganzen Welt Hunderte Male studiert. Die Lehrer hatten sie gewarnt, daß die tatsächlichen Bilder auf der anderen Seite der Gezeitenwelt leicht abweichen mochten. Aber niemals hätte sie für möglich gehalten, daß sie dermaßen ratlos sein könnte. »Ich kann natürlich die Richtung des *Unvollendeten Palastes* bestimmen. Aber schon die drei hochrangigsten Punkte Ajunas erscheinen mir verschoben: das sagenhafte Dorang Dor ist wie überschattet von einem größeren Bruder, das *Herz des Purpurs* und die *Totgeborene Stadt* scheinen zu schwach. Und andere wie die *Affenkönige* und das *Blut im Eis* zeichnen sich gar nicht ab.«

Schaung näng Nohei sah sie durchdringend an. Es war ein Fehler, die Steinbilder nicht zu erkennen, und ein weiterer Fehler, dem Schiffsführer so viel darüber zu verraten. »Wie ich gestern sagte, hochehrwürdige Kiaora«, erwiderte er mit hörbarem Bedauern, »müssen wir die Götter fragen, wenn wir unsere Position heute wieder nicht bestimmen können.«

Eine achtel Stunde später hatten sie sich in der *Göttlichen Kammer* eingefunden. Der *Fang* stand, schrecklich und unnahbar, in der Mitte. Seine Augen starrten auf die Menschen herab, aber nichts verriet, ob er dem jeweils Sprechenden lauschte.

»Ich fasse zusammen, würdiger Schiffsführer«, sagte die Hohepriesterin mit feierlicher Strenge. »Die *Vollendete Harmonie* ist vom Kurs abgekommen. Wir wissen nicht, wie weit wir vom Festland entfernt sind. Die Sterne sind verhüllt. Die Nautikerin ist außerstande, ihre überirdische Aufgabe zu erfüllen. Die *Nau*

Ke Ling sind erwacht und werden feindselig gegenüber der Mannschaft und Fracht. Und du bittest mich, das Ritual zu vollziehen, das die Doktrin der *Geheimen Kammer der Schiffahrt* sonst dem Schiffsführer vorschreibt.«

Schaung verbeugte sich zustimmend.

»Beruht deine Bitte, würdiger Schiffsführer, nur darauf, daß sich eine Hohepriesterin an Bord befindet?« Lüs Frage klang sachlich, aber es lag etwas bedrohlich Verfängliches in der Formulierung. »Oder hältst du es für bedeutsam, daß ein *Fang* sich an Bord befindet?«

»Über die Maßen ehrwürdige Hohepriesterin«, verbeugte sich Schaung näng Nohei erneut, »ich müßte mich naiv schelten, hätte ich diesen Gedanken nicht auch gehabt. Aber es steht mir nicht zu, darüber zu urteilen – nicht, wenn eine Hohepriesterin an Bord ist.«

Kiaora war nicht klar, was die beiden alten Füchse da trieben, aber es hörte sich gefährlich an.

»Wir brauchen also ein Opfer«, entschied die Tugendwächterin. »Wie wird es üblicherweise ausgewählt?«

»Die Doktrin macht dazu keine Angaben und überläßt die Entscheidung dem Schiffsführer.« Kiaora ahnte plötzlich, daß Schaung spätestens heute morgen die Seidenschriften ausführlich studiert hatte. »Aber wie gesagt folgere ich aus anderen Vorschriften, daß bei Anwesenheit eines höherrangigen *Lauzöngs* dessen Urteil Vorrang hat.«

»Wen würdest du auswählen?« gab sich die Hohepriesterin weiter bedeckt. Was für eine Schlange, dachte Kiaora.

»Den Barbaren«, schlug der Schiffsführer vor – offensichtlich auch auf diese Frage vorbereitet. Unwillkürlich blickte Kiaora zu dem hochgewachsenen Ajunäer neben dem *Fang*. Seine Augen hatten sich verengt, er zog den Kopf ein und wirkte wie ein Wolf, den man in die Enge trieb. Die Katauekin in ihr rümpfte die Nase über den Barbaren, der sich nicht in der Gewalt hatte; aber die Mangalierin in ihr stellte mit leisem Respekt fest, daß sie noch nie jemanden gesehen hatte, der Angst, Mißtrauen und Angriffslust so deutlich zur Schau stellte.

Nein, rief etwas in ihr. Nicht der Ajunäer! Sie hatte versucht, sich nicht die Schuld an der Lage der *Vollendeten Harmonie* zu geben. Wenn selbst die Sterne die Welt im Stich ließen, war auch entschuldbar, daß das Geheimnis der Nautiker versagte. Aber nicht, wenn dafür ausgerechnet dieser Mann sterben mußte …

Blut muß fließen

In der Göttlichen Kammer der Vollendeten Harmonie,
im folgenden Augenblick

Strolch fühlte siedende Hitze sein Rückgrat hinabfahren. Sie schauten ihn alle an mit ihren mitleidlosen, geschlitzten schwarzen Augen. Lüs Blick hob sich langsam und verhangen und fiel dann auf ihn wie der entscheidende letzte Stoß eines Rammbocks.

»Ich fürchte, das wird der über die Maßen ehrwürdige *Fang* nicht zulassen«, sagte sie kühl.

»Wie du meinst, über die Maßen ehrwürdige Hohepriesterin«, erwiderte der Kapitän mit der Beiläufigkeit, mit der man eine Zwiebel zum Schälen wählt und sie zurücklegt. »Dann muß ich doch einen meiner Matrosen der *Großen Kammer* opfern.«

Die folgende halbe Stunde wehte an Strolch vorbei wie Nebel. Hin und wieder begann sein Herz zu rasen, aber die meiste Zeit fühlte er sich, als hätte ihm jemand ein Brett gegen den Kopf geschlagen. Geistesabwesend stellte er fest, wie er mit den Würdenträgern auf den zwei Forts stand, während die Mannschaft antrat. Vom vorderen Fort aus sprach zuerst der Kapitän zu ihnen, dann die Hohepriesterin. Völlig unbeteiligt beobachtete der Abenteurer, wie etliche hundert Kataueken aus einem Faß daumengroße Bambusstückchen zogen, bis unvermutet einer mit einem von Vogelblut rot gefärbten dastand.

Erst als der Matrose das rote Hölzchen hochhob, fühlte Strolch etwas. Es war, als ob der Gehorsam, mit dem der Kataueke reagierte, wieder die Lebensgeister in ihm weckte.

»Fünfarm?« fragte er, ohne die Augen von dem Opfer zu lassen. Der Blaue Gott reagierte nicht. Strolch hob den Blick und betrachtete den Riesen neben ihm. Auch er glotzte geradeaus. »Was hättest du getan, wenn sie ...«

Strolch stockte. Der Matrose wurde zum Schiffsaltar geführt und war nun vom zweiten Fort aus nicht mehr zu sehen. »Was fühlst du, wenn du dieses Opfer siehst?«

»Was ist fühlen, Fetzenschädel?«

Strolch zuckte. Nicht so laut. Auf dem Schiffsdeck herrschte die angespannte Ruhe einer heiligen Zeremonie – und Fünfarm bellte seine Gegenfrage wie üblich hinaus. Was hatte er da eben gesagt?

»Fühlen? Das ist ... ja, bei allen Heiligen ... fühlen ist ...« Strolch kratzte sich am Kopf. Das war doch einfach nicht möglich. »... was in dir passiert. So wie Hunger.« Ach so, Hunger kannte er ja nicht. »Freude, Schmerzen.« Strolchs Blick fiel auf den Armstumpf. »Was hast du gefühlt, als sie dir ... die Hand abschlugen?«

Der Blaue Gott antwortete nicht.

»Sie haben dir doch die Hand abgeschlagen?«

»Ja, Grübelhamster!«

»Hat das nicht ... weh getan?«

»Nein.«

»Aber es hat doch geblutet.«

»Nein.« Nein, hatte es nicht. Strolch betrachtete den Armstumpf und erinnerte sich an die Hand, die er so oft betrachtet hatte. Blaues Fleisch, hart wie Holz, und etwas wie hellerer Knochen – aber kein Blut. »Wie geht bluten?«

»Bluten? Beim heiligen Malachias, jeder kann bluten. Denk doch an all die Leute, die du ... verhackstückt hast.« Strolch röchelte, als sich die Hand in seine Brust krallte. Mit einem Ruck hob Fünfarm den jungen Mann hoch und hielt ihn sich vor das monströse Antlitz.

»Wie geht bluten, Stotterhammel?«

Strolch zappelte und versuchte, die Reling unter seinen Füßen zu erreichen, gab aber schnell auf, als er der Fratze immer näher kam. »Es geht ... ganz von selbst. Es kommt einfach ... Blut aus der Wunde.«

»So?« Ruckartig hob Fünfarm den Armstumpf und hielt ihn Strolch vor das Gesicht. Hinter dem Ajunäer erklang der Todesschrei des Matrosen und vermengte sich mit Strolchs Schrei. Aus dem oberschenkeldicken Stumpf drangen Tropfen. Rostrot und zischend rannen sie herab, sprühten Strolch entgegen und trafen ihn in einer ständig anwachsenden, kochend heißen Fontäne.

»Aus! Nein! Hör auf, beim Buckligen! Ja! So geht bluten. Du kannst es. Aber bitte hör auf jetzt.«

»Wie geht das, Dummstammler?« grölte Fünfarm fröhlich und setzte den Abenteurer ab wie eine Katze.

»Laß es einfach«, japste Strolch. Wer bin ich, dachte er, um einem Gott Ratschläge zu erteilen? Sein Gesicht, sein Hemd, der Boden des Forts und die Reling waren besudelt. Die Fontäne versiegte langsam. Von einer plötzlichen Ahnung gepackt, zerrte Strolch die Hand aus seinem Hemd. Tatsächlich war auch hier die Wunde blutig; an seiner Brust rann Blut herunter, das nicht durch das Hemd gedrungen war.

»Wunderbar!« keuchte der Merkantilier. Er konnte zusehen, wie sich über den beiden Wunden Schorf bildete. »Du bist im Bluten genauso gut wie im Blutenlassen.«

Die Frage

An Bord der Vollendeten Harmonie, *vor der Küste von Belabadangbarad, gegen Ende des Zweiten Mondes im Jahr 474 der Blauen Götter*

»Über die Maßen ehrwürdiger *Fang!*« Lü war es nicht mehr gewohnt, kniend zu warten. »Darf ich, deine Dienerin Lü näng Huango, die *Göttliche Kammer* betreten?« Lü hörte ihre Stimme beben: ob der Vorstellung, der Blaue Gott in seiner *Kammer* könne sie gar nicht gehört haben – ob der Vorstellung, er könne sie gehört haben. Wenn er sie wieder so rüde mißverstünde? Wenn er sie nicht empfangen wollte? Konnte es sein, daß er anderswo auf der Nauke war? Unmöglich: ein Wesen wie er …

Wieder rissen zwei blaue Pratzen den fast ebenso gefärbten Vorhang beiseite. »Betritt, Steißkriecherin!«

Lü schlängelte sich, das Gesicht hinter dem Fächer, an der Hüfte des *Fangs* vorbei und fiel wieder auf die Knie. Der Blaue Gott baute sich breitbeinig in der Mitte der *Kammer* auf. Sein junger Gefolgsmann stellte sich ihm zur Seite und verbeugte sich steif; er lernte schneller als andere Ajunäer.

»Über die Maßen ehrwürdiger *Fang!*« Lü verneigte sich. »Die Nautikerin meldete mir, daß wir nur noch wenige Wochen von Eulykien entfernt sind. Hinter uns liegt ein halbes Jahr der Entbehrungen. Darf ich wagen zu fragen, was vor uns liegt? Darf ich wagen zu fragen, was dich, über die Maßen ehrwürdiger *Fang*, zum Orakel von Thalliopê führt?«

»Wage, Zitterlippe!«

Die Hohepriesterin brauchte einige Augenblicke, um zu begreifen, daß der *Fang* ihre Höflichkeiten wortwörtlich genommen hatte. Nun gut, dachte sie, dann frage ich, was ich wirklich wissen will. »Welche Frage, über die Maßen ehrwürdiger *Fang*, wirst du dem Orakel von Thalliopê stellen?«

»Höchstehrwürdige Hohepriesterin«, mengte sich der Junge mit schwerem Akzent ein, »das ist eine gute Frage.« Er wandte sich dem *Fang* zu und sprach auf Merkantilo weiter. Lü verstand, daß es um Fragen ging, um die Hand und um das Fleisch des Blauen Gottes.

»Wenn ich will, daß die Hand wieder anwächst«, bellte der Blaue Gott, »muß ich wissen, wie mein Leib das vollbringen kann. Dazu muß ich wissen, was ich bin. Und dazu muß ich wissen, woher ich komme.«

Lü fühlte einen Schauder heiliger Hitze durch ihren Leib fahren. Wie konnte das sein? Der Blaue Gott wußte nichts über seine Natur und seine Herkunft? Wie konnte der Himmel seine mächtigsten Diener so im Unklaren lassen? Wie hungrige Füchse sprangen Lü die Zweifel an. Hatte sie diese Reise gewagt, ihre Karriere in Tschöng-Hau Leng riskiert ... für ein Ungeheuer ohne Gedächtnis, ohne magische Natur, ohne himmlischen Auftrag?

Eulykien

An Bord der Vollendeten Harmonie, *im Dritten Mond im Jahr 474 der Blauen Götter, Winter auf der Südhalbkugel*

»Ja, kalt ist es«, sagte Kiaora, in einen Fellmantel gehüllt. Jedes Wort erzeugte eine Dampfwolke, die Strolch bedrohlich an Fünfarms Tobsuchtsanfälle erinnerte. »Aber die nördlichsten der Mangalischen Inseln sind noch kälter. Und das ist noch nicht das Ende der Welt. Dort ist es so kalt, daß das Wasser auf dem Meer gefriert.«

»Das erzählst du nur«, lachte Strolch. Auch er wickelte sich zitternd in seine Lederdecke, die spürbar steif wurde. Frieren wie ein Eisheiliger – die Redewendung machte hier wirklich Sinn. Ja, er konnte sich an einen besonders scheußlichen Winter in Maganta erinnern. Da war das Wasser im Hafenbecken vier Schritt weit hinaus von Eis bedeckt gewesen. Doch er versuchte sich vergeblich vorzustellen, wie es aussehen mochte, wenn das ganze Meer bis zum Horizont von solch einer zarten Eisschicht überzogen wäre. Oder meinte sie diesen Berg aus Eis, dessen Anblick am Horizont gestern alle in Aufruhr versetzt hatte?

Doch er hätte sich auch *diese* Landschaft nicht vorstellen können: seit über einer Woche segelten sie an einer Küste entlang, die weißer war als Sand. Die Berge am Horizont, die Hügel davor, die aufragenden gelblichen Klippen und die fremdartigen dunklen Nadelbäume waren wie bestreut mit dem Weiß. War es das Salz des Himmels, von dem ihm der alte Seesoldat Stumpfbein-Mateo erzählt hatte? An der Reling der *Vollendeten Harmonie*, an der Vogelfigur und an den Streben der Ausleger hingen Eiszapfen herab, denen man beim Wachsen zusehen konnte: jeder Gischttropfen des Fahrtwassers rann daran herab; manchmal kam er durch, manchmal verharrte er und erstarrte.

»Thalliopê liegt doch im Süden von Maganta, richtig?« bohrte Strolch nach. »Ich denke, im Süden ist es immer mehr heiß?«

»Nur bis zum *Schattenlosen Seidenband der ebenmäßigen Sonne*«, antwortete Kiaora. Strolch verstand nicht mal alle Worte dieses blumigen Begriffs. »Das ist die Linie aller Orte, wo die Sonne zu Mittag schattenlos über deinem Scheitel steht. Dort ist die Hitze am größten. Eure heilige Stadt Cantamo liegt genau auf dem *Schattenlosen Seidenband der ebenmäßigen Sonne*; auch Mantikor Leng liegt nahe dieser Linie, und unser Kampf gegen die Piraten fand dort statt. Weiter südlich wird es wieder kühler.« Sie überlegte kurz. »Die *Eherne Liga* etwa liegt so weit südlich, wie das Merkantilische Imperium nördlich liegt; darum ist es dort etwa gleich heiß. Trockener Boden, Dornbüsche, Palmen. Aber Eulykien liegt so weit südlich wie ... wie die nördlichsten Ebenen von Esanuk. Du weißt, wo Esanuk liegt?«

»Ja«, sagte Strolch, aber er hatte nur nebelhafte Vorstellungen von einem Land voll Wilder in Fellhemden, die Wale fingen und von der Jagd lebten.

»Das *Schattenlose Seidenband der ebenmäßigen Sonne*«, wiederholte er dann den neuen Begriff. »Kennst du jeden Ort von Welt?«

»Nein«, sagte die junge Frau. »Kein Nautiker kennt allein jeden Ort, den das *Reich der Tugend* entdeckt hat. Und jedes Jahr gehen Nauken verloren und keiner weiß, wo sie geblieben sind.« Sie wandte sich mit düsterer Miene ab.

Thalliopê

An Bord der Vollendeten Harmonie,
am 12. Tag im Dritten Mond im Jahr 474 der Blauen Götter

»Tatsächlich: zugefroren!« rief Strolch. Trotz der beißenden Kälte war er wieder auf das vordere Fort gekommen, um die Ankunft im Hafen von Thalliopê zu erleben. »Aber das Eis ist ja dick wie ein Holzbalken und hart wie Stein.« Das Hafenbecken war eine weiß bestreute ebene Fläche, in die eine Fahrrinne von Männern mit Hämmern und Äxten geschlagen worden war.

Die *Vollendete Harmonie* hatte die Pfauensegel beinahe quer gestellt und bis auf einen kleinen Rest zusammengefächert; sie ließ sich von dem Ostwind durch die Rinne treiben. Auf den Auslegern balancierten Seeleute mit langen Ruderpinnen; bisweilen stießen sie treibende Eisplatten beiseite. Strolch vermied es, sich an der Reling festzuhalten, nachdem er erlebt hatte, wie seine Haut daran festgeklebt war.

Das erste, was der junge Merkantilier vom Meer aus erblickte, war eine Anlage weißer Säulentempel auf einem breiten Felsplateau, das sich aus der Ebene erhob. Die Stadt schmiegte sich hangabwärts in eine Bucht, die von pittoresken Felsformationen gesäumt wurde: seltsame Türme und Pilze aus gelblichem Fels, der wie altes Brot wirkte. Die Stadtmauern zogen sich wie eine Kette über diese Erhebungen.

»Thalliopê ist viel kleiner als Maganta, oder?« wandte sich Strolch an Kiaora, die mit konzentriertem Blick das Einlaufen überwachte.

»Natürlich, Ehrenvoller Träger der Hand des Blauen Gottes«, sagte sie beiläufig, ohne den Blick von der Fahrrinne zu nehmen. »In diesen Breiten tragen die Äcker nicht so reich. Zudem ist Thalliopê zwar die Hauptstadt eines der großen Reiche der Welt, aber Maganta ist immerhin die Hauptstadt eines Imperiums, das einmal halb Ajuna beherrschte.«

»Das Orakel?« Mitten im Hafenbecken lag ein weiterer Tempel, dessen flaches Dach von weißen Säulen getragen wurde.

»Der Gezeitentempel«, las Kiaora aus einer seidenen Schriftrolle vor. Unvorstellbar! Die Katauken hatten eigene Schreiber, damit ein Schiff in der Fremde wußte, was es vorfand. »Er kann nur bei Ebbe erreicht werden. Die Thallioper beten hier zum Meer.«

Strolch staunte, wie viele Schiffe im Hafen lagen, obwohl jede Reede ständig freigehackt werden mußte. Die meisten wiesen jene gedrungene, bauchige Form mit engstehenden Masten voll kleiner Segel auf, bei der die Seeleute und Schauerleute in Maganta von »aus dem Süden« sprachen.

»Das sind Karavellen. Wo sind solche Schiffe von?« fragte der Merkantilier.

»Karavellen, Karacken, Koggen ... aus der Ehernen Liga«, mutmaßte Kiaora. Ruckartig sah ihm die Frau in die Augen. »Du bist noch nicht in vielen Häfen eingelaufen?«

Strolch tat so, als ob ihn die Silhouette der Stadt ungemein faszinierte. Was hatte er denn nun wieder Falsches gesagt? Er blickte zu Fünfarm, der – einer Statue gleich – breitbeinig vor dem Fockmast stand und wohl ebenfalls auf die Stadt starrte. Strolch fühlte sich versucht, zu ihm hinabzusteigen und sich mit klugen Bemerkungen wichtig zu machen. Bei Fünfarm wußte er wenigstens, warum der ihn angrunzte. *Daß* er ihn angrunzte, verbesserte Strolch sich – keiner wußte, warum der Blaue Gott solch ein kolossaler Rüpel war. Aber der junge Weltreisende wollte den kostbaren Platz auf dem Fort nicht aufgeben.

»Ruder auf vier, ehrwürdiger Rudergänger!« rief Schiffsführer Schaung. Zwei Lotsenboote ruderten nun vor der *Vollendeten Harmonie* her, die zusehends auf die Kaimauer zusteuerte. Weitere Lotsen wiesen das Schiff mit weißen Flaggen ein. »Ruder auf fünfeinhalb! Halten! Und ... Ruder auf fünf!«

Offensichtlich löste die Nauke besonderen Aufruhr aus. Mehrfach hörte Strolch den Ruf »Katau«. Strolch fühlte Stolz: nun war er an Bord eines der reichen Schiffe, deren Ankunft einen Hafen mit Begeisterung erfüllte. Auf der rechten Seite liefen erwachsene Männer, Fischweiber und schreiende Kinder mit der einlaufenden Nauke mit.

Die Einheimischen waren allesamt ... bleich. Anders konnte man es nicht nennen. Strolch hatte noch nie so hellhäutige Menschen gesehen. In Maganta waren alle braungebrannt, und selbst die Haut der feinen Damen, die sich nie der Sonne aussetzten, zeigte eine warme Pastellfärbung. Auch trugen die Eulykier allesamt mehr Kleidung, als Strolch es kannte: lange Hosen, Hemden mit engen Ärmeln und darüber noch Westen aus dunklem Stoff, glänzendem Leder oder Schaffell. Und niemand, wirklich niemand, schien hier barfuß zu laufen. Kein Wunder! Dankbar bewegte Strolch seine klammen Zehen in den Stiefeln, die einmal einem katauekischen Soldaten gehört hatten, ehe ihn ein Blauer Gott erschlagen hatte.

Beim Schwert des heiligen Malachias, vielleicht war es gar Fünfarm gewesen! Schlagartig erinnerte sich Strolch, daß er seit über einem Jahr mit einem Geschöpf unterwegs war, das an einem Tag wohl tausend Menschen getötet hatte – und an einem anderen drei Männer, die Strolchs einzige Freunde in einem feindseligen Land gewesen waren. Vor seinem geistigen Auge flackerte das Tal wieder im roten Licht. Was würde Fünfarm mit ihm tun, sobald er seine Antwort hatte? Instinktiv tastete er nach der fremden Hand unter seinem Hemd.

Der Weg zum Orakel

Im Hafen von Thalliopê, eine Dreiviertelstunde später

»Willst du Palast mieten, höchstehrwürdig Herr?« Das Katauekisch der eulykischen Maklerin klang grob und schwerfällig, aber dennoch überraschend verständlich für eine Frau, die auf der anderen Seite der Welt lebte. Seit Lü, der *Fang* und ihr Gefolge an Land gegangen waren, säumten geschäftstüchtige Eulykierinnen ihren Weg entlang der Allee. Die etwa dreißigjährige Frau war auffällig gut gekleidet. Sie trug eine weiße Tunika, mit Borten verziert und mit einem breiten Hüftgürtel gerafft, und darüber eine reich verzierte Stola. Ihr schwarzbraunes Haar unter der halbhohen, runden Haube fiel offen über die Schultern.

»Sei bedankt.« Nühen warf einen kurzen Blick auf die Hohepriesterin, und als diese nicht reagierte, setzte sie fort: »Wir suchen zunächst das Orakel auf, ehrenvolle Frau.«

»Du mußt warten viele Tage für Orakel, höchstehrwürdig Herr«, beharrte die junge Maklerin. Was für ein selbstbewußtes Auftreten, dachte Lü. Sie hatte gelesen, daß Eulykien von Frauen regiert wurde, aber nicht erwartet, daß die Frauen auch die Geschäfte machten.

»Fünfarm wartet nicht!« Die urgewaltig dröhnende Stimme halb hinter, halb über ihr ließ die Hohepriesterin zusammenzucken; aber auch die Eulykierin wich schreckensstarr zurück in das Spalier der Wartenden.

Die Allee, von zwei steinernen Wolfssphinxen flankiert, begann direkt im Hafen und schlängelte sich hinauf auf den Felsen, auf dem der Tempel und der Großteil der Stadt lagen. Die gelblichen Bodenplatten waren säuberlich von Eis und Schnee befreit. Zwischen den kunstvoll beschnittenen, fremdartigen Bäumen, die an dunkelgrüne Spindeln erinnerten, den zahlreichen Standbildern und dem beiseite geschaufelten Schnee drängten sich die Maklerinnen, Hausiererinnen und Krämerinnen. Selbst zehnjährige Mädchen standen da, die weniger ehrenvolle Gäste gewiß mit Angeboten von Quartier, Brot, Wein, Informationen oder Opfergaben belagert hätten.

Schon das Erscheinen der katauekischen Reisegruppe hatte für Aufsehen gesorgt. Aber als der Blaue Gott an Land gegangen war, wie ein Turm aufragend im Gewühl, war der halbe Hafen in Aufruhr geraten. Von hinten drängten die Schaulustigen heran, doch vorne wichen diejenigen zurück, die ahnten, *wem* sie da gegenüberstanden. Mehrere hünenhafte Krieger in glänzenden Eisenrüstungen mit Umhängen aus Wolfsfell folgten ihnen respektvoll.

»Erwählt euch eine Prokinetrix!« Das war *lingua dei* gewesen. Vor allem Nühen und der junge Ajunäer, die neben ihren Herren gingen, wurden nun immer wieder angesprochen. Und es schien, daß die lauernden Makler ihre Angebote in den wichtigsten Sprachen der Gezeitenwelt radebrechen konnten. Lü hatte die Kirchensprache ebenfalls noch so gut wie nie gesprochen gehört, wohl aber viele Dokumente für Fong-Kuoy übersetzt. Prokinetrix. Vor-Geherin? Nach dem, was die dralle Eulykierin nun schwafelte, war es wohl ein bezahlter Bürge oder Fürsprecher.

»*Kephalon kallê!*« Zwei noch nicht erwachsene Mädchen deuten mit vorgetäuschter Begeisterung auf ihre Ziegen und zerrten sie an Stricken in den Weg. »*Pro Tombe aristê!*« Als Opfer? Lüs abweisende Miene, vielleicht auch der heranstampfende *Fang* ließen die Hirtinnen ebenso zwischen die Bäume zurückweichen wie die anderen.

»Höchstehrwürdig Herr, kannst du drei Lieder von Reinigung, von Anrufung und von Dank?« fragte nun in miserablem Katauekisch eine verhärmt wirkende Frau, die auf fünf magere Töchter deutete. »Willst du mieten Mädchenchor? Mußt du haben für Orakel.«

Unglaublich! Und sie hatte gedacht, die Kataueken seien geschäftstüchtig, was die Religion betraf. Natürlich mußten auch Gläubige, die den Hochtempel in Tschöng-Hau Leng aufsuchten, sich draußen am Markt Opfertiere und Weihrauch kaufen. So wie der Hauptmann der Geschütze. Lü hatte seinen Namen auf den Totenlisten gesehen. Sie versuchte vergeblich, sich an das Gesicht des Mannes zu erinnern, den sie mit einem halben Tausend *Ziangs* in den Tod geschickt hatte.

»*Eupharistos a Orakleion Thalliopê!*« Eine Frau mit edlen Zügen und einer beeindruckenden Adlernase trat den Katauneken mit einer feierlichen Geste in den Weg. An der ersten Haarnadelkurve der Allee standen wieder zwei Standbilder: geflügelte Wölfinnen mit dem Gesicht einer Menschenfrau, jeweils vier Götterfuß lang und über zwei Götterfuß hoch. Die Eulykierin trug ebenfalls Tunika, Stola und die halbhohe Haube. Auffällig war aber der Silberschmuck an Hals, Hüftgürtel und Oberarmen, in dem Symbole wie Mondsichel, Wolf und eine stilisierte Pflanze vorherrschten.

»Ich grüße dich, ehrenvolle Frau«, sagte Lü mit einer kleinen Verneigung, aber mit jedem Wort betonend, daß sie darauf bestand, das Gespräch in Katauekisch zu führen. »Bist du Priesterin des Orakels?« Die Adlernasige lächelte mit einer entschuldigenden Geste und antwortete wieder in ihrer Sprache.

»Nein, wir warten nicht, Schimmelgesicht!« grölte die Stimme des Blauen Gottes. Lü fühlte sich ruckartig emporgehoben und beiseite gestellt. Sie taumelte, überwältigt von der Kraft dieser Pranken. Die eulykische Priesterin wich zurück und versuchte dann, dem vorbeistürmenden *Fang* zu folgen. Dieser stieg mit dem wuchtigen Stampfen eines Wildstieres und mit der kraftvoll verhaltenen Grazie eines Tigers bergan.

Auch Lü hastete los, aber schnell zeigte sich, daß niemand mit dem Blauen Gott Schritt halten konnte. Während der junge Ajunäer und die Nautikerin ihm folgten, blieb die Hohepriesterin mit rasendem Herzen stehen. Ihre zwei Leibwächter keuchten ebenfalls. Nühen und die Dienerinnen waren weit zurückgefallen, von allen Seiten von Hausierern belagert.

Pilger

Kurz darauf

»Die alten Götter von die Himmel verbargen die Weltenplan hinter die Sterne.« Die vierzehnjährige Eulykierin hatte die Geschichte in Merkantilo anscheinend auswendig gelernt. Sie stieß sie satzweise hervor, während sie hinter Strolch und Kiaora herlief. »Einmal stürzte jedoch Teil von die Weltenplan von die Himmel. Traf eine Frau und ihr zahmes Wolf. So entstand die Sphinx, die als einzige die Weltenplan kennt.« Die Kleine wollte sicher Zaster für diese Geschichte. Strolch hätte ihr nicht sagen dürfen, daß er Merkantilier war.

»Bei der Galeere des heiligen Myriander!« keuchte er in einer Atemwolke. Dann wandte er sich Kiaora zu, die mit hochrotem Kopf neben ihm lief. »*Fang* läuft wie *gingaling*.«

»Wie ein *Fang*«, japste sie und warf ihm einen kurzen Blick zu. Im Gegensatz zu ihm trug sie auch noch eine Tasche am Rücken. Hübsch sah sie aus, so außer Puste.

»Die Götter von die Erde und von die Wind haßten die Sphinx dafür und verfolgten sie. Die mächtigste Gott schleuderte ihr gar eine Fluch hinterher und zeichnete sie.« Das Mädchen hatte mehr Atem; vermutlich lief sie den Weg täglich hinauf und hinunter.

Sie kamen an der einheimischen Priesterin vorbei, die sich keuchend an eine Statue lehnte. Sie warf ihnen einen halb wütenden, halb verzweifelten Blick zu. Fünfarm hatte oben die letzte Kurve erreicht. Einige Pilger kreischten. Sie hatten wie in den anderen Kurven Zelte aufgebaut.

»Wie lange«, wandte Strolch sich keuchend an die Vierzehnjährige, »muß man hier wirklich auf das Orakel warten?«

»Orakel warten«, echote sie mit gepreßtem Atem. Sie sah ihn beinahe bewundernd an. »*Eupharistos!* Ihr müßt warten, bis die rituelle Lied lernen!«

»Tücke«, fluchte er, »Kleine, du willst mir doch bloß etwas verhökern!« Kiaora sah ihn fragend an. Aber er hatte wirklich keinen Atem, um zu übersetzen. Sie liefen weiter.

»Die Sphinx floh bis in die ferne Bergwildnis«, plapperte das Mädchen ungerührt weiter. »Fand in Eis und Schnee eine Höhle. So entstand die Orakel. Und die weisen Töchter der Thalliopê, die sich um sie sammelten, wurden ihre Priesterinnen.«

Endlich erreichten sie die letzte Haarnadelkurve. Wieder standen hier zwei Wolfssphinxen.

»Heilige Sarmantha«, rief einer der Pilger, ein mopsiger Fünfzigjähriger mit dämlichem Gesichtsausdruck, und schlug den Gottesstern vor der Brust. »Was war das?« Zwei andere Männer in merkantilischer Händlertracht glotzten bergauf, ein vierter lugte vorsichtig hinter der Statue des heiligen Malachias hervor. Diese Statuen säumten die ganze Allee: Könige, Priester, Heerführer, Heilige. Sie sahen ganz unterschiedlich aus, waren aus Stein, Marmor und vergoldetem Holz gefertigt, verwittert oder glänzend neu, da sie wohl aus allen Ländern mitgebracht wurden.

»Das war ein katauekischer Gott, der entlief mir eben.« Die Händler sahen ihn fassungslos an. »Kommt Ihr aus Maganta?« Strolch war stehengeblieben; er konnte ohnehin nicht mehr weiter. Fünfarm war bereits oben zwischen den Stadtmauern verschwunden.

»Aus Cornia. Und Ihr?« Sie sprachen ihn in der Höflichkeitsform an. Dabei waren sie allesamt wohlhabende Händler im Alter seines Vaters.

»Maganta«, keuchte er. »War aber Jahre nicht dort. Wie steht es um Maganta?«

»Ach, ihr Magantäer könnt euch doch nicht beklagen«, winkte der Mopsige mit eine Geste beschwörenden Leidens ab. »Von der Hungersnot bekommt ihr doch kaum etwas mit.«

»Und von den Söldnerheeren schon gar nicht«, fügte ein hagerer Grauhaariger mit hinterhältigen Augen hinzu.

»Maganta steht doch fest hinter den neun Mauern«, meinte der Dritte. »Die Stadt ist unbezwingbar.«

Hungersnot? Söldnerheere? Er hatte wegen der Flutwellen gefragt. Strolch stützte sich auf die Knie und atmete tief und regelmäßig, um kein Seitenstechen zu bekommen. Sein Blick fiel auf die Steinplatten der Allee; wartende Pilger hatten Brettspiele hineingekratzt.

»Wie lange muß man warten, ehe man zum Orakel vorgelassen wird?«

»*Wir* warten seit dem letzten Mond«, knurrte der Hagere.

»Die Eulykier nehmen dir jeden Denar ab«, rief der Dickliche mit einer erneuten Geste des Leidens. »Du mußt den Fragepriester bezahlen, den Schreiber, der die Frage einreicht, den Mädchenchor, die Herberge, die Opfergaben vorher und die Votivgaben hinterher …«

»… wenn die Antwort gut ist«, fiel ihm der dürre Grauhaarige ins Wort.

»Schon vor Urzeiten«, nutzte die kleine Eulykierin nun die Gesprächspause, um weiterzuerzählen, »entdeckten die Hirtinnen, daß in die Spalten von die Gebirge, nahe die Vulkanen, Dämpfe aus Spalten kamen und sprachen Orakel …«

»*Die* braucht Ihr nicht bezahlen«, sagte der Hagere. »Das erfahrt Ihr alles auch im Schatzhaus von Maganta.« Er deutete hinunter in den Hafen.

»Sie haben eigene Schatzhäuser für die mächtigsten Reiche Ajunas hier, um deren Dankesgaben aufzubewahren«, erklärte der Mopsige. »Und das Schatzhaus von Maganta dient zugleich als Börse der merkantilischen Fernhändler.« Er sah sie mit einem Blick an, der deutlich verriet, daß er bezweifelte, ob man sie dort einließe.

»Hab ich Euch richtig verstanden?« fragte Strolch und blickte zu den Stadtmauern. »Man muß die Frage erst niederschreiben lassen?«

»Und dann wochenlang warten«, murrte der Dürre.

»Macht dir nichts vor, mein Junge«, sagte der Dicke, der anscheinend beschlossen hatte, Strolch doch als standeslosen Gesellen zu behandeln. »Du dachtest doch nicht ernsthaft, daß du einfach in den Silbernen Tempel marschieren und deine Frage an die allwissende Sphinx richten kannst!«

»Ich kenne jemand«, wandte sich Strolch mit einem vielsagenden Grinsen zum Weitergehen, »der genau das denkt!«

Die Herrinnen des Silbergartens

Im Silbernen Tempel von Thalliopê,
in den Hallen hinter der Sphinx, eine Viertelstunde später

»Schnell. Holt alles aus den Archiven!« Hymnê, Tochter der Xanyê, wirkte beherrscht. Nur Priesterinnen, die der *Philophore* schon lange unterstanden, erkannten ihre Anspannung. »Alles zu Stichworten wie Riese, blau, Unhold, Götze und …« Die Herrin des Silbergartens fuhr sich durch das volle, graugesträhnte Haar, das sie wie immer um den Vollmond herum über die Schultern fließend trug.

»Wir werden improvisieren müssen. Eutemyê«, wandte sie sich elegant zu der hinter ihr stehenden Priesterin um, »du wirst ihm etwas … Persönliches sagen müssen, etwas, das sich auf ihn selbst bezieht.«

»Ich kenne die wichtigste Regel als *Manteia*«, erwiderte die etwa Vierzigjährige mit einem säuerlichen Lächeln. »Sprich über das, was den Gläubigen mehr interessiert als alles andere: über ihn selbst.« Ihre Stimme war volltönend, aber es lag Unruhe darin.

Eine weitere, jüngere Priesterin kam in die Halle gestürzt. »Verzeiht, o Herrin! Er steht bereits in der Halle vor der Sphinx – und er ist entsetzlich schlecht gelaunt.«

»Ist es denn nicht möglich, von ihm eine Antwort zu erhalten? Wer ist er? Woher kommt er? Wie ist er angekommen?«

»Er will nur mit der Sphinx sprechen«, sagte die Botin mit aufgerissenen Augen. »Und er hat mich Schlotterlurchin genannt …«

»Haben wir irgendeine Agentin im Haus, die uns etwas über dieses Ungeheuer erzählen könnte?« schlug eine fahlgesichtige Priesterin vor.

»Gleichgültig«, meinte die *Philophore*, »ob er aus Belabadangbarad kommt, aus der Salamar oder aus den wilden Gebirgen im Osten: Wäre eine unserer Agentinnen dort auf dieses Wesen gestoßen, hätte sie darüber berichtet. Aber unsere Agentin aus Kurjameos ist unlängst heimgekehrt. Die Universität von Andhakleia ist doch für ihr Wissen berühmt.« Hymnê wandte sich der Botin zu. »Laß sofort nach der Tochter rufen.«

»In welcher Sprache soll ich antworten?« fragte Eutemyê.

Hymnê betrachtete nachdenklich die verängstigte junge Priesterin, die noch an der Tür stand. »Offensichtlich spricht er Eulykisch. Andererseits wäre eine Antwort, die der ganze Kontinent versteht ...«

»Zerbrechen wir uns jetzt nicht den Kopf«, mengte sich eine Greisin namens Îonê ein, deren überraschend starke Stimme durch die fehlenden Zähne an Ausdruckskraft verlor, »welches Orakel für diesen denkwürdigen Gast dereinst in der Chronik von Thalliopê stehen wird. Antworten wir ihm zunächst!«

»Ja, antworte ihm auf eulykisch«, bestätigte Hymnê. »Sag ihm etwas darüber, daß er einzigartig ist, ehrfurchtgebietend, eine Naturgewalt, die sowohl zum Guten wie zum Bösen eingreifen kann ...«

»Er hat sechs Arme und ist wie zum Krieg gerüstet«, gab die Priesterin, die durch ein geheimes Guckloch in die Halle der Sphinx spähte, weitere Anregungen, »aber ihm scheint eine Hand zu fehlen.«

»Hand«, grübelte die alte Îonê heiser, »handeln, Handreichung, aushändigen, die Hände ringen, Hand in Hand, handgreiflich werden, die Hände in den Schoß legen, eine Handvoll Weisheit ...«

»Weisheit war gut«, bestätigte Hymnê. »Du, der du nach der Weisheit greifst ...«

»Er sieht nicht so aus«, sagte die Späherin mit blassem Gesicht, »als ob er sich raten ließe, die Hände in den Schoß zu legen.«

»Die Weisheit liegt ferne«, formulierte die *Philophore* weiter. »Du, der du in die Ferne schweifst. Wir müssen ihn auf eine Reise schicken, am besten zu den Aionarsgläubigen.« Sie blickte auf, wie aus einem Schlaf erwachend. »Wo bleiben die Antworten aus den Archiven?«

»Sie blättern noch.«

Aus der Halle der Sphinx dröhnte ein markerschüttendes Brüllen.

»Er hat die Frage gestellt«, meldete die Priesterin am Guckloch entsetzt. »Er fragt, was er ist und woher er kommt.«

»Îonê, schnell«, wandte sich Hymnê mit klirrendem Silberschmuck zu der Greisin um, »irgend etwas: eine schnelle Assoziation. Ein Reim – oder das Orakel von Thalliopê scheitert.«

»Alles, was mir einfällt, ist ein obskures Märchen: Die Wilden von Esanuk fürchten eine Spinnenkreatur, die mit der Kälte kommt. Die hat auch viele Arme …«

Ein Eiserner Mann drängte rücklings durch die Türe, die Augen flackernd vor Angst und hinaus in die Halle gerichtet: »Er brüllt! Herrinnen, ich fürchte …«

»Esanuk«, rief die Herrin des Silbergartens, »wundervoll. Je weiter, desto besser! Eutemyê!«

Die Sprecherin des Orakels lief bereits zu der Leiter in den Geheimgang und wandte sich dort noch einmal den anderen Priesterinnen zu: »Einzigartig, Naturgewalt, Gut und Böse, fehlende Hand, Weisheit greifen, Ferne schweifen, Anhänger des Abwesenden Gottes, Esanuk, Spinnenwesen, viele Arme, Kälte. Sonst noch etwas?«

Wieder erklang ein grauenvolles Brüllen – und diesmal hallte es bereits durch das Maul der Sphinx und den Geheimgang zu den Herrinnen des Silbergartens.

Die Sphinx

Vor dem Silbernen Tempel von Thalliopê, zur selben Zeit

»Gut ist man kann nicht verlieren seinen Weg«, sagte Strolch und fühlte das Stechen in der Lunge. Der junge Abenteurer hatte erwartet, sich an Stadtwachen vorbeidrücken zu müssen. Aber das Stadttor war verlassen – und auf dem Tempelplatz herrschte Tumult. Der Silberne Tempel verdiente seinen Namen: weithin unübersehbar glänzten die fein gerillten Säulen. Auf seinen Stufen drängten sich Hunderte von Bürgern und Bewaffneten, die anscheinend alle ins Innere des Tempels blicken, ihn aber nicht betreten wollten.

»Du willst sagen: die Spur des *Fangs*«, verbesserte ihn Kiaora. Ganz schön besserwisserisch veranlagt, dachte Strolch. Die Krämerinnen, die entlang des Platzes Schmuck, Kerzen, Kaninchen und Fisch anboten, waren allesamt in heftige Gespräche vertieft und deuteten zum Tempel. Die beiden jungen Reisenden gingen über den Platz, dessen Boden mit braunem Morast aus zertrampeltem Schnee und Erde bedeckt war. Die Gebäude der Oberstadt schienen wie die Stadtmauern aus sauber behauenen Quadern des örtlichen Gesteins gefügt.

»Das Orakel wird anscheinend wirklich von der ganzen Welt aufgesucht«, meinte Kiaora. Vor den Tempeltreppen erstreckte sich ein regelrechtes Zeltlager. Hier warteten noch viel mehr Pilger als entlang der Allee. Zwischen einheitlich wirkenden Zelten aus hellem Baumwollstoff, die wohl von Einheimischen vermietet wurden, standen einige sehr exotische; mehrere waren richtige Paläste aus rotem, blauem oder sogar purpurnem Tuch, mit goldenen Litzen und Troddeln verziert, mit hohen Masten oder Standarten, an denen die Flaggen unbekannter Reiche hingen. Eines war ein grobes Gebilde aus langen Ästen und Lederbahnen und ein anderes eine seltsame Jurte aus Fellen, behangen mit kostbaren Pelzen.

»Sogar Priester von Aionar«, deutete Strolch auf eine Gesandtschaft in weißen Soutanen und purpurnen Bauchbinden. Er mußte husten: die Kälte biß in der Lunge. Dazwischen erkannte er Männer mit bunten Turbanen, Pluderhosen und gepflockten Unterlippen, wie es wohl in der Ehernen Liga üblich war, und in Pelze gehüllte Hünen mit zu Zöpfen geflochtenen Bärten. Dann waren da halbnackte Wilde, die durch den Kontrast ihrer weißblonden Haare und ihrer dunklen Haut auffielen. In Federmäntel gewickelt, Stäbe in der Hand, standen sie auf den Zehen wippend im Kreis.

»Das müssen Leute aus Belabadangbarad sein«, sagte Kiaora, auf die Hellblonden deutend. Viele Pilger hatten wegen der

Kälte Tücher oder Schals um den Hals und über den Mund gewickelt. Dazwischen drängten sich, Körbe und Traghölzer auf den Schultern, Ziegen und Schafe am Strick, die eulykischen Verkäufer.

Das Paar begann sich durch das Gewühl vor dem Tempel zu schlängeln, dann zu drängen. Bald näherten sie sich den ersten der stahlsilbern gepanzerten Wächter mit den Umhängen aus Wolfsfell.

»*Gigas!*« erklang es immer wieder in der Menge. »*Gigantos!*«

»Darf ich mal? Danke!« Strolch drängelte weiter, tippte Leuten auf die Schulter und schob sich durch die Lücken. Zweimal blickte er zurück: Kiaora blieb immer wieder stecken. Sie reichte den meisten Ajunäern gerade bis zu den Schultern, wenn sie eine Treppenstufe höher standen, gar nur bis unter die Schulterblätter; außerdem trug sie den Rucksack. Spontan ergriff der Merkantilier die Hand der Katauekin und zog sie hinter sich her. »Verzeihung? Danke.« Er redete sich ein, daß dies die vernünftigste Methode war, sie durch das Gedränge zu lotsen. Aber er fühlte, wie ihrer beider Hände schweißnaß wurden.

Endlich waren sie in der ersten Reihe angelangt, die einen Bogen vor dem Eingang bildete. Hier standen nur noch einige Wolfsmänner. Manche hatten ihre kurzen, geraden Schwerter gezogen, andere wirkten entspannter – aber alle starrten ins Innere des Silbernen Tempels.

»*State!*« versuchte ein Gerüsteter Strolch mit ausgestrecktem Arm zurückzuhalten.

»Keine Sorge«, grinste ihn Strolch an, »mir tut er nichts, der *Gigantos.*« Der Wächter sah ihn mißtrauisch an, unternahm aber nichts, als sich Strolch vorbeischlängelte.

Die Halle war mindestens vierzig Schritt tief. Schlanke, silberglänzende Säulen trugen ein Dachgestühl aus edlen Hölzern, dazwischen, meist hinter den Säulen, drängten sich etwa hundert weitere Pilger und Priesterinnen. Beherrschend war der Anblick der Sphinx, die in einer naturbelassenen Felsgrotte kauerte: über vier Schritt hoch erhob sich die Figur aus dunklem Gestein. Die Wolfstatzen ruhten am Boden, das übermenschlich große

Frauengesicht war versilbert. Auch die fremden Runen auf der Brust waren mit Silber eingelegt. Selbst Fünfarm wirkte vor diesem Geschöpf nicht mehr ganz so gewaltig.

»Das soll eine Antwort sein, Blechfresse?« Falsch, dachte Strolch, der Blaue Gott *wirkte* gewaltig! Sein Brüllen erzeugte in den silbernen Säulen ein leises Klirren. Einige Menschen weiter vorn fielen auf die Knie und hielten sich die Ohren zu. »Wahnsinnig geworden, du Steinschlampe? Ich schippere doch nicht um die halbe Welt, um mich auf den nächsten Kontinent schicken zu lassen.«

»Bei allen Heiligen«, stieß Strolch hervor. So laut hatte er den Gott noch nie brüllen gehört – und er wurde von Satz zu Satz gar noch wütender. Der Dampf fuhr ihm förmlich in Strahlen aus der Nase und quoll sogar aus den Ohren.

»Viele Arme! Ich zeig dir viele Arme, Lügenschwester!« Mit einem Sprung war er an der Statue und schlug mit beiden Säbelschwertern zu. Ein gellendes Klirren ließ Strolchs Ohren klingeln. Das mächtige Antlitz war an zwei Stellen aufgeplatzt.

»Steinschädel, sturer!« Aus Fünfarms Maul fuhr eine Dampfwolke, als er herumschnellte. Mit drei Schritten war er bei einem ebenfalls versilberten Altarblock. In einer einzigen fließenden Bewegung ging er in die Knie, legte einige Waffen ab und ergriff die schwere Opferplatte. Knirschend brachen einige Steinzapfen, als er die Platte hochstemmte, die gewiß Mannslänge hatte.

»*State!*« schrie hinter Strolch ein Wolfskämpfer. Eine Priesterin kreischte. Auch von der Sphinx kam etwas wie ein erstickter, weiblicher Schreckensschrei. Zwei Wolfsmänner von der linken Säulenreihe liefen auf Fünfarm zu.

»Da hast du deine Weisheit, Grottenköterin!« Mit einem röhrenden Aufschrei warf Fünfarm der Wolfssphinx die Platte an den Kopf. Ein berstendes Krachen war zu hören; dröhnend fiel sie auf die Wolfstatzen und dann auf den Boden. Abgesplitterte Stücke flogen durch die halbe Halle. Das rechte obere Viertel des Frauenkopfes war versilbertes Trümmerwerk, das langsam auseinanderfiel. Über den ganzen Schädel zogen sich Sprünge. Sogar aus zwei der Runen auf der Brust war das Silber herausgesprengt worden.

Selbst Fünfarm schien nach diesem Kraftakt Luft holen zu müssen. Dann hörte er die nahenden Schritte. Er schnellte herum. Auch von der anderen Seite kamen gerüstete Kämpfer, aber keiner schien ernsthaft einschreiten zu wollen. Der Blaue Gott ergriff mit einem weiteren Knieschritt die Hellebarde und schwenkte sie einmal über den Kopf. Die Wolfsmänner wichen sogleich zurück.

Fünfarm stampfte los, die Säbelschwerter nach beiden Seiten sichernd, Hellebarde und Schwungscheibe erhoben, um sie kreisen zu lassen – aber dennoch war seine Haltung nicht die eines von Feinden umgebenen Kämpfers, sondern die eines Handwerkers, der sein Tagwerk vollendet hatte. Irgendwo weinten Priesterinnen. Als Fünfarm die halbe Halle durchquert hatte, kam Bewegung in die Menge am Eingang.

»*Kyrias!*« schrien die Eulykier, als sie die Treppen hinunterdrängten. »*Gigantos daimos!*« Auch die Wächter am Eingang wichen zurück und versuchten eine Gasse zu schaffen.

»Vorwärts, Nasenlurch«, grölte der Riese, als er an Strolch vorbeistapfte, »wir gehen!«

Es war verblüffend, wie schnell die Schaulustigen die Treppe freigegeben hatten. Einige liefen noch über die äußersten Stufen, aber der Großteil hatte bereits wieder ein Spalier von zwanzig Schritt Breite gebildet. Wenn ihr wüßtet, dachte Strolch, wieviel zu wenig dieser Abstand wäre, wenn er es wirklich auf euch abgesehen hätte!

Fünfarm nahm mit jedem Schritt drei Stufen und blieb dann auf dem Hauptplatz stehen, vor sich die bunten Zelte. Worauf wartete er? Es sah aus, als ob er seinen Blick über die hellen Bauwerke Thalliopês gleiten ließe.

Strolch hatte den Blauen Gott noch nicht erreicht, als ein vornehm gekleideter, dunkelhäutiger junger Mann vortrat. Er war etwa so alt wie Strolch und trug einen seltsamen Bronzespeer. Gewandet war er mit Turban und Pluderhose, aber seine Hautfarbe war noch brauner als die eines Kataueken. Er machte eine

Geste mit der freien Hand, die gleichzeitig Respekt und Stolz ausdrückte. Dann deklamierte er etwas in einer sanften, singenden Sprache.

»Mach es dir doch selbst, Fischlippe!« röhrte Fünfarm. Röhren nannte es Strolch, nachdem er erlebt hatte, wie der Blaue Gott brüllen konnte. Aber für den fremdländischen Edelmann war es unübersehbar Gebrüll, was er zur Antwort bekam. Er blickte verwirrt, selbst als Fünfarm losging und ihn mit einer Hand beiseite schob.

»Bei der Kakerlakenkutsche des Buckligen«, sagte Strolch, »wäre ich nicht so neugierig, was er jetzt vorhat, so machte ich mir vor Angst in die Hose.« Er wandte sich nach Kiaora um. Zu seinem Staunen stellte er fest, daß sie im Gewühl mit einer Krämerin verhandelte, die in einem Bauchladen kleine Holzsphinxen und Amulette feilbot.

Katauekenmacht

An Bord der Verdienstvollen Tatkraft,
vor dem Hafen von Thalliopê, zur selben Zeit

»Das ist sie!« Kang hua Schiang konnte ein triumphierendes Zähneblecken nicht unterdrücken. Zwischen den zahlreichen Schiffen in dem verschneiten Hafen war die Nauke mit ihren Auslegern unübersehbar. »Ehrwürdiger Herr der Nautik, ich möchte, daß du hiermit formvoll diese Nauke identifizierst.«

»Höchstehrwürdiger Hauptmann Kang«, verneigte sich der Nautiker, nachdem er das Schiff mit der Hand über den Augen untersucht hatte, »das ist zweifellos die Dreimastnauke *Vollendete Harmonie* aus Tschöng-Hau Leng, der wir über den Ozean des Abends gefolgt sind.«

Kang nickte grimmig. »Dann fordere ich dich auf, jetzt einen Drachenpfeil freizugeben und die *Vollendete Harmonie* in Brand schießen zu lassen.«

Der Nautiker starrte Kang mit fassungsloser Verblüffung an.

»Höchstehrwürdiger Hauptmann Kang«, mengte sich Schiffsführer Fudang ein, »das ist eine katauekische Nauke. Noch nie hat eine Nauke einen Drachenpfeil gegen eine andere Nauke eingesetzt.«

»Höchstehrwürdiger Hauptmann Kang, ich ahne, was du bezweckst«, entgegnete nun mit gepreßtem Atem der Nautiker. »Ich kann mich nicht erinnern, jemals eine entsprechende Regelung in der Großen Doktrin der *Geheimen Kammer der Nautik* gelesen zu haben. Aber ich bin mir ganz sicher, daß auf diesen Frevel der Schmetterlingstod steht.«

Kang starrte auf die Nauke, der sie sich immer weiter annäherten. »Ehrwürdiger Schiffsführer, ehrwürdiger Nautiker, ich bin mir bewußt, was für ein Verbrechen es ist, eine nichtsahnende Nauke zu versenken. Aber ich habe einen Auftrag. Der *Höchste Kriegsherr der Geheimen Kammer* hat mich ausgewählt, für ihn einen *Fang* zu töten. Ich bin diesem *Fang* durch das halbe *Reich der Tugend* und um die halbe Welt gefolgt. Ihr habt selbst gesagt, daß die Gewässer Süd-Ajunas und die Westküsten euch wenig bekannt sind. Wenn der *Fang* uns hier in Thalliopê entkommt, haben wir kaum noch Anhaltspunkte, um ihm weiter zu folgen. Er soll wissen, daß wir kommen. Und ich will, daß er sich dem Kampf stellt. Ich habe 288 Götterfresser – viermal so viele, wie selbst die Doktrin der *Geheimen Kammer des Krieges* verlangt, um einen *Fang* anzugreifen. Ich will, daß er weiß, wie er in der Falle sitzt. Ich werde diesen *Fang* töten.« Sein stahlharter Blick traf den des Nautikers. »Und du wirst jetzt einen Drachenpfeil bereitmachen. Anschließend wirst du eine Anzeige an die *Geheime Kammer der Nautik* aufsetzen und mich, mit Schiffsführer Fudang als Zeugen, der vorsätzlichen Zerstörung der Nauke *Vollendete Harmonie* bezichtigen. Und ich werde mein Geständnis darunter setzen.«

»Tugend!« antwortete der Nautiker mit dem Blick und der Stimme eines Mannes, der in das Maul einer Mantikore geblickt hatte und glücklich war, ihr nicht entgegentreten zu müssen.

»Wachtmeister Zuang-Zu!« rief Kang vom Fort herab. »Alle Finger der Nahkämpfer bereitmachen zum Landsturm oder Entern. Alle Finger der Fernkämpfer bereitmachen, Landung im Hafen zu decken.«

Die fünfmastige *Verdienstvolle Tatkraft* schob sich an den Kai heran wie ein Raubtier. Die vier Forts und die Reling starrten von Kreuzbogen und Harpunen; das Deck war eine kompakte Masse glänzender roter Harnische unter wippenden blauen Federn. Als die Schiffe sich auf achtzig Götterfuß angenähert hatten, gab Kang den Befehl.

»Gib Feuer!« Der Nautiker hielt die Fackel an die Lunte des Drachenpfeils, der in der Führungsschiene des schweren Kreuzbogens über dem Vogelkopf lag. Er sprang in Deckung, als die Treibladung fauchend zündete. Mit infernalischem Heulen flog das Geschoß los und schlug, einen fast horizontalen Funkenschwarm hinter sich herziehend, in der Takelage des mittleren Masts ein. Ein Knall hallte über den verschneiten Hafen und echote von den Klippen wider. Glühende Fetzen sprühten über das gesamte Mitteldeck. Einige Matrosen liefen, die Hände über dem Kopf, Richtung Bug und Heck. Das gereffte Pfauensegel stand sofort in Flammen. Zuerst schien das Feuer sich nicht auszubreiten. Schmelzwasser tropfte von den Spreizmasten.

Überall auf Deck wurden jetzt Schreie laut, ebenso von den Hafenmauern.

»Ruder auf vier, ehrwürdiger Rudergänger!« Die *Verdienstvolle Tatkraft* brach aus der Linie aus, die die zwei Lotsenboote vorgaben, und lief in einem weiten Bogen auf eine andere Lücke zwischen zwei ajunäischen Schiffen zu. Die Matrosen auf dem linken Ausleger, bislang scheinbar auf der falschen Seite, streckten ihre Ruderpinnen der Kaimauer entgegen. Hart schrammte der schwere Ausleger an der Steinmauer entlang.

»Tu---gend!« gellten die Befehle der Wachtmeister. Drei Landebrücken wurden hinausgewuchtet, rumpelten auf den Querstreben der Ausleger hinab und schlugen an Land auf. Mit trampelnden Stiefeln und nickenden Helmbüschen liefen die ersten Hellebardiere und Feuerlanzenkämpfer an Land. In eingespielter Präzision bildeten sich die ersten versetzten Achterreihen und rückten in drei Richtungen vor.

»Du weißt, höchstehrwürdiger Hauptmann«, bemerkte Schiffsführer Fudang, »daß Eulykien ein unabhängiges Reich ist. Was tun wir, wenn sie unsere Nauke beschießen oder angreifen?« Allen, die diesen Einwand hörten, war bewußt, daß er mit nicht halb so viel Vehemenz kam wie der, die Nauke nicht zu versenken.

»Das wagen sie nicht.« Kang blickte den Schiffsführer an, und seine Augen leuchteten gefährlich. »Wo ein Götterfresser steht, da ist das *Reich der Tugend.* Außerdem kommen wir ihnen zu Hilfe: Ich bezweifle, daß die Eulykier irgend etwas haben, was sich einem Blauen Gott in den Weg stellen kann.«

»Du hast recht, höchstehrwürdiger Hauptmann«, bestätigte der Nautiker ohne viel Überzeugung, »sie werden nicht wagen, die *Verdienstvolle Tatkraft* anzugreifen.«

Von der zweiten Nauke war ein lautes Knacksen zu hören. Der mittlere Mast stand hellauf lodernd in Flammen. Eine dicke schwarze Rauchsäule stürmte in der kalten Winterluft himmelwärts. Glühende Tuchfetzen segelten herab und entzündeten die zwei anderen Segel. Auch auf den benachbarten Schiffen begannen nun Matrosen nach Wasser zu rufen.

»Gehen wir«, befahl Kang und kletterte die steile Treppe des Forts herunter. Der Nautiker folgte ihm. Als sie die mittlere Landebrücke erreichten, waren außer einigen Kreuzbogenschützen bereits alle Götterfresser an Land gegangen. Auf einer Breite von hundertfünfzig Götterfuß schwärmten sie aus und verteilten sich über den Hafen. Die Fischer und Krämerinnen zogen sich respektvoll zurück. Doch dazwischen tauchten immer mehr Männer in blinkenden Rüstungen und grauen Wolfsfellen auf. Auch sie hatten ihre kurzen Schwerter gezogen oder hielten ihre langen Lanzen gesenkt.

»Vierzig, sechzig, achtzig«, zählte Kang. Sein geschultes Auge hatte bereits weitere Gruppen gesehen, die von den Hafenmauern, aus der Unterstadt und die Allee herunterliefen.

»Das müssen die Eisernen Männer sein«, wandte sich der Nautiker dem Hauptmann zu. »Ich kannte sie bislang nur als Sage. Sie gelten in Ajuna als die besten Söldner, die man für Geld kaufen kann. Ich wußte nicht, daß sie hier zu Hause sind ...«

Kampf

Auf der Prozessionsstraße, zur selben Zeit

»Das ist die *Vollendete Harmonie!*« Kiaora starrte, die Hand über den Augen, hinunter in den Hafen. Die fette schwarze Rauchwolke wurde langsam nach Westen verweht. Die Hohepriesterin, die ihnen eben erst auf dem Weg nach oben begegnet war, beschrieb mit dem Fächer eine Geste der Verwirrung.

»Da ist noch eine Nauke«, stellte Strolch fest. Er war zwischen die hohen, dunkelgrünen Bäume der Allee getreten. Von hier oben wirkten die Schiffe wie Spielzeug und die Menschen wie Käfer. Rote Käfer! »Der Hafen ist voll von roten *Ziangs* – wie bei dem großen Kampf am *Unvollendeten Palast* …«

»Sie haben das Schiff kaputtgemacht, diese Steißbeißer!« Aus der Kehle des Blauen Gottes kam ein Knurren, das immer lauter wurde.

»Fünfarm!« rief Strolch hastig, aber der Riese eilte bereits mit großen Schritten den Weg hinab – und zwar mit großen Schritten für einen *Fang!* »Fünfarm!« Der junge Mann stürmte hinterher. »Du kannst sie nicht angreifen. Hinter uns sind die Eulykier …«

»Fünfarm kann!«

»Ja, du kannst«, stieß Strolch hervor. Welch ein Wahnsinn, solch ein Gespräch im Laufschritt zu führen. Sie passierten die Sphinxstatuen der zweiten Serpentine von oben. »*Du* kannst. Aber wir können nicht. Uns werden sie erschlagen.«

Der Koloß blieb so ruckartig stehen, daß Strolch einige Schritte voranlief, ehe er anhalten konnte.

»Warum, Schlotterlümmel?«

»Weil wir Menschen sind«, entfuhr es Strolch, verzweifelt über so viel Unwissen. Er deutete auf Kiaora, die das Tempo ebenfalls mithielt. »Wir sind so gut wie unbewaffnet. Ich habe diese roten Henker bei der Schlacht gesehen. Das sind Mörder.«

»Der grenzenlos ehrwürdige *Fang* möchte … kämpfen?« versuchte Kiaora zu erraten, worüber die beiden sprachen.

Fünfarms Schädel ruckte herum. Er blickte die Allee hinauf, wo ihnen mit lautem Klirren einige Dutzend Wolfssoldaten folgten. Er blickte die Allee hinab, wo das Spalier der Krämerinnen mit lautem Schnattern auf Hafen und Oberstadt deutete. Und er blickte zu der Rauchsäule. Ob er noch groß genug war, von hier aus die katauekischen Krieger zu sehen? Strolch jedenfalls nicht.

Die Fratze des *Fangs* wurde ein wenig dunkler. »Fünfarm gibt acht auf Strolch!« Dann ging er los, die überlangen Säbelschwerter kampfbereit ausgestreckt, Hellebarde und Schwungscheibe erhoben – aber er ging so langsam, daß ein Mensch Schritt halten konnte. In Strolch tobten Gefühle von Panik, Erregung, Haß auf diesen Unhold – und Stolz. Fünfarm hatte ihn das erste Mal mit seinem Namen angesprochen.

Am Fußende der Allee, zwischen den ersten Häusern der Unterstadt, drängten sich Eulykier und Pilger. Es schien, daß sie aus dem Hafen flohen. Doch als Fünfarm ihnen entgegenkam, wichen sie wieder zurück. Schreckensrufe erklangen. Viele Frauen verschwanden in die Seitengassen, aber zwischen den Hauswänden brach Tumult aus. Fensterläden wurden aufgebrochen, und Flüchtlinge stiegen in die Häuser ein. Umgestoßene Amphoren rollten über die Straße, ein kleines Kind wurde niedergeworfen. Die Masse derer, die nicht entkommen konnte, drängte sich an die Wände, so daß sich trotz allem eine Gasse bildete.

»Du kannst kämpfen?« wandte sich Strolch an Kiaora, während er einen Stein vom Wegrand in die Steinschleuder einlegte. Die Kälte stach in seiner Lunge.

Die Nautikerin hatte ihr unterarmlanges Säbelschwert gezogen und sah entschlossen aus; nein, jetzt hatte sie wieder diesen brutalen Gesichtsausdruck. »Wenn ich muß, Ehrenvoller Träger der Hand des Blauen Gottes, werde ich kämpfen.«

»*Katai!*« Fünfarm hatte die Engstelle noch nicht passiert, als jenseits des Gedränges mehrere *Ziangs* in roten Rüstungen erschienen. Sie senkten ihre Hellebarden, ihr Alarmruf pflanzte sich hinter den Häuserreihen fort.

»Die Blechgimpel!« brüllte Fünfarm und stürmte vor. Ein chorartiges Kreischen begleitete seinen Angriff, als Hunderte Sterbliche keine drei Schritt vor ihnen den Angriff des Blauen Gottes miterleben mußten. Klirrend schlugen Säbelschwerter und Rundschild eine Bresche in die kleine Einheit, während die Hellebarde bereits den ersten Mann fällte. Der Diskus an der langen Kette kam langsam in Schwung.

»*Katai!*« ergellte noch zweimal der Ruf. Keiner der acht roten Krieger wich zurück, während Fünfarm sie niedermachte.

Obwohl Strolchs Magen sich vor Entsetzen und Angst verknotete, beschloß er, hinter Fünfarm herzulaufen. Was immer ihm drohte zwischen katauekischen Gardekriegern und eulykischen Wolfssoldaten, zwischen einem brennenden Schiff und einer Stadt, die sich in Angst und Haß duckte, am sichersten würde er es in der Nähe dieser fleischgewordenen Naturkatastrophe überstehen, die ihm versprochen hatte, auf ihn achtzugeben.

Der Hafen war ein verwirrendes Gewirr von Menschengruppen: Drüben, zur Linken, standen die Linien der Katauеken, jenseits von ihnen und in der Mitte einzelne Gruppen hochgewachsener Wolfskrieger, die ebenfalls Formationen bildeten, und dazwischen und ringsum schreiende Fischer und Krämerinnen, die ihre Ware oder ihr nacktes Leben in Sicherheit zu bringen suchten. Und mitten hindurch stürmten bereits vier weitere Achtergruppen rot gepanzerter *Ziangs*, die Waffen im Lauf auf Fünfarm ausgerichtet.

»Wir brauchen ein Schiff«, rief Kiaora. »Ein Schiff, das sofort ablegen kann.« Sie ließ ihren Blick über die Karavallen und Karacken an den Reeden schweifen. Dann blickte sie Strolch konzentriert in die Augen. »Kannst du ihm das sagen, Ehrenvoller Träger der Hand des Blauen Gottes?«

»Sagen?« echote Strolch, vor acht hingestreckten Leibern stehend, deren Rot nun nicht mehr nur Rüstungslack war. Fünfarm war schon wieder fünfzehn Schritt weit vorgestürmt und warf sich gerade in einen Wall feuersprühender Flammen. Unschlüssig blickte der junge Abenteurer auf die lächerliche Steinschleuder in seiner Faust. Dann sah er zu der Nautikerin. Sie lief bereits, das kurze Säbelschwert in der Hand, die Tasche am Rücken, nach rechts. Bei den Nüssen des heiligen Guelfo, sah sie gut aus in diesem schwarzen Leder.

»*State!*« Hinter sich, vom Berg herunter, hörte Strolch Laufschritte und das Klirren weiterer Rüstungen. O nein, nicht auch noch die Eulykier!

Strolch tänzelte durch das Flechtwerk aus Leibern, Armen und Hellebarden am Boden.

»Fünfarm, hinter dir!« Die Kataueken begannen, den Blauen Gott zu umzingeln: acht Mann mit schweren Beilen von links, acht Mann mit knallenden Peitschen, die von weiter rechts kamen. Der Koloß sprang so schnell nach links, daß Strolch nicht glauben konnte, daß sein Warnruf ihn dazu veranlaßt hatte. Er streckte den Arm mit der Schwungscheibe vor und fällte einen Mann, der sich noch weit außer Reichweite gewähnt hatte. Dann war er schon wieder zwischen den Männern. Sein Schild schleuderte einen zu Boden, fünf weitere fielen, von Säbelschwertern, Fäusten und Fackel getroffen.

»Fünfarm, nach rechts!« Strolch, der eben noch dem Blauen Gott nachgelaufen war, fand sich unerwartet zwischen diesem und einigen ausschwärmenden Peitschenkämpfern. »Tücke!« fluchte er. Sein Schleudersteinchen würde, selbst wenn er träfe, diese gefiederten Helme nicht einmal ankratzen.

Hinter Strolch erklang ein Brüllen, dann war Fünfarm schon an ihm vorbei und stürzte sich auf die Kataueken. Diese wichen tatsächlich zurück und zur Seite, doch offensichtlich nur bemüht, den richtigen Abstand für ihre Peitschen zu haben.

»*Wu Teng!*« erklang dumpf ein Befehl, und ein halbes Dutzend Peitschen schnellten vor. Fünfarm war kurz wie von Dornranken überwuchert. Dann traf ihn von weit links eine Harpune in die Seite. Das Messer, dachte Strolch. Mit dem verbogenen Kupfermesser könnte ich …

»Stinkwickler!« grölte der Koloß. Er riß drei umwickelte Arme hoch, und die Peitschenkämpfer ließen ihre Waffen fahren oder taumelten. Ein einziger Schwerthieb durchtrennte zwei weitere Lederriemen. Doch dann ging ein Ruck durch den Götterleib. Richtung Hafen hatten sich sechs Kataueken in das Harpunenseil geworfen. Drei Schritte weit mußte ihnen Fünfarm nachgeben, dann stemmten sich seine Beine dagegen. »Dummstecher!« johlte er und durchtrennte das Seil. Die Harpuniere stürzten rücklings.

»Fünfarm, wir müssen nach Westen!« Strolch konnte Kiaora nicht mehr sehen, aber er ahnte, daß sie die Karavellen an der Westseite des Hafens angesteuert hatte. Falls die Eulykier sie nicht aufhielten. Strolch fühlte eine seltsame Beklemmung.

Die entwaffneten Peitschenkämpfer hatten indessen ihre Säbelschwerter gezückt und drangen auf ihren übermächtigen Gegner ein. Hinten, gegen Osten, erschallten katauekische Befehle. Beim Schwert des heiligen Malachias, dort gingen über hundert Mann zum Angriff über, und nur noch Inseln hünenhafter eulykischer Wolfssoldaten standen dazwischen.

»Du folgst Fünfarm, Schnarchsack!« Der Blaue Gott fegte die verbliebenen Kataueken beiseite. Obwohl alles in Strolch kreischte vor Angst, senkte er den Kopf und stürmte hinterher. Ein Peitschenkämpfer schleifte direkt neben Strolch her, die Peitsche umklammert, die noch immer um einen blauen Riesenarm gewickelt war. Der Mann schepperte über den Steinboden, aber Fünfarm ignorierte das ebenso wie die Harpune, die noch immer über seiner Leber steckte. Wenn er eine Leber hatte ...

STERN VON ANDHAKLEIA

Im Hafen von Thalliopê, gleichzeitig

»*State!*« Kiaora senkte ihr kurzes Säbelschwert. In einem fremden Hafen lief man nicht mit gezückter Waffe herum. Die Wolfskrieger waren allesamt so groß wie der junge Strolch, aber doppelt so breit.

»*Eupharistos!*« Sie hoffte, daß der Gruß der Priesterin auch hier angemessen war. »Der *Fang* kämpft gegen die Kataueken, aber nicht gegen euch.« Sie deutete mit der Linken auf das unüberblickbare Gewühl aus Kämpfenden und Flüchtenden. Kiaora erwartete nicht, daß die Krieger sie verstanden. Aber wer sprach, war keine Bedrohung.

Der Anführer sah sie streng an. Er trug nicht nur den Kopfpelz eines Wolfes über dem Helm, sondern auch noch ein silbernes Amulett einer Wölfin. »*Chirete ha!*« befahl er dann einem seiner Männer, der auf sie zutrat. Die übrige Patrouille lief weiter.

Der Krieger war etwa dreißig, soweit Kiaora das bei einem so fremden Gesicht beurteilen konnte: eine herrische, große Nase, ein sinnlicher Mund, edel geschwungene Augenbrauen. Täuschte sie sich, oder waren die Brauen mit Kohle nachgezeichnet? Jedenfalls war er äußerst gutaussehend. Sein Blick war fest, aber nicht unangenehm – beinahe respektvoll.

Die Mangalierin warf wieder einen Blick auf das Kampfgewühl. Etwa hundertzwanzig Götterfuß entfernt sah sie den *Fang* aufragen, die sechs Arme ständig in Bewegung. Sie wollte gar nicht wissen, was am anderen Ende seiner Waffen geschah.

Ein Schiff – sie brauchten ein Schiff! Sie war noch etwa zwanzig Götterfuß vom Hafenbecken entfernt. Hier lagen vier Karacken und Karavellen, allesamt hochbordige, gedrungene Gebilde, die sie an Flaschenkürbisse erinnerten. Auf der Nautikerschule hatten die Lehrer nicht einmal einen ganzen Tag verloren, um die Schiffe der anderen Reiche zu besprechen. Die allgemeine Lehre war gewesen, daß die Barbaren Ruderschiffe bauen konnten, die im Kampf gefährlich waren, aber nicht in der Lage, auf hoher See zu bestehen. Ihr Vater Gijao, Schaung und andere Herren der *Kammern der Nautik* und *der Schiffahrt* hatten jedoch angedeutet, daß die Eherne Liga in den letzten Jahrzehnten Segelschiffe zu bauen gelernt hatte, über die sich die *Geheimen Kammern* Gedanken machten.

»Woher kommt dieses Schiff, nichtswürdiger Herr?« Kiaora war es unangenehm, ihren Bewacher so geringschätzig anzusprechen, wie es die katauekische Kastenlehre bei Barbaren verlangte. Aber die Kataueken hielten es seit zweihundert Jahren so. Und da nie jemand einem Barbaren erklärt hatte, was die Anreden bedeuteten, hatte wohl auch nie einer protestiert.

Der Krieger folgte ihrem Blick und sagte dann lächelnd: »*Aphiloie!*«

Drei Dreimaster, ein Viermaster. Jeder Mast schien eine andere Form und Fläche von Segeln zu tragen. Die waren gewiß nicht leicht zu befehligen. Acht bis zwölf Mann für jeden Mast, um die Segel zu setzen. Nein, das war aussichtslos, wenn man keine Segelmeister hatte, die die richtigen Befehle gaben. Das Schiff genügte nicht – sie mußten auch Mannschaft und Aufseher übernehmen. Kurz dachte sie an die Piraten bei den Mangalischen Inseln. Wie hätten die das wohl gemacht? Unwillkürlich mußte sie schmunzeln: das mangalische Seeräuberblut in ihren Adern …

Die *Vollendete Harmonie* war indessen vollständig von Flammen beherrscht, die Masten nur mehr glühende Stümpfe. Kiaora fühlte einen Stich. Das war ihr Schiff! Ihr erstes Schiff – und sie verlor es auf der ersten Fahrt. Jemand anders hätte sich Sorgen um das Gepäck an Bord gemacht, aber die Hand der Nautikerin tastete nach der Ledertasche am Rücken. Der größte Schatz der Nautiker – der größte Schatz der katauekischen Weltherrschaft – war sicher geborgen.

Da! Die zwei Schiffe vor und hinter der brennenden Nauke waren voll Matrosen, die versuchten, ein Übergreifen des Feuers auf ihr Schiff zu verhindern. Und die vordere Karavelle setzte die Segel!

»*State!*« rief der gutaussehende Wolfskrieger, als Kiaora einfach losrannte.

»*Wu Teng! Katai!*« Das waren katauekische Befehle: Angriff, Achtung. Dazwischen, etwas tiefer, erklangen eulykische Kommandos. Das würde gefährlich werden! Das Kampfgetümmel hatte sich immer mehr zu der *Vollendeten Harmonie* verlagert. Von Kiaoras Seite drängten Wolfskrieger mit Lanzen und Kurzschwertern hinein, von der anderen Seite näherte sich die katauekische Garde. Und im Zentrum hackte sich der Blaue Gott einen Weg frei. Strolch! Sie mußte den jungen Ajunäer erreichen – wenn er überhaupt noch lebte. Der *Fang* hatte versprochen, auf ihn achtzugeben. Das Mädchen lief direkt an der Kaimauer entlang, neben sich vereistes Wasser oder Schiffsrümpfe.

Die Karavelle, deren Bug ein Elefant zierte, legte soeben ab. Einige hellhäutige Matrosen in Pluderhosen sprangen an Land, um die Haltetaue zu lösen. Kiaora lief um sie herum und stürmte die Landebrücke hinauf. Ein Matrose stieß einen Ruf aus, aber im Gewirr der Befehle und Schreie reagierte niemand. Die Nautikerin lief nun die Reling heckwärts entlang. Ja, von hier konnte sie alles überblicken.

Der *Fang* war unübersehbar. Er war fünfzig Götterfuß entfernt und zwanzig Götterfuß tief von Gegnern umgeben. Sein Körper starrte von abgebrochenen Lanzenschäften, Bolzen und Bolas umschwirrten ihn wie zornige Hornissen. Die Katauеken bildeten einen erschreckenden Wall aus Hellebarden und feuersprühenden Lanzen. Mancherorts standen sie einen Kopf höher, und Kiaora ahnte, worauf sie standen. Die Eulykier hingegen schienen nicht zu kämpfen; eher versuchten sie, die Linien der Katauеken zu blockieren und die Kontrahenten voneinander fernzuhalten.

»*Strolk!*« Kiaora hatte in dem Augenblick gerufen, da sie den jungen Mann gesehen hatte. Sie formte die Hände zum Trichter. »Hierher! Hier auf das Schiff!« Jeder Atemzug der eisigen Luft schmerzte.

»*Landi Katauki ghau indri!*« Ein kräftiger Ajunäer mit Rahmenbart und einem kupfernen Amulett in Form eines Sterns kam auf die junge Frau zu. Sie schnellte herum und blickte schuldbewußt auf ihr Säbelschwert. Sie war Katauekin – auf einem Schiff, das eben vor mordbrennenden Katauеken die Flucht ergriff.

»Ich bin Kiaora näng Singua«, verneigte sie sich, »Herrin der *Zweiten Kammer der Nautik* von Tschöng-Hau Leng.« Der Mann blieb stehen und stemmte die kräftigen Fäuste gegen die Hüften. Er trug auffällig großen Schmuck an den Ohren. »Ich bin die Nautikerin der *Vollendeten Harmonie.*« Sie deutete auf das brennende Schiff. Dann schob sie das Säbelschwert in die Scheide am Gürtel.

Sie drehte sich um und blickte wieder ins Gewühl. Der Blaue Gott kämpfte schon wieder fünfzehn Götterfuß weiter links, hinter sich eine freie Fläche, die mit roten Leibern und schmutzigem Schnee bedeckt war. Strolch hüpfte zwischen den Toten dahin, als beträfe ihn das Gemetzel um ihn herum nicht.

»*Strolk!* Hierher!« Keine Aussicht. Kiaora hörte in dem Lärm ihre eigenen Rufe kaum. Die Karavelle bewegte sich bereits spürbar, die Segel bauschten sich mit leisem Knattern. Ein Zeichen – sie brauchte irgendein Zeichen, das Strolch erreichen konnte!

»*He Gyanha!*« Der Ajunäer hinter ihr klang nun barsch. Sie wandte sich nach ihm um. Kiaoras Blick fiel auf den achtzackigen Stern, den der Seemann an einer Kette auf der Brust trug. Wie hypnotisiert griff sie nach dem kupfernen Amulett – und der bullige Mann reagierte nicht einmal, als sie ihm die Kette über den Kopf zog. Kiaora hatte keine Ahnung, was sie tat – aber sie wußte, was sie tun mußte. Sie drehte sich herum, wirbelte den Stern an seiner Kette herum und warf ihn dann.

Für einen zeitlosen Augenblick verharrte das Chaos aus Sterbenden und Kämpfenden. Strolch zuckte, als ihn das klirrende Geschoß traf – auf fünfzig Götterfuß Entfernung. Aber er hob den Kopf und blickte Kiaora an, als ob dies das Selbstverständlichste inmitten von Blut und Tod wäre. Dann lief er an die Seite des Blauen Gottes, deutete auf die Karavelle und rief etwas.

Der Augenblick endete. Da traf ihn ein Bolzen und riß ihn zu Boden.

»Hühnerquäler, hinterhältige!« brüllte Fünfarm so laut, daß Kiaora es unmißverständlich hörte. Seine kreisende Schwungscheibe und eines seiner Säbelschwerter töteten zwei Männer, noch während er sich bückte. Mit dem verstümmelten Arm schaufelte er den gestürzten Ajunäer auf den Rundschild und drückte ihn an sich. Die Last, das war bei den nächsten, langsameren Schritten deutlich zu merken, behinderte selbst den Blauen Gott.

»*Wu Teng!*« Ein gemeinsamer Aufschrei zorniger Hoffnung erklang aus hundert Kehlen. Ein Schauer von Bolzen traf Rücken und Nacken des Blauen Gottes. Dieser stampfte weiter, vor sich zehn Reihen Wolfskrieger, hinter sich etwas, was nicht zufällig Faust hieß: eine wutschnaubende, blutende Faust, die sich durch das Gesicht des Hafens von Thalliopê grub.

»Platz frei, Köterköpfe, sonst nimmt Fünfarm euch mit!« Fünfarm drückte Strolch mit dem Schild gegen die Brust, ließ die Schwerter kreisen und rannte geduckt los. Diesen Lauf, das war jedem klar, konnte selbst der Blaue Gott nicht mehr bremsen. Ein eulykischer Befehl erklang – viel zu spät –, und die Wolfskrieger sprangen, hechteten und rollten beiseite.

»*Satraha pureo!*« schrie der bullige Aufseher. Er hatte begriffen. Der Steuermann am hinteren Aufbau ließ das Steuerrad kreisen. Matrosen mit Pluderhosen und hölzernen Ohrringen zogen ein weiteres Segel auf. Der Bug war bereits zehn Götterfuß von der Kaimauer entfernt, das hoch aufragende Heck schrammte an den Steinen entlang. Das konnte der Blaue Gott nicht schaffen.

Kiaora zog erneut das Säbelschwert und rannte zum Heckaufbau. Der vollbärtige Steuermann rief etwas. Sie lief weiter bis ans Heck, das sich nun ebenfalls schon acht Götterfuß von der Mauer entfernt hatte.

Fünfarm stürmte heran wie ein Stier. Hinten brachen rote *Ziangs* durch die Reihen der Eulykier. Wieder knatterte eine Salve Bolzen und schlug in den Rücken des Riesen, ins Wasser und in das Heck der Karavelle.

Der Blaue Gott stemmte Strolch hoch und sprang, einen Schweif aus eiserner Kette, Riemen und Schnüren hinter sich herziehend. Zu kurz, dachte Kiaora. Da schlug der gewaltige Körper gegen das Beiboot, das hinter dem Heck querschiffs aufgehängt war. Kiaora blickte hektisch um sich. Eine Seilrolle, eine

Strickleiter! Der Aufseher und mehrere Matrosen kletterten auf das Achterdeck.

Kiaora hatte ein Tau ergriffen und wollte es über die Reling werfen, als eine blaue Fratze hochschoß. »Fünfarm kann!« brüllte der Blaue Gott.

Alarmschreie erklangen über die ganze Karavelle, als der *Fang* über die Reling kletterte. Sofort wirkte das gesamte Achterdeck winzig klein. Sein Oberkörper erinnerte an ein Stachelschwein, so viele Harpunen und Bolzen steckten darin. Zwei Dutzend Lederriemen und Seile baumelten herab.

Kiaora wich beiseite und blickte dann über die Reling. Strolch lag in dem Beiboot, das Gesicht von Schmerzen verzerrt und zugleich von einem irren Lachen überstrahlt.

»*Gingaling!*« rief er Kiaora entgegen. »Er ist ganz *gingaling* – aber ich liebe ihn.«

Ein lautes Platschen ließ Kiaora herumfahren. Der Aufseher war verschwunden. Auch der Steuermann lief soeben zur Reling. Unten sprangen zwei weitere Matrosen ins Wasser.

»Nein!« rief Kiaora. »Wir brauchen die Mannschaft.« Ohne nachzudenken lief sie zum Steuerrad, ließ das Säbelschwert fallen und übernahm das Steuer.

»Dableiben, Hemdenschisser!« brüllte Fünfarm so laut, daß die gesamte Karavelle erstarrte. »Oder Fünfarm holt euch aus dem Wasser!« Dröhnend sprang er auf das Hauptdeck.

Das Schiff hatte Fahrt aufgenommen. Hinten am Hafenbecken wogte der Kampf hin und her, der keiner mehr war. Im eisigen Wasser kraulten etwa ein Dutzend Männer. An der *Vollendeten Harmonie* barsten krachend die ersten Sparren des Rumpfes. Kiaoras Gedanken flatterten: Ostwind. Sobald sie den Schutz des Hafens verließen, mußten sie die Segel neu ausrichten. Aufseher für die Mannschaft. Wer sprach die Sprache dieser Barbaren? Strolch im Boot – verwundet. Die Kataueken hinter ihnen.

Hastig zurrte sie das Steuerrad fest und lief zur Reling.

»Kannst du klettern?« fragte sie und ließ das Tau drei Götterfuß tief zu Strolch hinab.

»Klettern?« lachte der Ajunäer irrsinnig. Er stand auf, den linken Arm unnatürlich verdreht an den Leib gepreßt. Aus seiner Schulter ragte ein Bolzen – und bei ihm wirkte das Geschoß überhaupt nicht harmlos. Unter lautem Ächzen gelang es ihr, Strolch hoch und über die Reling zu ziehen. Er hockte sich nieder, schief an die Reling gelehnt.

»Hör mir zu, Ehrenvoller Träger der Hand des Blauen Gottes«, sagte Kiaora eindringlich. »Wir müssen dieses Schiff übernehmen. Sag dem *Fang*, daß er die Segelmeister und Aufseher zusammentreiben muß. Denkst du, er kann mit ihnen sprechen?«

Strolch lachte wieder. »Wenn Fünfarm beleidigt, versteht jeder Mann.«

Der Nautiker

An Bord der Karavelle, eine halbe Stunde später

»Tarjixes! Schlüssel.« Strolch machte mit der Rechten die Geste des Türaufschließens und bereute die Bewegung sofort. Ein greller Schmerz fuhr durch sein linkes Schulterblatt. Der Zimmermann des gekaperten Schiffes zauderte und versuchte, sich dumm zu stellen.

»Soll ich *Rama* holen?« deutete Strolch drohend nach oben, Richtung Oberdeck. Das war das Wort gewesen, das die kurjamäischen Seeleute ausgestoßen hatten, als Fünfarm sie zusammengetrieben und ihnen die Situation »erklärt« hatte.

Der gedrungene Mann mit dem kurzen Hals und dem Ziegenbart duckte sich und nestelte einen einfachen eisernen Bartschlüssel hervor. Strolch deutete auf das Türschloß und lehnte sich an die Holzwand daneben. Pinie, roch seine Nase. Immerhin ein ajunäischer Baum, den Strolch kannte. Das Mitteldeck der Karavelle war noch schmaler und beengter gebaut als der Frachtraum der Nauken, mit denen Strolch zweimal übers Meer gefahren war, aber die Deckenhöhe war etwas erträglicher. Doch der hochgewachsene Ajunäer mußte auch hier den Kopf senken, was seine Wunde in zusätzlichem Schmerz aufschreien ließ.

Knarrend öffnete sich die schmale Tür der Kabine. Statt auf die erwarteten Schätze, Vorräte oder Waffen fiel das Licht der Sturmlaterne auf eine Pritsche und eine Gestalt in bunten Seidenkleidern. Der Kataueke versuchte unbewegt zu verharren, aber als das Licht sein Gesicht traf, preßte er die Augen schmerzhaft zusammen. Er war um die fünfzig und hatte ein ungewöhnlich hageres Gesicht. Ohne nachzudenken, senkte Strolch die Laterne und richtete das Licht auf die Hände: drei Ringe.

»Hochehrwürdiger Herr«, grüßte Strolch. Der Mann hob sichtlich überrascht die Augenbrauen. Für einen Augenblick vergaß Strolch seine Schmerzen. Vor einem Jahr hätte er den Mann noch nichtsahnend mit »Höchstehrwürdig« ankatauert. Daß er nun als Barbar eine korrekte und zudem ebenbürtige Anrede gebrauchte, brachte den Gefangenen dazu, sich zu erheben. Er zupfte seine Gewänder zurecht, die teils aus Seide, teils aus Leder waren.

»Ich bin Strolch, Träger der Hand des Blauen Gottes.«

Der Fremde zögerte, verneigte sich dann und nannte seinen Namen. Strolch fühlte bleierne Müdigkeit und lehnte sich gegen den Türrahmen. »Du gehst ... auf Nauke oben.«

Strolch ließ Tarjixes und den Kataueken vorgehen und folgte taumelnd. Der Gefangene trug eine Art ledernen Tornister am Rücken – den gleichen wie Kiaora! Aber Strolch konnte kaum mehr denken. Der Rückweg verriet ihm, daß er am Ende seiner Kräfte war. Aber er war der einzige, der das Schiff durchsuchen konnte. Auf der steilen Treppe zum Oberdeck wurde ihm kurz schwarz vor Augen.

Die eiskalte Seeluft riß ihn wieder zurück in die Wirklichkeit. Fünfarm stand noch immer mittschiffs und machte deutlich, wem das Schiff gehörte. Die Seeleute mit dem Ohrenschmuck schienen gehorsam an den Brassen und in den Wanten zu arbeiten. Kiaora hielt die Karavelle nahe an der Küste.

Der Kataueke warf einen intensiven Blick zum Festland, dann wandte er sich zu Strolch um, der, von Schwäche übermannt, am

Eingang lehnte. Bloß nicht mit dem Bolzen im Rücken an der Holzwand anstoßen. Der verwundete Weltreisende bemerkte kaum, wie der Kataueke losrannte, sich eine Korkboje griff und über Bord sprang. Ja, haut nur alle ab, dachte Strolch und fühlte als letztes, wie er vornüber zusammensackte.

Ein jäher Schmerz ließ Strolch erwachen.

»Verzeih mir«, hörte er Kiaoras Stimme, sanft neben seinem Ohr. Er sah ihr Knie und das Steuerrad; also lag er bäuchlings auf dem Achterdeck. Er zitterte vor Kälte, obwohl er eine rauhe Decke um die Beine fühlte. »Ich muß dir jetzt den Bolzen herausschneiden.«

Mutter, dachte Strolch, in welche Fischabfälle habe ich mich da hineinnavigiert?

»Da ich nicht weiß, wie gut du die Behandlung überstehst«, erklang Kiaoras Stimme fürsorglich und gnadenlos zugleich, »sag mir, was es mit diesem gefangenen Kataueken auf sich hatte. Ich konnte es dem Gestammel des Barbaren Tarjixes ebenso wenig entnehmen wie den Worten des grenzenlos ehrwürdigen *Fangs*.«

»Kataueke«, stieß er hervor, die Lippen halb gegen die eisigen Planken gepreßt. Warum war das jetzt wichtig? Er hatte Angst vor den Schmerzen. »*Dritte Kammer*. Ich glaube, er ist Nautiker. Tasche wie du.«

»Hat er seinen Namen gesagt?« Kiaoras Atem war heiß an seinem Ohr. Etwas in dem jungen Mann begann zu singen.

»Gi…, Giga…«, stotterte er. So müde.

»Gijao?« drang ihre Frage wie ein Schwert durch den Nebel.

»Ja«, stöhnte er. »Gijao näng Singua.« Er brüllte auf, als das Messer sich in seinen Knochen bohrte.

Verlassen!

Im Hafen von Thalliopê, zur selben Zeit

»Er hat mich einfach zurückgelassen!« Lü fühlte heiße Tränen über ihre kalten Wangen sickern. Sie kam sich vor wie das kleine Mädchen, das vor den Standbildern der *Fangs* meditiert hatte. Unerreichbar – das war er gewesen, das blieb er.

»Was, Nühen«, sagte sie, die Augen blind vor Tränen, das Gesicht schamvoll hinter dem Fächer verborgen, »was bin ich? Was bin ich, daß sie mich immer wieder nehmen, benutzen und wegwerfen wie ein Instrument?«

Diesmal antwortete die alte Lehrerin nicht. Sie stand neben der Hohenpriesterin, schwer atmend wie alle, die so sinnlos zum Silbernen Tempel gelaufen waren, um sich dann im Gewühl dieser unerklärlichen Schlacht wiederzufinden.

Da stand Lü nun, auf der anderen Seite der Gezeitenwelt, in einem feindselig kalten Land, inmitten von Blut und Tod, Wahnsinn und Versagen. Dafür, dachte sie, habe ich Tschöng-Hau Leng aufgegeben? Ich war glücklich im Hochtempel: mächtig, begehrt, respektiert. Und nun …

»Höchstehrwürdige Lü«, antwortete endlich Nühen, »was für eine Frage an eine alte Frau. Sollte unsere erste Frage nicht vielmehr lauten, wer diese Krieger sind, warum sie den *Fang* attackierten und was sie mit uns tun werden?«

Lü hob den Kopf und versuchte, die Augen zu trocknen, ohne ihre Schminke endgültig zu ruinieren. Der Hafen war ein chaotisches Getümmel aus Kriegertruppen, die sich sammelten, und den Körpern derer, die das nicht mehr konnten. Die rot gepanzerten *Ziangs* zogen sich zu ihrer Nauke zurück, aber noch immer marschierten Patrouillen durch das ganze Areal. Da und dort sammelten sie ihre Verwundeten ein, aber sehr viel mehr lagen stöhnend oder lautlos im Schmutz. Die eulykischen Wolfskrieger bildeten ihrerseits einen Ring um die Kataueken, anscheinend bemüht, sie langsam zum Schiff zu drängen. Und zwei dieser Patrouillen, eine katauekische und eine eulykische, marschierten von links vorne und von rechts auf Lü und ihr Gefolge zu.

»Über die Maßen ehrwürdige *Lauzöng*!« Der katauekische Offizier hinkte heran, öffnete sein Maskenvisier und fiel nach einem Blick auf Lüs Ringe mühsam auf die Knie. Sofort verlangsamte die eulykische Truppe zur Rechten. »Wachtmeister Pang-So von der Dritten Faust der Götterfresser.« Sein Dialekt war kehlig und fremd. Östliche *Eroberungen*, dachte Lü.

Die Hohepriesterin stellte sich ebenfalls vor und fügte hinzu: »Erhebe dich, Wachtmeister, du bist verwundet.« Der Mann folgte ihrem Befehl, und sie sah an seinem Gesicht, daß er auch beim Aufstehen Schmerzen hatte. Sein Harnisch am rechten Bein war über Oberschenkel und Hüfte gespalten und verbeult.

»Darf ich dich zu deiner Sicherheit zu meinem Hauptmann geleiten?« stieß der Mann schnell hervor.

Lü ließ sich mit ihrem Gefolge über den Kampfplatz eskortieren. Es war erschreckend: erst jetzt gewahrte sie die mit roten Harnischen gepflasterte Straße, die in Schlangenlinien vom Beginn der Allee bis zur Kaimauer weiter rechts führte – der Weg eines tobenden Gottes.

Im Zentrum der Truppe bildete ein Finger von acht mal acht Mann ein waffenstarrendes Karree perfekt ausgerichteter Klingen.

»Ist meine Schminke noch akzeptabel?« Nühen zog Seidentuch und Schminkpinsel aus dem Ärmel. Während die vier Dienerinnen einen Fächerwall bildeten, besserte die alte Lehrerin Lüs Maske aus.

»Beim Himmlischen Willen, Nühen«, wurde Lü bewußt. »Meine gesamte Garderobe ist verbrannt. Mein Gepäck, die Seidenschriften, die heiligen Zeremonialutensilien. Wir sind hier in der Barbarei gestrandet mit dem, was wir am Leib tragen.«

Die Priesterinnen ließen sich ins Innere der Formation führen. Dort stand im Kreis seiner Offiziere und Seefahrer der Anführer, Helm und Standarte mit je drei Bändern geschmückt. Er hatte das Visier hinaufgeklappt und sah, so fand Lü, nicht aus, als ob er selbst gekämpft hatte.

»Er ist einfach zu schnell«, führte der Hauptmann soeben aus. »Er tanzt durch unsere Reihen wie ein *Wung Ling* durch die Reisähren. Die Doktrin hat nicht vorhergesehen, daß sich ein Gegner dieser Größe schnell wie ein Panther bewegt.« Er vollendete den Satz, obwohl er die Hohepriesterin bereits gesehen hatte. Dann wandte er sich ihr zu mit einem Blick wie aus schwarzem Stahl. In seiner Linken hielt er gedankenverloren ein kupfernes Sternenamulett.

»Ich bin Lü näng Huango, Herrin der *Inneren Kammer* des Hochtempels von Tschöng-Hau Leng.« Lü sprach jedes Wort mit Nachdruck.

Der Offizier verneigte sich. »Höchstehrwürdige *Lauzöng*, ich bin Kang hua Schiang, Hauptmann der Dritten Faust der Götterfresser, und dies ist meine Einheit.« Sein Gesicht war ausdruckslos. Kein schöner Mann, dachte Lü, aber er hatte etwas von der unerschütterlichen Kraft eines weidenden Stieres.

Götterfresser – das erübrigte jede Frage, warum sie angegriffen hatten. »Du gehörst zu den acht mal acht mal acht mal acht Helden, die den *Höchsten Kriegsherrn der Geheimen Kammer* bei der Schlacht begleiteten?«

»Wir sind keine Helden.« Seine Stimme war tief und hart. »Wir haben unsere Aufgabe noch nicht erfüllt.« Seine Finger spielten mit dem achtzackigen Stern.

»Der über die Maßen ehrwürdige *Fang*, den du hier in Thaliopê angegriffen hast, suchte den Hochtempel von Tschöng-Hau Leng auf und befahl mir, ihn zum Orakel zu bringen.« Lü wußte, daß sie auf verlorenem Posten stand, aber sie wollte nicht die einzige Gelegenheit verstreichen lassen, zu sagen, was sie zu sagen hatte. »Ich stehe daher in seinen Diensten. Mein Eid läßt es mich als meine Aufgabe betrachten, für seine Sicherheit zu sorgen.«

In den Augen des Hauptmanns blitzte etwas, das Überraschung oder auch Humor sein mochte. Aber seine Antwort war wieder von dieser Unerschütterlichkeit, die für ihn anscheinend typisch war. »Höchstehrwürdige *Lauzöng*, du weißt, daß der *Herr der Unwandelbaren Ordnung* befohlen hat, die *Fangs* zu erschlagen.«

»Das weiß ich.« Lü widerstand der Versuchung, ihren Fächer schützend vors Gesicht zu heben. »Was wirst du nun tun, da er dir entkommen ist?«

»Wird er über die Maßen ehrwürdiger Hauptmann Rest von Blauer Gott weiterjagen über andere halbe Welt«, mengte sich ein barbarisch wirkender Mann ein, der nicht einmal im ersten Kreis der Offiziere um den Hauptmann stand.

»*Acht* Nächte auf dem Kasernenhof«, antwortete Kang mit erhöhter Lautstärke, ohne den Blickkontakt zu Lü zu brechen. Dann setzte er höflich und leise fort: »Weise mich für den Mangel an Disziplin in meiner Faust zurecht, höchstehrwürdige *Lauzöng*, aber meine Männer stammen aus allen *Eroberungen* des *Reiches der Tugend*, selbst aus den zuletzt unterworfenen Barbarenreichen.« Nun kehrte er zur ursprünglichen Lautstärke zurück. »Der *Fang* ist mir nicht das erste Mal entkommen. Ich folgte ihm vom *Unvollendeten Palast* nach Tschöng-Hau Leng und von dort hierher.« Er führte den Gedanken nicht aus; anscheinend war er der Meinung, daß dies eine Antwort auf die Frage nach seinen Plänen sei.

»Höchstehrwürdige *Lauzöng*, wir sind von barbarischen Truppen umzingelt. Du erlaubst, daß ich einige dringende Befehle gebe, ehe ich dir weiter zur Verfügung stehe?«

Lü machte eine gewährende Geste mit dem Fächer. Es war zugleich peinlich und beunruhigend für sie, daß sie die Lage nicht richtig einschätzte.

»Wachtmeister Zuang-Zu! Was tun die Eisernen Männer?«

»Etwa dreihundertzwanzig Mann, höchstehrwürdiger Hauptmann, und es kommen ständig welche hinzu. Sie haben den Ring geschlossen, lassen aber unsere Versprengten zu uns zurückkehren. Es kam durchwegs nur zu einzelnen Zusammenstößen, die aber anscheinend immer von den Anführern oder den Priesterinnen unterbunden wurden.« Der Wachtmeister blickte auf eine holzgefaßte Wachstafel. »Wir haben drei von ihnen getötet und zwei Mann durch sie verloren.«

»Verluste jetzt?«

»Mit Wachtmeister Pang-Sos Rückkehr sind wir jetzt auf 207 Mann Truppenstärke.«

»Und nur mehr drei Wachtmeister«, sinnierte Kang mit mahlendem Kiefer. »Waffenmeister erstes Glied, erster Finger zum Wachtmeister befördern. Und zwei neue Waffenmeister: den Mann, der den *Fang* mit der Harpune traf, und unseren vorlauten Turga, der so seltsame Dinge findet.« Er warf dem Ersten Wachtmeister das kupferne Amulett zu.

»Tugend, Hauptmann!«

»Was meinst du, höchstehrwürdige *Lauzöng?*« Lü war erstaunt, mit welcher Selbstverständlichkeit der Hauptmann sich an sie wandte. »Was wollen die Eulykier?«

»Die Eulykierinnen, ehrwürdiger Hauptmann. Thalliopê ist ein Matriarchat. Und wie mir scheint, ist das der Grund, warum sie das Gemetzel nicht auf ihre Krieger und auf ihren Hafen übergreifen ließen – bis jetzt.«

»Glaubst du, werden sie uns unsere Verwundeten ausliefern? Und unsere Toten und ihre Waffen?«

»Ich schlage vor, ehrwürdiger Hauptmann, daß ich sie das einfach frage.« Lü begann zu fächeln. Männer, dachte sie. In ihrem Kopf hatte sich plötzlich ein Gefühl zu einem Entschluß verdichtet. Sie wußte, was sie zu tun hatte.

»Ehrwürdiger Hauptmann Kang«, eröffnete sie ihrem Gegenüber mit weiblichem Lächeln und einer Stimme, die keinen Widerspruch duldete. »Ich habe dank deinem Angriff mein Schiff verloren und mein gesamtes Gepäck. Als Verteidiger des *Reiches der Tugend* und seiner Würdenträger vertraue ich mich mit meinem Gefolge dem Schutz der Götterfresser an. Wohin immer deine Jagd dich führt, ich werde dich begleiten.«

Der Hauptmann hatte sich gewiß hervorragend in der Gewalt, aber für einen Augenblick sah Lü, wie seine Augen sich weiteten und dann zu tiefstem Schwarz wechselten.

»Der Himmlische Wille sei mein Wille«, flötete sie.

Während die unnatürlich starke Bewölkung der ersten anderthalb Jahre nachgelassen hatte, war es nun für jeden unübersehbar, daß der Himmel verschleiert blieb. Doch bei allen Befürchtungen und allem Aberglauben ahnte niemand, daß kaum einer es mehr erleben sollte, Sonne und Mond anders als hinter einem grauen Nebel zu sehen.

Nach dem Kampf im Hafen von Eulykien verliert sich die Spur Fünfarms und seiner Gefährten sowie seiner Verfolger für einige Zeit. Kiaora gelang es wohl, die gekaperte Karavelle STERN VON ANDHAKLEIA um die Halbinsel von Eulykien und dann nordwärts zu steuern. Sie durchschifften das Meer des Schlafes, passierten die Halbinsel von Ikarillia, die von einer eigenen Katastrophe heimgesucht worden war, und erreichten die mächtige Landzunge von Gwanapur. Innerhalb weniger Wochen gerieten sie also vom strengen eulykischen Winter in die schweißtreibende Regenzeit eines der schwülsten Länder Ajunas.

Dort jedenfalls stießen sie auf eine Gruppe von Personen, der wir im Zuge dieser Chronik bereits begegnet sind und noch öfter begegnen werden. Und wieder war es ein Handel, der die Flüchtlinge Unterschlupf finden ließ. Die STERN VON ANDHAKLEIA mußten sie aufgeben – nur mehr tausend Meilen von deren Heimathafen entfernt. Aber auch von jenem Schiff hören wir an dieser Stelle nicht zum letzten Mal.

SCHWESTER DOLORES,
CHRONIK EINER
VERLORENEN ZEIT,
BD. II, NIEDERGELEGT
ZU CANTAMO IM
540. JAHR DER ABWESENHEIT GOTTES

THEATRO PHANTASMAGORICO

*In Markomassa, in der Mitte des Dürremondes,
im 461. Jahr der Abwesenheit Gottes*

»Gib mehr Geld!« Strolch hielt dem dicken Erdnußbauern den Sammelbeutel direkt vor die Nase und schüttelte ihn. »*Theatro* schön? Mädchen schön? Mädchen hungrig.« Der Mann mit der Kegelmütze lachte und warf noch einige Kupfermünzen nach. Der junge Abenteurer ging geduckt zwei Plätze weiter und stellte sich dann aufrecht ins Blickfeld eines Seemannes. Die Technik, die ihn die Gaukler gelehrt hatten, war wirklich unfehlbar. Die Männer kassierte man ab, während die Tänzerinnen auftraten, die Frauen, wenn dann die Liebesszene kam.

»*Theatro* schön?«

»*Tusarka!*« verscheuchte ihn der Matrose. Nun gut, unfehlbar war wohl übertrieben.

Der nächste war eher ein Handwerker; auch er trug die kegelförmige Filzmütze und einen Hüftrock. »*Theatro* schön?« Das mußte jetzt, rechnete Strolch, die fünfte Sprache sein, in der er wenigstens betteln konnte.

Hinter dem Merkantilier ging wieder der Harlekin auf die Bühne, um zu erzählen. Selbst der trug in der Hitze nur einen Hüftrock, allerdings mit den üblichen Karos, und das grinsend geschminkte Gesicht. Strolch begann heute die ersten Worte zu begreifen, aber auch nur, weil er wußte, worum es in dem Stück ging. Es war ein einheimischer Schausteller, den das *Wundersame Theatro und Menageria des Gaukelmeisters Carissimo Kurjameo* angeworben hatte, um den Markomassaten die Handlung zu erklären.

»Der böse Rote Mönch«, sagte er jetzt wohl sinngemäß, »schleicht noch immer durch die Stadt, um die mutige Schwarze Reiterin zu fangen, die den gräulichen Odemdieb jagt, doch der edle Satrap hat sie gewarnt.« Strolch drückte sich aus den Zuschauerreihen, um nicht weiter im Blickfeld zu stehen – soweit die Markomassaten mit ihren komischen Mützen überhaupt etwas sahen. Außerdem traute ihm der alte Machios noch nicht,

Th ATRO
MAGORICO

und er mußte den Beutel nach jeder *szena* abliefern. Auf der Bühne folgte nun die erheiternde Verfolgungsjagd, in der eine rote Gestalt, eine schwarze, eine graue und eine goldene um eine Hauskulisse schlichen und sich bei jeder Begegnung mit Buch, Lanze, Tentakeln und Szepter verdroschen.

Strolch ging, die zugehörige Melodie pfeifend, auf die bunt bemalten Tonnenwagen hinter der Bühne zu. Jetzt sang der Chor: »*Caballiera passa passa! Odo Odo huhuhu!*« Die Mädchen animierten das Publikum zum Mitsingen und dazu, die Schwarze Reiterin mit Huhuhu! zu warnen, wenn ihr der Odemdieb zu nahe kam. Es war unglaublich, wie die Lieder bei den Markomassaten einschlugen, obwohl sie natürlich kein Wort des Kauderwelschs aus Merkantilo und Kurjamäisch verstanden.

Kiaora war zurück und wartete vor ihrem blauen Wagen, auf den eine Medusa und ein Werwolf gemalt waren.

»Wenn ich ein Junge war in Maganta«, begann Strolch ansatzlos zu erzählen, »ich höre immer diese Lieder aus viele Sprachen, die ich nicht verstehe, und singe sie mit.« Er mußte sich ein wenig um sie kümmern und katauekisch mit ihr sprechen, wenngleich sie inzwischen die ersten Brocken Merkantilo von sich gab. Oder das, was ihr dieser Pfau Carissimo als Merkantilo beibrachte.

»Für mich hört sich alles gleich fremd an«, sagte sie mit diesem intensiven schwarzen Blick, bei dem er nie wußte, ob er einen Scherz oder ein persönliches Geständnis begleitete.

»Wie ist es gewesen am Hafen?«

»Ich denke, wir haben die Zusage für drei Karacken nach Gautamar, die uns auch mit den zwei neuen Wagen auf Deck unterbringen.«

»*Gingaling*«, meinte er und klopfte mit der Faust auf eines der großen Wagenräder, »mit den großen Wagen über das Meer der Säulen. Das ist nicht so einfach.«

»Nicht so schwer, Ehrenvoller Träger der Hand des Blauen Gottes«, sagte sie sanft, »wie die Reisen, die *wir* bereits hinter uns haben.« Es war fast schon Frotzelei, wenn sie ihn mit seinem katauekischen Titel ansprach. Tücke, war das nun wieder lange her.

»Ja, ehrwürdige Herrin der Nautik«, lächelte er zurück, »wir drei sind schon große Wege gefahren zusammen.«

»Wo ist die Zaster?« Machios kam von der Bühne. Er trug eine schwarze Kutte, und sein südländischer Ziegenbart leuchtete weiß.

»Keine Sorge«, antwortete Strolch in seiner Muttersprache und warf ihm den Sammelbeutel zu. »Wird Zeit, daß wir hier verschwinden. Ich schätze, sie haben den Schwarzen Reiter satt.«

»Ja«, grinste Machios und schlug die Kapuze zurück, »den hat ganze Markomassa gesehen in die letzte acht Woche. Oder waren neune?« Sie folgten ihm in den weißen Wagen mit den Messingbeschlägen. Der alte Gaukler ließ sich vor einen merkantilischen Silberspiegel fallen, der schon etliche blinde Flecken und kleine Sprünge hatte. Er öffnete das Schloß am Beutel und schüttete die Münzen auf einen Teller. Sofort war Affenkönig da, Machios' zahmes Äffchen, und griff nach dem Geld. Der alte Gaukler packte das Tier am Halsband und warf es Kiaora zu. Dann öffnete er das Schloß der im Wagen festgeschraubten Schatztruhe und warf die Münzen mit einem unlustigen »*Malefisto!*« hinein.

»Was iste, Katauermädel?« sagte er dann, während er in den Spiegel blickte und seine weiße Schminke erneuerte. »Kommen wir nach Gautamar?« Er kannte wirklich keine Gnade und sprach immer Merkantilo mit ihr.

»Wir Schiff gut«, radebrechte Kiaora mit diesem Akzent, der Strolch immer warm unter die Haarwurzeln ging. Sie setzte Affenkönig ab.

»Sie meint, daß wir alle sechs Wagen unterbringen«, ergänzte Strolch.

»Lasse sie selber rede«, meinte Machios gleichmütig, während er sich die Augenbrauen rußte. »Vor *mir* brauchst du sie nicht beschütze.«

Strolch fühlte, wie ihm die Schamesröte ins Gesicht stieg. Hoffentlich hatte sie das nicht verstanden. Er verließ den Wagen etwas zu hastig.

Draußen kam ihm Largashmi entgegen, mit nicht sehr viel

mehr bekleidet als mit der langen Würgeschlange um den Hals. Die anderen Mädchen sangen jetzt im Chor, aber die Schlangentänzerin trat nur zu einem einzigen Zweck auf.

»Na, große Junge?« gurrte sie mit ihrer rauchigen Stimme und trat etwas zu nahe an ihn heran. Er hatte noch nie eine Frau getroffen, der es so wenig ausmachte, fast nackt vor einem Mann zu stehen. Nicht, verbesserte er sich mit einem Kloß im Hals, daß schon viele Frauen fast nackt vor ihm gestanden hätten. »Was macht deine Gott? Kann er bald auftreten?«

»Weiß nicht …« Strolch bemühte sich, nicht zu stottern. »Er ist ein wenig … na ja, ich muß ihm noch viel erklären.«

»Mach das«, säuselte sie und fuhr ihm mit einem Zeigefinger, der nach katauekischen Gewürzen schmeckte, über die Lippen, »mach das schnell. Wir wolle eine gute *monstro* in Gautamar.«

Der junge Mann versuchte seinen Kopf zu entwirren und ging zum blauen Wagen zurück. Medusa und Werwolf. Ein gutes *monstro*. Er schob den Riegel beiseite und stieg ins Dunkel des Wagens. Es roch ein wenig gammelig von den Masken und Fellen, die überall hingen. Doch Strolch mußte nichts sehen, um zu wissen, welches Ungeheuer im hinteren Teil des Wagens saß.

»Ich habe Carissimos Leute noch nie so aufgeregt gesehen«, sagte er in die Dunkelheit. »Sie sind richtig heiß auf das Konzil in Gautamar. Sogar Carissimos Vater. Dabei tut der sonst immer so, als ob ihn nichts mehr aufregen könnte.« Aus dem Dunkel kam keine Antwort, kein Atemzug, nicht einmal ein Geruch. »Und sie wollen, daß du in Gautamar endlich auftrittst. Ich glaube, sie versprechen sich alle sehr viel Geld und Ruhm davon.«

Nun begann die Stille selbst Strolch zu beunruhigen. War *er* überhaupt noch da? Natürlich. Wo sollte er auch hin? Er hielt sich seit Monaten im Wagen versteckt und kam nur, wenn der Wagenzug zur nächsten Stadt fuhr, nächtens ins Freie.

»Also, ich wollte nur, daß du weißt, wie wichtig es ist, daß wir …« Der Merkantilier stockte. »Ich muß jetzt wieder hinaus – mich massakrieren lassen.«

Strolch lief eilig über die Fläche, die von den Wagen des *Theatros* begrenzt wurde, und kletterte in den grünen Wagen mit den

Schlachtenmalereien. Bruto und Crasso hatten sich bereits als Salamarios Söldnerschweine kostümiert.

»Da, Langer«, rief Bruto und warf ihm den glänzenden Brustpanzer zu. »Ich habe dir noch eine Ladung Tuch drunter gemacht.« Wer Bruto auf oder vor der Bühne sah, wo er immer die Rolle des schwerfälligen Schlägertypen oder des Rausschmeißers übernahm, hätte nicht für möglich gehalten, daß der vierschrötige Mezzogenier in Wirklichkeit ein fürsorglicher Mensch war.

»*Perfecto*«, grinste Crasso, »Söldnerschweine sollten fett sein.« Gleichzeitig versuchte er, seinen ansehnlichen Bauch zusammenzuschnüren. Die Bösewichte hatten, so Carissimos Anweisungen, halbe Hemden zu sein; nur der Held war stattlich und wohlbeleibt. Strolch war selbst mit den stehenden Figuren des *Theatro Phantasmagorico* aufgewachsen: Die Dicken waren immer die Guten, die dürren Hungerleider die Schurken. Und er hatte als dünner Gassenstreuner in den letzten Zuschauerreihen gestanden, ständig von Handwerksburschen und betrunkenen Schauerleuten verdrängt, während die gut genährten *mercatoren* in den Logen und ersten Sitzreihen gesessen hatten.

»Wo bleibt der *mercator?*« fragte Strolch hinter einem Kostümständer, während er heimlich Fünfarms Hand aus dem Hemd holte und unter einigen alten Umhängen verbarg.

»Wahrscheinlich wieder besoffen«, meinte Crasso fröhlich. »Hatte gestern wieder Streit mit Carissimo. Unsere Schurkendarsteller bleiben nie lange.«

»Paßt es?« fragte Bruto.

»Ja«, nickte Strolch, der sich in den Brustpanzer geschlängelt hatte, »jetzt kann er draufhauen, so viel er will.«

»Solange er nicht wieder deinen Kopf erwischt«, lachte Crasso. Mit den beiden hatte Strolch immer Spaß. Erstens waren sie Merkantilier wie er, Bruto sogar aus der *provincia* neben Maganta, und konnten sich fließend mit ihm unterhalten. Zweitens erlitten die drei jeden Tag zwei- oder dreimal auf der Bühne das gleiche Schicksal. Außerdem waren Bruto und Crasso ein schwules Pärchen, und zumindest Bruto, vermutete Strolch, hegte ihm gegenüber nicht nur mütterliche Gefühle.

»Bin gespannt, welche Bärte wir bei den Gautamannen bekommen werden«, sagte Bruto und kam mit gezücktem Pinsel auf Strolch zu. »So, stillhalten, Langer.« Bruto hatte klobige Finger, aber es war immer wieder überraschend, wie sanft er beim Schminken war. Der junge Streuner fühlte die kühle Farbe auf seinen Augenbrauen und auf der Oberlippe. Hier in Markomassa trugen die Männer Rahmenbärte und Ziegenbärte; daher hatten die Bösewichte fremdländische Schnauzbärte zu tragen. »Mit Kringel«, schmunzelte Bruto wie bei den letzten zwanzig Malen und malte die Bartenden.

»Mir machst du nie so geile Kringel«, schmollte Crasso.

»Aber freilich, mein Hengst«, wandte sich Bruto zu seinem Liebhaber um. Strolch hatte sich noch immer nicht daran gewöhnt, wie selbstverständlich die beiden vor ihm mit ihrer Liebe umgingen. Sogar ihre Eifersucht, wenn Crasso wieder einmal von Carissimo schwärmte, zeigten sie ganz offen. Doch ihre familiäre Art war einer der Hauptgründe, warum Strolch sich in diesen Monaten, in denen sie beim *Wundersamen Theatro und Menageria des Gaukelmeisters Carissimo Kurjameo* untergekommen waren, wohl gefühlt hatte.

»Gehen wir!« kommandierte Crasso. Sie packten ihre Zinkhellebarden, die so schwer aussahen und sich so bedrohlich schnell schwenken ließen. Als Strolch ins Freie trat, verkrampfte sich sein Magen. Das war nun das zwanzigste Mal, daß er auf die Bühne ging, aber die Vorstellung, sich vor fast tausend Fremden zum Affen zu machen, ließ ihn noch immer würgen.

Draußen, an der Rampe zur Bühne, standen Kiaora und Nanjeb der Wildhäuter. Der haarige Kraftmensch und Kettensprenger trug im letzten Akt meist die schwere Monstermaske, aber vorher spielte er den Wilden Salamario. Das war eine stehende Figur des *Theatros*, die in jedem Stück vorkam: ein blutrünstiger Halsabschneider oder lächerlicher Choleriker, häufig als Söldner oder Stadtwache. Salamario trug traditionsgemäß ein Kopftuch und einen Kaftan, aber nicht einmal Carissimo konnte erklären, warum zu dem Kostüm ein breiter Bauchbund aus Vogelfedern gehörte, von dem ein großer, hühnerartiger Kopf aufragte und zwei lange Hühnerbeine herabbaumelten. Manche kleinere Theatertruppen, so hatte er geunkt, kostümierten die Rolle sogar nur mit einem Gürtel aus toten Spatzen. Salamario war jedenfalls ein garantierter Lacher.

»Viel Glück!« sagte Kiaora auf katauekisch, ein leichtes Lächeln um den fremden Mund.

»Du mußt sagen«, lachte er zurück, »daß ich nicht Glück haben soll. Der *heilige Guelfo* ist sonst böse.«

»Hat sie dir schon wieder Glück gewünscht?« fragte Crasso, der natürlich nur den Heiligennamen verstanden hatte. Aber er war einer der heftigsten Verfechter dieses Aberglaubens. Strolch hatte gelernt, sich an die Bräuche derer zu gewöhnen, mit denen er durch die Lande zog.

»Was machen wir, wenn der *mercator* nicht kommt?« fragte Strolch.

»Me'cato' suchen!« stieß der muskulöse Nanjeb Kiaora an. Er schien keine einzige Sprache, die in der Gauklertruppe vertreten war, zu beherrschen, aber das hielt ihn nicht davon ab, in verschiedensten Dialekten kurze Sätze hervorzustoßen.

»Keine Sau braucht den *mercator!*« winkte Crasso ab. »Der Rote Mönch zieht die Fäden, Salamario brüllt herum, und wir lassen uns verhackstücken. Carissimo baut den *mercator* nur immer ein, weil er nun mal eine stehende Figur ist und die ganze Eherne Liga knapp davor steht, dem Merkantilischen Imperium den Krieg zu erklären.«

»Und wir als Merkantilier mittendrin«, überlegte Strolch. »Sollten wir nicht, statt nach Gautamar zu gehen, uns schleunigst nach Norden absetzen?«

»Wir sind Gaukler«, legte Bruto die Hand auf seine Schulter. »Wir sind ehrlos. Wir haben keine Namen und keine Heimat.«

»Mach dir keine Sorgen, weil du Merkantilier bist, Strolch«, grinste Crasso und zog seinen Bauchgurt noch ein Loch enger. »Du hast schon genug Kacke am Hals mit deinem Gott.«

Das belauschte Gespräch

Im Theatro Phantasmagorico, *am selben Abend*

»Setzt du dich noch zu den Musikmachern?« fragte Strolch auf katauekisch.

»Nein, ich bin müde«, antwortete Kiaora und stieg in den Wagen. Sie tappte durch das Dunkel und legte sich, ohne sich zu entkleiden, auf ihre Koje. Die junge Katauekin starrte in die Finsternis und war keineswegs müde.

Sie war alles andere als eine Grüblerin. Aber es wurde immer schwieriger zu rechtfertigen, was sie hier tat. Kiaora war eine Nautikerin der *Zweiten Kammer* von Tschöng-Hau Leng. Die Hohepriesterin von Tschöng-Hau Leng hatte ihr befohlen, eine Nauke nach Eulykien zu lenken. Das hatte sie getan und dabei das Schiff eingebüßt.

Danach wurde es schwieriger. Sie hatte den *Fang* begleitet, weil er gestrandet war, weil es Aufgabe eines Nautikers war, seinen grenzenlos ehrwürdigen Passagier zu bewachen, weil sie verfolgt wurden. Aber die Hohepriesterin, in deren Dienst sie stand, hatten sie zurückgelassen. Kiaora konnte auch nicht wegdeuten, daß es katauekische *Ziangs* gewesen waren, die den *Fang* angegriffen hatten. Sie hatte selbst in der *Zweiten Kammer* genug Politik mitbekommen, um zu wissen, daß der *Herr der Unwandelbaren Ordnung* befohlen hatte, die *Fangs* anzugreifen.

Handelte sie gegen den Befehl des *Göttergleichen*, der zugleich auch *Herr der tausendzweihundertdreiundzwanzig Kammern* war? Müßte sie nicht längst zurückkehren, um der *Kammer* der Nautik den Ausgang der Großen Passage mitzuteilen? Hätte sie nicht versuchen müssen, die Hohepriesterin zu bergen? Irgendwo in der Doktrin der *Geheimen Kammer der Nautik* gab es bestimmt eine Antwort, aber Kiaora hatte nie zu den Strebern gehört, die Hunderte von seidenen Schriftrollen auswendig beherrschten. Nun hätte sie gern mit Schiffsführer Schaung gesprochen. Sie vermißte seine väterliche Art, aber sie wußte nicht einmal, ob er noch lebte. Sie hatte ihn mit der brennenden *Vollendeten Harmo-*

nie einfach im Stich gelassen. Was hätte er ihr geraten, er, der immer so viel auf sie gehalten hatte? Was hätte ihr Vater getan? Was *hatte* ihr Vater getan? War er ...

Die Wagentür quietschte. Das mußte Strolch sein. Sie hörte das Scharren eines Zunderkästchens, und kurz darauf drang ein wenig Licht aus dem Hauptraum des Tonnenwagens, in dem die Kostüme hingen.

»Fünfarm«, räusperte sich der Ajunäer, »wir müssen noch mal über dieses Konzil sprechen.« Kiaora erkannte das Wort in der heiligen Sprache der Ajunäer, das in den letzten Tagen öfter gefallen war: ein Treffen der mächtigsten Priester Ajunas. Als Carissimo davon gehört hatte, hatte er die Route sofort abgeändert. Statt weiter durch die Gwanapurnischen Reiche Richtung Elephantinos zu ziehen, hatte er Kiaora beauftragt, eine Passage über das Meer der Säulen nach Gautamar zu organisieren.

Endlich eine Beschäftigung. Sie hatte sich zunehmend nutzlos gefühlt in den letzten Monden. Ihr katauekischer Stolz ließ nicht zu, sich vor Barbaren zur Schau zu stellen, schon gar nicht als exotische Schönheit, wie es Carissimo schon am ersten Tag angedeutet hatte. Ihre Fähigkeiten als Nautiker waren auf den breiten Pisten roter Erde zwischen den Städten Gwanapurs zwar nützlich, aber keineswegs nötig.

»Du hast gesagt, Jammerlurch, das ist der Ort, wo sich die versammeln, die den Gott suchen, der nicht da ist.« Die Stimme des *Fangs* war schmerzhaft laut und grob wie immer. Und wie immer verstand Kiaora jedes seiner Worte – im Gegensatz zu dem, was Strolch sprach.

»Ich weiß, daß das die einzige Fährte ist. Aber wir haben Carissimo versprochen, daß du dort als Monster auftrittst.« Es ging um den Gaukelmeister, so viel verstand die Katauekin.

»*Du* hast versprochen, Steißwurm.«

»Ja, habe ich, aber es war die einzige Möglichkeit, uns bei den Gauklern zu verstecken.« Diesmal hörte Kiaora nur, daß Strolch peinlich war, was er antwortete.

»*Du* und die Schifferkröte wollen sich verstecken, Hemdenschisser.«

Kiaora zuckte zusammen: sie fühlte sich beleidigt, zornig und zugleich ertappt, weil sie lauschte. Strolchs Stimme wurde kurz heftiger. Ihr Name fiel, dann, zwei Sätze später, der von Thalliopê. Hatte der junge Mann widersprochen? Sie wünschte sich, mehr von dem zu verstehen, was er sagte. Von Fünfarm kam keine Antwort.

In welcher Beziehung standen die beiden? Manchmal schien es Kiaora, daß Strolch Sklave des Blauen Gottes war, wie es ihrer beider Herkunft erwarten ließ. Manchmal jedoch waren sie fast wie Freunde. Bisweilen schien Strolch sich in Gegenwart des Riesen zu fürchten und um sein Leben zu bangen. Dann wieder sprach er zu dem *Fang* mit einer Respektlosigkeit, die Kiaora nicht einmal einem älteren Herrn der *Ersten Kammer* gegenüber gezeigt hätte. Und Kiaora hatte in Tschöng-Hau Leng selbst für eine Mangalierin als respektlos gegolten.

Strolch hatte das Gespräch wieder eröffnet. Er schien Fragen zu stellen, aber die Antworten des *Fangs* waren einsilbig. Kurz hatte Kiaora den Eindruck, daß sie wieder über den Kampf im Hafen von Thalliopê sprachen.

»Was ist erinnern, Popelgrübler?« fragte der Blaue Gott nun mit dem Knurren eines riesigen Raubtiers. Strolchs Antwort klang leicht verzweifelt, er rang nach Worten.

»Fünfarm weiß, daß die Blechgimpel seine Hand abschlagen.« Seltsam. Wieso formulierte er das in der Gegenwart? Sprach er von der Vergangenheit – oder von der Zukunft? Welches Geheimnis verband die beiden? Was hatte es mit der Hand auf sich, die Strolch trug? Was war die Frage gewesen, die der *Fang* dem Orakel von Thalliopê gestellt hatte? Und was war die Antwort gewesen, die ihn so erbost hatte?

Fremde Priester

In Honaghûsa, im Zweiten Mond im Jahr 475 der Blauen Götter, etwa zur gleichen Zeit

»Ich bin überzeugt, ehrwürdiger Hauptmann, daß wir in den Barbarenreichen der Ehernen Liga mit klugen Verhandlungen erfolgreicher sind als mit Waffengewalt, die sich stets mit der Verteidigungsbereitschaft einer ganzen Stadt messen muß.« Lü schritt zielsicher, aber würdevoll langsam auf die Basilika von Honaghûsa zu, hinter sich ihr Gefolge.

»Mich mußt du davon erst überzeugen, höchstehrwürdige *Lauzöng.*« Kang ging, wie es die Rangverhältnisse geboten, hinter der Hohenpriesterin, aber seine angespannte Haltung und die Tatsache, daß er es schräg versetzt tat, mit freiem Feld für den rechten Waffenarm, zeigten, daß er sich als Krieger im Feindesland fühlte, der eine Person zu beschützen hatte, die ihm nicht nur vorgesetzt, sondern zudem eine wehrlose Frau war. »Was wir bis jetzt von dieser Ehernen Liga sahen und hörten, waren Barbarenreiche, in denen selbst deren Ordnung zusammengebrochen ist.«

Das war richtig: die Stadt Sadi, die die wichtigsten Lotsendienste über das Meer des Schlafes leistete, war voller Ruinen, und das gesamte Königtum von Ikarillia, so munkelte man, war von Steinen, die vom Himmel gefallen waren, erschlagen worden. Lü konnte sich an Andeutungen erinnern, die vor zwei Jahren von einem bevorstehenden kontinentalen Seekrieg zwischen der gesamten Ehernen Liga und dem Merkantilischen Imperium gesprochen hatten. Aber sie wußte auch, daß dieser Staatenbund etwa zwanzig Reiche umfaßte. Und Honaghûsa mit seinen hohen Lehmbauten, die an Bienenstöcke erinnerten, wies bei aller Barbarei die Anzeichen einer Hochkultur auf.

»Du sagtest, du stammst aus dem Feldreich, ehrwürdiger Hauptmann?«

»Ja. Von der Grenze zu den Turga, die ihren getöteten Feinden die Kopfhaut mitsamt Haaren abtrennen, um das Zaumzeug ihrer Pferde damit zu schmücken.«

»Skalpieren ist mir nicht unbekannt. Die mangalischen Seeräuber tun das ebenfalls – und sogar manche meiner Nautiker, fürchte ich, haben einige Skalps im Familienschrein hängen.« Lü hatte noch nie jemanden aus der Eroberung *Feldreich* kennengelernt. Sie konnte sich an eine Gesandtschaft aus Reisland erinnern, die den halben Kontinent umsegelt hatte, um in Tschöng-Hau Leng über eigene Handelskontore für ihre Nauken zu verhandeln. Das Labyrinth war für sie der Inbegriff einer öden, entlegenen barbarischen Grenze; obwohl, wenn sie es bedachte, diese Festung vermutlich nur halb so weit von Mantikor Leng entfernt lag wie Tschöng-Hau Leng. »Aber verstehe mich nicht falsch«, log sie, »ich wollte keineswegs andeuten, daß deine bisherigen Verdienste dich Feinde sehen lassen, wo keine sind.«

Am Portal der Basilika standen bereits einige erregte, weiß gewandete Diener beisammen. Lü hatte ihr Kommen gleich nach der Ankunft im Hafen durch einen Boten angekündigt. Das Gotteshaus war ein wuchtiges, aber eigentümlich farbloses Bauwerk mit einer runden Kuppel.

»Höchstehrwürdig *Lauzöng*?« Lüs Nase rümpfte sich, wenn auch kaum sichtbar, als sie der etwa fünfzigjährige Tempeldiener ansprach. Wie beinahe alle Bewohner Honaghûsas, die sie bisher gesehen hatten, trug er handtellergroße Ohrenpflöcke und auch in der Unterlippe mehrere hölzerne Ringe. »Ich Ungalbert sein *magister praetorium* von Humbald *princeps* von Honaghûsa.« Sein Katauekisch war für einen Barbaren nicht mal so schlecht. *Magister*? Das war ein Titel aus der *lingua dei* und bezeichnete, wenn sie sich richtig erinnerte, einen Gelehrten oder Herrn der Verwaltung. Demzufolge war der Mann in der bescheidenen Gewandung gar kein Diener.

Lü hatte sich intensiver als andere Priester mit der seltsamen Religion Ajunas beschäftigt. Damals, als Herrin der *Zweiten* und der *Dritten Kammer*, war sie die Vertraute Fong-Kuoy näng Tschüengs gewesen und Teil seines Spitzelnetzes. Tschöng-Hau Leng war einer der bedeutendsten Überseehäfen, aus denen die Nauken jährlich über den Ozean des Abends fuhren, um mit Ajuna zu handeln, und was immer die Schiffsführer und Nautiker über

Reiche und Religion zu berichten hatten, wenn sie zurückkehrten, wurde gesammelt. Lü beherrschte die *lingua dei*, zumindest die seltsame, aus gerade einmal drei Dutzend Buchstaben zusammengesetzte Schrift; gesprochen hatte sie die Kirchensprache Ajunas naturgemäß nie.

Die katauekische Gesandtschaft schloß sich dem *magister praetorium* an, gefolgt von einem Dutzend weiterer weiß gekleideter Priester. Sie schritten durch die mächtige Halle, deren Kuppel wie ein Sternenhimmel glitzerte. Männer in weißen Kleidern, aber mit metallenen Harnischen und Schwertern, allesamt mit gepflockten Ohren, bildeten ein Spalier und eine Bahn durch die einfachen Tempelbesucher.

»Es ist eine seltsame Religion voller Widersprüche«, hatte Lü Kang noch auf der Nauke erklärt. »Die Ajunäer verehren ausschließlich einen Gott – dessen wesentliche Eigenart es jedoch ist, abwesend zu sein. Sie erkennen die Existenz anderer Götter schon gar nicht an – aber die wichtigste Tat ihres Gottes soll sein, gegen diese Götter gekämpft zu haben. Sie fertigen kaum Bilder ihres Gottes, und wenn, dann malen sie ihn ohne Leib, als Gestalt aus Licht. Daher ist ihr Gott kein Vorbild. Mir sind keine Lehren bekannt, die er gestiftet hätte, und keine Tugenden, für die er steht. Dafür fertigen sie Bilder heiliger Männer und Frauen in unüberschaubaren Mengen, die wiederum Vorbilder für jedes denkbare Verhalten und Mißverhalten sind. Ob der Gläubige keusch sein will, fruchtbar oder sinnenfreudig, ob friedfertig, diplomatisch oder kriegerisch – die Ajunäer haben einen Heiligen und dessen Jünger dafür. Die Priester dieses abwesenden Gottes sind auf dem ganzen Kontinent zu finden – aber keines der acht mal acht Reiche der Ajunäer, keiner ihrer Könige, Ratsversammlungen und Stammesherzöge kann beanspruchen, ihren Segen zu haben. Die Herrschaft der Ajunäer gründet nicht im Willen des Himmels, sondern in der Macht des Schwertes und des Geldes, und das erscheint ihnen wohl auch als gut und recht.«

»Höchstehrwürdige *Lauzöng*«, erklang nun Kangs mißtrauische Stimme hinter ihrer Schulter. »Diese Priesterkrieger? Das sind nicht nur Tempelwachen ...«

»Nein«, antwortete Lü hinter erhobenem Fächer, »die Ajunäer kennen keine Ordnung der Kasten. Insbesondere trennen sie nicht zwischen Priestern als Wächtern der Tugend und Kriegern als Wächtern der Macht. Diese Priesterkrieger, so meine bescheidene Meinung, sind sogar ihr Ideal dessen, wonach ein Mensch streben soll und kann.« Sie ahnte, daß der Hauptmann andere Sorgen hatte.

Die Reisenden gingen durch einen Korridor mit acht äußerst lebensechten Holzstandbildern, die wohl Heilige darstellten. Architektur und Einrichtung hatten durchwegs die gleiche Wirkung: sie waren ehrfurchtgebietend und schlicht. Am Ende öffnete man ihnen eine Holztür mit kunstvollen Schnitzarbeiten.

»Verehrte Hochpriesterin aus dem fernen Tschöng-Hau Leng, ich grüße Euch.« Der *princeps* war ein kleiner Mann mit schütterem Haar und Augen, in denen eine unbekannte Leidenschaft glomm. Er hatte die Arme zum Willkommen geöffnet, aber er kam ihr keinen Schritt entgegen – und er sprach die *lingua dei*. Lü sagte sich, daß sie die Intelligenz dieses Mannes wegen seines barbarischen Aussehens nicht unterschätzen durfte: Die Ohrläppchen waren durch den Schmuck darin so gedehnt, daß sie bis zu den Schultern reichten. Sein Lächeln wurde von einer Reihe Ringe in der Unterlippe zu einem Haifischgrinsen. Und die Knöpfe an seinem einfachen weißen Gewand waren aus unbearbeiteten Knochen.

Nach einigen angespannten Höflichkeiten, bei denen der *magister praetorium* übersetzte – ebenfalls eher aus Höflichkeit als nutzbringend –, überreichte Lü dem *princeps* eine weiße seidene Schriftrolle, auf der Nühen in *lingua dei* gemalt hatte. Der Mann trug einen einzelnen Ring am Ringfinger. Nein, dachte sie, sie würde auch diesen halbwilden Priester überzeugen. Und sie durfte nicht vergessen, ihn zum Abschied um eine Ziege zu bitten – wo sie ihre doch bei dem Schiffsbrand verloren hatte.

»Verstehe ich Euch richtig, verehrte Hochpriesterin«, hob der oberste Kirchenherr von Honaghûsa den Blick, als er die Seidenschrift gelesen hatte, »Ihr teilt uns mit, daß ein fleischlicher Gott in das Gebiet der Ehernen Liga eingedrungen ist, daß er so gut wie unverwundbar und unbesiegbar ist und daß Ihr an Bord Eurer Nauke eine militärische Einheit habt, die eigens ausgebildet wurde, einen Gott wie diesen zu töten?« Die Ringe klingelten, als sein Grinsen breiter wurde – oder war es ein Lächeln? »Und Ihr bittet mich um einen Freibrief für diese ›Götterfresser‹, im ganzen Reich Honaghûsa nach diesem Gott suchen zu dürfen?«

DRAMATURGIA

An Bord einer Karacke, auf dem Meer der Säulen, zu Beginn des Roten Erntemondes, etwa zwei Wochen später

»*Oy elysium!* Der Traum von jede *heromimos*. Ich werde den Malachias spielen, wie ihn noch keiner gespielt hat.« Carissimo Kurjameo war ein Mann, der stets wirkte, als ob er trotz seiner etwa vierzig Jahre gleich vor Begeisterung platzen könnte, aber so wie heute hatten ihn anscheinend selbst seine langjährigen Gefährten selten erlebt. »Malachias batta batta! Sie werden singen! Die ganze *agora* wird singen. Und ich werde eine *monstro* haben wie nicht einmal der große Gaukelmeister.«

Das Meer der Säulen war ruhig. Der Nordostwind trieb die Karacken stetig vor sich hin und sorgte für etwas Kühlung in der Hitze. Die wichtigsten Schauspieler und Artisten saßen im Kreis zwischen dem rot-goldenen und dem blauen Tonnenwagen. Carissimo hatte ausdrücklich darauf bestanden, daß sein Wagen und der der ›Kataueken‹, wie er sie nannte, auf einer Karacke verladen wurden. Er wollte, daran ließ er keinen Zweifel, das *monstro* für die ersten Proben in Reichweite haben. Einige andere Gaukler hatten heute eigens mit einer Jolle übersetzen müssen.

»Machen wir die *dramaturgia*«, lenkte der ziegenbärtige Machios die Begeisterung seines Sohnes in die Bahnen. Der alte Gaukler mußte fast siebzig sein, wenn er einen derart alten Sohn hatte.

Affenkönig saß auf seinem Schoß. »Wer ist der Mentor, wer ist der *antagonistos?*« Als er die fragenden Gesichter der Laien sah, erklärte er, den Blick auf Kiaora gerichtet: »Der Helfer und der Böse.«

»*Theatro Phantasmagorico*«, sprang Carissimo schon wieder in die Mitte und begann zu gestikulieren, »ist nach strenge Regeln der *dramaturgia classica* aufgebaut. Wichtigste Regel ist *charakteristikon*: die Stehende Figuren. In jede *opera* treten auf der *mercator*, der Satrap, der Wilde Salamario, der Rote Mönch und der Katauer-Mann. *Audienza* liebt es, wenn es kennt die *protagonistoi* auf Bühne.«

Strolch lachte und wandte sich zu Kiaora neben ihm. »Wenn ich Kind war, ich bringe immer alte Feigen und werfe auf Rote Mönch.« Tücke, sie starrte nur diesen doppelt so alten Popanz an!

»Also, wer stellt dir die Falle, Junior?« beharrte Machios ruhig. »Denk daran, du brauchst eine starke *antagonistos*, damit Malachias sein *pathos* und *charisma* hat. Und du hast ihn schon wieder hinausgeworfen.« Er unterstrich den Satz, indem er Affenkönig über das Schiffsdeck purzeln ließ.

»Ach *mantâna*, Papa«, wischte Carissimo die Bedenken beiseite, »wir werden in Gautamar einen guten *mimos* finden.«

»Als Satrap oder *mercator*?« fragte Ariabella. Die schwarzhaarige Schönheit hatte zuletzt den Schwarzen Reiter gespielt.

»Ich dachte«, wandte Strolch sich halblaut an Machios, »bei euch ist der Satrap der Gute. Carissimo hat doch den Schwarzen Reiter jetzt immer als goldener Satrap gerettet.« Das hatte ihn ohnehin verwirrt. In Maganta war der Satrap immer der böse Intrigant gewesen.

»*Hoi fendunga*«, mengte sich der Gaukelmeister mit selbstgefälligem Lachen ein. »Junge, das hängt daran, ob du vor *mercatoren* oder Satrapen spielst. Du kennst die *inscenatio* für die Eherne Liga: Monte Flora ist eine sagenhaft reiche Stadt der gierigen *mercatoren*. Ich bin der Satrap aus der Fremde, der kommt aus die Eherne Liga. Die Schwarze Reiter ist im Bunde mit die geheimnisvolle *corona*, die kämpft gegen die *mercatoren.*« Eben, die *corona*. Die erschien auch seltsam lichtvoll. Strolchs Vater, der alte Hurenbock, hatte ja oft davon gesprochen, sich ihr zu verschreiben; aber niemand in Maganta hatte Zweifel daran gehabt, daß es ein Verein von Mördern und Erpressern war.

»Als wir die Schwarze Reiter in Monte Flora gegeben – jeden Tag drei Vorstellungen, mein Junge –, war ich natürlich zuerst die Schwarze Reiter. Als wir dann haben gemacht eine Frau daraus – ist eine andere *anekdota* –, war ich der *mercator*, und die Schwarze Reiter war einfach eine *vigilanta*. Kein Wort über die *corona*.«

»*Mantâna*, Junge«, unterbrach ihn Machios mit säuerlichem Grinsen, »dein Spiel mit *corona* und Kirche hat uns einigen Schweiß gekostet. Und wir haben nicht nur zufällig dreitausend Meilen zwischen uns und Monte Flora gebracht.«

»*Oy Desastro katatonyo!*« gestikulierte der Gaukelmeister gen Himmel. »Was für hinterlistige *Gumbas!*« Dann grinste er Strolch an. »Du wirst in die nächste Jahre sehen, *Theatro Phantasmagorico* ist noch viel mehr. Süße Zunge mit die Könige und Paschas, aber die zornige Stimme von die Volk. Das sind wir schuldig unsere Märtyrer.«

»Du wirst schneller Märtyrer sein als du glaubst, Junior«, warf sein Vater trocken ein, »wenn wir nicht geschickt sind in Gautamar. Deine *Amore* hat recht: Satrap oder *mercator?* Wie stehen die Gautamannen zu den Kurjamäern? Daß sie die *mercatoren* hassen, ist klar, aber was halten sie innerhalb der Ehernen Liga voneinander?«

»*Oy* Papa«, wurde Carissimo schlagartig sehr ernst, »ist noch viel schwieriger. Vergiß nicht, daß wir vor die *principes* aller Reichen spielen, vielleicht sogar vor die *primarchin*. Du kannst die Rote Mönch spielen als böser Giftmischer vor die *iudicator* von Monte Flora oder die *princeps* von Markomassa. Aber wenn alle Größen von die Kirche des Abwesenden Gottes sind versammelt, werden auch Rote Mönche dabei sein.«

»Was, die gibt es wirklich?« platzte Strolch heraus. Und die hatte er mit faulen Feigen beworfen …

»Rote Mönche können, sagt man, ihre Hände abnehmen, um allein ihre unheimlichen Taten zu vollbringen.« Carissimos ehedem wohl markantes Gesicht, das nun zum Rundlichen neigte, wirkte jetzt verschwörerisch. Plötzlich blickte er zum Wagen, in dem Fünfarm saß. »Wandernde Hände«, murmelte er. »Da läßt sich doch sicher etwas …«

»Du hast also selbst auch noch nie einen Roten Mönch gesehen?« Die spitze Bemerkung mit exotischem Akzent kam von der weißblonden Dorabetta. Soweit Strolch es durchschaut hatte, war sie Carissimos zweite Geliebte. Jedenfalls wohnten sie und Ariabella bei ihm im rot-goldenen Wagen. Sie spielten auch abwechselnd die Rollen der Geliebten auf der Bühne, während die andere die Chorleiterin übernahm. Und – das Arrangement war anscheinend nicht ganz perfekt – eine der beiden war stets sauer auf den Gaukelmeister.

»*Ich* habe einmal einen gesehen«, kam es düster von Machios. »Und ich möchte das nicht noch einmal erleben.« Strolch hatte schon gemerkt, daß der Mann mit dem schlohweißen Ziegenbart viel mehr war als der Schatzmeister und Erzähler. Sowohl sein Name – kurjamäisch für ›Kämpfer‹ – als auch sein Körper unter den Kutten und seine Bewegungen verrieten, daß er einmal ein hervorragender Gladiator gewesen sein mußte.

Außerdem sprach Machios anscheinend fließend die *lingua dei*: für die Oberschicht gab es in jedem Akt eine anspruchsvolle Passage mit uraltem Text, in der der Hintergrund beschrieben und die Motive der Charaktere erklärt wurden. Früher, als Zuschauer, hätte Strolch das gelangweilt, aber deswegen wurden diese *recitativos* traditionsgemäß mit halbnackten Tänzerinnen oder hüpfenden Kleinmonstern dekoriert, damit das Volk nicht maulte, während man sich bei der Oberschicht beliebt machte. Seit Machios Strolch erklärt hatte, was er da deklamierte, hörte auch der streunende Magantäer anders hin.

»Wir haben das alle vergessen«, fügte Machios hinzu, »aber während der Bardenverbrennungen gehörten die Roten Mönche zu unseren schlimmsten Feinden.«

»Während der was?« Strolch spürte ein Schaudern. Die ganze Besprechung ähnelte immer mehr einer Wasserfläche, unter der Seeungeheuer ihre Kreise zogen.

»Die Bardenverbrennungen!« Schon sprang Carissimo wieder in die Mitte. Der imposante Mann konnte einem auf den Geist gehen, aber es war nicht möglich, sich seiner Ausstrahlung zu entziehen. »Vor viele hundert Jahre war unsere Zunft angesehen wie die *doctores* oder Schiffsbauer. Dann ließ die Kirche des Abwesenden Gottes alle Barden, Gaukler, Schausteller und Märchenerzähler für ehrlos erklären. Der heilige Guelfo und die Roten Mönche jagten uns, wo immer sie unser habhaft wurden, verbrannten unsere Kostüme, *maskera*, Instrumente und Bücher.« Er begleitete jeden Satz mit greifenden Händen und stoßenden Fäusten. »Und sie verbrannten unsere Stolzesten und Wahrhaftigsten, die sich weigerten, sich Guelfos *ediktes* zu beugen. Und sie verbrannten den Gaukelmeister, den ersten großen *dramaturgos*, den Schöpfer und Giganten des *Theatro Phantasmagorico*.« In einer Geste der Trauer legte er die Faust gegen die Stirn.

Dann breitete er die Arme aus, drehte sich einmal im Kreis und ließ seinen Blick über die versammelten Gaukler gleiten. »Ehrlos sind wir bis heute wie Bettler und Huren. Wir dürfen keinem Handwerk nachgehen, nicht heiraten, nicht Soldat werden und nicht zur See fahren. Vielerorts wir dürfen nicht mal in die Kirchen, Bethäusern und Tempeln.«

Nun hob er mit leuchtenden Augen die Arme gen Himmel. »Aber mit Feuer und Verachtung können sie uns nicht unsere Glaube und unsere Stolz nehmen. Wir sind *actores*. Wir sind das *Theatro Phantasmagorico*. Wir sind unsterblich. Und wir sind die, die zu träumen wagen. Wir träumen für die, die es nicht mehr wagen.«

Mit einer Behendigkeit, die man diesem beleibten Mann nicht zugetraut hätte, stieg er auf eines der großen Wagenräder und rief so laut, daß die Matrosen ringsum von den Masten herabstarrten:

»Wir haben euch gegeben die *opera nova* ›Der Schwarze Reiter von Monte Flora, welche den gar greulichen Odemdieb erwürget mit Hilfe dero Artisten, so geschehen im Anno zuvor‹. Und nun eilet herbei zu sehen die *opera classica* ›Die Eiserne Legende vom heiligen Malachias und der gar heroischen Erstürmung der Totgeborenen Stadt‹.«

Eines Gottes Freund zu sein

An der Mündung des Leonîls, Stadt Gautamar,
im Roten Erntemond, wiederum zwei Wochen später

»Ich weiß auch nicht den Grund, warum Fünfarm läßt mich sagen Dinge zu ihm«, rang Strolch nach Worten. Er warf eine ranzig gewordene Nuß in den Leonîl, der majestätisch jenseits der Mangroven vorbeiströmte. Oder war das hier bereits das Meer der Säulen? »Dinge, für die er andere Menschen mit ihrer Heimatstadt einäschert.« Er wandte den Kopf zu Kiaora, und für einen faszinierend langen Augenblick sah keiner der beiden weg.

Dann nahm sie eine der Nüsse und warf sie ebenfalls ins Wasser. Stromaufwärts sah man die Masten der ersten Schiffe. Auch die Kapitäne der drei Karacken hatten nicht damit gerechnet, daß der Hafen von Gautamar derart überlaufen sein würde. Und dazu kam, daß viele Kais verlandet waren und nicht mehr angelaufen werden konnten. Die Schiffe warteten seit drei Tagen darauf, ihre schwere Fracht zu löschen, in der Mündung ankernd, die hier fast eine halbe Meile maß. Die Gaukler waren mit Jollen an Land gegangen und in der Stadt ausgeschwärmt. Quartier suchen, eine *agora* zum Spielen finden, die Stimmung im gautamannischen Volk klären.

»Du siehst gut aus mit dem neuen Bart«, sagte sie unvermutet, ohne die Augen vom Leonîl zu nehmen. Er faßte sich ertappt ans Kinn, wo die blonden Haare bereits einen stattlichen Vollbart bildeten. Und er ärgerte sich sofort: Carissimo trug gern auffällige Knebel-, Voll- und Gabelbärte, paßte sich aber stets dem Schönheitsideal des Landes an, in dem er auftrat. Aber die anderen Männer hatten sich ja auch …

»Vollbart«, sagte er auf Merkantilo.

»Vollbart«, wiederholte sie folgsam, und ihr Akzent ließ wieder einmal etwas unter seinen Haarwurzeln erwachen.

»Keiner weiß, wie *Fangs* leben«, kehrte sie dann wieder versonnen zu Strolchs ursprünglicher Frage zurück. »Vielleicht braucht ein *Fang*, wenn er unter Menschen geht, einen Menschen neben sich.« Sie erzählte ihm Sagen aus allen Teilen der Gezeitenwelt, die sie als Nautikerin gehört hatte. Sie sprach von versunkenen Städten und ertrunkenen Paradiesen, die die Götter den Menschen geschenkt und wieder genommen hatten, als sie selbst nach dem Himmel strebten. Erstaunlich, wie oft die Götter die Menschen ersäuften.

Der junge Ajunäer betrachtete die Nautikerin von der Seite. Nein, sie war nicht wirklich schön. Die schrägen Augen ließen sie heimtückisch wirken, die runde Stirn verlieh ihr diesen brutalen Zug. Aber eine eigentümliche Faszination ging von ihr aus. Und ihr Mund hatte etwas Träumerisches. Für einen Augenblick war er versucht, ihr zu erzählen, wie wenig ehrenvoll er zu Fünfarms Hand gekommen war. Nein, das wagte er nicht – noch nicht. Und ihre Geschichten von fremden Küsten halfen ihm bei seinem Problem auch nicht.

»Ich glaube, er weiß es auch nicht.« Er griff nach der großen Frucht mit dem Schopf harter Blätter daran. Aufhacken, hatte der Händler am Straßenrand gesagt – oder viel mehr gedeutet. Die Gautamannen sprachen schon wieder eine Sprache, die kaum Ähnlichkeiten mit Merkantilo oder den paar Brocken aus der kurjamäischen und gwanapurnischen Sprache besaß, die Strolch aufgeschnappt hatte.

»Ananas«, sagte Kiaora wie eine brave Schülerin. Richtig, so hatte der Kerl mit den zwei Zöpfen die Frucht genannt.

»Ananas«, wiederholte er grinsend. Als er endlich durch die rauhe Schale war, reichte er ihr einige zerrissene Stücke. Zeit, daß er sich ein gutes Messer kaufte. Zeit, daß er endlich Geld verdiente.

»Er weiß fast nichts«, kam er wieder auf sein Problem zurück. »Er weiß nicht, was sind für Edelsteine an seinem Gürtel. Er weiß nicht, wo er gekommen ist von. Er weiß nicht, wie alt er ist. Er weiß nicht von sterben und leben und krank sein und müde sein. Er weiß nicht mal von essen.« Strolch wischte sich den klebrigen Saft aus dem Bart.

»Gut?« fragte er auf Merkantilo und deutete auf das letzte Stück Ananas.

»Gut«, nickte Kiaora. »Ananas … hat gut.«

»Ist gut«, lachte er. Dann wechselte er wieder zu ihrer Muttersprache. »Ich erst zeige ihm, was ist essen. Einmal ich sage ihm wie man Hunger bekommt. Er hat dann Hunger mit …« Strolch fehlte das Wort, und er imitierte das Geräusch eines knurrenden Tigers. Kiaora lachte. »Wir dann gehen jagen. Fünfarm erschlägt Truthahn.« Strolch spielte nach, wie der Blaue Gott mit seinen Waffen auf den armen Vogel losgegangen war und ihn fast in Stücke geschlagen hatte. Diesmal verschluckte sich die junge Frau vor Lachen an den letzten Bissen der Ananas. »Dann ich mache Spieß mit Truthahn. Und weißt du, was ich dann sage?«

Kiaora schüttelte den Kopf mit erwartungsvollem Lächeln. Ihre Lippen glänzten vom Saft.

»Ich rufe: ›Neiiin, den Spieß ißt man nicht mit.‹«

Kiaora und Carissimo

Im Lager des Theatros*, Außenbezirke der Stadt Gautamar, am Ende des Roten Erntemondes*

»*Oy questa talenta!*« Carissimos tiefe Stimme war voll Bewunderung. »Was für eine *Eleganza!*« Kiaora verstand kaum ein Wort aus dem ajunäischen Sprachgemisch des Gaukelmeisters – aber sie war Frau genug, um zu wissen, daß die Worte ohnehin nur ein Spiel waren.

Mit einem stillen und zugleich grimmigen Lächeln hob sie den Degen wieder und attackierte erneut. Im Gegensatz zu Carissimos gespielter Bewunderung wehrte er ihre Vorstöße mit einer Leichtigkeit ab, die verriet, daß unter der Rundlichkeit dieses alternden Lebemannes ein über zwanzig Jahre geschulter Meister steckte.

»*Brava!*« Kiaora konnte die Untätigkeit nicht ertragen. Sie hatte beschlossen, fechten zu lernen. Es war ihr gleichgültig, ob die Gaukler erwarteten, daß sie ebenfalls auftrat, um sich ihr Quartier zu verdienen. Und sie dachte auch nicht bewußt an den Kampf im Hafen von Thalliopê und an einige kleinere Scharmützel, in die sie als Begleiterin des *Fangs* geraten war. Kiaora liebte es, etwas Neues zu lernen: zu fühlen, wie ihr Körper und ihr Geist sich einer weiteren Herausforderung stellten.

»Nein, so, meine Schönheit *katauekica.*« Carissimo war kein hervorragender Lehrer. Dazu achtete er zu wenig auf sein Gegenüber. Aber all seine Gesten, Bewegungen und Verhaltensweisen waren so theatralisch überzeichnet, daß es Kiaora leichtfiel, die entscheidenden Abläufe zu erkennen und zu imitieren.

»O ja, *furiosa*! Sehr gut.« Kiaoras entschlossener Vorstoß hatte sie erstmals so nahe an Carissimos Bauch geführt, daß er ernsthaft pariert hatte. Sie hatte sich einen Bühnendegen ausgesucht, der für sie eigentlich etwas zu wuchtig wirkte; aber da er eine Imitation war, hatte er genau das richtige Gewicht.

»Etwas mehr *mantâna!*« Kiaora verstand endgültig nichts mehr, wenn der Gaukler begann, kurjamäische Begriffe einzuflechten. Aber wieder ließ die nachfolgende Bewegung keinen Zweifel: Zurückhaltung, Standsicherheit, Beherrschung – irgend etwas an seinen Hüften. Nein, sein Becken. Kiaoras Blick fiel erstmals auf das gepolsterte Gemächt des Mannes. Sie fühlte, wie sie errötete. Die gepluderte, rot und gelb gestreifte Hose betonte nicht nur Carissimos Oberschenkel, sondern überzeichnete auch jede Bewegung seines Unterleibes verheißungsvoll.

Die junge Mangalierin blickte wieder in die Augen des Gaukelmeisters und errötete noch heftiger, als sie seinen wissenden Blick sah. Er wußte, daß sie wußte ...

Das Becken, wies sie sich selbst zurecht. Irgend etwas dort machte die Standfestigkeit aus. Kiaora grätschte die Beine selbst zu einem Ausfallschritt. Der Schwerpunkt! Carissimo hatte stets ein Bein davor und eines dahinter. Es war nicht so verschieden davon, wie man auf einer Nauke gehen mußte, damit einen der Seegang und Wind nicht umwarfen und die Wellen nicht über Bord rissen. Und das hatte Kiaora gelernt, gleich nachdem sie an Land hatte laufen können. Ihre früheste Erinnerung an ihren Vater war die, als er ihr seine neue Nauke zeigte, die sanft im Hafen von Tschöng-Hau Leng schaukelte.

»Genug!« entschied Carissimo Kurjameo und hob die Hand zu einer großzügigen Geste. »Wir haben gefochten, nun wollen wir trinken.« Er bot ihr den Arm. Die Geste war ihr fremd, kein Kataueke berührte eine Frau, mit der er nicht verheiratet war. Aber sie hatte sie oft genug auf der Bühne gesehen, um zu wissen, daß sie ritterliches Geleit bedeutete. Kurz zögerte sie und prüfte Carissimos Blick, dann hängte sie sich ein. Sie war schweißgebadet – etwas, was ihrem wilden mangalischen Blut gefiel, aber ihrer katauekischen Erziehung zutiefst zuwider war. Sie glaubte zu fühlen, wie ihr Schweiß den Arm hinabtroff und in Carissimos gebauschten Ärmeln versickerte. Und auch der Fechtmeister schwitzte. Sie sah es auf seiner Stirn und auf seinem Nacken, vor allem aber roch sie es. Sie fragte sich …

Strolchs Blick traf sie wie ein Dolchwurf. Er stand zwischen den zwei Tonnenwagen, auf die sie zuschritten. Hatte er sie während der ganzen Stunde beobachtet? Oder war er eben erst gekommen? Bei allen Reisgeistern des Frühlings, sie hätte es nicht sagen können; sie hatte auf nichts anderes geachtet als auf … den Unterricht.

Die bleierne Spannung eines Gewitters lag in der Luft. Carissimo ging zielsicher auf die Lücke zu und schwadronierte und gestikulierte dabei, als bemerkte er nichts. Für einen kurzen Augenblick glaubte Kiaora, Strolch werde den Weg blockieren. Dann trat er beiseite. Kiaora wünschte sich, sie könnte sein Gesicht sehen, aber dazu hätte sie sich, an Carissimos Arm hängend, umwenden müssen.

Francisco

Am Hof des princeps *von Gautamar, in der Schreibstube des* magister officiorum*, im Hitzemond*

»Ich wiederhole für die Akten: Du behauptest also, mit eigener Hand ein Unwesen getötet zu haben, das ohne Zweifel weder Mensch noch Tier war und das überirdische und unnatürliche Fähigkeiten zeigte?« Der Leiter der Verwaltung der Kirche von Gautamar mochte ein Schreibstubenhocker sein, aber die messerscharfe Genauigkeit seiner Frage machte deutlich, daß er es gewohnt war, Macht auszuüben.

Francisco überlegte nochmals, aber er wich dem forschenden Blick nicht aus. Er mußte davon ausgehen, daß man ihn als *iudicator* von Cornia längst abberufen hatte, stand es doch zu befürchten, daß das Lügengespinst, das seine Feinde im Nordwesten des Merkantilischen Imperiums gesponnen hatten, bis hierher nach Gautamar reichte. Doch er war nicht durch einen halben Kontinent gereist, um nun sein Haupt zu beugen. Er würde sagen, was endlich laut ausgesprochen gehörte, gleichgültig, wie die Kirche des Abwesenden Gottes mit der Nachricht verfuhr – und wie sie mit dem verfuhr, der die Nachricht überbrachte. »Ja, Bruder *magister officiorum*, das behaupte ich.«

»Mit zwei Abschriften an den *ordo purgatoris dei* und den *ordo silentii mysteriorum*«, wandte sich der *magister officiorum* an den *scriptor*, der im Hintergrund mitschrieb. »Danke, Bruder Francisco, für deinen Mut.«

»Du glaubst mir?«

»Ich bin mir nicht sicher, ob ich es glauben *darf*. Aber du machst nicht den Eindruck eines Wahnsinnigen oder Wichtigtuers, der Tausende von Meilen reist, um eine Mär zum besten zu geben.« Der *magister officiorum* nagte nachdenklich an seiner Unterlippe. Dann erhob er sich, ging zu einer mannshohen Reisetruhe aus braunem Leder, die mit schweren Nieten beschlagen war, und sperrte das Schloß auf. Das Innere der Truhe war in Fächer voller Pergamente, Bücher und Schriftrollen unterteilt.

Die halbe Verwaltung Cantamos war den Leonîl hinab verschifft worden. Der *magister officiorum* begann zu blättern.

Auf dem Schreibtisch stand eine silberne Statuette der heiligen Sarmantha, die zwei Locken des Abwesenden Gottes in den Händen. Im verzerrten Spiegelbild musterte sich Francisco voller Skepsis. Zum ersten Mal seit vielen Wochen trug er wieder den Ornat des *iudicators*: an der Hüfte das Schwert in der Purpurscheide, Zeichen und Waffe seines Amtes – wenngleich das Schwert in seinem einzigen Kampf von seinem Gegner geführt worden war. An der Soutane prangten die zwei neuen, bleichen Knöpfe mit der Aufschrift *Bernaldino princeps Cornia*. Und in der Rechten hielt er den Gehstock – das Zeichen des hinfälligen alten Mannes.

Francisco hatte wochenlang versucht, bei den Schreibern des *ordo curatoris dei* Gehör zu finden und sich eine Audienz bei der Lebenden Heiligen zu verschaffen. Aber da er nicht gewagt hatte, sich als *iudicator* von Cornia vorzustellen, hatte man ihn nur immer wieder vertröstet. Bruder Francisco, hatte es stets geheißen, Dutzende von *principes*, Hunderte von Ordensmeistern, *iudicatoren*, *collectoren* und *patres maiores* begehren nach Privataudienzen. Du wirst verstehen …

Francisco hatte erwogen, sich an Bruder Berengar von Leda zu wenden. Der *pater maior* mit dem vernähten Mund war auf dem *concilium* von Gautamar – das wußte er. »Solltest du es eines Tages müde sein, dich im nutzlosen Streit mit deiner *principa* aufzureiben, dann suche mich«, hatte der gebeugte alte Mann mit den wissenden grünen Augen gesagt, ehe er sich den Mund wieder hatte vernähen lassen. Aber noch hielt Franciscos Stolz ihn davon ab, das Angebot anzunehmen, den einen Kampf aufzugeben, um sich dem größeren zu weihen.

Francisco wußte jedoch, daß dieser Kampf, das Schlachtfeld, die Bedrohung und das, worum gekämpft wurde, größer waren als alles, was sich ein einzelner vorzustellen vermochte. Er hatte es erstmals geahnt, als seine beschwerliche Reise ihm klargemacht hatte, wie weit Cantamo entfernt lag. Er hatte es gefühlt, als er die heilige Stadt gesehen hatte. Er hatte angefangen, es zu begreifen, als er der *primarchin*, der Lebenden Heiligen, nach Gautamar gefolgt war, zweitausend Meilen südwärts, weil das *concilium magnissimum* im Herzen des Kontinents abgehalten werden sollte. Und er hatte es verstanden, als er hier von Hunderten Brüdern und Schwestern weitere Zeichen vernommen hatte.

Ja, seine Reise, die eher eine Flucht gewesen war, hatte ihm mit ihren Widrigkeiten die Größe dieser Welt gezeigt. Nach der Zerstörung der merkantilischen Flotte und der meisten Häfen war es schwer genug gewesen, überhaupt ein Schiff aufzutreiben, das Monte Flora verließ. Und als Francisco im Süden des Weißen Meeres angekommen war, hatte er von dem *concilium magnissimum* gehört: die *primarchin*, die Oberhäupter der acht alten Orden und ihre wichtigsten Berater waren bereits auf der Reise nach Gautamar gewesen. Als nächstes hatte es sich – zumindest für einen *iudicator*, der seine Identität noch immer verbarg – endgültig als unmöglich erwiesen, eine Schiffspassage in die Konzilsstadt zu finden. Unter den wenigen Kapitänen, die die Flutwellen überstanden hatten, hatte es geheißen, der Seeweg in die Eherne Liga sei verlandet und anstelle der Jaguarinseln gebe es eine Landbrücke.

Also hatte Francisco den beschwerlichen Landweg auf sich nehmen müssen. Cantamo hatte er dabei dennoch aufgesucht. Ohne sich zu erkennen zu geben, hatte er sich über Ort und Umstände des *conciliums* informiert. Aber er hatte nicht gewagt, sich dem Obersten Kirchengericht zu stellen. Zuerst, so hatte er sein schlechtes Gewissen beruhigt, mußte er berichten, was in Monte Flora geschehen war.

Daher hatte er sich, wie die *primarchin* vor ihm, auf dem Leonîl eingeschifft. Aber während die Lebende Heilige zweifellos auf einer eigenen Kirchenbarke gereist war, von Rittern des *ordo militis dei* eskortiert, von *scriptoren* und Dienern umsorgt, bereit, mit einer Sänfte an Land zu gehen, hatte Francisco mit leonischen Fischerkähnen und Barkassen voll Bananen, Ziegen und Fisch vorliebnehmen müssen. Während die feuchte Hitze immer drückender geworden war, war er fast jeden zweiten Tag an Land gegangen, um ein neues Schiff zu finden.

Die Wunde in seinem Leib, schwärendes Mahnmal seiner Fehlbarkeit, hatte die Strapazen der Reise oft unerträglich gemacht. Als er nach vielen Wochen in Gautamar eingetroffen war, hätte ihn wohl keiner für einen *iudicator* gehalten: seine ehedem weiße Soutane hatte einen entwürdigenden fahlen Ton angenommen.

»Du hast, sagtest du, deine Karriere in der *provincia maganta* begonnen?« fragte der *magister officiorum*, noch immer in seinen Akten stöbernd.

»Ja, Bruder *magister officiorum*. Man schickte mich erst vor einigen Jahren nach Monte Flora.«

Monte Flora, hatte Bruder Bernaldino einmal gesagt, so bedeutend es dir auch erscheinen mag, ist wenig mehr als ein Staubkorn in der Wüste. Und er hatte recht gehabt. Francisco hatte sich in Cornia stets für den weitgereisten Mann gehalten, der die Halbinseln des Nördlichen Imperiums kannte.

Doch erst hier in Gautamar war ihm klargeworden, wie groß die Kirche des Abwesenden Gottes war. Es war eine Sache, die Karten im *scriptorium* zu kennen und zu wissen, wie weit sich die Kirchenprovinzen erstreckten. Doch es war etwas ganz anderes, einen halben Kontinent mit dem Schiff, der Barke oder gar zu Fuß zu durchmessen und schmerzhaft zu erfahren, daß eine Gebirgskette zwischen der *terra dei* von Cantamo und dem Oberlauf des Leonîls, die auf den Landkarten nicht einmal einen Daumen breit war, einen mühseligen Auf- und Abstieg von drei Wochen bedeutete.

Auf seiner beschwerlichen Reise hatte der Merkantilier Priester und Priesterinnen getroffen, deren strahlendweiße Soutanen die gleichen waren, wiewohl ihre Gesichter und Sprachen von abstoßender Fremdheit gezeichnet waren. Die Hälfte der *principes*, die mit ihrem Gefolge in Gautamar eingezogen waren, mit dem schmalen purpurnen, goldbestickten Streifen am Stehkragen und mit dem Siegelring einer ganzen Provinz, trugen hölzerne Pflöcke und Ringe in Ohren, Lippen, Wangen oder Nase oder einen weißen Turban oder gar hölzerne Kopfbedeckungen. Er hatte Menschen mit flachnasigen Gesichtern gesehen, die die purpurne Bauchbinde der *collectoren* trugen, und ein Dutzend dunkelhäutige *patres* mit langem weißblondem Haar, die wie sein gütiger alter *princeps* Bernaldino aus Belabadangbarad stammten. Manche der Gläubigen hier im Süden, so hatte er gehört, beschnitten sich die Brustwarzen, weil Aionar, so ihre Lehre, auch keine hatte. Aber sie alle sprachen die *lingua dei*, die Sprache des Abwesenden Gottes. Sie alle waren Teil dieser mächtigen Kirche. Doch nur Francisco schien sich die Frage zu stellen: Kann es das Licht der Wahrheit allein sein, das Menschen aller Herren Länder dazu bringt, sich in einer Kirche zusammenzufinden – oder war es jene Gefahr, die sie alle bedroht hatte?

In den nicht enden wollenden Wochen seiner Reise hatte Francisco viel Zeit gehabt, darüber nachzugrübeln, was in Cornia geschehen war. Befreit von den Banalitäten, mit denen er tagtäglich in seinem Amt als *iudicator* konfrontiert worden war, hatte er Abstand gewonnen. Er glaubte nun nicht mehr, daß er allein die Schuld an der Katastrophe trug, die das Merkantilische Imperium zerschlagen hatte. Hätte er nur früher auf Bruder Bernaldino gehört! Der *princeps* war der Wahrheit so viel näher gewesen, auch wenn er sich gefürchtet hatte, seinem Wissen Taten folgen zu lassen.

Daß Francisco der *provincia cornia* die dritte Auserwählte für die Endgültige Askese schuldig geblieben war, schien nur mehr ein Teilchen eines schrecklichen Mosaiks zu sein.

Der Atemdieb, den er getötet hatte, dieser Widergänger, der sich aus den Schatten erhoben hatte, die Fleisch gewordene Seuche, der Angstgeborene, wie ihn Bruder Berengar genannt hatte – er war nur eines von zahllosen Unwesen, die sich erhoben.

Auch der *pater maior* des *ordo silentii mysteriorum* hatte so viel mehr begriffen als er, Francisco. Berengar hatte den Feldzug gegen die Banditen und Meuchelmörder der *corona*, die das Umland Cornias beherrschten, als nutzlosen Streit bezeichnet.

Und Cosima – Franciscos Vorgesetzte, die neue *principa* von Cornia! *Sie* hatte als *collectorin* ein Opfer für die Endgültige Askese gestellt. Aber sie hatte immer mit doppelter Zunge gesprochen und es letztlich geschafft, daß er sich im Netz ihrer Intrigen verfing. Der Gedanke an dieses Unrecht entfachte erneut glühenden Zorn in Francisco. Wie konnte er so vermessen sein, sich gegen das Unrecht und die Irrtümer einer ganzen Welt zu stellen? Er brauchte all seine Kraft, dieses eine Unrecht zu tilgen. Seine Schultern waren viel zu schmal, um die Last einer ganzen Welt zu tragen. Er würde für Paolo Gerechtigkeit üben, der Cosimas gnadenloser Intrige zum Opfer gefallen war. Ganz gleich, wie sicher sich diese Schlange auch wägen mochte!

»Du scheinst ebenso mächtige Freunde wie Feinde zu haben«, drang die Stimme des *magister officiorum* in Franciscos Gedanken. Der Leiter der Verwaltung blätterte in einem Bündel Briefe und blickte kurz zu Francisco auf. »Es ist nicht immer leicht, in unserer Kirche den Weg der Gerechtigkeit beizubehalten.« Seine Miene blieb unbewegt. Nicht das kleinste Lächeln oder Stirnrunzeln verriet, ob seine Worte als Lob oder Tadel gemeint waren. Francisco wagte nicht nachzufragen. Einige Herzschläge lang maßen sie einander mit Blicken, dann widmete sich der *magister officiorum* wiederum den Briefen.

Hatte Francisco da eben das Siegel von Cornia gesehen? Ein Dokument aus der Heimat? Von Bernaldino gesiegelt – oder von Cosima? Zu schnell blätterte der *magister officiorum* weiter, als daß er sich sicher sein konnte.

So viel Pergament. Verschwendeter Scriptorenschweiß! Manchmal dachte er im stillen, die Kirche werde noch an ihrer Verwaltung ersticken. Sahen die Oberen denn nicht, was überall in Ajuna geschah? Waren sie wie Bernaldino, der vor dem wirklichen Unglück die Augen verschlossen hatte?

Viele der Teilnehmer des *conciliums* dachten wie die meisten Cornier, die Katastrophe läge hinter ihnen. Der unheilige Regen fiel nicht mehr in solcher Fülle und heimlichen Giftigkeit, daß die Ernten verfaulten. Die zerschlagenen Fischerflotten und die eingestürzten Bergwerke wurden in kleinen Schritten wiederaufgebaut. Doch der Totenschleier am Himmel war nicht mehr gewichen.

Irgend etwas hatte nach Cornia gegriffen, nach dem Imperium, nach Ajuna, ja vielleicht nach der ganzen Welt. Und Francisco wußte nicht einmal, ob es weise war, davor Angst zu haben, denn – das war die erste Antwort der Roten Kammer von Monte Flora gewesen – aus der Angst wurde geboren, was nicht sein durfte.

Francisco war der Überzeugung, daß er tiefer in die Geheimnisse der sich ändernden Welt eingedrungen war als all jene, die so verzweifelt Gehör bei den Kirchenoberen zu finden suchten. Deshalb hatte er zuletzt seine Tarnung als einfacher Priester aufgegeben und sich als *iudicator* von Cornia offenbart. Als oberster Kirchenrichter seiner Provinz rückte er auf der Liste der Wartenden weit nach vorne, auch wenn er Gefahr lief, in Cantamo vor das Oberste Kirchengericht gestellt zu werden, falls die Lügen, die man über ihn verbreitet hatte, ihm vorausgeeilt wären. Doch selbst wenn dem so sein sollte, dachte er trotzig, dann würde er eben sein Recht zur Rede vor Gericht nutzen, um das Gespinst aus Lüge und Ignoranz zu zerreißen, das die *primarchin* zu blenden schien.

»Der *ordo silentii mysteriorum* scheint einiges auf dich zu halten.« Der *magister officiorum* hatte ein Pergament gefunden, von dem deutlich sichtbar ein rotes Siegelband herabhing.

Du könntest deiner Kirche an anderer Stelle vielleicht besser dienen, hatte Bruder Berengar von Leda gesagt. Hatte der *magister officiorum* so etwas wie eine schriftliche Empfehlung gefunden? Oder – dieser Gedanke ließ Francisco schaudern – doch nicht etwa eine Liste von Wunschkandidaten des Ordens?

»Bruder Francisco! Der *iudicator* aus Monte Flora. Richtig?« Der *magister officiorum* sah sein Gegenüber durchdringend an. »Ich glaube, ich habe eine Aufgabe für dich. Ich darf dich wohlwollend bitten, der Kirche deine ungewöhnlichen Erfahrungen zur Verfügung zu stellen.« Er hob ein silbernes Glöckchen und klingelte. Dann setzte er mit kratzendem Federkiel schnell ein Schriftstück auf.

»Es ist eine Gesandtschaft. Hör dir an, was die Fremden zu sagen haben. Wenn du dich für bereit hältst, dich der Sache anzunehmen, werde ich dir weitreichende Vollmachten erteilen.« Er schien keine Zweifel zu haben, daß der *iudicator* die Aufgabe übernehmen würde. Erst jetzt erkannte Francisco, wie überlastet der *magister officiorum* wirkte. Er hatte tiefe, dunkle Ringe unter den Augen, und ständig blinzelte er, als wären die Augäpfel trocken vor Müdigkeit. Ein Priester, Mitte Dreißig, aber bereits mit Stirnglatze, erschien; in den gedehnten Ohrläppchen trug er hölzerne Heiligenköpfe.

»Bruder Simbald, bitte führe Bruder Francisco in den Gesandtschaftspalast.« Der *magister officiorum* streute Sand über die Tinte, ließ von einer brennenden Stange Siegelwachs herabtropfen und drückte seinen Siegelring hinein. »Das Gebäude liegt auf der anderen Seite der Stadt. Ohne ortskundiges Geleit brauchst du Stunden dorthin.«

Francisco folgte dem Sekretär auf dem Weg durch Gautamar. Der *iudicator* hatte die Stadt an der fruchtbaren Mündung des Leonîls in den letzten Wochen ein wenig kennengelernt. Sie war weit größer als Monte Flora und konnte sich wohl beinahe mit Maganta messen. Die meisten Gebäude waren aus ockerfarbenem Lehm errichtet, den die Hitze steinhart gebacken hatte; bunt bemalte Holzpfähle stützten und verzierten die Veranden und Terrassen. Die weltlichen Bauten, namentlich die Halle des *Gautathings*, und die Kirchenbauten, insbesondere die Basiliken und etliche Bethallen, die *castra dei* und der Palast des *princeps*, bestanden aus fein behauenen Steinquadern, die gewiß von weit her gebracht worden waren.

Zum gemeinen Volk, das keine *lingua dei* sprach, hatte Francisco kaum Kontakt gewonnen. Die Gautamannen waren ein stolzes Volk mit kriegerischer Vergangenheit und hoher Kultur. Wie die meisten Völker am Leonîl trugen sie das Haar lang und offen, flochten es aber an den Schläfen zu Zöpfen. Und wie anscheinend viele Völker der Reiche, die sich zur Ehernen Liga zusammengeschlossen hatten, verzierten sie ihre Ohren bis an die Grenze zur Verstümmelung. Wegen der Hitze trugen sie allesamt nur bunte Hüftröcke und geschnürte Wadensandalen.

»Wieso bist du ortskundig, Bruder Simbald?« fragte Francisco, während sie an Bananenbratereien und Erdnußröstereien vorbeigingen. »Du siehst nicht aus wie die Einheimischen.«

»Ich stamme aus Urtumbra, aber mein *princeps* sandte mich bald als Schriftgelehrten nach Gautamar. Und erst letztes Jahr folgte ich meinem Ordensmeister nach Cantamo.«

Beachtlich, mit Mitte Dreißig. Francisco nahm sich vor, niemanden auf diesem Konzil zu unterschätzen.

Mehrere halbwüchsige Knaben tobten mit fliegenden Zöpfen an ihnen vorbei. Francisco vermißte die vielstöckigen weißen Häuser Monte Floras und ihre roten Dächer, die kühnen Brücken dazwischen, die wunderbaren Ringgärten auf den alten Stadtmauern und die basaltenen schlanken Totentürme, die höchsten des Imperiums. Und vor allem vermißte er das nächtliche Knarren der großen, hölzernen Schöpfräder, die das Wasser des Lago di Ansala in die Stadt hoben. Aber vieles an diesen Erinnerungen war ohnehin für immer verloren: zerstört in jenem Erdbeben, das Francisco, von der Harpunierin schwer verletzt, nicht miterlebt hatte und das doch so sehr Teil seiner Schuld war.

»Die Fischerin!« murmelte er. Alessandra Paresi, die entflohene dritte Auserwählte, hatte ihre Schuld noch zu begleichen.

»Wie meintest du?« fragte der Schriftgelehrte. »Gehe ich zu schnell?«

Freilich, dachte Francisco bitter, für dich bin ich ein alter Mann mit Gehstock. »Nein, nein, Bruder Simbald«, lenkte er ab, »ich war nur in Gedanken: so viel, was fremd ist, so viel, was uns alle verbindet.«

Der junge Priester mit der Stirnglatze sah ihn merkwürdig an. »Glaubst du, Bruder *iudicator*, daß es zum Krieg zwischen dem Merkantilischen Imperium und der Ehernen Liga kommen wird?«

Bei allen Hochheiligen, so viele Fragen. Jeder, der zu diesem *concilium magnissimum* gereist war, erhoffte sich Ordnung in seiner kleinen Welt. Im ersten Jahr nach der Katastrophe hatte es etliche Konzile gegeben: regionale wie jenes, das die Ordenshäuser Cornias nach der Katastrophe abgehalten hatten, und größere wie das Konzil zu Mezzogenia, in dem die *primarchin* hastig die Probleme des nordwestlichen Imperiums geregelt hatte, obwohl kaum führende Vertreter angereist waren. Aber schließlich das

Ausmaß der Ereignisse hatte eine kontinentale Antwort notwendig gemacht.

Das *concilium magnissimum* war zugleich Tradition und Eingeständnis der Unzulänglichkeit der Kirche. In den Tagen Aionars war die Stimme der Weisheit noch in Fleisch gekleidet gewesen, und die Kirche hatte teil am Segen des unfehlbaren Scharfsinns des leibhaftigen Gottes gehabt – des Gottes, der die Welt verlassen hatte. In den Konzilen von Mutanga und Andhakleia in den letzten Jahrhunderten hatte die Kirche akzeptiert, daß sie den Kontinent nicht regieren, wohl aber im rechten Glauben anleiten konnte.

»Ich denke«, antwortete der Merkantilier schließlich, »daß wir unsere Kräfte für eine viel entscheidendere Aufgabe benötigen werden.«

»Du meinst die Wilden, die die aionarsgläubigen Reiche bedrängen?« Erstaunlich, dachte Francisco, wie Menschen aneinander vorbeireden konnten. »Die Wildhäuter jenseits des Leonîls, so heißt es, sind so hungrig, daß sie in Sippen und Stämmen über den Strom setzen. Aber die Leomannen haben selbst mit einer Hungersnot zu kämpfen.« Simbald zählte die Bedrohungen auf wie ein typischer Schreiber, aber in seinen Augen flackerte es. »Hier in Gautamar fürchtet man, daß die Flußpiraten über die Berge kommen. Aus Ikarillia hört man gar nichts mehr. Die Wilden im Samen Gottes, hat ein *collector* berichtet, sollen in der *provincia ultima* versucht haben, die heiligen Schlachtfelder an der Feuerpforte zurückzuerobern. Sogar in Belabadangbarad, habe ich gehört, bedrängt das Nebelvolk die reichen Städte. Und oben bei den Jaguarinseln sollen gar die Menschenfresser aus Esanuk in Horden eingedrungen sein. Ist das nicht da, wo du herkommst?«

»Ja.« Francisco verspürte keine Lust, sich zu öffnen und das Gerücht näher zu erläutern.

»Und nun auch noch die Kataueken. Aber das wirst du gleich selbst sehen. Wir sind da.« Er deutete auf ein prachtvolles Gebäude, das im Stil den weltlichen Ratshallen und Verwaltungsbauten glich, vor dem aber Ritter des *ordo militis dei* mit schwerem Küraß Wache standen. Fast alle öffentlichen Bauten beherbergten dieser Tage Priester des Abwesenden Gottes.

Seine Aufgabe! Eine Aufgabe, mit der er seine *ungewöhnlichen Erfahrungen unter Beweis stellen* und sich mehr Gehör verschaffen konnte.

Du wirst wie meine rechte Hand sein, doch eine Hand, die geharnischt ist, hatte Bruder Bernaldino zu ihm gesagt.

Jäger

Das Giraffenzimmer des Gesandtschaftspalastes von Gautamar, einige Tage später

»Niemals!« Kangs Antwort kam ruhig – aber mit der Ruhe eines gereizten Tigers, kurz bevor er springt. »Niemals, höchstehrwürdige *Lauzöng*, werde ich inmitten dieser heiligen Stadt der Barbaren meinen Harnisch ablegen. Ich bin ein Götterfresser!«

»Das hast du doch ungezählte Male bewiesen. Ich verstehe es nicht, ehrwürdiger Hauptmann«, beharrte Lü. »Ein einfacher Umhang würde es doch viel leichter machen, die Stadt selbst zu erkunden.«

»Ich bin deinen Wünschen, höchstehrwürdige *Lauzöng*, in weiten Bereichen gefolgt.« Die Augen des Tigers funkelten. »Ich habe akzeptiert, daß wir zwischen all den Hafengeschützen und Kriegsschiffen die Faust nicht anlanden können. Ich bin bereit, darauf zu verzichten, die Stadt mit meinen Männern zu durchkämmen. Dies ist das dritte Reich, in dem ich mich in die ermüdenden Verhandlungen mit diesen Barbaren füge, die nicht einmal ahnen, welche Urgewalt in ihre Länder eingebrochen ist.«

»Meinst du den *Fang?*« konnte Lü nicht widerstehen, spitz einzuwerfen. »Oder meinst du dich, ehrwürdiger Hauptmann?«

Für einen Moment glomm blanke Mordlust in den Augen des

Kriegers, und Lü fragte sich, ob sie nicht zu weit gegangen war. Doch Kang hatte sich sofort wieder in der Gewalt.

»Und ich habe die Zusammenarbeit mit diesem unerträglich hochmütigen Priester akzeptiert, der von dieser Stadt so wenig weiß wie wir, der noch immer nicht begriffen hat, was wir suchen, und der kaum die Kraft hat, sein Schwert zu heben.«

»Was die Diplomatie diesen götterlosen Priestern gegenüber angeht, hast du dich meinem Rang zu beugen.«

»Der Angriff auf die *Fangs* im *Unvollendeten Palast* ist ein militärischer Feldzug des *Höchsten Kriegsherrn der Geheimen Kammer.* Ich bin kommandierender Krieger eines Stoßtrupps. Bis zur Erfüllung meines Angriffszieles ...«

»Ehrwürdiger Hauptmann«, fiel ihm die Hohepriesterin ins Wort, »strapazierst du die Doktrin der *Geheimen Kammer des Krieges* nicht ein wenig mit dieser Auslegung? Nennst du nicht selbst Krieger, die während eines Kampfes vom Weg abkommen, Versprengte?«

»Versprengte«, zitierte Kang unerschüttert die Doktrin, »sind *Ziangs*, die im Zuge eines Kampfes von ihrer Einheit getrennt werden. Ihr erstes Ziel ist die Rückkehr zur Einheit. Andernfalls gelten sie als Deserteure. Wir, höchstehrwürdige Hohepriesterin, folgen einem Befehl. Und bis zur Abreise von den Meerschauminseln von Mahia Matai stand ich durch regelmäßige Rückläufer auch mit meinem General oder der *Kammer des Krieges* in Kontakt.«

»Deine Götterfresser werden unruhig.«

»Weil sie die *Verdienstvolle Tatkraft* seit Thalliopê nicht mehr verlassen durften«, wurde Kangs Stimme etwas heftiger, wohl, weil es um seine Männer ging. Er ist so leicht zu durchschauen, dachte Lü fächelnd, wie beinahe alle Männer – und dabei doch so schwer zu verstehen.

Sie ging zwei Schritte auf die Terrasse des Gesandtschaftspalastes zu. Die Auseinandersetzung – und für katauekische Verhältnisse war es eine Auseinandersetzung – begann sich im Kreis zu drehen. Die Tugendwächterin wollte vermeiden, daß er ihr unterstellte, an der Jagd auf den *Fang* zu zweifeln. Auch wenn in ihr nichts als Zweifel war: Zweifel daran, daß sie vierzig erfolgreiche Jahre geopfert hatte, Zweifel daran, ob sie, schiffbrüchig und verlassen, jemals wieder heimkehren würde, Zweifel daran, daß der unbezähmbare *Fang* ihre Treue verdiente, Zweifel daran, daß sie ihn jemals wiedersehen würde, Zweifel daran, daß es richtig war, den Götterfressern zu helfen, ihn zu finden, Zweifel daran, was sie tun würde, sollten Kang und sie ihm wieder begegnen.

»Was, ehrwürdiger Hauptmann«, wandte sie sich erneut ihrem Gesprächspartner zu, »hast du an dem *agentus in rebus dei* auszusetzen, den uns die *Kirche des Abwesenden Gottes* zur Seite gestellt hat?«

»Zur Seite?« schnaubte der gedrungene *Ziang*. »In den Weg! Alle Gespräche laufen über diese Sprecherin, die unserer Sprache ebenfalls nicht mächtig ist, und über die Briefe in ihrer heiligen Sprache, die du mit deiner Schreiberin aufsetzt.« Kang schwieg kurz, dann brach etwas aus ihm hervor, was wohl seit Tagen in ihm gärte.

»Er ist kein Krieger. Ja, er hat wohl selbst einen Geist getötet, und er hat diese Kriegsverletzung. Aber er ist kein Krieger. Er weiß nicht, was töten und getötet werden bedeutet. Er glaubt noch immer, daß er selbst schon gegen etwas gekämpft hat, was mit dem *Fang* vergleichbar ist. Wie viele Menschen, sagte er, hat sein *ling* getötet? Ein halbes Jahr lang jede Nacht einen? So viele hat der *Fang* in einer Stunde erschlagen. Welche Ungeheuer, sagte er, sind noch in Ajuna erschienen? Einige *lings*, die in der Ruinenstadt in der Nähe umgehen. Ein unverwundbarer Bär. Menschenfressende Schlangen, die unter alten Tempeln hervorbrechen. Einige Riesen. Ich muß dir am wenigsten sagen, was der *Fang* mit einer Stadt ...«

»Der *agentus in rebus dei*«, meldete schüchtern eine von Lüs Dienerinnen. Die Kataueken waren es noch immer nicht gewöhnt, die schweren Holztüren öffnen und schließen zu müssen, wenn sie einen Raum betraten. Die Frau tat einen Schritt zur Seite, und hinter ihr kam der Priester herein, den Gehstock und etwas wie ein Holzbild in den Händen.

»Eminenz!« begrüßte ihn Lü, bemüht, die korrekte Anrede der *lingua dei* zu gebrauchen. »Willkommen, *pater* Franci'co.«

»Hochehrwürdig *Lauzöng!*« Der Aionarspriester verneigte sich leicht. Er war außer Atem. Nein, Lü fand nicht, daß er im Weg stand. Er war ein stolzer Mann, zweifellos, aber er bemühte sich ebenso wie sie um Respekt und Zusammenarbeit. Die Hohepriesterin von Tschöng-Hau Leng hatte sich seine Position beschreiben lassen und erstaunt erfahren, daß er im Zuge seiner Mission selbst einem *princeps* Anweisungen geben durfte. Demzufolge entsprachen sein Rang und seine Macht etwa dem eines Priesters der *Inneren Kammer!* Allerdings war ein Barbar von Rang der Großen Doktrin der *Kammer der Tugendhaften Gesandtschaften* zufolge immer eine Stufe tiefer anzureden. Und der *agentus in rebus dei* hatte die ebenbürtige Anrede akzeptiert, die sie ihm daher anbot.

»Ehrwürdig *Ziang*!« grüßte er auch Kang, als er auf sie zutrat. Seine Augen leuchteten. Er legte die hölzerne Platte auf den Schreibtisch. »Ist das *Fang*?« fragte er in schwerfälligem Katauekisch.

Es war ein Gemälde von barbarischer Einfachheit. Zwei hölzerne Nägel ragten aus der Rückseite. Die bunten Lehmfarben schienen noch nicht einmal ganz trocken zu sein. Man sah etwas wie einen Baldachin, darunter einen Mann in Gelb mit einem roten Schwert. Ihm gegenüber stand ein riesiges Wesen, dessen Haare grüne Schlangen waren, und es hatte sechs Arme.

Lü beugte sich über das Bild und las die Worte laut vor. Es war *lingua dei*, sagte ihr aber wenig: »*Theatro Phantasmagorico.*«

Vorbereitung

Im Hafen von Gautamar, Mitte des Hitzemondes

»Zehn Mann!« Kang schlug mit der Faust auf die Reling der *Verdienstvollen Tatkraft.* Er hatte beschlossen, die letzte Einsatzbesprechung an Bord der Nauke durchzuführen, damit die Männer, die weiter untätig bleiben mußten, wenigstens daran Anteil hatten. Und die meisten würden untätig bleiben. Dieser nichtsahnende *agentus in rebus dei* hatte ihm zehn Mann für den Einsatz erlaubt! Und er hatte noch den Eindruck erwecken wollen, dies sei eine große Gnade, die er mit dem Rat von Gautamar ausgehandelt habe.

Zehn Mann, hatte Kang die Sprecherin übersetzen lassen, so viele Götterfresser tötet der *Fang* in der Zeit, während der du diese Gnade aussprichst, höchstehrwürdiger *agentus in rebus dei.* Was für eine krumme Zahl darüber hinaus – das waren ein Glied und zwei zusätzliche Experten! Aber der Plan erforderte ohnehin eine völlig andere Vorgehensweise.

»Wachtmeister Zuang-Zu! Du läßt die sechs bestgeeigneten Männer für das Gerät auswählen. Kreuzbogenschützen, nehme ich an, vielleicht auch Harpunenwerfer. Und sie müssen kräftig sein; denk daran, daß sie schwer tragen müssen. Weiterhin zwei Waffenmeister, die genug Verstand haben, mit den Priesterkriegern der Ajunäer auf dem Platz zusammenzuarbeiten.« Der Erste Wachtmeister nickte.

»Du selbst wirst mich begleiten. Ich brauche einen Kommandierenden, wenn ich selbst kämpfen muß, und jemanden, der mir notfalls den Rest der Faust von der Nauke holt.« Kang sah Zuang-Zu prüfend an. Guter Mann, dachte er, aber auch mit ihm an der Seite viel zu wenig Leute.

»Bleibt noch ein Mann. Bring mir diesen unverschämten Turga-Wachtmeister, den wir damals bei der Reiterei hatten. Ich glaube, ich kann jemanden mit Spürnase gebrauchen – und jemanden, der sich unter Barbaren wohl fühlt.«

»Tugend, Hauptmann!«

Kang blickte hinunter auf das Vorderdeck, wo die Zeugmeister der Götterfresser diskutierend zusammen standen. Die Gautamannen hatten tatsächlich die Waffen geliefert. Die Hafenmeister hatten gewiß keine Freude gehabt, die Hälfte der Geheimnisse ihrer Verteidigung preiszugeben – ausgerechnet der führenden Seemacht der Gezeitenwelt. Der *agentus in rebus dei* hatte einen halben Tag verhandelt. Eines mußte man dem alternden Priester lassen: er war ausdauernd und hartnäckig. Kang schätzte das an einem Mann. Nein, eigentlich war es das, was für Kang einen Mann ausmachte.

»Es mag sein«, wandte er sich an Lü, die neben ihm auf die Silhouette der Stadt blickte, »daß ich diesen Franci'co wie auch die anderen Priester unterschätze. Jeder Tempeldiener in Serkan Katau ist vornehmer gewandet als die obersten Priester hier.«

»Ja«, antwortete die Hohepriesterin, noch immer versonnen stadteinwärts blickend, »sie tragen zwar das Weiß der Tugend, aber nichts verrät ihre Macht. Wir haben die Ratsherren des Gautathings gesehen, die weltliche Macht der Gautamannen, und ihren überreichen Gold- und Silberschmuck. Die Ajunäer sind nicht arm. Langsam gewinne ich den Eindruck, daß die bescheidene Erscheinung ihrer Priester wie die karge Bauweise ihrer Tempel Absicht ist. Irgend etwas in ihrem Glauben befiehlt ihnen, nicht zu viel Aufmerksamkeit auf sich oder ihre Macht zu lenken.«

Sie drehte sich abrupt um und fragte: »Ehrwürdiger Hauptmann, bist du mit den Waffen zufrieden, die der *agentus in rebus dei* Franci'co bringen ließ? Werden sie ... ihren Zweck erfüllen?« Sie verbarg ihr Gesicht wie auch die zweite Frage hinter dem Fächer.

»Das kann ich dir erst sagen, wenn ich es gesehen habe«, antwortete er mit grimmiger Skepsis. »Auf den Kasernenhöfen von Gingang Tung – unter der Aufsicht von Herren der *Dritten* und sogar der *Inneren Kammer des Krieges* – erprobten wir noch andere Waffen, um die *Fangs* zu töten, aber verwarfen sie wieder. Kriegshämmer mit scharfen Spitzen dringen bei einem übermannsgroßen Wesen zu wenig tief ein, um schnell tödliche

Wunden zu erzeugen. Ähnliches gilt für verschiedene Kriegsflegel, bestehend aus Holzstäben, die mit Ringen oder Kettengliedern verbunden sind. Wurfnetze, so stellte sich heraus, sind von einer Kreatur von der Größe eines Baumes zu leicht zu zerreißen; sind sie aber fest genug, müssen zwei Mann ungedeckt bis in Armreichweite des Ungeheuers vordringen, um das Netz zu werfen. Dreizacke bohrten sich bei größeren Gegnern zwar ebenfalls schmerzhaft und fast unentfernbar ins Fleisch, brechen aber leicht, wenn sie in den Muskeln eines um sein Leben kämpfenden Büffels ...«

»Erspare mir die Einzelheiten«, unterbrach die Hohepriesterin seinen Redefluß. Er glaubte zu sehen, wie sie unter der Schminke erblaßt war. Das lag wohl an dem minderwertigen Ersatz, den sie sich nach dem Verlust ihrer gesamten Garderobe in Honaghûsa besorgt hatte. Seltsam, in Thalliopê hatte sie ihm nicht den Eindruck gemacht, daß ein Schlachtfeld voll toter Männer sie erschütterte; damals war sie eher erregt gewesen, weil sie ihr Schiff verloren hatte. Oder?

Unwillig ballte er die Faust. Das fehlte noch, daß er sich den Kopf über die Gefühle einer Frau zerbrach. Kang stellte fest, daß ihm die ständige Nähe einer Frau fremd und fast unbehaglich war. Natürlich war er nicht sein Leben lang keusch geblieben. Am Labyrinth hatte er sich zum Feiertag jedes Mondes ein oder mehrere *Wartende Mädchen* kommen lassen – aber nicht öfter. Die Lehre von den Acht Elementen, dachte er, Säfte und Kräfte. Zufriedenheit und Erschöpfung, das waren die Gefühle, die er mit einer Frau verband.

Er blickte wieder auf das Vorderdeck. War er mit den Waffen zufrieden? Sie standen am Ende der Weisheit der Doktrin. Nichts von dem, was sie in Gingang Tung gelernt und vorbereitet hatten, hatte ausreichend Wirkung gezeigt.

Kang selbst hatte selbstverständlich mit allen acht Waffen der Götterfresser zu kämpfen gelernt. Von einem Offizier wurde erwartet, daß er mit jeder Waffe umgehen konnte, die ein sterbender Untergebener neben ihm fallen ließ. Jeder Krieger des *Reiches der Tugend* hatte die acht Künste des Tötens zu beherrschen: mit Säbelschwert, Lanze, Dolch, Kreuzbogen, Axt, Stock, Schnur und Faust. Wiewohl dieses Kriegerideal sich in den letzten Jahrzehnten langsam aufweichte. Kang mußte an seine Leute denken: an einige Veteranen, die auf den Mauern des Labyrinths als Scharfschützen galten, aber im Nahkampf mit zwei Tritten zu überwältigen waren, an die Hochländer aus den nordwestlichen *Eroberungen*, die allesamt schlechte Schützen waren, ganz zu schweigen von den zwei Turga, denen Haltung und Stehen fremd waren, und dem Karadschurgjiter, dem bei allem Temperament völlig zuwider war, ohne Waffe zu kämpfen, und dem sein Stolz verbot, jemanden von hinten zu erdrosseln.

Kang jedenfalls war ein Meister der acht Künste des Tötens, und so war es ihm Pflicht und Freude, auch die neuen Waffen zu beherrschen. Er reichte weder mit Feuerlanze, Peitsche noch Bola an seine Leute heran, die seit Jahren täglich mit ihrer Waffe übten, aber draußen im Feld zählte nicht mehr die eine Waffe, die man beherrschte, sondern nur mehr der Mann.

Ja, es war gleichgültig, ob er mit den Waffen zufrieden war. Er war mit seinen Männern zufrieden. Sie waren nur noch halb so viele; einige hatten sich von den Verletzungen in Thalliopê bis heute nicht gänzlich erholt. Die meisten Götterfresser hatten eine oder beide ihrer Straußenfedern am Helm verloren. Kaum ein Harnisch war noch vollständig oder unverbeult. Und die Männer wurden unruhig. Aber ihre Leiber trugen für alle Zeiten eingestickt das Bild dessen, den sie jagten. Ihre Augen leuchteten, wenn ihr Hauptmann zu ihnen sprach. Und ihr Geist war ungebrochen. Götterfresser! Kang fühlte seit langem wieder, wie sein Mund feucht wurde von Kampfesgier.

Der heilige Malachias

Vor der Basilika des heiligen Malachias,
18. Tag des Hitzemondes, nachmittags

»Beim heiligen Guelfo, du siehst … wundervoll aus!« Strolch stellte stotternd fest, daß er nicht sagte, was sein Unterkörper eigentlich meinte. Dorabetta lachte. Sie trug einen Schleier, der mehr enthüllte als verbarg, und einen kurzen Hüftrock, mit dem man keinen Brotlaib hätte bedecken können.

»Sag ›Buh!‹ zu mir«, bat sie und zupfte sich noch einmal die Glasperlenketten im weißblonden Haar zurecht.

»Was?«

»Ich muß Angst haben«, erklärte sie in ihrem fremdländischen Singsang. »Schreck mich!«

Strolch überlegte kurz: »Fünfarm macht immer so …« Dann zerrte er die Mundwinkel mit den Zeigefingern auseinander und fuhr ruckartig mit dem Kopf vor.

Tatsächlich blickte die Schauspielerin aus Belabadangbarad entsetzt drein. Sie behielt den Gesichtsausdruck bei, als sie durch den linken Vorhang auf die Bühne lief. Johlen und Pfeifen begrüßten sie. Der Platz vor der Basilika des heiligen Malachias brummte förmlich von der versammelten Menschenmasse. Schon während der Faxen hatte Strolch gedacht, noch nie so lautes Lachen gehört zu haben. Eine Viertelstunde lang hatten der Harlekin und einige grinsend geschminkte Spaßmacher einander mit Pritschen, Wassereimern, fauligen Melonen und lebenden Fischen Streiche gespielt.

»Oh, oh, oh«, wimmerte Dorabetta draußen. Kurz verstummten die Pfiffe, um sofort wieder aufzugellen, als der Wilde Salamario von der anderen Seite hereinstolzierte. Diesmal spielte ihn ein zugekaufter örtlicher Darsteller. »Oh, oh, oh«, jammerte die Amore, als der Schurke sie an den Handgelenken herumriß. Nun begann der Harlekin auf Gautamannisch zu erzählen. Der Mann war eine Berühmtheit des einheimischen *Theatros* und hatte schnell die Aufmerksamkeit des Publikums auf sich gezogen.

Strolch verstand bislang nur wenige Worte, aber er kannte die Geschichte; es war ein Klassiker, der seit mindestens zweihundertfünfzig Jahren gespielt wurde: Ein Rudel böser Zauberer unter Führung des Buckligen plante, mit einer Zauberstadt den Himmel zum Einsturz zu bringen. Nur die Amore, die Tochter des bösen *mercators*, der die Zauberer unterstützte, war gegen diesen Greuel. Am dreimaligen Buhen erkannte man genau, wann der Harlekin einen Schurken vorstellte.

»So, dann wollen wir die erste Reihe in Sicherheit wiegen«, sagte Machios und rückte sich den sattelgroßen Turban zurecht. »Sechs *principes* sitzen da draußen, hat Carissimo gesagt.« Als Satrap schritt er nun hinaus. »Priester in der ersten Reihe, so ist es Tradition«, hatte er vormittags gesagt, als Strolch half, die Logen und Ehrenplätze aufzubauen. Niemand, so hatten die einheimischen Schauspieler gestaunt, hatte jemals vor einer Bühne Gautamars so viele Stühle aufgestellt wie Carissimos Leute.

In wundervoll gereimter *lingua dei* erklärte der Satrap, warum er und Malachias die Guten waren. Indessen wurde die halbnackte Dorabetta vom Wilden Salamario gefesselt und bedroht, damit sich das dumme Volk nicht langweilte. Machios hatte Strolch die *declamatio* übersetzt, als ihm der junge Magantäer gestanden hatte, daß der heilige Malachias immer sein Idol gewesen sei. Sie beruhte auf der Sage vom *Daimonikator*, dem Besieger der Schrecken, der alle Kämpfe und Schlachten gewinnt außer der letzten. Manche sagten, daß Malachias der *Daimonikator* gewesen sei, manche, daß er erst geboren werde, wenn die Zeiten am schrecklichsten seien, manche, daß es einfach ein Beiname Aionars sei.

»Er hat sie«, flüsterte Strolch dem neben ihm stehenden Bruto zu, als aus der ersten Reihe deutlich hörbarer Applaus kam. Zwischen Machios und seinem Sohn waren während der letzten Wochen die Fetzen geflogen über die Frage, wie sie sich bei der Priesterschaft ins beste Licht setzen konnten. Aber beide hatten wohl nicht erwartet, daß es dem Gaukelmeister gelingen könnte, den heiligen Platz vor einer der größten Malachias-Basiliken zu bekommen. Der heilige Malachias, gespielt vor seiner eigenen

Kirche. Carissimo hatte Tränen in den Augen gehabt vor Selbstverliebtheit.

»*Pathos*, Söldnerschweine! Macht euch bereit für sterben.« Der Heldendarsteller stapfte den hinteren Bühnenaufgang hinauf, in seinem goldenen Kostüm, in dem er fast alle Rollen spielte, wenn er nicht gerade den Schwarzen Reiter geben mußte. Selbst seinen Bart hatte er mit den Samen eines einheimischen Strauches goldfarben gestäubt.

»Brich dir den Hals, Malachias!« grinste Crasso zurück. Das schwule Pärchen, Strolch, der Kraftmensch Nanjeb und ein weiterer Gladiator waren längst kostümiert. Bei der Premiere durfte es keine Pannen geben.

»Verrecken sollst du, Malachias!« versuchte auch Strolch sein Glück. Carissimo warf ihm einen seltsamen Blick zu. Ja, Gauklerbräuche hatten etwas für sich.

Der Harlekin kam, von Applaus begleitet, zurück. Sein Grinsen verschwand sofort, nun wirkte er angespannt. Zweite *scena*. Der heilige Malachias stolzierte hinaus. Sie begrüßten ihn tatsächlich mit begeistertem Gebrüll, noch ehe er irgend etwas anderes getan hatte, als goldfarben zu sein.

Links tauchte Machios' tastende Hand auf. Kiaora stand schon bereit und drückte ihm das rote Himmelsschwert in die Hand. Es war ein langes, altertümliches Ritterschwert, die Klinge natürlich ungeschliffen, aber dafür mit einem kostbaren, katauekischen roten Lack überzogen.

»Beim Schwert des heiligen Malachias!« Wie oft hatte Strolch das gesagt. Jetzt würde er es gleich zu schmecken bekommen.

»Hohoho«, erklang Carissimos Baß draußen, kaum daß ihm der Satrap das Himmelsschwert überreicht hatte. Wie unglaublich simpel die Handlung eigentlich war. Das war ihm als Junge nie aufgefallen, wenn er selbst unten im Gewühl gestanden und mit dem Helden mitgefiebert hatte.

»*Hengermannen!*« schrie der Wilde Salamario auf gautamannisch um Hilfe.

»*Hader, Hader!*« brüllten Bruto und Crasso und stürmten auf die Bühne. »*Hader, Hader!*« stimmten die beiden anderen Söldnerschweine ein. Strolch spürte eine glühende Faust in seinem Magen. Dann hob er ebenfalls Schwert und Schild und lief hinterher: »*Hader, Hader!*«

Die Menge war wie eine Mauer aus Augen. Kampfgierig und bösartig sein, erinnerte der junge Gaukler sich. Gar nicht so einfach, wenn man schon wußte, was einem blühte. Aber Strolch war noch nicht fällig. Mit künstlich klirrenden Schlägen auf die eigenen Schilder nahmen die fünf Söldnerschweine Aufstellung vor ihrem feigen Herrn. Aus dem Publikum kamen vereinzelte Beifallsrufe. Unglaublich! Die jubelten sogar den Schurken zu. Strolch fühlte, wie sich seine Schultern strafften.

»*Hader, Hader!*« drohte er Malachias. Kämpfen hieß das, hatte der Gautamanne gesagt. Beim heiligen Guelfo, Dorabetta sah wirklich erbarmungswürdig süß aus; der Wilde Salamario hatte sie tatsächlich an einen Bühnenpfosten gefesselt. Schade, dachte Strolch, daß ich dich nicht rette.

»*Malachias batta batta!*« stimmte Ariabella nun den Mädchenchor an. Strolch fühlte eine Gänsehaut. Ja, das war ein Gassenhauer. Den hatte er gesungen und gepfiffen, wenn er und die anderen Gossenjungs sich gestritten hatten, wer den Eroberer und Drachentöter spielen durfte. Carissimo war mit dem Posieren dran. Ariabella und die dunkelhäutige Calymeda luden die Zuschauer zum Mitklatschen ein. »*Malachias batta batta!*« Klatsch, klatsch, klatsch.

Als das Publikum den Rhythmus hatte, ging es los. Der Heilige trat vor. Dröhnend schlug das Schwert auf Crassos Schild, einmal, zweimal, dreimal. Klatsch, klatsch, klatsch! Der dickliche Merkantilier machte einen Salto vorwärts und blieb liegen. Beifall brandete auf. Strolch staunte immer wieder, daß Crasso sich nicht den Hals brach.

»*Malachias batta batta!*« Klatsch, klatsch, klatsch. Bruto war zu schwer für solche Kunststücke. Aber er ließ sich von jedem Treffer zwei Schritte zurückwerfen und donnerte gegen die Schilde der zwei Gladiatoren, ehe er zusammenbrach.

»*Malachias batta batta!*« Klatsch, klatsch, klatsch. »*Malachias batta*

batta!« Klatsch, klatsch, klatsch. Die beiden erlitten ebenfalls ihr grausiges wie verdientes Schicksal.

Strolch rückte sich den Helm noch einmal zurecht und schlug im Geist den achtzackigen Gottesstern. Da er der Größte war, spielte er nun einmal den Gefährlichsten. Er lief los, Schwert und Schild tapsig erhoben wie ein Bär. »*Malachias batta batta!*« sangen Chor und Publikum. Strolch ließ sich mit dem ersten Klatscher den Schild aus der Hand schlagen, mit dem zweiten das Schwert, dann schloß er die Augen. Klatsch! Er sah Sterne und ging zu Boden. Na gut, Brutos zusätzliche Polsterung im Helm hatte gewirkt. Er würde eine Beule bekommen, aber verglichen mit den Schrammen, die er sich während der Proben zugezogen hatte ...

Zwei Bühnenhelfer trugen von der rechten Seite her die Stadtmauer für die dritte *scena* heran, in Wirklichkeit nur ein Holzrahmen, bespannt mit bemaltem Tuch. Strolch und die anderen vier Leichen krochen ungesehen von der Bühne.

»Du bist ein *talento naturalo*«, klopfte ihm Bruto auf die Schulter.

»Ja, du siehst aus wie der geborene Idiot«, grinste Crasso, »einfach perfekt zum Massakrieren.« Auch er schlug Strolch auf die Schulter.

»Na, solange ich nicht aussehe wie der da«, meinte Strolch und starrte dem Buckligen nach. Die anderen lachten. Die *scena horribila*. Was hatten Machios und Carissimo um diese Rolle gestritten. Der Gaukelmeister hatte unbedingt alles weglassen wollen, was die Priester verärgern konnte, aber als strikter Anhänger der *dramaturgia classica* hatte er darauf bestanden, daß der Rote Mönch auftrat. Sein Vater hatte sich kategorisch geweigert, den verhaßten Roten Mönch in einem Stück als Guten auftreten zu lassen.

Schließlich waren sie überein gekommen, auf eine Rolle zurückzugreifen, die äußerst umstritten war: den Buckligen. Jeder der Gaukler hatte etwas anderes zu der Gestalt beizutragen. Manche behaupteten, er sei einer der acht Hochheiligen gewesen, der Aionar verraten habe; andere, er sei eben gerade kein

Hochheiliger gewesen, genau diese Lüge sei sein Frevel; einer besonders merkwürdigen Überlieferung zufolge war der Bucklige der *neunte* der ersten Heiligen gewesen und damit überzählig – aber diese Erklärung hörte sich zumindest für Strolch ziemlich katauekisch an.

Wieder andere behaupteten, der Bucklige sei einfach nur ein Kinderschreck: »Soll dich doch der Bucklige holen!« Dem konnte Strolch nicht widersprechen. Er wußte auch nur: wenn man fluchen wollte, aber so übel, daß man das keinem Heiligen mehr zumuten wollte, dann nahm man eben den Buckligen. »Bei der Kakerlakenkutsche des Buckligen!«

Jedenfalls sprang nun der Bucklige hinaus, in der Kutte des Roten Mönches, die aber so zerschlissen war, daß er kaum noch wie ein Angehöriger der Kirche wirkte. Da es eine Sprechrolle war, die auch das Volk hassen sollte, hatte Machios einen Schauspieler aus Usurugard angeworben, den er aus Jugendtagen kannte und zufällig getroffen hatte. Sein Gautamannisch hatte einen deutlichen Akzent, aber das schadete bei einem Schurken ohnehin nie.

»Also los, andere Waffen anlegen!« befahl Bruto. Sie rüsteten um, Strolch legte seinen Helm ab. »Und du, Junge, gib acht, wie sehr sie ihn hassen.« Folgsam wandte sich der Magantäer der Kulisse zu und lugte durch ein verstecktes Guckloch.

Soeben erklärte der Bucklige dem bösen *mercator*, wie er den Himmel einstürzen lassen werde. Nanjeb der Wildhäuter und die Gladiatoren, die eben noch Söldner gewesen waren, sowie ein weiterer Kraftmensch begannen draußen, hohle Säulen aufzurichten, Steine aus strohgestopftem Tuch aufzuschichten und schwere Quader zu schleppen, die ebenfalls aus Holzrahmen und Leder bestanden. All das geschah mit beeindruckendem Stöhnen und Muskelspiel, mit gestenreichen Prahlereien ins Publikum, die mit Unglauben beantwortet wurden, und mit Zurschaustellung scheinbar übermenschlicher Kraft. Im Hintergrund jonglierte El Fuchur, als Feuerzauberer verkleidet, mit brennenden Fackeln. In ihrer Mitte sprang bocksbeinig und verräterisch gekrümmt der Bucklige herum und kreischte zum Unklang von

Zimbeln und Becken seinen Refrain. Er lautete etwa: »Komet, Komet, komm herbei!« Der *mercator* züchtigte nebenbei seine entlaufene Tochter, die arme Dorabetta.

»Und? Wie kommt er an?« fragte Bruto.

»Sie pfeifen nicht mehr, sie fluchen, und einige drohen mit den Fäusten.«

»Gut, dann machen wir uns auf etwas gefaßt im nächsten *acto*. Und du ...«

»Ich weiß«, beschwichtigte ihn Strolch. Er stieg den rückwärtigen Bühnenaufgang hinab und trat zwischen das hintere Geviert der Wagen. Vor dem grünen Kostümwagen stand ein übermannsgroßer Holzkäfig mit einfachen Scheibenrädern. Darüber hing eine Zeltplane.

Der junge Mann ließ noch einmal vorsichtig seinen Blick schweifen. Zwischen den Wagen war kein Fremder zu sehen. Auf den Veranden der Prunkbauten um den Platz? Da und dort glaubte er einige Bedienstete zu erkennen. Nun gut, das mußte er riskieren. In der Fassade der Basilika: war das ein neugieriger Priester? Nein, wohl eher eine Statue. Gegenüber, auf dem Dach des Palastes, zwei bunte Sonnendächer. Egal, jedenfalls keine Priester und Ordensritter.

»Fünfarm, wir sind dran!« Es war schwere Arbeit gewesen, den Blauen Gott zu überzeugen. Nicht, daß ihn Gefühle wie Stolz oder Scham gehemmt hätten. Er hatte einfach nicht verstanden, wozu er auftreten sollte. Aber Strolch hatte ihm schließlich verdeutlicht, daß sie im Schutz des *Theatros* bisher die besten Fortschritte erzielt hatten. Sie hatten ihre Verfolger anscheinend abgeschüttelt und waren dem Rätsel um Fünfarm näher gekommen. Endlich trat der *Fang* ins Freie.

»Fünfarm, du brauchst die Waffen nicht«, versuchte Strolch geduldig zu klingen. Das hatten sie doch dreimal besprochen.

»Fünfarm hat keine Waffen auf der Bühne, Beutelpuper.«

Der Koloß warf sich die Zeltplane über, und gemeinsam schoben sie den Käfig zum Bühnenaufgang. Nun, genau gesagt schob der Riese, und Strolch versuchte mit ihm Schritt zu halten. Mit Hilfe der anderen Statisten bugsierten sie den Käfig die Rampe hinauf. Dann kletterte Fünfarm hinterher, legte sein Waffenarsenal ab und setzte sich mit verschränkten Beinen in den Käfig.

»*Cara cor, cara cor, mia mio, mi amor.*« Auf der Bühne hatte der zweite *acto* mit der Liebesszene begonnen. Malachias und seine Geliebte hatten sich wieder getroffen. Lieblichst, um nicht zu sagen schmalzig, erklang das Duett aus Carissimos Baß und Dorabettas schmelzender Stimme. Singen konnten die beiden, das mußte man ihnen lassen. Aus dem Publikum kamen die ersten Stimmen. Die Gauklerkinder waren draußen, mit Blumen bekränzt, und bewarfen alle Zuschauer, die das Gesülze nach der dritten Strophe noch nicht mitsangen, mit Blumen.

»Bei den Locken der heiligen Sarmantha!« Strolch war ins Träumen geraten. Dieses Liebeslied war ihm als Halbwüchsiger immer ein wenig lächerlich erschienen. Jetzt hatte er ganz andere Gefühle. Mußte es schön sein, jemanden zu finden ...

»Das *monstro*«, sagte er. Strolch packte den gewaltigen Kopfputz, den die Gauklerinnen für den Blauen Gott angefertigt hatten. Es war ein faßgroßes Gewirr aus grünen Schlangen mit roten Mäulern, liebevoll aus Bast, Draht, Leder und Filz gefertigt. »Dein Kopf«, sagte er und stieg zu Fünfarm in den Käfig. Der saß bewegungslos da, den Kopf selbst im Sitzen noch höher als Strolchs. Die aufgerissenen Augen glotzten ihn unbewegt an. Für einen Augenblick zögerte der hochgewachsene Abenteurer. Wenn Fünfarm jetzt einen seiner Anfälle erlitte, käme Strolch nicht einmal mehr aus dem Käfig, ehe er Mus wäre. »Du wirst schrecklich aussehen«, sagte Strolch. Dann stülpte er dem Gott das Gorgonenhaupt über und zurrte den Stirnriemen fest. Der Kopfputz mußte so fest sitzen, daß Fünfarm herumspringen konnte, aber so locker, daß Carissimo ihn mit einem Treffer abschlagen konnte. »Kannst du etwas sehen?«

»Fünfarm sieht Strolch, Lallfrosch!«

»Wo bleibt die *monstro*«, zischte der Bucklige vom Vorhang. Tücke, die standen schon alle bereit zum Auftritt.

»*Perfecto*«, zischte Strolch zurück, kletterte aus dem Käfig und zog die Plane darüber. Bruto und Crasso packten mit ihm an, vorne zogen die beiden Kraftmenschen. Der Bucklige hüpfte gehässig auf und ab, damit auch jeder neugierig wurde, was in dem Käfig war. Diese Erwartung in tausend Augen!

Auf der anderen Seite der Bühne stand mit seinem riesigen Turban der Satrap und erklärte in einer neuerlichen Passage in der *lingua dei*, wie die Heiligenvita des Malachias lautete und daß die Totgeborene Stadt irgendwo verschollen am Leonîl lag. Während die Priester und Handelsherren andächtig lauschten, wurden dahinter erste Rufe laut.

Das Publikum wollte natürlich das *monstro* sehen. Aber ebenso natürlich zeigte es der Bucklige nicht vor dem Finale. Die ersten Stücke vorsorglich mitgebrachtes Fallobst flogen daher. Strolch und die anderen spielten jetzt die Leibgarde und hoben ihre großen Schilde. Mit dumpfem Klatschen schlugen die Wurfgeschosse auf. Bruto und Strolch grinsten einander hinter den Schilden an. Er hatte das Spiel als Knabe geliebt. Den Roten Mönch mit Feigen und Melonenschalen zu bewerfen war so ziemlich die einzige Gelegenheit, zu der sich ein Gossenjunge empören durfte.

Sicherheitshalber trat jetzt auch noch die Schlangentänzerin auf. Eine hypnotisch leise Flötenmelodie untermalte den zweiten Teil von Machios' Versen über die sagenhafte Ruinenstadt. Die Männer im Publikum wurden sehr schnell leise und renkten sich die Hälse aus, während Largashmi sich mit grazilen Bewegungen um ihre Schlange wand.

Als sie den Käfig wieder von der Bühne holten, war Strolch bester Laune. Alles lief wundervoll, eines fügte sich zum anderen. Gestern abend hatte der alte Machios von einigen Priestern eine Antwort bekommen, die vermutlich der nächste Schritt auf Fünfarms Reise war. Die Universität von Andhakleia habe Ajunas beste Gelehrte versammelt und besitze eine eigene Abteilung, die sich mit Göttern, Götzen und Fabelwesen beschäftige. Wenn, so die Priester, irgend jemand etwas über vielarmige Geschöpfe in Esanuk wisse und den Ursprung eines Gottes herausfinden könne, dann die Philosophen von Andhakleia.

Wie Strolch heute vormittag herausgefunden hatte, war Andhakleia die Hauptstadt von Kurjameos, dem vermutlich mächtigsten Reich der Ehernen Liga. Und von Kurjameos waren die Gaukler bereits nur noch zwei Länder entfernt gewesen, während sie auf der Halbinsel Gwanapur nordwärts gezogen waren. Natürlich: der Auftritt vor dem *concilium magnissimum* hatte für die Gaukler Vorrang. Aber ob dieses *intermezzo*, wie Carissimo es genannt hatte, nun drei Monde dauerte oder ein halbes Jahr, irgendwann würde das *Theatro Phantasmagorico* wieder nordwärts ziehen.

Strolch konnte weiterhin Fünfarm bei seiner Suche helfen und zugleich bei den Gauklern bleiben, in deren buntem, radebrechenden Kreis er sich willkommener fühlte als jemals zuvor in seinem Leben. Vielleicht würde sogar er eines Tages da oben stehen und den heiligen Malachias spielen. Und Kiaora …

Strolch stellte fest, wie schnell seine Begeisterung einen Dämpfer erhielt. Ach was, beim heiligen Guelfo, auch andere Mütter hatten schöne Töchter. Wenn die kleine Katauekin unbedingt mit diesem Dickwanst Carissimo turteln mußte …

Die Statisten hatten sich nun wieder ganz schnell als Söldnerschweine umzurüsten. Der zweite *acto* endete mit der sogenannten *katastrophe*. Der *mercator* lockte Malachias mit einem gefälschten Liebesbrief seiner Tochter in eine Falle. Strolch, Bruto, Crasso und die anderen Gladiatoren waren deutlich zu sehen, als sie sich zu fünft hinter einer Säule versteckten. Das Publikum, ohnehin kaum noch zu halten, wollte Malachias vor Salamarios lauernden Schergen warnen, aber Malachias sang so versunken »*Cara cor, cara cor*«, daß er es nicht hörte.

»*Hader, Hader!*« schrien die Söldnerschweine und stürzten sich auf den Helden. Das war die Gelegenheit, es ihm zurückzugeben. Die Bösewichte trugen Seilbündel, mit denen sie ihm hallende Hiebe auf den gestopften Wanst verpaßten. Strolch schleppte indessen eine Kette heran. Auf ein Augenzwinkern hin atmete Carissimo aus, und sie liefen um ihn herum, um ihn mit der Kette einzuwickeln. Bruto stand hinter ihm und achtete darauf, daß die vorsorglich angesägten Kettenglieder alle am Rücken zu liegen kamen. Mit höhnischem Lachen zogen sie ab. Carissimo selbst hatte Strolch gezeigt, wie man »Hahaha!« so rief, daß man es noch auf der anderen Seite des Platzes hörte.

Unten stürzten sich jetzt die Gauklerkinder mit den Sammelbeuteln auf die ersten Reihen, wo die dicken Geldbeutel steckten.

Der dritte *acto* begann mit der *tragoidia*. Malachias, in Ketten liegend, stimmte zu Lyra und Flöte in tiefem Baß ein Trauerlied an: »*Espero, despero, ay ay ay!*« Erwartungsgemäß brachen hier einige hundert Frauen in Tränen und leises Wehklagen aus. Dorabetta, die sich ungesehen hinter einer Säule selbst angekettet hatte, antwortete nun. Die Amore kam, an die Säule geschmiegt, langsam hervor, hörte mit großer Geste Malachias' Stimme und sang nun die zweite Stimme von »*Espero, despero, ay ay ay*«. Jetzt bekamen die Männer feuchte Augen. Selbst Strolch, der hinter den Kulissen noch einmal Fünfarms Käfig überprüfte, mußte schniefen. Tücke, war verliebt sein schön und schrecklich zugleich.

Das Publikum begann schauerlich falsch mitzusingen. Nun entdeckten die Liebenden einander und strebten aufeinander zu, aber natürlich waren die Ketten zu kurz.

»Alle Söldnerschweine und Pfaffen *presenta*«, zischte Machios. Sie sagten alle Pfaffen, obwohl sie das Gefolge des Buckligen für die Dauer des Konzils auf Zauberer umbenannt hatten. Die dunkelhäutige Calymeda, die mit Ariabella im Chor sang, rührte eine Trommel. Carissimo holte so laut Luft, daß Strolch es noch hinter der Kulisse hörte, und sprengte die angesägten Ketten.

Mit infernalischem Lachen sprang der Bucklige hinaus. Es konnte einem wirklich übel werden bei dieser Stimme.

»*Hader, Hader!*« brüllten die Gladiatoren zum dritten Mal, während El Fuchur und die anderen Zauberer den Käfig hinausschoben. Strolch stieß mit Crasso zusammen und bemerkte, daß er wieder einmal seine Position vergessen hatte.

Nun brach die vorletzte *scena* aus: das *furioso*. Malachias kämpfte sich mit bloßer Hand – in der anderen die Geliebte – durch Söldnerschweine und Zauberer. Das Publikum ging sofort mit und sang wieder: »*Malachias batta batta!*« Klatsch, klatsch, klatsch!

»*Hader, Hader!*« rief Strolch zum letzten Mal und bekam die vorgesehene Ohrfeige. Tücke! Diesmal hatte er den Helm schlecht aufgesetzt. Sein Schädel dröhnte, sein Ohr pfiff. Und er war viel zu nahe an Malachias gestorben. Carissimo trampelte ihm beinahe auf die ausgestreckte Hand, als er den Wilden Salamario in den Schwitzkasten nahm. Die Gautamannen johlten vor Vergnügen. Sodann wurde der *mercator* verdroschen. Nun war es blanke Schadenfreude, die die Zuschauer schreien ließ.

Strolch riskierte ein Auge. Bei dem Temperament, mit dem Carissimo seine einheimischen *antagonistoi* hernahm, wunderte es den Merkantilier nicht mehr, daß die Schurkendarsteller selten bei der Truppe blieben. Dann erhaschte er einen Blick auf Dorabettas lange Beine und etwas mehr unter ihrem Röckchen. Ja, dachte Strolch mit schmerzendem Schädel, beim nächsten Mal spiele ich den Malachias.

»Haha!« Nun hatte sich Carissimo den Buckligen gegriffen. Strolch spannte die Muskeln an und machte sich bereit. Hoffentlich ruinierte Fünfarm jetzt nicht alles. Die Zuschauer waren inzwischen aufgesprungen und schrien in blanker Mordlust. Tücke, dachte Strolch, der Kerl, der den Roten Mönch spielt, kann in der Stadt in keine Taverne mehr gehen, ohne daß sie ihm die Zähne einschlagen.

Carissimo packte den Schauspieler aus Usurugard an der roten Kutte und würgte ihn. Die Frauen hatten eigens einen Lederriemen eingenäht, damit der Mann noch Luft bekam. Aber ganz gewiß würde er Striemen am Hals haben. Während der Rote Mönch gurgelte und röchelte, daß einem ganz anders wurde, schleppte ihn der Gaukelmeister genau bis zum Käfig. Im Sterben packte der Mann die Zeltplane und riß daran. Tücke! Natürlich war er viel zu schwach. Sie war gerade um einen Schritt verrutscht. Das würde Fünfarm nie als Zeichen für den Einsatz …

»Popelheiliger!« Das Brüllen war so laut, daß der gesamte Platz schlagartig verstummte. Der Text war nicht ganz so vereinbart gewesen. Quietschend flog die Käfigtür auf. Ein Aufschrei ging durch die Menge. Strolch sprang auf alle viere und kreischte ebenfalls. Daß sogar die Toten von der Bühne flüchteten, sollte selbst dem letzten Säufer klarmachen, daß Malachias jetzt Probleme hatte.

Strolch verharrte hinter dem Vorhang. Eigentlich stand dort mit lodernder Fackel El Fuchur bereit, der gleich die Kometen über den Himmel blasen würde. Aber der junge Merkantilier mußte das schlangenhaarige Ungeheuer da draußen im Auge behalten. Carissimo wich Schritt für Schritt zurück. Er hätte schon längst etwas sagen müssen; es hatte ihm sichtlich die Sprache verschlagen.

»Eine Waffe, in Aionars Namen, eine Waffe!« Endlich rief Carissimo seinen Text, einmal in der *lingua dei*, einmal in der Landessprache. Dabei wandte er sich mit ausgebreiteten Armen dem Publikum zu. Völlig dämlich, dachte Strolch, wo die Gorgone doch neben dir steht. Aber das war nun das Zeichen für den *sponsor*. In der ersten Reihe erhob sich etwas unbeholfen der Stellvertreter des *princeps* von Gautamar, dem das *Theatro* den Platz vor der Basilika des Malachias verdankte. In den Händen hatte er das rote Himmelsschwert. Strolch biß beinahe seine Unterlippe durch: Wenn das nur gutging!

»*Turga!* Fünfarm!« Das war Katauekisch gewesen. Schräg vor der Bühne kam ein Mann vor der ersten Reihe entlanggelaufen. Er war gedrungen, trug einen Nasenring und hatte – selbst aus dieser Entfernung unübersehbar – schräg stehende Augen.

Als der Blaue Gott seinen Namen hörte, drehte auch er sich mit wippenden Schlangenhaaren zum Publikum. Im nächsten Augenblick hörte Strolch ein lautes, schnalzendes Geräusch, das Federn von Holz und das Surren eines Seiles. Als er das Torsionsgeschütz auf dem Dach des Gebäudes links des Platzes erblickte, wurde Fünfarm bereits getroffen. Knirschend fuhr ihm der Enterhaken in die Flanke und ließ ihn taumeln. Ein zweites Tau knallte direkt vor Strolch auf die Bühne. Noch ein Treffer!

Sie hatten hinter den bunten Sonnendächern gelauert. Rote Rüstungen glänzten in der Sonne. Fünfarm stand wankend in der Mitte der Bühne, zwei Schäfte ragten aus seinem Leib. Die Taue, noch auf der Bühne liegend, bewegten sich. Die Männer begannen sie einzuholen! Beiderseits der gedrängten Mengen kamen Ordensritter in roten Wappenröcken gelaufen. In der Menge brandete Jubel auf.

»Tücke, die halten das für echt«, stammelte Strolch. »Für *Theatro*. Für ...« Er schüttelte den Kopf. Was war Schauspiel, was war Wirklichkeit? Die Ordensritter liefen hintereinander – zu geordnet. Das waren nicht die Leibwachen der *principes*, die auf einen Überfall der Kataueken reagierten. Das waren Rote Ritter – und sie griffen den Blauen Gott ebenfalls an!

Gefangen

Auf der Bühne des Theatro Phantasmagorico*,*
im nächsten Augenblick

»Ekelkriecher, hinterhältige!« röhrte Fünfarm unter dem Gorgonenhaupt und griff nach den Tauen, die schon wieder zuckten. Sie pendelten bereits in Kniehöhe und wurden immer weiter angehoben. Oben auf den Dächern arbeiteten jeweils zwei rot Gerüstete an etwas, was wohl Winden waren. Die ersten Ordensritter erreichten die Bühne. Fünfarm zerrte brüllend an den Seilen, links zwei, rechts drei Hände hineingekrallt. Strolch hatte ihn noch nie so hilflos gesehen. Und er blutete!

»Ein Messer«, schrie Strolch. »Schnell!« Die Gladiatoren hinter den Kulissen hatten noch gar nichts bemerkt. Sie glotzten ihn an, als ob er den Verstand verloren hätte, als er wie aufgescheucht herumlief. Nichts als ungeschliffene Schaukampfschwerter und stumpfe Bühnenmesser. Bei der Truhe für das Gorgonenhaupt war doch ein Messer gewesen, mit dem die Gauklerinnen am Kopfputz gearbeitet hatten! Strolch wühlte in der Kiste: Lederstücke, Filzreste, eine Ahle, das Messer.

»Strolch, bist du verrückt?« fluchte Bruto, als der junge Magantäer mit gezücktem Messer auf die Bühne rannte. Noch immer hoben sich die Taue, nun bereits in Brusthöhe. Das rechte zwischen Strolch und dem Publikum hing bereits waagerecht und zog sich dann in schwerem Bogen über fünfzig Schritt weit zum Dach des Palastes. Zwei Ordensritter stemmten sich, Schwerter in den Fäusten, am Bühnenrand hoch.

Strolch setzte das Messer an und begann zu sägen. Er hörte ein widerlich scharrendes Geräusch. Draht! Das Tau war mit Eisendraht durchflochten. Der junge Abenteurer blickte auf Fünfarm, der nun wieder fast unbewegt stand. Die Harpunen ragten knapp oberhalb des breiten Gürtels aus seinem blauen Fleisch. Sein heißes Blut rann in Strömen über seine Hüften. Jedes andere Geschöpf wäre schon tot gewesen bei diesen Treffern. Von rechts kam ein Ritter heran. Strolch schluchzte vor Wut, säbelte nochmals vergeblich an dem Tau und wich dann zurück. Der Ritter in dem Küraß ignorierte ihn und ging, das Schwert erhoben, auf den Blauen Gott zu.

»Haha«, rief unerwartet Carissimo und hob das rote Schwert triumphal. Was war das? Versuchte er seine Aufführung zu retten? Oder war er Teil der Verschwörung, die Fünfarm jagte?

»Blutkittel!« bellte der *Fang*, beugte den Oberkörper leicht zur Seite und trat überraschend zu. Mit einem dumpfen Schrei flog der Ritter von der Bühne und schlug auf dem Platz auf. Ein Aufschrei des Entsetzens aus Hunderten von Stimmen erklang. Strolch rannte wieder hinter die Kulissen.

»Die Waffen«, rief er. »Bruto, Crasso! Bringt Fünfarms Waffen!« Hätte er doch den *Fang* nicht überredet, seine Waffen hinter der Bühne zu lassen.

»Sie haben Fünfarm gefangen!« Machios stand am anderen Bühnenzugang, den riesigen Turban in der Hand, Affenkönig im Arm. Die beiden Gladiatoren blickten einander kurz an und liefen dann zum hinteren Bühnenaufgang. Der *mercator* und der Wilde Salamario glotzten verständnislos.

»Wir müssen ihm helfen!« rief Strolch. »Najeb!«

»Was will?« Der muskelbepackte Wildhäuter blickte herüber.

»Womit sprengt ihr Ketten? Was macht ihr, damit Carissimo aus seinen Ketten kommt?«

»Ansägen. Vorher«, sagte El Fuchur ganz ruhig. »Vergiß es.« Der Feuerspucker stand noch immer am Vorhang und hatte Fünfarm genau im Blickfeld. Strolch lief an seine Seite. Inzwischen war der Koloß von vier Rittern umgeben. Weitere kletterten seitlich auf die Bühne, mindestens fünfzig kamen noch gelaufen. »Haben wir eine Axt?«

»Doch nicht bei einem gespannten Seil«, wandte Strolch verzweifelt ein.

»Da brauchst du eine Auflage«, stieß Bruto hervor, in den Armbeugen Fünfarms Schwerter, die lang wie Ruder waren, und die unterarmdicke Fackel.

»Ein Amboß«, schlug Crasso vor, der dahinter die drei Schritt lange Hellebarde heranschleppte. Wie gigantisch die vertrauten Waffen in den Händen dieser Männer wirkten, die gewiß nicht schwächlich waren!

»Ihr wollt doch nicht ernsthaft jemand losschneiden«, protestierte Dorabetta, die Hände in die nackten Hüften gestemmt, »den die Kirche gefesselt hat.«

»Er ist einer von uns«, antwortete El Fuchur, die eine Hand am Vorhang, die andere, noch immer ganz ruhig, um die Fackel gelegt.

»Auch wenn er *horribile* häßlich ist«, feixte Crasso.

»Aber ihr könnt doch nicht ...«

»Wir sind ehrlos«, meinte Bruto, »schon vergessen?«

»*Compadres!*« Der alte Machios war hinzugetreten. Er sah plötzlich ehrfurchtgebietend alt aus. »Ich kenne keinen von euch.« Die Gladiatoren sahen ihn alle an, während er den Turban wieder aufsetzte. »Ich habe euch nie gesehen. Aber wenn ihr euch schon mit den Roten Mönchen anlegt, dann mit Verstand.« Er hob unerwartet eine Axt, als hätte er sie aus der Tasche gezaubert. »Wie wäre es mit einer der Säulen?«

»*Canondonda!*« stieß Nanjeb hervor, senkte den Kopf und schob eine der Säulenattrappen hinaus, mit denen sie im zweiten *acto* die Stadt errichtet hatten.

Strolch schüttelte seine Verblüffung ab. »Es ist Draht in dem Seil. El Fuchur, kannst du es vielleicht mit der Fackel anbrennen?«

»Ich kann noch viel mehr. Ich habe nämlich einen Kometen auf Vorrat.«

»Gehen wir«, bekräftigte Bruto. »Ihr zum Seil, und wir bringen ihm die Waffen.« Er wandte den Kopf zu Crasso, der mit der Lanze neben ihn getreten war. »Ich liebe dich!«

»Raus mit dir, *cretino*«, stieß der andere hervor und wurde puterrot. Als Strolch peinlich berührt wegsah, begegnete er Kiaoras Blick, die hinter Machios stand.

»*Hader, Hader!*« rief Bruto und rannte mit den schweren Waffen los. »*Hader, Hader!*« stimmten Crasso und Strolch ein, als sie folgten.

Fünfarm war umzingelt wie ein verwundeter Löwe von einem Rudel Hunde. Zwei Ordensritter hatten sich unter dem Tau hindurch in seinen Rücken geschlichen, ein Dritter lag dort bereits mit verkrümmtem Leib am Boden. Die anderen, sechs oder sieben an der Zahl, bedrängten ihn von vorn.

Nanjeb hatte die Säule neben das rechte Seil geschoben. Als er Strolch kommen sah, kniete er nieder und deutete auf seine Schultern. Der Wildhäuter war nicht halb so dämlich wie die Rollen, die er spielte. Strolch nahm Anlauf, sprang hinauf und wurde, ehe er es sich versah, emporgestoßen. Mit einem Satz stand er in drei Schritt Höhe auf der Fläche eines kleinen Fasses.

»Fünfarm! Deine Waffen!« Das Gorgonenhaupt schnellte herüber, und mehrere Ordensritter blickten ebenfalls zu Strolch. Auch Carissimo, der etwas abseits noch immer heroisch posierte, wandte den Kopf.

»Fackel!« rief Crasso, nahm sie von Brutos Armen und warf sie. »Hopp!« Fünfarm fing sie und ließ sie einmal im Handgelenk kreisen.

»*Per Malachio!*« kommandierte einer der Ordensritter. Sofort gingen die anderen zum Angriff über. Zwei Schwerthiebe trafen Fünfarm am Arm und an der Hüfte. Dann ging der erste Ritter mit zerschmettertem Helm zu Boden.

»Schwert!« rief Crasso und warf die schwere Klinge mit zwei Händen. »Hopp!« Fünfarm steckte zwei weitere Treffer ein, als er das Säbelschwert fing. Zwei der Ordensritter wichen zurück, einer, der nicht rechtzeitig reagierte, sackte in sich zusammen, während sein Kopf über die Bühne rollte. Wieder kam ein Aufschrei der Menge. Zwei weitere Ordensritter wandten sich Crasso zu, der soeben nach dem zweiten Schwert gegriffen hatte.

Bruto bückte sich nach der Hellebarde, da wichen beide zurück.

»Schwert!« rief Crasso dennoch. »Hopp!« Doch diesmal flog die Klinge nicht weit genug. Sie stieß im Fallen gegen das Tau, drehte sich und schlug klirrend auf.

»Mach hin!« sagte El Fuchur und klopfte Strolch mit der Axt gegen die Wade. Der junge Abenteurer bückte sich und griff nach dem Tau. Es war nun straff gespannt, und Strolch brauchte beide Hände, um es über den Rand der Säule zu ziehen. Er klemmte sich schmerzhaft zwei Finger ein. Dann kniete er sich hin und übernahm die Axt. Tücke, war das eng!

Nun tauchte El Fuchur neben der Säule auf, die Fackel in der Linken. Er stand wohl auf den Schultern des Wildhäuters. Mit der freien Hand griff er nach dem Tau und klemmte nahe des Säulenrandes etwas darunter, was wie ein Bällchen getrockneten Grases aussah.

»Auf mein Zeichen zuhauen!« sagte der Feuerspucker. Er griff nach seinem Gürtel, zog eine flache Feldflasche hervor und ließ mit einem Fingerschnippen den Korken fliegen. Dann legte er den Kopf zurück und nahm einen tiefen Schluck. Strolch stellte zusammengekauert fest, daß er keine Möglichkeit hatte, seine Füße und Knie in Sicherheit zu bringen. Er hielt sich am Seil fest und hob die Axt. Das wäre ein Lacher, wenn er sich jetzt den einzigen Halt mit der eigenen Axt durchtrennte!

Das Seil schabte schmerzhaft über Strolchs Finger, als Fünfarm eine heftige Bewegung machte. Ein Mann schrie. Dann warf El Fuchur den Kopf vor, riß die Fackel vor sein Gesicht und spie. Der Feuerball sengte über Strolchs Beine und fuhr ihm ins Gesicht. Der Abenteurer schloß die Augen und schlug mitten in den fauchenden Böllerknall hinein. Knisternd entflammten seine Haare. Etwas wie ein Peitschenschlag fetzte durch seine Linke und traf ihn am Schenkel. Blindlings versuchte Strolch, das Gleichgewicht zu halten und das Feuer in seinen Haaren zu löschen.

»Hampelnasen!« grölte Fünfarm, begleitet vom Geräusch seiner Klinge, die einen Küraß spaltete. Als Strolch wieder sehen konnte, kämpfte der Blaue Gott bereits am linken Rand der Bühne. Doch obwohl die ersten Ordensritter in die Reihen ihrer nachdrängenden Brüder stürzten, war für Strolch unübersehbar, daß der *Fang* nicht so unangefochten vorankam wie sonst. Lag es daran, daß er nur zwei Waffen führte? Waren es die mächtigen Harpunen, die ihn getroffen hatten und noch immer aus ihm ragten wie zwei zusätzliche Arme? War es die Entdeckung, bluten zu müssen, die Strolch ihm aufgezwungen hatte? Oder hatte ihn der Hinterhalt ebenso gelähmt wie Strolch?

»Er hängt noch immer an einer Leine«, keuchte der Merkantilier, mit einem Hustenanfall ringend. Und die hing mitten in das Gewühl der Ordensritter hinab. Keine Aussicht, dorthin durchzukommen. Ihm wurde schwindlig.

»'unte' da!« hörte er Nanjebs Stimme. Er ließ ein Bein von der Säule hängen, stöhnte, als verbrannte Haut über die Kante glitt, und rutschte eher, als daß er abstieg. Der Wildhäuter fing ihn wie einen Strohsack auf. Taumelnd kam er auf die Beine und fühlte sich durch den Vorhang gestoßen.

»Wir müssen ihn da rausholen«, stöhnte Strolch.

»Junge«, keuchte Bruto mit geweiteten Augen, »da draußen sind hundert Malachiasse vom Roten Orden. Da kommen wir nicht durch mit unseren Zinkpanzern.« Er hielt Crasso im Arm, der über dem Auge blutete.

»*Oy Desastro katatonyo*!« Carissimos goldglänzender Rücken näherte sich dem Vorhang. »Welch ein *furioso*!« Er sprach halb über die Schulter mit seinem Vater, der zum Vorhang trat. »Ich fürchte, wir müssen warten, bis sie ihn massakriert haben. Dann versuche ich es mit dem ›Viktoria Nikata‹ zu retten!«

»Und weil sie alle gestorben sind, leben sie heute nicht mehr«, bestätigte Machios. Das waren die traditionellen Schlußworte, die er und der Harlekin am Ende des Stückes zu sagen hatten. »Keine Erklärungen. Und ich rufe die Priester zum gemeinsamen Gebet für alle, die jemals gefallen sind auf dem Weg des Malachias.«

»Welch ein *pathos*!« stimmte der Gaukelmeister zu und verschwand vom Vorhang. Diese Aasgeier! Sie dachten einzig daran, ihr Stück zu retten – über Fünfarms Leiche.

»Er muß das Tau selbst durchschlagen«, stieß Strolch hervor.

»Das kann nicht einmal er ohne Unterlage«, entgegnete El Fuchur.

»Doch, Fünfarm kann«, erwiderte der junge Weltreisende, »wenn ich es ihm sage!« Er lief zum linken Bühneneingang und riß sich das Kostüm vom Leib. Wenn er da nicht als Söldner hinausging, beachteten sie ihn vielleicht nicht.

»*Strolk!*« Kiaora war ihm gefolgt. Sie legte die Hand auf seinen nackten Unterarm. »Ehrenvoller Träger der Hand des Blauen Gottes. Gib acht auf dich. Er braucht dich ... lebend!«

Ihre Blicke trafen sich, und für die Ewigkeit dieses Augenblicks versank Strolch darin. »Wir laufen weg wieder«, sagte er heiser. »Wenn ich komme zurück, versuche bleiben bei mir.«

»Dann muß ich noch etwas tun!« Für einen zweiten Augenblick schien sie sich nicht losreißen zu können, dann wandte sie sich um und lief hinaus zu den Wagen. Was war das? Er konnte nicht mehr warten. Nein, das hatte sie auch nicht gewollt.

Strolch schob den Vorhang beiseite und sprang hinaus. Fünfarm kämpfte noch immer am linken Bühnenrand und mähte mit einer lädierten Säulenattrappe die unter ihm stehenden Ordensritter nieder. Aber in der Mitte waren zwanzig Gegner auf die Bühne geklettert und begannen ihn wieder zu umzingeln.

»Fünfarm! Wir müssen abhauen! Schlag das Tau durch!« Der Blaue Gott wandte sich um und machte sich mit einem Schwenker der Säule auf der Bühne Platz. Die Attrappe hing in Fetzen, und der Holzrahmen darunter war sichtlich zertrümmert. Bei allen Schandtaten des Buckligen, der Bühneneingang war viel zu klein für den Koloß: Selbst wenn er sich freikämpfte, konnte er mit den beiden Harpunen, die aus seinem Leib ragten, und dem Gorgonenhaupt nicht fliehen. Der Käfig paßte da eben durch.

Mit einem Schritt kniete Fünfarm nieder und schlug auf das

Tau am Boden ein. Noch einmal. Tücke, Tücke, Tücke! Nicht mal er kam mit einem Schlag durch. Der Malachiasplatz war eine einzige Falle. Die Zuschauer waren längst aufgestanden, auf den Gesichtern Entsetzen und blanke Schaulust zugleich. Im Raum vor der Bühne drängten sich hundert Männer in Rot und Stahl, und noch viel mehr auf der Linken, wo Strolch kämpfte. Rechter Hand hatte einige Leute eine schützende Reihe vor den Würdenträgern gebildet. In die Richtung war der Platz halbwegs frei.

»Der Käfig!« schrie Strolch, die Hände zum Trichter geformt. »Nach rechts! Fahr durch sie durch!« Es war unglaublich, wie schnell der *Fang* reagieren konnte. Er hatte den Angreifern die zermalmte Säule entgegengeschleudert. Mit dem vierten Hieb hatte er das Tau durchtrennt. Sofort riß er sich das Gorgonenhaupt herunter und warf es den Männern entgegen, die auf ihn zukamen. Gleichzeitig sprang er nach rechts und packte den Käfig.

Strolch warf einen Blick zurück. Wo blieb Kiaora? »Bruto«, rief er, wieder zu den Gladiatoren hastend, »sag Kiaora, wo wir hinlaufen.« Der Gaukler hob die Hand, und Strolch rannte ins Freie.

Draußen klapperte der Käfig wie ein Rammbock. Ein Dutzend Ordensritter sprangen von der Bühne, vier oder fünf langsamere schob Fünfarm vor sich her. Nun stand da nur noch der heilige Malachias!

»*Oy Desastro katatonyo!*« jodelte Carissimo und sprang ebenfalls von der Bühne wie eine überreife Honigmelone. Der Käfig und seine Opfer erreichten den rechten Rand der Bühne und kippten hinunter. Für Fünfarm war der Sprung eher ein Schritt, aber hinter ihm folgten noch sieben Schritt Tau.

Einige aus der Reihe der Leibwachen sprangen Fünfarm entgegen; unten setzte sich das Gros der Kämpfer ebenfalls nach rechts in Bewegung. Noch einmal ließ Strolch den Blick kreisen. Die Kataueken auf den Dächern waren verschwunden. Zwischen Malachias-Basilika und dem Palast hatte sich eine sichtbare Gasse gebildet. Dort standen zwar auch zwei Ordensritter, aber verglichen mit dem Gemetzel hier war das freie Bahn. Und da kam endlich Kiaora auf die Bühne gelaufen.

»Renn, Fünfarm!« Strolch sprang hinterher. Zwei Dutzend ärmlichere Gautamannen, die sich neben der Bühne billige Plätze verschafft hatten, sprang schreiend aus dem Weg. Fünfarm mähte im Vorbeilaufen drei Ordensritter nieder. Dann war der Weg frei. Die zwei Wachen im Durchgang hatten Verstand genug, sich in Sicherheit zu bringen. Strolch versuchte, mit dem Blauen Gott Schritt zu halten, ohne auf das sich schlängelnde Tau zu treten. Hinter sich hörte er Kiaoras leichte Schritte und weiter hinten Stiefelgetrampel. Dann tauchten sie in die Gasse ein.

»Viktoria Nikata!« erschallte von hinten ein tiefer Baß durch das Geschrei. Bald fielen andere Stimmen ein.

Entkommen

In den Straßen Gautamars, eine Viertelstunde später

»Irgend jemand muß ihnen gesagt haben.« Strolch blieb keuchend stehen und stützte sich an einer ockerfarbenen Lehmwand ab. »Jemand, der das Schauspiel gut kennt. Sie wußten, wenn Fünfarm kommt auf die Platz, wo er steht, wo er sich drehen muß, damit sie schießen auf ihn.«

Kiaora rang ebenfalls nach Atem. »Ich habe doch für Carissimo drei Bilder des *Fangs* als Schlangenungetüm gemalt.« Für Carissimo? Mit welcher Vertrautheit sie das sagte. Was trieben die beiden noch hinter Strolchs Rücken? »Ich wußte nur nicht, daß er sie schon am Vortag auf den großen Plätzen hat aufhängen lassen.«

»Ihr habt verraten, daß Fünfarm kommt?«

»Du denkst doch nicht, daß das geheim geblieben wäre. Wir wollten mindestens drei Monde lang täglich dreimal spielen.«

»Aber sie wußten heute!« beharrte Strolch. Sie waren in einer Straße zum Stehen gekommen, die in Maganta wohl Bildhauerstraße geheißen hätte: zwischen den orangegelben Häusern reihten sich Dutzende von Ständen mit Heiligenfiguren, Statuen, Idolen und Galionsfiguren aus Holz, Stein, Zink und Messing aneinander.

Die Gautamannen reagierten auf Fünfarm wohl noch entsetzter als die Einwohner Tschöng-Hau Lengs zwei Jahre zuvor. Solange sie gelaufen waren, hatte niemand Zeit zu flüchten gehabt, und die Leute mit den Zöpfen und Ohrpflöcken hatten sich vor Schreck erstarrt an die Hauswände gedrückt. Jetzt, wo der blaue Koloß blutend stillstand, mit zwei Harpunen in den Seiten, die beinahe bis zu den Gassenwänden reichten, leerte sich die Straße fluchtartig.

»Was jetzt?« fragte Kiaora.

»Ich dir doch sage, das *finale grande* ist immer gleich: Der Held und die Geliebte gehen auf Schiff bei der Katauer-Mann, und wenn der Katauer-Mann mit Held feilscht, die Geliebte heimlich nimmt seine Geldkette.« Wir müssen, dachte er, jetzt eben improvisieren. Fünfarm muß halt den Teil übernehmen, wo er erklärt, daß alles, was geschah, dem Abwesenden Gott gefällig war, und was man daraus lernen kann ...

Er grinste schief, aber im Grunde war ihm der Humor vergangen. Konnte er Kiaora überhaupt noch trauen? Kurz kam ihm in den Sinn, sie bei der nächsten Ecke abzuhängen. Mit Fünfarm in eine Seitengasse. Verschwinden mit dem einzigen, auf den er sich verlassen konnte.

»Den Hafen werden sie als erstes absperren.«

»Richtig«, kratzte sich Strolch im schweißnassen Nacken. »Dann also zuerst raus aus der Stadt.« Er blickte zu dem Blauen Gott. »Fünfarm, ist mit dir ... alles im Lot?« Er zögerte, als er in seinen magantäischen Gassenspruch verfiel. »Ich meine, bist du sicher ... daß du das aushältst?« Die Harpunen in seinem Leib sahen einfach grausam aus.

»Fünfarm hält das aus, Zitternase!«

Nun erklang Kiaoras Stimme, sanft und überraschend nahe. »Und du, Ehrenvoller Träger der Hand des Blauen Gottes? Du siehst mitgenommen aus ...«

»Die Hand!« stieß Strolch hervor. Keuchend legte er seine

Rechte auf die Brust. Irgend etwas, sagten seine Finger, war nicht mehr so wie in den letzten drei Jahren. Als Gladiator hatte er so oft Schläge gegen die Brust einstecken müssen, daß er beschlossen hatte, das einzige abzulegen, was er besaß, ehe er sich in den Zinkpanzer zwängte.

Strolch warf einen entsetzten Blick auf Fünfarm. Hoffentlich hatte ihn der Blaue Gott nicht verstanden. Hoffentlich hatte er nicht begriffen, was Strolch getan hatte …

Die Wunden des Kampfes

Basilika des heiligen Malachias,
Empfangsraum des princeps *Chlodfrith von Gautamar,*
19. Tag des Hitzemondes

»Ihr habt die Sicherheit der Stadt gemeingefährlich aufs Spiel gesetzt, und das im Augenblick ihres größten Triumphes der jüngeren Historie.« Wernhari, dem *Thingweisir* des *Gautathings*, der für die Sicherheit der Stadt zuständig war, stand der Zorn auf die Stirn geschrieben. »Sechs *principes* saßen keine zehn Schritt von diesem Massaker entfernt, außerdem vier meiner Amtsbrüder aus dem *Gautathing* und zahlreiche andere kirchliche und weltliche Würdenträger.«

Francisco versuchte seinerseits nicht wütend zu werden. Den Zuschauern war doch nichts geschehen. Die hatten noch applaudiert, als die ersten Ordensritter bereits tot um die Bühne gelegen hatten.

»Bruder Francisco«, ertönte nun die ruhige, aber eisig kalte Stimme des *princeps* Chlodfrith von Gautamar, »ich habe mein Einverständnis zu diesem Einsatz vor unserer größten Basilika nur gegeben, weil du mich im unklaren darüber ließest, mit welcher militärischen Gewalt er erfolgen sollte. Es war davon die Rede, ein Ungeheuer zu fangen – nicht von einer Feldschlacht.«

Von Wernhari kam ein zustimmendes Schnauben, als dieser sich den nächsten Ausbruch verbiß.

»Zudem habe ich den Gauklern persönlich diese Bühne vor der Malachias-Basilika zur Verfügung gestellt. Mein *magister praetorium* stand bereit, um das heilige Schwert auf die Bühne zu reichen. Das Gesetz der Gastfreundschaft ...«

»Was, beim Buckligen«, konnte sich Wernhari nicht mehr beherrschen, »hat Euch auf die wahnwitzige Idee gebracht, ausgerechnet in einer derart prekären Situation zuzuschlagen?«

Der *princeps* verzog den Mund, als ihn der *Thingweisir* unterbrach, fragte dann jedoch etwas versöhnlicher: »Wieso hast du das Ungeheuer nicht nächtens inmitten der Gaukler in Ketten legen lassen?«

»Ihr habt doch selbst gesehen oder zumindest gehört, was für ein Geschöpf das ist.« Franciscos Wut wuchs angesichts so viel Unverstandes. »Es hat zwei Treffer leichter Geschütze eingesteckt, mit denen sonst Schiffe beim Enterkampf oder Wale bei der Jagd beschossen werden. Solch ein Geschöpf kann man nicht ohne vorbereitete Falle überwältigen.«

»Keiner konnte vorhersehen, daß dieses Monstrum Schwerthiebe hinnimmt wie Ohrfeigen.« Der Erste Ritter des *ordo executionis silentii finiti*, dessen Truppen Francisco zu Hilfe gerufen hatte, wollte ihn wohl unterstützen, aber vor allem wälzte er seine eigene Verantwortung ab.

»Ich widerspreche dir, Bruder Kenophar.« Francisco war nicht bereit, irgend jemand – sich eingeschlossen – als unwissend hinzustellen. »Es gibt einen, der das vorhergesehen hat. Den Mann, der dieses Ungeheuer um die halbe Welt verfolgt hat.« Der *agentus in rebus dei* blickte zu dem katauekischen Hauptmann. Man sah ihm nicht an, ob er dem Disput dank Schwester Umbertas Übersetzung folgen konnte, aber seine schmalen Augen ruhten auf Francisco.

»Mit Verlaub«, fauchte der *Thingweisir* Wernhari, »der Mann, der uns dieses Massaker überhaupt erst eingebrockt hat.«

»Der Mann«, entgegnete Francisco gefährlich ruhig und sehr nahe daran, die Beherrschung zu verlieren, »der uns überhaupt erst mitteilte, daß dieses Ungeheuer in unserer Mitte ist. Hättet Ihr gewünscht, daß es eines Nachts das *concilium magnissimum* überfällt? Denkt Ihr, es sei Zufall gewesen, daß es hier aufgetaucht ist?« Francisco hätte gern ausgeplaudert, was er im Zuge des Kirchentreffens über die überall in Erscheinung tretenden Ungeheuer und Geister gehört hatte. »Ihr wißt überhaupt nicht, was in Ajuna geschieht – worum es bei diesem *concilium magnissimum* geht.«

»Und worum geht es deiner Meinung nach, Bruder *agentus in rebus dei*?« Der *princeps* klang nun wieder so, als schlüge er eine Brücke zwischen den Streitenden, aber es war eine trügerische Brücke.

»Darum!« Francisco machte einen Schritt zu dem Schreibtisch und hob das Tuch von der Trophäe. »Das einzige, was wir haben, ist diese Trophäe: die Hand. Der greifbare Beweis für die Existenz eines Geschöpfs aus Fleisch, das kein Fleisch ist.«

Das Schweigen im Empfangsraum war beredter als jeder Ausruf des Staunens. Der Schreiber des *Thingweisirs* schnappte hörbar nach Luft. Francisco blickte auf die Hand. Ja, das war alles, was er hatte – und es gehörte nicht ihm. Er hatte hoch gespielt und verloren. Die Kirche hatte ihm für einen Augenblick alle Waffen in die Hand gegeben – und er hatte versagt. Er hatte über dreißig Ordensritter in den Tod geschickt. Der erste Mann, der das Ungeheuer angriffen hatte, war ohne sichtbare Wunde gestorben – aber seine sämtlichen Rippen waren von einem einzigen Tritt zermalmt worden.

»Erkläre uns doch: Wie kamst du auf diesen … riskanten Plan?« Diesmal klang die Frage des *princeps* tatsächlich wie ein Angebot zum Waffenstillstand.

Ja, fragte er sich, wie war er tatsächlich darauf gekommen? War es sein Stolz gewesen, der ihn mitten auf dem Malachias-Platz, vor den Augen der Kirche, zuschlagen ließ? Er hatte zu oft gehört, daß er Hirngespinsten nachhing, wenn er Gespenster jagte! Er hatte erlebt, wie ihm die Kirche einen heimlichen Sieg gestohlen hatte – auf ebendieser Bühne. Hatte er sie nun mit einem noch größeren Sieg weihen wollen?

»Hohepriesterin Lü und Hauptmann Kang überzeugten mich.« Er machte eine Geste des Respekts in Richtung der beiden Kataueken. »Der Hauptmann, nein, eine ganze Einheit, haben gegen dieses Ungeheuer gekämpft, das sie *Fang* nennen. Nach den Beschreibungen schloß ich, das auch eine Hundertschaft der besten Ordensritter dieses Unwesen nicht töten kann. Es ist zu stark, zu schnell, zu unverwundbar.« Chlodfrith und Wernhari hörten ihm jetzt zu, wenn auch der *Thingweisir* noch immer grollte.

»Ich kenne Carissimo, den Gaukelmeister dieses *Theatros*. Wir hatten miteinander bereits zu tun ... in einer ähnlichen Angelegenheit. Diesmal konnte ich jedoch nicht mit seiner Unterstützung rechnen. Aber wer seine Stücke kennt, kann vorhersagen, wann und wie er ein solches Ungeheuer auftreten läßt.«

»Das ist alles sehr beeindruckend«, knurrte Wernhari, »aber ich sehe immer noch nicht ein, warum Ihr diese Geschütze direkt vor unseren Ehrengästen einsetzen mußtet.«

»Weil es der einzige Augenblick war, wo er sich im Freien zeigte – und ohne Waffen dazu. Ich habe diese Geschütze in Porto Oldo kennengelernt. Dort mußte ich mich nach den Flutwellen mit Seefahrt, Fisch- und Walfang beschäftigen. Niemand kam bisher auf den Gedanken, diese Waffe an Land einzusetzen – weil es an Land kein einziges Lebewesen dieser Größe und Gefährlichkeit gibt. Dank des *Theatros* hatte Hauptmann Kang über eine Stunde Zeit, die Ballista zu justieren.« Francisco fühlte, während er sprach, wie die Wunde in seiner Seite zu schmerzen begann. Wie merkwürdig, daß ausgerechnet er eine Harpune in die Seite eines Feindes hatte schießen lassen ...

»Und warum«, bohrte der *princeps* weiter, »hatte der Plan keinen Erfolg?«

Nicht zum ersten Mal wünschte sich Francisco, die beiden wären auf dem Platz gewesen; dann würden sie nicht so naive Fragen stellen.

»Wir hätten ihn beinahe gehabt«, antwortete der Erste Ritter Kenophar an seiner Stelle. »Aber unsere Männer wurden niedergemäht wie ...« Er schüttelte fassungslos den Kopf.

»Die Männer des *ordo executionis silentii finiti* gehören zu den tapfersten – kein Zweifel«, kam Francisco auf den eigentlichen Punkt seiner Verteidigung. »Aber sie hatten keine Vorstellung, wogegen sie kämpften. Nur die wenigen Worte, die die Übersetzerin der Hohenpriesterin ihnen sagen konnte.«

Der *agentus in rebus dei* wandte sich kämpferisch um. »Meine Herren, wir hatten im Hafen über zweihundert Elitesoldaten, die bereits gegen ihn gekämpft hatten, und hielten sie vom Kampf fern.« Francisco stand hoch aufgerichtet vor den Würdenträgern, entschlossen, diesen Streit mit aller ihm zu Gebote stehenden Macht zu einem Ende zu führen, wenn sie es herausforderten. Er stand im Rang über jedem anderen kirchlichen Würdenträger in diesem Raum. Ein Wink von ihm würde genügen, um den *princeps* in Ketten legen zu lassen. Doch er wollte die Herren dieser Stadt nicht noch weiter herausfordern. Noch nicht …

Als hätten sie in seinen Gedanken gelesen, kamen von Wernhari und auch Kenophar nur mehr halbherzige Proteste.

Hauptmann Kang in seiner seltsamen akazienroten Rüstung trat zackig vor und ergriff das Wort. Francisco hatte das Gefühl, daß es ihm nicht lag, in so einer Runde zu sprechen; vielleicht lag es auch nur daran, daß sie einander nicht verstehen konnten. Aber zugleich schwang in Kangs unverständlichen Worten etwas Drängendes mit, das dem *pater* vertraut, ja geradezu verwandt erschien.

»Hauptmann Kang erklärt«, übersetzte Schwester Umberta, »er habe bei einem direkten Angriff auf diesen … ähem, Gott … mit 280 Soldaten 80 verloren. Soldaten, die, so sagt er, besser gerüstet seien als unsere Ordensritter und gezielt ausgebildet, Götter … Verzeihung, so sein Begriff … wie diesen anzugreifen. Er sagt, er habe aus Rücksicht auf die Ordnung unseres Reiches diese Gelegenheit verstreichen lassen, den … Gott zu töten.«

»Einen Gott töten – wie absurd«, protestierte nun *princeps* Chlodfrith. »Das sind doch heidnische Vorstellungen aus einer Welt tiefster Finsternis.« Auch *Thingweisir* Wernhari schien nicht erfreut zu sein.

Schwester Umberta wartete respektvoll, dann fuhr sie fort: »Er sagt, er sei nicht bereit, bei einem erneuten Einsatz wieder auf die Macht seiner Soldaten und ihre Erfahrung zu verzichten.«

»Eminenz!« Die Ajunäer blickten noch mit einer Mischung aus Unverständnis und Erwartung drein, als die Hohepriesterin eine Bewegung mit dem Fächer machte, sich mit einem dunklen Blick zu Francisco leicht verneigte und ihrerseits zu sprechen anhob. Sie hatte eine hohe, leicht näselnde Stimme, mit der sie einmal »Franci'co« sagte. Der *agentus in rebus dei* mußte unwillkürlich an seine Rivalin Cosima denken. Ja, diese Frau mit dem rotgeschminkten Gesicht war nicht weniger gefährlich als der Hauptmann neben ihr.

»Die Hohepriesterin«, sprach nun wieder die Übersetzerin, »bittet den *agentus in rebus dei* höflich, aber mit Nachdruck darum, Hauptmann Kang einen … ich denke, der richtige Ausdruck ist Freibrief … auszustellen: einen Geleitbrief, der ihm im gesamten Machtbereich der Kirche des Abwesenden Gottes erlaubt, nach … wie sagte sie … Verständigung der örtlichen Obrigkeit uneingeschränkt mit seinen Truppen gegen den … Gott vorzugehen.«

Die Hand

Das Giraffenzimmer des Gesandtschaftspalastes von Gautamar, drei Tage später

»Ein merkwürdiges Gespräch«, meinte Francisco mit maskenhaftem Lächeln. Sie saßen seit Stunden zu fünft um den Tisch mit den elfenbeinernen Einlegearbeiten. In der Mitte lag auf einem ziselierten Silbertablett die mächtige Hand.

Als Schwester Umberta übersetzt hatte, antwortete die Hohepriesterin, wie immer mit maskenhaftem Gesichtsausdruck, über ihre Vertraute: »Ein Gespräch, das bereitet Vergnügen, unter Personen von Würde und Verstand.« Wie immer sie es nannte, es war alles das, was man sich unter einem Gespräch mit Katauelen vorstellte: ein Maskenspiel, eine Zeremonie von kaum erträglicher Langsamkeit, vor allem aber eine Basarfeilscherei, wie sie keine *mercatoren*-Börse bieten konnte.

Francisco befand sich in einer Zwangslage. Er hatte die Berufung zum *agentus in rebus dei* nur für einen eingeschränkten Einsatz erhalten, der ebenso Diplomatie wie Geisterjagd sein konnte: »Widme dich dem Begehren der katauekischen Gesandtschaft, gehe dem Bericht nach und bereinige die Angelegenheit.«

Zugleich aber war die Berufung ein Vertrauensbeweis höchster Ebene. Der *ordo silentii mysteriorum* bewahrte nicht nur die verbotenen Geheimnisse der Kirche. Was die Mönche in den roten Roben verfügten, geschah mit dem direkten oder indirekten Sanktus der *primarchin* Altheia.

Dank der Trophäe hatte Francisco die ersten Anfeindungen wegen seines Vorgehens vor der Malachias-Basilika abwehren können. Aber gewiß waren bereits Kräfte am Werk, ihm sein Amt wieder zu nehmen: alte Feinde und neue Feinde. Nur ein unanfechtbarer Erfolg konnte sein Vorgehen rechtfertigen.

Und Francisco machte sich keine Illusionen, was in den Kreisen der Kirche, in denen er nun diente, als Erfolg galt. Vom *ordo executionis silentii finiti*, den er hinzugezogen hatte, hieß es, daß sie die Feinde der Kirche ausnahmslos und unerschütterlich bis in den Tod verfolgten. Eine Jagd galt erst als beendet, wenn das Grab des Verfolgten sicher identifiziert war.

Francisco brauchte die Hand, um sein Vorgehen zu verteidigen. Er brauchte den sechsarmigen *Fang*, um seine Aufgabe zu erfüllen. Und er brauchte Kangs Erfahrung, um den *Fang* zu bezwingen.

Die Hand war der Schlüssel. Aber es war keiner der roten Ordensritter des *ordo executionis silentii finiti* gewesen, der sie bei der Durchsuchung des *Theatros* erbeutet hatte, sondern der Späher, den die Katauelen unter den Zuschauern postiert hatten. Und wie sich dann herausgestellt hatte, besaß Hauptmann Kang eindeutige Ansprüche: nach seinen Angaben hatte er selbst die Hand abgeschlagen. War es möglich, daß er log? Man sagte den Kataueken nach, Geschäftsleute zu sein, denen nichts heilig war außer ihrem Besitz. Nein, was immer Francisco diesem arroganten Offizier vorzuwerfen hatte, er war zweifellos ein Ehrenmann.

Nun sprach wieder der Hauptmann, und die Vertraute der Hohenpriesterin übersetzte: »Der einzige Weg, die Hand nicht dem *Herrn der Unwandelbaren Ordnung* zu Füßen zu legen, ist, ihm den *Fang* zu Füßen zu legen.«

Francisco begann zu verstehen. »Und der einzige Weg, Eurem Herrscher den *Fang* zu Füßen zu legen, ist, daß Ihr die Jagd auf ihn übernehmt.« Bei allem Verständnis, aber das war seine Aufgabe als *agentus in rebus dei.* Und selbst wenn er auf die Verfolgung verzichtete: Die Forderung, diese Aufgabe einem Kataueken zu übertragen, war ein starkes Stück.

Francisco überlegte. »Der einzige Weg, daß Ihr die Jagd auf den *Fang* übernehmt, ist, daß ich die Hand der *primarchin* zu Füßen lege und beweise, daß der *Fang* genau so ist, wie Ihr sagt, und daher nur von Euch erlegt werden kann.« Er bekam langsam Kopfschmerzen, aber das schien eine Lösung zu sein. »Und der einzige Weg, damit ich erlaube, daß Ihr die Jagd auf den *Fang* übernehmt, ist, mir glaubhaft zu versichern, daß Ihr ihn erlegen werdet.«

Hauptmann Kang beugte sich vor, zum ersten Mal. Die ganze Zeit hatte er dagesessen, den Helm unter dem Arm, als wollte er sogleich wieder gehen, zurückgelehnt, als reizte ihn das alles nicht. Kam er ihm entgegen?

»Warum ist er entkommen?« übersetzte die katauekische Vertraute.

»Weil die Götterfresser nicht dabei waren«, räumte Francisco ein.

»Wäre er den Götterfressern entkommen, wenn die Kirche nicht geholfen hätte?« Als Nühen übersetzt hatte, antwortete Kang selbst. »Ja, das haben wir in Thalliopê gesehen.«

Schließlich stellte Kang die entscheidende Frage: »Aber wäre er entkommen, wenn die Götterfresser mit Hilfe der Kirche gekämpft hätten?«

Francisco überlegte. »Nein, ich glaube nicht.« Der *agentus in rebus dei* fühlte die Wunde an seiner Seite und dachte daran, wie kurzatmig er war. Er war kein Kämpfer. Ja, er hatte den Atemdieb im Zweikampf getötet. Aber nach allem, was dieser Kataueke schilderte, war die Jagd auf den Sechsarmigen eine – wie hatte es *princeps* Chlodfrith genannt? – Feldschlacht.

Nein, er hatte eine wichtige Aufgabe. Gerade die Existenz des katauekischen Gottes – einer ganzen Religion um Götter wie diesen – bewies, daß das Erscheinen der Fabelwesen keine geheimen Einzelfälle waren, sondern eine Gefahr von weitestreichendem Ausmaß.

Ein Ring aus Licht hatte den Atemdieb gefangen und zum Entscheidungskampf gezwungen. Francisco mußte einen Ring aus Licht entzünden: um die Kirche, um die Menschen, um die Welt.

Er wünschte sich, er hätte die *res gestae divi aionari* griffbereit, in denen er in Monte Flora stets gelesen hatte: die Taten des Gottes Aionar, verfaßt von der heiligen Sarmantha, der ersten *primarchin* der Kirche. Im Grunde dürstete er nach den alten Schriftrollen mit den Weisheiten und Glaubensregeln Aionars, in katauekischem Purpur gefärbt, mit gold- oder silberfarbener Tinte beschrieben. Doch die lagen in den *scriptorien* der großen Basiliken, in den Pergamentlagern Cantamos, in den Roten Kammern der Hauptstädte Ajunas.

Schweigen, hatte Bruder Berengar von Leda gesagt, ist in unserem Kampf die schärfste Waffe. Aber die entscheidende Waffe, die ihm der *ordo silentii mysteriorum* gegeben hatte, war eben nicht das Schweigen gewesen. Es waren die Antworten aus den Roten Kammern, die er sich wortweise hatte erkämpfen müssen.

Rot. Wie seltsam. Karminrot war das Gesicht der Hohenpriesterin, purpurrot seine Bauchbinde. Scharlachrote Rüstungen trugen die Ritter des *ordo executionis silentii finiti*, akazienrote Rüstungen die Götterfresser. Wie einig sich die Völker waren! Rot wie Blut – das war es vermutlich. Unser aller Blut ist rot.

Und überraschend sah Francisco die Lösung vor sich: Nichts war offensichtlicher, als daß die katauekischen Götterfresser in

Diensten des *ordo executionis silentii finiti* standen. Was er brauchte, war die *missio* der Conquestatoren der Vergangenheit: die heilige Anweisung an zuverlässige Bewaffnete, für die Verbreitung und Verteidigung des wahren Glaubens mit Feuer und Schwert vorzugehen. Er brauchte nur noch ein Gespräch mit Bruder Berengar von Leda, der ihm seine Hilfe versichert hatte – oder vielmehr ein Gespräch mit seiner blinden Sprecherin; denn Berengar würde mit ihm kein Wort mehr wechseln.

Bereinige die Angelegenheit. Das war es, was er damit tat.

Die Universität von Andhakleia

In der Hauptstadt von Kurjameos, im Wolkenmond,
kurz nach Beginn des 462. Jahres der Abwesenheit Gottes, nachts

Die Halle der *zoologia* war ein ehrfurchtgebietendes Gemenge aus flackernden Öllampen, dunklen Gestalten und unheimlichen Tierfiguren. Die bunten Glasfenster, durch die bei Tag gewiß helles, farbiges Licht einfiel, spiegelten die Flämmchen dutzendfach wider.

Im Zentrum standen bereits zwanzig Philosophen zusammen, jeder eine Öllampe mit langem Schnabel in der linken Hand. Die schwarzen Roben und Turbane, die sie bei Tag so würdevoll erscheinen ließen, machten sie jetzt beinahe unsichtbar. Sie hatten zudem Mundschleier angelegt, so daß allenthalben nur Augen blitzten.

All diese Augen richteten sich auf Fünfarm, als er die Halle betrat. Der Blaue Gott ragte höher auf als die meisten der ausgestopften Tiere im Dunkel ringsum; bisweilen mußte er gar mit dem Schädel einem Fisch oder einem Oktopus ausweichen, der von der Decke hing.

Strolch und Kiaora, ebenfalls mit Öllampen in der Hand, folgten dem *Fang*, hinter ihnen *philosophos* Vishnaidas, der ihnen als

Übersetzer diente. Die Gelehrten der Universität unterhielten sich, wie sich gezeigt hatte, gar nicht auf kurjamäisch, sondern durchwegs in der *lingua dei*. Fünfarms Auftreten löste heftiges Tuscheln unter den Philosophen aus.

»Ein Gingang-Fisch!« rief Kiaora begeistert und bog zu den Ausstellungsstücken ab. Tatsächlich: An der Seitenwand der Halle hing ein Norga-Wal – oder vielmehr sein Kopf, über zwei Schritt breit, schwarz und weiß, mit einem zahnstarrenden Maul. Man hatte ihm Augen aus glitzerndem Glas eingesetzt, die ihn erschreckend echt und bösartig wirken ließen.

»Mit diesem hat sogar Fünfarm einen Kampf ohne Sieg«, antwortete Strolch.

»Ihr sprecht tatsächlich fließend Katauekisch«, bemerkte Vishnaidas, der ihnen gefolgt war. Da war unverhohlene Anerkennung in der Stimme dieses gebildeten Mannes, der sich beiläufig als Übersetzer angeboten hatte, weil er eben auch Merkantilo sprach.

»Ja«, sagte Strolch und starrte auf die Umrisse der Tiere im Dunkel, »aber ich habe jedes Wort mit Blut und Schweiß bezahlt.«

Der Gelehrte nickte. »Und Ihr seid die Anwesenheit des *Fangs* gewohnt, während Euch ein Norga noch in Staunen versetzen kann.« Er sagte *Fang*; er hatte den Begriff vorurteilsfrei übernommen und sprach nicht, wie andere Ajunäer, von Ungeheuer oder Götze.

Strolch verstand seine Reaktion als Einladung, die Geschöpfe der Halle der *zoologia* näher zu betrachten. Mit erhobener Öllampe gingen sie an einem Kamel, einem Elefanten und einem Tier mit breitem Schaufelgeweih vorbei. An einer anderen Stelle hing ein weiterer ausgestopfter Schädel an der Wand: ein riesiges zottiges Tier, auf dessen Nase ein Horn saß, das so lang war wie Strolch. Der junge Merkantilier fühlte eine Gänsehaut.

»*Rhinoceros esanukensis*«, erklärte der Gelehrte, »ein grasendes Ungeheuer aus den Weiten Esanuks, neben dem unsere Elefanten wie Jungtiere wirken. Ein Glück«, sagte er mit Augen, die ein Lächeln verrieten, »daß sie nie nach Ajuna kommen werden.«

»Was ist *das?*« Strolch blieb wie angewurzelt vor einer menschenähnlichen Gestalt stehen, die nahe dem Zentrum der Halle stand. Sie hatte ein monströses Haupt mit einem Rüssel und war mindestens drei Schritt groß.

»*Gigantos elephantini*«, antwortete *philosophos* Vishnaidas, »der Riese von Elephantinos. Die heilige Lakshmadora hat ihn mit ihrem Zaubergesang bezwungen.«

Eine singende Heilige! Welch wundersame Fähigkeiten die Heiligen damals gehabt hatten – und in jedem Land der Ehernen Liga hatte Strolch von neuen gehört.

Fünfarm war von einem Kreis dunkler Gestalten umgeben. Seine blaue Haut schimmerte im Licht der Lampen um ihn. Die Philosophen diskutierten heftig darüber, ob er als *gigantos* oder *kolossos* einzustufen sei, bis ein weiterer Gelehrter auch noch den Begriff *titanos* einbrachte. Koloß – das war ein Wort, das Strolch kannte. In irgendeinem Stück des *Theatros*, das er als Junge gesehen hatte, hatten sie den Riesen so bezeichnet, gegen den der heilige Malachias gekämpft hatte.

Strolch freute sich darüber, wie gut er den Disputen folgen konnte. Bislang hatte er nur die gedrechselten Verse gekannt, die Machios bei den Aufführungen deklamiert hatte. Aber die *lingua dei* der Philosophen war eine lebendige Sprache, in der viele Worte des Merkantilo auftauchten.

»Wenn ich Euch nun in Euer Quartier geleiten dürfte ...« *Philosophos* Vishnaidas war neben sie getreten. Strolch benötigte einige Zeit, um zu begreifen, wofür diese überaus höfliche Floskel stand: die Gelehrten wollten ihn loswerden.

»Nein«, stotterte er, »ich ... wir bleiben ... weil ...«

»Der ehrenvolle Herr möchte, daß wir gehen?« antwortete Kiaora auf katauekisch. Sie hatte wohl die Haltung des *philosophos* besser gedeutet als Strolch seine Worte. »Ich bedauere zutiefst, aber der Ehrenvolle Träger der Hand des Blauen Gottes darf nicht von der Seite des *Fangs* weichen.« Das war nun ebenfalls so gedrechselt, daß Strolch nicht alles verstand, aber er übersetzte sinngemäß. Die Augen des Kurjamäers hinter dem Schleier zeigten Überraschung, dann legte er die Handflächen respektvoll grüßend zusammen und entfernte sich. Nach einem flüsternden Gespräch mit Ramaogeus, dem Leiter der Universität, und seinen Vertrauten kehrten drei Philosophen zurück.

»Ihr müßt verstehen, dies ist eine geheime wissenschaftliche *analysis,* und hierbei werden unweigerlich *themata* und *arcana* besprochen, die nicht für Laien bestimmt sind.«

Du kannst mich mit deiner *lingua dei* und deinem hochgestochenen Groß-Kurjamäisch belabern, so viel du willst, dachte Strolch. Ich weiß, daß ihr uns aufs Kreuz legen wollt. Aber gleichzeitig fühlte er, wie sein Willen angesichts der gelehrten Autorität ins Schwanken geriet.

»Bei allem Verständnis, ehrenvolle Herren«, verneigte sich Kiaora, »ohne die Anwesenheit des Ehrenvollen Trägers der Hand des Blauen Gottes steht der *Fang* für eure Untersuchung nicht zur Verfügung.« So stur hatte der Merkantilier sie noch nie erlebt. Doch er spielte das Spiel mit und übersetzte.

Wieder überraschte Blicke, wieder ein halb geflüstertes Gespräch mit dem Oberhaupt der Gelehrten. Und Strolch war sich sicher, auf Ramaogeus' Lippen das Wort ›verstehen‹ gelesen zu haben. Das war nun ein Wort der *lingua dei*, das Machios ihn schnell gelehrt hatte. Schließlich trat der Leiter der Universität heran. Er sprach wie bei der Ankunft der Reisenden *lingua dei* und ließ übersetzen.

»*Philosophos unicornus* ist bereit, die Anwesenheit von Laien in unserem erleuchteten Kreis zu akzeptieren, wenn Ihr einen heiligen Eid auf Eure Menschenehre ablegt, über alles zu schweigen, was hier und heute besprochen wird.«

Kein Problem, dachte Strolch zynisch, ich habe keine Menschenehre. Doch die Situation hatte eine vereinnahmende, feierliche Macht. Nach kurzer Absprache schwor Kiaora beim *Tugendhaften Weg des Himmlischen Willens* und Strolch beim Schwert des heiligen Malachias, das ihn erschlagen möge. Ein Ehrenwort, dachte er ergriffen, jemand nimmt mein Ehrenwort ernst. Ich bin ein Ehrenmann.

Was für eine seltsame Geheimhaltung! Strolch hatte in den letzten Jahren selbst einige seltsame Dinge getan, um Fünfarm vor der Welt zu verbergen, aber was die Philosophen da trieben, war einfach absurd. Trotz der Schleier, die sie angelegt hatten, war Strolch sich sicher, mindestens vier Gelehrte erkannt zu haben, die sie am Vortag begrüßt hatten. Und wieso sprachen sie einander mit so seltsamen Namen an? *Philosophos unicornus?* Bei Tag war er noch Ramaogeus gewesen, Erster Berater des Königs und Mitglied im Kosmographenrat der Himmelswarte.

»Sehe ich falsch«, flüsterte Strolch Kiaora zu, »oder ist Edelstein auf Turban jetzt weg?«

»Ja«, antwortete sie leise. »Gestern trugen die ehrenvollen Herren alle Rubine. Jetzt haben sie dunkle Steine ohne Schliff und Glanz.« Sie blickte sich vorsichtig um. *»Strolk.«* Der junge Mann fühlte einen Stich. So hatte es Schlampe auch immer ausgesprochen. »Ich glaube, daß dies eine Art Verschwörung ist.« Strolch verstand den katauekischen Begriff nicht. »Kannst du dich erinnern, wie die ehrenvollen Herren reagierten, als sie die Priester erwähnten?«

Und ob! Dieser Kosmographenrat der Himmelswarte setzte sich, wenn Strolch die Gelehrten richtig verstanden hatte, zur Hälfte aus Priestern Aionars zusammen. Die Philosophen, die sie empfangen hatten, schienen erpicht darauf, daß diese nichts von Fünfarm erfuhren. Natürlich bestand darauf kaum Aussicht, nachdem er am hellichten Tag in die Universität gestampft war und in üblicher Weise nach einer Antwort ›gefragt‹ hatte. Als Strolch dann angedeutet hatte, daß sie während des Konzils in Gautamar vom Roten Orden angegriffen worden waren, hatte man sie sehr schnell in diesen abgelegenen Flügel der Universität gebracht, wo sie übernachtet hatten.

»Sie sind gegen die Priester«, bestätigte der Merkantilier. »Glaubst du, sind sie *für* uns?«

»Wir sollten uns in acht nehmen, Ehrenvoller Träger der Hand des Blauen Gottes.«

Fünfarm war inzwischen von gesprächiger Betriebsamkeit umgeben. Man hatte mehrere größere Öllampen an Ständern aufgestellt, mit gläsernen Spiegeln daran, die das Licht verstärkten. Glas hatten sie hier wirklich reichlich. Bunte Karaffen aus Kurjameos galten im Hafen von Maganta als Luxusware.

Drei Gelehrte waren auf eine Stehleiter geklettert und maßen nun den Blauen Gott mit einer geeichten Schnur ab: Höhe, Schulterbreite, Armlänge, ja selbst Breite der Knie. Zwei schrieben mit, zwei weitere machten Skizzen auf einer Staffelei.

»Wie umgänglich der grenzenlos ehrwürdige *Fang* ist«, stellte Kiaora schmunzelnd fest. Die Gelehrten hatten nun eine mächtige Balkenwaage herangeschoben, auf deren Auflagefläche sonst wohl Tonnen für Schiffsladungen gewogen wurden. Und Fünfarm setzte sich fügsam darauf, die Beine gekreuzt.

»Er will wissen von sich«, katauerte Strolch.

Als der Blaue Gott von der Waage stieg, fragten sie ihn wieder etwas. Doch er schwieg, und es entstand eine beunruhigende Spannung in der Halle. Dann aber legte er sein Schwert und seine Brandfackel auf die Waage. Mehrere Gelehrte stürzten sich förmlich darauf und maßen sie ebenfalls ab.

Inzwischen war ein Disput um Fünfarms Schultern entstanden. Immer wieder deuteten heftig diskutierende Philosophen auf die Stelle, wo die Arme ansetzten. Und dann fiel der Name des heiligen Malachias.

»Worüber sprechen sie jetzt?« Strolch trat mißtrauisch an *philosophos* Vishnaidas heran, der mit dem Leiter Ramaogeus am Rand des Kreises stand.

»Man diskutiert, ob die drei Arme einem einzigen Schultergelenk entspringen oder einem dreifachen, wie es keine andere Kreatur hat. Der Übergang ist seltsam: so edel geformt, aber unerklärlich für unsere *anatomoi*. Aber sein Körperbau ist ohnehin ein Rätsel. Unsere *mathematici* haben bereits festgestellt, daß er völlig *humanoidos* proportioniert ist. Und das gilt nach den Lehren der Physik als unmöglich. Er müßte Beine haben wie ein Elefant.«

Eure Sorgen möchte ich haben, dachte Strolch.

»Und Malachias?« Wußten sie etwas über das *Theatro*?

Vishnaidas antwortete, in Gedanken versunken. »*Philosophos lykanthropus* meinte, das einzige mehrarmige Wesen, von dem er sonst wisse, sei der vierarmige Malachias von Uhurubad.«

»Der heilige Malachias?«

»Eine Inkarnation des heiligen Malachias. Die Langhaarigen am Leonîl und die Halbwilden im Süden haben einige sehr ungewöhnliche Traditionen.«

Nun untersuchten sie den Armstumpf genauer. Der Mann, den sie *philosophos lykanthropus* nannten, fragte etwas.

»Die haben die Blechgimpel abgeschlagen, Fetzennase!« bellte Fünfarm. Strolch erstarrte. Wenn sie jetzt die Frage stellten, wo die Hand war …

Aber die Frage kam nicht. Sie erkundigten sich, wer die Blechgimpel seien und womit die Hand abgetrennt worden sei, und Fünfarm antwortete. Er erzählte, was auch Strolch nicht wußte – denn diese Fragen waren wiederum dem Gassendieb nie in den Sinn gekommen.

Die Untersuchungen setzten sich die halbe Nacht fort, und Strolch schwankte unentwegt zwischen dem Eindruck zankender Raben, die sich über lächerliche Kleinigkeiten den Kopf zerbrachen, und dem Gefühl größter Bedeutung angesichts eines Rätsels, das selbst für diese klugen Männer unergründlich war.

Zweimal noch in dieser Nacht entstand jene spannungsgeladene Stille, als man Fünfarm etwas fragte, das jede Antwort von Schweigen bis hin zu Tobsucht möglich erscheinen ließ. Was immer die erste Frage gewesen war: jedenfalls griff der Blaue Gott nach einer atembeklemmenden Pause nach seinem breiten Gürtel. Klirrend fiel der Lendenschurz zu Boden. Strolch reckte den Hals, um über den Ring schwarz gekleideter Philosophen hinwegzublicken.

»Wage es nicht, Ehrenvoller Träger der Hand des Blauen Gottes«, fauchte Kiaora, und Strolch war sich nicht sicher, ob sie scherzte. Die Gelehrten jedenfalls scherzten nicht. Da war nicht der leiseste Hauch von Spott oder Peinlichkeit, die andere Männer geäußert hätten.

»*Rama*«, stellte ein Gelehrter lakonisch fest. Das war auch das Wort gewesen, das die kurjamäischen Seeleute auf der Karavelle ausgestoßen hatten und die Händler und Handwerker in den Straßen der großen Stadt. Als Fünfarm später Gürtel und Lendenschurz wieder anlegte, fühlte sich Strolch um eine einzigartige Erkenntnis betrogen.

»Was ist Eure Meinung?« kam *philosophos* Vishnaidas später mit der zweiten Frage. Strolch saß bereits am Boden, mit dem Rücken an den Sockel eines ausgestopften Büffels gelehnt. Kiaora war eingeschlafen, ihr Kopf war auf seine Schulter gesunken. »Erlaubt er uns wohl, daß wir ein Stück seiner Haut abschaben? Oder wenigstens etwas Haar abschneiden?«

Strolch grinste müde. »Das weiß ich nicht. Aber ich schätze, Ihr habt nicht das Werkzeug dazu.«

Gähnend beobachtete Strolch, wie sich die Gelehrten nun besonders für die Stellen interessierten, wo der Blaue Gott von den schweren Harpunen getroffen worden war. Und die Spitzen staken noch immer darin!

Der junge Weltreisende erinnerte sich daran, wie sie einige Wochen nach dem Kampf im Hafen von Thalliopê – die Karavelle lag schon auf sicherem Nordkurs – zu zweit die katauekischen Geschosse aus Fünfarms Körper geschnitten hatten. Viele der Kreuzbogenbolzen waren einfach im Lauf der Zeit von selbst herausgefallen, aber die Widerhaken der Harpune und einige gesplitterte Geschosse waren wie eingewachsen gewesen. Es war schwer gewesen, geeignetes Werkzeug zu finden, um sich in das fremdartige Fleisch zu graben.

Nach der Flucht aus Gautamar hatten sie jedoch überhaupt kein Werkzeug gehabt. Alles, was sie hatten tun können, war gewesen, einen Holzfäller zu nötigen, die Schäfte der zwei schweren Geschosse abzusägen.

Der Merkantilier wußte plötzlich, was er zu tun hatte.

Vorsichtig faßte Strolch nach Kiaoras Kopf und lehnte ihn gegen den Sockel. Sie gab einen maunzenden Laut von sich und zog die Beine an, um sich zusammenzurollen. Dann stand der junge Abenteurer auf und trat zu Vishnaidas.

»Wenn Ihr schon an ihm herumschneiden wollt«, schlug er mürrisch vor, »dann schneidet ihm die Geschosse aus dem Leib.«

Der *philosophos* wandte sich erstaunt um. »Eine *operatio chirurgica?*«

Eine halbe Stunde später stand Strolch am Rand eines mächtigen Tisches und fragte sich, ob er einen Fehler gemacht hatte. Fünfarm lag da, so willig wie bei der Behandlung auf der Karavelle. Aber diesmal ging es nicht um ein Dutzend fingerlange Splitter – diesmal ging es um zwei unterarmdicke Pflöcke aus hartem Holz, vermutlich auch aus Stahl, die in seinen Rippen staken, wenn nicht gar in seinen Eingeweiden. Und der Blaue Gott war nicht mehr so unverwundbar.

Auf der Flucht den Leonîl hinauf hatte Strolch den Fehler gemacht zu sagen: »An diesen Wunden müßtest du eigentlich sterben.«

»Was ist sterben?« hatte Fünfarm gefragt. Und als der Mensch es ihm erklärt hatte, war der Blaue Gott von einer beängstigenden Schwäche überfallen worden. Vier Tage war er darnieder gelegen, bis Strolch und Kiaora ihn überzeugt hatten, daß niemand wissen könne, welche Wirkung diese Verletzung auf ihn habe.

Strolch sah zu, wie sich die Gelehrten zunächst mit scharfen Messern, dann mit Klingen, die an ein Fleischerbeil erinnerten, daran machten, das fremdartige blaue Fleisch zu zertrennen. Schließlich waren sie zu viert zugange, mit Knochenmeißeln und einem Rippenbrecheisen.

Wird er sterben?, wollte der Herumtreiber fragen. Aber er fühlte, daß die Philosophen von Andhakleia die Antwort noch viel weniger wußten als er. Strolch blickte auf die geöffneten Wunden, aus denen kein Tropfen Blut drang – weil keiner Fünfarm gesagt hatte, daß man auf dem Tisch eines Wundarztes verbluten konnte. Hoffentlich.

Ein wenig abseits stand der Maler mit seiner jungen Handlangerin. Während er auf der Staffelei mit Kohle den liegenden Gott skizzierte, rührte sie Farben an ... Ja, die Fragen drehten sich immer wieder im Kreis. Niemand vermochte zu sagen, was Fünfarm tun konnte, sollte und würde, weil niemand wußte, was er war. Auch die Gelehrten kannten also keine sechsarmigen Geschöpfe – und schon gar nicht Fünfarms Ursprung.

»Mein Herr?« Strolch zuckte zusammen. Er war todmüde –

und nun sah er sich umzingelt. Ramaogeus stand da, Vishnaidas, der gesprochen hatte, neben ihm der Astronom Varuidas und noch zwei weitere Philosophen, darunter eine hagere Frau, die nach dem zu urteilen, was er von ihrem Gesicht sah, um die fünfzig war. Strolch hatte sie schon am Vortag gesehen und ihren Namen vergessen; aber gewiß hatte sie nicht *philosopha chimaira* geheißen, wie sie sich jetzt nannte.

Die fünf hatten ihn bereits am Nachmittag aufgesucht und befragt. Seltsame Fragen waren das gewesen: Wie er dem Fang begegnet sei; das war naheliegend gewesen. Aber auch, ob er in seinem Leben großes Glück oder Unglück gehabt habe. Ob er wisse, unter welchen Sternen er geboren sei. Ob er Alpträume habe oder solche, die später wahr geworden seien. Ob er die Sterne sprechen höre, das Wasser oder die Tiere. Und was er vom Leben begehre. Obwohl Strolch zu fast allem negative und nichtssagende Antworten hatte geben müssen, hatte er das Gefühl gehabt, sie hätten etwas entdeckt ...

»Ihr erlaubt«, übersetzte *philosophos* Vishnaidas, »daß wir unsere Untersuchung auch auf Euch ausdehnen?«

Nein, erlaube ich nicht, dachte Strolch entsetzt. Bleibt mir vom Leib. *Philosopha chimaira* präsentierte ihm ein Tablett aus einem Material, das Strolch im Licht der Lampen zunächst für Metall hielt. Aber es war wohl aus einem einzigen Edelstein geschnitten worden, fleckig vom Alter und enorm wertvoll.

»Alles, was wir benötigen«, gab Vishnaidas nun die Worte der Gelehrten wieder, »ist Eure Bereitschaft.« *Philosophos lykanthropus* drückte ihm einen Stein in die Hand: es war ein spindelförmiges Rollsiegel, aus einem rötlichen Stein geschliffen und über und über graviert. Die *philosopha* besprengte indessen das Tablett mit Wasser. Sie ließen ihn die Faust mit dem Siegel auf das Tablett legen.

»*Aqua animae sequuntur*«, deklamierte die Frau.

»Sprecht uns nach: Das Wasser folgt dem Willen.«

Strolch gehorchte und fühlte sich reichlich dumm. Da stand er mitten in der Nacht in einer Halle und sprach seltsame Sprüche, neben denen der spärliche Text eines Söldnerschweins des *Thea-*

tro Phantasmagorico geradezu weise wirkte. Und gleichzeitig war da etwas, das ihn gruseln ließ.

Die Wassertropfen glitzerten im Licht der Öllampen. Strolchs Hand zitterte vor Anspannung und Müdigkeit. Oder waren es die Tropfen, die gezittert hatten?

»Danke, mein Herr!« Strolch schreckte hoch. Hatte er geschlafen? Fünf Augenpaare über schwarzen Schleiern blickten ihn zufrieden an. Schlagartig wurde ihm bewußt, daß die Steine, welche die Philosophen auf den Turbanen trugen, von der gleichen Art waren wie jener, aus dem das Siegel geschnitten war, das sie ihm nun wieder abnahmen. Und daß er diese Art Stein schon einmal gesehen hatte: auf dem Schlachtfeld in Serkan Katau, in jener unseligen Nacht, als er die Hand gefunden hatte. Die fünf Gelehrten tauschten einige vielsagende Blicke, dann nickte Ramaogeus. Was, bei der Kakerlakenkutsche des Buckligen, ging hier vor?

»Mein Herr«, begann *philosophos* Vishnaidas, »Strolch, wie Ihr Euch nennt.« Nun war er anscheinend endgültig zum ehrbaren Bürger aufgestiegen. »Der *Fang*, den Ihr zu uns geführt habt, ist uns ... unbekannt. Unbekannt wie so manches Wesen, von dem uns in letzter Zeit Kunde erreichte. Menschenfressende Riesen suchen die Staaten der Ehernen Liga heim. Die Leonier, hört man, haben das Geheimnis wiederentdeckt, sich in löwengestaltige Liwasker zu verwandeln. In der Totgeborenen Stadt hört man die Stimmen der toten Zauberer jammern, und auf der Pyramide von Vandalgo brennt ein Licht, das keiner entzündet haben will. Das Große Tier im Kerkergebirge von Merasien hat wieder zu schreien begonnen, und die riesigen Schlangen, die unter den alten Städten des Südens schlafen sollen, entsenden ihre Brut. In Sadi ... nun, keiner weiß, wer Sadi heimgesucht hat. Und hier, direkt vor dem Hafen von Andhakleia, sind die Greifenden Hände wieder erschienen.« Strolch fühlte, wie sich spinnenartig eine Gänsehaut auf seinem Rücken ausbreitete – wie er sie zuletzt in der Nacht auf dem Schlachtfeld verspürt hatte.

Wieder nickten die Gelehrten einander zu. Nun sprach Ramaogeus, und Vishnaidas übersetzte.

»*Philosophos unicornus* heißt *dich* im Namen der Gesalbten Meister vom Schreienden Stern in unserem erleuchteten Kreis willkommen.« Wieso blickten sie ihn so erwartungsvoll an? Nein, rief etwas tief in ihm, was immer es ist, ich will es nicht wissen. Strolch blickte nervös zu der schlafenden Kiaora, dann zu Fünfarm auf dem Tisch hinter ihm.

»Was immer du suchst, wir bieten dir unsere Hilfe an.«

»Wir ... müssen bald weiter«, räusperte sich Strolch. Irgend etwas schnürte ihm den Hals zu. »Ihr wißt also auch nichts über ein sechsarmiges Geschöpf in Esanuk?«

Vishnaidas übersetzte Strolchs Frage, antwortete aber sogleich selbst. »Die einzigen Ungeheuer aus Esanuk, die wir kennen, habe ich dir gezeigt: das *Rhinoceros*, den Schaufelhirsch und die langmähnige *Hyaena maxima*.«

Strolch blickte wieder zu dem Blauen Gott, der auf dem Tisch lag. Soeben holten sie die zweite Harpunenspitze aus seinem unverwundbaren Leib, ein Stahlungetüm von der Größe eines Spatens. Und Fünfarm blutete nicht und hatte keine Schmerzen. Nein, er war ...

»Unsterblich!« rief Strolch so laut, daß es unheimlich war. »Er ist unsterblich. Wißt Ihr etwas über Unsterbliche?«

Sie begannen zu diskutieren. Nach und nach gesellten sich weitere Gelehrte hinzu. Diese alten Männer und Frauen schienen überhaupt keine Müdigkeit zu kennen. Nach etwa einer Viertelstunde zogen sich einige in die Bibliotheken zurück.

Strolchs Augen waren trocken vor Müdigkeit, aber nun war er neugierig, wie klug die Philosophen wirklich waren.

»Gelehrte und Künstler aus zwei Dutzend benachbarten Reichen«, hatte ein Priester in der Savanne auf dem Weg hierher gesagt, »strömen nach Andhakleia, diesem Hort der Kultur.« Auch die Kurjamäer hatten voll Stolz von dem Ort gesprochen, wo, so sagten sie, dereinst die Rebellion gegen das Merkantilische Imperium ihren Anfang genommen hatte. Und die Philosophen selbst hatten gestern darauf hingewiesen, daß die Himmelswarte es gewesen war, die den neuen Stern vor dreieinhalb Jahren entdeckt hatte.

Nein, gleichgültig, wieviel sie wußten, Strolch war klar, daß niemand etwas umsonst gab. Diese – wie hatten sie sich genannt? – Gesalbten Meister vom Schreienden Stern wollten etwas von ihm. Er würde sich ihre Antwort anhören und dann mit Fünfarm und Kiaora schleunigst das Weite suchen.

»Die Unsterblichkeit«, begann Vishnaidas freundlich, als er wieder zu Strolch trat. Vielleicht war es nur der Verfolgungswahn einer beinahe durchwachten Nacht, aber das Leuchten in den Augen des Gelehrten war Strolch zu freudig. »Das Geheimnis, nach dem beinahe jeder Sterbliche strebt. So viele Elixiere, Atemübungen, Rituale und Blutbäder verheißen dieses Ziel. Aber Unsterbliche? Solche, die dieses Streben nicht nötig haben? Seltsam, wie wenig man darüber weiß. Alles, womit wir euch dienen können, ist die Sage von einem Ort, an dem Unsterbliche leben: der Jungbrunnen von Goldwango. Unsere Schreiber stellen euch, bis ihr ausgeschlafen habt, ein kleines *excerptum* zusammen.«

Strolch bedankte sich. Aber er wußte, daß sie nicht warten würden. Er würde ganz gewiß nicht dem Buckligen in die Hände spielen und in einem Haus übernachten, dessen Herren sich heimlich als irgendwelche Meister eines Schreienden Sterns bezeichneten.

Mantikorentag

Die Große Pagode von Gingang Gao, Mantikor Leng, am Mantikorentag zwischen den Jahren 475 und 476 der Blauen Götter

»Wie hat dir die Mantikorentötung gefallen, ehrwürdiger Hüang näng Lüoging?« Das makellos geschminkte Gesicht des *Herrn der Unwandelbaren Ordnung* war eine gleichmütige Maske, aber Hüang erahnte die hoffnungsvolle Erwartung in der Fistelstimme. Aus der unergründlichen Höhe der Kuppel über ihnen hörte man das leise, doch unaufhörliche Tropfen von Wasser.

»Du hast versucht, uns, deine gehorsamen Diener, zu täuschen, o *Herr der Unwandelbaren Ordnung.*« Der junge Herrscher, der soeben den Fächer erhoben hatte, um das Essen auftragen zu lassen, verharrte in der Bewegung. Erfreut bemerkte der Hohepriester, daß auch ringsum auf der *Terrasse der Tugendhaften Speisung* einige Herren *Geheimer Kammern* erwartungsvoll erstarrten: War der große Hüang dabei, sich um Kopf und Kragen zu plaudern? Genußvoll kostete er den Augenblick vermeintlicher Respektlosigkeit aus, den nur er, der Unsterblichkeitsberater, sich leisten konnte. Drei- bis viermal im Jahr erlaubte Hüang sich dieses Spiel, und stets ging er einen Schritt weiter. Der *Herr der Unwandelbaren Ordnung* spannte die Kiefermuskeln zu einer Erwiderung an, als Hüang endlich fortfuhr: »Du hast uns während des vergangenen Jahres mehr als einmal deine überragende Menschlichkeit gezeigt, so in deiner Milde gegenüber den Hungerrevolten in den *Eroberungen* Lotosland und Grünland oder gegenüber den Herren der *Inneren Kammer des Krieges*, die der mörderischen Einbrüche der Karadschurgjiter nicht Herr wurden.« Ersteres war in Wahrheit reine Schwäche des *Reiches der Tugend* gewesen, zweiteres eine mißlungene Intrige Hüangs, die eigentlich seinem Hauptrivalen Kengsau hua Gilang, dem mächtigsten Herrn der *Geheimen Kammer des Krieges*, gegolten hatte. »Ja, wir hatten allen Grund, dich als den ersten unter uns gemeinen Sterblichen zu sehen. Du hast, wie gesagt, versucht, uns zu täuschen.« Hüang neigte sich leicht vor und gab seiner Stimme einen familiären Klang – eine recht nutzlose Geste angesichts der acht Götterfuß, die die Tafel zwischen ihm und dem Herrscher maß. »Doch das göttergleiche Blut des *Kriegsherrn der Geheimen Kammer, der die Mantikoren bezwang und verspeiste,* läßt sich nicht verbergen. Dein Tanz hatte die Grazie eines *Wung Lings* des Frühlings, und der Lanzenstoß, mit dem du die Figur trafst, war erfüllt von der himmlischen Wut, die deinen über die Maßen ehrwürdigen Vorfahren sogar über seine sieben Brüder erhob.« Ein Rekord, dachte Hüang, das mußten fünf Lügen in einem Satz gewesen sein. »Ich hatte kurz die Befürchtung, du könntest den vorderen Schauspieler unter der Seidenfigur tatsächlich getroffen haben.«

Hoherpriester Musang näng Kadeng atmete hörbar erleichtert aus und ließ den Fächer beifällig klatschen; mehrere Höflinge schlossen sich an. Musang wußte inzwischen auch, daß er mit Hüang stand und fiel. In den Augen des *Herrn der Unwandelbaren Ordnung* glitzerte Stolz. Ja, Hüang hatte die Gratwanderung zwischen Respektlosigkeit und Schmeichelei wieder einmal vollbracht.

»Du bist mein schärfster Kritiker, ehrwürdiger Hüang näng Lüoging«, fistelte der *Göttergleiche*, »und der unbestechlichste. Dich kann weder die Würde meines Amtes noch die mangelnde Erfahrung meines Alters täuschen.«

Das hast du hübsch gesagt, dachte Hüang, auch wenn ich bei diesen Worten genau das Gegenteil höre wie du.

»Wir beginnen, ehrwürdiger Hochküchenmeister«, gab nun der *Herr der Unwandelbaren Ordnung* das Zeichen. Zunächst traten die acht Vorkoster vor und erstatteten Bericht, daß sie seit Beginn des Kochens von allen Zutaten in allen Schritten der Zubereitung gekostet hatten. Dann begann der Höchste Vorkoster mit der silbernen Zange die Speisen zu prüfen; Eßstäbchen waren ihm verboten, weil sie als Stichwaffe benutzt werden konnten.

Hüang hatte sich in den Jahren seit seiner Ernennung zum Unsterblichkeitsberater an die tägliche, gleichermaßen erfreuliche wie unerfreuliche Prozedur gewöhnt: das Mahl mit dem Herrscher, vor den Augen des versammelten Hofstaates, auf rotem Seidenteppich unter blauem Baldachin, an einer Tafel aus weißem Porzellan, die breit genug war, daß selbst Hüang den Herrscher nicht erstechen konnte, aber schmal genug, um zu zeigen, daß sie die gleichen Speisen zu sich nahmen – und natürlich unter den Augen des Henkers, dessen einzige Aufgabe es war, in Augenblick, da ein Leibarzt den Tod des *Herrn der Unwandelbaren Ordnung* feststellte, auch seinen offensichtlich gescheiterten Unsterblichkeitsberater zu töten.

Hüang war nie ein besonderer Feinschmecker gewesen. Im Gegensatz zu den meisten Tugendwächtern, die das Gebot der Wunschlosigkeit zu exzessiven Schlemmereien nutzten, hatte ihn immer nur nach zwei Dingen gehungert: Macht und Wissen.

Und was er an Appetit auf die Köstlichkeiten katauekischer Hochküche hatte, das hatte ihm das Amt des Unsterblichkeitsberaters verdorben.

Zudem hatte wohl kaum jemand im *Reich der Tugend* von derart vielen Möglichkeiten gehört und gelesen, einen Menschen mittels seiner Nahrung zu beseitigen. Wolfsmilch, graues Arsenik, Bittersüßer Nachtschatten, Hexenpilz, Schierling, Kugelfisch, Mutterkorn, Nieswurz, Bittermandel, Stechapfel, Brechnuß – die Liste der Gifte war so unüberblickbar wie die der Täter. Kriegsherren, Hohepriester und Bonzen mochten sich einen neuen *Herrn der Unwandelbaren Ordnung* wünschen, Eunuchenprinzen und eifersüchtige Konkubinen den verhaßten Herrscher beseitigen, Provinzherren auf Aufruhr oder ein Zerbrechen des Reiches hoffen, fremde Könige, Khane und Fürsten die Gelegenheit herbeiführen wollen, ein kopfloses Riesenreich angreifen zu können.

Aber Hüang hatte sehr bald beschlossen, daß der Augenblick des Speisens keiner mehr war, sich den Kopf zu zerbrechen. Wer *ihn* töten wollte, würde es nicht mit dem Mahl des *Göttergleichen* tun; und wer den *Göttergleichen* beseitigte, riß ihn ohnehin mit in den Tod, selbst wenn Hüang den Giftanschlag überlebte.

»Belehre mich, ehrwürdiger Hüang«, brach der *Herr der Unwandelbaren Ordnung* beim zweiundzwanzigsten Gang das feierliche Schweigen, »über diese Tiergötter.« Wie erfreulich, dachte der Hohepriester. Diese Frage mußte dem Herrscher bereits seit der Audienz am letzten Tag des Jahres auf der Zunge liegen. Doch er hatte sie gestern nicht an einen der anderen Hohenpriester gerichtet, der die Hoheit über die erlaubten oder die verbotenen Kulte hatte. Die Frage war an den Hüter der *Seidenen Bibliothek* gerichtet und galt den Geheimnissen der Vergangenheit, die Hüang als einziger zu kennen schien.

Die Berichte zum Jahresende waren wenig erfreulich gewesen. Die *Wung Ling* beherrschten in beinahe der Hälfte aller Präfekturen Aussaat und Ernte der Feldfrüchte. Dörfer, die die Reisgeister nicht mit den jeweiligen örtlichen Bräuchen zufriedenstellten, wurden von unheimlichen Plagen heimgesucht. Dazu kam das Wetter: der verdüsterte Himmel hatte allenthalben zu Mißernten geführt und schädigte die wertvollen Purpurkäfer und Seidenraupen, welche die Grundlage der wichtigsten Waren des *Reiches der Tugend* erzeugten. In fünf *Eroberungen* hatten sich Statthalter oder Kriegsherrn empört oder standen kurz vor der Rebellion. Dazu war der Bericht der *Geheimen Kammer des Himmlischen Willens* gekommen: »Vielerorts wird auf den verbotenen Altären der alten Tiergötter wieder geopfert. Sechsundachtzig solche Altäre wurden entdeckt und zerstört oder gesperrt. Siebenundfünfzig Dörfer wurden bestraft sowie eintausendzweihundertvier Opferfrevler hingerichtet. Und ...« – an dieser Stelle hatte der vortragende Hohepriester gezögert – »... es liegen dreiundzwanzig verläßliche Berichte von Tugendwächtern, Bonzen oder Kriegern vor, daß Tiergötter gesichtet wurden.«

»Die Seidenschriften berichten«, begann Hüang im Ton eines Märchenonkels zu erzählen, »daß unter den Herrschern der vorzeitlichen Dynastien, ja manchen verschwiegenen Ortes bis zur siebten Dynastie, neben dem Ahnenkult zahlreiche Tierkulte wucherten. Die Bauern und Hirten verehrten die Tiere der Wildnis. Sie opferten den Tigern, damit sie die Herden verschonten. Sie opferten den Riesenwelsen, damit sie beim Überqueren der Flüsse unbehelligt blieben. Sie opferten den Schakalen, damit sie ihnen List gäben. Der verwerflichste dieser Kulte war jener der Mantikoren.« Hüang machte, da er bei Tisch saß, nur eine Verneigung, die begleitende Geste zeigte jedoch, daß der Respekt dem Blut des Herrschers galt. Das, dachte der Hohepriester, dürfte er doch jetzt wohl begreifen ...

»Ich verstehe«, sagte der *Herr der Unwandelbaren Ordnung.* »Es ist also weise, dem Vorbild meines höchstehrwürdigen Vorfahren, des *Kriegsherrn der Geheimen Kammer, der die Mantikoren bezwang und verspeiste*, zu folgen und diese Kulte zu bekämpfen.«

Das war ja beinahe schon eine Entscheidung. Er wird langsam erwachsen, dachte Hüang mit einem kaum merklichen Lächeln, in dem zugleich väterlicher Stolz und das Zähneblecken des Machtmenschen lagen. In fünf Jahren werde ich deine Entscheidungen nicht mehr fällen, sondern nur noch lenken können.

Wie überaus bedauerlich, flackerte der Gedanke weder zum ersten noch zum letzten Mal durch seinen Kopf, daß ich dich nicht wie all die anderen beseitigen kann.

Wie auch immer. Dieser Augenblick relativer Vertrautheit zwischen ihm und dem *Göttergleichen* war die Gelegenheit für ein Gespräch, das Hüang seit längerem vorbereitet hatte. Und während er in blumiger Sprache seine nächste Intrige spann, war sich der Unsterblichkeitsberater bewußt, daß sieben andere Hohepriester und zahlreiche Herren *Geheimer Kammern* jedes seiner Worte belauerten. Dennoch machte es selbst auf ihn Eindruck, welches angespannte Schweigen auf der gesamten *Terrasse der Tugendhaften Speisung* herrschte, als der Hofstaat den knappen Sinn seiner gedrechselten Worte begriff.

»Du empfiehlst mir tatsächlich, ehrwürdiger Hüang, Maganta zur zweiten Hauptstadt zu ernennen?« Die Hand des Herrschers mit den Eßstäbchen war über den mit Tamarindenmus gefüllten Storcheneiern erstarrt. Die Tropfen, die von der Decke der Pagode herabrannen, klangen nun fast schmerzhaft laut.

»Die frühere Hauptstadt des Merkantilischen Imperiums«, setzte Hüang gleichmütig fort, im vollen Bewußtsein, welch absurden Plan er entwickelte, »blieb nach den zwei Flutwellen beinahe menschenleer zurück. Die Paläste der *mercatoren* sind heute noch immer verlassen. Die bedeutendsten wieder errichteten Bauten gehören Handelsherren von der Mangalischen Küste, die sie als Kontor für die *Große Passage* aus Tschöng-Hau Leng eingerichtet haben. Die provisorischen Hafenanlagen wurden ebenfalls von Kataueken gebaut. Maganta ist ein idealer Stützpunkt, um den Handel mit Ajuna auszubauen und von dort auch in den transkontinentalen Karawanenhandel einzudringen.«

»Das Ziel deines Planes, ehrwürdiger Hüang, ist also der Handel?«

»Der Handel ist das Werkzeug zur Verwirklichung dieses Planes. Der Zweck des Planes ist, die Seemacht des *Reiches der Tugend* zu erhalten und zu mehren. Wir haben vor vier Jahren das erste Mal in Ajuna eingegriffen, um unsere Vorherrschaft auf den zwei Ozeanen zu sichern. Unsere Kundschafter hatten uns gemeldet, daß auf der den Handelswinden abgewandten Seite des Kontinents die Eherne Liga begonnen hatte, Schiffe auf den offenen Ozean zu entsenden. Der *Geheimen Kammer der Nautik* erschienen damals die kampfstarken, aber kaum hochseetauglichen Ruderturmschiffe des Merkantilischen Imperiums weniger bedrohlich. Dein höchstehrwürdiger Vater war es, o *Göttergleicher*, der in seinem letzten Regierungsjahr befahl, sich der Flotte des Merkantilischen Imperiums zu bedienen, um die der Ehernen Liga zu zerschlagen.«

Die Geste des *Herrn der Unwandelbaren Ordnung* zeigte, daß er Aufklärung wünschte; bis zum Tod seines Vaters hatte sich der Jüngling mit seinen Konkubinen amüsiert und nichts von den Vorgängen rings um den Mantikorenthron begriffen. Auf Hüangs Fächerzeichen trat der Herr der *Geheimen Kammer der Tugendhaften Gesandtschaften* vor, den der Hohepriester als Verbündeten gewonnen hatte.

»Die *Kammer der Tugendhaften Gesandtschaften* hat seinerzeit einen Herrn der *Inneren Kammer* entsandt, um diesen Angriff mit reichen Bestechungsgeldern an zahlreiche *mercatoren* zu veranlassen. Zu seinem Gefolge gehörte auch ein Herr der *Zweiten Kammer der Nautik*, der die Kriegsflotte sicher ans Ziel lenken sollte. Der Gesandte ist, wie es scheint, in Maganta zu Tode gekommen, der Nautiker beim Untergang der Flotte.«

»Die großen Ruderturmschiffe«, erläuterte Hüang weiter, »die einzigen, die auch unseren Achtmastnauken gefährlich werden können, existieren nicht mehr. Der Weg nach Maganta ist frei.«

Kriegsherr Kengsau hua Gilang ergriff mit einer Verzeihung heischenden Fächergeste das Wort. Ärgerlich hatte Hüang im letzten Jahr feststellen müssen, daß sein größter Rivale nicht nur zwei Intrigen überlebt hatte, sondern sich ebenfalls subtil das Recht erkämpft hatte, den Herrscher von sich heraus anzusprechen.

»Ein überaus ungewöhnlicher Plan, o *Höchster Kriegsherr der Geheimen Kammer*. Nun gut, wir waren den Barbaren zur See schon überlegen, ehe sie ihre Flotte verloren. Aber ein Landkrieg? Nicht einmal die katauekische Flotte kann das gesamte *Länder überspannende Feld der Krieger* auf die andere Seite der Weltkugel schaffen.«

»Wir führen keinen Landkrieg, o *Göttergleicher*«, wehrte der Hohepriester den Versuch des Kriegsherrn ab, die Angelegenheit seiner Kompetenz unterzuordnen. »Wir erobern Maganta nicht – wir besetzen es. In der Stadt gibt es im Grunde nur hungernde ajunäische Bürger und Söldner aller Völkerschaften, die bereits den katauekischen Handelsherren dienen. Alles, was wir tun müssen, ist allfällig einrückenden ajunäischen Truppen den Zugang zu verwehren. Von Land her kann Maganta nur über einen gut zu verteidigenden Paß angegriffen werden. Von der See her gibt es keine Bedrohung, denn das Imperium hat keine Flotte mehr. Es gibt keine Passage durch die Jaguarinseln. Und die Eherne Liga ist außerstande, ihre Flotte gegen die Handelswinde kreuzend um den gesamten Kontinent zu schicken. Es wird keinen Krieg geben.«

Hüang versuchte, sein Gesicht demütig dem Herrscher zuzuwenden, während seine Augen heimlich nur Kengsaus Reaktion beobachteten. Sein Kontrahent war ein wenig zurückgetreten und versuchte ebenso gehorsam zu wirken, während er hinter dem Fächer heftig mit zwei anderen Kriegsherren Fünften Ranges diskutierte.

»Doch um deine Frage vollständig zu beantworten, o *Göttergleicher*: der Grund für diesen Plan ist selbstverständlich deine Unsterblichkeit!« Das Rascheln zahlreicher Fächer erklang. »Maganta ist die bedeutendste Stadt Ajunas. Da die Wilden auf dem dritten Kontinent bekanntlich keine nennenswerte Stadt haben, gibt es dort nichts zu beherrschen.« Hüang machte eine Kunstpause. »Ein Herrscher, der die Hauptstädte aller Kontinente beherrscht, darf sich Weltenherrscher nennen und hat damit auf dem *Tugendhaften Weg des Himmlischen Willens* den entscheidenden Schritt zur *Unwandelbaren Ordnung* vollbracht.«

In den Augen des jungen Herrschers blitzte etwas. Ein winziges Lächeln huschte um seine Lippen. »Ehrwürdiger Hochküchenmeister, der nächste Gang. Das waren die unter Veilchenblättern gebackenen Siebenschläfer, wenn ich mich erinnere. Und du, ehrwürdiger Hüang, hast gewiß noch weitere Informationen zu deinem Plan vorbereitet, mit denen du die Zeremonie meines Mahles für uns alle bereichern kannst.«

Mit einer Fächergeste ließ der mächtigste Mann des *Reiches der Tugend* seinen führenden Spitzel mit den Karten aus Ajuna vortreten. Aber während Fong-Kuoy näng Tschüeng mit öliger Stimme sprach, gestand der Tugendwächter sich ein, daß die letzte Bemerkung des *Göttergleichen* unzweifelhaft verriet, daß aus dem Jungen ein Mann geworden war. Das Spiel war wieder etwas gefährlicher geworden.

»Seht hier«, erklärte Fong-Kuoy. »Maganta liegt in einer weiten, von Felsen geschützten Bucht, einem gewaltigen natürlichen Hafen. Auch hinter der Stadt steigen steile Felsen an. Von Land her gibt es nur einen einzigen Paß, der in die Bucht von Maganta führt. Der Paß ist durch die berühmten neun Mauern gesichert: neun hintereinander gestaffelte Verteidigungswälle, die über die Jahrhunderte weit über alles militärisch Sinnvolle ausgebaut wurden, aber äußerst beeindruckend sind.

Das heißt, wenn unsere *Ziangs* sich erst einmal in Maganta festsetzen, sind sie so gut wie nicht mehr zu vertreiben. Das Imperium hat keine Flotte mehr, um die Stadt von See her abzuriegeln, und kein Heer, das in der Lage wäre, Maganta von Land aus zu erobern.«

Ja, dachte Hüang, welche Krieger auch immer sie diesmal in die Schlacht schickten, sie würden kaum so gefährlich leben wie diejenigen, die in der Stadt der Mantikoren blieben. Wenn den Ersten Hüter der *Seidenen Bibliothek* seine sonst für niemanden zugänglichen Quellen nicht trogen, dann war das Erwachen der *Wung Lings* und der Tiergötter nur der Anfang von etwas Unerhörtem. Weit im Norden lauerten nach Hüangs letztem, einen Kontinent umspannenden Plan, der so blutig fehlgeschlagen war, vier mal acht Blaue Götter. Wo die Kriegsherren und die Bonzen ein unüberblickbares Gewimmel einzelner Unheimlichkeiten sahen, erkannte der Hohepriester eine Flut, die sich Mond für Mond den Qiu herab ausdehnte.

Sollten all diese Unholde, die sich der *Unwandelbaren Ordnung* so seltsam widersetzten, eine echte Bedrohung werden, könnte der *Göttergleiche* seine Residenz in die zweite Hauptstadt verlegen, ohne sein Gesicht zu verlieren. Es war nur billig, wenn der *Herr der Unwandelbaren Ordnung* dem neuen Kontinent einen Besuch abstattete, der ihm angeblich zu Füßen lag.

Das Spiel wurde in jeder Hinsicht gefährlicher. Hohenpriestern, Kriegsherren und Bonzen war es gemeinsam gelungen, die Katastrophe am *Unvollendeten Palast* zu etwas zu machen, was vor dem Mantikorenthron nicht mehr erwähnt wurde. Sie alle hatten versagt.

Doch dieser neue Plan war Hüangs ureigener Einsatz im Spiel der Macht. Siegte er, war er der erste Unsterblichkeitsberater, der dem *Herrn der Unwandelbaren Ordnung* tatsächlich zu so etwas wie Unsterblichkeit verholfen hatte. Scheiterte er, würde ihm eine Intrige zweifellos auch den Plan des Angriffs auf die *Fangs* aufbürden. Die drei letzten Dinge, die der Tugendwächter dann sähe, wären eine bewaffnete Eskorte, das versammelte Gremium jener, die ihn gestürzt hatten, und die verurteilende Geste des *Göttergleichen*. Der Schmetterlingstod würde ihm als glückselige Erlösung erscheinen verglichen mit dem, was ihn dann erwartete.

Wo alte Männer hingehen

In den Herzogtümern von Goldwango,
an der Grenze zum Fieberland, im Händlermond des 462. Jahres
der Abwesenheit Gottes, Blütezeit

»Woher wußtest du das?« Kiaora setzte sich erwartungsvoll zu Strolch und dem alten Ananaspflücker. »Wie hast du ihn gefunden?«

»Ich verstehe nicht.« Strolch versuchte den Mann mit den wenigen verbliebenen Zähnen im Mund nicht aus den Augen zu lassen.

»Das ist das dritte Mal in diesem Jahr, daß du einfach von der Piste zu einem Dorf abbiegst, in eine *Hariberga* gehst und den erstbesten ansprichst – und der erzählt dir etwas von den Unsterblichen. Du hast wirklich das Blut eines Fuchses.«

»Nein«, wehrte er ab, aber er fühlte sich geschmeichelt. »Das war Zufall. Wir brauchten ohnehin ein Quartier. Und der hier …« Nun, Kiaora hatte recht. Wenn er es genau überlegte, sah dieser alte Goldwangir am wenigsten von allen Gästen der *Hariberga* so aus, als ob er etwas über *Nimmrsterbr* wüßte.

»Noch mal sagen«, forderte Strolch ihn in stockendem Goldwangisch auf. Seit Kiaora ihre katauekische Zurückhaltung abgelegt hatte und sich ebenfalls unter die Leute mischte, lernten sie beide die Sprachen viel schneller. Und Goldwangisch, das mußte Strolch feststellen, lag Kiaora mehr als ihm. Sie kämpfte zwar mit der Aussprache, aber sie schien ein natürliches Verständnis dafür zu haben, was diese langhaarigen Hünen sagen wollten.

»Ich habe Durst«, sagte der Kerl mit den grauen Zotteln, die ihm in das wettergegerbte Gesicht hingen. »In meinem Alter trocknet die Kehle aus, wenn man viel redet.«

»Schaffnerin, schaff mich Ananaswein!« rief Strolch. Bestellen konnte er nach all den Monaten in goldwangischen und fieberländischen Tavernen halbwegs. Und alle Gäste einer *Hariberga* hatten Durst: man kehrte typischerweise zur Mußestunde ein, wenn die brütend-feuchte Mittagsschwüle Goldwangos einem den Schweiß aus den Poren trieb.

»Der *Jüngweihir*«, sagte der alte Pflücker, nachdem er einen kräftigen Zug aus dem neu gefüllten Trinkhorn genommen hatte. »Wo alte Männer hingehen.« Er beugte sich verschwörerisch vor und erzählte flüsternd weiter, wie er es vorher getan hatte. »Drüben im Fieberland, gleich an der Grenze, in den Bergen um den *Affnirküngnackr*, liegt ein verborgenes Tal. Und darin liegt die Zuflucht mit dem *Jüngweihir*. Manchmal kommen weise alte *Godnigunstr* von weit her, am Ende eines Lebens voll Wissen und Witz. Sie tragen *Runweisr* um den Hals, mit denen suchen sie nach den *Runsteinr*. Die stehen irgendwo im *Wuchrihain* um den *Affnirküngnackr.* Wenn sie die Pforte finden, gehen sie in das verborgene Tal. Dann springen sie in den *Jüngweihir* und bekommen ein zweites Leben. Und weil es in der Zuflucht alles gibt, was ein Mensch braucht, bleiben sie dort glücklich und satt für alle Zeiten.«

»Es ist die gleiche Geschichte«, bestätigte Kiaora in leisem Katauekisch.

»Ja, und sie ist immer mehr lang und mit einzelne Dinge.«

»Nur daß der hier uns wieder ins Fieberland zurückschickt.« Kiaora verzog den Mund ein wenig.

»Ja«, räumte Strolch ein. »Aber du wartest, es ist noch besser.« Er beugte sich vor und sagte wieder auf goldwangisch: »Noch mal sagen, wenn *Recknir* kommen.«

Der alte Hüne griff sich an die Kehle und hustete. Strolch tastete nach seinem Geldbeutel. Ein weiteres Trinkhorn ging sich gerade noch aus. Es war dank Fünfarm nie ein Problem, Nahrung zu bekommen, wenn sie sie einfach forderten. Aber wenn sie unauffällig weiterforschen wollten und für Kost und Quartier bezahlten, während sich der Blaue Gott im Busch verbarg, gingen ihnen die paar Münzen schnell aus, die sie irgendwo zusammengerafft hatten.

Nachdem die Schaffnerin das Trinkhorn erneut gefüllt hatte, erzählte der Ananaspflücker weiter. »Manch ein *Godnigunstr* wird verfolgt, weil er so weise ist und weil er das Geheimnis des *Jüngweihirs* kennt. Wer möchte nicht gerne ein *Nimmrsterbr* werden? Überall auf der Welt setzt man ihnen zu. Aber in der Zuflucht sind sie sicher.«

Der Alte steckte den Kopf noch weiter vor. Die grauen Haare hingen jetzt vor seinen Augen. Der nun folgende Teil seiner Geschichte schien ihm besonders zu gefallen. »Wenn so ein *Recknir* kommt und die Pforte findet, dann kommt er nicht durch. Denn dort wartet der *Recknirwurgr!* Der ist ein Ungeheuer aus Stein, und jeden echten Krieger, der Waffen und Wehr trägt, drückt er zu Tode und verschlingt ihn.« Er schlug mit der flachen Hand auf den Tisch und grinste. »Und darum kommt kein *Recknir* in die Zuflucht, und sie müssen alle sterben.« Er lehnte sich befriedigt zurück, leerte das Trinkhorn und ließ sich seitlich auf die Bank sinken.

»Die Goldwangir«, grinste Strolch nun ebenfalls, »siehst du nicht, daß sie besoffen sind, bis sie fallen hin.«

»Das ist neu«, grübelte Kiaora. »Ein Ungeheuer bewacht das Tal vor eindringenden Kriegern.«

»Oder den Brunnen«, meinte Strolch. »Oder die Quelle. Oder die Stadt. Wir hören viele Geschichten von diese Geschichte. Immer andere.«

»Ja, aber es ist immer ein Wasser, in das man springt. Es sind immer alte Männer, die danach suchen. Sie suchen immer heimlich nach Steinen mit Schriftzeichen. Sie fürchten sich immer vor Bewaffneten. Und der Ort, an dem man sicher und unsterblich ist, liegt hier irgendwo in den Bergen.«

Ein Zeichen

In der Grenzregion des Fieberlandes, vier Tage später

»Der *Affnirküngnackr!*« sagte Kiaora schwer atmend. »Jetzt verstehe ich.« Sie deutete auf den auffälligen Hügel, der sich aus dem Urwald erhob. »*Affnir.* Affen.« Die kreischenden Viecher waren wirklich überall. Sie sprangen zwischen den breiten Kronen der Schirmakazien hin und her und kletterten durch das Dickicht der Fieberbäume mit ihrer gelben oder grünen Rinde. »*Küng.* Das ist ihr abfälliges Wort für die Völker, die sich beherrschen lassen. Die Goldwangir lassen sich von Herzögen führen, die sie abwählen können, wenn sie einen Kriegszug verlieren. Die *Affnir* haben einen *Küng.* Den größten von ihnen.« Ja, mit etwas Einbildung konnte man einen Affenschädel sehen. Der Affenkönig – so wie Machios' Äffchen. »Und *Nackr* heißt wohl so etwas wie Rücken oder Schulter.«

»Gut«, räumte Strolch ein. »Der Berg ist wirklich da.« Er hatte zunehmend gezweifelt, was an dieser Sage wahr wäre, aber immerhin hatten sie den Ort von ›irgendwo in Goldwango‹ über das richtige Herzogtum und das Grenzgebiet bis auf diesen einen Berg eingegrenzt.

»Hinter diesem Dunghaufen«, grölte ihnen Fünfarms Stimme in den Nacken, »sind also Stummelköpfe, die auch nicht sterben können, Sackpfeifer?«

»Halt, halt«, beschwichtigte Strolch. »Das ist eine Geschichte, die wir von zwei Dutzend besoffenen Tavernengästen gehört haben.« Mit dem Blauen Gott sprach er noch immer Merkantilo, um so mehr, da Kiaora es zunehmend verstand.

»Ein Wasserfall!« deutete Kiaora über den *Wuchrihain*, wie die Goldwangir ihren Urwald nannten. »Wo Wasser ist, ist auch ein Weg bergauf. Und vielleicht auch eine Pforte durch einen Berg.«

Unglaublich, dachte Strolch, was für eine Tatkraft sie entwickelt, wenn wir in der Wildnis sind, wo nie zuvor ein Mensch war. Er hatte die zwei Jahre in katauekischen Ginkgowäldern und Schilfgürteln und das letzte Jahr in der leonischen Savanne als entbehrungsreiche Verbannung erlebt und nach jeder Stadt, jedem Dorf und jedem Gasthaus gedürstet. Aber Kiaora schien es Spaß zu machen, mit nichts als ihrem Tornister und ihrem katauekischen Säbelschwert unter Bäumen zu schlafen und sich durch hüfthohes Gras zu schlagen.

Die blühende Baumsavanne war ein Gemälde in sattem Gelb und warmem Grün. Sie waren dem nahezu ausgetrockneten Flußbett seit über zwei Tagen gefolgt. Strolch hatte wenig Hoffnung gehabt, durch das undurchdringliche Dickicht eines Urwaldes weiter als einige Meilen vorzudringen, ohne vor Erschöpfung aufgeben zu müssen. Aber entlang des Flußbetts waren sie annehmbar vorangekommen.

»Dort hingehen ist nicht so leicht«, stellte Strolch fest, »wie bei unser Wasserfall auf Mahia Matai.«

»Unser Wasserfall«, wiederholte Kiaora, ohne die Augen von jenem zu nehmen, der in etwa vier Meilen Entfernung lag.

Anderthalb Stunden später waren sie von dem Felsbruch nur noch etwa fünfzig Schritt entfernt, ohne einen Aufgang gefunden zu haben. Unter dem fast zwanzig Schritt hohen Wasserfall hatte sich ein Becken gebildet, in dem Fische herumflitzten. Strolch zog die Stiefel aus, watete hinein und trank zwei Handvoll klaren Wassers, ehe er sich einige weitere über den Kopf schüttete.

»Fünfarm, laß uns Fische fangen!« rief Strolch und nahm sein Bündel ab. Auf dem langen Marsch durch Serkan Katau waren sie auf eine Methode gekommen, Strolch zu ernähren. Die Katauеken benutzten ihre Reisfelder häufig zugleich als Fischteiche. Ohne Netz oder einen begabten Speerfischer brachte Strolch das nichts. Aber dann war er auf den Gedanken gekommen, die überlegene Kraft des Blauen Gottes zu nutzen.

Während Kiaora eine kleine Feuerstelle errichtete, legte Strolch seine Felldecke ins Wasser. Sie war nicht so gut wie die, die er damals auf dem Schlachtfeld erbeutet hatte, aber sie hatte sich in den letzten Monaten als ausreichend erwiesen. Der Landstreicher knüpfte die Lederriemen als Schnüre an die Decke. Dann packte der *Fang* mit allen fünf Händen zu. Nach einigen Rucken durch das Becken hatte das improvisierte Schleppnetz den Rand erreicht. Wie so oft wimmelten genug Fische darin, daß selbst Strolch einige mit Händen und Messer erlegen konnte.

Nach dem Grillen und Essen blieben sie unter den Bäumen liegen. Fast alle Ajunäer hielten die Mußestunde ein, wenn die Sonne so herabbrannte, daß weder an Marschieren noch Reisen zu denken war. Strolch stocherte in Asche und Fischgräten herum, Kiaora wanderte am Ufer entlang, und Fünfarm stand wieder einmal wie eine breitbeinige Statue in der Landschaft. Auf den Bäumen lauerten einige Affen, die sich wohl Hoffnung auf die Fischabfälle machten.

»Da!« rief die Nautikerin von der rechten Seite. »Das muß ein *Runsteinr* sein.« Strolch stapfte barfuß hinüber. Sie kniete vor einem etwa schrittgroßen Stein, der mit trockenen Flechten bewachsen war und eine einzelne Rune trug. »Ich kenne dieses Zeichen«, sagte die Katauekin nachdenklich.

»Wie kannst du kennen ein Zeichen von Ajuna?«

Statt zu antworten, nahm die junge Frau ihren Tornister ab. Sie öffnete ihn so, daß Strolch nicht hineinblicken konnte, und holte eine handgroße hölzerne Figur heraus. Eine Wolfsfigur mit Frauenkopf!

»Das ist die du kaufst in Thalliopê, wenn wir kommen von Sphinx?« fragte Strolch erstaunt.

»Sieh hier«, sagte sie konzentriert und deutete auf die Brust der Sphinx. Auf der gerade vier Finger breiten Fläche waren etwa ein Dutzend Runen eingraviert. »Das erste Zeichen ist das gleiche.«

Strolch wußte damit nichts anzufangen. Er konnte sich inzwischen in sieben Sprachen notdürftig verständigen – aber lesen hatte er nie gelernt.

»Warum kaufst du die Sphinx in Thalliopê?« beharrte er auf seiner Frage.

»Der *Fang* zerschlug die Statue im Tempel. Ich dachte, vielleicht wollen wir eines Tages wissen, wie sie vorher aussah. Sie kostete nicht viel. – Außerdem interessiere ich mich für Ungeheuer – auch an Land«, fügte sie vielsagend hinzu. Meinte sie Fünfarm? Oder meinte sie ihn, Strolch?

»Und was heißt das Zeichen?«

»Wie du sagtest«, lächelte sie, »wie könnte ich ein ajunäisches Zeichen kennen?« Sie verglich die Runen nochmals und packte die Figur dann ein, wieder bemüht, daß Strolch nicht sah, was alles in dem Tornister war. Sie waren jetzt so lange gemeinsam unterwegs, anderthalb Jahre auf den zwei Schiffen und weitere zwei Jahre als Gaukler und Flüchtlinge, aber er hatte sie die Tasche noch nie in seiner Gegenwart öffnen sehen.

»Das Zeichen ist alt«, stellte Strolch fest, als er den Stein selbst untersuchte. »Aber der Stein ist … mit Ordnung gemacht später.« Er zeigte ihr, was er meinte: Die Rune war sichtlich verwittert; der Stein jedoch war zwar ringsum von Flechten überwuchert, nicht aber auf der Vorderseite.

»Jemand hat sie gesäubert«, verbesserte ihn die Katauekin.

»Gesäubert«, wiederholte er gelehrig das neue Wort. Sie sahen einander an und lachten.

Kiaora stand auf und ging zielstrebig ins Dickicht. Zweimal hörte er ihr Säbelschwert, als sie sich den Weg freihackte. Strolch ahnte, was sie vermutete, und folgte ihr vorsichtig auf bloßen Füßen.

»Gefunden«, rief sie, ehe er sie erreichte. An dem Felsbruch, von dem der Wasserfall stürzte, verlief ein schmaler Pfad. Er war von rotgrünen Stauden und Stechwinden überwuchert – aber es war unverkennbar, daß er vor langer Zeit in die Felswand gehauen worden war. Und der halbmorsche Baumstamm, der nach etwa zwanzig Schritt als Geländer an mehrere Bäume genagelt war, war gewiß nicht so alt.

Die Pforte

An den Abhängen des Affnirküngnackr, am selben Tag

»Ich verstehe nicht«, protestierte Strolch. »Warum soll jemand den Weg ... gesäubert machen?«

»Säubern«, verbesserte Kiaora.

»Säubern«, wiederholte der Ajunäer. »Wenn du ein *Nimmrsterbr* bist, mußt du nicht mehr hinausgehen. Du bleibst in der Zuflucht. So sagen es die Goldwangir.«

»Ich weiß es nicht, Ehrenvoller Träger der Hand des Blauen Gottes.« Manchmal, dachte sie, konnte Strolch ein richtig einzelgängerischer Egoist sein. »Wenn du ein weiser *Godnigunstr* auf dem Weg zur Unsterblichkeit bist, vielleicht willst du dann denen, die nach dir kommen, ebenfalls den Weg zu dieser Gnade erleichtern?«

Jedenfalls war die Schlucht vor ihnen frei von allem Buschwerk, das älter als fünf oder zehn Jahre sein mochte. Sie hatten einige weitere *Runsteinr* gefunden, auch sie von Flechten gesäubert, und zwei Stellen, wo gefährliche Querungen gesichert worden waren.

Linker Hand erhob sich der Gipfel, jener abgerundete Buckel, der aus der Ferne an einen Affenschädel erinnerte. Er war ebenso wie die längliche Erhebung zur Rechten bis zur Kuppe mit krummen Zwergpalmen, krüppeligen Fieberbäumen, Farnen und Schwertgras bewachsen. Die Schlucht dazwischen wirkte hingegen wie eine klaffende Wunde im Fels. Der Bach, kaum einen Götterfuß breit, der weiter unten den Wasserfall und noch später den Fluß nährte, hatte sie geschnitten.

»Fünfarm geht da nicht durch, ihr Nasenpuper!« grölte der *Fang*.

Kiaora wandte sich staunend um. Der *Fang* hatte doch noch nie ... Als sie ihn sah, wurde ihr klar, was er meinte.

»Ja, das wird eng«, räumte sie ein. »Kannst du klettern? Etwas weiter oben?«

»Fünfarm klettert!«

Also machten sie sich an den Einstieg in die Schlucht. Strolch beschloß voranzugehen, aber Kiaora dachte nicht daran, das zu dulden. Kurze Zeit stritten sie herum, aber bald wurde klar, daß Kiaora es ernst meinte.

»Der Nautiker bestimmt den Weg«, sagte sie, »also trägt er auch das Risiko.«

»Gut«, antwortete Strolch und grinste. »Wenn ich gehe hinter dir, kann ich schön sehen.«

Sie sandte ihm einen wütenden Blick, zog ihr schwarzes Lederkleid hinunter, dem man das letzte Jahr in der Wildnis deutlich ansah, und ging los. Hinter ihnen zwängte sich der *Fang* zwischen die Wände, stieg mit gespreizten Beinen und Armen höher und folgte ihnen wie eine kolossale Spinne.

Es war angenehm kühl zwischen den Steinwänden. Obwohl sie vermieden, ins Wasser zu steigen, rutschten sie immer wieder ab, und schon bald waren die Stiefel durchnäßt. Dann kam die erste Engstelle.

»Der Fels ist bearbeitet«, stellte Kiaora tastend fest. »Man hat die Schlucht hier verbreitert.« Dennoch mußte sie sich zur Seite drehen, um hindurchzukommen. Selbst ihr kurzes Säbelschwert war im Weg. Seitlich trippelte sie einige Götterfuß weit dahin, bis die natürlich gewachsene Schlucht sich wieder verbreiterte. Der großgewachsene Ajunäer hinter ihr mußte sich bereits sichtlich hindurchzwängen. Der *Fang* über ihnen kletterte über fünfzehn Götterfuß höher, um die Stelle passieren zu können.

»Wie schnell er ist«, meinte Strolch, den Kopf in den Nacken gelegt. »Niemand außer er kann hier durchgehen.«

Niemand? »Der *Recknirwurgr*!« kam ihr blitzartig die Erkenntnis. »Ein Ungeheuer aus Stein. Wer mit Waffen und Harnisch durch die Pforte will, den drückt er zu Tode und verschlingt ihn.«

Strolch sah sie zweifelnd an. »Nein. Ja. Du hast recht.« Sein Gesicht verdüsterte sich. War es möglich, daß er traurig war?

Sie setzten den Weg durch die Schlucht fort. An zwei weiteren Stellen hatten offensichtlich vor langer Zeit Steinmetzen mit Hammer und Meißel den Durchgang verbreitert. Einmal entdeckten sie sogar drei Stufen, wo der Bach über eine Schwelle floß, die zu überwinden sonst in der Enge kaum möglich gewesen wäre. An einer anderen Stelle hatte ein kleiner Krüppelbusch Wurzeln geschlagen und war in der kühlen Feuchtigkeit so gediehen, daß sie erst mehrere Äste abbrechen mußten, um ihn zu passieren. Schließlich, in einem kleinen Kessel, entschwand der Bach im Becken eines Wasserfalls, während eine weitere künstliche Treppe steil bergauf führte.

Beide hatten sie zerschundene und zerkratzte Ellbogen und Knie, als sich die Wände wieder verbreiterten und an Höhe gewannen. Nach der beklemmenden Enge der Schlucht war der nachmittägliche Bergwind wie ein Freudenschrei.

»Ist das schön!« freute sich Kiaora, als sie auf den sonnenglühenden Bergsattel gelangte. Ja, allein diese Entdeckung war die lange Suche wert. Zu beiden Seiten zog sich die üppige Vegetation über die Flanken des *Affnirküngnackr* hinab in ein blühendes Tal, das von weiteren Bergen umrahmt war. Die hohen Palmen in der Mitte des Tals schienen fast parkähnlich gepflanzt zu sein; da und dort jedenfalls sah man schmale Schneisen im Urwald. Und in deren Mitte wiederum erahnte Kiaora ein gedrungenes Gebäude aus hellem Bruchstein.

»Siehst du etwas?« Strolch trat neben sie. Er pfiff durch die Zähne. »Tatsächlich ... Ein Haus! Und sicher ist da auch ein Gewässer.«

Hinter ihnen hörten sie scharrende Geräusche, als der *Fang* aus der Scharte stieg. Er löste die Hände von den Wänden, in zwei Fäusten wie immer Schwert und Fackel.

»So weit zum *Recknirwurgr!*« lachte Strolch auf Merkantilo. »*Du* kommst natürlich mit Waffen in dieses Tal.«

Die scharrenden Geräusche wurden lauter und gingen in ein Poltern über. Von beiden Seiten der Scharten stürzten Steine herab, zunächst faustgroß, dann zunehmend größer.

»Fünfarm!« schrie Strolch. Der *Fang* schnellte herum, als ihm die ersten Trümmer gegen die Beine sprangen. Kiaora blickte sich um. Wo kamen die Steine her? Die beiden Flanken waren doch gar nicht so steil. Bei den ungezählten Häuptern der Hydra, der Fels zerbarst förmlich. Selbst mit hartem Schwertgras bewachsene Brocken sprangen auseinander und kollerten die Flanke herab. Und kaum ein Brocken stürzte in die Schlucht.

»Angreifer auf vier und sechs!« rief Kiaora, ohne sich bewußt zu sein, wie absurd das war. Zwei kürbisgroße Brocken trafen den Blauen Gott an den Hüften. Sie sprangen alle auf ihn zu! Er machte einige abwehrende Bewegungen mit den Armen, aber seine Beine waren bereits bis zu den Knien verschüttet. Bei den Schwingen des Vogels Roch, einiger dieser Steine rollten gar den Haufen hinauf!

»Das ist der *Recknirwurgr!*« rief Strolch. »Fünfarm, tu was!«

»Drecksberg, räudiger!« röhrte der Blaue Gott und fegte einen Stein mit der Fackel beiseite. Gleichzeitig trafen ihn mindestens acht weitere und blieben um seine Oberschenkel liegen. Der Haufen war bereits fast so hoch wie Kiaora und fünf Götterfuß breit. Und oben an den Flanken lösten sich nun zwei Felstrümmer von der Größe kleiner Fässer. Wenn die den *Fang* trafen, würden sie selbst ihn zermalmen. Da machten seine verbliebenen Waffen keinen Unterschied!

»Fünfarm!« hörte sich Kiaora zu ihrer Überraschung schreien. »Wer Waffen trägt, den drückt er zu Tode. Wirf sie weg!«

»Fünfarm wirft nicht!« kam die brüllende Antwort, die schaurig durch die Schlucht hallte. Die beiden großen Brocken setzten sich knarrend in Bewegung. Der Oberkörper des *Fangs* wurde hin und her geworfen, als ihn die ersten Steine an der Brust und in den Seiten trafen. Noch immer stieß und schlug er Brocken von sich weg. Kiaora wich zurück, kurz darauf auch Strolch. Die Querschläger flogen in alle Richtungen. Und einige prallten vom Boden zurück und kollerten zu dem Haufen, der inzwischen die Breite einer kleinen Hütte hatte.

»Fünfarm!« Kiaora schrie so laut, daß ihr das Wasser in die Augen trat. »Da kommen zwei ganz große. Wirf die Waffen weg!«

Auf der rechten Flanke lockerte sich ein Felsstück von der Größe eines Hausdachs. Der *Fang* schlug noch einen Brocken beiseite, der wohl so viel wog wie Kiaora, dann brach klirrend das Schwert in seiner Faust ab. Mit polternden Schlägen kamen die beiden Steinfässer gesprungen.

»Fünfarm!« schrie Strolch verzweifelt und lief in einem Bogen zwischen die springenden Steine. »In aller Heiligen Namen, tu, was sie sagt!« Er schrie auf, als ihn ein verirrter Stein am Schienbein traf.

»Fünfarm wirft!« Mit widersinniger Lässigkeit schleuderte er die Fackel und den Schwertgriff nach links und rechts. Was immer Kiaora erhofft hatte: die zwei riesigen Brocken stürzten weiter heran. Im Hintergrund rutschte das dachartige Stück den Hang hinab – auf die Schlucht zu.

Der Steinschlag setzte sich fort und prasselte ringsum herab. Die Steine rollten nun in alle Richtungen, die meisten kollerten in die Scharte oder den Sattel hinab. Der linke Faßbrocken folgte der Flanke und stürzte in die Scharte. Der rechte rollte zielsicher weiter auf den *Fang* zu und schlug funkensprühend in den Haufen. Ein Gesteinssplitter flog Kiaora um die Ohren. Dann kam die Masse der Lawine zum Stillstand. Der Wind trug mit sanftem Rauschen Blütenduft aus dem Tal herauf. Irgendwo pfiffen Dohlen. Aber noch einige Zeit hörte man unten im Tal Felsen herabstürzen.

PATER *Eugenio*

In der Zuflucht, etwa zwei Wochen später

»Du hast recht, das *refugium* hat sich verändert.« *Pater* Eugenio blickte versonnen auf die Bäume vor dem Klostergarten, in denen die Affen Mahlzeit hielten. »Zuerst dachte ich, es sei die Verklärung des Alters.« Er schmunzelte. »Die Weisheit vielleicht, die mich den heiligen Ort als von überirdischer Kraft erfüllt sehen ließ. Aber die Dattelpalmen und die Affenbrotbäume da tragen trotz der Jahreszeit reife Früchte. Und oben, in der Krone, blühen sie schon wieder. Das wäre mir damals gewiß aufgefallen.«

»Wie lange, sagtest du, warst du nicht mehr hier?« Strolch betrachtete den alten Mönch mit den Kranz aus weißen Haaren am Hinterhaupt und dem stillen Lächeln um den Mund.

»Nun, laß mich rechnen«, flüsterte Eugenio, schloß die Augen und genoß die Sonne auf seinem Gesicht. »Ich war 24 Jahre alt, als *pater* Nazario mich ansprach. Dann gingen wir für sechs Jahre über die Grenze nach Kurjameos. Oder sieben Jahre? Dann die Herzogtümer von Goldwango. Nein, vorher wollte ich heiraten.« Er öffnete die Augen und lächelte Strolch an. »Weißt du, so ein Leben ist sehr lang. Sagen wir, daß es wohl dreißig Jahre her ist. Damals verließ *pater* Nazario diese Welt.«

»Und er sprang … freiwillig in den schwarzen See?«

»Die Angst vor dem Tod, lieber Junge, hält uns nicht vom Sterben, sondern vom Leben ab.« Lieber Junge! So hatte den magantäischen Dieb noch nie jemand genannt. Es war wundervoll, wieder Merkantilo zu sprechen, auch wenn *pater* Eugenio in seinem bombastischen Dialekt Pentarosaes oft kurjamäische Begriffe einmengte.

Die gesamte Zuflucht war wundervoll, auch wenn das alte, verfallende Kloster und die drei Greise mit den Runenamuletten ganz anders waren, als die Sage vom Jungbrunnen hatte erwarten lassen.

»Und du glaubst auch«, fragte der Abenteurer zögernd, »daß du irgendwann wieder aus diesem schwarzen See erstehen wirst?«

»Ich hoffe es«, antwortete der alte Pentarosaer mit jenem Lächeln, das sein Gesicht nie zu verlassen schien. »Es ist den Versuch wert, nicht?« Er blickte hinüber zu Kiaora, die zwischen den blühenden Jasminsträuchern ihre Fechtübungen machte.

Ehe Strolch sagen konnte, nein, das ist es nicht, fühlte er die Hand des alten Mönchs am Handgelenk. »Mein lieber Junge, es ist letztlich nicht wichtig. Wieviel Gegenwart verbringen wir damit, die Zukunft zu planen oder die Vergangenheit zu erinnern. Leben ist das, was einem zustößt, während wir auf die Erfüllung unserer Hoffnungen und Träume warten.«

»Du meinst, diese Träume werden niemals wahr?«

»Im Gegenteil«, kicherte er. »Manche werden schneller wahr, als dir lieb ist.« Er wurde wieder ernst. »Weißt du, so viel von dem, was ich dir sage, ist sinnlos für dich, weil du so jung bist. Wie oft warst du verliebt?«

Einmal, wollte er protestieren. Carmelina ... Aber während er ihren Namen auf den Lippen formte, bemerkte er, daß er nicht einmal mehr wußte, wie sie ausgesehen hatte. Daß sie wundervolles dunkles Haar gehabt hatte, sah er nicht vor seinem geistigen Auge; er wußte es, weil er es sich so oft erzählt hatte, während er in Serkan Katau als Straßensklave geschuftet hatte.

Verliebt? Wie oft? Schlampe? Nein, die hatte er bestenfalls knackig gefunden – in seiner Einsamkeit.

»Ist sie deine Braut? Dein Mädchen?« Erschrocken sah Strolch den alten Mönch an und folgte dann seinem Blick. Kiaora tanzte versunken einen Kampf gegen einen unsichtbaren Gegner.

»Nein«, sagte er gröber, als er es wollte. »Nein! Sie ist doch Katauekin ...«

»Meinst du, daß sie nicht gut genug ist für dich?«

Wollte ihn der Alte auf den Arm nehmen? Sie sah so unanständig gut aus in dem schwarzen Lederkleid. Jeder Riß, jede abgeschabte Stelle, jede fehlende Niete war eine Geschichte, die er mit ihr erlebt hatte.

»Ah, ich verstehe«, lächelte *pater* Eugenio. »Du fragst dich, ob *du* gut genug bist für sie.«

Strolch wollte protestieren, aber schlagartig fehlte ihm die

Kraft dazu. Er fühlte sich wie eine Karavelle, deren leckgeschlagener Rumpf voll Wasser lief.

»Hast du sie denn gefragt?«

Strolch starrte verzweifelt in die blaßblauen Augen dieses klugen alten Mannes. Ständig, wollte er schreien, aber sie sagt immer nein. Ehe ich gefragt habe …

»Lauf dem Glück nicht nach, mein Junge«, sagte Eugenio mit einer Sanftheit, die seine heimliche Stärke verriet, »sondern gehe ihm entgegen.«

Wortlose Gespräche

In den Parkwäldern der Zuflucht, zwei Tage später

Jetzt! Strolch beschleunigte seine Schritte. Schnurgerade durch das Waldstück und dann auf dem seltsamen schwarzen Weg auf der anderen Seite herauskommen. Oh, Kiaora, du hier. So ein Zufall! Wollen wir ein wenig spazierengehen und sehen, ob wir durch den schwarzen Irrpfad finden? Und falls wir uns verirren …

Nein, darüber würde sie nicht lachen. Sie mochte seine Scherze überhaupt nicht. Viel zu viele Katauekenregeln, die er brach, ohne sie zu kennen.

Strolch stapfte durch das Unterholz. Was für ein merkwürdiger Park! In Maganta war er einmal über die Mauer in den Park eines *mercators* geschlichen. In Danakinga hatten sie in einem Park der Stadtherren *Theatro* gespielt. Und dann war da noch der Park der Universität in Andhakleia gewesen. Sie waren alle gepflegt gewesen. Hier waren nur die schwarzen Pfade frei von Unkraut, aber die Waldstücke dazwischen völlig verwildert. Vielleicht, weil die alten Mönche gar nicht die Kraft hatten, alles zu jäten, ehe sie ihren letzten Gang antraten?

Da vorn. Er erahnte ihre rote Leopardenfellmütze jenseits von Ameisenakazien und Hibiskus. Oh, Kiaora, du hier. Du solltest nicht allein gehen. Ja, wir haben sie abgeschüttelt, aber das dachten wir in Gautamar auch. Nein, das war noch schlimmer. Sie akzeptierte ja nicht einmal, daß er im Gebirge vor ihr ging. Was für eine dickköpfige Person! Er seufzte innerlich. Was für ein unglaublich starkes und weibliches Mädchen …

»Grenzenlos ehrwürdiger *Fang*«, erklang in Strolchs Gedanken Kiaoras helle Stimme. »Darf ich mit dir sprechen … Fünfarm?« Was, zum Buckligen, tat denn der jetzt hier im Wald? Fünfarm. Ja, seit dem Zusammenstoß mit dem *Recknirwurgr* hatte sie ihn zwei- oder dreimal mit seinem Namen angesprochen. Der Blaue Gott hätte ruhig die zwei Wochen auf dem Sattel bleiben können! Fast zwei Stunden hatten sie Steine gewälzt, um ihn zu befreien, nur damit er jetzt hier im Weg stand.

»Sprich, Zitterlippe!« Also wirklich, Fünfarm, mit ihr mußt du nicht so umspringen.

»Wieso ist *Strolk* der Träger deiner sechsten Hand?« Was wird denn das nun, Mädchen? Spionierst du mir nach? Unwillkürlich faßte der junge Dieb sich an die Brust. Die Flucht aus Gautamar war nun auch schon wieder Monate her. Sie würde ihn doch nicht verpfeifen?

Keine Antwort. Ja, Mädchen, dachte er beruhigt, so leicht plaudert es sich nicht mit meinem *Fang*. Der antwortet nur, wenn es um ihn selbst geht … und wenn er weiß, was du meinst … und wenn er es selbst weiß …

»Verstehe mich, grenzenlos ehrwürdiger *Fang*«, versuchte sie es erneut. Es war wirklich verrückt. Sie sprach Katauekisch, Fünfarm antwortete auf Merkantilo; aber Kiaora verstand ihn anscheinend auf katauekisch. »Wie kam es dazu, daß ein Mensch deine Hand trägt?«

»Die Blechgimpel haben sie abgeschlagen, Eiternase!« Nicht so grob, Fünfarm, sie ist das nicht gewohnt.

»Wie hast du ihn erwählt?« ertönte sehr zaghaft Kiaoras Stimme. »Ist er … dein Freund?« Sie spionierte ihm gar nicht nach! Bei den Locken der heiligen Sarmantha, wie hatte er nur so blind sein können. Sie interessierte sich für ihn. Sie war neugierig. Sie wollte …

»Was ist ein Freund, Schifferschlampe?« Die göttliche Stimme dröhnte selbst noch im Unterholz.

Strolch sprang vor und stand im Freien, ehe er wußte, was er tat. »Sag das nie wieder zu ihr!« schrie er, den Finger drohend erhoben. »Ich hab's dir im *Theatro* gesagt, ich hab's dir in der Universität gesagt.« Strolch merkte, wie er noch wütender wurde. »Du kannst mich nennen, wie du willst. Aber nicht sie! Verstehst du mich, du tumbes, blaues Trampel? Nicht sie!«

Er fühlte eine weiche Hand, die sich in seine Ellenbeuge legte und ihn leicht nach hinten zog. Der Blaue Gott stand wortlos da und glotzte auf Strolch herunter. Nichts in dieser grausigen Fratze verriet, was er tun würde. Tot, dachte Strolch, ich bin tot.

»*Strolk!*« hörte er wie durch einen Schleier Kiaoras drängende Stimme. Ihr Griff wurde fester, und die zweite Hand zerrte an seiner Hüfte. Er griff nach hinten, fühlte Kiaoras Bauch und schob sie zurück. Fünfarm starrte noch immer. Langsam begann Strolch rückwärts zu gehen. Dann erfaßte er Kiaoras Hand und bog seitlich in den nächsten schwarzen Pfad ab.

Sie gingen sehr schnell, liefen fast. Kiaoras Hand lag weich in seiner. Nach etwa sechzig Schritt kamen sie ans Ende des gekrümmten Weges und schlugen sich ins Gebüsch. Etwa zwanzig Schritt weiter begann der nächste Weg. Aber so weit kamen sie nicht.

Ruckartig blieb Kiaora stehen und riß ihre Hand aus der Strolchs. Er drehte sich verblüfft um.

»Was hast du dir dabei gedacht?« rief sie mit vor Aufregung schriller Stimme. »Du hast schon viele Dummheiten gemacht, aber das war das Dümmste, was du je getan hast.«

»Kiaora ...«, stammelte Strolch fassungslos.

»Er hätte dich umbringen können. Er ist ein *Fang*. Er hat Leute erschlagen, nur weil sie vor ihm standen. Bei allen Zähnen des Gingang-Fisches, du weißt das besser als ich.« Er hatte die Mangalierin noch nie so aufgeregt gesehen. Ihre dunklen Augen sprühten. »Du hast dein Leben riskiert. Du hast deine Freundschaft riskiert oder deinen Dienst – was immer dich mit ihm verbindet. Du hast riskiert, den einzigen zu verlieren ...«

»Kiaora!« versuchte Strolch sie zu unterbrechen.

»Das war so dumm.« Sie schüttelte den Kopf. Ihr Gesicht war jetzt sehr nahe, ihre Stimme leise. »Das war so dumm. So edel ...«

Sie stand viel zu nahe – und viel zu weit weg. Er griff nach ihren Händen und fand sie, ohne die Augen von ihren zu lösen.

»Kiaora«, flüsterte er. Er hob ihre Hände zum Mund und küßte sie: links, rechts, links. »Kiaora. Du bist viel, viel wichtig für mich. Ich will ... Ich bin ...« Sein Herz hatte Flügel bekommen und versuchte, zum Hals hinauszufliegen, aber da war diese ungelenke Zunge, die sich in einer fremden Sprache quälte. Und dann erreichte das Herz die Zunge, und sie begann ebenfalls zu fliegen: »*Tu ei mia carissima!*«

Sie war ganz nahe. Ihre Augen wurden schwarz. Sie senkte die Hände und befreite sich aus seinem Griff.

»Wieso?« flüsterte sie mit eiskaltem Hauch. »Wieso mußt du jetzt, in diesem Augenblick, über ihn sprechen?«

Sie ging zwei Schritte zurück und sah ihm noch immer in die Augen. Dann drehte sie sich um und rannte los.

Strolch war, als ob ihn jemand auf beide Ohren geboxt hätte. Wieso? Du bist meine Liebste, hatte er gesagt. Dann begriff er: Carissimo! Der Gaukelmeister hatte selbst erzählt, daß er einen Künstlernamen trug, weil alle Frauen von Maganta bis Ikarillia dabei an das Liebesgeflüster der romantischen Merkantilier dachten.

Dann fühlte er, wie sich eine Kralle um sein Herz legte. Was hatte sie gesagt? Was hatte dieses fette Schwein mit Kiaora gemacht? Was hatte *sie* ... mit diesem fetten Schwein gemacht?

Vogelblut

Im Kloster der Zuflucht, in der folgenden Nacht

»Was?« Strolch schreckte hoch. Da war etwas gewesen – etwas wie ein Klingeln. Er tastete nach seinem Dolch, der unter der Matratze aus Palmstroh steckte. Wieder! Ein leises Klirren. Kettenhemden? Draußen am Korridor schien Feuer zu flackern.

Da wurde der Vorhang auch schon angehoben. Fauchend flog eine Fackel herein und blieb in der linken vorderen Ecke liegen. Strolch riß den Dolch hervor und zog die Beine an.

Ein glitzernder Arm tauchte mit einer zweiten Fackel auf und warf sie zielsicher nach links, in die andere Ecke. Es roch nach Pech. Attentäter! Die Kataueken! Sie leuchteten ihn aus, bevor sie …

Der Vorhang wurde beiseite geschoben, und eine Gestalt trat vorsichtig in den Raum. Etwas flatterte, gefolgt von einem piepsenden Kreischer. Wieder glitzerten die Arme. Dann flog Strolch flatternd etwas entgegen. Er versuchte es mit der Linken abzuwehren, aber es klatschte ihm gegen die Brust und fiel in seinen Schoß. Ein Vogel! Er flatterte ein letztes Mal und blieb dann liegen.

Wieder das Klingeln – wie zwei Ringe, die gegeneinander geschlagen wurden. Die Gestalt hob zwei helle Arme. Langsam gewöhnte der junge Mann sich an das flackernde Licht.

»Kiaora?« stieß er rauh hervor. Sie hatte den Vorhang hinter sich geschlossen. Immer mehr schälte sich ihre Gestalt aus der Dunkelheit. Helle Haut – sehr viel helle Haut.

Sie hob ein nacktes Bein, schwenkte es seitlich hinaus und stampfte auf. Ein Klirren an ihrem Fuß. Das andere Bein kam hoch und stieß weiß hinab. Wieder ein Klirren. Die Armgelenke, über den Kopf erhoben, stießen gegeneinander und klirrten ebenfalls. Sie trug Armreifen und Fußreifen.

»*Tscha!*« flüsterte sie, breitete die Arme aus und schlug sie wieder klirrend gegeneinander. »*Tscha!*« Ein seltsamer Schritt brachte sie näher ans Bett. Kurz sah er eine kreisende Bewegung der hellen Hüfte.

»*Tscha!*« Der rechte Fuß tappte auf, die Arme klirrten. »*Tscha!*« Linker Fuß. Klirren.

Sie breitete die Arme aus und drehte sich langsam. Für einen Augenblick glitt flackerndes Feuer über Taille, Rippen und Schultern – hell und nackt. Die Hände über dem Kopf klatschten, als sie die Drehung beendete.

»Heiliger Guelfo!« flüsterte Strolch. Ihr Hinterteil war nackt! »*Tscha!*« flüsterte sie kehlig und schnellte herum. Wieder kam ein Bein hoch, stampfte auf, gefolgt von Klirren und Klatschen. »*Tscha!*« Stampfen, Klirren, Klatschen.

Das Tempo verdoppelte sich erneut. Der Vogel auf Strolchs Schoß zuckte. Und nicht nur der Vogel …

»*Tscha!*« Diesmal kam ein Klatscher mit nach vorne gestreckten Händen dazu, fast schon über dem Bettrand. Stampfen, Klirren, Klatschen oben. Ansatzlos sprang sie hoch und ließ beide Füße laut aufprallen. »*Tscha!*« Nun war es schon mehr ein Ruf denn ein Flüstern. Klatschen vorne, Stampfen, Klirren, Klatschen oben. Mit einem Sprung war sie links von seinem Bett und näherte sich mit hoch angehobenen Knien und Schritten, bei denen die Hüften Halbkreise vollführten.

Trug sie überhaupt Kleidung? Ihr Kopf war bloß bis auf den Zopf, ihre Schulter und ihre Hüften nackt. Waren das Blumenkränze über ihrem Oberkörper?

»*Tscha!*« Sie schlug sich laut klatschend seitlich auf die Hüften. Kurz konnte er ihre Zähne sehen. Hatte sie gelächelt? Der Tanz begann seine eigene Musik zu erschaffen. Klatschen vorne, Stampfen, Klirren, Klatschen oben, auf den Hüften. Strolch fühlte, wie etwas in ihm erwachte, etwas Urtümliches, von dem er noch nie auch nur gehört hatte. Seine Kehle war trocken und rauh und hatte das Bedürfnis zu knurren.

Noch einmal verdoppelte Kiaora den Takt zu einem entfesselten Ausbruch. »*Tscha!*« Klatschen vorne. »*Tscha!*« Stampfen. »*Tscha!*« Klirren. »*Tscha!*« Klatschen oben. »*Tscha!*« Auf den Hüften. »*Tscha!*« Auf dem Bauch. »*Tscha!*«

Mit einem Sprung war sie im Bett und kniete halb über seinen Beinen. Ihr Gesicht kam näher, bis in ihren Augen und ihrem Mund das Weiß glitzerte. »*Tschaaaaaaaa!*« stöhnte sie. Sie roch nach Palmöl, Blüten, Pech – und Blut.

Er hatte eben noch Zeit, den Dolch fallen zu lassen, da legte sich ihre linke Hand in seinen Nacken und zog seinen Kopf zurück. Mit der Rechten hob sie den Vogel hoch und führte ihn über Strolchs Gesicht. Etwas tropfte ihm warm und bitter in den Mund. Das Tier hatte keinen Kopf mehr!

Er wollte nicht ausweichen, aber gewiß auch nicht trinken. Ruckartig warf die Mangalierin den Vogel hinter sich, wo er hörbar gegen die Wand klatschte. Dann war ihr Mund an seinem. Beide Hände legten sich in seinen Nacken, und als sie sich auf seinen Beinen niederließ, beugte sie seinen Kopf unvermeidlich über ihren. Er fühlte ihre Zunge, die sich zwischen seine Lippen drängte. Sie saugte das Vogelblut aus seinem Mund.

Unerwartet waren seine Hände auf ihrem Gesäß. Seine Handflächen schienen in Flammen aufzugehen. Ihr Körper war heiß, schweißnaß und ölig. Sie warf den Kopf zurück und seufzte. Und was immer es war, das Kiaora in Strolch geweckt hatte, es wußte sehr genau, was es mit seinen Händen, seinen Armen, seinem Mund und seiner Zunge tun mußte – und mit ihrem Körper.

Es war noch finster, als Strolch erneut aufwachte. Kiaoras Oberschenkel lag auf seinem Bauch, ihr Kopf in seiner Halsbeuge. Er schmeckte Blut: das des Vogels, ihres, seines. Ihrer beider Haut klebte aneinander, als er sich bewegte. Sie war sofort wach.

»Wieder?« flüsterte sie. »*Noch* einmal, Barbar?«

»Nein«, lachte er. Seine Zunge war wund, die Kratzer auf den Schultern juckten, und seine Lenden waren wie Asche – aber er war noch nie so satt und zufrieden gewesen. »Nein, wirklich nicht.« Er küßte sie sanft auf die Stirn.

»Gut«, schnurrte sie und schmiegte sich noch fester an ihn.

»Was ist es?« kauderwelschte er leise, den Mund noch an ihrem Gesicht. »Was tanzt du vorher?«

Sie gähnte. Dann hob sie den Kopf und streichelte fasziniert Strolchs Brusthaare.

»Das war der Hochzeitstanz meiner mangalischen Vorfahren. Die mangalische Braut tanzt ihn, wenn sie nach dem Fest zu ihrem Mann in die Hütte steigt. Du hättest den Vogel selbst nehmen und mir aus deinem Mund zu trinken geben müssen. Aber es war gut so, wie es war.«

»Hochzeitstanz?« wiederholte Strolch das unbekannte Wort und stemmte sich ein wenig hoch. An seinem Rücken klebten Vogelfedern und zerquetschte Blüten. Er war sich über die Bedeutung des Wortes nicht ganz im klaren, aber der Zusammenhang war deutlich.

»Ich bin Mangalierin«, schnurrte sie wieder an seinem Ohr, »und ich bin Katauekin. Ich werde dir immer nur halb gehören.« Sie legte sich halb auf seine Brust und sah ihm in der ersten Dämmerung in die Augen.

»Die Mangalierin will bei dir liegen, seit du ihr die rote Koralle geschenkt hast. Aber sie ist stolz und darf sich nur einem Mann geben, der getötet oder eine große Tat vollbracht hat.« Sie streichelte über die kreuzförmige Narbe auf seinem linken Schulterblatt. »Da du deinen Schädel nicht rasierst und keinen Skalp genommen hast, mußte sie warten.« Sie lachte. »Aber einen katauekischen Gott, der tausend Männer erschlagen hat, tumbes blaues Trampel zu nennen, das ist ohne jeden Zweifel eine große Tat.« Sie küßte ihn. »Mein Blut brennt für dich. Jetzt und für immer. Mein Herz brennt für dich. Mein Leib brennt für dich. Nun, mein Leib nicht – für einige Stunden lang.« Nun lachten sie beide.

»Die Mangalierin«, sagte er. Er faßte nach dem getrockneten orangeroten Seepferdchen, das sie am Ohr trug.

»Die Katauekin kann dich nicht heiraten«, setzte sie fort. »Ich darf nicht einmal jemanden heiraten, der einer fremden Kaste angehört. Doch du gehörst überhaupt keiner Kaste an. Nach katauekischen Vorstellungen existierst du nicht.«

Er fühlte einen Stich im Herzen. Dann grinste er trotzig: »Ein Mann, der nicht existiert, war ich gut diese Nacht.«

»Ja«, sagte sie ernst. »Zu gut. Wenn eine Katauekin einer oberen Kaste bei einem Sklaven liegt, ist das ihre Sache. Aber wenn sie sein Kind trägt, sind sie alle in Schwierigkeiten, weil es dieses Kind nicht geben darf.« Sie küßte ihn nachdenklich. »Die Katauekin Kiaora näng Singua, Ehrenvoller Träger der Hand des Blauen Gottes, kann dir niemals gehören.«

Strolch streichelte über ihren kahlen Schädel und umfaßte sanft den Zopf. Sie legte den Kopf in den Nacken und seufzte wohlig. Er hatte sie in den Monden ihrer Wanderschaft einige Male dabei ertappt, wenn sie sich ihre mangalische Haartracht rasiert hatte, und es war ihr immer peinlich gewesen. Aber heute nacht, als er sie am Schopf gepackt hatte, hatte es ihr gefallen.

»Das ist die Mangalierin heute nacht?«

»Heute nacht«, seufzte sie, »und jede Nacht, solange dein Blut brennt.«

»Wenn das heute nacht die Mangalierin ist«, erwiderte er und faßte ihren Zopf noch fester, »dann ist die Mangalierin genug für den Barbaren.« Und beide spürten, wie ihr Blut wieder entflammte und heißer brannte, als ihre erschöpften Leiber es für möglich gehalten hatten.

Irrwege

In den Parkanlagen des refugiums, *am 4. Tag des Dürremondes, im 462. Jahr der Abwesenheit Gottes*

»Ich bin zu dämlich, ich begreife es nicht.« Strolch rang die Hände und deutete fahrig auf die Parkanlagen mit den Obelisken, auf die zwei Seen dahinter und auf das Kloster. »Was davon habt ihr nun angelegt und was nicht?«

»Du bist überhaupt nicht dämlich«, erwiderte *pater* Eugenio sanft. »Es *ist* ein Rätsel. Komm!« Er legte den Fliegenwedel beiseite und erhob sich. »Ich werde dir erzählen, was ich weiß.« Strolch folgte dem *pater.*

»Aionar hatte zu dem Heiligen gesprochen und ihm einen Anteil an seinem untrüglichen Scharfsinn gewährt. Es war der ausdrückliche Wille des Fleisch gewordenen Gottes, daß der Heilige die Antwort auf das *mysterium inevitabilis* niederlegte und aufbewahrte für die Zeit, wenn die Propheten erscheinen.«

»Die Antwort worauf?«

»Es ist *lingua dei.* Aionar redete in dieser Sprache mit den Hochheiligen, und bis heute sprechen seine Priester so miteinander. Der Begriff heißt ›das Unvermeidbare Geheimnis‹. Es ist die Frage, die jeder irgendwann stellen muß. Ich nehme an, daß es die Frage ist, wohin wir gehen.«

»Nach dem Tod?«

»Wenn es einen Tod gibt: ja.« Eugenio war ein liebenswürdiger Mann, aber manchmal, dachte Strolch, war er ziemlich versponnen. Die anderen zwei Greise und ihre zwei Schüler waren genauso. Der ganze Orden war liebenswürdig und versponnen.

Die beiden Männer folgten einem der schwarzen Irrwege, und falls der alte Mönch ein Ziel hatte, hätte es der verschlungene Pfad nicht verraten.

»Da das *mysterium inevitabilis* das ganze Leben enthält, kann man die Antwort darauf nicht einfach niederschreiben. Der Heilige und seine Jünger entdeckten dieses Tal und legten hier die Antwort nieder.« Er machte eine darbietende Geste. »Die Berge, die Wälder, das Kloster, die Wege, die Obelisken, der See gehören alle zu der Antwort.«

Strolch blickte auf das Gebäude und dann über die Anlagen. Das Kloster war ein einfaches Lehmbauwerk, das in der brütenden Schwüle des Fieberlandes Schutz bieten sollte. Die Erbauer hatten zur Kühlung eine Wasserrinne durch das Haus geleitet. Aber die Räume waren schmucklos, und vielerorts zerbröselten die Wände. »Der schwarze See«, versicherte sich der junge Weltreisende. »Und der weiße?«

Eugenio machte eine beschwichtigende Geste. »Hab Geduld. Der *ordo mysterii inevitabilis* gehört ebenfalls zu der Antwort. Wenn du in den Orden eintrittst, folgst du dem *pater*, der dich erwählte, und lebst in der Welt. Fünfhundert alte Meilen, so die

Ordensregel, müssen dich vom *refugium* trennen. Manche Brüder leben als Bettelmönche. Andere erlernen ein Handwerk. *Pater* Nazario etwa war Fliegenwedelflechter, also wurde das auch mein Broterwerb. Aber der Orden hat auch einige bedeutende Gelehrte hervorgebracht wie Childebert, der *De levitatis tempus* schrieb; es handelt von der Leichtigkeit des Wartens.«

Wie immer Strolch dreingesehen haben mochte, Eugenio lachte. »Muß dir nichts sagen. Im *scriptorium* liegt das zweihundert Jahre alte Original, und wenn es nicht bald jemand abschreibt, wird es zerfallen. Wie das Kloster zerfällt, wie unsere Körper zerfallen, wie alle Fragen zerfallen.«

»Ihr dürft also gar nicht alle in das Tal kommen? Deswegen sind hier nur so wenige Mönche?«

»Ja«, antwortete der *pater*, den es nicht einmal mehr störte, wenn die Fliegen auf seiner Glatze saßen und seinen Schweiß tranken. »Das *refugium* suchst du nur zweimal in deinem Leben auf. Wenn dein *pater* bereit ist, begleitest du ihn auf seinem letzten Weg. Während der letzten Monde seines Lebens hilfst du, die Anlage zu erhalten. Erstes Gebot ist, die Irrwege zu pflegen: Unkraut jäten, Bäume beschneiden, die ihre Äste darüber wachsen lassen, wo es nötig ist, das Pech erneuern oder die Randsteine wieder einebnen.«

Strolch bückte sich und betastete den Weg. Ja, diese Irrwege waren aufwendig. Über eine Meile weit rings um das Kloster erstreckten sich die geteerten Wege. Schaudernd erinnerte sich Strolch an seine Sklavenarbeit an der katauekischen Kriegsstraße. Allein das Pech aus dem schwarzen See zu holen mußte Tausende Läufe mit einem Eimer bedeutet haben.

»Was bedeuten die Obelisken?« Inmitten oder am Rande der Irrwege standen die vier Schritt großen Stelen mit den verschlungenen Mustern und den Runen am Fußsockel. Sie waren aus einem Gestein der gleichen Farbe wie jenes, das sie oben am Sattel … angegriffen hatte.

Eugenio lachte. »Komm weiter. Eine Geschichte braucht wie ein Leben einen Anfang und ein Ende. Die Antwort wartet immer am Ende des Weges.«

Sie bogen, dem Weg folgend, in spitzem Winkel ab. Nach weiteren zwanzig Schritt schlug sich der Mönch in die Büsche. Die Pfade waren stets nur einige Dutzend Schritt lang und endeten abrupt. Zwischen den einzelnen Abschnitten lag ungepflegter Urwald, obwohl man da und dort Trampelpfade entdecken konnte. Einem solchen folgten sie nun bis zum benachbarten Irrweg. Kiaora und Strolch hatten Stunden verbracht, den Wegen zu folgen, in Spiralen, im Zickzack und in spitzen Winkeln, mit dem Ehrgeiz, im Urwald nicht die Orientierung zu verlieren und eine generelle Marschrichtung einzuhalten. Zweimal hatten sie ein Gebiet erreicht, wo es schien, daß keine weiteren Pfade mehr folgten, aber sicher waren sie nach dem stundenlangen Hin und Her nicht gewesen.

»Als ich zurückkehrte«, erzählte Eugenio weiter, während er sich durch das Unterholz schlängelte, »stellte ich fest, daß ein Bruder den Weg auf den *Affnirkünguacki* und ins Tal herunter befestigt hatte; vermutlich jemand, der sich mit Holzbearbeitung auskannte. Die Pforte ist in recht gutem Zustand ...«

»Was ist mit dem *Recknirwurgr*?« unterbrach ihn Strolch.

Eugenio antwortete erst, als sie den nächsten Pfad erreichten. »Ich sagte dir schon bei eurer Ankunft, daß der *Recknirwurgr* die Art ist, wie die Pforte angelegt wurde, damit kein Bewaffneter in das Tal eindringen kann. Ihr habt sicher einen schrecklichen Steinschlag erlebt ...«

»Nein«, protestierte Strolch, »das war kein gewöhnlicher Steinschlag. Die Steine rollten direkt auf ihn zu.«

»Auf euren Fünfarm?« meinte der Mönch nachdenklich. »Ja, *den* hätte ich auch nicht für möglich gehalten.« Ansatzlos kehrte er zu seinen vorigen Überlegungen zurück. »Der rechte Flügel des Klosters bräuchte einen guten Ziegler. Vor dreißig Jahren hat ein alter *pater* einen erwähnt. Vielleicht hat sich das Handwerk im Orden gehalten. Ich kann nur die Bastmatten am Dach erneuern. Neue Mauern aufziegeln – davon verstehe ich zu wenig.«

»Du kennst die anderen Ordensmitglieder gar nicht?«

»Nein«, lachte ihn Eugenio an, »natürlich nicht. Du kennst nur die, die du während deiner zwei Aufenthalte triffst. Ich war damals etwa acht Monde im Tal, bis *pater* Nazario in den schwarzen See ging. In der Zeit lernte ich vier *patres* und ihre Schüler kennen. Einen traf ich wieder; er ging zu Jahresanfang in den See. Du hast dein Messer dabei, Junge?« fragte er, als er sich wieder ins Dickicht drängte. »Das ist noch immer ein goldwangischer *Wuchrihain,* und hier gibt es sicher Leoparden, Giftschlangen und kampflustige Affen.«

Strolch nickte. Vorsicht war sein ständiger Begleiter – so wie die Angst. Sie hatten zwischen Gautamar, Andhakleia und der Zuflucht oft zwischen Raubtieren übernachtet. Und auch in den Ginkgohainen Serkan Kataus hatte es bisweilen gefährliche Tiere gegeben. Und während all der Zeit hatte ihn etwas gejagt, was viel schlimmer war als jedes Raubtier: zunächst ein leibhaftiger Gott und dann eine Truppe, der sogar dieser Gott entkommen wollte.

»Warum hast du keinen Nachfolger?« fragte Strolch zwei Pfade weiter.

»Ich hatte einen lieben Jungen gefunden. Aber er kam bei dem Erdbeben vor drei Jahren ums Leben.«

Strolch versuchte zu erraten, ob Eugenio traurig war. »Stört dich das nicht?«

»Es ist eine Katastrophe«, bestätigte Eugenio mit seinem unerschütterlichen Lächeln. »Ein schwerer Bruch der Ordensregel. Der *ordo mysterii inevitabilis* läuft Gefahr auszusterben.« Auch das sagte er, während er sich durch das Unterholz drückte. Erdbeben und undichte Dächer, Götter und bröckelnde Mauern, unheimliche Steinschläge und Unkraut, hoffnungslose Liebe, ein Orden, der nach Jahrhunderten ausstarb, und die geheimnisvollen paradiesischen Zustände in der Zuflucht, die er selbst nicht kannte – ihn schien alles gleich wenig zu beunruhigen. »Ich habe nur zwei Möglichkeiten. Entweder ich weise einen der angehenden *patres* hier an, zwei Schüler auszubilden.«

»Oder?« fragte Strolch, als sie wieder ins Freie traten.

»Oder«, strahlte ihn Eugenio an, »ich finde in meinen letzten Lebenswochen hier im *refugium* einen geeigneten jungen Mann, der meine Nachfolge antritt.«

Fechtkampf

In den Parkanlagen des refugiums, *in den folgenden Tagen*

»*Eine* Waffe?« grölte der *Fang*. »Da lohnt sich das Kämpfen doch nicht!« Er stand da mit einem mannslangen Holzstab, der in seinen Händen wie ein Schlagstock wirkte.

»Du sollst sie ja auch nicht verhackstücken wie eine katauekische Truppe«, rang Strolch die Arme, »sondern ihr Fechten beibringen.« Kiaora verstand nicht den ganzen Satz, der zu viel merkantilische Umgangssprache enthielt, aber sie wußte, was der Mann meinte. Ihr Mann.

»Meinen Kampfstil verfeinern«, korrigierte ihn Kiaora mit einem funkelnden Blick, »dabei soll mir der grenzenlos ehrwürdige *Fang* helfen.« Den Umgang mit dem Säbelschwert hatte sie nun wirklich bereits ihr höchstehrwürdiger Vater, sein höchstehrwürdiger Vetter und die Lehrer der *Kammer der Nautik* gelehrt.

»Gut«, bellte der Blaue Gott, »Fünfarm verfeinert!« Er holte mit zwei rechten Armen aus und ließ den Kampfstab auch schon in einem pfeifenden Hieb herabfahren. Strolch schrie auf, aber Kiaora sprang zurück. Irgendwie gelang es ihr, das Säbelschwert in die tödliche Bahn zu stoßen, und obwohl sie den Aufprall bis in die Ellbogen fühlte, wurde der Schlag um Haaresbreite abgelenkt.

Fünfarm ließ die Waffe am Ende des Schwunges so schnell in die gegenüberliegenden Hände wechseln, daß Kiaoras Augen kaum folgen konnten. Dann kam der nächste schräge Hieb herab, begleitet von einem gewaltigen Schritt vorwärts. Holzspäne flogen, als Kiaora zu parieren versuchte, aber vor allem war sie auf dem Rückzug. Sie konnte kaum so schnell rückwärts springen, wie der *Fang* ihr nachsetzte.

Wieder wechselte Fünfarm. Der dritte Hieb traf das Säbelschwert und schmetterte es gellend aus Kiaoras ertaubenden Fingern. Ansatzlos hob Fünfarm den Kampfstab über den Kopf und griff auch mit zwei linken Händen danach.

»Nein!« schrie Strolch. Da blitzte der Hieb bereits herab. Die Nautikerin hatte ihr Gesicht dem Schlag staunend entgegengehoben. Das Pfeifen des Schlages erreichte erst ihr Ohr, als ihr Auge das Unvorstellbare sah: Fünfarms Stab verharrte direkt über ihrem Scheitel. Sie konnte die Kühle des Holzes fühlen und eine Schweißperle, die ihre Stirn herabperlte.

»Beim Schwert des heiligen Malachias!« fauchte Strolch, Empörung und Erleichterung zugleich Luft verschaffend. »Du sollst sie nicht zertrümmern. Du mußt deine Kraft anpassen.«

»Anpassen?« echote der Gott mit dröhnendem Spott. Eine seiner Hände legte sich blitzschnell hintereinander auf seine Waffenarme und dann auf Kiaoras Oberarm. Die Berührung war fast wie ein Schlag. »Wie soll Fünfarm das hier dem hier anpassen?«

Strolch warf einen argwöhnischen Blick auf die Stelle, wo der *Fang* Kiaora berührte. Er war so beschützend geworden. Lag es daran, daß er sie Nacht für Nacht in den Armen hielt? Oder ahnte er – nicht mit dem männlichen Verstand, der nie verstehen würde, sondern mit seinem Blut –, warum Kiaoras Formen weiblicher wirkten? Daß dies nicht nur an den üppigen Früchten an den Bäumen der Zuflucht lag, die gleichzeitig Blüten und Früchte trugen?

Sie würde nicht mehr lange üben können. »Laß nur, *Strolk*«, sagte die junge Mangalierin mit gepreßtem Atem. »Ich denke, wir werden klarkommen.«

Der Jungbrunnen

In den Parkanlagen des refugiums, *Fest der Entrückung Gottes, am 1. Tag des Hitzemondes im 462. Jahr der Abwesenheit Gottes*

»Warum mußt du gehen?« Strolch versuchte so gleichmütig zu klingen wie sein Gegenüber, aber er fühlte sich überhaupt nicht gleichmütig. Der Pechgeruch war kopfschmerzerregend.

»Weil ich einen ganzen Lebensweg gegangen bin«, antwortete *pater* Eugenio lächelnd, »damit das hier meine letzten hundert

Schritt sind.« Er deutete auf den Damm, der hinaus in den schwarzen Teersumpf führte.

»Du folgst dem Vorbild eines Mannes, von dem du nicht einmal den Namen kennst.«

»Keiner kennt den Namen des Heiligen. Obwohl er vom Himmel herabgestiegen war, war er so bescheiden, daß er seinen Jüngern verbot, ihn auch nur mit seinem Namen anzusprechen.« Er griff nach dem Amulett mit der Rune um seinen faltigen Hals. »Aber es ist nicht sein Vorbild, dem ich folge. Ich folge dem Vorbild *pater* Nazarios, der der weiseste Mann war, den ich in meinem bescheidenen Leben traf. Und *pater* Nazario folgte dem Vorbild *pater* Jucundos. Und der wiederum ... Ich habe die ganze Liste im Kopf. Ich habe sie im *scriptorium* auf einem Pergament hinterlassen, weil sie mit mir endet. Verstehst du die Größe dieser Tradition?«

»Nein«, sagte Strolch leise.

»Auch deine Ahnen, lieber Junge, haben für dich gepflanzt und gesät, ehe sie dich kannten.«

»Haben sie nicht«, widersprach der Gassenjunge bitter, »ich war ein Unglück, das einem besoffenen Schauermann im Hafen von Maganta widerfuhr. Meine Mutter konnte nicht einmal sagen, wer mein Vater war. Für mich hat nie jemand gepflanzt und gesät.«

Der alte Mönch lächelte. »Komm her, Mädchen«, winkte er dann Kiaora heran. Als sie neben Strolch trat, nahm er, wie es seine Art war, einfach die Hand des jungen Mannes und legte sie auf den Bauch der Nautikerin. »Strolch, mein lieber Junge, du weißt am besten, welches Vergnügen du hattest, als du dieses Kind gemacht hast.« Seine Augen blitzten unvermutet. »Wir alle wissen, welches Vergnügen du hattest ...«

»Ihr habt uns gehört?« schnappte Strolch nach Luft.

»Du kennst doch die Lehmwände des Klosters und die großen Fenster. Es war ein Vergnügen, euch zu hören, Nacht für Nacht. Ich habe nicht so viel erlebt wie du, Junge. Aber ich habe mich gern erinnert.«

Strolch blickte zu Kiaora und legte den zweiten Arm um sie.

Sie war rot geworden wie ein katauekischer Truthahn und schaute ihn verliebt an.

»Mein lieber Junge, denkst du ernsthaft, dein Vater hätte nicht das gleiche Vergnügen empfunden, als er dich machte? Ob er nun ein besoffener Schauermann war oder ein Ritter, der deine Mutter tröstete?« Er zwinkerte. »Das ist der Vorteil, wenn man seinen Vater nicht kennt. Es könnte immer der König von Kurjameos gewesen sein.«

Strolch lachte über die absurde Vorstellung, aber als er Kiaoras Blick begegnete, fühlte er sich für einen Augenblick wie der Erbprinz von Kurjameos.

»Kind wird auch König«, sagte Kiaora in ihrem wundervollen Akzent.

»Jeder Mensch, meine Lieben, ist ein einzigartiges Wunder. Nur sind sie so zahlreich, nur ist die Welt so überfüllt mit diesen Wundern, daß wir sie leicht übersehen, sie geringschätzen, bis wir sie vergessen.«

Eugenio wandte den Kopf und blickte zu Fünfarm, der, noch hinter den anderen Mönchen, so nahe am Ufer des Sumpfes stand, wie es sein Gewicht erlaubte.

»Und was euren Fünfarm angeht: ganz zweifellos ist *er* ein einzigartiges Wunder. Es tut mir sehr leid, daß wir euch nicht die Antwort geben konnten, für die ihr so unvorstellbar weit gereist seid. Wir hüten eine andere Antwort. Und die Unsterblichkeit, nach der wir streben, ist eine andere als seine.«

»Du bist der weiseste Mann, den *ich* in meinem bescheidenen Leben traf«, stieß Strolch rauh hervor. Für einen Augenblick strahlte *pater* Eugenios Gesicht.

»Weisheit, schreibt Childebert in der *De levitatis tempus,* bewahrt einen vor Situationen, in denen man sie braucht.« Er griff nach seinem Nacken und zog das Amulett über den Kopf.

»Ich wollte das eigentlich nicht tun. Ich wollte dich nicht mit meinem Lebensweg belasten. Du hast dieses Kind, du hast diese Frau, du hast diesen lebenden ... Götzen. Du hast genug zu tun. Der *ordo mysterii inevitabilis* wird einen Ersatz für mich finden. Also kann er auch einen Ersatz für dieses Amulett finden, das Nazario mir gab und Jucundo Nazario. Du weißt, wo die Liste liegt.«

Er bot Strolch das Amulett auf der Handfläche an. Auf dem Stein, der die gleiche Farbe hatte wie alle Steine der Gegend, war die Rune zu sehen.

»Ich verstehe nicht«, setzte der Mönch fort, »warum ihr das *refugium* gefunden habt. Soweit ich weiß, hat nie ein Ordensfremder das Tal entdeckt. Aber ich weiß nicht viel – wir führen keine Chroniken. Wir sind ein geheimer Orden, wir hinterlassen möglichst keine Spuren.«

Pater Eugenios Blick wurde ernst, ohne daß sein Lächeln wich. »Es geschehen merkwürdige Dinge – hier im *refugium* und draußen in der Welt. Diese Zuflucht beginnt ein verborgenes Paradies zu werden: mit unerschöpflicher Nahrung, mit diesem zweiten See mit dem weißen Wasser, von dem keiner weiß, woher er kommt, mit einem unheimlichen Wächter in den Bergen, mit merkwürdigen Besuchern. Ich wollte schon zum Fest der Segel in den See gehen. Aber ich habe es auf diesen Feiertag verschoben, weil ich eine Antwort suchte.«

Sein Blick glitt zu dem See und von dort zum Himmel. »Die Propheten müssen gezeugt werden. Das ist eine alte Prophezeiung des Heiligen. Keiner weiß, was sie mit dem *mysterium inevitabilis* zu tun hat.«

Entschlossen sah er Strolch an. »Wie ich auf eine andere Frage sagte: Es ist den Versuch wert. Vielleicht kannst du die Antwort finden. Ich werde dir mit diesem Runenstein, wenn du ihn nimmst« – seine Augen fielen nachdrücklich auf seine Handfläche, die er schon so lange offen darbot –, »den Schlüssel zum *mysterium inevitabilis* geben. Ich kann dich nicht überzeugen, dem Orden beizutreten. Ich kann dir nicht all das beibringen, was du nach den Ordensregeln wissen müßtest. Mein Körper läßt mir nicht mehr die Zeit dazu.«

So ein liebenswürdiger Mann, dachte Strolch, und so versponnen. »Nun gut«, sagte er dann laut, »wenn es nichts kostet, nehme ich ihn.« Er ließ die Hand von Kiaoras Bauch sinken. »Was bedeutet die Rune?«

»Oh, mein lieber Junge, es kostet. Nichts auf der Welt ist kostenlos. Diese Rune ist Teil der vergessenen Vivo-Schrift. Es ist ein *W*. Vermutlich steht es auf den Amuletten und Wegweisern für *Weg*. Wir wissen auch nicht sehr viel mehr darüber. Aber wir wissen, daß es im Herzen der Kirche Aionars jemanden gibt, der die Vivo-Schrift jagt wie einen Schatz. Wir haben den Orden geheimgehalten, damit uns die Roten Mönche nicht aufspüren, und die Zuflucht gebaut, damit die Roten Ritter uns nicht erreichen können. Wir sind, auch wenn wir Teil der Kirche Aionars sind, ihr Feind.«

»Tücke!« zischte Strolch zwischen zusammengebissenen Zähnen. »Und du sagst, man kann mit diesen Runen das große, letzte Geheimnis entschlüsseln, vor dem sowieso jeder irgendwann steht?«

»So sagt es unsere Tradition.«

Mit spitzen Fingern griff der junge Abenteurer nach dem Stein und drehte ihn um – sorgfältig klarmachend, daß er noch immer in Eugenios faltiger Hand lag, die inzwischen zitterte. Auf der Rückseite des Steines war ein Gesicht eingraviert, aus dessen Haupt und Mund Strahlen drangen.

»Was ist das?« fragte Strolch mißtrauisch.

»Aionar«, sagte *pater* Eugenio, als wäre die Antwort allgemein bekannt, »der Abwesende Gott.«

Strolch blickte nochmals zu Kiaora an seiner Seite. Doch er konnte auf ihrem wunderschönen, fremdartigen Gesicht keine Antwort lesen.

»Na gut«, sagte er und griff zu. »Was soll's? Die Roten Ritter sind ohnehin schon hinter uns her.«

Sie blickten *pater* Eugenio nach, der langsam hinaus auf den Damm schritt, in den Händen den kopfgroßen Grabstein mit dem eigenen Namen. Am Ufer wuchsen in dem schwarzen Schlamm noch da und dort einige zähe Binsen und Schwefelgräser, aber weiter draußen hörte jede Vegetation auf.

»Du gehst hierher«, radebrechte Strolch, »bevor du machst Hochzeitstanz für mich?«

»Ja«, sagte Kiaora feierlich, »ich tauchte hier die Pechfackeln ein.«

»Und wie ist, wenn du steigst in Pech mit Fuß?«

»Du bist doch selbst darauf gekommen, weil du meine Stiefel sahst. Pech klebt wie nichts sonst.«

»Und da springt er hinein ...«

Inzwischen hatte der alte Mönch fast das Ende des Dammes erreicht. Er suchte, bis er eine Stelle für den Grabstein fand. Es mußten weit über tausend sein, die da schon lagen.

»Der Tod lächelt uns alle an«, zitierte Strolch einen Satz in der *lingua dei*, den ihm Eugenio beigebracht hatte. »Alles, was wir tun können, ist zurücklächeln.«

Der alte Mann taumelte, als er an den Rand des Dammes trat. Die Ausdünstungen des Pechsumpfes mußten ihn schon halb betäubt haben.

Strolch fühlte Kiaoras Hand an seinem Arm. »Ich sehe mir das nicht bis zum Ende an.«

Pater Eugenio sprang einen Schritt tief. Aber er versank nicht. Statt dessen stampfte er vorwärts. Seine Füße wurden schwarze Klumpen. Zwei Schritte, drei, vier. Dann strauchelte er und fiel auf den Bauch. Er stemmte sich noch einmal hoch, aber sein Körper klebte fest. Zweimal brachte er die Hände hoch, dann begann die linke einzusinken.

»*Jüngweihir*«, murmelte Strolch. »Jungbrunnen. *Gingaling!*«

Prophezeiungen

Auf dem Dach des Klosters, kurz nach dem Fest der Rückkehr des Lichtes, im Wolkenmond, im 463. Jahr der Abwesenheit Gottes, ein halbes Jahr später

»Wann gehen wir die Sechsarmigen suchen, Aschenfurzer?« Strolch schreckte von der Arbeit auf dem Dach des Klosters hoch. Fünfarms Fratze war unmittelbar neben den Palmwedeln aufgetaucht, mit denen Strolch das Dach erneuerte.

»Esanuk ist schrecklich weit weg«, sagte der junge Weltreisende ausweichend und versuchte vergeblich, dem starren Blick des *Fangs* standzuhalten.

»Nicht so weit wie Serkan Katau, Schnarchsack!« kam röhrend die Antwort. Tücke, das waren Strolchs eigene Erklärungen, die Fünfarm da wiedergab.

»Die Regenzeit ...«, stammelte er und blickte zum Himmel. Wolkenmond – kein Zweifel. Weithin ballten sich die regenschweren Schläuche zusammen. Es konnte nur noch Tage dauern, bis die Wolken brechen würden. Dann mußte das Dach dicht sein. Wenn Kiaora den Tag der Niederkunft erreichte, sollte sie sich geborgen fühlen.

Der junge Abenteurer ließ den Blick über die Parkanlagen schweifen. Seit *pater* Eugenios Tod hatte er sich um das alte Gebäude gekümmert. Als die nächsten *patres* mit ihren Nachfolgern eingetroffen waren, hatte Strolch befürchtet, als Eindringling behandelt oder gar vertrieben zu werden. Doch die meisten Mönche gingen wie selbstverständlich davon aus, daß er ein Schüler war, der nach dem Tod seines Lehrers noch einige Wochen blieb. Oft verstrichen Tage gemeinsamer Mahlzeiten und Arbeit, ehe überhaupt zur Sprache kam, warum Strolch nie eine Kutte trug. Und kein Angehöriger des *ordo mysterii inevitabilis* erhob Einwände dagegen, daß er mithalf, das verfallende Kloster instand zu setzen. Selbst die Anwesenheit des *Fangs* hatten die Greise mit den Runenamuletten stets mit demselben Gleichmut akzeptiert, mit dem auch *pater* Eugenio ihn aufgenommen hatte.

»Wann gehen wir, Wedeltreter?« brach es donnernd durch seine Gedanken. Ja, der Blaue Gott war das einzige Problem. Strolch wand sich und ließ nervös den Blick umherwandern: die blühenden Hecken von Hibiskus und Jasmin, zwischen denen Kiaora und er so gern spazierengingen; die Ameisenakazien, in deren Schatten sie sich so oft zurückgezogen hatten; die Palmen und Bäume mit ihrem niemals versiegenden Mahl reifer Datteln und frischen Affenbrotes. Sie hatten hier alles, was sie brauchten.

»Fünfarm«, setzte Strolch zu einer Antwort an, »wir können noch nicht gehen ...« Was sollte er sagen? *Pater* Eugenio hatte eingestanden, daß er dem Blauen Gott keine Antwort geben könne und daß ihre Unsterblichkeit eine andere sei als seine. Aber der junge Weltreisende wollte die Zuflucht nicht verlassen.

Strolch erblickte vom Dach aus Kiaora, die ins Freie getreten war. Sie ging mit leicht watschelnden Bewegungen über die Wiese, mit kugelrundem Bauch – und dennoch konnte der junge Mann die Augen nicht von ihr lassen. Meine ... Frau, dachte er.

Ohne auf ihn zu achten, wanderte die Mangalierin auf die Bäume zu. Wo ging sie hin? Strolch dachte an das Gespräch zwischen Kiaora und Fünfarm, das er in jenem Wäldchen belauscht hatte. Sie hatte sich für ihn interessiert. Sie hatte gewagt, den *Fang* anzusprechen, um mehr über *Strolk* zu erfahren. Und sie hatte in ihrer ersten gemeinsamen Nacht gestanden, daß sie ihn damals schon seit langem geliebt habe.

Kiaora verschwand im Wald, ihren Tornister am Rücken, das Schwert griffbereit. Eine seltsame Wehmut ergriff Strolch. Sie war so wild, so stolz und unabhängig. Ich werde dir immer nur halb gehören, hatte sie gesagt. Ging sie in das Waldstück, wo sie seine Liebeserklärung auf Merkantilo für eine Anspielung auf Carissimos Namen gehalten hatte? Was konnte er tun, damit sie ihn niemals verließ?

»Warum nicht, Schorfnase?«

Weil an diesem Ort immer Blütenmond und Erntemond zugleich ist, dachte Strolch. Aber das konnte er nicht sagen. Fünfarm wäre womöglich imstande, das ganze Tal zu zerstören, damit sie weiterzogen; er hatte eine erschreckend zielsichere Art zu denken – wenn er es denn überhaupt tat.

Strolchs Blick fiel auf die einfache Wiege, die er vor dem Haus zu zimmern begonnen hatte. Sein Sohn – sein Kind, wie ihn Kiaora immer zurechtwies – sollte anders in diese Welt treten als er. Über ihnen lag der Himmel, dessen dunkles Blau, wo es nicht von Wolken verdeckt war, von grauem Zwielicht getrübt wurde. Das war keine schöne Welt da draußen. Dieses *refugium* war der beste Ort, den er seinem Kind schenken konnte. Und Kiaora. Und sich selbst.

»Das Kind«, murmelte der junge Mann. Von hier oben konnte man hinter den Affenbrotbäumen die zwei Seen sehen: den schwarzen, in dessen Pech Eugenio gestorben war, und der weiße, dessen milchiges Wasser, ja dessen Existenz keiner der Mönche erklären konnte. »Das Kind muß hier geboren werden. Und es braucht wenigstens einige Monate ...«

»Was soll Fünfarm mit dem Kind?« Die Frage klang überhaupt nicht bösartig, obwohl sie über das Dach dröhnte wie alles, was der Blaue Gott von sich gab. Doch die fünf Hände, die auf die Dachkante klatschten, wirkten sehr wohl bedrohlich.

»Das *mysterium inevitabilis*«, stotterte Strolch, der wieder die Angst in sich emporsteigen fühlte. Aufkommender Wind trieb ihm den Geruch der Pechfackeln in die Nase, die sie anläßlich des Festes der Rückkehr des Lichts entzündet hatten. Oder kam der Geruch direkt vom Pechsee?

»Die Propheten müssen gezeugt werden«, stieß er hervor, einer Erinnerung folgend. »Das ist eine alte Prophezeiung des Heiligen. Hat *pater* Eugenio gesagt.«

Strolch starrte in Fünfarms aufgerissene Augen und schämte sich. Das war es nicht gewesen, was der Mönch ihm hinterlassen hatte. Der alte Fliegenwedelflechter mochte etwas verrückt gewesen sein – aber er war ein heiliger Mann gewesen.

»Und du hast mit der Schifferschlampe, zu der Fünfarm nicht Schifferschlampe sagen darf, einen Propheten gezeugt, der Fünfarm helfen wird, Sackpfeifer?«

Bei allen Schandtaten des Buckligen, welches Unheil hatte er nun wieder entfesselt? *Pater* Eugenio hatte ihm vertraut. Aber sein Amulett lag irgendwo unten vor dem Haus zwischen Palmschneidemessern, Sägen und anderem Werkzeug. Und der Mönch selbst ruhte tief im Teer des schwarzen Sees.

»Ich weiß nicht«, wand der Magantäer sich. »Ich ... Keiner kann ...«

»Wir warten«, erklärte der Blaue Gott mit gefletschten Zähnen.

Die Mißgeburt

Vor dem refugium, *am 1. Tag des Sturmmondes,*
im 463. Jahr der Abwesenheit Gottes

»Darf Fünfarm es auch einmal haben, Gurkenrülpser?« grölte die Stimme eines Gottes. War es nur Strolchs väterlicher Stolz, oder lag tatsächlich etwas wie Wärme darin? Kiaora blickte zweifelnd zu Fünfarm empor, dann auf das Neugeborene, schließlich zu Strolch.

»Klar, alter Freund«, tönte Strolch vertrauensvoller, als er sich fühlte. Wenn Fünfarm nun einen seiner Tobsuchtsanfälle bekäme? Zögernd nahm der junge Vater seinen Sohn, noch zögernder ließ ihn die Mutter los. Strolch hob das Neugeborene empor und versuchte gleichzeitig, es mit seinen Armen zu stützen. Bei den Locken der heiligen Sarmantha, Strolch selbst wußte kaum, wie er dieses Menschlein halten sollte.

Fünfarms Pranken kamen daher wie Schöpfräder. Strolch fühlte, wie der Kleine seinem Griff entglitt. Aber da war eine seltsame Anmut in der verwirrenden Umschlingung dieser sechs Mastbäume und dieser fünf Pratzen, von denen eine einzelne ausgereicht hätte, das Kind zu halten. Strolch fühlte Wärme in seinem Herzen, als er die Ähnlichkeit mit Kiaoras Umarmung bemerkte, die so selbstverständlich geschienen hatte. Fünfarm hatte wieder gelernt ... Strolch fühlte, wie sich die Liebe zu seiner Frau mit dem Gemisch aus Respekt, Stolz, Bewunderung und Verachtung mengte, das er für den Blauen Gott empfand.

»Das war ja wohl ein Fehlschlag, Egelbeißer!« dröhnte der Koloß.

»Wieso? Was meinst du?« fragte Strolch.

»Ihr wolltet doch einen Menschen machen«, pöbelte Fünfarm vorwurfsvoll – obwohl es beinahe betroffen klang. Er hob das Kind mit zwei Pranken an Rücken und Gesäß hoch. Kiaora sprang instinktiv vor, die Arme erhoben. Fünfarms Hände griffen nach den Fäustchen und einem der Füßchen. Es war die gleiche Geste, mit der Kiaora gespielt hatte – und so unvorstellbar es war: die kleinen Hände umklammerten jeweils einen der mächtigen Finger.

»So was Mickriges«, bellte der Gott, »nicht mal eine Katze. Jeder Igel ist gesünder. Mit diesen alten Lappen kann er doch nicht laufen. Und mit diesen Stengeln kann er niemals kämpfen.«

Strolch und Kiaora blickten einander an. Beider Gesicht trug den gleichen Ausdruck aus Verblüffung und beleidigtem Stolz. Da fing Kiaora an zu lachen, und auch Strolch prustete los. Sie lachten, bis Kiaora der Zopf wirr ins Gesicht hing und Strolch vor Tränen nichts mehr sah.

»Aber Fünfarm, grenzenlos ehrwürdiger *Fang*«, rief Kiaora schließlich und wischte sich die Augen, »das ist ein Kind! Das wächst noch! Das wird einmal so groß ...« – ihr Blick fiel voll Liebe auf Strolch – »wie sein Vater.«

»Besser!« grölte der Blaue Gott. Mit einem seiner unverständlichen Handwechsel gelang es ihm, den Säugling zwischen einer Armbeuge und einer Hand zu bergen und gleichzeitig mit drei Händen Strolch hochzuheben, zwei an den Armen, eine am Hinterteil. »Aber der ist ja auch so mickrig. Und der kann auch nicht kämpfen.« Strolch glotzte fassungslos. Dann warf der Gott den Kopf in den Nacken und brüllte ein Lachen, das von den Affenbrotbäumen ringsum schallend zurückhallte.

Strolchs Herz raste noch immer vor Schreck, daß der Blaue Gott ihn einfach so hochgehoben hatte – wie damals, als er ihm das erste Mal gegenübergestanden hatte. Deswegen brauchte er, als Fünfarm ihn und das Kind absetzte, noch einige Momente, um zu verstehen.

»Ein Witz«, rief er dann. »Fünfarm hat einen Witz gemacht. Und er hat gelacht. Zum ersten Mal ...« Er wandte sich Kiaora zu, die den Säugling wieder in den Armen hielt und sich gesetzt hatte, und wechselte ins Katauekische: »Oft glaube ich, Fünfarm ist einfach zu dumm zu sterben.« Strolchs Gesicht lachte noch, aber seine Augen wurden starr. Fünfarm verstand jede Sprache. Jetzt war er zu weit gegangen. Gleich würde ...

»Ja, Beutelgrübler!« kam donnernd die Antwort von oben. »Fünfarm ist zu dumm. Strolch weiß viel mehr. Strolch weiß, wie man lacht. Strolch weiß, wie man schläft. Strolch weiß, wie man hungert. Strolch weiß, wie man fühlt. Strolch weiß, wie man Schmerzen hat. Strolch weiß, wie man stirbt.« Der Blaue Gott hatte noch nie so viel gesprochen. Da war keine Ironie und kein Humor in seinen laut schmetternden Sätzen.

Der junge Mann fühlte, wie ihm das Herz aufging. Er griff nach seiner Brust. Wie lange hatte dort die Hand des Blauen Gottes gehangen? So oft hatte er sie in seinen einsamen Nächten betrachtet. Sie war zunächst seine Beute gewesen, dann seine Trophäe, die er gegen Rivalen verteidigt hatte, später ein Erinnerungsstück an Erlebnisse, die ihm zunehmend unvorstellbar wurden. Und dann, irgendwann in den Monden beim *Theatro*, hatte er erstmals die feinen Linien dieser blauen Pranke gesehen. Dies, hatte er gedacht, ist die Hand meines Freundes!

»Fünfarm, ich muß dir etwas sagen.«

»Sag, Worthamster!«

»Kiaora«, meinte er halblaut, »kannst du mit dem Kind ...«

»Ich muß mich ohnehin wieder ein wenig hinlegen.« Sie stand auf und ging zurück ins Kloster. Sie war so tapfer gewesen bei der Geburt, mit niemand als zwei alten Mönchen und einem überforderten Mann an ihrer Seite.

»Fünfarm«, begann er und geriet ins Stocken. Dann zog er sich das Hemd über den Kopf und zeigte auf seine Brust. »Fünfarm, ich habe deine Hand verloren.« Der Blaue Gott glotzte. »Schon in Gautamar ... als wir fliehen mußten. Vielleicht liegt sie noch im grünen Wagen, vielleicht hat sie der Rote Orden, vielleicht nimmt sie dieser unsägliche Carissimo als Requisite.«

Strolch hatte sich vor diesem Schweigen gefürchtet – vor der Angst, was danach käme. »Jedenfalls ist sie weg. Ich habe dein Vertrauen enttäuscht. Ich ... Mach, was du willst.«

»Fünfarms Hand wird nicht anwachsen, Pökelwurm.« Es war eine Feststellung, oder? Hatte er es längst gewußt? Vielleicht fühlte er, wo seine Hand war. In Serkan Katau hatte er ihn binnen weniger Wochen gefunden, obwohl Strolch den größten Strom der Welt zwischen sich und ihn gebracht hatte. Der Blaue Gott stand wieder einmal breitbeinig wie eine Statue da.

Strolch setzte sich an die Feuerstelle, über der sie die Tücher für die Geburt ausgekocht hatten, und stocherte in der Asche.

»Du bist auch gewachsen, Stummelkopf?« Die Stimme des Blauen Gottes war rüde wie immer, aber Strolch ahnte etwas Weiches, das er bei diesem Ungeheuer einige wenige Male gehört hatte – und erst in den letzten Monden.

»Du meinst, ob ich auch einmal ein Säugling war?« fragte Strolch und kratzte sich am Bart.

»Weiß ich nicht«, grollte Fünfarm. »Warst du auch mal so eine Jammergestalt?«

»Ja!«, lachte er. »Jeder kommt so zur Welt.«

»Deine Segelbraut auch?«

»Ja!«

»Und die rotgesichtige Wedelpriesterin?«

»Ja! Natürlich. Alle.«

»Und die Blechgimpel?«

»Alle, Fünfarm!« Strolch schüttelte den Kopf vor Staunen über so viel ... Staunen? »Jeder Mensch, jedes Tier, jede Pflanze. Das gibt's doch nicht, daß du das nicht weißt.«

»Die Fische, die ihr eßt, auch«, knurrte der Blaue Gott, und fast klang etwas wie Ehrfurcht mit. »Und darum hast du auch gesagt, daß aus den Früchten Bäume werden.«

»Ja, freilich. Das ist ...«, Strolch suchte nach Worten, »ich weiß nicht: das Leben? So ist es einfach, so war es immer, so wird es immer sein – glaube ich.«

»Und ich?« fragte der Blaue Gott.

Strolch scharrte mit einem Stock in der Asche des Lagerfeuers. Irgend etwas an den Fragen des Gottes beunruhigte und berührte ihn zutiefst.

Das schwere Knirschen vor ihm machte ihm klar, daß er der Frage nicht entkommen konnte – so wie er dem Blauen Gott noch nie entkommen war. Er blickte hoch. Ein nackter blauer Riesenfuß, mit Zehenring und Kette geschmückt, stand mitten in der weißen Asche. Kohlestückchen waren diesem Fuß gleichgültig.

»Fünfarm ist kein Mensch«, dröhnte die Stimme von oben herab. Aber es war keine Feststellung. Fünfarms Feststellungen hatten üblicherweise genug Kraft, um einen Menschen an die Wand zu fegen.

»Nein«, sagte Strolch und hob den Kopf. Die Nachmittagssonne schien ihm glänzend ins Gesicht, ohne ihn zu blenden. Die Fratze des Blauen Gottes war von einem Sonnenkranz umgeben.

»Nein«, lachte Strolch nun wieder, »wirklich nicht. Schau dich an.« Tatsächlich blickte Fünfarm an sich herab. Seine rollenden Augen strichen über seine Beine, den Gürtel um seinen Bauch, seine mächtige Brust – und verharrten dann auf fünf Händen, die sich in einer seltsam menschlichen Geste hoben und öffneten.

»Fünfarm ist kein Tier.« Diesmal war es schon eher eine Feststellung.

»Nein«, sagte Strolch entschieden, »Tiere können nicht sprechen. Und einem Tier wäre ich entkommen.« Er versuchte zu lachen, aber ein Blick auf Fünfarms aufragende Hauer ließ ihn verstummen. Wieder stocherte er in den Resten der Feuerstelle herum.

»Fünfarm ist keine Pflanze«, erklang es kampflustig. Eine Feststellung.

»Nein!«

Strolch sah den Schatten, ehe er begriff. Ruckartig beugte sich Fünfarm herab, packte mit fünf Pranken zugleich zu und riß den jungen Mann hoch. Schlagartig fühlte Strolch wieder die Panik: so nahe war er dem Göttermaul gewesen, als Fünfarm ihn eingeholt hatte.

»Bei den unflätigen Götzen vom Rand der Welt!« brüllte Fünfarm. Eine Dampfwolke versengte Strolchs Bart. Seine Ohren dröhnten wie von einem Schlag, und es war sein Körper, der die Frage hörte: »Was ist Fünfarm dann?«

Shantanro

Vor dem refugium, *mitten im Hitzemond,*
im 464. Jahr der Abwesenheit Gottes, anderthalb Jahre später

Kiaora zuckte aus dem Schlaf. Sie war wohl eingedöst, nachdem sie sich unter den Sonnenschutz zurückgezogen hatte. Vom rechten Flügel des Klosters hörte man das rhythmische Ächzen der Männer, die sich die Lehmziegel zuwarfen. Strolch hatte nach all der Zeit in den beiden Mönchen aus Leonien endlich zwei Männer gefunden, die mit ihm die Mauern erneuerten. Und natürlich Shantanro. Der Kleine hatte vorhin bis zu den Ellbogen in der Lehmwanne gesteckt, in der die Männer die neuen Ziegel formten. Den Rest erledigte die Hitze des Fieberlandes.

Die junge Mangalierin stand auf und streckte sich wie eine Katze, ehe sie zu der Baustelle ging. Schlaf war kostbar geworden. Sie hatte als Nautikerin gelernt, mit wenig Schlaf auszukommen, aber keine Nauke war so anspruchsvoll wie der kleine Schreihals. Seit sie ihm nicht mehr die Brust gab, hatte er angefangen, frech zu werden. Und wenn er sich nicht durchsetzte, brüllte er. Niemand, da waren sich auch die Mönche einig, hatte je ein Kind mit einer derart lauten Stimme gehört.

Der rechte Flügel sah erschreckend aus. Strolch und der junge Leonier hatten vier Räume einfach weggerissen, darunter auch das Zimmer, in dem er und Kiaora das Kind gezeugt hatten.

»Gut geschlafen, Vogelbraut?« rief der junge Magantäer gutgelaunt und verharrte in der Bewegung, den nächsten Ziegel zu dem Leonier hochzuwerfen. Er hatte an den Schultern und Oberamen tüchtig zugelegt. »Du wirst sehen: die neuen Zimmer werden viel kühler. Und der Kleine bekommt ein eigenes – wie versprochen.« Er sprach inzwischen meistens Merkantilo mit ihr, und sie antwortete wie fast immer auf katauekisch.

»Wo ist er?« Bei der Lehmwanne lagen einige Lehmballen mit den Abdrücken kleiner Hände, von der Sonne schon wieder getrocknet.

»Bei dir, dachte ich.« Strolch wischte sich den Schweiß von der Stirn. Sie arbeiteten vormittags immer besonders hart, ehe die Hitze sie in den Schatten der Bäume vertrieb. »Er sagte: Tantan schlafen. Und ich sagte: Mach Jora nicht schmutzig, wenn du dich zu ihr legst.«

Kiaora war sofort hellwach. Einmal war der kleine Schreihals beinahe von wilden Affen angefallen worden. Und einmal hatte er es allein durch den Urwald fast bis zum schwarzen See geschafft.

»Shantanro?« rief sie. *Von dreierlei Blut* – so hatte sie ihn genannt. »Tantan, wo steckst du?«

Wie eine Antwort kam der Schrei. Und so oft die junge Mutter das Geschrei auch verwünscht hatte: jetzt schrie das Kind aus Angst. Sie rannte los.

Sie mußte nicht einmal ganz bis zur Vorderseite des Gebäudes laufen, als sie die Gestalt am Waldrand sah: ein Mann in kurzem weißem Gewand, in den kräftigen Armen das hilflose Kind, die Hand über seinem Mund.

Kiaora hörte im Lauf ihren eigenen Schrei, ein schrilles Heulen, das ihr selbst Angst eingejagt hätte. Der Mann lief einen schwarz geteerten Weg entlang.

»Shantanro!« Er war noch so klein. Am Ende der breiten Pechlinie stürzte sich die Katauekin mit dem Kopf voran ins Gesträuch. Zweige fuhren ihr ins Gesicht.

»Kiaora!« Das war Strolch hinter ihr. Aber in ihrem Geist war nur ein Ziel. Der nächste Weg. Da stand ein Holzpfahl mit einem Affenschädel – neu. Unvorstellbares Grauen griff nach der jungen Mutter.

Die Bilder wischten an ihr vorbei wie Blitze: schwarze Wege, Unterholz, Schädelpfähle. Immer wieder sah sie kurz den Weißgekleideten. Wie schell er lief – mit dem Knaben! Tantan mußte solche Angst haben.

Dann hörte sie Schritte hinter sich. Auf dem sechsten oder siebten Weg holte Strolch sie ein. Gemeinsam brachen sie durch das nächste Wildnisstück. Wieder ein Pfahl mit dem Schädel eines Gürteltiers. Auf dem letzten Pechweg übernahm der Mann die Führung: sein Oberkörper nackt, blutige Striemen auf den Oberarmen, der Rücken eine nasse Schweißbahn. Keuchend und schwitzend, wie sie das Kind gezeugt hatten, versuchten sie es zu retten.

Wieder Wildnis. Doch die Pfähle markierten einen frisch geschlagenen Weg. Kiaora fühlte, wie Angst und Wut nachließen und dem verzweifelten Schmerz ihrer Lungen und ihrer Beine wichen. Sie konnte das Kind nicht mehr fühlen.

Unvermutet lag da im *Wuchrihain* eine Lichtung. Schenkeldicke Holzstümpfe, igelartige Strünke, Flecken blanken, goldwangischen Lehmbodens. Der Kindesräuber stieß einen Ruf aus und schlug sich nach links, am künstlichen Waldrand entlang.

Zwischen Brettwurzelbäumen und Akazien sprangen Männer im gleichen hellen Gewand hervor: weiße Hose, weißes Hemd. Kataueken!

»Ihr Schweine!« Strolch versuchte durchzubrechen. Ein Fausthieb ließ ihn taumeln, eine Hand packte ihn, dann traf ihn ein ausgestrecktes Bein in die Leibesmitte; er klappte zusammen wie ein gebrochener Ast.

Ohne nachzudenken, wich Kiaora zur Mitte der Lichtung aus.

»Aufhalten!« schallte ein Befehl. Hinter sich hörte sie das Surren eines geschwungenen Seiles. Da brach sie mit dem Fuß ein. Etwas krachte unter ihr, während ihr Bein hindurchschrammte. Sie streckte die Arme aus und fiel auf Gras, Laub und knacksende Äste. Die Unterlage federte leicht.

»Holt sie da weg!« kam ein gedämpfter Ruf. Alle Kraft war aus ihrem Körper gewichen. Kiaora lag bäuchlings da, ihr Bein pendelte herab. Schwere Schritte näherten sich von hinten – und aus dem Urwald, von da, wo sie gekommen waren, näherte sich etwas viel Lauteres. Äste splitterten, und Schritte dröhnten wie Schläge auf einer Holztrommel.

»Tarnung!« kam wieder ein halblauter Befehl.

»Fünfarm!« schrie Kiaora. »Es ist eine ...« Da prallte neben ihr ein Körper auf den Boden, und eine Faust stieß ihr Gesicht brutal in die Äste. Als sie wieder hochkam, brach der Blaue Gott bereits durch den Wald.

Der Kataueke, der sich neben sie geworfen hatte, packte sie an der Hüfte und versuchte, sie an sich zu reißen. Als er sie auf die Seite wälzte, sah sie den Entführer: Er stand am Waldrand und stemmte Shantanro mit beiden Armen in die Höhe. Der kleine Mund war offen, aber kein Laut drang daraus.

»Stummelquäler, schimmelkittelige!« brüllte der *Fang* und setzte mit einem Sprung über Kiaora und den Krieger hinweg. Als sein Bein aufsetzte, brach es sofort ein. Mit einem berstenden Krachen verschwand der sechsarmige Riese in einer Wolke hochwirbelnder Äste und trockener Grasbüschel.

Gleichzeitig trafen Kiaora zwei derbe Schläge gegen Hüfte und Brust – von unten. Die hochschnellenden Äste warfen sie zurück auf den Bauch, aber dort war statt des Astgeflechts nur mehr eine Bahn abwärtsragender Äste.

Der Krieger versuchte Kiaora festzuhalten, aber auch er wurde von einem Ast getroffen. Die Nautikerin klammerte sich an Zweige, die unter ihrem Griff knickten, während sie tiefer rutschte, rollte, schließlich stürzte. In einer Wolke aus Laub und Astwerk prallte sie schwer auf Fünfarms Rücken.

»*Wu Teng!*« erschallte der Angriffsbefehl. Als Kiaora benommen nach oben blickte, wurde das sonnenbeschienene Rund über ihr von einem schweren Netz bedeckt. Ehe sie sich bewegen konnte, schleuderte sie ein aufspringender Götterleib beiseite, aber auch dieser Ruck wurde von zwei zupackenden Riesenarmen beendet. Fünfarm stand schon wieder und stellte Kiaora neben sich.

Die Grube war mindestens neun Götterfuß tief und ebenso breit. Es war kühl und roch nach frischem Lehm. Oben flogen Befehle und Meldungen hin und her.

Der *Fang* sprang hoch, aber seine fünf Hände fanden keinen Halt; mit einer Tragladung Lehm rutschte er zurück. Ohne auch nur zu verharren, versuchte er das gleiche dreimal rings um die Grube. Dann sprang er unermüdlich hoch und krallte sich an das Netz. Die zweifingerdicken Seile aus Lianen und Palmbast rissen, wo immer er sein Gewicht daranhängte.

Kiaora glaubte schreien zu müssen, nach ihrem Kind, nach Strolch, nach dem Himmel, der dieses Unrecht nicht zulassen durfte. Aber gleichzeitig begann etwas in ihr sehr zielsicher zu denken, wie damals im Hafen von Thalliopê, als sie die Karavelle besorgt hatte.

»*Katai!*« gellte oben ein Warnruf, gefolgt von einem dumpfen Schmerzensschrei. Kurz war Strolchs Kopf zu sehen, der mit ausgestreckten Armen auf das Netz stürzte. Etwas Glänzendes fiel herunter und schlug klirrend auf, dann zerrten sie ihn weg.

Strolchs Dolch! Die einzige Waffe, die sie noch hatten außer Kiaoras Säbelschwert – aber das lag eine Meile entfernt im Kloster. Kiaora hob den Dolch vom Boden auf, in dem sich Steine und Lehm mengten. Fünfarm und Strolch hatten einmal versucht, die Brandfackel vom Sattel am *Affnirküngnackr* zu holen. Aber allein schon die Annäherung des *Fangs* an seine Waffe hatte wieder Steine in Bewegung gesetzt. Der *Recknirwurgr* hielt Wache und verschüttete jeden Krieger, der …

»Fünfarm?« fragte Kiaora. Der *Fang* stand in der Mitte der Grube und drehte sich leicht im Kreis. So schrecklich tief das Loch für die Menschenfrau war, für ihn war es gerade angemessen. »Diese *Ziangs* sind klug. Sie haben die Grube gewiß so angelegt, daß du ohne Hilfe nicht entkommst.«

Bei den Schwingen des Vogels Roch, Shantanro war da draußen mit diesen Totschlägern. Sie zitterte und zwang sich zur Ruhe: Ein klarer Kopf, das war das einzige, was das Kind jetzt retten konnte. Und Strolch, der eben seine Waffe geopfert hatte.

»Ja!« bestätigte der Blaue Gott mit einem leisen Knurren.

»Kannst du entkommen, wenn du auf einem Haufen Steine stehst?« Kiaoras Magen verkrampfte sich. »Kannst du, wenn der *Recknirwurgr* kommt, versuchen, nach *oben* zu entkommen?« Und was, dachte sie zitternd, geschieht mit mir? Sie war ja jetzt schon halb begraben ...

»Fünfarm kann!« grollte der *Fang*. »Versuchen!«

»Strolch wollte dir bessere Waffen schneiden als die Holzstöcke, richtig? Aber ihr habt es unterlassen, weil ihr den Eindruck hattet, daß der *Recknirwurgr* auch im Tal erscheinen kann. Oder?«

»Ja!« Selbst seine leisesten Antworten schallten in der Grube.

»Was geschieht, wenn du den Dolch nimmst?« Ohne hinzusehen, griff der Blaue Gott zu. Es war faszinierend, wie geschickt seine riesigen Klauen die Waffe aus Kiaoras Fingern lösten und wie klein sie im nächsten Augenblick wirkte. Er hielt sie mit zwei Fingern.

Nichts geschah. »Das reicht nicht«, stellte Kiaora fest. Es war Wahnsinn! Diese Idee war ihre einzige Hoffnung – das einzige, was sie davon abhielt, selbst wie irrsinnig an den Wänden hochzuspringen. »Natürlich. *Strolk* hat den Dolch ja auch seit zwei Jahren getragen, ohne daß etwas geschah, und ich sogar mein Säbelschwert.«

Sie betrachtete den riesigen *Fang*. Was war es, das den *Recknirwurgr* hatte angreifen lassen? »Vielleicht mußt du ihn rufen. Vielleicht mußt du ihm klarmachen, daß *du* mit einem Dolch bewaffnet bist.«

»Du Bergfurunkel!« brüllte Fünfarm so überraschend, daß Kiaora bis an die Wand zurücksprang. »Rumpelhaufen, trauriger! Komm her, wenn du ein ... *Recknirwurgr* bist.« Noch immer geschah nichts. »Fünfarm ist hier.«

Stille. Nur draußen waren einige Rufe zu hören, als die Krieger meldeten, was in der Grube geschah. Schnell, dachte sie und lehnte erschöpft den nackten Hinterkopf gegen den Lehm. Tantan, hier ist deine Jora. Hab keine Angst. Sie seufzte. Sie hatte ja selbst Angst.

»Stammelfresse!« Kiaora riß die Augen auf. Fünfarm starrte sie an. Aus seiner Nase quollen kleine Dampfwolken. »Fünfarm ist ein Totmacher!« Er machte einen Schritt auf sie zu. Drohend hob er die Arme. »Fünfarm macht *dich* tot!«

Entsetzt drückte sich Kiaora an die Wand. Was hatte sie falsch gemacht? Die blauen Pranken kamen näher, von allen Seiten zugleich. War der *Fang* letztlich doch ein Ungeheuer?

»Kiaora!« wehte Strolchs angstvolle Stimme von oben herab. In diesem Moment fühlte die Nautikerin einen sanften Stoß. Ein Kiesel fiel ihr auf die Schulter.

»Totmachen!« brüllte Fünfarm sie an. Ein Grollen erfüllte die Grube. Überall lösten sich Lehmbrocken aus der Wand. Der Boden wellte sich und gebar Steine. Überall quetschten sie sich aus dem Erdreich.

»*Katai!*« war wieder ein Warnruf zu hören. Ein Ruck stieß Kiaora nach vorn, auf Fünfarm zu. Ein kürbisgroßer Felsbrocken sprang aus der Wand und rollte auf die blauen Beine zu. Über der jungen Frau kam die ganze Erde ins Rutschen.

Fünfarm versetzte dem Stein einen Tritt und stieß ihn gegen die Wand zurück. Der Stein prallte ab und rollte ebenso schnell zurück. Gleichzeitig sprangen von allen Seiten weitere Steine heran. Der Blaue Gott machte eine tanzende Bewegung und wich im Kreis herum aus. Aber bald war kein Platz mehr auf dem Boden – bald war da kein Boden mehr, sondern nur noch zuckende Lehmmassen, aus denen immer mehr Steine hervorquollen.

Unerwartet war Fünfarm da und packte Kiaora. Er riß sie hoch und sprang in die Mitte, wo sich der Lehm bereits zwei Götterfuß hoch türmte. Die Frau fühlte sich hin und her geschüttelt, während der Blaue Gott tanzte. Zwei Arme hielten sie, wie sie Shantanro wiegte, vier Arme wahrten kreisend das Gleichgewicht.

Die Grube begann einzustürzen. So schnell Fünfarm auch stampfte, seine Beine wurden zusehends begraben. Knirschend sprangen Steine gegen seine Knie, und die ersten Lehmbrocken flogen bis zu Kiaora empor.

»Du hältst wieder!« grölte er ihr ins Gesicht und drückte ihr den Dolch in die zitternde Hand. Beim Geheimnis der Purpurinseln, das war … Absicht gewesen. Er hatte sie gar nicht ernstlich bedroht.

Knirschend stürzten weitere Lehmmassen in sich zusammen. Aber dem *Fang* gelang es, seine Beine herauszuziehen und zum Rand der eingestürzten Grube zu stapfen. Mit vier Händen griff er in das Netz, gleichzeitig drückten die zwei restlichen Arme Kiaora dagegen. Sie sah Unmengen von Weißgekleideten und begann mit dem Dolch zu schneiden.

Da und dort zerrissen die Lianen und Fasern, die die Katauken zu Seilen verflochten hatten. Aber erst als Kiaora schnitt, wo Fünfarms Hände zerrten, bildete sich ein Loch. Hölzerne Speere starrten ihnen entgegen. Der Boden um den erdigen Krater war so uneben, daß die *Ziangs* noch nicht näher kamen. Aber da draußen warteten unüberschaubare Mengen …

Der *Recknirwurgr*! Mehrere Kataueken taumelten. Auf der gesamten Lichtung begannen sich die Baumstrünke bedrohlich zuckend zu bewegen. Das Loch war nun groß genug für Kiaora. Mit einem Stoß warf Fünfarm sie ins Freie. Sie rollte sich ab.

»Haltet die Nautikerin fest!« Bei den ungezählten Häuptern der Hydra, die ganze Lichtung war voll von Kriegern. Beinahe sofort setzten sich acht Mann in Bewegung.

»Götterfresser, Waffen werft we-eeeg!« erklang vom Rand der Lichtung ein Befehl. Ein offensichtlich vorbereiteter Befehl, denn ohne jedes Zögern ließen hundertfünfzig Mann ihre Speere fallen.

Shantanro! Wo war der Knabe? Der Befehl eben mußte vom Hauptmann gekommen sein. Kiaora wollte zu ihm – und wenn auch nur, um um ihr Kind zu flehen.

Sie lief geduckt los, über Boden, der noch immer bebte. Zweimal griffen kräftige Hände nach ihr, aber die Krieger standen einander im Weg, ihre Formationen waren durch den *Recknirwurgr* durcheinandergeworfen, und Kiaora konnte ausweichen. Und dann wurde hinter ihr ein Gewirr von Schreien laut.

»Er bricht aus!«

»Bolawerfer nach links!«

»Viertes Glied standhalten!«

Krieger, waffenlos, aber die Fäuste zum Kampf geballt, kamen ihr entgegen und liefen einfach vorbei. Schlängelnd und tänzelnd erreichte sie die ersten Bäume. Dann erkannte sie, links von ihr, die Barrikade, etwa fünf Götterfuß tief im Dickicht verborgen. Zwischen den Wurzeln zweier alter Brettwurzelbäume hatten sie aus spitzen Pfählen und quergelegten Stämmen eine Absperrung errichtet und geschickt mit entwurzelnden, blühenden Stauden getarnt. Dahinter, auf einer einfachen Leiter, stand ein Hauptmann, drei Bänder ins Haar geflochten.

»Packt ihn!« schrien die *Ziangs* hinter ihr.

»Seile, wir brauchen mehr Seile.«

Kiaora umfaßte den Dolch fester und schlängelte sich zwischen die Büsche. Raffiniert! Hier liefen vier ausgeholzte Schleichpfade zusammen. Der Hauptmann starrte ausdruckslos auf das Kampfgeschehen. Sie wich dem ersten Brettwurzelbaum aus und schlich weiter.

»*Turga!*« Ein schwerer Körper traf die junge Frau und warf sie ins Gesträuch. Sie fühlte stechende Stauden im Rücken und das Gewicht des Mannes auf ihr. Ein häßliches Gesicht mit einem Nasenring grinste sie an. Seine Hand lag schmerzhaft um ihr Handgelenk mit dem Dolch.

»Wenn du suchst deiner Kind«, stieß der Mann in schwerem Katauekisch hervor, »ist er Wachtmeister gerannt zurück zu deiner Haus.« Er deutete lässig über die Schulter. Intensiv starrte er ihr in die Augen. Seine Zunge leckte über seine Oberlippe, dann sprang er auf.

Kiaora rappelte sich auf. Mißtrauisch blickte sie auf den Barbaren, der anscheinend dennoch ein katauekischer *Ziang* war, sah den Hauptmann, der, den Rücken ihr zugewandt, den Kampf leitete, und sah dann in Richtung Nordwesten, wo sie das Kloster wußte.

Sie wich auf dem Weg drei Schritte zurück. Sie sah keinen Grund, aus dem dieser Mann sie anlügen sollte, nachdem er sie bereits überwältigt hatte.

Hastig lief sie den Schleichpfad entlang. Eine Abzweigung

folgte dem Rund der Lichtung. Überall waren aufgewühlte Laubhaufen, wo Krieger gelauert hatten. Rechter Hand tobte ein Kampf ohne Klirren, nur mit dumpfen Schreien. Strolch war da mittendrin. Aber der hatte Fünfarm. Shantanro hatte nur sie.

Kurz erwog die junge Mutter, durch den *Wuchrihain* abzukürzen, aber bald stellte sie fest, daß der vorbereitete Weg mit den Schädelpfählen der schnellste war. Sie rannte mit stetigen Schritten; jede Stelle ihres Körpers schmerzte. Aber viel schlimmer war die Klaue aus Angst und Hoffnung um ihr Herz. Wenn der *Ziang* mit dem Nasenring sie belogen hatte, war sie eine Meile weg von ihrem Kind – und von der Auseinandersetzung. Wie konnte sie nur so dumm sein, ihm zu glauben? Diese Männer hatten in den letzten vier Jahren drei Überfälle durchgeführt, jeder hinterhältiger als der zuvorige.

»Mama!« Der Schrei verwischte im Dickicht – aber es war Shantanro. Ihr Schreihals! Noch einmal zwang sie sich schneller zu rennen. Der Dolch in ihrer Rechten blitzte: vor, zurück, vor, zurück.

Dann sah sie den Mann im weißen Untergewand eines katauekischen Kriegers. Er war im leichten Laufschritt unterwegs. Tantans Augen blickten ihr über seine Schulter entgegen, über der Hand, die seinen Mund nun wieder bedeckte.

Der Wachtmeister mit den zwei Bändern im Zopf lief eben ins Freie eines schwarzen Pfades, als Kiaora herankam. Was tun? Einen Mann anspringen, der ihr Kind trug? Aber da schnellte er schon herum.

»Mein Kind!« schrie sie. »Gib mir mein Kind!« Der Mann war um die vierzig. Er stand breitbeinig da, kampfbereit, die Augen auf ihren Dolch gerichtet, den Arm über Shantanros Rücken und Hinterkopf gelegt, schützend, besitzergreifend. Der Knabe wollte sich umdrehen, wollte seine Mutter sehen, aber der *Ziang* hielt seinen Nacken fest.

»Bist du zu feige?« fauchte die Nautikerin, außer sich vor Zorn. »Fürchtest du die Mutter so, daß du dich hinter ihrem Kind versteckst?«

Wie auf Befehl setzte er, ohne sie aus den Augen zu lassen, den

Knaben ab, der ihm bis zum Oberschenkel reichte. Shantanro fing an zu weinen.

»Hier, Tantan!« rief sie. »Hier ist deine Jora.« Sie machte zwei Schritte zur Seite, um näher an den Knaben heranzukommen. Mit ausgestreckten Armen lief er auf sie zu, die seltsamen dunkelgrauen Augen voll Entsetzen. Instinktiv bückte sich die Mutter und griff nach ihm. Da sprang sie der Wachtmeister an.

Verrat

Im Wuchrihain, eine Meile vom Kloster entfernt,
zur selben Zeit

»Fünfarm!« schrie Strolch, aber der Schrei verröchelte in dem Schmerz in seinen Rippen. Sie hatten ihn gefesselt liegen lassen, und nun beachtete ihn keiner mehr. Das Herz der Lichtung war ein zehn Schritt durchmessendes Knäuel aus weißen Leibern – und der Mittelpunkt war der Blaue Gott, an dem die Kataueken hingen wie hungrige Ratten.

In Pulks drängten sie hinein, geduckt, die Hände am Rücken des Vordermannes, lebende Rammböcke. Auf der rechten Seite hingen zwei Achtertrupps an den Seilen, die sie um Fünfarms Oberkörper geworfen hatten. An seinen Armen und in seinem Nacken hingen mindestens fünf Mann.

»Schimmelkakerlaken, schwindsüchtige!« Keine Waffen! Es war ein absurdes Kräftemessen zwischen Ringkampf, Armdrücken und Tauziehen. Aber es waren erwachsene Männer, die da oben zurück in die Reihen ihrer Gefährten geschleudert wurden. Sie flogen im gleichen Rhythmus, mit dem sie unten herandrängten.

Strolch versuchte aufzustehen. Die Arme am Rücken waren so verzurrt, daß der junge Merkantilier seine Hände nicht mehr fühlte. Und die Beine … Er begann zu hüpfen. Er mußte zum

Nordrand der Lichtung. Dort war Kiaora verschwunden. Er hatte sich verraten gefühlt, aber zugleich war er glücklich, daß wenigstens die Mutter noch frei war.

Der Boden war aufgewühlt und mit gefesselten Beinen kaum zu bewältigen. Der *Recknirwurgr* hatte innegehalten, seit keine Waffen mehr im Einsatz waren. Wehr und Waffen. Keine Rüstungen, keine Waffen – kein *Recknirwurgr.* Sie wußten genauestens Bescheid. Sie hatten das unheimliche Wesen studiert.

Drei Männer flogen Strolch entgegen, zwei rollten sich dumpf stöhnend ab, einer schlug bereits bewußtlos auf. Die Truppe am einen Seil war gestürzt, als es gerissen war, die zweite wurde hinter dem Blauen Gott hergezogen, als er über die Gefallenen stampfte.

»Fünfarm geht, Wickelgurke!« Der *Fang* war so schnell heran wie immer, wenn die Kampfwut über ihn kam. Die zwanzig Schritt der Lichtung waren sehr klein, nun da weder Grube noch Menschenknäuel ihn mehr hielten. Strolch mußte hilflos warten, bis ihn zwei blaue Pranken im Vorüberlaufen packten. Er schrie vor Schmerzen, als er durch das Geäst geschleift wurde. Doch dann landete er vor Fünfarms Brust, in seinen Armen, und während der Koloß rannte, zerrte er an Strolchs Fesseln. Irgendwann landete er auf tauben Füßen und versuchte taumelnd dem *Fang* zu folgen.

»Tantan!« johlte Fünfarm jählings. »Kackerwurm, kleiner!« Sie waren auf einem schwarzen Pfad. Strolch sah zunächst nur den Rücken des Blauen Gottes, der sich bückte und etwas vom Boden klaubte. Shantanro!

Dann erst sah der junge Abenteurer einige Schritt weiter im Gebüsch, nahe eines Obelisken, Kiaoras nackte Beine und darauf die eines Mannes. Er stürzte voran.

Der Kataueke hob den Kopf, nein, Kiaora wälzte ihn von sich, eine Hand in seine Haare gekrallt. Dann kniete sie ein Bein auf seine Brust und beugte sich über ihn. Strolch fühlte Eifersucht und zugleich, wie irrwitzig das war. Der Mann bewegte sich nicht mehr. Was tat sie da auf ihm?

Schwankend kam die Nautikerin hoch und taumelte rücklings

aus dem Busch. Sie drehte sich um, das Gesicht blutverschmiert, den blutigen Dolch in der Rechten, einen noch blutigeren Schopf in der Linken.

»Bei den Locken der heiligen Sarmantha«, röchelte Strolch atemlos, »was tust du da?«

»Ich bin Mangalierin!« schrie sie, und in ihren Augen glühte ein schwarzes Feuer. »Und dieser Brutskorpion hat mein Kind entführt.« Sie warf das Messer fort.

»Bist du erschrocken?« rief sie schrill und hielt Strolch den blutigen Skalp entgegen. »Erschrocken, daß die kleine Katauekin ihr Seidenkleidchen schmutzig macht? Ich bin eine Barbarin.« Sie stieß ihn mit der Rechten beiseite. »Ich bin viel mehr Barbarin als du!« Strolch sah ihr nach, wie sie zu Fünfarm ging und sich ihr Kind geben ließ. Zwischen seinem Herzen, seinem Magen und seinen Lenden tobte ein Sturm aus Entsetzen, Staunen und einem hungrigen Gefühl, das ihm fremd war.

»Buschfurzer!« brüllte Fünfarm und war mit zwei Sätzen wieder im Dickicht, aus dem sie gekommen waren. Wie durch einen Schleier hörte Strolch erneut Schreie.

»Wir können hier nicht bleiben«, stieß er hervor. Er fühlte sich unendlich müde. »Irgendwer hat uns verraten.« Er betrachtete Kiaora mit dem Kind. Die Mutter seines Kindes. Sie erschien ihm so fremd wie noch nie. In Gautamar war sie es gewesen, die Fünfarms Auftritt verraten hatte. Die Mangalierin beachtete ihn nicht. Sie schmiegte eine zerschundene Wange an Shantanros Köpfchen und kraulte seinen Nacken. Dunkelbraunes ajunäisches Kinderhaar, gebunden zu einem Katauekenzopf.

»Fünfarm!« rief er und stürmte ebenfalls ins Dickicht. Es war nur ein Stoßtrupp gewesen, höchstens acht Mann. Mehrere hingen bereits in Ästen und Sträuchern. Zwei wichen zurück, während Fünfarm einem soeben beiläufig den Hals brach. Welch ein Gemetzel! Welch ein sinnloses Gemetzel. Waren denn alle verrückt geworden?

»Fünfarm! Laß einen leben. Wir müssen wissen, wie sie uns gefunden haben.« Der Blaue Gott befolgte die Anweisung erschreckend wörtlich. Nach kurzem Kampf kam er zurück, einen

Kataueken in den Klauen, dessen Arme absurd verrenkt herabhingen. Er warf ihn auf den geteerten Boden und setzte ihm einen Fuß auf die Brust.

»Bevor der *Fang* dich tot macht«, sagte Strolch müde, den Dolch wieder in den Händen, »du sagst mir, wie ihr uns findet. Ihr seid klug. Aber wir sind mehr klug. Wir sind sicher hier für zwei Jahre.« Strolch dachte daran, wie viel Arbeit er in das Kloster gesteckt hatte. Dutzende von *patres* des *ordo mysterii inevitabilis* waren zum Sterben gekommen, aber Strolch und seine Familie hatten hier gewohnt. Er dachte an das Zimmer für seine Nächte mit Kiaora und an das Zimmer für Tantan, die niemals sein würden. Er trat auf den halb ausgerissenen Arm des Kriegers, setzte ihm den Dolch an die Kehle und schrie: »Wie findet ihr uns? Immer und immer.«

Der Krieger betrachtete ihn mit einem Gesicht, auf dem sich Schmerzen, Stolz und etwas wie Hohn abzeichneten. »Der grenzenlos ehrwürdige Hauptmann Kang sagt, einer von euch hinterläßt Zeichen für ihn.«

Das Bad

Im weißen See des refugiums, *einige Tage später*

»Götterfresser!« murmelte Kang bitter. Dann tauchte er zwei Schwimmzüge weit, nahm einen Mundvoll milchigweißen Wassers und spuckte es aus. Er drehte sich auf den Rücken und ließ sich treiben.

Wieder versagt! Jahre der Verfolgung, Wochen der Vorbereitung: umsonst. Hätte er vorhersehen können, daß der *Kriegergräber vom Berg* den *Fang* verteidigen würde? Nein. Niemand hätte das vorhersehen können. Niemand hatte ihn darauf vorbereitet, was es bedeutete, gegen die himmlischen Fähigkeiten eines *Fangs* zu kämpfen. Die Doktrin der *Geheimen Kammer des Krieges* hatte versagt. Wieder tauchte er unter und nahm einen Schluck. Die Doktrin bestand nur aus Schriftzeichen, die irgendwelche Schreiberlinge irgendwann zusammengeträumt hatten.

Kang blickte zum Ufer des weißen Sees. Es war wohl das erste Mal seit der zweiten Vereidigung, daß er seine Männer verlassen hatte. Er hatte beschlossen, daß er einige Stunden Ruhe brauchte. Dem neuen Ersten Wachtmeister hatte er gesagt, daß er am See meditieren werde. Wachtmeister Zuang-Zu – was für ein Ende! Am Labyrinth hatten sie jeden Tag damit gerechnet, aber wer hätte erwartet, daß er eine halbe Welt entfernt seinen Skalp verlieren würde.

Seine Männer! Er fragte sich, ob sie nicht das Beste an den Götterfressern waren. Sie hatten die Falle mit allem Wissen vorbereitet, das nur diese eine Faust der Götterfresser hatte. Jeder Teil des Planes war mit dem Blut gefallener *Ziangs* erkauft. Nachdem sie den *Kriegergräber vom Berg* überwunden hatten, hatten sie Wochen gebraucht, das Tal zu erkunden, die gewaltige Grube auszuheben, die Lichtung auszuholzen und die Pfade anzulegen. Sie hatten jede Vorkehrung getroffen, damit die Bewohner des Klosters sie nicht bemerkten. Sie hatten die Bäume mit Seilen durchgesägt. Für Lärm, der unvermeidbar war, hatten sie eine Melderkette durch den Urwald gebildet und nur gearbeitet, wenn die Mönche selbst laut auf der Baustelle tätig waren. Allein der Aufwand, die Jäger zu verbergen, die 156 Mann mit dem Fleisch von Affen, Gürteltieren und Schlangen versorgt hatten. Und der Aushub, den sie ringsum auf Wälle aus getrocknetem Lehm verteilt hatten, die zugleich einen Durchbruch des *Fangs* verhindern sollten.

Alles zunichte, weil die irdische Ordnung nicht gültig war, wenn man ein himmlisches Wesen jagte. Zumindest *ein* himmlisches Wesen. Er dachte an die vier Glieder, die er am Paß losgeschickt hatte. Acht Mann zum Kundschaften, noch mal acht Mann, als sie nicht zurückkehrten, dann sechzehn Mann. Rürek schließlich hatte die Sage der Eingeborenen entschlüsselt. Nackt war er allein durch die Schlucht gegangen und hatte bei seiner Rückkehr verschüttete Spähtrupps gemeldet.

»Höchstehrwürdiger Hauptmann«, erklang die Stimme vom Ufer. Er brauchte den Akzent nicht zu hören, um zu ahnen, wer es wagte, ihn hier zu stören. »Ist er Bad sicher Freude, aber kommt er Hohepriesterin durch Wald.«

Kang schwamm los. Die hatte ihm gerade noch gefehlt. Aber was immer die Tugendwächterin wollte, nackt empfangen konnte er sie gewiß nicht. Obwohl ein Götterfresser nie ganz nackt war ...

»Erster Wachtmeister Rürek«, befahl er, als er aus dem weißen See stieg, »gib mir mein Gewand.« Kang fuhr gedankenverloren mit den Fingern über die Metallfäden des Hautbildes auf seiner Brust. Seine gesamte Haut prickelte. Dieses milchige Wasser war einfach ...

»Kommt er Hose«, rief Rürek und warf sie dem Hauptmann zu. Ja, der Turga war der bestmögliche Nachfolger für Zuang-Zu. Rürek hatte die Fackel des *Fangs* gefunden und begriffen, daß dieser ebenso waffenlos war wie die Götterfresser. Und ein guter Teil des Planes war in seinem hinterhältigen Barbarenhirn entstanden.

»Ehrwürdiger Hauptmann!« Die Hohepriesterin trat bereits aus dem Gebüsch. »Verzeih mir, daß ich deine ... Meditation störe.« Sie betrachtete Kang, während er das Hemd überzog, und begann zu fächeln. »Du bist ein stattlicher Mann. Ich konnte nicht umhin, während der letzten Jahre auf dem Marsch dann und wann einen nackten Götterfresser zu sehen. Aber dein Bild ist zweifellos das ebenmäßigste.«

Der Hauptmann verbeugte sich leicht. »Danke, Erster Wachtmeister«, bedeutete Kang dann dem Turga, sich endlich zu entfernen. Er wußte, was man der Priesterkaste nachsagte. Allgemein hatte man einem Priester all seine privaten Wünsche zu erfüllen, damit er, frei von diesen, die Wünsche der Gläubigen gen Himmel tragen konnte. Aber er war der Meinung gewesen, die Hohepriesterin Lü sei bereits zu alt, um gewisse Wünsche zu haben.

»Ein Bild, höchstehrwürdige *Lauzöng*«, erwiderte Kang nun, »dem ich leider nicht gerecht werden kann, wie es scheint.«

»Ich dachte mir schon, ehrwürdiger Hauptmann, daß nach

dieser Niederlage selbst dein unbeugsamer Wille ins Zweifeln geraten könnte.«

Unerhört! Für einen Augenblick fühlte Kang sich wirklich nackt. Aber er widersprach nicht.

»Erwägst du, die Jagd aufzugeben und den *Fang* zu ... verschonen?« Was wollte diese Frau eigentlich wirklich? Begleitete sie seine Jagd? Überwachte sie sie? Oder hoffte sie, seinen Erfolg letztlich verhindern zu können? Und warum zerbrach er, Kang, sich schon wieder den Kopf darüber, was im unergründlichen Kopf dieser Frau vorging?

»Mein Wille«, sagte er stolz, »zweifelt nicht. Mein Geist zweifelt: an den Taktiken, die ich wählte, und an ihren Erfolgen. Ich zweifle daran, daß dem *Fang* mit irdischen Mitteln beizukommen ist.«

»Während du andererseits immer wieder feststellst, daß seine Versuche, sich vor uns zu verbergen, auf ebenso himmlische Weise scheitern.« Das klang geheimnisvoll.

Mit einer Geste lud er die Hohepriesterin ein, auf einem Spaziergang um den See zum Kloster zurückzukehren. »Ich dachte daran, wie oft ich die Spur des *Fangs* verlor und wiederfand. Ich fragte mich: War es nur mein Wille, mit dem wir die eingeschlagene Richtung weiter verfolgten, bis wir wieder auf eine Spur stießen? War es der Instinkt des Raubtiers? War es das offensichtliche Talent dieses Turga für die Jagd?«

»Und zu welchem Schluß kamst du?«

Er blickte auf das milchige Wasser neben ihnen. Dieser See war wirklich zauberhaft. »Da war mehr«, überlegte er halblaut.

»Der kupferne Stern, den der Turga im Hafen von Thalliopê im Kampfgewühl fand und der, wie deine Verhandlungen mit den Priesterinnen dann zeigten, von eben jenem Schiff namens *Stern von Andhakleia* stammte, mit dem der *Fang* entkommen war.

Das Piratenschiff, das uns in der Weite des Fontänenmeers angegriffen hatte, obwohl es bereits so unübersehbare Spuren des Kampfes mit dem *Fang* trug.« Er wagte nicht, es auszusprechen, aber war da nicht eine mangalische Sturmhaube gewesen, die ihn hatte aufmerken lassen?

»Das hölzerne Plakat in Gautamar, mit dem die Schauspieler bekanntgemacht hatten, daß der *Fang* unter ihnen war.«

»Ja, zweifellos eine besondere Leistung des *agentus in rebus dei* Franci'co.«

»Das war schon beinahe Verrat der Schauspieler«, widersprach Kang.

»Und dann diese alte Feuerstelle am Fuß des Affenberges mit den unmißverständlichen Zeichen.«

Sie gingen eine Weile schweigend weiter. Ehe sie wieder ins Gebüsch traten, blieb die Hohepriesterin stehen und fixierte ihn.

»Fühlst du dich Manns genug, um dich diesen himmlischen Gelegenheiten und Schwierigkeiten zu stellen?«

Wieder war da dieses Gefühl von Nacktheit. Welche Fragen sich die Hohepriesterin herausnahm. Ja, Kang fühlte sich männlich und stark – wie noch nie. Irgend etwas an diesem Bad hatte in ihm die Geister des Lebens wiedererweckt.

Er erwiderte den Blick der Hohepriesterin, bis sie zu fächeln begann und schließlich die Augen niederschlug. Nein, sie war nicht älter als er – und ihm waren gewisse Wünsche nicht fremd. Merkwürdig, dachte er, daß er nie ernsthaft darüber nachgedacht hatte, sich eine Frau zu nehmen.

»Erster Wachtmeister Rürek«, kommandierte Kang, als sie zurückkehrten, »Götterfresser bereit zum Abmarsch morgen früh. Und was dich angeht: ich sagte, keine Störung während der Meditation. Glaub nicht, daß du als Erster Wachtmeister nicht deine acht Nächte auf dem Kasernenhof stehen wirst ...«

Er sah den Kriegern zu, die sich bereitmachten, ihren kurzen Urlaub an diesem geheimnisvollen Ort abzubrechen. Jenseits des verfluchten Affenberges lagen einige hundert Harnische und Waffen verborgen, säuberlich in Öltücher geschlagen, bereit, an jedem Ort der Welt getragen zu werden, sofern er nicht gerade von einem *Kriegergräber vom Berg* bewacht wurde. Aber mit oder ohne Harnisch: sie waren Götterfresser.

Zorn

In den Wäldern der provincia odia*,*
südliches Merkantilisches Imperium, im Sturzregenmond,
im 464. Jahr der Abwesenheit Gottes, spät abends

»Warum nimmst du mich damals eigentlich?« Strolch peitschte die Frage, die ihn so lange quälte, förmlich aus seiner Seele ins Freie. Sie stritten so viel, seit sie wieder auf der Flucht waren. Nichts war gut genug, was er tat: die Lagerplätze waren zu feucht oder zu unsicher, die Beute, die er aus den Wäldern brachte, ungeeignet für das Kind, die Leidenschaft, mit der er sie nächtens umarmte, zu kurz oder zu wild. Und über allem lag dieses Mißtrauen.

Kiaora, das schlafende Kind auf dem Arm, sah ihn über die Glut des Lagerfeuers hinweg mit traurigen schwarzen Augen an. »Weil du ein Mann bist, den ein leibhaftiger Gott als Gefährte erwählte. Weil du bereit warst, für deinen Traum zweimal um die halbe Welt zu segeln.« Der Flutregen trommelte auf das einfache Zeltdach. »Weil du zu träumen wagst und weil deine Träume wahr werden. Weil du von mir geträumt hast, lange bevor wir beide es wußten, und weil du unsere Liebe wahr werden ließest. Weil du im Hafen von Thalliopê, als ich das Sternenamulett nach dir warf, *wußtest*, wo ich stand. Weil es dein Schrei war, der unten in der Fallgrube den *Recknirwurgr* erscheinen ließ: deine Angst um mich. Weil du die Zuflucht fandest, die niemand vor dir fand. Weil du ein Zauberer bist, *Strolk.*« Und dann blickte sie auf den kleinen Shantanro und küßte ihn auf die Stirn. »Aber du selbst hältst dich noch immer für einen Gassendieb.«

Er schwieg. Was sollte er diesen Worten entgegensetzen?

»Wenn ich gut wie du sagst«, spuckte er dann das Gift aus, das in ihm schwärte, »wieso sagst du, daß ich der bin, der Zeichen macht?«

»Ich sagte nur«, erwiderte sie und wiegte den Kleinen, »daß es undenkbar ist, daß ich es bin, und widersinnig, daß es Fünfarm ist, und daß es ebensogut du sein könntest. Ebensowenig.« Er starrte sie finster an. »*Strolk*, du bist der einzige, dessen Traum weiter besteht, wenn er Jahr für Jahr mit dem *Fang* von Land zu Land flieht.«

Strolch schnappte vor Empörung nach Luft. *Sein* Traum? Sein Traum war zerbrochen, als sie aus der Zuflucht hatten fliehen müssen. Sie hatte es wieder gesagt: sie hatte ihn als nichtsnutzigen Streuner hingestellt – und das, nachdem er in zwei Jahren mehr an einem Heim gearbeitet hatte als sein Vater in seinem ganzen Leben.

»Ich werde in ganzes Leben behandelt wie eine ansteckende Krankheit, aber ihr Kataueken …« Er rang nach Worten. Ein halbes Dutzend Redewendungen waren in seinem Kopf, aber sie alle entstammten anderen Sprachen: »den Bären abgeschossen«, »dem Frevel die Krone aufgesetzt«. Wie lächerlich! Gerade die Kataueken mußten doch einen Ausdruck für eine himmelschreiende Unhöflichkeit haben.

Er sprang auf und stürmte ins Freie. Aber nachts im Sturzregen, stellte er fest, war weglaufen keine gute Idee. Als er kurz darauf zurückkam, war er durchnäßt bis auf die Haut. Kiaora schlief schon, um Tantan zusammengerollt wie eine Wölfin. Er ließ sich wie ein nasser Sack neben das niederbrennende Lagerfeuer fallen.

Später – Augenblicke oder Stunden? – schreckte Strolch aus seinen dunklen Gedanken hoch. Auf der anderen Seite der Feuerstelle stand Kiaora, den Kleinen auf dem Arm. Aber ihr Blick traf nicht den seinen. Ihr Blick ruhte auf seinen Händen. Unwillkürlich blickte Strolch ebenfalls darauf. Er hielt ein Stück Kohle in der Hand – und vor ihm lagen ein Dutzend weitere, in einem beiläufig geordneten Halbkreis.

»Schau mich nicht so an!« Er war aufgesprungen und hörte, wie sich seine Stimme überschlug. Das machte ihn noch wütender. »Ich weiß, was du denkst! Du hast mich bespitzelt. Hast Stunden da drüben gelegen, im Finstern, und gehofft, daß du mich erwischst. Du! Von dir hätte ich das am allerwenigsten erwartet.« Von wem sonst, äffte in ihm eine Stimme. Ist doch sonst niemand da. Hast doch keine Freunde außer …

Kiaoras Blick umflorte sich, das konnte er selbst im spärlichen Flackern des Feuers sehen. Shantanro fing an zu weinen.

»Schau es dir an«, brüllte er mit wieder und wieder kippender Stimme, »schau es dir an!« Er hob die Hand, um sie an ihrem verfluchten mangalischen Zopf ans Feuer zu zerren – aber als der Kleine noch lauter schrie, zuckte er zurück. Er sah das Entsetzen in Kiaoras fremden Augen. »Das ist ein Kreis! Ein einfacher Kreis! Da ist kein Zeichen.« Er bekam kaum noch Luft. Das war nicht mehr Wut, die ihm die Brust zuschnürte – das war Angst. »Selbst eine so verbohrte Person wie du muß das erkennen.«

Dann wandte er sich um. Kreischend vor wieder aufflammendem Zorn stürzte er sich auf das Kohlebecken. Er trug zwei davon Tag für Tag auf dem Rücken, gemeinsam mit dem Kind, damit sie tagsüber Windeln auskochen und abends auch in der Feuchtigkeit Feuer machen konnten. Er hatte sie auf der Flucht aus dem *refugium* mitgenommen, während Kiaora bloß an ihren geheimnisvollen schwarzen Tornister gedacht hatte.

Er hörte ein Zischen und ahnte, daß es seine Hände waren, die er sich verbrannte, aber er schleuderte das Becken mit voller Kraft zu Boden. Glühende Kohlen prasselten über das Bildnis, das keines war, und ließen da und dort Grashalme in Flammen aufgehen. Mit einem weiteren Schrei trat er gegen das zweite Becken und sah genußvoll zu, wie es ebenfalls eine feurige Zunge ins Dunkel der Wiese malte.

Dann stürzte er sich auf den einfachen Wandverhau, den er in jedem Nachtlager neu baute, und riß ihn um. Seine Augen tränten vor Wut und Anstrengung.

»Da!« Er fetzte die Wäscheleine ab und kämpfte kurz mit dem anderen Ende, bis auch dieses nachgab. Eine halbfeuchte Windel flog ihm gegen die Brust. »Dieses Scheißzeug«, entrang sich ein weiterer keuchender Schrei seiner Brust, »ich hasse es! Ich hasse dich! Ich hasse euch! Ihr habt mein Leben versaut ...«

Jäh brach in seine Wut ein Schluchzen ein. Für einen Augenblick verharrte Strolch. Er sah Kiaoras Blick, in dem sich blanke Angst, Verachtung und Liebe zu einem einzigen Vorwurf vereinten. Er hört Shantanro weinen. Er fühlte, wie sein Sohn ihm die Tränen raubte, wandte sich um und rannte wieder in den Wald. Zweige peitschten ihm ins Gesicht, aber es gab keinen Schmerz außerhalb dessen, was einmal sein Herz gewesen war.

Zeichen

In den Wäldern der provincia odia*,*
im folgenden Morgengrauen

Der Tau ließ Strolch schaudern. Jeder Zweig, den er beiseite drückte, überschüttete ihn mit eiskalten Tropfen. Die Papageien riefen sich ihre morgendlichen Beleidigungen zu. Der Himmel war grau – grau wie immer in den letzten Jahren. Das erste, was Strolch sah, war Fünfarms Kopf. Der blaue Gott saß am Rande des Lagers, die Beine verschränkt, die Arme abwartend, teils erhoben, teils eingestemmt, wartend, wachend, eine lebende Statue. Sein Blick, daran gab es keinen Zweifel, ruhte dort, wo Strolch verschwunden war. Aber der junge Mann kam von der Seite zurück. Der Instinkt des Streuners, dachte er dumpf, in hundert Fluchten durch hundert Gassen und Wälder geübt. Haken schlagen, zurück dorthin, wo dich die Verfolger am wenigsten erwarten – an den Ort des Verbrechens …

Aber er war kein Verbrecher. Nicht mehr. Er hatte sich nichts zuschulden kommen lassen. Strolchs ganzer Körper schmerzte: die Beine ausgelaugt von stundenlangem Lauf, Gesicht und Hände zerkratzt von der Wildnis, die ihn nicht bergen wollte, Lunge und Kehle geschunden von Schreien, Weinen und dem Keuchen eines Laufes, der ihn niemals hatte wegführen können von dem, wovor er floh.

Auf dem Boden lagen, noch leicht glimmend, die Kohlenreste. Der Wandverhau war ebenso angebrannt wie Teile der

Wäsche. Jemand mußte sie aus dem um sich greifenden Feuer gezogen haben. Derselbe Jemand hatte nichts gegen die glühenden Kohlen getan, die sich in die Grasnarbe gefressen hatten.

Etwas an den schwarzen Zungen zog Strolch magisch an. Er ging darauf zu, in halbem Bogen daran vorbei, den Blick unablässig darauf gerichtet. Er stand schon beinahe neben Fünfarm, als sein erschöpfter Geist endlich zugab, was seine Augen längst gesehen hatten: Das waren zwei Ladungen Kohle, kein Zweifel, in schwarzen Zungen ins Gras geschüttet, aus zwei verkohlten Becken, die noch da lagen.

Aber ebensowenig gab es Zweifel, daß beide Ladungen sich dreifach verzweigten, daß da sechs Arme aus schwarzer Asche waren, daß der Haufen weißer Asche in der Mitte genau die Form eines kolossalen Leibes hatte und daß der Bereich, der darunter und dazwischen lag, zwei Beine bildete. Und oben, wo der Deckel des ersten Kohlebeckens lag, seit gestern abend schon, lagen zwei noch immer glühende Kohlen – glühende Augen in einem fratzenhaften Gesicht!

Für einen kurzen Augenblick flackerte in Strolch wahnsinnige Hoffnung auf. Aber ein Blick auf die schlafende Kiaora, die den Kleinen an sich gepreßt hielt, machte ihm klar, daß seine Hoffnung frommer Selbstbetrug war. Keiner, nicht Fünfarm, nicht Kiaora und gewiß kein vierter, hatte sich an diesem Haufen aus Asche und Träumen zu schaffen gemacht. Dies war der Haufen, den er, Strolch, heute nacht in einem Ausbruch voller Wut und Enttäuschung geschaffen hatte!

In den letzten Monden wird der Weg dieser Helden wieder ungewiß. Denn die Gefährten so vieler Jahre trennten sich mit jener schmerzvollen Leichtigkeit, mit der im Leben Brüche erfolgen. An diesem Morgen in der großen Regenzeit verließ Strolch seine Familie. Ich kann nicht sagen, ob es die Erkenntnis war, daß seine seltsame Begabung zugleich ein Fluch war. Ob er befürchtete, daß seine weitere Anwesenheit jene, die er liebte, eines Tages zu einem schrecklichen Ende der jahrelangen Jagd verdammte. Ob er gar so weit dachte und das Scheitern seiner Träume von Geborgenheit und Ruhm so sehr fürchtete, daß er sie unbewußt lieber selbst herbeiführte in Gestalt der Überfälle der Götterfresser, ehe sie der Ungewißheit des Lebens auszusetzen, welches unsere Träume auf hunderterlei andere Arten gefährdet. Oder ob er sich einfach nicht dem Vorwurf stellen wollte, ein Verräter zu sein, der über Jahre hinweg Spuren für seine eigenen Verfolger gelegt hatte. Strolch jedenfalls machte sich auf den Heimweg nach Maganta – zumindest war es wohl das, wovon er nun träumte.

Noch rätselhafter ist, warum Kiaora die Reise mit jenem Geschöpf fortsetzte, das eine Kultur, der sie sich selbst nicht ganz zugehörig fühlte, als Gott verehrte und zugleich zu Tode hetzte. Diese Frau zweier Welten ist mir als Chronistin nah und unverständlich wie kaum eine andere. Vielleicht war es jene weibliche Treue, die eine Frau an der Seite dessen, der ihr Kind verteidigt, beinahe jeden

Schmerz ertragen läßt. Vielleicht war es eher jene männliche Treue, die ihren Vater wie auch Kang um die ganze Welt getrieben hatte, Treue einem einmal gegebenen Wort, der Familie, der eigenen Ehre gegenüber. Es mag aber auch sein, daß es einfach die Abenteuerlust ihrer Abstammung war, die die Mangalier bis zu den Purpurinseln und nach Esanuk geführt hatte. Kiaora, wie auch immer, begleitete den Blauen Gott weiter auf dem Weg zu der einzigen Antwort, die sie hatten: dem willkürlich von den Heidenpriesterinnen von Thalliopê gesprochenen Orakel über die einzigen sechsarmigen Wesen, von denen sie weltweit je gehört hatten.

Die Flüchtlinge ahnten, daß ihnen die Verfolger näher waren als in den Jahren zuvor. Hauptmann Kang hatte in der Zuflucht Kiaoras Notizen gefunden, in denen sie alle Spuren heimkehrender Mönche am Ende eines Lebens der Wanderschaft gesammelt hatte. Die Götterfresser ihrerseits ahnten, daß die letzte verbleibende Spur nach Esanuk wies. Und für diese Verfolger, die den Freibrief des Roten Ordens trugen, war es erschreckend einfach, in den Häfen des westlichen Imperiums nach so etwas Auffälligem zu suchen wie einem Blauen Gott, der versuchte, unter den wenigen überdauernden Schiffen eines zu finden, das den Kontinent der Wilden ansteuerte.

SCHWESTER DOLORES,
CHRONIK EINER
VERLORENEN ZEIT,
BD. II, NIEDERGELEGT
ZU CANTAMO IM
540. JAHR DER ABWESENHEIT GOTTES

Männer

In Pai'it Tlingut, südöstliche Küste Esanuks,
im Achten Mond im Jahr 478 der Blauen Götter, Herbst

»Die Spinnen*männer*, höchstehrwürdige Herrin«, verbesserte der Halbkataueke. »Es sollen nicht bloß Spinnenwesen sein. Wie merkwürdig. In jüngster Zeit spricht alle Welt von den Spinnenmännern. Nun«, verbeugte er sich vor Kiaora, »was wir hier eben für alle Welt halten. Ich bin sicher, daß ihr viele Länder bereist habt, wo man nichts von uns weiß.«

Kiaora lächelte. »Deswegen sind wir ja hier, ehrwürdiger Funandu. Es war nicht leicht, euch zu finden.«

»Pai'it Tlingut stirbt langsam aus«, antwortete der Pelzhändler mit den Federn im Haar. »Ihr seid seit fünf Jahren die ersten Katraueken, die uns erreicht haben.« Er sprach stets auch Shantanro an, der auf Kiaoras Schoß saß. Der Mann, dem man so deutlich ansah, daß seine Mutter eine Barbarin aus Esanuk gewesen war, war von Anfang an fasziniert gewesen, daß eine echte katauekische *Qengtan* mit ihrem Mischlingssohn auftrat.

»Das Verlanden der Passage durch die Jaguarinseln«, nickte die Nautikerin. Es war ein Wunder gewesen, daß sie in Gardiamara eine Pinasse gefunden hatten, die noch bereit und imstande gewesen war, gegen die Nordwinde den Kontinent der Wilden anzulaufen – und dabei ein Ungeheuer an Bord zu nehmen, das das halbe Mitteldeck einnahm. Das letzte Wunder, dachte Kiaora traurig, Strolchs Abschiedsgeschenk, auch wenn er selbst nicht mehr dabeigewesen war.

»Nicht nur das, höchstehrwürdige Herrin«, hob Funandu beschwörend die Hände. »Die Dörfer der Naomit an der Ostküste sind alle verschwunden. Die Winter in den Frostfängen sind so streng, daß mehr und mehr Jäger und Fallensteller ohne Beute zurückkehren. Ganze Stämme sind auf der Flucht – vor der Kälte, vor dem Nordwind, vor den Spinnenmännern.«

»Sind sie so gefährlich?« fragte Kiaora überrascht. Der Mann, der die einzige *Kammer* der kleinen katauekischen Kolonie repräsentierte, blickte vielsagend zu Fünfarm. Der *Fang* saß bewegungslos in seiner gewaltigen Kutte da, aber die schiere Größe, mit der er die *Erste Kammer* halb ausfüllte, machte seine Tarnung nutzlos.

»Die Windwanderer jedenfalls sind mit ihren riesigen Herden über die Berge nach Süden geflohen, heißt es. Oder waren es die Pferdeherren?« Funandu machte eine beschwichtigende Geste. »Ich will euch keine Angst machen. Das sind nur die Gerüchte der Jäger, die zum Handeln mit uns Vogelleuten kommen, unserer zurückkehrenden Fallensteller und der Stämme, die uns auf ihrer alljährlichen Wanderung besuchen. Und sie sprechen über Gebiete, die ein, zwei Monde weit entfernt sind. Aber sie sagen, daß fast alle großen Stämme am Braunwasser verschwunden sind.«

»Dehn wir Spinndamänna suchen?« fragte Shantanro und zupfte an dem Seepferdchen am Ohr seiner Mutter, wie er es immer tat, wenn er sich etwas wünschte.

»Du willst doch nicht wirklich persönlich zu den Spinnenmännern reisen, höchstehrwürdige Herrin?« fragte der Mann, der in Pai'it Tlingut die Ordnung vertrat – eher für ein einzelnes Haus reicher Seehändler von der Mangalischen Küste als für das *Reich der Tugend.*

Kiaora blickte zu Fünfarm. »Das ist die Aufgabe, die ich übernommen habe.«

»Höchstehrwürdige Herrin«, protestierte der Pelzhändler. »Das ist eine Reise von fünfhundert Meilen – für erfahrene Männer, nicht für eine junge Frau mit einem zweijährigen Knaben. Und der Winter ist näher, als wir glauben können.«

»Er ist zweieinhalb«, korrigierte Kiaora und spielte mit dem Zopf des Kindes. »Ich habe einen *Fang* an meiner Seite. Und was Männer betrifft: Wenn es wirklich darauf ankommt, kann man sich auf Männer nicht verlassen.«

Wolfszahn

In der Prärie nördlich der Frostfänge, östliches Esanuk, im Neunten Mond im Jahr 478 der Blauen Götter, Herbst

»Steinbild auf fünf!« sagte Kiaora. »Es kann nur mehr zweihundert Götterfuß entfernt sein.« Die Nautikerin hielt den *Staubigen Spiegel der Roten Steine* nun in den Händen, während sie vorsichtig durch das hohe, gelbe Gras ging. Sie hatte das Ritual während der letzten Tage noch stets abgeschieden von Fünfarm und den zwei eingeborenen Führern vollzogen. Aber nun, da sie den *Spiegel* im Abstand von Achtelstunden befragen mußte, hätte die Geheimhaltung jeden Nutzen aufgehoben.

Sie fühlte eine einzigartige Erregung: nie zuvor hatte sie sich einem derart starken Steinbild genähert – und schon gar keinem unbekannten. Es war gut, daß ihre Finger zitterten, denn es war ohnehin nötig, die zwei achteckigen Scheiben aus kurjamäischem Glas mit winzigen Fingerstößen vibrieren zu lassen, damit sich das rote Pulver dazwischen stets neu ausrichten konnte. In den letzten Stunden hatte sich in dem *Staubigen Spiegel der Roten Steine* mehr verändert als je zuvor, seit sie ihn besaß: Der Fleck wurde immer größer und sternförmiger. »Nur mehr hundert Götterfuß«, berichtete sie.

Fünfarm ging vor ihr. Es fehlte gerade noch, daß sie nun auf eine Schlange oder in ein Erdhörnchenloch trat. Ihre Augen waren jetzt der *Staubige Spiegel der Roten Steine* – das Geheimnis der Nautiker und Geomanten, der Schlüssel der katauekischen Weltherrschaft. Das einzige, womit ein Navigator überall auf der Gezeitenwelt gewisse Fixpunkte lokalisieren konnte.

»Auf fünfeinhalb jetzt! Mehr links, grenzenlos ehrwürdiger *Fang*.« Wie seltsam der Ehrentitel inzwischen klang. Dieses blaue Ungeheuer vor ihr hatte ihren Sohn auf dem Arm getragen, in den Wochen der Flucht aus dem *refugium*, am Tag seiner Geburt, in den wenigen Augenblicken, wo sie sein Gebrüll nicht mehr ertragen hatte. Geh doch zu dem einen, der lauter schreit als du, hatte sie einmal gescholten. Kiaora hatte auch nicht vergessen, daß es Fünfarm gewesen war, der ihn im Augenblick seiner Befreiung aus den Händen der Entführer in die Arme geschlossen hatte, und nicht sein Vater.

Sie vermißte den Knaben so. Es war die grausamste Entscheidung ihres Lebens gewesen, Shantanro in Pai'it Tlingut zu lassen. Acht Wochen, höchstens zehn, hatte sie ihm versprochen – ihm und sich. Ihr Vater Gijao hatte sie in dem Alter bereits für Reisen verlassen, die ein Jahr währten. Aber Kiaora war nicht Tantans Vater – sie war seine Mutter.

Hoffentlich ging es ihm gut in Pai'it Tlingut. Funandu war völlig verrückt nach dem Kind, das Mischling war wie er. Er und seine Barbarenfrau hatten Kiaora angefleht, wenigstens das Kind bei ihnen zu lassen. Ja, beruhigte sie ihr blutendes Mutterherz, es war gewiß viel zu früh im Leben dieses Knaben, der schon so viel erlebt hatte; aber Funandu würde ihn mit seinen Geschichten von Esanuk, wo er seit vierzig Jahren lebte, und von Serkan Katau, das er nie sehen würde, vorbereiten auf ein Leben als ein Jemand, den es nicht geben durfte.

»Der Hügel!« riß ihre Entdeckung sie zurück in die Wirklichkeit. Vor ihnen lag eine Hügelkuppe, von Felsblöcken übersät, und sie deckte sich unübersehbar mit dem Fleck aus rotem Staub zwischen den Glasplatten. Das Herz der Nautikerin schlug schneller.

Die zwei Führer blieben respektvoll zurück, während der *Fang* und die Katauekin den Hügel umrundeten.

»Ja, kein Zweifel, da drinnen liegt ein Steinbild mindestens Fünften Ranges.« Sie war glücklich. Was für eine Schmach war es gewesen, als sie die *Vollendete Harmonie* im Ozean des Abends nicht nach Eulykien hatte führen können. Sie hatte auch in den folgenden Jahren – in Gwanapur, Gautamar, Leonien, Andhakleia, Goldwango und in der Zuflucht – immer wieder den *Spiegel* befragt und festgestellt, daß das, was sie gelernt hatte, nicht vollständig war. Seit der Katastrophe schien es etliche neue Steinbilder zu geben – obwohl man ihnen allen auf der Schule der *Kammer der Nautik* den Traum ausgetrieben hatte, heute, nach all den Jahrhunderten, seien noch neue Steinbilder zu entdecken.

»Und das Steinbild führt zu den Spinnenmännern?« grölte Fünfarm, daß es über die Prärie schallte wie ein Rudel hungriger Langmähnen. Damit jedenfalls hatten die zwei Eingeborenen die Stimme des *Fangs* verglichen.

»Steinbilder sind oft Orte großer Macht oder alter Sagen, grenzenlos ehrwürdiger *Fang*, und du selbst kommst vom stärksten Steinbild der Gezeitenwelt: dem *Unvollendeten Palast*. Mehr Hilfe kann ich dir als Nautikerin nicht geben.«

Fünfarm entdeckte an der schroffen Nordseite des Hügels eine dunkle Höhlenöffnung, blockiert von einem Felsbrocken von drei Götterfuß Durchmesser und überwuchert von Efeu. Während er sich mit allen sechs Armen an dem Hindernis versuchte, fand Kiaora am Kopf des Hügels, bei einem verkrüppelten Busch, der bereits alle Blätter abgeworfen hatte, einen klaffenden Spalt.

Die Nautikerin rief die zwei Führer aus Pai'it Tlingut herbei und bereitete sich vor, sich abzuseilen. Heroben fühlte man den Nordwind bereits jetzt, zu Mittag, mit beißender Kälte. Aber das sei noch lange keine Winterkälte, hatten die Eingeborenen gesagt, als sie nördlich von Pai'it Tlingut über die Frostfänge gestiegen waren.

Vom Fuß des Hügels kam ein röhrendes Ächzen, als Fünfarm den mächtigen Felsblock in Bewegung setzte. Mit bedrohlichem Knirschen rollte er ein Stück abwärts, das Geflecht von Efeu zerquetschend und hinter sich herziehend.

Also betraten Fünfarm und Kiaora die Höhle. Die Führer hatten vorsorglich einfache Kienspäne für sie geschnitten und entzündet. Zwischen den Felswänden war es noch viel kälter.

»Eine seltsame Höhle«, stellte Kiaora fest. »Keine Quelle, die sie aus dem Felsen spülte. Eher eine Klamm, die sich bildete, als der Hügel in sich zusammenstürzte.« Sie hatten auf der Suche nach Nachtlagern viele Höhlen gesehen – am Leonîl, in Goldwango, im Fieberland und im Merkantilischen Imperium. »Aber warum ist sie so geräumig? Und warum liegen die oberen Felsen so, daß sie eine Decke bilden?« Ein Schauder fuhr über Kiaoras Rücken. Steine fielen nicht immer so, wie die Natur es verlangte. Das wußte sie vom *Affnirküngnackr* …

Der *Fang* zwängte sich weiter voran. Der Boden hing schräg – eher ein breiter Riß, der sich wieder mit Geröll gefüllt hatte.

»Da sind Malereien«, rief Kiaora. Zunächst sah sie sie auf einigen der Brocken, die den Riß füllten, dann an den Wänden. Es waren einfache barbarische Zeichnungen mit hellen Erdfarben und Ruß: Reiter, Jäger, fremdartige Kreaturen mit Hörnern und zottigem Fell.

Eine seltsame Spannung lag in der kalten Luft der Höhle. Kiaoras Blick fiel auf Fünfarm. Er hockte am Boden und hatte einen Brocken umgedreht. Und nun verharrte er bewegungslos. Kiaora zwängte sich halb an ihm vorbei, bis sie über seine mächtige Schulter sehen konnte. Im flackernden Licht des Kienspans glotzte sie eine graue Fratze mit langen Zähnen und seltsam starren Augen an.

»*Fang?*« fragte Fünfarm. Es klang, als ob er mit dem Felsbild spräche.

Im Schein ihrer Kienspäne und dem Licht, das durch den breiten Spalt in der Decke fiel, sah Kiaora ein verstreutes Glitzern. Oben, von wo aus sie sich hatte herabseilen wollen, hingen einige Eiszapfen. Aber das Glitzern herunten kam von vielen Kristallsplittern im Geröll. Einige Stücke waren echte Edelsteine, so groß wie Fingerglieder!

Mit zunehmender Erregung drängte sich Kiaora weiter. Sie wußte, daß hier noch etwas viel Wertvolleres liegen mußte. An den Wänden sah sie weitere Zeichnungen: zottige gehörnte Tiere, die über Wasser gingen. Seeungeheuer?

Dann sah sie den *Roten Stein*. Er war groß und rund wie ein Kürbis und lag in einer Narbe aus dunklerem Gestein. Ein *Roter Stein* fünften Ranges! Sie beugte sich vor und berührte ihn ungläubig. So etwas war seit dreihundert Jahren nicht mehr gefunden worden. Das *Reich der Tugend* hatte die Mangalier unterworfen und über die Ozeane des Morgens und des Abends gesandt, um mehr davon zu finden. Denn alle *Roten Steine* gehörten …

»Meiner!« röhrte heiser eine Stimme, die noch nie so leise gewesen war. Zwei Pranken hoben Kiaora beiseite. Fünfarm fiel auf die Knie und griff mit fünf gierigen Händen nach dem Stein.

»Ihr habt den Tribut der *Roten Steine* gebracht, Eitergesichter«, deklamierte er weiter mit dieser seltsam heiseren Stimme. »Der Pakt ist erfüllt. Ihr werdet verschont. Bringt mehr Steine, Wurmtreter!«

Bei ... den Blauen Göttern, schoß es Kiaora durch den Kopf. Das mußte das Zeremoniell sein, das der *Kriegsherr der Geheimen Kammer, der die Mantikoren bezwang und verspeiste,* vollzogen hatte und das seine Nachfolger über Jahrhunderte erneuert hatten, bis zu jenem unseligen Augenblick vor sechs Jahren.

»Nein!« entgegnete Kiaora streng. »Dies ist der Schatz der *Salhin Hült*, der Windwanderer.« Entsetzen griff nach dem Herzen der Nautikerin. Bei den Ahnen, das war nicht sie, die da sprach!

»Wer bist du, Grottenlaller?« Fünfarm hob den Kopf.

»Ich bin Choniin Schüd, Wolfszahn, Geistertänzer der Windwanderer.« Kiaora wußte, daß ihr Mund gesprochen hatte, aber es war nicht ihr Wille gewesen. Und der *Fang* drehte weiter suchend den Kopf, ohne sie, die direkt neben seinem Ohr stand, eines Blickes zu würdigen.

»Ich *war* Geistertänzer der Windwanderer, in den Jahren des verlorenen Himmels, als die Geistertänzer voller Macht waren. Wir teilten die Geheimnisse des Windes, wir hielten Rat mit den Ahnen, wir waren eins mit den großen Speernasenbullen.« Kiaora zitterte am ganzen Leib, während ihr Mund weitersprach. »Es war, als die Zeit des Mösön Amisgal, des Eisatems, mit jedem Jahr länger wurde. Während der Zeit des Frostatems floh ich vor einem schlimmen Sturm in diese Höhle. Viele Nächte war ich gefangen. Doch eines Morgens, als ich erwachte, hatte sich die Höhle verändert.«

Ein mittäglicher Lichtstrahl fiel senkrecht in die Höhle. Eiszapfen und Splitter blitzten auf. Für einen Augenblick waren Sterne an den Wänden zu sehen.

»Das ist *meine* Höhle, Spinnenmann, der du kein Spinnenmann bist«, rief Kiaora leidenschaftlich. »Und *du* bist nicht gekommen, um das Herz dieser Höhle mitzunehmen. Du bist gekommen, um zu fragen, Spinnenmann, der du kein Spinnenmann bist!«

»Wo sind die Spinnenmänner, Geisterfurz?« röhrte Fünfarm, nun wieder ganz der alte Rüpel. Er erhob sich, bedrohlich wie ein Raubtier.

»Als der lange Eisatem zu Ende ging, hat das Volk der Windwanderer die Spinnenmänner besiegt. Ein Spinnenmann ist das einzige, was eine Speernase niederwerfen kann – und auch er braucht sechs Hände dafür.«

Kiaora hatte den Eindruck, ein Echo zu hören: nicht in der Höhle, sondern in ihrem Kopf. Wolfszahn gab keine Antworten – das war vielmehr ein Gespräch, das er vor langer Zeit geführt hatte. »Sie kommen mit dem Nordwind, den sie so sehr hassen, daß sie vor ihm davonzulaufen versuchen. Du darfst kein Feuer machen. Wenn sie in deine Nähe kommen, dann steh still und fessele die Furcht in deinen Gedanken. Wärme, Bewegung und Furcht, das lockt sie an. Hast du aber keine Angst vor ihnen und stehst du ganz still, dann können sie dich nicht sehen.«

Allein!

Irgendwo in der Prärie nördlich der Frostfänge,
zu Beginn des Winters, nachmittags

Allein! Fünfarm stand breitbeinig inmitten wirbelnder Schneeflocken. Die Prärie war eine Ebene aus Weiß. Zum ersten Mal war der Blaue Gott allein. Da war niemand, den er erschlagen konnte. Da war niemand, der ihm den Tribut der *Roten Steine* darbrachte. Da war niemand, den er fragen konnte. Da war niemand, den er beschützen konnte.

Die Schifferschlampe, zu der er nicht Schifferschlampe sagen durfte, war gegangen, um sich um ihren kleinen Kackerwurm zu kümmern. Der dunkelblonde Zitternasling war gegangen, nachdem er ins Feuer gestarrt hatte.

Jetzt blickte Fünfarm ins Feuer. Wie ihm die Segelbraut geraten hatte, hatte er alles Holz aufgetürmt, das er gefunden hatte: Fichten, die er auf den Hügeln ausgerissen hatte, alte Stämme, die in der Prärie gelegen hatten, Sträucher, die in der Kälte vertrocknet waren. Schöner Haufen! Höher als Fünfarm und so breit wie das Haus, in dem der Zitternasling und die Segelbraut ihren Kackerwurm gemacht hatten.

Das Holz krachte vor Wut in den Flammen. Der Eisatem fuhr schnaubend in den Haufen und blies seitlich Flammen heraus, die so lang waren wie Fünfarms Holzspeere. Unter dem wartenden Holz glühte jenes, das bereits um sein Leben kämpfte.

Fünfarm sah ein weites Tal, gebadet in flackerndem Licht – in Himmlischem Feuer. ›Erinnerungen‹ nannte Strolch das. Der Blaue Gott wollte sich auch so erinnern wie Strolch. Aber er war nie gewachsen. Er war einfach da. In ihm war nur der Oberblechgimpel, der ihm die Hand abgeschlagen hatte. Dann war der *Fang* losgegangen. Jetzt stand er.

»Wo seid ihr, Spinnenmänner, schimmelige?«

Der Eisatem begann zu heulen vor Haß. Das war nicht die Wut des Feuers. Das war kalter Haß auf alles, was lebte, was sich bewegte, was Gefühle hatte.

Ja, Fünfarm bewegte sich. Er versuchte sich zu erinnern, was Gefühle waren. Aber lebte er? Haßte ihn der Eisatem?

Der Schnee flog nun senkrecht. Das Heulen war rund um den *Fang*. Die Flammen hatten sich im Haufen verkrochen. Ein spinnenbeiniger Blitz zuckte durch das wirbelnde Grauweiß.

Die Spinnenmänner liefen geduckt im Sturm. Ihre graublauen Leiber krümmten sich in der Kälte, vor der sie selbst flohen. Die sechs dürren Arme waren tastend erhoben. Sie schlichen um das gewaltige Feuer. Ihre starren Augen hatten keinen Blick, keine Pupille, keine Bewegung. Jedes Auge war tausendfaches Starren aus nadelspitzen Schneekristallen. Die Zähne waren fremd wie die einer Libelle.

Gurrende Laute, fast wie ein Taubenruf, flogen zwischen ihnen hin und her. Sie suchten mit zuckenden, vorgestreckten Köpfen. Wo ihre spitzen Füße auftraten, verharschte der Schnee.

Honoria

In einer verfallenen Schäferhütte, nahe Gelsetta, in den Bergen von Cornia, am 12. Tag im Mosquitomond, zur selben Zeit

Strolch sah ein weites Tal, gebadet in flackerndem Licht – in Himmlischem Feuer. Er fühlte sich an die Schlacht um den *Unvollendeten Palast* erinnert; aber zugleich sagte etwas in ihm, daß dies mehr war als eine Erinnerung aus der Vergangenheit.

Ein Tritt weckte den Abenteurer aus seinem Traum. Er rollte zur Seite und griff nach dem Messer im Stroh, als ihn ein zweiter Tritt traf.

»Zieh den Stahl und du bist tot«, sagte eine Stimme mit unverkennbar einheimischem Akzent – und derart beiläufig, daß Strolch wußte, er hatte großen Ärger. Im Dunkel der verfallenen Schäferhütte waren nur Schemen auszumachen. In der Tür jedoch lehnte eine hochgewachsene, schlanke Gestalt.

Tücke, fluchte Strolch stumm in sich hinein. So nahe war er herangekommen, nur um auf dem letzten Stück Weges wieder einmal in ein paar Strauchdiebe zu laufen. Dabei hatte er absichtlich bei Tag geschlafen, um nachts marschieren zu können. Grobe Hände tasteten über seinen Leib. Mit einem weiteren Griff fanden sie das Messer, das er im Stroh versteckt hatte.

»Was ist das?«

Der schwarzrote Stein – sein letztes Andenken von der Schlacht am *Unvollendeten Palast*! Er hatte weder Fünfarm noch Kiaora davon erzählt, aber dieser Stein hatte, noch warm, nahe der Stelle gelegen, wo Strolch die abgeschlagene Hand gefunden hatte. Der Weltreisende wünschte sich, Fünfarm wäre jetzt hier. Dann würden diese Halunken ihr blaues Wunder erleben. Er mußte grinsen ... Ja, wahrlich ein blaues Wunder.

Die Blende einer Sturmlaterne wurde zurückgezogen. Gelbes Licht stach schmerzhaft in die Augen des Magantäers. Jemand stieß einen leisen Pfiff aus. »Ein *Roter Stein* ...«

»Wer bist du? Und wer hat dich geschickt?« fragte ein mürrisch dreinblickender, dürrer Mann, den Strolch nun im Licht der Laterne erkannte.

»Niemand schickt mich.« Er legte mit der Geschichte los, die er sich für das Ziel seiner Reise bereitgelegt hatte. »Ich bin Pascaello de Conta, Sohn des *mercatoren*-Hauses da Conta in Maganta, ein Weltreisender, der die fernen Gestade Serkan Kataus besuchte.« Carissimo war ein Schwein, aber Strolch hatte bei ihm gelernt, wie man Geschichten erzählte. »Ich bin der, der dem Blauen Gott eine seiner sechs Hände abschlug und ihn in seine Dienste zwang, der, der mit dem Kaiser von Katau an einer Tafel saß ... und ich bin gekommen, um an der Seite der heldenhaften Alessandra zu kämpfen, die die Ungeheuer aus diesen Bergen vertrieben hat und ...«

»Zeig mir deine Hände!« Die Gestalt im Türrahmen trat jetzt näher.

War das eine Frauenstimme gewesen? Unsicher streckte Strolch seine Hände vor. Sie zitterten nicht. Noch nicht ...

»Dreh die Hände um!«

Er gehorchte. Einige Herzschläge lang herrschte angespannte Stille.

»Rissige Fingernägel, schwielige Hände voller Narben.« Es war der Dürre, der sprach. »Dieser Kerl hat nie einen *mercatoren*-Palast von innen gesehen.«

Eine schmale, stählerne Speerspitze senkte sich auf Strolchs Hals und ritzte leicht seine Haut. »Entweder ist deine nächste Geschichte besser, oder es ist deine letzte Geschichte.«

Das war eine Frauenstimme! Hatte er sie gefunden? Alessandra, die schwarze Reiterin, die Herrin der *corona* von Cornia? Unsicher fuhr er sich mit der Zunge über die Lippen. »Ich bin ein Dieb und auch ein Kämpfer. Ich war wirklich im fernen Serkan Katau, und ich ... ich glaube, ich kann zaubern ...«

Die stählerne Spitze zuckte zur Seite. Eine Frau mit schmalem Gesicht und dünnen Lippen kniete sich neben ihn. Ihr Blick glich dem eines Falken. Sie griff nach dem *Roten Stein,* den die anderen ihm abgenommen hatten, und schloß die Augen. Strolch konnte sehen, wie unter ihren Lidern die Augäpfel rollten.

»Sie hetzen ihn durch den Schnee«, sagte sie mit seltsam tonloser Stimme. Wieder herrschte quälende Stille in der verfallenen Hütte. Unvermutet schlug die unheimliche Fremde ihre Augen wieder auf. »Dein Freund hat gefunden, wonach er gesucht hat ...«

»Du ... du hast ihn gesehen?« fragte Strolch ungläubig.

Die Frau ignorierte seine Frage. »Welchen Wert hast du für mich?« Die Spitze ihrer Waffe richtete sich wieder auf seinen Hals.

»Ich bin ein erfahrener Weltreisender ...«

Sie schüttelte den Kopf. »Meine Welt sind diese Berge, und die kenne ich zweifellos besser als du.«

»Ich bin ein meisterlicher Dieb und ein großer Zauberer, der ...«

Wieder das Kopfschütteln. Jetzt machte sie eine Miene wie ein *iudicator*, der jeden Moment ein Todesurteil verkünden würde. »Was ich brauche, nehme ich mir selbst, und ein großer Zauberer kannst du wahrlich nicht sein, denn dann würdest du dich am Hof eines Fürsten verkaufen. Deine Reden ermüden mich. Überzeuge mich jetzt!« Der kalte Stahl der Lanze legte sich erneut auf seinen Hals.

»Ich ...« Strolchs Gedanken rasten. Was hatte er zu bieten, womit niemand in diesen Bergen aufwarten konnte? Sein Traum, zu tun, was sein Vater nie gewagt hatte, nämlich ein Räuberhauptmann der *corona* zu sein, war zu nichts zerstoben. Wenn ihm jetzt nicht bald etwas einfiele, dann wäre er heute abend nur noch ein Stück totes Fleisch, an dem die Raben pickten. »Ich kann katauekisch. Ich kenne die Eroberer von Maganta und ihre Gebräuche!«

Der dürre Kerl lachte. »Es war noch nie einer dieser schlitzäugigen Händler hier in den Bergen. Welchen Nutzen sollten wir also von deinen Kenntnissen haben?«

»Sie werden kommen«, erwiderte Strolch, bereit, alles auf eine letzte Karte zu setzen. »Sie sind ein Seefahrervolk. Es heißt, es gibt keinen Seeweg mehr zur Ehernen Liga. Und deshalb werden sie sich einen Landweg suchen, dort wo der Weg am kürzesten ist und wo es schon Häfen gibt. Das ist hier in Cornia.«

Beim heiligen Malachias, hoffentlich glaubten die Halsabschneider ihm diese Lüge. Strolch hatte keine Ahnung von den wirklichen Absichten der Katauеken, aber das hatten die anderen hier auch nicht. Und die Schlitzaugen schuldeten ihm etwas: Er hatte so davon geträumt, seine verhaßte und geliebte Heimatstadt wiederzusehen – nur um dort nichts als Ruinen und Katauеken vorzufinden.

»Du willst ein Dolmetscher für eine Sprache sein, die niemand hier in den Bergen spricht?« Die Frau brach in schallendes Gelächter aus und zog die Lanze zurück. »So ein Angebot hat mir in der Tat noch nie jemand gemacht.«

»Nur ein paar Priester sprechen Katauekisch«, wandte der dürre Mann ein. »Ich halte diesen Hungerleider für einen Spitzel, den uns Cosima schickt.«

Die Anführerin winkte ab. »Deine Zweifel in Ehren, Sebastiano, aber ich erkenne einen Pfaffen, wenn ich einem begegne.« Dann wandte sie sich wieder Strolch zu. »Du glaubst also, die Katauеken werden nach Cornia kommen. Wenn sie das tun sollten, hätte ich in der Tat einiges mit ihnen zu bereden. Was mich aber noch mehr interessiert ist … dieses Geschöpf. Du kennst es gut?«

Strolch räusperte sich, nestelte an seinen Kleidern herum und richtete sich auf. Welche Antwort wollte sie hören? Warum geriet immer er in eine solche Lage? Es war wie damals in der ersten Zeit mit Fünfarm, wo er niemals gewußt hatte, ob der Blaue Gott ihn nicht im nächsten Moment erschlagen würde. Strolch entschied sich, es einfach mit der Wahrheit zu versuchen. »Er war mein Freund.«

»Bist du ein gläubiger Mensch?« Bitternis schwang in ihren Worten mit. »Wenn ja, dann bete für ihn, denn ich fürchte, dein Freund hat sein Schicksal gefunden.«

Fünfarm? War es Zufall oder nur das Glück der Verfolger, das jede Konfrontation gefährlicher gemacht hatte? Der Blaue Gott war unbesiegbar und unverwundbar gewesen, als er sich am

Unvollendeten Palast durch die Reihen der Götterfresser gekämpft hatte. In Thalliopê wären sie fast nicht entkommen, weil er Strolch mit sich geschleppt hatte. Dann hatte ihm der junge Streuner beigebracht, Schmerzen zu fühlen und zu bluten. Und Fünfarm hatte geblutet und war von Falle zu Falle hilfloser gewesen.

Wer bin ich, um einem Gott Ratschläge zu geben? wies sich der junge Abenteurer zurecht. Ich habe selbst genug Schwierigkeiten.

Kurzsicht und Weitblick

In der Prärie nördlich der Frostfänge,
am Rande des unnatürlichen Blizzards, zur selben Zeit

»Ist er Sturm zu schnell gekommen«, stellte Rürek mit sorgenvollem Blick fest. »Wie er *Kriegergräber vom Berg*. Aber ist er Blauer Gott in Mitte. *Mindestens* einer Blauer Gott.«

Hauptmann Kang biß die Zähne zusammen. Was für eine ärgerliche Entwicklung! Er hatte sich daran gewöhnt, den Adleraugen des Turga zu vertrauen – und wenn Rürek in dem Schneetreiben, wo vorhin noch die Rauchsäule aufgestiegen war, mehrere *Fangs* vermutete, dann rechnete Kang mit mehreren, so überraschend das hier auch war, eine halbe Welt vom *Unvollendeten Palast* entfernt.

»Formation des *Breiten Eisenkeils*, Erster Wachtmeister Rürek. Die verbliebenen Feuerlanzenträger an der Spitze. Die Frostopfer in die letzte Reihe. Drei Mann davon zu den Maultieren abstellen. Bereithalten zum Sturmlauf.«

»Tugend, höchstehrwürdiger Hauptmann!«

Offener Sturmangriff, rügte sich Kang selbst, das hatte mit doppelt soviel Götterfressern gegen *einen* Blauen Gott schon versagt. Ohne Schneesturm. Ohne Männer, die die Nacht durchmarschiert waren und von denen einige knapp davor waren, sich ihre verfaulenden Zehen mit dem Dolch abzutrennen.

Er brauchte einen viel besseren Plan. Was hatten die beiden Kundschafter gesagt? Die Nautikerin war den Götterfressern mit ihrem üblichen Geschick entkommen, aber die beiden Wilden hatten sich nicht einmal gewehrt, als Rüreks Stoßtrupp sie gestellt hatte. Und sie sprachen genug Katauekisch, um das Verhör sinnvoll zu machen.

»Es stimmt also, ehrwürdiger Hauptmann«, sagte die Hohepriesterin Lü müde, als sie zu ihm trat. Ihr ehedem weiches Gesicht war beinahe hager geworden. Kang hätte ihr nicht zugetraut, den Marsch über die Berge und Ebenen Esanuks durchzustehen. Aber irgend etwas trieb sie voran. Selbst nachdem ihre Vertraute Nühen überraschend am Rasselhusten gestorben war und die Dienerinnen geflohen waren, hatte sie nicht aufgegeben.

»Es scheint so, höchstehrwürdige *Lauzöng*«, antwortete Kang. »Er hat tatsächlich dieses Feuer entfacht, wie die Kundschafter sagten. Was für ein Wegweiser während des halben Tages.«

»Er hat noch nie ...«, begann die Hohepriesterin und stockte. »Nun, ich täuschte mich auch, als ich behauptete, er werde auf die Geiselnahme nicht reagieren.« Ja, sie hatte sich getäuscht, aber dennoch wußte sie etwas über den *Fang*, das sie mit niemandem teilte.

»Höchstehrwürdiger Hauptmann!« Wachtmeister Rürek kam gelaufen. Der sollte doch die Formation bilden. Nein, als Erster Wachtmeister konnte er gewiß nicht mit dem gefallenen Zuang-Zu mithalten. Aber als Kundschafter und für all das, was die Doktrin den Götterfressern untersagte, war er unverzichtbar.

»Meldung?«

»Sie kämpfen, Hauptmann. Sind er Blauer Gott und andere verschiedene und kämpfen gegeneinander.«

»Korrektes Katauekisch, Wachtmeister. Wer kämpft gegen wen?«

»Alle verschiedene gegen er Blauer Gott alleine. Und ist er gut, Hauptmann, aber nicht gut genug.«

Kang leistete sich einen Blick in das Schneetreiben. Aber die Zeiten, wo er auf vierzig Götterfuß eine Turgapfeilspitze im Gras ausgemacht hatte, waren vorbei. Dann betrachtete er die Hohepriesterin.

»Was willst du tun, ehrwürdiger Hauptmann?« fragte sie. »Dich in diesen Kampf stürzen und ausnutzen, daß irgendwelche fremden Ungeheuer ebenfalls gegen ihn kämpfen – um endlich Erfolg zu haben? Oder ihm zuerst zu Hilfe kommen und die Ungeheuer erschlagen – und dann ihn?«

»Meine Aufgabe war es immer, dieses himmlische Wesen zu töten.«

»Warum?« fragte sie mit einem unergründlichen Blick. »Weil es deine Ehre verlangt?« Er antwortete nicht. Welchen Sinn hätte es, dies einer Frau zu erklären? »Du hast Hinterhalte gelegt und Fallen gestellt. Du hast Bauern mißhandeln lassen, um die Spur des *Fangs* wiederzufinden. Du hast ein Kind als Geisel genommen. Du hast eine Nauke voll katauekischer Seeleute in Brand geschossen.«

Das kam unerwartet. Nicht die einzelnen Schläge – aber die Summe der Vorwürfe.

»Als du diese Jagd begonnen hast, ehrwürdiger Kang hua Schiang, warst du der letzte Vertreter einer Ehre, die es längst nicht mehr gibt; einer der unsterblichen Helden aus der Nekropole.« Sie nahm den Fächer herunter, wie man es vor einer Person tut, von der man keine Achtung erwartet. »Aber du hast mit dieser Ehre Schindluder getrieben. Du hast nach ihr gegiert wie ein Geizhals, statt sie zu leben. Inzwischen, ehrwürdiger Hauptmann, ist es nicht mehr Ehre, sondern nur noch Ehr*geiz*, der dich vorantreibt.«

Er stand da, die Standarte in der Hand, und antwortete nicht. Wie hätte sie auch verstehen können? Und doch hatte er gehofft, daß gerade sie verstünde.

»Erster Wachtmeister, Sturmlauf! Und du, höchstehrwürdige Hohepriesterin, bleibst hinter mir.«

»Siebaugen, klapperknochige!« Fünfarm stieß einem weiteren Spinnenmann einen Holzspieß durch die Gurgel. Sie waren verhältnismäßig beweglich – und vor allem waren sie beinahe so groß wie der *Fang*. Mit den Hieben seiner drei Stabwaffen konnte er sie lediglich auf Abstand halten; das einzige, was sie tötete, waren durchbohrende Treffer an den Köpfen und den dürren Leibern.

»Frostbeule, wandelnde!« brüllte der Blaue Gott, als sich erneut Zähne in einen seiner Arme bohrten. Das eisige Gift fuhr ihm ein wie nichts, was sein beinahe unverwundbarer Leib je erfahren hatte. Auch dieser Arm wurde steif und erstarrte in der Bewegung.

»*Wu Teng!*« schallte ein vertrauter Ruf aus einem Dutzend Kehlen durch das Heulen des Sturmes.

Fünfarm rotierte um die eigene Achse und schlug sich mit allen drei Speeren eine Bresche, durch die er dann mit zwei Sätzen ausbrach. Mit vier weiteren Schritten sprang er durch die wadenhohe Glut, wo der Scheiterhaufen bereits niedergebrannt war.

Die Blechgimpel kamen mit sprühendem Feuer an der Spitze daher. Sofort stürzten sich die meisten der Spinnenmänner auf die verhaßte Wärme.

Jenseits des Haufens verharrte Fünfarm. Kein Feuer, keine Bewegung. Aber da war ein Gefühl in ihm: er wollte nicht, daß ihn noch einer dieser Bisse traf. Lieber freiwillig erstarren als noch einmal fühlen, wie das Eis seinen Leib zum Erstarren brachte. War es das, was Strolch Angst genannt hatte?

Ja, es mußte Angst sein, denn einige Spinnenmänner umgingen den Gluthaufen und näherten sich ihm. Fünfarm drehte sich, aber da war nichts in ihm, was ihn sonst so schnell sein ließ. Da war nur Nein in ihm. Nicht weg vom Feuer, nicht hinaus in den Sturm. Nicht ins Feuer. Nicht rechts herum, wo die Spinnenmänner kamen. Nicht links herum, wo der Keil der Blechgimpel immer breiter wurde.

Der Blaue Gott erwartete die gebückt heranhastenden Kreaturen. Er hatte noch drei Hände, die er einsetzen konnte.

»Übelfrierer, ekelige!« brüllte er und stieß wieder einen Speer in einen Leib. Mit einem Ruck hob er die Ausgeburt der Kälte aus und warf sie in die Glut. Der Spinnenmann zischte auf wie ein Schneeball im Feuer, versuchte noch einmal hochzukommen und löste sich dann in Dampf und Schmutz auf.

Zwei weitere Angreifer prügelte der *Fang* beiseite. Da sprang ihm ein Spinnenmann, geduckt heraneilend wie ein Affe, ans Bein und biß zu. Fünfarms verstümmelter Arm schlug zu und brach dem Angreifer das Genick. Aber das Bein erstarrte unter seinem Leib zu einem eisigen Klumpen blauen Fleisches.

»Kaltkakerlaken, gruselige!« hatte er noch Zeit zu brüllen, dann warfen ihn zwei weitere dieser Ausgeburten der Kälte um. Er verschwand unter einem lautlosen Knäuel dürrer Arme und Beine.

Eisige Kälte

Im Zentrum des Blizzards, auf der Seite der Götterfresser

Der Keil der Götterfresser war längst eine Schlachtreihe, meist dreifach, bisweilen stärker, vielfach durchbrochen jedoch von den grauen Unholden. Sie waren erschreckend stark und schnell und warfen sich oft über die erste Reihe hinweg in die dahinter stehenden. Aber es schien auch, daß sie mit ihren Hauern und dürren Fäusten die einzigartigen Harnische der Götterfresser kaum durchdringen konnten.

Lü hatte ihren Entschluß gefaßt: Sie würde zu dem *Fang* gehen, wie es ihre Pflicht war. Zweimal in ihrem Leben hatte sie nicht nur zugelassen, sondern sogar unterstützt, daß die Götterfresser ihn gestellt hatten. Es hatte ihr das Herz zerrissen, den *Fang* auf der Bühne zu sehen, von Harpunen durchbohrt, und später, im Boden gefangen, hilflos in seiner göttlichen Wut. Und sie erkannte, daß er wieder in Bedrängnis war – selbst ohne die Götterfresser.

Sie hatte ihr letztes Lorbeerblatt in den Mund genommen und zu kauen begonnen. Gemessenen Schrittes ging sie in großem Bogen los, ein Bild der Gleichmut inmitten hastender Krieger und springender Unholde, den Fächer vor dem Gesicht, wie es einer Frau von Rang inmitten niederer Emotionen würdig war. Sie war die Hohepriesterin von Tschöng-Hau Leng. Niemand durfte wagen, Hand an sie zu legen.

»Zu-gleich!« Direkt neben ihr rissen vier Götterfresser einen Sechsarmigen zu Boden, einer der *Ziangs* schwang einen Hammer hoch und trieb dem Spinnenmann den Pflock in die Brust.

Der Schneesturm zerrte an Lüs altem Seidenmantel, aber sie fühlte es kaum. Dies war in jedem Fall ihre letzte Amtshandlung als Hohepriesterin – ob sie Erfolg hatte oder scheiterte oder ihr Ziel nicht einmal erreichte. Der bittere Lorbeer umwölkte ihren Geist. Wieder sah sie sich durch die roten Trümmer eines Palastes gehen. Überall lagen erschlagene Blaue Götter.

»*Katai!*« Aus der Vision schälte sich das Bild eines grauen, spinnenbeinigen Unholds. Er hatte einen Götterfresser in den Klauen und versuchte, ihm den Hals durchzubeißen. Da trafen ihn knallend zwei Bullenpeitschen und rissen ihn zurück.

Lü erreichte die andere Seite des riesigen Gluthaufens. Ehe ihre Augen die wehenden Schneeschleier durchdrangen, wußte sie, daß der *Fang* hier lag. Wie riesige Aasfresser, beim Mahl gestört, erhoben sich vier Sechsarmige. Lü verharrte, selbst ihr Fächer bewegte sich nur noch unter den unnatürlichen Böen des Nordwindes. Einer der vier stieß ein seltsames Gurren aus.

Vor Lüs Auge verwischte das Bild erneut: aus der roten Glut wurden rote Ruinen, aus dem Schnee gefallene *Fangs*, während die Unholde verwehten. Sie hörte schwere Schritte und fühlte, daß sich etwas an ihr vorbeibewegte und dann zu laufen begann.

Vor ihr lag ein *Fang*. Der Eine. Er lag unbewegt, einen Unterarm seltsam starr erhoben. Schnee sammelte sich auf seiner mächtigen Brust.

Sie fiel auf die Knie, sah in die Augen, die sich ihr zuwandten, und verneigte sich dann. Die Unholde hatten Stücke aus seinen Armen und Schultern gebissen.

»Über die Maßen ehrwürdiger *Fang*«, sagte sie sanft. »Ich bin gekommen. Deine Dienerin!«

»Die Wedelpriesterin«, stieß er knarrend hervor. »Lü!«

Er hatte ihren Namen ausgesprochen. Sie fühlte, wie ihr die Tränen in die Augen schossen. »Über die Maßen ehrwürdiger Fünfarm.« So nannten ihn die Götterfresser alle, wenn ihr Hauptmann nicht anwesend war. »Was hast du getan?« flüsterte sie. »Was tust du hier?«

»Fünfarm sucht«, antwortete er zähnefletschend. Er war ganz anders, als sie ihn auf der Überfahrt nach Eulykien kennengelernt hatte – und gerade deswegen so vertraut, daß es schmerzte. »Fünfarm sucht den Anfang von Fünfarms Leben. Aber alles, was Fünfarm findet, ist das Ende von Fünfarms Leben. Wie geht sterben, wenn Fünfarm nicht weiß, wie leben geht?«

Lü schüttelte überfragt den Kopf. »Was für eine Frage an eine alte Frau.« Sie dachte an die alte Nühen. »Wie soll ich dir antworten? Du bist einzigartig, über die Maßen ehrwürdiger *Fang*.« Wie riesenhaft er war, selbst jetzt noch, am Boden liegend. Und wie verwundbar. Sie beugte sich vor, wischte den Schnee von seiner Brust und zupfte seinen Brustschmuck zurecht. Sein Körper war eiskalt.

Wie hatte sie so blind sein können? Die Leere in ihm war hundertmal größer als in ihr. Die Fragen, die sich jeder stellte, wurden in ihm so viel grausamer offenbar.

»Du suchst deinen Ursprung«, flüsterte sie, blind vor Tränen. »Du suchst, was jeder Mensch in seinem Vater und seiner Mutter besitzt – weil du es nicht besitzt.« Wer, fragte sie sich, hatte ihn gemacht? Was hatte Nühen über die achtjährige Lü gesagt? Er war doch *ihr* Traum. Sie war es, die die letzte Antwort geben mußte.

»Fünfarm ist kalt«, brummte er.

»Ich werde dich wärmen«, flüsterte die Hohepriesterin.

Nahe dem Gluthaufen, eine Viertelstunde später

»Stirb endlich!« Kang nahm Anlauf und stieß zu. Wachtmeister Rürek und die drei Götterfresser hielten jeder eine der Gliedmaßen des Sechsarmigen umklammert. Als ihn die Spitze der Standarte traf, bäumte er sich auf, und ein Hauch eisiger Luft quoll aus seiner Brust. Dann begann er sich langsam in schmutzigen Schnee aufzulösen.

»Ist er letzter das«, stieß Rürek hervor. Sein Harnisch war wie der aller, die noch kämpften, von Rauhreif überzogen. Kang kam taumelnd hoch. Der Nordwind blies noch immer Schneeflocken daher, aber der Sturm hatte nachgelassen. Der Kampfplatz war eine auf siebzig Götterfuß zerstampfte Masse aus Schnee, Erdreich und Blut, bestreut mit unheimlich erstarrten roten Leibern.

Kang kam taumelnd auf die Beine. Sie hatten viel zu lange gebraucht, um zu begreifen, daß die Männer in ihren Harnischen erfroren. Immer wieder hatte einer der Unholde versucht, einen Götterfresser zu beißen, und war scheinbar am Metall gescheitert. Doch die Männer standen nicht mehr auf.

»Verluste, Erster Wachtmeister?« fragte er rauh.

Auch Rürek stand nicht mehr auf. Auf dem Rücken liegend, brüllte er: »Wer mich hört, hebt er die Hand.« Kang fühlte ein Schaudern. Er war es nach drei Schlachten gewohnt, daß Götterfresser, die fielen, selten wieder aufstanden. Aber hier gab es nicht einmal mehr Sterbende. Die vier, mit denen er die letzten drei Unholde erschlagen hatte; fünf Hellebardiere und Harpunenwerfer, die sich Rücken an Rücken verteidigt hatten; zwei Kreuzbogenschützen, die sich pflichtgemäß auf Distanz gehalten hatten; und ein Waffenmeister der Peitschenschwinger. Das schien alles zu sein, was von der Dritten Faust der Götterfresser übrig war.

Und dort drüben, lang hingestreckt im Schnee, der *Fang*. Ehe er sich zwischen Triumph und dem Gefühl des Zuspätkommens entscheiden mußte, erkannte er die Gestalt im blauen Mantel, die ebenso reglos auf dem Blauen Gott lag.

»Höchstehrwürdige *Lauzöng*«, rief er viel zu laut und hinkte mit schweren Schritten los. Lü! Sein Harnisch klemmte am linken Bein. Als er näher kam, gerieten in ihm noch mehr Gefühle in Aufruhr.

Der *Fang* hielt die Hohepriesterin mit drei Armen umfangen. Sie lag wie ein kleines Kind auf seinem Bauch, zugleich jedoch überaus weiblich, ein halbnacktes Bein angezogen. Ihr Gesicht war Kang zugewandt, ihre Augen glänzten, ihr Mund war von einem glücklichen Lächeln verzaubert.

Dann sah Kang das Blut, das in dampfenden, breiten Bahnen von dem mächtigen Leib des Blauen Gottes herabrann und den Schnee rot färbte. Und schließlich erkannte er den blutigen Dolch in ihrer Rechten, sanft auf der Schulter des Fangs liegend.

»Ist die Wedelpriesterin jetzt tot, Oberblechgimpel?« kam eine Frage von röhrender Kraft vom Boden. »Ist Lü wirklich gestorben?«

Etwas in ihm wollte noch schreien: Was hast du mit ihr getan? Aber wie Wellen der Brandung kam das Begreifen über Kang. Er blickte auf die Umarmung des Gottes und sah den Gott, der beim Anblick des entführten Kindes blindlings in die Falle gelaufen war. Er blickte auf Lüs glückliches Lächeln und sah das Blau des Himmels, das die Hohepriesterin umarmte. Er blickte auf das warme Blut auf dem kalten Leib und sah den unlösbaren Konflikt – in Lü, in Kang, im *Reich der Tugend* – den Lü gelöst hatte. Blau, weiß, rot – die dreifarbigen Mächte. Die Vereinigung des Himmels und der Erde. *Sie*, die Priesterin im blauen Gewand, hatte den Himmel und die Tugend mit ihrem Blut verteidigt – nicht er, der Krieger im roten Harnisch.

Kang fiel auf die Knie; krachend barst das vereiste Scharnier am linken Knie. »Lü«, murmelte er. So viele Jahre nebeneinander – und nun: zu spät.

Der Hauptmann klappte das Maskenvisier hoch und riß sich den rechten Panzerhandschuh herunter. Unbeholfen berührte er ihre Wange. Seine eisklammen Finger verrieten ihm nicht, wie kalt ihr Gesicht war. Aber die Augen, die noch immer glücklich in die Ferne starrten, waren Antwort genug.

»Ja«, sagte er feierlich, mit einer Stimme, die viel zu spät weich wurde, »ja, sie ist jetzt tot, Fünfarm.«

Seite an Seite

In der Prärie nördlich der Frostfänge,
an diesem Abend

Rürek sang ein fremdartiges Lied, während er die letzten Schaufeln schneeiger Erde auf die Gräber warf. Kang erkannte es. Es war das Lied, das die Reiter aus Turgatan auch vor der Schlacht um den *Unvollendeten Palast* gesungen hatten.

»Erster Wachtmeister, was sagt dieses Lied?« fragte er steif.

Der Turga wandte sich ihm zu; sein Nasenring blitzte. »Er ist der Lied von der grausame Mauer.«

»Das Labyrinth? Ihr habt ein eigenes Lied über die Mauern des Labyrinths?«

»Mein Vater ist er gestorben an der Mauer. Und zwei von er seiner Bruder. Der Vater von meiner Vater ist er gestorben an der Mauer. Und einer von er seiner Bruder. Denkst du, Turga sie weinen nicht um unserer Toten?«

Nein, Kang hatte nicht darüber nachgedacht – wie über so vieles. Sein Blick fiel auf den *Fang*, der noch immer im Dunkel stand, wo die Hohepriesterin in seinen Armen gestorben war.

»Und was macht er Götterfresser jetzt?« Rürek stand vor ihm, das Gesicht glänzend von Schweiß, die Schaufel über der Schulter.

»Jetzt kehren wir nach Ajuna zurück. Wir suchen den *agentus in rebus dei*. Ich werde ihm sagen, daß wir den *Fang* nicht getötet haben, und ihm seinen Freibrief zurückgeben. Dafür will ich die

Hand zurück. Und dann fahren wir nach Serkan Katau und melden uns bei General Tüfang hua Hidong: mit der Hand.« Kang blickte auf Lüs Grab. »Du hast noch acht Tage und Nächte auf dem Kasernenhof zu stehen. Ich nehme an, daß das nicht einmal du überleben wirst. Und auf mich wartet wohl der Schmetterlingstod.«

»Das ist er ein Plan«, grinste der Turga. Er wandte sich bereits ab, als Kang ihn noch einmal ansprach.

»Warum bist du bei mir geblieben ... Rürek?« Kang hatte gezögert, ehe der Name über seine Lippen kam. Aber den Mann einfach mit einem Dienstrang – egal welchem – oder als *Ziang* anzusprechen, nach allem, was sie überstanden hatten, das erschien ihm nun so unpassend.

»Ich nicht verstehe, Hauptmann!« sagte der Barbar. Er ging zum Lagerfeuer und nahm sechs Stücke Klaubholz in den Arm, bereit, es ins Feuer zu werfen.

»Die anderen Götterfresser«, hob Kang an. Er fühlte, wie seine Lippen trocken wurden. Unwillkürlich tastete seine Faust nach dem Griff seines Säbelschwerts. Der kalte Stahl und das Leder, das so viele Jahre seinen Schweiß getrunken hatte, gaben ihm Sicherheit. »Sie sind alle fort. Tot. Gegangen.«

»Du bist meiner Khan, Hauptmann.« Rürek warf das Holz mit einem Ruck ins Feuer, nein, er ließ es fast beiläufig fallen. Er hatte sich unmerklich aufgerichtet, und ein eigentümlicher Stolz ging von seiner Haltung aus. Kangs Blick und der Rüreks verschmolzen für einen Moment, der wie kochender Stahl war. Schließlich wandte Rürek sich ab. Sein Nasenring blitzte, als er über das Feuer hinwegschaute, aus dem Funken in den Abend emporstiegen.

»Ich weiß nicht über deiner *Höchster Kriegsherr der Geheimen Kammer*. Ich weiß nicht über deiner *Weg der Tugend*. Ich weiß nicht, warum wir gejagt haben dieser Blauer Gott. Aber das ist ...« Seine Hand machte eine suchende Geste, griff förmlich nach einem Wort, das er vielleicht in seiner Muttersprache kannte. Sein Blick traf wieder den von Kang.

»Das ist er Kamelscheiße, Hauptmann.« Da war nicht der Ansatz einer Beleidigung in diesem unerhörten Satz. »Fällt er raus, trocknet er, vergeht er in Wind. Wenn er Blauer Gott ist tot, wenn du bist tot, wenn ich bin tot, dann *Warum* ist er Kamelscheiße. Aber mein Geist, Hauptmann« – dabei legte er die Hand zwischen Bauch und Brust, als wäre es allgemein bekannt, daß der Geist dort wohne –, »wird er reiten mit deinem Geist, bis die Sterne fallen von Himmel. Alle Sterne. Du bist meiner Khan, Hauptmann.«

Dann drehte er sich um – guter katauekischer Ausfallschritt, dachte Kang – und stapfte davon.

Wenn wir tot sind, dachte Kang. Seite an Seite reiten für alle Zeiten. Sein Blick wanderte wieder hinunter zu der Stelle, wo Lü schlief. Er hatte nie viel nachgedacht über das Leben nach dem Tod. Aber das war von verschiedenen Vorstellungen gewiß nicht die übelste. Auch nicht schlechter, als für alle Zeiten Wache zu halten …

Was bin ich?

In der Prärie nördlich der Frostfänge,
am nächsten Morgen

Der Blaue Gott stand unbeweglich im Schnee. Seine riesigen Telleraugen blickten südwärts, wo die kleine Gruppe Blechgimpel verschwand.

»Fünfarm ist einfach zu dumm zu sterben«, knurrte er. Er hatte noch immer nicht verstanden. Fünfarm ist einzigartig, hatte die Wedelpriesterin gesagt.

Warum? Was war er, daß der Zitternasling mit ihm so weit gegangen war, um dann einfach zu verschwinden? Was war er, daß der kleine Kackerwurm vor Angst schrie, wenn er in der Nähe erschien, und lachen mußte, wenn er ihn hochhob? Was war er, daß die Blechgimpel so weit gegangen waren und so viel gestorben waren, um jetzt einfach wegzulaufen? Was war er, daß die Wedelpriesterin ihre Wärme gegeben hatte, um das Eis aus seinem Körper zu vertreiben?

Es war niemand da, den er fragen konnte. Und so blickte er über die endlose, konturlos weiße Ebene und den fahlen Winterhimmel und brüllte: »Was ist Fünfarm, Popelwelt?«

Anhang

Die Anatomie einer Katastrophe

Die Vielzahl von Katastrophen, von denen die Gezeitenwelt nach ajunäischem Kalender im 458. Jahr der Abwesenheit Gottes heimgesucht wird, hat ihren Ursprung in einem kosmischen Ereignis, das vor über 1000 Jahren mit dem Zusammenstoß zweier Eisbrocken seinen Anfang nahm. Zugegeben, es waren zwei recht große Eisbrocken. Es handelte sich um zwei Asteroiden, die aufeinanderprallten, wobei der kleinere der beiden Brocken aus seiner Bahn geriet und eine Reise begann, die eine ganze Welt zu vernichten drohte. Die beiden kosmischen Trümmerstücke gehören zu einer riesigen Wolke, die sich, ähnlich der Oortschen Wolke, wie eine Kugelschale um den Rand des Sonnensystems erstreckt, zu dem die Gezeitenwelt gehört.

Dieser ›kleinere Eisbrocken‹ vom Rand des Sonnensystems hat einen Durchmesser von etwa 550 Kilometern. Er ist ein Gebilde, das Astronomen einen ›schmutzigen Schneeball‹ nennen, da er zu mehr als 80 Prozent aus Eis besteht. Als sogenannter langperiodischer Komet kreist er nun in einer weiten Ellipse durch das All, wobei er auf seiner Reise die Umlaufbahn schneidet, auf der die Gezeitenwelt um ihre Sonne kreist. Vor einigen Jahrhunderten kam es zum ersten Mal zu einer Beinahekollision mit der Gezeitenwelt, und im 458. Jahr der Abwesenheit Gottes nähert sich dieser Planetenkiller erneut.

Die Gezeitenwelt ist eine Welt, deren Hochkulturen ein Niveau erreicht haben, das mit der irdischen Renaissance vergleichbar ist. Obgleich man in Andhakleia bereits ›Himmelsrohre‹ kennt, wird der Komet erst relativ spät beobachtet. Am 24. Tag des Roten Erntemondes im 458. Jahr der Abwesenheit Gottes sieht der Astronom Varuidas von der Sternwarte der Universität zu Andhakleia als wohl erster Beobachter auf der Gezeitenwelt einen neuen, winzigen Fleck am Sternenhimmel.

Zwölf Tage später kann der Komet bei klarem Himmel des Nachts bereits mit bloßem Auge wahrgenommen werden. In Cornia nennt man ihn ›Eisauge‹ oder auch ›den weißen Wanderer‹, in anderen Provinzen und Reichen Ajunas heißt er ›die bleiche Fackel‹. Bei den Windwanderern in Esanuk wird er später als ›Himmelsfaust‹ bekannt sein, wohingegen die katauekischen Sterndeuter ihn zunächst als ›Schweifenden Stern‹ einordnen.

Auf seiner mehr als 1000 Jahre andauernden Reise hat der Komet einiges an Masse gesammelt und kleinere Himmelskörper in sein Schwerefeld gezogen. So folgen ihm etliche große Splitterstücke in seinem Schweif. Da der Komet der Sonne im Sonnensystem der Gezeitenwelt entgegenfliegt, erhitzt er sich. Strahlungsdruck und Sonnenwind führen zum Abschmelzen des Eises an der Oberfläche des Kometen und lassen sein Volumen schrumpfen. Doch noch immer hat der Himmelswanderer einen Durchmesser von etwa 500 Kilometern.

Einige Tage bevor der Komet die Gezeitenwelt erreicht, kann man ihn auf der nördlichen Hemisphäre beobachten. Man muß ein erfahrener Astronom sein, um die Annäherung des neuen Himmelskörpers feststellen zu können. Deshalb halten die meisten Beobachter ihn zunächst fälschlich für einen neuen Stern am Firmament. Betrachter auf der Höhe des *Unvollendeten Palastes* sehen die Himmelserscheinung Nacht für Nacht in einem Bogen über den Horizont ziehen, bis der Komet im Morgengrauen verblaßt. Ein Beobachter am Äquator hingegen sieht den Kometen dicht über dem nördlichen Horizont.

Drei Tage vor dem Erreichen der Planetenbahn ist der Himmelskörper unübersehbar größer geworden und kann mitunter auch schon bei Tage beobachtet werden. Weltweit wird der Komet als ein Omen gedeutet, doch die Meinungen, was es verheißen mag, gehen weit auseinander.

Am 16. Tag des Hitzemondes wird bei einer Gaseruption ein 5 Kilometer durchmessender Trabant aus Fels, Erzen und Eis aus dem Körper des Kometen herausgerissen. Beeinflußt durch das Schwerefeld der Gezeitenwelt, gerät der riesige Splitter auf eine Flugbahn, die zur Kollision mit dem Planeten führen wird.

Am 17. Tag des Hitzemondes, etwa gegen Mittag nach mittelajunäischer Zeit, passiert der Komet die Gezeitenwelt in einer Entfernung von 70 000 Kilometern und mit einer Geschwindigkeit von circa 70 Sekundenkilometern. Für einen Beobachter, der am Perihel steht, dem Scheitelpunkt der Flugbahn, ist der Komet etwa zwei Stunden lang als helleuchtender Körper von etwa Mondgröße am Himmel der nördlichen Hemisphäre zu sehen. Begleitet wird das Phänomen von einem wahren Sternschnuppenregen. Die in die Atmosphäre eintretenden Meteoriten bewegen sich in erdwärts geneigter Bahn in die gleiche Richtung wie der Komet. Sie werden als helleuchtende Körper wahrgenommen, die eine dünne Rauchbahn hinter sich herziehen.

Gegen Mittag mittelajunäischer Zeit schlägt der fünf Kilometer durchmessende Trabant des Kometen etwa 3000 Kilometer östlich der Donnernden Inseln in den Ozean des Abends ein. Schon beim Eintritt dieses Splitterstücks in die Erdatmosphäre wird eine atmosphärische Druckwelle erzeugt, die weltweit als ein dumpfes Donnergrollen wahrzunehmen ist (wobei der

Schall die dem Einschlag gegenüberliegende Seite des Planeten erst etliche Stunden nach der Katastrophe erreicht). Besonders laut vernimmt man den Knall im nördlichen Serkan Katau, das relativ am nächsten zum Eintrittspunkt des Splitters in die Atmosphäre liegt. Dort spürt man auch leicht den Boden erzittern.

Beim Aufschlag auf die Meeresoberfläche verdampft der größte Teil des Kometensplitters. Eine kilometerhohe Wolke aus Wasserdampf steigt in den Himmel. Sie übertrifft in ihren Abmessungen um ein Vielfaches den Rauchpilz, der bei der oberirdischen Zündung einer Atombombe entsteht. Eine Konsequenz des Einschlags ist eine Schockwelle, die sich zunächst durch den Ozean bis zum Meeresboden bewegt und diesen wie ein titanischer Hammerschlag trifft. Dies wiederum erzeugt eine Oberflächenwelle im oberen Bereich der Erdkruste, die sich konzentrisch ausbreitet und schneller bewegt als die Flutwelle, die ebenfalls durch den Einschlag verursacht wurde. Nach etwa 50 Minuten erreicht die Oberflächenwelle die Region der Jaguarinseln, wo die tektonischen Platten des Ozeans des Morgens und des Ozeans des Abends aneinanderstoßen. In diesem geophysisch hochsensiblen Gebiet hat sich über Jahrzehnte eine Spannungszone aufgebaut. Der Impuls des Einschlags wird so zum Auslöser eines Bebens der Stärke 11 auf der Richterskala. Im Epizentrum verschieben sich die Bruchkanten der tektonischen Platten um bis zu 40 Meter gegeneinander. In weiten Teilen des Inselgebiets wird der Meeresboden angehoben. Das Beben dauert 30 Sekunden und löst noch im nördlichen Ajuna (besonders in der Provinz Cornia) sowie im südlichen Esanuk Erdrutsche und Folgebeben aus.

Eine weitere Konsequenz des Einschlags ist eine sogenannte lange Welle, eine ›Flutwelle‹, die nicht sehr hoch ist, aber dafür erheblich breiter, als dies bei gewöhnlichen Wellen üblich ist. Diese ›lange Welle‹ entfernt sich konzentrisch von der Einschlagstelle. Weniger als eine Stunde nach dem Einschlag des Kometensplitters entsteht durch das Erdbeben bei den Jaguarinseln eine zweite Flutwelle. Dies führt dazu, daß die Küsten der Jaguarinseln unmittelbar nach dem Beben von einem Tsunami überrollt werden, der sich je nach Gestalt der Küstenregionen bis zu dreißig Meter hoch auftürmt.

Am späten Nachmittag mittelajunäischer Zeit kreuzen sich die beiden Wellen, die durch den Aufschlag und das Beben verursacht wurden, im Ozean des Abends. Das Treffen erfolgt oberhalb eines Meeresgrabens, wo der Ozean mehr als 7000 Meter tief ist. So bemerken Seefahrer am Interferenzpunkt, dem Punkt, an dem sich beide Wellen überlagern, nur ein auffälliges Anheben und Absenken der See, durch das aber selbst kleine Boote nicht gefährdet werden. Schiffe hingegen, die sich in flachen Küstengewässern rund um die nördliche Hälfte des Ozeans des Abends befinden, werden fast ausnahmslos durch die Tsunamis zerstört.

Die Verlustrate unter der Bevölkerung auf den Jaguarinseln, die durch Flutwellen und Beben am schwersten betroffen werden, liegt bei über 90 Prozent. Der nordöstliche Teil des Merkantilischen Imperiums büßt sämtliche Hafenstädte ein. Auch die Mangalischen Inseln werden durch die beiden Flutwellen entsetzlich verheert, wohingegen die Westküste Serkan Kataus, geschützt durch den vorgelagerten Inselschild, nur noch von vergleichsweise kleinen Wellen von fünfzehn und acht Meter Höhe getroffen wird.

Etwa eine halbe Stunde nachdem ›der weiße Wanderer‹ die Gezeitenwelt verfehlt hat, passiert der Planet auf seiner Umlaufbahn um die Sonne den langgezogenen Schweif des Kometen. Dies wiederum führt zu einem Bombardement mit Meteorsplittern, die dem Kometen in seinem Schweif folgen. Der Großteil dieser kosmischen Geschosse verglüht noch in der Atmosphäre. Vereinzelt schlagen aber auch bis zu zehn Meter durchmessende Meteoriten auf der Gezeitenwelt ein. Staubfeine Partikel aus dem Schweif des Kometen und die Rückstände verglühender Meteoriten reichern sich in der Atmosphäre an. Zusätzlich werden durch Vulkanausbrüche Zehntausende Tonnen von Asche in den Himmel geschleudert. Asche und Staubpartikel finden sich in Höhen bis zu 80 Kilometern und senken sich nur langsam ab. Am unteren Rand der Stratosphäre, in einer Höhe von 20 bis 30 Kilometern, findet dann kaum noch ein Austausch mit der tiefer gelegenen Troposhäre statt. Es wird viele Jahre dauern, bis sich der Staub aus dieser Region abgesenkt hat.

Einige Stunden, nachdem der Komet die Gezeitenwelt passiert hat, verebbt das kosmische Bombardement, wobei vereinzelte Nachzügler noch bis zu drei Tage nach der Katastrophe auf die Gezeitenwelt stürzen. Am schwersten betroffen ist die nördliche Hemisphäre der Welt. In den Reichen südlich des Äquators hingegen haben die meisten Bewohner die Katastrophe nur als eindrucksvolles Himmelsschauspiel wahrgenommen, wobei es vereinzelt, wie zum Beispiel in Sadi, durchaus zu Meteoriteneinschlägen gekommen ist.

Daß der Unglückskomet wieder in den Weiten zwischen den Sternen verschwindet, kann man auf der Gezeitenwelt nach der Katastrophe nicht beobachten. Weltweit ist der Himmel durch Regenwolken, Asche und Staub verdunkelt. Schwere Unwetter wühlen die Meere auf und vernichten die Ernten auf den Feldern. Manche Regionen erleben sintflutartige Regenfälle, andere Überschwemmungen und Schlammlawinen.

Kurzfristig staut sich die Erdwärme unter der Wolkendecke, und es kommt für einige Wochen im Äquatorialbereich bis hin zu 25 Grad nördlicher und südlicher Breite zu einer spürbaren Erwärmung über die im Sommer üblichen Temperaturen hinaus. Dies führt noch einmal zu zusätzlicher Meerwasserverdunstung und stärkerer Wolkenbildung.

Auf Monate gesehen, kommt es jedoch zu einer weltweiten Abkühlung. Ein Effekt tritt ein, den die Auguren der Horrorszenarien eines atomaren Krieges auf der Erde in den siebziger Jahren ›atomaren Winter‹ getauft haben. Vor allem die Nordhalbkugel erlebt einen verfrühten Einbruch des Winters bzw. eine ungewöhnlich stürmische und langanhaltende Regenzeit. Die guten Tage entsprechen dann einem sehr diesigen Wintertag, wie wir ihn von der Erde kennen. Man kann nachts keine Sterne mehr sehen, ja nicht einmal den Mond.

Es dauert Monate, bis der in die Atmosphäre gelangte zusätzliche Wasserdampf abregnet. Dabei kann es gelegentlich zu schwarz oder rötlich verfärbtem Regen kommen, da das Wasser den Staub aus den tieferen Schichten der Atmosphäre spült. Der Staub im Grenzbereich zwischen Stratosphäre und Troposphäre hingegen wird sich dort noch etliche Jahre halten. Das heißt, selbst nachdem die extreme Wolkenbildung der ersten Monate zurückgegangen ist, erscheint der Himmel immer noch dunkler als vor der Katastrophe. Die Sonne ist als ein heller Lichtfleck mit unscharfen Kanten wahrzunehmen. Selbst nach dieser ›Wetterverbesserung‹ bleibt der größte Teil der Sterne am Nachthimmel unsichtbar.

Der Wasserdampf in den höheren Schichten der Atmosphäre reflektiert einen Teil des einfallenden Sonnenlichts. Global sinken die Jahresdurchschnittstemperaturen um 1 bis 2 Grad, was zunächst nach sehr wenig klingt, tatsächlich aber eine ›kleine Eiszeit‹ bedeutet. (Hier ist anzumerken, daß sich in diesem Punkt die Wissenschaftler uneins sind. Strittig ist, ob eine solche Katastrophe zu einer Abkühlung der Welt führt oder im Gegenteil einen Treibhauseffekt zur Folge hat, also zur Erwärmung führt. Aus dramaturgischen Gründen hat sich die Autorengruppe für die Variante des ›nuklearen Winters‹ entschieden.)

Eine Konsequenz der Abkühlung besteht darin, daß die Atmosphäre weniger Wasser aufnimmt. Es kommt schneller zur Wolkenbildung, weil es kühler ist, und die Wolken hängen tiefer am Himmel. Die Wetterveränderungen führen weltweit zu verminderten Ernteerträgen, woraus vor allem in den Ballungsgebieten der Hochkulturen Hungersnöte resultieren.

Die Abkühlung des Meerwassers führt zu einer Veränderung der Dichte des Wassers, was wiederum zur Folge hat, daß der Meeresspiegel sinkt. Schlimmer noch ist jedoch die Tatsache, daß der komplexe Strömungszyklus der Weltmeere zusammenbrechen wird, was ebenfalls weltweit Auswirkungen auf das Klima haben wird. (Betrachtet man zum Beispiel die Auswirkungen des irdischen Golfstroms, so findet man auf Höhe des 53. Breitengrades Nord in Irland, an dessen Küsten der warme Golfstrom das Klima beeinflußt, noch üppige Vegetation. Im kanadischen Neufundland hingegen erstreckt sich auf Höhe des 53. Breitengrades Nord eine Tundralandschaft.)

Im hohen Norden und im tiefen Süden der Welt werden die Winter länger. Da beide Pole der Gezeitenwelt auf Festlandsockeln ruhen, kommt es dort zu einer Vergletscherung. Wasser, das in die Atmosphäre gelangte, geht dort in stärkerem Maße als früher als Schnee nieder und wird somit dem Wasserkreislauf entzogen. Die Eispanzer an den Polen wachsen an. Eiszungen schieben sich nach Norden und Süden. Im Winter werden treibende Eisberge zu einer Gefahr für die Schiffsrouten südlich des Rochlands und südlich Eulykiens. Durch die Wasserkonzentration an den Polkappen und in den Hochgebirgen sinkt der Meeresspiegel. Dies geschieht sehr langsam, doch über die Jahre sinkt der Weltmeeresspiegel (zusätzlich zum oben beschriebenen Phänomen der höheren Dichte des Wassers) um einige Meter, was katastrophale Folgen für die Schiffahrt hat. Häfen verlanden, ganze Küstenlinien verändern ihren Verlauf. Zwischen den Kontinenten Esanuk und Ajuna entsteht eine Festlandbrücke.

Durch die Katastrophe und die folgende Klimaveränderung sind sämtliche Reiche in ihrem Bestand gefährdet. Die ganze Welt befindet sich im Umbruch. Es kommt zu Völkerwanderungen, weil fruchtbare Gebiete plötzlich zu kalt oder zu trocken werden, um ihre Bewohner weiterhin zu ernähren.

Es wird rund fünfzig Jahre dauern, bis das Klima wieder annähernd den Verhältnissen entspricht, die am Tag vor der Begegnung mit dem Kometen herrschten. Und diese fünfzig Jahre sind die Epoche, von der im Gezeitenweltzyklus erzählt werden soll. Eine Epoche, in der sich mehr als nur das Klima verändert. Eine Zeit, in der Reiche entstehen und wieder vergehen, und eine Zeit, in der die Magie in die Welt zurückkehrt.

Bernhard Hennen
Krefeld, im November 2002

Das Reich der Tugend

Das *Reich der Tugend* ist ein aufgeblähtes Riesenreich, errichtet auf dem Mythos eines Herrschers, der in dunkelster Vorzeit Ungeheuer erschlug, Könige bezwang, einen Vertrag mit den Göttern einging, die Ströme des Kontinents vereinte und die Sterne wiedererschuf. Das *Reich der Tugend* umfaßt sechzehn *Eroberungen*, von denen jede, von Sturmland bis zu den Schwimmenden Städten, von Schang La Pur bis Turgatan, zu den großen Reichen der Gezeitenwelt zählt. Jede *Eroberung* hat einen Statthalter und ist in Präfekturen (Provinzen) eingeteilt.

Die Kerngebiete um die Hauptstadt Mantikor Leng sind von äquatorialem Tropenklima geprägt. Die meisten nördlicheren *Eroberungen* liegen ebenfalls noch im Bereich subtropischer Regenzeiten, aber jenseits des Qiu herrscht gemäßigt-kontinentales Klima.

Seit zwei Jahrhunderten auf Serkan Katau unangefochten, wenn auch von Barbarenreichen bedrängt, hat das *Reich der Tugend* seine Herrschaft über beide Ozeane ausgebreitet und greift nun auch auf den anderen Kontinenten nach der Macht.

Der Kaiser von Katau

Oberhaupt des *Reiches der Tugend* ist der *Herr der Unwandelbaren Ordnung* auf dem Mantikorenthron. Kein Name bezeichnet den *Göttergleichen*; erst nach seinem Tode wird ihm ein historischer Name verliehen wie dem sagenhaften Begründer des Reiches, dem *Kriegsherrn der Geheimen Kammer, der die Mantikoren bezwang und verspeiste*. Der Herrscher ist die zeitlose Inkarnation seines Vorfahren, dessen Regierungszeit in der Großen Pagode von Gingang Gao in zahllosen Ritualen nachvollzogen wird: von der Kastration der jüngeren Brüder, um alle Kraft der Blutlinie auf ihn zu vereinigen, über die jährlichen Zeremonien wie Mantikorentötung, Brückenschlag und Vereinigung der Ströme bis zur Bestattung in der Nekropole. Als *Höchster Kriegsherr der Geheimen Kammer* kommandiert der Herrscher die Kriegerkaste, als *Herr der tausendzweihundertdreiundzwanzig Kammern* steht er der Beamtenkaste voran, als *Herr der siebenhundertvierundsechzigtausenddreihundertundneun Kanäle* beherrscht er die Kaste der Bauern.

Die Kasten

Jeder tugendhafte Untertan des *Herrn der Unwandelbaren Ordnung* gehört einer der vier Kasten an. Die oberen drei Kasten, die dreifarbigen Mächte, symbolisieren die Ordnung von Himmel, Erde (Blut) und Tugend.

Die Kaste der *Lauzöng* stellt die Priester. In himmlisches Blau gewandet, angetan mit der achtzackigen Schleierbandhaube, ist es ihre Aufgabe, die tugendhaften Wünsche der Menschen zum Himmel zu geleiten und die untugendhaften auszumerzen. Der *Tugendhafte Weg des Himmlischen Willens* ist eine allumfassende Philosophie, die von der Ideologie des *Reiches der Tugend* bis zum erwünschten Zeitpunkt für Stuhlgang alle Aspekte des Daseins regelt. Da die Tugendwächter selbst keine Wünsche haben dürfen, sind sie zu einer Lebensweise des sofortigen Genusses ›verpflichtet‹. Priester zeichnen sich durch den Amtsnamen ›näng‹ zwischen Vorname und Sippenname aus, zum Beispiel Lü näng Huango.

Die Kaste der *Qengtan* oder Bonzen, ehemals der Adel der *Eroberungen*, stellt die Beamten. (Die tugendhafte weiße Tracht mit versteifter, achteckiger Haube und aufgebogener Schulterzier erinnert an die ehemals kriegerische Herkunft.) Zu den 1223 *Kammern* gehören so unterschiedliche wie die der Nautik, der Lebensdeutung, des Purpurgeheimnisses und der Seidenmalerei. Auch die Bonzen tragen den Amtsnamen ›näng‹, zum Beispiel Kiaora näng Singua.

Die Kaste der *Ziang*, ehemals der Ritterstand, stellt die Krieger. In ihren mit Akazienrot gefärbten Harnischen bilden sie das *Länder überspannende Feld der Krieger.* Krieger zeichnen sich durch den Amtsnamen ›hua‹ aus, zum Beispiel Kang hua Schiang.

Die Kaste der *Kuli* stellt die Bauern und Handwerker und damit beinahe 80 Prozent der Bevölkerung. Dies sind die menschlichen Ameisenheere des *Reiches der Tugend*, die Erde, Fels, Holz und Schweiß in Felder, Kanäle und Straßen verwandeln. Die Kaste gilt gemeinhin als untergeordnet; allerdings gibt es auch innerhalb dieser Ränge wie Dorfvorsteher, Gestütsverwalter, Forstaufseher und dergleichen. Auch die Matrosen der Nauken entstammen dieser Kaste.

Außerhalb des Kastensystems stehen die Sklaven. In den *Eroberungen* im Norden und Süden sind dies bisweilen Kriegsgefangene, aber zumeist handelt es sich um Kinder, die von den eigenen Eltern aus Armut verkauft wurden.

Das Leben der Kataueken ist von einer strengen Hierarchie geprägt. Noch bedeutsamer als die Kaste ist der Rang eines Kataueken innerhalb dieser Kaste, der aber auch das Verhältnis zu Angehörigen anderer Kasten bestimmt. Für neun von zehn Kataueken bleibt ein *Großer Rang*, die Aufnahme in eine *Kammer*, jedoch unerreichbar. Für die Privilegierten ist das *Ringsiegel* wichtigstes Zeichen ihrer Würde.

Im gesamten *Reich der Tugend* stehen die drei- bis fünfstöckigen Bauten mit gestuften Dächern, deren Höhe dem kundigen Betrachter die Existenz einer *Inneren Kammer* oder gar *Geheimen Kammer* verrät. Dort residiert jeweils ein einzelner Herr oder ein Rat aus acht Herren.

Rangstufe	**Person**
	Der Himmel
	Herr der Unwandelbaren Ordnung, Blaue Götter
5	Priester / Bonze der *Geheimen Kammer*
4	Priester / Bonze der *Inneren Kammer*, General, Admiral
3	Priester / Bonze der *Dritten Kammer*, Hauptmann
2	Priester / Bonze der *Zweiten Kammer*, Wachtmeister
1	Priester / Bonze der *Ersten Kammer*, Waffenmeister, ›Maat‹, Aufseher
	Schüler (Priester / Bonze), Krieger, Matrose, Kuli

Offizier	**Rangstufe**	**Einheit**	**Kopfzahl**
General	4	Heerschar	4096
Hauptmann	3	Faust	512
Wachtmeister	2	Finger	64
Waffenmeister	1	Glied	8

Katauekische Höflichkeit

Das übersteigerte Ordnungskonzept der katauekischen Gesellschaft hat zu einer Etikette geführt, die für jedes Rangverhältnis eine eigene Anrede kennt.

Rangdifferenz	**Anrede**	**Höflichkeitsgeste**
+3	Grenzenlos ehrwürdiger	Bauchfall
+2	Über die Maßen ehrwürdiger	Kniefall
+1	Höchstehrwürdiger	Verbeugung (Viertelneigung)
Gleichrangig	Hochehrwürdiger	Verneigung (Achtelneigung)
−1	Ehrwürdiger	
−2	Würdiger	
−3	Achtbarer	

Der *Herr der Unwandelbaren Ordnung* wird prinzipiell nicht mit der Höflichkeitsfloskel, sondern mit seinem Titel angesprochen.

Die Ehegattin steht eine Stufe unter ihrem Ehegatten, die Konkubine zwei Stufen unter ihrem Herrn.

Ahnen unbekannten Ranges stehen prinzipiell eine Rangstufe über ihrem Nachfahren, wenn man sie im Gespräch erwähnt.

Sklaven und Barbaren (und für Kataueken sind alle anderen Barbaren) stehen außerhalb der Rangordnung und werden als ›Nichtswürdiger‹ tituliert, sofern sie nicht deutlich von Rang sind. Bleibt dieser Rang unbestimmbar, steht ihnen die Anrede ›Ehrenvoller‹ zu. Barbaren von hohem Rang werden in diplomatischen Angelegenheiten vergleichend eingestuft und dann eine Rangstufe tiefer angesprochen: Ein merkantilischer Kapitän wird für einen katauekischen Schiffsführer immer nur ›ehrwürdig‹ sein.

Katauektische Maße

1 *Läng* = ca. 1 km
1 Götterfuß = ca. 70 cm

Die katauekischen Maße für Gewicht und Volumen werden, da die Katauken im Welthandel darauf bestehen, auch in den Hafenstädten Ajunas, namentlich des Merkantilischen Imperiums und Belabadangbarads, weniger in der Ehernen Liga verwendet:

1 Fuhre = ca. 1000 kg
1 Sack = ca. 100 kg
1 Maß = ca. 1 kg
1 Korn = ca. 1 g

Geld

Katauekische Münzen sind durchweg achteckig und gelocht, damit sie aufgefädelt werden können. Größere Summen werden daher mit Schnüren zu acht oder Gürteln zu 64 Münzen bezahlt.

1 Kupfer = ca. 1 Euro
1 Silber/1 Kupferschnur = ca. 10 Euro
1 Rotgold/1 Silberschnur/1 Kupfergürtel = ca. 80 Euro
1 (Gold-)Schnur/1 Silbergürtel = ca. 640 Euro
1 (Gold-)Gürtel = ca. 5000 Euro

Der Kalender der Blauen Götter

(In Serkan Katau gebräuchlicher Kalender)

Die Kataueken rechnen ein Jahr zu dreizehn Monden à 28 Tage plus einen *Mantikorentag* (der alle vier Jahre einen zusätzlichen Feiertag bringt). Jahresbeginn ist April, im vorherrschend tropischen und subtropischen Klima die schönste Jahreszeit.

Katauekisches Datum	Entsprechendes Datum auf der Erde/in Ajuna
1. Mond	April/Händlermond
2. Mond	Mai/Dürremond
3. Mond	Juni/Roter Erntemond
4. Mond (Große Regenzeit)	Juli/Hitzemond
5. Mond (Große Regenzeit)	August/Sturzregenmond
6. Mond	September/Flutregenmond
7. Mond	September bis Oktober/ Flutregenmond bis Schwemmond
8. Mond	Oktober/Schwemmond
9. Mond	November/Mosquitomond
10. Mond	Dezember/Grüner Erntemond
11. Mond (Kleine Regenzeit)	Januar/Wolkenmond
12. Mond (Kleine Regenzeit)	Februar/Sturmmond
13. Mond	März/Blütenmond

DRAMATIS PERSONAE
(nach Vornamen)

Altheia, *primarchin* der Kirche des Abwesenden Gottes

Ariabella, Gauklerin, eine Geliebte von Carissimo Kurjameo

Bruto, mezzogenischer Gladiator, Gefährte von Crasso

Calymeda, dunkelhäutige Gauklerin

Carissimo Kurjameo, Gaukelmeister des *Wundersamen Theatro und Menageria*

Chlodfrith, *princeps* der Kirchenprovinz Gautamar

Choniin Schüd → Wolfszahn

Churraku, mangalischer Pirat, Kapitän einer Dschunke

Crasso, merkantilischer Gaukler, Gefährte von Bruto

Dongkök, Festungsbauer aus der *Eroberung* Reich Hüane

Dorabetta, Gauklerin, eine Geliebte von Carissimo Kurjameo
Einauge, Straßenräuber

El Fuchur, Feuerspucker

Eugenio, *pater* des *ordo mysterii inevitabilis*

Eutemyê: *Manteia* (Sprecherin) des Orakels von Thalliopê

Fong-Kuoy näng Tschüeng, Priester 4. Ranges der *Inneren Kammer* von Mantikor Leng, Priestergesandter (Spitzel für Hüang näng Lüoging), ehemals Hoherpriester von Tschöng-Hau Leng und Vorgesetzter von Lü näng Huango

Francisco, *pater*, ehemals *collector*, später *iudicator* der Kirchenprovinz Cornia

Fudang, Herr 2. Ranges der *Zweiten Kammer der Schiffahrt* von Tschöng-Hau Leng, Kapitän der *Verdienstvollen Tatkraft*

Funandu, Herr 1. Ranges der *Ersten Kammer der Tugendhaften Ordnung* von Pai'it Tlingut, Pelzhändler

Fünfarm, *Fang* (Blauer Gott)

Gijao näng Singua, Herr 3. Ranges der *Dritten Kammer der Nautik* von Tschöng-Hau Leng, Nautiker einer versunkenen Nauke – Forschungsreisender für Hüang näng Lüoging, Vater von Kiaora näng Singua

Giu näng Qöngeng, Bonze 2. Ranges, ein Großgrundbesitzer

Gohudong, Priesterberater Lü näng Huangos

Guangqo, Wachtmeister der berittenen Späher der Götterfresser

Hüang näng Lüoging, Priester 5. Ranges der *Geheimen Kammer* von Mantikor Leng, Hoherpriester, Unsterblichkeitsberater, Erster Hüter der *Seidenen Bibliothek*

Humbald, *princeps* der Kirchenprovinz Honaghûsa

Hymnê, Tochter der Xanyê: *Philophore* (Oberste Priesterin) des Orakels von Thalliopê

Îonê, alte Priesterin des Orakels von Thalliopê

Kang hua Schiang, Krieger 3. Ranges, Hauptmann der 3. Faust der Götterfresser – Veteran des *Labyrinth*s (Turga-Grenze)

Kapaung, Krieger 3. Ranges, Hauptmann der Geschütze Tschöng-Hau Lengs

Kengsau hua Gilang, Krieger 5. Ranges der *Geheimen Kammer des Krieges* – mächtigster Kontrahent Hüang näng Lüogings

Kenophar, Erster Ritter des *ordo executionis silentii finiti*

Kiaora näng Singua, Herrin 2. Ranges der *Zweiten Kammer der Nautik* von Tschöng-Hau Leng, Nautikerin der *Vollendeten Harmonie* und Tochter von Gijao näng Singua

Kiöng, Priesterberater Lü näng Huangos

Kudung, Straßenräuber

Külyua, mangalischer Pirat

Largashmi, Schlangentänzerin

Liän näng Singua, Herr 3. Ranges der *Dritten Kammer der Nautik* von Tschöng-Hau Leng – Onkel von Kiaora näng Singua

Lü näng Huango, Priesterin 4. Ranges der *Inneren Kammer* von Tschöng-Hau Leng, Hohepriesterin von Tschöng-Hau Leng

Machios, Gaukler und ehemaliger Gladiator, Vater von Carissimo Kurjameo

Miai-Wong, Konkubine 3. Ranges Hüang näng Lüogings

Möng-Han, ehemaliger Besenbinder, Sklave

Musang näng Kadeng, Priester 5. Ranges der *Geheimen Kammer* von Mantikor Leng, Hoherpriester – Verbündeter Hüang näng Lüogings

Nanjeb der Wildhäuter, Kraftmensch und Gladiator

Narbenfresse, vermutlich Deserteur des *Länder überspannenden Feldes der Krieger*

Nühen, Priesterin 3. Ranges der *Dritten Kammer* von Tschöng-Hau Leng, Lehrerin – Vertraute Lü näng Huangos

Pang-So, Krieger 2. Ranges, ein Wachtmeister der 3. Faust der Götterfresser

philosopha chimaira, *philosopha* der Universität von Andhakleia, Mitglied der Gesalbten Meister vom Schreienden Stern

philosophos lykanthropus, *philosophos* der Universität von Andhakleia, Mitglied der Gesalbten Meister vom Schreienden Stern

Qohing, Priesterberater Lü näng Huangos

Ramaogeus, Leiter der Universität von Andhakleia, Erster Berater des Königs von Kurjameos, Mitglied im Kosmographenrat der Himmelswarte, als *philosophos unicornus* Mitglied der Gesalbten Meister vom Schreienden Stern

Rong hua Zischang, Krieger 5. Ranges der *Geheimen Kammer des Krieges* – Oberster Befehlshaber und bester Stratege

Rürek, einfacher Krieger bzw. Krieger 2. Ranges, Erster Wachtmeister der 3. Faust der Götterfresser – Adjutant Kang hua Schiangs

Sadong, Krieger 5. Ranges der *Geheimen Kammer des Krieges*

Schaung näng Nohei, Herr 2. Ranges der *Zweiten Kammer der Schiffahrt* von Tschöng-Hau Leng, Kapitän der *Vollendeten Harmonie*

Schiheng hua Tagau, Krieger 3. Ranges, Hauptmann der 2. Faust der Götterfresser

Schlampe, Landstreicherin, Gefährtin Kudungs

Shantanro, Sohn Strolchs und Kiaora näng Singuas

Simbald, *pater*, Sekretär und Schriftgelehrter des *ordo curatoris dei*

Strolch, Abenteurer und Dieb aus Maganta

Tengfu, Priester 5. Ranges der *Geheimen Kammer* von Mantikor Leng, Hoherpriester – Ältester der acht Hohenpriester

Tüengtöng, Festungsbauer aus der *Eroberung* nördliche Königreiche

Tüfang hua Hidong, Krieger 4. Ranges, General der Götterfresser – Vorgesetzter Kang hua Schiangs

Unai, mangalischer Pirat, Bruder Churrakus

Ungalbert, *magister praetorium* der Kirchenprovinz Honaghûsa, Sekretär Humbalds

Varuidas, *philosophos* der Universität von Andhakleia, Astronom, Mitglied der Gesalbten Meister vom Schreienden Stern – Entdecker des Kometen

Vishnaidas, *philosophos* der Universität von Andhakleia, Mitglied der Gesalbten Meister vom Schreienden Stern

Wernhari, ein *Thingweisir* (Ratsmitglied) des *Gautathings* von Gautamar

Wolfszahn (Choniin Schüd), Geist eines Schamanen der Ureinwohner Esanuks

Zorgua, mangalischer Pirat

Zuang-Zu, Krieger 2. Ranges, Erster Wachtmeister der 3. Faust der Götterfresser – Adjutant Kang hua Schiangs

Glossar: Orte und Völker

Andhakleia: Hauptstadt des Königreiches Kurjameos, bekannt für seine Universität

Cantamo (gesprochen *kantámo*): bedeutendste *terra dei* der Kirche des Abwesenden Gottes, Sitz der *primarchin*; am Äquator gelegen

Coleopa (gesprochen *koleópa*): die sagenhaften Purpurinseln, ehemalige katauekische Kolonie, deren Lage die Katauеken geheimhalten

Cornia: *provincia* im Nordwesten des Merkantilischen Imperiums; Hauptstadt Monte Flora

Danakinga: Reich am Meer der Säulen auf der Halbinsel Gwanapur im Südwesten der Ehernen Liga

Elephantinos: Stadtstaat im Nordwesten der Ehernen Liga; Grenze zum Merkantilischen Imperium

Feldreich: *Eroberung* östlich des Mittleren Qiu

Fieberland: kleiner Stadtstaat am Meer der Säulen im mittleren Norden der Ehernen Liga

Gardiamara: Hauptstadt einer *provincia* im äußersten Westen des Merkantilischen Imperiums

Gautamannen: Einwohner Gautamars

Gautamar: Republik und Hauptstadt der Gautamannen an der Mündung des Leonîls im Südosten der Ehernen Liga

Goldwango: Stammesherzogtümer der Goldwangir im mittleren Norden der Ehernen Liga

Gwanapur: eine von mehreren Bezeichnungen für die Halbinsel zwischen dem Ozean des Morgens und dem Meer der Säulen; alle Reiche Gwanapurs gehören der Ehernen Liga an

Honaghûsa: Stadtstaat am Meer der Säulen im Südosten der Ehernen Liga

Karadschurgjia: mehrere Großfürstentümer an den Quellen des Qiu, bekannt für Mut und Grausamkeit der Einwohner, grüne Wälder, Büffelreiter und Peitschenkämpfer

Katauеken: dominierende Hochkultur Serkan Kataus (→ *Reich der Tugend*)

Kilang Klan: etwa 60 Stämme in der Hochebene im westlichen Serkan Katau, bekannt für Lederkilts und Steinschleudern

Kurjameos: Königreich im Nordwesten und mächtigster Staat der Ehernen Liga; Grenze zum Merkantilischen Imperium; Hauptstadt Andhakleia

Labyrinth: 500 km breiter Komplex aus Mauern, Festungen und Leuchttürmen zwischen Mittlerem Qiu, der *Eroberung* Feldreich und dem Turga-Busch; entlang dem alten Bett des ehemaligen Nordstromes gelegen

Leomannen: Einwohner Leoniens

Leonien: Stammeskönigreich der Leomannen im Osten und flächengrößter Staat der Ehernen Liga, am Leonîl gelegen

Leonîl, der: einer der drei großen Ströme des Kontinents, im Westen Ajunas

Maganta: Hauptstadt des Merkantilischen Imperiums und der *provincia maganta*

Mangalische Küste: *Eroberung* im Westen Serkan Kataus; Hauptstadt Tschöng-Hau Leng

Mantikor Leng: Hauptstadt des *Reiches der Tugend*, größte Stadt der Gezeitenwelt; bedeutende Bauwerke: Große Pagode von Gingang Gao, Gärten von Hüanging Gar, Nekropole

Markomassa: Stadtstaat am Meer der Säulen auf der Halbinsel Gwanapur im Westen der Ehernen Liga

Meer der Säulen: größtes Binnenmeer de Ehernen Liga im Westen Ajunas

Mezzogenia: Hauptstadt einer *provincia* im Norden des Merkantilischen Imperiums

Monte Flora: Hauptstadt der *provincia* Cornia

Naomit: ein Eingeborenenvolk an der Ostküste von Esanuk

Nördliche Königreiche: drei zusammengefaßte *Eroberungen* nördlich des Oberen Qiu

Ozean des Abends: das Weltmeer westlich des *Reiches der Tugend*, zwischen Tschang Po Tschar, Belabadangbarad und den Donnernden Inseln

Ozean des Morgens: das Weltmeer östlich des *Reiches der Tugend*, zwischen Rochland, Esanuk und Eulykien

Pardingard: Stammesherzogtum an den Quellen des Leonîls (Pardische Sümpfe) im Nordosten der Ehernen Liga; Grenze zum Merkantilischen Imperium

Pentarosae: Hauptstadt der *provincia odia*

provincia odia: *provincia* im Süden des Merkantilischen Imperiums; Grenzprovinz zur Ehernen Liga; Hauptstadt Pentarosae

Purpurinseln → Coleopa

Qiu, der: der ›Eine Strom‹ Serkan Kataus, bestehend aus Unterem Qiu, Mittlerem Qiu und Oberem Qiu und mit 7000 km unnatürlich lang; der Sage zufolge vom ersten Kaiser aus Nordstrom und Südstrom vereinigt

Reich der Tugend: siehe Seite 538 ff.

Reich Hüane: *Eroberung* südlich des Oberen Qiu

Reisland: *Eroberung* nordöstlich des Unteren Qiu

Saphirküste: katauekische Bezeichnung für die Halbinsel im nordöstlichen Ajuna

Stadt der Mantikoren → Mantikor Leng

Tartang Tung: *Eroberung* Feldreich, Grenzfestung im *Labyrinth*

Tschang Po Tschar (das Verbotene Reich): großes Reich im äquatorialen Regenwaldgürtel, bekannt für Dschungelstädte, seine Königin, den Schlangenkult und Blasrohre mit Giftpfeilen

Tschöng-Hau Leng: Hauptstadt der *Eroberung* Mangalische Küste

Totgeborene Stadt: sagenumwobene Ruinenstadt am unteren Leonîl, als Steinbild auch den Nautikern bekannt

Turga, die: mächtiges Reitervolk des Buschlandes im nordöstlichen Serkan Katau; zahlreiche Stämme, von Kriegshäuptlingen (Khan) geführt

Turgatan: neue *Eroberung* zwischen Mittlerem Qiu und Turga-Busch, teilweise jenseits des *Labyrinths*

Unvollendeter Palast: geheimnisvolles Bauwerk zwischen *Reich der Tugend* und Weltenmauer, Residenz der Blauen Götter

Uranzu: eine der größten der Mangalischen Inseln

Urtschungu: ebenfalls eine der größten der Mangalischen Inseln

Urtumbra: kleiner Stadtstaat am Meer der Säulen im Zentrum der Ehernen Liga

Urumtschu: mit 1500 km Länge größte der Mangalischen Inseln

Weißes Meer: größtes Binnenmeer des Merkantilischen Imperiums im Nordwesten Ajunas

Weltenmauer: mächtiger Gebirgszug im Norden Serkan Kataus

Fremdwortregister

agentus in rebus dei: Sonderbeauftragter der Kirche des Abwesenden Gottes, der im Rang über einem → *princeps* steht

Aionar (gesprochen *Àjonar*): der Abwesende Gott

Bonze/Bonzin: die weiß gewandete Beamtenkaste des *Reiches der Tugend*

collector: hochrangiger Priester innerhalb einer Kirchenprovinz, der in Vertretung eines → *princeps* reist

Conquestator: Angehöriger der historischen Heere, die den Aionarsglauben im Imperium verbreiteten und bis nach Belabadangbarad und in die Salamar trugen

Donnerkugel: einfache katauekische Granaten aus Tontöpfen und Schwarzpulver, pfirsich- oder apfelgroß

Drachenpfeil: katauekische Schwarzpulverrakete, üblicherweise im Gefecht auf See verwendet; besteht aus einer Treibladung und einer einfachen Brandbombe, die gegen Segel und Takelage eine verheerende Wirkung erzielt

Himmlische Zahl: acht hoch acht, also 16 777 216

iudicator: oberster Kirchenrichter innerhalb einer Kirchenprovinz

Kreuzbogen: katauekische Armbrust mit zwei schräg überkreuzten metallenen Bogen

Kriegsherr der Geheimen Kammer, der die Mantikoren bezwang und verspeiste: erster ›Kaiser‹ des *Reiches der Tugend* (vor ca. 500 Jahren)

Küraß: westajunäische Rüstung, bestehend aus Brust- und Rückenplatte

Lauzöng, der/die: Tugendwächter; die blau gewandete Priesterkaste des *Reiches der Tugend*

Ling: Geist, unverständliches Wesen (vgl. auch *gingaling* = ›verrückt‹)

Nauke: katauekisches Pfauenschiff; eine Mischung aus Dschunke und sehr großer Karavelle, optisch bestimmt durch Trimaran-Ausleger, Geschütz-Bugspriet und beidseitig ausragende, scharlachrote Fächersegel sowie ein nach hinten ragendes Flossensegel; Bauweise von Dreimastern für Forscher bis zu Achtmastern für Schatzschiffe und Truppentransporter

Nau Ke Ling, der/die: kategorischer Begriff für Schiffsgeister und ihre vom *Reich der Tugend* geduldeten Kulte, v. a. an der Mangalischen Küste

ordo curatoris dei: Orden der heiligen Eleutheria; zentrale Verwaltung der Kirche des Abwesenden Gottes

ordo executionis silentii finiti: Ritterorden, bewaffnete Exekutive des → *ordo silentii mysteriorum*

ordo militis dei: Orden des heiligen Malachias; bewaffneter Ritterorden, militärische Exekutive der Kirche

ordo mysterii inevitabilis: kleiner Geheimorden um das *refugium* in Fieberland

ordo purgatoris dei: Orden des heiligen Guelfo; Wächter der Reinheit der Lehre von der Kirche des Abwesenden Gottes und Zensur widersprechender Äußerungen

ordo silentii mysteriorum: ›die Roten Mönche‹; Wächter der Roten Kammern und Bewahrer der verbotenen Geheimnisse der Kirche

pater: Priester des Abwesenden Gottes

pater maior: hochrangiger Ordenspriester, der je nach Orden im Rang über einem → *princeps* stehen kann

primarch, der/*primarchin*, die: die Lebende Heilige; Oberhaupt der Kirche des Abwesenden Gottes seit der heiligen Sarmantha

princeps, der/*principa*, die: Oberhaupt einer Kirchenprovinz

Qengtan, der: Herr einer *Kammer,* Bonze

scriptor: Kirchenschreiber, in der Regel Mitglied des → *ordo curatoris dei*

Steinbild: Abbild im *Staubigen Spiegel der Roten Steine*, nach dem katauekische Nautiker navigieren

terra dei: Region, die ausschließlich unter kirchlicher Verwaltung steht

Unversammelbare Zahl: acht hoch sieben, also 2 097 152

Wung Ling, der/die: Reisgeist; kategorischer Begriff für unzählige regionale und lokale Fabelwesen und ihre vom *Reich der Tugend* geduldeten Kulte

Ziang: die blutrot gerüstete Kriegerkaste des *Reiches der Tugend*

Danksagung

»Hast du Lust, mit mir eine Roman-Serie zu schreiben? Mit einer eigenen Welt?« Als mich Bernhard Hennen etwa Mitte des Jahres 2000 fragte, lautete meine Antwort nicht »Ja«, sondern: »Wann und wo?« Ich bin ihm und unseren zwei anderen Mitautoren Thomas Finn und Karl-Heinz Witzko dankbar für die Möglichkeit, diese Bücher zu schreiben, und die Art, wie sie das Projekt mit mir angehen und verwirklichen.

Unser Anspruch wissenschaftlich plausibler und logischer Phantastik wäre ohne zahlreiche Fachleute nicht zu realisieren gewesen. Ich danke insbesondere Dr. Harald Dertnig für linguistische Beratung und Inspiration, Dr. Clemens Schneitler für militärtaktische Hinweise und Dipl.-Ing. Christof Wieser für langjährige astrophysikalische Diskussionen.

Unseren Künstlern Franz Vohwinkl und Caryad danke ich für das zusätzliche Engagement bei der Umsetzung meiner fordernden Vorgaben. Es gibt wenig, was für einen Autor so erfreulich ist, wie zuzusehen, wie Lebewesen und Orte, die er erfunden hat, plötzlich ein Gesicht bekommen.

Ebenso danke ich Angela Kuepper für ihre engagierte Herangehensweise bei der Vollendung des Manuskripts.

Weiters danke ich meinem Agenten Michael Meller, meinem Management, dem Team von LUZIFER Art & Event Management und unserem selbst ernannten Maskottchen Anne Marie Groos für all die Unterstützung.

Und ein besonderes Dankeschön geht an Wolfgang Hohlbein für seine großzügigen Geleitworte zu dem »größten deutschen Fantasy-Epos, das jemals geschrieben wurde«.

Dank, den auszudrücken meine Fähigkeiten als Schriftsteller nicht ausreichen, gilt Sabine Schwab für ihre Liebe und Begeisterung, die das Schreiben dieses Romans zu einem unvergeßlichen Erlebnis für mich machte.

Über all das hinaus gilt mein Dank aber dir, lieber Leser. Ohne die langjährige Bewunderung und Kritik der Leser, Spieler und Zuschauer meiner Bücher, Spiele und Inszenierungen hätte ich niemals jenen Abschnitt in meinem Leben erreicht, wo ich ein Buch wie dieses erschaffen kann.

Wie immer stehe ich für Leserbriefe und Kritik (sowie Beiträge zur Entzifferung der Runenschrift) über meine Homepage www.hadmar.com zur Verfügung.

Erst die Antwort macht die Worte zu einer Geschichte ...

Hadmar Freiherr von Wieser
Salzburg, im Dezember 2002

Inhalt

Die eherne Liga
Ozean des Morgens
Insula Dei
Cita
Gardiamara
Grazzianda
Pentarosae
Gatan
Pardische Sümpfe
Elephantinos
Andhakleia
Antilopia
Cantamo
Ferrossa
Badura
Feuerpforten
Ajuna
Leonil
Urtumbra
Markomassa
Das Meer der Säulen
Gautamar
Honaghusa
Golf von Ikarillia
Sadi
Das Meer des Schlafes
1 2 3 4 5 6 7
1. Provincia Odia
2. Kurjameos
3. Fieberland
4. Pardingard
5. Leonien
6. Goldwango
7. Danakinga
0
500 km
1000 km
1500 km
2000 km